Patricia Shaw

Feuerbucht

Roman

Deutsch von Susanne Goga-Klinkenberg

Schneekluth

Die englische Originalausgabe erschien unter dem Titel *Orchid Bay* bei
Headline Book Publishing London

Für Evangeline und Benjamin Shaw.
In Liebe.

ISBN 3-7951-1659-7

Ein Unternehmen der Verlagsgruppe Droemer Weltbild
Gesetzt aus der Janson 10/12,5 Punkt
Druck und Bindung von Clausen und Bosse, Leck
Printed in Germany 2000

THE TIMES, *London, 4. Oktober 1867*

Die Förderer und Mitglieder der Auswanderungsgesellschaft für die weibliche Mittelklasse haben in dieser Woche sechs weitere Gouvernanten auf die weite Reise in die Kolonien geschickt, wo Positionen in von ihnen gewählten Berufen auf sie warten.
Vier dieser Damen schifften sich auf der PACIFIC STAR *ein, die beiden anderen verließen unser Land an Bord der* CITY OF LIVERPOOL.
Ein Lob gebührt den Mitgliedern der Auswanderungsgesellschaft für die weibliche Mittelklasse, die sich dem Wohl ihrer weniger glücklichen Schwestern verschrieben haben. Leider bestehen in diesem Land nur wenige Beschäftigungsmöglichkeiten für in wirtschaftliche Not geratene gebildete Damen.
Wie wir erfahren haben, erhielt die Gesellschaft auf ihre letzte Anzeige, mit der sie Gouvernanten für Posten im Ausland suchte, dreihundertsechzig Bewerbungen. Viele dieser Frauen mußten eingestehen, in völliger Armut zu leben.
So sehr die Gesellschaft auch allen Bewerberinnen helfen möchte, sieht sie sich gezwungen, ihre Bemühungen aufgrund ihres begrenzten Etats auf einen verhältnismäßig kleinen Kreis zu beschränken.
Allerdings hat dies zur Folge, daß die Frauen, die letztlich ausgewählt werden, mit erstklassigen Kenntnissen in englischer Literatur, Latein, Französisch oder Deutsch, Musik, Malerei und Redekunst aufwarten können.
Uns bleibt nur hinzuzufügen, daß von unserem Verlust die Kolonien profitieren, denn welche Familie würde sich nicht wahrhaft glücklich schätzen, eine solche Perle in ihrem Heim zu haben? Wir wünschen den Emigrantinnen eine gute Reise und allen nur erdenklichen Erfolg am anderen Ende der Welt.

1. Kapitel

Der blendend weiße Leuchtturm von Cape Moreton sandte den reisemüden Passagieren und der Mannschaft der *City of Liverpool* einen warmen Willkommensgruß, als das Schiff an diesem herrlichen, sonnigen Morgen stolz in die Bucht segelte. Sie alle empfanden eine ungeheure Dankbarkeit bei diesem tröstlichen Anblick. Die Gefahren des Ozeans lagen hinter ihnen. Die fünfzehnwöchige Reise war beinahe vorüber.

Man hatte sie vor rauher See in der weiten Bucht gewarnt, doch das Wetter war ihnen gnädig, und das Schiff wurde von einer sanften Dünung geschaukelt, als es den schützenden Windschatten von Stradbroke Island verließ und auf das Festland zusteuerte. Hoch über ihnen schwebten Pelikane am makellos blauen Himmel, und schlanke Delphine schnellten durchs klare Wasser, als wollten sie das Schiff zu einem Wettrennen bis zur Mündung des Brisbane River herausfordern.

Zwei junge Damen in dunklen Hauben und Umhängen standen inmitten der Menschenmenge an der Reling, die zu dem kleinen Decksbereich gehörte, der den Passagieren der zweiten Klasse vorbehalten war.

»Es kann nicht mehr lange dauern«, sagte Emilie zu ihrer Schwester, und die Aufregung war ihrer Stimme deutlich anzumerken.

»Gott sei Dank. Ich kann es gar nicht erwarten, dieses schreckliche Schiff zu verlassen.«

Sie passierten einige Inseln. Emilie warf einen Blick in ihr Notizbuch.

»Eine dieser Inseln heißt St. Helena, dort gibt es auch ein Gefängnis. Wie ungewöhnlich. Und auf der anderen befindet sich eine Leprastation. Was für ein furchtbarer Ort das sein muß, Ruth.«

»Entsetzlich. Aber ich nehme an, die Ärmsten hätten es schlechter treffen können. Die Inseln als solche scheinen recht hübsch zu sein.«

Andere Passagiere eilten geschäftig umher, trugen ihr Kabinengepäck an Deck oder waren mit Familie und Freunden in Abschiedsgespräche über ihre weiteren Reisepläne vertieft. Doch die Tissington-Schwestern blieben auf Distanz. Sie waren unterwegs, um als Gouvernanten in Brisbane oder der näheren Umgebung zu wirken, und hielten es in Anbetracht ihres Berufs für wichtig, soviel wie möglich über dieses neue Land zu lernen. Sie hatten Reisetagebücher geführt und alles gelesen, was sie über Australien auftreiben konnten. Nun bekamen sie Gelegenheit, ihr theoretisches Wissen um eigene Anschauung zu erweitern, und so beobachteten sie den Verlauf des Flusses und die ungewöhnliche Pflanzenwelt, die seine schlammigen Ufer säumte.

Obwohl auf vornehme Zurückhaltung bedacht, konnten sie dennoch nicht umhin, mit geradezu kindlicher Neugierde Ausschau nach den berühmten Känguruhs und Koalas zu halten; doch leider steckte keines dieser Beuteltiere die Nase aus dem Grün. Vögel hingegen gab es viele. Jenseits der Ufermangroven erkannte Ruth stattliche Eukalyptusbäume, die über dem Busch emporragten. Rote Blüten flammten auf, die offensichtlich den zahllosen leuchtend bunten Vögeln, die kreischend und zeternd die Ufer bevölkerten, als Nektarquelle dienten.

Emilie war hingerissen. »Sieh dir diese Papageien an! Sind sie nicht herrlich?«

»Ich glaube, das sind Loris. Wie schön, sie hier einmal in Freiheit erleben zu dürfen. Sie geben sicherlich ganz wunderbare Motive für deine Aquarelle ab.«

Sie versanken wieder in Gedanken. Während sie das unbekannte Land betrachtete, kam Ruth unwillkürlich die unglückselige Verkettung von Ereignissen in den Sinn, die sie gezwungen hatte, im Ausland ihr Auskommen zu suchen. Sie erschauderte. Ohne die Unterstützung der Auswanderungsgesellschaft würden sie noch immer in London leben, in schrecklicher Armut, Arbeitslosigkeit und Verzweiflung. Voller Traurigkeit dachte sie an ihre liebe Mutter. Alice Tissington hätte sich im Grab umgedreht, hätte sie um das Elend gewußt, das ihre Töchter seit ihrem Tod heimgesucht hatte. Sie war eine gebildete Frau gewesen, die Tochter eines Philosophen und Mathematikers, und hatte dafür gesorgt, daß Ruth und Emilie neben dem Wissen, das sie in der Dorfschule von Brackham erwarben, eine umfassende Ausbildung in den schönen Künsten erhielten.

Vor drei Jahren – einer halben Ewigkeit, wie es Ruth nun schien – hatte ihr verwitweter Vater wieder geheiratet. Die scheuen Mädchen hießen ihre Stiefmutter willkommen, mußten aber feststellen, daß diese ihre Anwesenheit in dem kleinen Haushalt mißbilligte. Nur allzu bald erfuhren sie, daß sie im Dorf über sie tratschte, sie der Faulheit und Aufsässigkeit bezichtigte und sie zwei alte Jungfern nannte, die ihrem lieben Vater nur zur Last fielen. Die dreiundzwanzigjährige Ruth war entsetzt und peinlich berührt. Auf die ihr eigene sanfte Weise erinnerte sie die neue Mrs. Tissington daran, daß ihr Verdienst als Musiklehrerin zum Familieneinkommen beitrug und die erst neunzehnjährige Emilie bereits Privatschüler für Französisch und Kunst annahm.

»Das ist auch so eine Sache«, hatte die Frau erwidert. »Ich dulde nicht, daß mein Heim zu einer Schule verkommt, in der ein ständiges Kommen und Gehen herrscht.«

Ruth wandte sich hilfesuchend an William Tissington, der jedoch die Ansicht vertrat, seine Frau sei im Recht. »Wie kann sie Gäste in ihrem eigenen Salon empfangen, wenn dort Jugendliche auf dem Klavier herumhämmern? Außerdem bekommt die arme Frau Kopfschmerzen von dem ständigen Geklimper.«

Immer häufiger kam es zu Auseinandersetzungen zwischen den Frauen. Emilie setzte sich gegen das ständige Nörgeln ihrer Stiefmutter heftig zur Wehr, während Ruth sich erfolglos darum bemühte, die Probleme auf damenhafte Weise zu lösen. Naiv wie sie waren, hielten es die beiden Schwestern nicht für möglich, daß eine neue Ehefrau ihnen den Platz streitig machen und ihre sicher gewähnte Position immer mehr untergraben konnte, bis nichts mehr davon übrig war.

Als Emilie verkündete, daß sie Freunde zu einer ihrer musikalischen Abendgesellschaften eingeladen habe, verweigerte Mrs. Tissington ihr rundheraus die Erlaubnis dazu.

»Ich teile dir das eigentlich nur der Höflichkeit halber mit«, antwortete Emilie aufbrausend. »Unsere musikalischen Abendgesellschaften werden im Dorf sehr geschätzt, das war schon immer so. Ruth und ich haben auch ein Recht auf ein gesellschaftliches Leben. Wir brauchen deine Erlaubnis nicht, um ein paar Freunde einzuladen; schließlich ist es auch unser Heim.«

»Das werden wir ja sehen. Ich spreche mit Mr. Tissington darüber.«
»Tu das nur!«
Die Entscheidung ihres Vaters schmerzte noch immer.
»Ich kann diese ständigen Sticheleien nicht länger ertragen. Diese Dame ist meine Frau. Sie sollte ebensowenig darunter leiden müssen. Sie hat sich solche Mühe mit euch gegeben, doch ihr seid anscheinend nicht in der Lage, dies anzuerkennen. Es wäre besser, wenn ihr euch eine anderweitige Unterkunft suchtet.«
Nachdem sich der erste Schock gelegt hatte, kamen die jungen Damen zu dem Schluß, daß ein solcher Schritt gar nicht so verkehrt sei. Es wäre ganz schön, endlich ein eigenes Zuhause zu haben, unabhängig zu sein und frei von dieser schrecklichen Person. Sie entschieden sich jedoch dagegen, ein Haus im Dorf anzumieten, wo früher oder später bekannt werden würde, daß man sie praktisch aus ihrem Heim vertrieben hatte. Dieser Demütigung wollten sie sich nicht aussetzen. Besser, sie zogen gleich nach London, wo sie einige Leute kannten und eine sehr viel größere Auswahl von Beschäftigungsmöglichkeiten als Privatlehrerinnen oder außer Haus lebende Gouvernanten vorfinden würden.
Tissington gab Ruth zwanzig Pfund für den Anfang und sagte ihr weitere finanzielle Unterstützung zu, die jedoch niemals kam. Er beauftragte einen Spediteur, ihre Schrankkoffer und Möbel nach London zu bringen. Möbel aus ihrem eigenen Heim, so beeilte sich seine Frau hinzuzufügen, von denen sie sich aus reiner Nächstenliebe trenne.
Im Rückblick sah Ruth ein, wie töricht ihre Hoffnung gewesen war, in einer Stadt wie London anzukommen und nur aufgrund persönlicher Referenzen sogleich eine angemessene Stellung zu finden. Potentielle Arbeitgeber und Vermittler hielten ihnen immer wieder ihre mangelnde Erfahrung vor.
Sie unterdrückte ein Schluchzen. Doch was hätten sie sonst tun sollen? Ihr Vater hatte sie im Stich gelassen, das Geld schmolz dahin, und sie sahen sich gezwungen, Gelegenheitsarbeiten anzunehmen. Sie halfen in Bibliotheken aus, schrieben in Büros Briefe ab, betreuten Kinder in Abwesenheit ihres Kindermädchens oder übten andere unbedeutende Tätigkeiten aus, mit denen sie sich jedoch kaum über Wasser zu halten vermochten. Sie verkauften ihre Bücher und alle

Möbelstücke, auf die sie verzichten konnten, zogen in ein schäbiges Zimmer im Souterrain, wo sie abends hungrig im Dunkeln saßen und nicht wagten, eine Kerze zu verschwenden. Alle Bittgesuche an ihren Vater stießen auf taube Ohren.

Dann erfuhr Emilie von der Auswanderungsgesellschaft und nahm Kontakt auf – ein erster Hoffnungsschimmer, der den Mädchen so lange gefehlt hatte. Ein Gesellschaftsmitglied, das ihre Bewerbungen prüfte, hatte ihre verstorbene Mutter gekannt. Die Dame bedauerte, daß die Töchter ihrer Freundin in Not geraten waren, und empfahl sie umgehend für das Auswanderungsprogramm. Schon bald befand man sie für geeignet, Stellungen als Gouvernanten in Queensland anzutreten. Sie würden unter der Schirmherrschaft der Gesellschaft reisen, zudem bot man ihnen ein Darlehen von zweihundert Pfund für Reisekosten und Spesen an. Die beiden Mädchen waren überglücklich. Nicht nur waren sie der Armut entronnen, sie erfuhren nun auch, daß sie als Gouvernanten in den Kolonien ein Jahreseinkommen von mindestens einhundert Pfund erwarten durften. Dann jedoch stellte sich heraus, daß es noch eine letzte Hürde zu nehmen galt. Sie mußten einen Bürgen benennen, der das Darlehen zurückzahlen würde, falls ihnen das nicht innerhalb der vorgeschriebenen drei Jahre gelingen sollte.

»Was sollen wir nur tun?« hatte Emilie lamentiert. »Wer würde denn schon für eine solche Summe bürgen?«

»Vater.«

»Wie bitte? Auf gar keinen Fall! Ich würde ihn nicht einmal fragen, wenn mein Leben davon abhinge.«

»Wir müssen es versuchen«, hatte Ruth düster geantwortet. »Unser Leben könnte tatsächlich davon abhängen.«

»Er wird dir nicht antworten.«

»Vielleicht doch. Wenn er erfährt, daß wir das Land verlassen und die Gesellschaft uns Anstellungen in den Kolonien vermittelt hat, ist er uns los. Keine Bettelbriefe mehr. Wir werden sicher in der Lage sein, das Darlehen selbst zurückzuzahlen, immerhin haben wir drei Jahre Zeit dazu. Er hat also nichts zu verlieren. Ich glaube, er wird für uns bürgen. Es ist das mindeste, was er tun kann.«

Schließlich war Emilie einverstanden, ihn zu fragen, doch für den Notfall hielt sie noch einen anderen Plan bereit. »Na schön, Ruth, dann schreib ihm eben. Doch wenn er sich weigert, verfasse ich die Bürgschaft selbst und fälsche seine Unterschrift.«

»Gott im Himmel! Das ist doch nicht dein Ernst!«

»Und ob! Bis er es herausfindet, haben wir das Land längst verlassen.«

Wie sich herausstellte, erklärte William Tissington sich tatsächlich bereit, für sie zu bürgen. Einerseits waren sie erleichtert, andererseits schmerzte dieser letzte Schritt zur endgültigen Trennung.

Emilie stieß ihre Schwester an. »Ich wüßte gern, woran du jetzt denkst.«

Mit einem schwachen Lächeln verscheuchte Ruth den Gedanken an die Vergangenheit. »Ich hoffe, daß unsere Arbeitsplätze nicht zu weit auseinanderliegen. Man sagt, die großen Entfernungen hier draußen seien eine schwere Belastung, und Reisen ist teuer.«

»Kopf hoch. Vielleicht kommen wir sogar bei benachbarten Familien unter. Ich glaube, dort drüben bei den Bauernhäusern beginnen die Vororte.«

Ruth konnte einfach nicht den gleichen Enthusiasmus für dieses Abenteuer aufbringen wie Emilie; sie hatte sich nur darauf eingelassen, weil ihnen keine andere Wahl blieb. Als das Schiff jedoch am Pier von Brisbane anlegte, spürte sie eine Welle der Erleichterung. Die Stadt wirkte freundlich, wenn auch ländlich; die fernen Hügel umgaben die niedrigen weißen Gebäude wie ein Ring.

An Bord der *City of Liverpool* hatten sie einige Ausgaben gehabt. Mit Mühe und Not ergatterten sie die Hälfte einer Kabine für sich, in der sie nichts als ein Leinwandvorhang von zwei ungehobelten Frauen trennte; doch sie mußten Geld in die Ausstattung investieren, wie zum Beispiel Matratzen für die nackten Schlafpritschen, dazu Rettungswesten, Laternen, einen Toiletteneimer und verschiedene andere Dinge, die man an Bord eines Schiffes benötigte. Dennoch hatten sie Geld gespart, indem sie ihr eigenes Bettzeug und Geschirr, Lampen und Kerzen mitbrachten. An Land würden sie diese Gegenstände nicht mehr benötigen, da ihre Stellungen Kost und Logis mit einschlossen. Emilie verkaufte die Sachen daher an den zweiten Maat, der sie, zweifellos mit einigem Gewinn, an ausreisende Passagiere weiterveräußern würde.

Ruth wartete in der Kabine auf ihre Schwester, damit keines ihrer Besitztümer ihren Mitbewohnerinnen in die Hände fiel, die groß im Leihen und vergeßlich im Zurückgeben waren. Sie nutzte die Zeit, den Brief an Jane Lewin zu beenden, die Leiterin der Auswanderungsgesellschaft, der sie für ihre Freundlichkeit dankte und versprach, das Darlehen so bald wie möglich zurückzuzahlen. Sie beschrieb die elende Überfahrt in allen Einzelheiten und machte deutlich, daß man Damen niemals zweiter Klasse reisen lassen sollte. Die Gegenwart der Frauen, die sie monatelang zu erdulden hatten, war unpassend und unerträglich gewesen. Sie beschrieb sie als vulgäre Angehörige der untersten Schichten und ihre Haltung gegenüber den einzigen beiden *Damen* unter ihnen als schändlich. Sie scheute sich nicht, Miss Lewin diese Informationen zu übermitteln, da diese ausdrücklich um Berichte ihrer Gouvernanten gebeten hatte.

Als Emilie zu ihr herunterkam und murmelte, sie habe nicht mehr als zwei Pfund aus dem zweiten Maat herausquetschen können, errötete Ruth.

»Nun, dann muß es eben reichen. Du kannst schließlich nicht mit ihm feilschen.«

»Ich *habe* ja gefeilscht. Zuerst wollte er mir nur ein Pfund zahlen. Wir können jetzt gehen, der Steward bringt unsere Koffer nach oben. Wir sind endlich am Ziel, Ruth, ist dir das überhaupt klar? Ich kann es gar nicht erwarten, alles zu erforschen.«

»Und ich kann den Geschmack von frischem Essen nicht mehr erwarten«, gab ihre Schwester trocken zurück.

Anders als erwartet, wurden sie nicht abgeholt. In der drückenden Hitze standen sie verloren am Kai und warteten auf den Stellenvermittler oder wenigstens einen Vertreter der Gesellschaft, doch niemand erschien. Auch an Bord hatte sich niemand nach ihnen erkundigt. Als die nachmittäglichen Schatten länger wurden, blieb ihnen nichts anderes übrig, als den Schiffskapitän um Rat zu fragen. Er empfahl ihnen eine Pension in der Adelaide Street.

»Sie sollten sich für die Nacht dorthin zurückziehen, meine Damen. Dann weiß ich Bescheid, wenn ihre Freunde sich nach ihnen erkundigen. Morgen früh sieht alles schon ganz anders aus.«

Er arrangierte ihre Beförderung zu der Pension mit dem seltsamen Namen Belleview Boarding House, und sie genossen die kurze Fahrt, bis sie feststellen mußten, daß diese sie drei Shilling plus sieben Shilling für die Schrankkoffer gekostet hatte.
»Wir hätten laufen sollen«, flüsterte Ruth.
»Das ging nicht, wir hätten unsere Koffer nie wiedergesehen.«
Ihre Wirtin, eine Mrs. Medlow, teilte ihnen gleich beim Empfang mit, der Preis pro Nacht betrage vier Shilling Sixpence oder eine Guinea pro Woche mit Halbpension. Sie entschieden sich für den Einzelpreis mit der Begründung, ihre Pläne stünden noch nicht genau fest, worauf sie in ein geräumiges Zimmer im Erdgeschoß geführt wurden.
Der Raum mit den einladenden Einzelbetten und der makellosen Ausstattung erschien den Tissington-Schwestern wie der Himmel auf Erden, doch sie hielten ihre Begeisterung im Zaum und ließen nicht erkennen, welchen Luxus dies nach den Entbehrungen der zweiten Klasse für sie bedeutete.
»Abendessen um sechs. Es wird jeden Moment läuten.« Damit verabschiedete sich Mrs. Medlow.
»Du lieber Himmel!« rief Emilie. »Richtige Betten! Privatsphäre. Sauberkeit ist ein wahres Gottesgeschenk. Endlich kein Gestank mehr.« Sie zog eine weiße Tagesdecke zurück. »Fühl doch nur die Laken, Ruth. Sie sind weich und nicht steif wie ein Brett vom Salzwasser. Und wie sie duften! Hier könnte ich ewig bleiben.«
Ruth lachte. »Ich rieche schon das Essen. Wir müssen uns schnell umziehen, ich falle um vor Hunger.«
Als die Tissington-Schwestern in ihren ordentlichen dunklen Taftkleidern und mit den winzigen Toques auf dem hochgesteckten Haar an ihren Ecktisch geführt wurden, folgten ihnen neugierige Blicke der anderen Gäste. Ein älterer Herr, der allein an einem Nachbartisch saß, begrüßte sie.
»Guten Abend, die Damen. Gerade vom Schiff gekommen, was?«
Die beiden waren nicht daran gewöhnt, von einem Wildfremden derart keck angesprochen zu werden. Emilie nickte nur kurz, während Ruth an ihrer Serviette herumfingerte, voller Entsetzen angesichts dieser Verwegenheit. Das Menü bestand aus einer hervorragenden, gehaltvollen Suppe, Lammbraten mit frischem Gemüse

und Zitronenpudding. Die Mädchen aßen so vornehm wie möglich und ließen nur zögernd von jedem Gericht einen Anstandshappen auf dem Teller zurück.
Die Serviererin teilte ihnen mit, der Kaffee werde im Salon serviert, doch sie lehnten höflich ab. Beide waren plötzlich sehr müde; die lange, anstrengende Reise forderte ihren Tribut.
»Ich bin ganz froh, daß uns niemand abgeholt hat«, seufzte Emilie und schloß die Zimmertür hinter sich. »Jetzt haben wir wenigstens Zeit, uns zu erholen.«
Bevor sie zu Bett gingen, knieten sie zum Beten nieder und dankten dem Herrn, der sie sicher an Land geführt hatte. Innerhalb weniger Minuten waren beide eingeschlafen, umhüllt vom Frieden und der Bequemlichkeit des bescheidenen Pensionszimmers.

Der Stellenvermittler Julius Penn kam die Ann Street herauf und betrachtete zufrieden die lange Schlange der Frauen, die sich bereits draußen vor seinem Büro angesammelt hatte. Einige Stammkundinnen grüßte er mit Namen.
»Du schon wieder, Dulcie«, sagte er zu einer blonden Frau und schloß die Tür auf. »Was ist denn diesmal schiefgegangen?«
»Sie haben mich nicht bezahlt, das war's. Zwei volle Wochen hab ich für sie gekocht, und dann erzählen sie mir, sie hätten nichts, ich müßte auf mein Geld warten. Wovon soll ich denn wohl meine Miete bezahlen?«
»Schön, schön, ich streiche sie von der Liste. Wir finden etwas anderes für dich.«
»Ich glaub, die Hälfte aller Bosse sollte von Ihrer Liste gestrichen werden«, gab sie vorlaut zurück, doch er warf nur einen Blick auf die Wanduhr in seinem Büro und schloß die Tür hinter sich. Sie blieb draußen und tauschte Klagen mit den anderen hoffnungsvollen Arbeitsuchenden aus. Noch zehn Minuten, bis das Büro öffnete.
Er hängte Hut und Stock an einen Holzhaken, zog das Jackett aus, hängte es ebenfalls auf und nahm dann in Hemdsärmeln hinter seinem Schreibtisch Platz. Er zündete sich einen Stumpen an und betrachtete mit einem Kopfschütteln die Reihen leerer Stühle vor sich. Dulcie hatte recht: Die Hälfte der Arbeitgeber auf seiner Liste griff zu jedem nur erdenklichen Trick, um die Dienstboten um ihren

Lohn zu bringen. Andererseits verstand die Hälfte aller Frauen, die er losschickte, nichts von vernünftiger Arbeit, somit waren sie wieder quitt. Er verschob sie einfach von einem zum nächsten und kassierte bei jeder Vermittlung einen Shilling, vom Arbeitnehmer wie vom Arbeitgeber. Erstaunlich, wie sich diese kleinen Shillinge summierten. Mit seinen fünfzig Jahren fragte sich Julius, weshalb er erst so spät auf diesen Dreh verfallen war. Er hatte ein schweres Leben hinter sich, hatte stets Grund zur Klage gehabt, nichts schien jemals richtig zu laufen, obwohl er jede Menge Jobs angenommen hatte, vom Büroangestellten bis hin zum Handlungsreisenden im Outback. Er hatte hochfliegende Pläne gehabt, mit denen er sein Glück machen wollte, war damit aber stets auf die Nase gefallen. Da war zum Beispiel das von ihm erfundene alkoholfreie Ale. Er wußte noch immer nicht, wo der Fehler gelegen hatte. Die Temperenzler von Parramatta hatten ihn aus der Stadt gejagt, als mehrere ihrer Damen davon sturzbetrunken geworden waren.

Er seufzte und sog an seinem Stumpen. Durch reinen Zufall war er dann auf dieses Geschäft gestoßen. Er war von Sydney nach Brisbane gekommen, um den drückenden Schulden zu entfliehen, und hatte sich auf die Suche nach einer Stellenvermittlung gemacht, wobei er feststellen mußte, daß es so etwas in Brisbane gar nicht gab. Innerhalb weniger Tage hatte Julius sein eigenes Büro eröffnet. In der Mitte stand ein Schreibtisch, davor waren die Stühle für die Bewerber aufgereiht, und hinter ihm befand sich ein mitgenommener Paravent, hinter dem hoffnungsvolle Arbeitgeber Platz nehmen konnten. Ihnen bot er eine bessere Sitzgelegenheit in Gestalt einiger durchgesessener Sofas an. Von da an ging die Post ab, wie der Wirt nebenan feststellte, der sich als Gegenleistung für ein gelegentliches Glas Brandy auf Kosten des Hauses das beste Personal aussuchen durfte. Julius schaltete einige Anzeigen im *Brisbane Courier*, doch danach lief alles wie von selbst. Es ging eben nichts über Mundpropaganda. Alle beklagten sich über seine Honorare, doch er pflegte in seinem seriösesten Tonfall darauf hinzuweisen, daß sie unvermeidlich seien – was immer das auch heißen mochte.

Die Uhr schlug acht, und diese verdammte Dulcie hämmerte gegen die Tür; er rief ihr zu, sie solle hereinkommen, und lehnte sich, die Daumen in den Hosenträgern, auf seinem Stuhl zurück. Eine Lawi-

ne von Frauen ergoß sich mit ihr in sein Büro und kämpfte um die besten Plätze.
»Ich zuerst«, schrie Dulcie und ließ sich auf den leeren Stuhl unmittelbar vor seinem Schreibtisch plumpsen, während die anderen kreischten und drängelten wie beim Essenfassen in einer Feldküche.
»Mal sehen.« Er blätterte die Seiten seines ordentlichen Arbeitgeberverzeichnisses durch. »Du könntest ins Ship Inn gehen. Die suchen da eine Köchin.«
»Da geh' ich nicht hin. Dieser Schweinehund verdrischt einen für jede Kleinigkeit.«
»Ansonsten gibt es im Moment nicht viel. Außer, du wärst bereit, in den Busch zu gehen.«
»Von wegen. Die meisten da draußen sind doch bekloppt.«
»So schlimm ist es in den Städten auf dem Land doch gar nicht. Ich bekomme viele Briefe von Leuten, die dort leben, sie suchen verzweifelt nach Dien… nach Personal.« Julius mußte aufpassen, was er sagte. Im Gespräch mit Arbeitgebern nannte er sie immer Dienstboten, doch nach zehn Monaten im Geschäft würde er den Teufel tun, diesen Begriff in Gegenwart der Frauen zu verwenden. Köchinnen waren Köchinnen und Hausmädchen Hausmädchen, doch sie wollten um keinen Preis als Dienstboten abgestempelt werden. Dieses Wort war für sie ein rotes Tuch.
»Welche Landstädte denn?«
»Toowoomba, Maryborough.«
»Nee, ich bleib' lieber in der Stadt.«
»Ich könnte dich als Zimmermädchen unterbringen. Im Hotel Victoria.«
»Ich bin kein verdammtes Zimmermädchen, sondern eine Köchin. Wie oft muß ich dir das noch sagen, Julius?«
»Na schön. Aber im Moment habe ich nichts für dich. Du bleibst am besten an deiner jetzigen Arbeitsstelle.«
»Ohne Lohn, während sie die feinen Pinkel mit Hummer und Austern und Champagner bewirtet wie eine russische Fürstin?«
Julius sah ein, daß sie recht hatte. Mrs. Walter Bateman, die Frau des leitenden Zollinspektors, war eine ehrgeizige Frau, die für ihre Parties berühmt, bei Personal und Händlern hingegen als Geizhals berüchtigt war.

»Sag einfach, du würdest ihr den Gerichtsvollzieher auf den Hals hetzen«, murmelte er.
Dulcie starrte ihn an. »Jesus, das ist wirklich ein toller Rat. Sie würde mir in den Hintern treten, daß ich achtkantig rausfliege.«
»Du hast doch nichts zu verlieren«, entgegnete er grinsend und strich sich über den exakt getrimmten, grauen Schnurrbart. »Sie ist ganz groß darin, Leute zu entlassen, wenn der Lohn fällig wird. Sie wird Probleme haben, einen Ersatz für dich zu finden. Du könntest ihr eine Warnung zukommen lassen.«
»Ich möchte ihr Gesicht sehen, wenn ich es auf die Tour versuche.«
»Liegt ganz bei dir.«
Dulcie legte sich ihren rosa Häkelschal um die Schultern und stand auf. »Ich versprech' nicht, daß ich da bleibe. Mit oder ohne Geld.«
Er nickte. »Wir werden sehen. Die nächste, bitte.«
Dulcie hatte sich kaum vom Stuhl erhoben, da stürzte schon ein dünnes Mädchen auf ihn zu. »Sie müssen mir helfen, Mister. Bin völlig verzweifelt ...«

Die Gouvernanten warfen einen ungläubigen Blick durchs Schaufenster.
»Das kann nicht richtig sein«, sagte Ruth und wich zurück.
»Doch. Das ist die Adresse, die wir von Miss Lewin bekommen haben, und da steht auch der Name.«
»Ich werde nicht hineingehen. Es ist offensichtlich eine Einrichtung für Dienstboten. Wir können uns nicht in solcher Gesellschaft zeigen.«
»Dann bleibst du eben hier! Vielleicht gibt es ja irgendwo noch eine andere Vermittlung. Ich werde hineingehen mich erkundigen.«

Julius sprach gerade mit einer rundlichen Frau, die eine Stelle als Kindermädchen suchte. Er nickte aufmunternd, während er ihre Referenzen studierte. Mit dieser hier würde er keine Probleme haben.
Er sah nicht hoch, als die Tür aufging, doch ein Raunen im Raum erregte seine Aufmerksamkeit. Eine junge, selbstbewußt wirkende Frau näherte sich seinem Schreibtisch; sie war sehr hübsch, trug ein elegantes, dunkelblaues Kleid und dazu einen bändergeschmückten Hut auf dem dichten, dunklen Haar.

Julius stufte sie als potentielle Arbeitgeberin ein und schoß von seinem Stuhl hoch, um sie hinter den Paravent zu führen.
»Sind Sie Mr. Penn?«
Ihre Stimme klang kultiviert und paßte zu ihrer reizenden Erscheinung.
»Zu Ihren Diensten, meine Liebe. Nehmen Sie bitte Platz. Es ist sehr warm heute. Dürfte ich Ihnen ein Glas Wasser anbieten?«
»Danke, nein, Mr. Penn. Ich muß mich wohl in der Tür geirrt haben, aber vielleicht können Sie mir ja den Weg weisen. Ich bin Miss Tissington; die Auswanderungsgesellschaft hat meine Schwester und mich zu Ihnen geschickt. Wir sind die Gouvernanten, die Sie angefordert hatten, scheinen aber in der falschen Abteilung Ihrer Agentur gelandet zu sein.«
»Jesus!« murmelte Julius. Jetzt fiel ihm diese Gesellschaft wieder ein. Sie hatten ihn vor Monaten angeschrieben, vor sechs Monaten, um genau zu sein, und sich erkundigt, ob er Gouvernanten mit den besten Empfehlungen angemessene Positionen vermitteln könne. Er hatte dies bejaht, weil er sich geschmeichelt fühlte, daß sein Ruhm bis nach London gedrungen war. Vermutlich hatte jemand seine Anzeige an die Gesellschaft weitergeleitet. Da er nicht wieder von ihnen hörte, hatte er die Sache völlig vergessen.
»Meine Dame, Sie haben sich keineswegs in der Tür geirrt, und ich habe mich für diese Räumlichkeiten zu entschuldigen. Hier läuft alles in einem kleineren Rahmen ab. Der Hauptsitz befindet sich in Sydney.«
Von Frauen, die zwischen den Bundesstaaten umherreisten, hatte er erfahren, daß es separate Stellenvermittlungen für höhergestellte Frauen gab, doch er konnte es sich nicht leisten, zwei Büros anzumieten. Die wenigen gebildeten Frauen, die in seiner Agentur landeten, lohnten solche Mühen nicht, selbst wenn es zu seinem Prestige beigetragen hätte.
»Verstehe.« Unbeeindruckt überreichte die junge Dame ihm eine ordentlich zusammengebundene Akte. »Hier sind mein Einführungsschreiben von der Gesellschaft und meine Referenzen im Original. Sie haben uns doch erwartet? Miss Lewin hat Ihnen doch sicherlich geschrieben?«
»Mag sein, Miss Tissington, aber ich habe schon länger nichts mehr

von der Gesellschaft gehört. Möglicherweise befindet sich die Mitteilung über Ihre bevorstehende Ankunft noch auf hoher See oder kam auf demselben Schiff an wie Sie. Wann sind Sie eingetroffen?«

»Gestern. Wir waren sehr überrascht, daß man uns nicht abgeholt hat. Wir sind davon ausgegangen, daß man uns umgehend zu unseren Arbeitsplätzen bringen würde.« Ihr Selbstvertrauen geriet ins Wanken. »Erwartet uns denn niemand?«

»Im Augenblick nicht, aber das ist nur ein vorübergehender Zustand. Ich brauche ein wenig Zeit, um mich mit der Angelegenheit zu befassen.«

»Meine Schwester ist draußen. Soll ich sie hereinholen?«

Julius wollte ihr um jeden Preis gefallen, außerdem tat sie ihm leid, doch die wartenden Frauen bedeuteten bares Geld, wenn es ihm gelänge, die Spreu vom Weizen zu trennen. »Wissen Sie was? Machen Sie doch einen Spaziergang und lernen die Stadt ein wenig kennen. Brisbane hat Ihnen sicherlich viel Interessantes zu bieten. Wir treffen uns um zwölf Uhr in dem kleinen Café am Ende der Straße, dort können wir uns in Ruhe unterhalten.« Die Frauen draußen wurden allmählich unruhig.

»Wir können nicht sofort unsere Stellen antreten?« fragte Ruth entsetzt. »Bist du sicher?«

»Nein, das nicht. Er hat mich irgendwie verwirrt. Erwartet hat er uns jedenfalls nicht.«

»Hat er denn trotzdem freie Stellen anzubieten? Das hat er der Gesellschaft jedenfalls versichert. Du hättest darauf bestehen sollen, daß er dir die nötigen Informationen gibt, damit wir uns darüber beraten können.«

»Warum gehst du nicht selbst rein, wenn du so klug bist? Immerhin habe ich den Kontakt mit der Agentur hergestellt.«

»Was man so Agentur nennt«, erwiderte Ruth. »Ich werde Miss Lewin einiges über die Zustände hier zu berichten haben, soviel ist sicher. Und wie kann er es wagen anzunehmen, daß wir bis heute mittag in dieser Hitze herumlaufen?«

»Wir könnten uns nach einem Postamt umschauen.«

Der Morgen war heiß und schwül. Beim Spaziergang durch die Hauptstraße bereute Ruth, daß sie ihr kurzes Cape angelegt hatte;

doch sie konnte es schlecht ausziehen und mit sich herumtragen. Sie tupfte wiederholt mit der behandschuhten Hand die Schweißperlen unter ihren Augen weg, während sie die Schaufenster betrachtete. Alle waren mit hochwertigen und entsprechend teuren Waren gefüllt, was an diesem abgelegenen Ort überraschte.

»Ist dir aufgefallen, daß die Damen hier viel größere Hüte tragen?« fragte Emilie. »Meinst du, unsere sind hier unmodern?«

»Nein, es hat wohl eher mit der Sonne zu tun. Wir sollten uns besser auch solche kaufen, sonst riskieren wir einen Sonnenstich.«

Sie fanden das Postamt, schickten Ruths Brief ab und erkundeten das Geschäftsviertel von Brisbane, dessen Straßen ein gleichförmiges Raster bildeten. Wenige Blocks vom Fluß entfernt gerieten sie in ein Wohngebiet mit Reihenhäusern und machten kehrt. Sie bogen in eine bergab führende Straße ein und entdeckten zu ihrer Freude, daß diese zu einem Rathaus und einer Kathedrale führte. Also hatte die Stadt doch einiges zu bieten. Sie stießen auf Spuren kulturellen Lebens: ein Museum, ein Theater, sogar ein Plakat der Philharmonie von Brisbane. Da beide nicht an die hier herrschende Hitze gewöhnt waren, waren sie vollkommen erschöpft, als sie an das eindrucksvolle Parlamentsgebäude gelangten, das, von hohen Bäumen umgeben, am Fluß lag. Und noch über eine Stunde bis zu ihrer Verabredung!

»Wir sollten zur Pension zurückgehen und Mrs. Medlow mitteilen, daß wir wahrscheinlich noch eine weitere Nacht bleiben müssen«, sagte Ruth.

»Noch nicht. Warte ab, bis dieser elende Mr. Penn uns etwas Definitives gesagt hat. Vielleicht benötigen wir das Zimmer ja für eine Woche.«

»Eine Woche? Ganz sicher nicht.«

»Wir wissen es aber nicht. Und der Einzelpreis pro Nacht ist hoch.«

»Nicht so hoch wie der Preis für eine Unterkunft, die wir am Ende gar nicht brauchen.«

Schließlich suchten sie einen nahe gelegenen Park auf und setzten sich dort niedergeschlagen auf eine schattige Bank.

Penn erwartete sie bereits im Café und schwenkte einen Brief, während er sie zu einem Ecktisch führte.

»Was habe ich Ihnen gesagt, meine Damen? Hier ist die Mitteilung von Miss Lewin. Sie hätte Sie Ihnen eigentlich gleich mitgeben können. Sie müssen die zweite Miss Tissington sein, es ist mir eine Freude. Nur selten lernt man an einem Tag gleich zwei so reizende Damen kennen.«

Ruth gab sich kühl. Sie saß steif auf ihrem Stuhl und nahm seinen Gruß mit einem kurzen Nicken zur Kenntnis. Ihre Referenzen steckten zusammengerollt und verschnürt in ihrer Handtasche, doch sie hatte nicht vor, sie hier in aller Öffentlichkeit auszubreiten.

»Nun, möchten Sie Tee? Gut, Tee und herzhafte Scones, die sind hier sehr zu empfehlen.« Er winkte die Kellnerin herbei und bestellte, dann wandte er sich an Emilie.

»Ich muß schon sagen, Miss Emilie ... Ich darf Sie doch Miss Emilie nennen, nur, um Sie beide zu unterscheiden? Ihre Referenzen sind ausgezeichnet, wirklich bemerkenswert. Wie ich sehe, unterrichten Sie neben den üblichen Fächern auch Musik – Klavier, wie ich hoffe. In diesem Winkel hier gibt es nämlich keinen anständigen Haushalt ohne Klavier.«

Emilie beugte sich vor, um seinen Redefluß zu unterbrechen. »Klavier. Ja, wir beide geben Klavier- und Gesangsunterricht.«

»Wunderbar. Und Französisch, Redekunst, Tanz und Zeichnen.«

»Nein, Malerei. Meine Schwester gibt Zeichenunterricht.«

»Ja, natürlich. Sehr begabte Damen.«

»Vielen Dank, Mr. Penn«, entgegnete Ruth. »Aber ich wüßte gern, ob Sie irgendwelche Neuigkeiten für uns haben.«

»Noch nicht, doch ich hatte heute morgen auch ausgesprochen viel zu tun.« Er schwafelte weiter, während die Kellnerin ihren Tee brachte, beschrieb in allen Einzelheiten die Schönheiten Brisbanes und wies sie auf einige der Familien hin, deren Bekanntschaft sie in nächster Zukunft machen würden, bis Ruth ihn erneut unterbrach.

»Aber Sie können uns nichts Definitives sagen?«

»Es ist noch zu früh dazu.«

Während sie ihren Tee tranken, stellte er zahlreiche Fragen. Mit wie vielen Kindern würden sie zurechtkommen? In welchem Alter? Wollten sie lieber in der Stadt oder auf dem Land leben? Wie sahen ihre Gehaltsvorstellungen aus? Emilie antwortete gewissenhaft, bis ihr klar wurde, daß er lediglich Zeit schinden wollte.

»Sie haben diese Informationen doch sicher bereits von der Gesellschaft erhalten, Mr. Penn?«
»Ja, aber es ist immer hilfreicher, es von den Bewerberinnen selbst zu erfahren, aus erster Hand sozusagen. Ich habe nur Ihr Bestes im Sinn, Miss Tissington.«
Müde sah Ruth zu, wie er sich den letzten Scone angelte. »Wir hatten eigentlich gehofft, Sie könnten uns heute nachmittag einige Vorstellungsgespräche vermitteln. Gehe ich recht in der Annahme, daß Sie zur Zeit keine freien Stellen für Gouvernanten anzubieten haben?«
»Ja, aber das ist nur vorübergehend, Miss Tissington. Die Angebote werden sicher bald kommen. Es wird sich herumsprechen, daß Sie in unserer schönen Stadt eingetroffen sind, dafür werde ich schon sorgen. Umgehend. Wo wohnen Sie übrigens?«
Sie gaben ihm ihre Adresse. Er nickte vielsagend. »Eine hervorragende Adresse. Mrs. Medlow ist eine angesehene Frau. Nun muß ich Sie leider verlassen, meine Damen. Die Pflicht ruft. Sie werden von mir hören. Genießen Sie Ihren kleinen Urlaub, bevor Ihre eigentlichen Pflichten beginnen.«
Sie sahen ihm nach, wie er an der Theke zahlte, einen ramponierten Zylinder ergriff und hinauseilte.
»So ein Angeber«, meinte Ruth fassungslos, bemerkte aber, wie verwirrt ihre Schwester wirkte, die offensichtlich zu dem gleichen Schluß gelangt war. »Ich hoffe, er strengt sich jetzt ein bißchen an.«
»Ruth, was sollen wir tun, wenn wir hier keine Arbeit finden? Fängt jetzt alles wieder von vorne an?«
»Natürlich nicht. Du hast doch gesehen, wie er auf deine Referenzen reagiert hat. Ich glaube nicht, daß es hier draußen so viele qualifizierte Damen gibt. Oh, ich muß ihm auch meine Referenzen geben, gleich morgen.«
Als sie das inzwischen überfüllte Café verlassen wollten, ertönte eine Glocke über der Tür, und die Kellnerin eilte hinter ihnen her.
»Meine Damen, Sie haben vergessen zu bezahlen.«
Ruth erstarrte. »Keineswegs. Der Herr hat bezahlt.«
»Mr. Penn? Oh, aber doch nur für sich selbst. Er wollte nicht, daß Sie seine Rechnung mitbegleichen müssen. Ich bekomme vier Shilling von Ihnen.«

Peinlich berührt, suchten sie die Münzen zusammen und eilten hastig davon.

Nach Büroschluß strengte Penn sich an diesem Nachmittag tatsächlich an. Die Tissington-Mädchen waren erstklassige Kundinnen, und er war sicher, daß er sie unterbringen und dafür eine höhere Vermittlungsgebühr berechnen könnte. Zunächst suchte er die Bar im Hotel Victoria auf, wo seine Neuigkeit zwar Interesse an den Damen selber weckte, sich aber keine Beschäftigungsmöglichkeit auftat. Doch es war noch nicht aller Tage Abend. Er ging auch in die *Bushmen's Bar* im Hotel Royal, wo die reichen Viehzüchter abstiegen, doch das Ergebnis war das gleiche. Unbeirrt beschloß er, seine Nachforschungen am nächsten Tag im Rennclub fortzusetzen. Samstags traf man dort nämlich gewöhnlich die wohlhabenden Gesellschaftslöwen an, die in Scharen zu den Rennen kamen. Sie würden die Neuigkeit schon verbreiten.

Emilie kaufte auf dem Heimweg eine Zeitung und freute sich schon auf die Nachrichten aus aller Welt, doch als sie sie aufschlug, fiel ihr Blick auf den Wochentag.

»Du lieber Himmel, heute ist Freitag! Wenn er bis morgen nichts für uns gefunden hat, müssen wir bis Montag auf die Vorstellungsgespräche warten. Wir sollten das Zimmer wohl doch besser für eine Woche nehmen.«

Die Pensionswirtin ließ sich darauf ein, betonte jedoch, damit hätten sie das Zimmer bis zum nächsten Freitag gebucht.

»Nein, bis Donnerstag«, widersprach Emilie entschlossen. »Wir sind gestern angekommen. Hier ist das Geld für den Rest der Woche.« Sie hatte aus der schwierigen Zeit in London gelernt, daß Barzahlung stets den Ausschlag gab, und auch diese Wirtin bildete da keine Ausnahme.

»Das ist höchst ungewöhnlich«, grollte sie, »aber ich muß mich wohl damit abfinden. Sie können übrigens ihr bisheriges Zimmer behalten.«

»Vielen Dank.«

»Erwarten Sie, noch länger zu bleiben?«

»Nein.«

»Haben Sie Freunde hier in Brisbane, Miss Tissington?«

»Selbstverständlich«, log Emilie zum Entsetzen ihrer Schwester.
»Warum hast du das gesagt? Sie kennt doch Mr. Penn und könnte von ihm die Wahrheit erfahren.«
Emilie zuckte die Achseln. »Und wenn schon? Dann soll sie eben nicht so neugierig sein.«
Mrs. Medlow sah den beiden nach, als sie in ihrem Zimmer verschwanden, und murmelte: »Zwei eingebildete Dämchen haben wir uns da eingehandelt.«
Sie betrachtete die säuberlichen Unterschriften in ihrem Gästebuch. Die größere mit den dunklen Haaren war Emilie, die ältere, rundlichere Ruth. Ruth wirkte sympathischer, doch im Grunde waren beide für ihren Geschmack zu überheblich. Gleichwohl brannte sie vor Neugierde. Die Kleider der beiden waren von guter Qualität, weite Röcke über dezenten Reifröcken, ganz nach der neuesten Mode, doch sie trugen keinerlei Schmuck. Einige ihre Gäste hielten sie für Missionarinnen, doch Mr. Kemp hatte darüber nur gelacht.
»Die doch nicht. Viel zu hochnäsig. Eher Lehrerinnen, würde ich sagen.«
»Da irrst du dich«, sagte seine Frau. Nach ihrer Erfahrung waren Lehrerinnen alt, häßlich und unelegant, ganz anders als diese Mädchen. Allerdings wußte sie jetzt schon, daß sie sich über kurz oder lang von ihren unpraktischen weiten, mit Volants besetzten Krinolinen würden verabschieden müssen. »Ich halte sie für Damen der Gesellschaft, die auf eine der großen Schaffarmen im Westen weiterreisen, dahin, wo all die feinen Leute leben. Wir müssen unbedingt ihre Bekanntschaft machen.«
Mrs. Kemp war erfreut zu hören, daß die Neuankömmlinge noch bleiben würden. Ihr Ehemann hatte sich erst kürzlich nach Brisbane versetzen lassen, wo er den Posten des Polizeichefs übernommen hatte, um seinem Cousin Charles Lilley, dem Justizminister von Queensland, einen Gefallen zu tun. Jasper Kemp wäre zum Ende seiner Karriere hin lieber in seinem geliebten Sydney geblieben, einer Stadt, die berühmt war für ihre Schönheit und Vielfalt, doch seine Frau litt unter schwerer Arthritis. Der Arzt hatte ihr den Aufenthalt in einem wärmeren Klima empfohlen. Außerdem bot Lilley ihm ein ausgezeichnetes Gehalt und ein neues Haus, das im Fortitude Valley, nicht weit von Stadtzentrum entfernt, eigens für sie er-

baut wurde. Der Justizminister hatte guten Grund, einen erfahrenen Polizeibeamten aus Neusüdwales zu holen, da allgemein bekannt war, daß üble Gesellen aus diesem Staat über die Grenze kamen, weil sie sich in Queensland reiche Beute erhofften. Hier erschwerten die großen Entfernungen zwischen den Städten und Goldfeldern die Verständigung beträchtlich, so daß sie nur selten Gefahr liefen, erkannt und dingfest gemacht zu werden.

Kemp wußte, daß er vor einer schweren Aufgabe stand, wenn er in einem Staat, der noch nicht einmal voll erschlossen war, Recht und Ordnung schaffen wollte. Die Polizisten hatten sich als schlecht ausgebildet erwiesen, die Verwaltung arbeitete nachlässig, vor allem nachdem die britischen Truppen abgezogen waren. Seit der Gründung der ersten Kolonie waren diese Truppen der wichtigste Garant im Kampf gegen die Gesetzlosigkeit gewesen, doch nun mußten die Kolonien selbst für ihre innere Sicherheit sorgen.

Der Justizminister hatte die Verstärkung der Polizeitruppe befürwortet, stimmte aber in einer anderen Frage nicht mit Kemp überein. In Neusüdwales war bereits ein Gesetz in Kraft, der sogenannte Felons Apprehension Act, und Lilley war entschlossen, es in Queensland einzuführen, auch gegen Jasper Kemps Widerstand. Dieses Gesetz besagte, daß Buschräuber zu Gesetzlosen erklärt werden konnten und bei Entdeckung erschossen werden durften. Kemp war entsetzt darüber. In langen, erbitterten Wortgefechten wies er darauf hin, daß dadurch jeder schießwütige Polizist oder Zivilist das Gesetz in die eigenen Hände nehmen könne. Doch als Polizeichef hatte er hier auch nicht mehr Einfluß auf eine solche Entscheidung als der niedere Chefinspektor, der er zuvor im Süden gewesen war.

An diesem Samstagmorgen stand er auf der Veranda der Pension, sog die frische Luft ein und grübelte über eben dieses Problem nach, bevor er zu einem Treffen mit den örtlichen Inspektoren aufbrechen wollte. Da traten die englischen Damen aus dem Haus, gingen geradewegs zum Gartentor hinaus und wandten sich nach rechts in Richtung Stadt. Trotz ihrer äußerlichen Ruhe verrieten ihre Gesichter eine gewisse Anspannung, und er fragte sich nach dem Grund. Seine Frau war ihnen bis vor die Tür gefolgt und blähte sich auf wie eine kampfbereite Bantamhenne.

»Diese Mädchen!« sagte sie aufgebracht zu ihm. »So etwas von un-

höflich. Ich habe sie lediglich gefragt, ob sie spazierengehen wollten, doch sie haben mich einfach nicht beachtet. Sind an mir vorbeigegangen, als wäre ich Luft. Was habe ich ihnen denn bloß getan?«
»Nichts, meine Liebe. Mir scheint, sie hatten den Kopf voll mit anderen Dingen. Wenn man Sorgen hat, wirkt man oft reserviert.«
»Tatsächlich?«
»Ja, in der Tat. Ich bin zum Mittagessen zurück. Möchtest du dann mit mir zur Baustelle fahren und sehen, welche Fortschritte das Haus macht?«
»O ja. Mrs. Medlow möchte auch mitkommen. Sie interessiert sich sehr dafür.«
Darauf möchte ich wetten, dachte er. Das Leben in der Pension mißfiel ihm, es gab einfach zu viele aufdringliche Menschen hier, und diese Medlow gehörte zur schlimmsten Sorte.

Ruth und Emilie war noch nicht bewußt geworden, daß sie sich auf gewaltige Veränderungen im Umgang mit den Menschen hier einstellen mußten. Noch kannten sie nicht die Angewohnheit der Kolonialbewohner, Fremde einfach anzusprechen, und die Notwendigkeit, ihre Fragen höflich zu beantworten. Sie mißbilligten die neugierige Annäherung dieser Frau, und ihre eigenen Anstandsregeln schrieben vor, sie nicht weiter zu beachten. Sobald sie aus der Tür waren, hatten sie sie auch schon vergessen.
»Hast du deine Referenzen mitgenommen?« erkundigte sich Emilie.
»Ja. Und diesmal werden wir die Angelegenheit in aller Form in seinem Büro besprechen. Schließlich hat er Miss Lewin wissen lassen, daß Anstellungen verfügbar seien.«
»Aber das ist doch schon Monate her.«
»Dennoch könnten einige dieser Posten noch frei sein. Vielleicht haben sie keine passenden Gouvernanten gefunden. Wir müssen den Burschen festnageln.«
An diesem Tag würde es jedoch keine Unterredung geben, denn sie fanden Penns Bürotür verschlossen, die Jalousien heruntergelassen vor.
»Es ist Samstag«, meinte Emilie. »Offensichtlich hat er am Wochenende gar nicht geöffnet.«

»Das hätte er uns aber auch sagen können! Das zeigt doch nur, was für ein unzuverlässiger Patron er ist. Nun, am Montag morgen werden wir als erste hiersein.«

Die Sonne verbarg sich nun hinter einer niedrigen Wolkendecke, was der Hitze jedoch keinen Abbruch tat. Sie lastete wie eine Glocke über der Stadt, die Feuchtigkeit war allgegenwärtig. Ruth spürte, wie Schweiß zwischen ihren Brüsten hinunterlief, und sie fragte sich verärgert, wie Emilie nur so kühl wirken konnte. Das jüngere Mädchen schwitzte einfach weniger, und Ruth beneidete es um diesen Vorteil.

Sie seufzte. »Wir können ebensogut in unser Zimmer zurückgehen.«

»Nein«, antwortete Emilie entschlossen. Ruth hatte bei jedem Rückschlag so reagiert, sowohl in London als auch auf dem Schiff, und Emilie war es allmählich leid, sich hinter verschlossenen Türen vor der Welt zu verkriechen.

»Was sollen wir denn sonst tun?«

»Wir könnten einen Spaziergang machen.«

»In dieser Hitze? Die Luftfeuchtigkeit nimmt mir den Atem.«

»Ich weiß, aber wir müssen uns ohnehin daran gewöhnen. So ist hier der Sommer eben.«

»Mag sein, aber deshalb müssen wir noch lange keine Risiken eingehen. Außerdem haben wir uns bereits gestern die Stadt angesehen.«

»Wenn du nicht mitkommen willst, dann geh zurück. Ich für meinen Teil habe viel Zeit. Ich würde mir gern einmal die Vororte anschauen.«

»Du kannst unmöglich allein in der Gegend umherwandern.«

»Um Himmels willen, früher oder später werden wir ohnehin getrennt irgendwo arbeiten. Ein Spaziergang kann nicht schaden, und ich lerne dabei wenigstens die Stadt kennen.«

Ruth wandte sich beleidigt ab. »Wie du meinst, aber sei vorsichtig. Verlauf dich nicht.«

Nachdem sie sich getrennt hatten, atmete Emilie erleichtert auf. Sie und Ruth verstanden sich gut, und die gemeinsame Notlage hatte ihre gegenseitige Zuneigung noch vertieft, doch Emilie war dieser erzwungenen Nähe schon lange überdrüssig. Sie stritten sich gelegentlich, doch das war nicht das eigentliche Problem; sie spürte, daß ihre Schwester sich mehr und mehr zurückzog und sie gegen ihren

Willen mitzog, bis sie beinahe erstickte. Ihre Beziehung ließ sich durchaus mit der drückenden Hitze vergleichen, die sie als ebenso unangenehm empfand wie Ruth; doch anders als ihre Schwester suchte sie sich davon zu befreien, gedachte sie zu überwinden. Aufbrechen zu neuen Ufern. Sie wünschte sich, so weit von Ruth entfernt zu arbeiten, daß sie ihr eigenes Leben führen und unabhängig von ihr sein könnte. Sie ging die Hauptstraße entlang, von der sie inzwischen wußte, daß sie Queen Street hieß, fest entschlossen zu ergründen, was an ihrem Ende und dahinter lag. Es tat so gut, einmal allein zu sein und überall hingehen zu können, ohne sich erst auf lange Diskussionen einlassen zu müssen.

Charles Lilley war nicht nur Justizminister, sondern auch Parlamentsabgeordneter für Fortitude Valley, einen Wahlbezirk am Fluß, der nur einen Steinwurf von dem verläßlicheren Wahlkreis Brisbane entfernt lag. Als er in die gesetzgebende Versammlung des Staates gewählt worden war, war er zunächst stolz gewesen auf das Vertrauen, das die Leute aus dem Valley ihm entgegenbrachten; doch in der Folgezeit hatte er einen schweren Kampf führen müssen, um im wechselvollen Spiel der öffentlichen Meinung seine Position zu wahren. Er stöhnte, während er mühsam einen goldenen Knopf in seinen gestärkten Kragen zwängte, den der verschwitzte Hals bereits aufzuweichen drohte. Früher war Fortitude Valley ein überaus eleganter Wohnbezirk gewesen, doch inzwischen hatten Ladenbesitzer, die im Geschäftsviertel von Brisbane nicht Fuß fassen konnten, die Hauptstraße für sich erobert. Auch Besitzer von Ställen, Sattlereien und kleinen Fabriken hatten die Vorteile dieses Stadtteils erkannt. Hinter ihnen zwängten sich die Häuschen der Arbeiter, drängten das sanft gewellte offene Weideland immer weiter zurück. Die Anwohner des Flusses blieben dennoch, weil sie ihre herrliche Aussicht, die kühlen Brisen und die prachtvollen Feigenbäume der Moreton Bay liebten, und wandten dem Menschengewimmel des Geschäftszentrums standhaft den Rücken. Es wimmelte nur so von Hotels und Spielhallen; geheimnisvolle Chinesen, als reiche Männer von den Goldfeldern zurückkehrend, stellten ihren Besitz nicht protzig zur Schau, sondern investierten ihr Geld lieber in unauffällige Wäschereien und schäbige Läden. Anrüchige Etablissements schoben sich dreist ans Tageslicht, siedelten sich gleich neben Tuchhändlern und Schnei-

dern an. Sogenannte Damen beugten sich ungeniert über hohe Balkonbrüstungen und scherzten mit den welterfahrenen Seeleuten der Handelsschiffe, die ihnen begierige Blicke zuwarfen.
Und über diesen geldgierigen und eigensinnigen Mob herrschte also der hochwohlgeborene Charles Lilley. Er wünschte, er hätte einen Wahlkreis auf der anderen Seite von Brisbane übernommen, wo neue Vororte wie Paddington, Toowong oder Yeronga ein gesetztes, anständiges Bild boten, doch er hatte nun einmal Fortitude Valley gewonnen und war darauf sitzengeblieben. Auf brüllenden Arbeitern, die lieber rauften, als ihr tägliches Brot zu verdienen. Auf vornehmen Anwohnern, die es vorzogen, sich aus seinen Kämpfen gegen die sozialistischen Elemente herauszuhalten, die ihm ständig zusetzten. Zum Glück durften Frauen, Männer ohne Grundbesitz und junge Windhunde nicht wählen, obwohl man bei den öffentlichen Versammlungen, auf denen sie in Scharen auftauchten und alle möglichen Rechte, will heißen Geld, einforderten, einen anderen Eindruck gewinnen konnte. Charles war immer erstaunt über die Frauen, die mit den Männern dort hinkamen und ihn niederbrüllten, als sei dies eine Neuauflage der Französischen Revolution.
»Furchtbare Leute«, sagte er mit einem Blick in den Spiegel. Endlich saß der Kragenknopf.
Verlassen konnte er sich auf seine treuen Flußanwohner und seltsamerweise auch auf die Chinesen. Charles war entsetzt gewesen, als so viele von ihnen in seinen Wahlkreis geströmt waren, doch einige ältere Herren mit langen Zöpfen hatten sich mit ihm verabredet und ihn in Begleitung sich ständig verbeugender Mätressen aufgesucht, um einige Dinge klarzustellen.
Sie wollten keinen Ärger.
Sie waren, ungeachtet aller gegenteiligen Behauptungen, gesetzestreue Bürger.
Sie hatten bescheidene Häuser und Geschäfte erworben und strebten nicht nach Höherem. Er erfuhr, daß sie den Großteil ihres Vermögens an bedürftige Verwandte in China schickten.
Es wäre ihnen eine Ehre, wenn der große Sir sie als Gentlemen und Vertreter ehrenwerter Familien behandeln würde.
Und bei Gott, dachte er vor dem Spiegel, während er seinen Geh-

rock glattstrich und die Falten seiner schwarzen Krawatte ordnete, sie hatten recht. Wie viele Chinesen sitzen im Gefängnis? Nicht einer. Sieht aus, als würden sie sich selbst um ihre Schurken kümmern. Charles lief ein Schauer über den Rücken. Er zog es vor, nichts Näheres darüber zu erfahren, welche Methoden sie dabei anwandten. Dem äußeren Eindruck nach zu urteilen, waren sie echte Musterbürger, die Geld für seinen Wahlkampf spendeten und sich ansonsten um ihre eigenen Angelegenheiten kümmerten. Sie würde er nicht unter den Rowdies finden, die es sich mit Sicherheit wieder nicht nehmen ließen, bei der Versammlung heute morgen aufzutauchen.

Sein Sekretär Daniel Bowles erwartete ihn bereits am Tor.

»Was machen Sie denn hier? Ich hatte doch gesagt, Sie sollten schon vorgehen und im Park nach dem Rechten sehen ...«

»Da war ich ja auch, Sir. Das Podium steht schon. Macht einen soliden Eindruck.«

»Ich hoffe, es steht im Schatten.«

»Ja. Und ich habe die Flagge an den Baum hinter dem Rednerpult gehängt. Aber, Mr. Lilley, der Bürgermeister hat sich entschieden, nicht zu sprechen.«

»Wieso? Er sollte mich doch vorstellen. Das ist typisch für diesen Trottel, im letzten Augenblick zu kneifen. Erst gestern hat er mir fest versprochen zu kommen.«

Daniel schüttelte den Kopf. »Er war ja auch da, ist aber wieder gegangen. Eine große Menge hat sich versammelt, Mr. Lilley, und die Stimmung ist gar nicht gut. Der Bürgermeister hat mich gebeten, Ihnen zu raten, die Versammlung abzusagen.«

»Absagen? Nachdem eine Anzeige in der Lokalzeitung ausdrücklich darauf hinweist, daß ich um zehn Uhr heute morgen eine Rede halten werde? Das kann ich nicht tun. So etwas hat es noch nie gegeben.«

Er setzte seinen schwarzen Zylinder auf und ging entschlossen die Straße hinauf.

Daniel eilte hinter seinem Boß her. »Mr. Lilley, nachdem ich diesen Mob gesehen habe, neige ich dazu, dem Bürgermeister zuzustimmen. Wie er schon sagte, Vorsicht ist besser als Nachsicht.«

»Vorsicht, so ein Unsinn! Er ist ein Drückeberger. Mir ist bewußt, daß die Leute guten Grund haben, besorgt zu sein, deshalb muß ich ja auch zu ihnen sprechen. Ich muß ihnen erklären, daß die momentane Arbeitslosigkeit nicht von Dauer sein wird.«

Wütend bog er um eine Ecke. »Es ist nicht unsere Schuld, daß diese verdammte Bank zusammengebrochen und der Regierungskredit damit geplatzt ist. Wir konnten unsere Arbeiter einfach nicht ausbezahlen. Doch wir sind dabei, einen neuen Kredit aufzunehmen, dann wird alles gut.« Er sah auf die goldene Taschenuhr, die er an einer Kette in der Westentasche trug. »Zehn vor zehn. Kommen Sie, Daniel, wir haben es eilig. Sie müssen mich vorstellen.«

»Ich? Ich bin kein Redner, Sir.«

»Jetzt schon.«

Die Menge verharrte in finsterem Schweigen, als Lilley mit seinem Sekretär den Park betrat, fröhlich den Zylinder zog und die mürrischen Zuschauer begrüßte. Zögerlich machten sie ihm Platz. Daniel machte im Augenblick jedoch seine ungewohnte Rolle größere Sorgen als die Feindseligkeit des Publikums.

Als er das Podium betrat, bemerkte er, daß Lilley eindringlich auf Joe Fogarty, einen Hafenarbeiter und Unruhestifter erster Güte, einsprach. Anscheinend nahm das Gespräch keine allzu hoffnungsvolle Wendung, da Fogarty jetzt brüllte und wild mit den Armen gestikulierte. Lilley ließ ihn schließlich mit einem Achselzucken stehen und kam zu seinem Sekretär herüber.

»Na los«, stieß er Daniel an. »Holen Sie tief Luft. Sprechen Sie mit lauter Stimme.«

»Was soll ich denn sagen?«

Daniel trat nervös nach vorn. Er hob die Arme zu einer Geste, die er sich bei den Politikern abgeschaut hatte. Dann warf er einen raschen Blick über die Menge und bemerkte voller Furcht, daß sich die Menschen sogar bis in die Seitenstraßen hinein drängten. Zumeist war es ärmliches Gesindel, schäbig gekleidet, aber nicht nur Arbeiter; auch Angestellte und Lehrer, von denen er einige erkannte, waren darunter, sogar Frauen. Das gab für ihn den Ausschlag bei der Wahl seines Tonfalls.

»Meine Damen und Herren«, schrie er mit schriller Stimme, vielen Dank, daß Sie gekommen sind. Heute findet hier eine wichtige Versammlung statt, wie Sie zweifellos alle wissen, und ich …«

»Wer bist denn du?« brüllte jemand, und Daniels Vorstellung ging in dröhnendem Gelächter unter.
Eine Frau kreischte los: »Geh lieber nach Hause zu deiner Mama!«
Daniel errötete und umklammerte seinen Strohhut. Er sprach weiter, obwohl er inmitten des verächtlichen Gelächters kaum seine eigene Stimme hören konnte. »Es ist mir eine Ehre, Ihnen Mr. Charles Lilley, Mitglied der gesetzgebenden Versammlung für den Bundesstaat Queensland, vorstellen zu dürfen, und ...« Endlich trat Lilley vor und rettete ihn.
Jetzt kehrte Ruhe ein. Er nickte Daniel zu, der sich rasch nach hinten verzog.
»Meine Damen und Herren, Ihre Regierung ist sich der derzeitigen Probleme durchaus bewußt ...«
»Seit wann denn das?« rief eine heisere Stimme, und andere stimmten ein, doch Lilley wartete geduldig ab, bis sich der Aufruhr ein wenig gelegt hatte.
»Ich bin gekommen, um mir anzuhören, was Sie zu sagen haben, und gemeinsam mit Ihnen nach Lösungen zu suchen. Das ist aber nur möglich ohne die Agitatoren in Ihrer Mitte, die jeden vernünftigen Ansatz im Keim ersticken.«
»Dann kommen Sie uns mal mit Ihrer Vernunft«, dröhnte Fogarty. »Die Banken haben den Betrieb wieder aufgenommen. Warum dauert das so lange, bis die entlassenen Arbeiter wieder eingestellt werden?« Er schwenkte dankend die Mütze, als die Menge seine Frage mit stürmischem Beifall bedachte.
»So einfach ist das nicht. Wir beginnen bald mit den öffentlichen Bauarbeiten: neue Straßen, ein neues Hauptpostamt in der Queen Street ...«
»Wann?« Eine Gruppe von Männern mit harten Gesichtern hatte sich nach vorn gedrängt. Daniel gefielen ihre Mienen ganz und gar nicht, und er fragte sich, ob Mr. Lilley sie ebenfalls bemerkt hatte.
»Die Arbeiten befinden sich im Planungsstadium.«
»Die Leute verhungern, während Sie zum Pferderennen gehen«, schrie ein Mann aus dieser Gruppe. Als Lilley ihn darauf hinwies, daß er doch hier sei, konterte der Zwischenrufer: »Erzählen Sie doch keine Lügenmärchen! Sie gehen heute zum Rennen. Sie haben ein Pferd laufen, Lilley!«

Der Fremde kletterte auf das Podium, um sich im Rampenlicht zu sonnen. Damit verärgerte er Fogarty, der wohl vorgehabt hatte, die tobende Menge auf seine Seite zu bringen, indem er Lilley als Scharlatan, Großmaul und reichen Narren brandmarkte, der überhaupt keine Ahnung vom Los der Arbeiter habe.
Lilley brüllte zu Fogarty hinunter: »Wer ist dieser Kerl?«
Fogarty zuckte nur die Achseln. Die Versammlung geriet mehr und mehr außer Kontrolle; Männer drängten sich nach vorn, andere, die Plakate schwenkten, stießen von hinten nach.
Daniel bemerkte einen Reiter, der sein Pferd am Parkeingang angehalten hatte. Ein zweiter kam hinzu, und beide betrachteten neugierig die Szene, ohne sich jedoch einzumischen. Fogarty murmelte wütend vor sich hin. Vermutlich hatte der Hafenarbeiter, dessen politische Ambitionen kein Geheimnis waren, ursprünglich vorgehabt, diese Gelegenheit dazu zu benutzen, die Aufmerksamkeit der Menge auf sich zu lenken und eine eigene Rede zu halten. Offensichtlich hatte er diesen Plan inzwischen aber aufgegeben, und Daniel wünschte, Lilley würde es ihm gleichtun. Doch sein Boß sprach immer noch, besser gesagt, er schrie wütend ins Publikum hinein.
Plötzlich schien ein Ruck durch die Menge zu gehen, und sie wälzte sich mit dem Ruf »Packt den Mistkerl!« nach vorn.
»Wir sollten ihn aufhängen!«
»Lyncht ihn!« schrien andere und erstürmten das Podium.
Daniel sprang herunter und landete inmitten des Mobs, der die Tribüne umgab, blieb aber unbehelligt. Fogarty schrie nun auch, doch mit der Absicht, den Ansturm aufzuhalten; er zog die Männer von den Stufen hinunter, suchte sie zurückzuschieben. Lilley bekam dennoch einiges ab, da er inmitten der Menschenmasse gefangen war, die sich mit wildem Geschiebe um ihn drängte.
In diesem Augenblick galoppierte einer der Reiter tollkühn nach vorn, ohne sich um die Leute kümmern, die in Deckung gingen vor ihm und seinem Pferd. Er preschte direkt auf das Podium zu. Wenig später eilte ihm der zweite Reiter zu Hilfe. Er war jung, hochgewachsen, hatte blondes Haar und schwang lachend seine Peitsche, während er sich ins Getümmel stürzte. Er schien sich prächtig zu amüsieren.
»Das ist nicht zum Lachen«, murmelte Daniel, der sich um Lilley

sorgte. Er hatte ein schlechtes Gewissen, weil er weggelaufen war, doch wie hätte er sich gegen die aufgebrachte Menge zur Wehr setzen sollen?

Der Parlamentsabgeordnete war außer sich vor Wut angesichts dieser Behandlung und schlug zurück, so gut er konnte. Er verteilte wilde Hiebe und bemerkte, wie sein Gehrock zerriß, als er sich mit Gewalt aus dem Griff der vielen Hände zu befreien suchte und mit seinen harten Lederstiefeln gegen ungeschützte Knöchel trat. Er fluchte und befahl seinen Angreifern, von ihm abzulassen, hörte die Rufe der Idioten, die ihn lynchen wollten, fürchtete sich aber weitaus mehr davor, zertrampelt zu werden. In letzter Sekunde wurde er gerettet, bevor ihn die schwitzende Menge, die von allen Seiten auf ihn eindrang, vom Podium zerren konnte.
Er erspähte einen rotbärtigen Reiter, der beinahe auf gleicher Höhe mit dem Mob neben ihm auftauchte, und hielt ihn zunächst für einen weiteren Vertreter dieses Gesindels, das ihn von unten her bedrohte. Doch der Bursche beugte sich vor, und als Lilley gefährlich nah an den Rand der Podiums geriet, spürte er plötzlich einen eisernen Griff am Arm.
»Steig auf, Kumpel!« schrie der Mann und deutete auf sein Pferd.
Dieser Zwischenfall überraschte die Zuschauer und bot Lilley genügend Zeit, die Lage zu sondieren.
»Ganz sicher nicht!« rief er zurück. Er hatte nicht vor, sich wie eine hilflose Maid von einem edlen Ritter retten zu lassen. Statt dessen sprang er in den sicheren Spalt zwischen Pferd und Podium hinunter und hielt sich an den Steigbügeln fest, bis er das Gleichgewicht wiedergewonnen hatte.
Das Pferd bewegte sich schon vorwärts und bot ihm Schutz, doch so leicht würde sich die Menge nicht abschütteln lassen. Sie wurden mit Dreckklumpen beworfen.
Dann hörte er das Knallen einer Viehpeitsche. Ein weiterer Reiter tauchte hinter ihm auf. Er sprang ab, drückte Lilley die Zügel in die Hand und verschwand in der Menge, bevor überhaupt jemand begriff, was geschehen war. Diesmal fügte sich Lilley, schwang sich in den Sattel und galoppierte durch die Menge, die den Pferden auswich, aus dem Park hinaus.

Sie ritten in eine ruhige Seitenstraße, wo Lilley sein Tier zügelte und sich an den ersten Reiter wandte.
»Ich habe Ihnen zu danken, Sir. Diese Schurken hätten mir echten Schaden zufügen können.«
»Wieso?« wollte der Mann wissen.
»Politische Unruhen. Was man so Hungerrevolte nennt.«
»Verstehe. Ich dachte mir schon, daß Sie irgendwas mit Politik zu tun haben.«
»Ich bin Charles Lilley, der Abgeordnete dieses Bezirks. Ich wollte diesen Narren erklären …«
»Das sollten Sie nächstes Mal besser mit bewaffnetem Begleitschutz tun. Bin noch nie einem Politiker begegnet. Sehr erfreut.« Er schüttelte Lilley die Hand. »Wohnen Sie hier in der Gegend? Ich bringe Sie besser nach Hause. Sie versetzen ja die Damen in Angst und Schrecken, wenn Sie sich in diesem Zustand auf der Straße sehen lassen.«
Erst in diesem Moment wurde Lilley sich seines ramponierten Aussehens bewußt. Er hatte seinen Hut verloren, die Kleidung war schmutzig und zerrissen.
»O Gott! Ich habe auch meine Uhr verloren.«
»Dürfte einiges wert gewesen sein, was?«
»Eine Menge. Uhr und Kette sind aus Gold. Allerdings habe ich so daran gehangen, weil sie meinem verstorbenen Vater gehörte.«
»Hat keinen Sinn, danach zu suchen«, erwiderte der Fremde. »Dürfte inzwischen längst einen anderen Liebhaber gefunden haben. Damit kann man eine Menge hungriger Mäuler stopfen.«
»So eine Schande. Na ja, wir sollten weiterreiten. Wie heißt Ihr Freund? Ich möchte ihm ebenfalls danken.«
»Hab ihn nie zuvor gesehen. Noch ein halber Junge. Aber schlau. Schlau genug, sich schnell davonzumachen. War ganz schön flink mit der Viehpeitsche dabei.«
»Geschieht ihnen recht«, knurrte Lilley. »Aber was mache ich jetzt mit seinem Pferd?«
»Keine Sorge. Sie können damit nach Hause reiten, und ich nehme es mit zurück. Werd ihn schon noch finden.« Er warf einen Blick auf das kastanienbraune Tier mit der weißen Blesse. »Noch sehr jung und ebenso waghalsig wie sein Besitzer. Hat nicht vor der Menge zu-

rückgescheut. Meine alte Stute hier war mal ein Viehpferd; die fürchten sich vor keinem Zweibeiner.«

Als sie das Tor zu Lilleys Haus erreichten, kam Daniel aus der entgegengesetzten Richtung angerannt.

Lilley hatte inzwischen seine Fassung wiedergewonnen. Er stieg ab und klopfte seinem Sekretär auf die Schulter. »Wenigstens sind Sie unbeschadet davongekommen. Haben Sie Geld bei sich?«

»Nur ungefähr zehn Shilling.«

»Das muß reichen. Geben Sie es bitte diesem Gentleman. Nur ein kleiner Lohn für seine Mühen.«

Daniel hoffte, daß dieser das Geld zurückweisen würde, da es schwierig war, von einem bedeutenden Mann wie Lilley, der etwas so Nebensächliches gewöhnlich vergaß, geborgtes Geld wiederzubekommen. Doch der Fremde erwies sich nicht als Gentleman; er nahm die zehn Shilling an, ergriff das andere Pferd am Zügel, wünschte den beiden Männern einen guten Tag und ritt davon.

James McPherson war mit seinem Tagewerk zufrieden. Er hatte sich zehn Shilling verdient und ein gutes Pferd noch dazu.

Um sich zu orientieren, hielt sich Emilie immer links vom Fluß, den sie nur gelegentlich zwischen ungerodeten Grundstücken erspähen konnte. Es schien keine Spazierwege an seinem Ufer zu geben. Nachdem sie die Stadtmitte hinter sich gelassen hatte, waren die Bürgersteige verschwunden, und so hielt sie sich am äußersten Rand der sandigen Straßen, der Schatten und Sicherheit bot. Die wenigen Reiter und Wagen jagten seltsam rasch an ihr vorbei, ganz im Gegensatz zur üblichen Sonntagsruhe. Vielleicht erschien es ihr auch nur so, weil sie nach den Monaten auf dem Schiff keinen Verkehr mehr gewöhnt war. Sie genoß ihre Freiheit nach der langen Zeit der Untätigkeit; die Bewegung tat ihr spürbar gut. Auch die Hitze wirkte weniger störend, nun, da sie ihr Gesicht mit einer seidengefütterten Strohhaube schützte. Außerdem wehte an diesem Tag eine leichte Brise.

Die Andersartigkeit der Vegetation war erstaunlich. Die ungerodeten Flächen waren mit dichtem Gebüsch, hohem Gras und großen, schmalen Eukalyptusbäumen überwuchert, deren Wipfel hoch oben nach Luft zu schnappen schienen. Von ihren Ästen hingen dicke

grüne Schlingpflanzen herab. Der dichte Busch erinnerte an einen Dschungel. Allerdings war Emilie überrascht, hier keine Palmen oder andere tropische Gewächse vorzufinden. Sie hatte eigentlich eine von Palmen gesäumte Stadt erwartet, doch die wenigen Exemplare, die sie hier erblickte, wuchsen in Privatgärten, in die sie voller Interesse hineinspähte. Ihr fiel auf, daß die Bewohner Rosen, Lavendel, Hortensien und ähnlichen Pflanzen den Vorzug vor der heimischen Flora zu geben schienen, so daß man sich fast vorkommen konnte wie in England. Emilie fand es bedauerlich, insbesondere da ihr bereits einige herrlich duftende einheimische Pflanzen aufgefallen waren, die in üppiger Fülle die Wegränder säumten.
Der himmlische Duft verführte sie dazu, einige zarte, weiße Jasminblüten zu pflücken, um sie mit in ihr Zimmer zu nehmen. Als sie jedoch im hohen trockenen Gras auf den riesigen Busch zutrat, stieß sie einen entsetzten Schrei aus und schämte sich dessen sofort. Noch nie im Leben hatte sie so laut und vulgär losgekreischt, doch war es auch das erste Mal, daß sie sich einem großen Schlangenkopf mit offenem Maul und kalten Augen gegenübersah. Das Tier bewegte sich nicht. Emilie stand wie erstarrt. Gebannt verharrte sie unter dem Blick der Schlange. Sie hatte schon Schlangen gesehen, aber nie ein so großes Exemplar mit einem so ungeheuren Kopf. Die Haut war grau und rauh, die Augen fixierten sie bedrohlich.
Eine Frau kam herbeigelaufen. »Was ist los?«
»Eine Schlange«, flüsterte Emilie atemlos.
»Hat sie Sie gebissen?«
»Nein.«
»Stehen Sie auf ihr drauf?«
»Nein.«
»Leider kann ich nirgendwo einen brauchbaren Stock entdecken«, murmelte die Frau vor sich hin. »Sie müssen von ihr wegspringen. Die haben mehr Angst vor Ihnen als umgekehrt.«
Emilie glaubte ihr kein Wort, und bewegen konnte sie sich auch nicht.
Die Frau stand wartend hinter ihr, doch als ihr klar wurde, daß sich weder Schlange noch Mädchen rühren würden, sagte sie: »Na schön ...«
In Sekundenschnelle war alles vorbei. Die Frau hatte Emilie gepackt

und nach hinten gerissen, so daß sie beide fast hintenüber ins Gebüsch gefallen wären. Als sie ihr Gleichgewicht wiederfanden, ging die Frau zu Emilies Erstaunen noch einmal zurück, um den Burschen in Augenschein zu nehmen, wie sie sagte.

Dann lachte sie auf. »Kommen Sie her, Mädchen, und schauen Sie sich das an! Das ist keine Schlange, sondern ein Waran. Vermutlich der Bursche, der sich in meinem Hühnerstall zu schaffen gemacht hat.«

Ob Schlange oder nicht, Emilie würde sich dieser Bestie auf keinen Fall noch einmal nähern. Sie schüttelte den Kopf und blieb stehen.

»Weg mit dir!« Die Frau schwenkte die Arme und stampfte mit den Füßen auf. Der Waran verschwand im Gras, tauchte aber auf einem nahe gelegenen Baum wieder auf.

»Da geht er hin«, rief ihre Retterin aufgeregt. »Was für ein Riesenkerl! Haben Sie noch nie einen gesehen?«

»Nein.«

»Dann sollten Sie sich merken, daß Eidechsen im Gegensatz zu Schlangen Beine haben. Und Ihnen nichts tun.«

Emilie wollte zu ihrer Verteidigung vorbringen, daß sie die Beine des Tieres im Unterholz nicht hatte sehen können, doch dann erschien ihr das zu kleinlich. Also dankte sie der Frau lieber für ihre freundliche Hilfe, und gemeinsam sahen sie interessiert zu, wie sich der Waran am Baum festklammerte, während er langsam den Kopf bewegte, um weiteren Angriffen auf seine Reptilienehre zuvorzukommen.

Dann gingen beide lächelnd ihrer Wege. Emilie wandte dem Fluß nun den Rücken zu und freute sich schon darauf, Ruth von ihrem Abenteuer zu erzählen. Sie war erst einige Blocks weit gegangen, als ein junger Mann auf sie zugerannt kam, als werde er verfolgt; doch außer ihm war niemand zu sehen. Als er sie erreichte, blieb er stehen und blickte sich keuchend um, dann sprach er sie an.

»Da lang würd' ich nicht gehen, Miss. Im Park tobt der Mob, und die werden sicher bald auch die Straßen unsicher machen.«

»Wie bitte?«

Er grinste. »Nur ein gutgemeinter Vorschlag, Miss. Ein Umweg wäre angebracht.«

Emilie starrte ihn ungläubig an. Er mochte ja recht haben, aber

deswegen gleich einen Umweg machen? Welchen Weg sollte sie denn da nehmen? Sie war verwirrt.
»Kommen Sie, ich begleite Sie zurück bis zur nächsten Ecke.«
Er war ungefähr in ihrem Alter. Seine langen, blonden Haare schauten unter einem breitrandigen Hut hervor, und er hatte, das mußte sie sich eingestehen, das strahlendste Lächeln, das ihr je bei einem Mann begegnet war. Sein Gesicht war sonnengebräunt, die blauen Augen zwinkerten fröhlich. Dennoch war er kein Gentleman; das schloß sie aus der uneleganten Kleidung und der abgewetzten Lederpeitsche, die er zusammengerollt über der Schulter trug.
Die Lust, weiterzugehen, war Emilie nach seiner Schilderung gründlich vergangen; andererseits wollte sie aber auch nicht mit ihm gesehen werden. Doch er ließ ihr gar nicht erst die Wahl. Er berührte sie leicht am Arm, damit sie sich umdrehte, verzichtete aber gottlob darauf, sie unterzufassen, und schlenderte gemächlich neben ihr her.
»Kleiner Spaziergang, Miss?«
»Ja.«
»Schöner Tag heute.«
Emilie schwieg, da sie keine Unterhaltung mit diesem dreisten Fremden führen wollte, was diesen jedoch wenig zu stören schien. Zwischen der Stelle, an der er sich ihr aufgedrängt hatte, und der nächsten Ecke lagen nur ein paar Häuser, doch Emilie kam der Weg unendlich lang vor. Ihr war diese ganze Situation entsetzlich peinlich.
An der Ecke angelangt, blieb der junge Mann stehen. »Wohin möchten Sie denn?«
Emilie hatte allmählich genug von ihm. »Zurück in die Stadt«, antwortete sie knapp.
»Das trifft sich gut. Es ist nicht weit. Sie gehen einfach dort entlang und halten sich dann links.« Er lachte. »Sie waren ohnehin auf dem falschen Weg.«
Das war zuviel. »Keineswegs! Ich hatte ein bestimmtes Ziel im Auge.«
Seine Miene verdüsterte sich, als habe sie seine Gefühle verletzt. Emilie war außer sich. Was war denn mit *ihren* Gefühlen? Immerhin war sie in einer ruhigen Straße von einem Fremden belästigt worden, der irgend etwas von einem Mob faselte.

»Dann verlasse ich Sie jetzt also«, erwiderte er zögernd, tippte grüßend an seinen Hut und schritt davon.
Beim Weitergehen sah sie sich verstohlen nach ihm um und errötete. Ihre Blicke hatten sich getroffen. Sie bemerkte seine Belustigung, als er ihr zuwinkte. Soviel zum Thema verletzte Gefühle! Emilie drehte sich auf dem Absatz um, hielt mit einer Hand ihre Haube fest und stapfte entschlossen davon.

»Das war aber mal ein hübsches Ding«, sagte der junge Mann zu sich selbst und nickte anerkennend einer alten Dienstmagd zu, da er in Gedanken noch immer bei dem englischen Mädchen weilte.
»Ach, verzieh dich«, grinste die Alte.
Er hätte das Mädchen nur zu gern in die Stadt begleitet – wenn es ihn darum gebeten und sich weniger herablassend gebärdet hätte. Er hätte ihm sogar, was äußerst selten vorkam, seinen richtigen Namen genannt: Mallachi Willoughby.
Während er allein weiterging, spielte er schon mit dem Gedanken, die nächste Seitenstraße zu nehmen und die Kleine an der Ecke abzufangen, wollte sein Glück aber nicht überstrapazieren. Sie war eine echte Dame, daran bestand kein Zweifel, und allem Anschein nach konnte sie auf die Gesellschaft von seinesgleichen gut verzichten. Vermutlich durfte er ihr das nicht einmal übelnehmen. Schließlich war er kaum mehr als ein Vagabund; immerhin hatte er die letzten fünf Jahre, seit sein Pa weit draußen auf der Gurundi-Farm dem Alkohol zum Opfer gefallen war, auf der Straße verbracht.
Früher hatten die Willoughbys einmal auf einer kleinen Farm gelebt, die zwei Tagesritte von Sydney entfernt lag. Seine Schwester hatte ihn von Geburt an Sonny genannt, und der Name war ihm geblieben. Das waren schöne Zeiten gewesen.
Er liebte das kleine hölzerne Farmhaus mit der warmen Küche, dem engen Schlafzimmer, in dem Ma und Pa schliefen, und die kleine Hütte mit den Betten der Kinder. Auf der Farm war es im Sommer trocken und staubig, im Winter kalt und klamm gewesen, doch das hatte ihn nie gestört; er war immer beschäftigt, amüsierte sich in der Scheune oder im Kuhstall und wanderte über die Felder bis zum Bach.
»Ein glückliches Kind«, sagten alle, und Sonny nickte bei der Erin-

nerung daran. Selbst jetzt entsprach es noch der Wahrheit. Er sah keinen Sinn darin, unglücklich zu sein. Er war in der kleinen Schule, die aus einem einzigen Klassenzimmer bestanden und nur eine Meile von der Farm entfernt gelegen hatte, ein Außenseiter gewesen. Die anderen elf Kinder unterschiedlichen Alters haßten die Schule aus ganzem Herzen und verschworen sich ständig gegen Mr. Patterson, den Lehrer, dessen wichtigstes Erziehungsmittel der Riemen war. Nicht, daß sie jemals Erfolg gehabt hätten mit ihren Verschwörungsplänen. Sonny ging als einziger gern zur Schule; dabei störte ihn nicht einmal der alte Patterson, der im Gegenzug dafür sorgte, daß der Junge am Ende des Schuljahrs immer einen Preis gewann, und dessen stolzen Eltern unablässig versicherte, er werde es noch weit bringen. Das hatte Sonny nie vergessen. Er war nach wie vor davon überzeugt, daß er es zu etwas bringen würde. Es brauchte nur eben seine Zeit.

Sie waren arm gewesen, bettelarm, doch das hatte ihm als Jungen nicht sonderlich geschadet. Alle seine Bekannten waren genauso arm gewesen. Als er zehn war, erkrankte seine Mutter. Sie lag lange zu Bett, wurde jeden Tag dünner und blasser, bis sie ihn eines Tages an sich drückte und ihm erklärte, sie würde bald in den Himmel kommen. Er war zutiefst entsetzt, da er sich ein Leben ohne seine geliebte Mutter nicht vorstellen konnte. Zum ersten Mal verspürte Sonny echte Angst. Doch sie sprach beruhigend auf ihn ein und sagte, im Himmel würde sie von den Schmerzen befreit sein, die sie schon so lange quälten und in den langen Nächten stöhnen und schluchzen ließen, so daß er nicht traurig sein müsse. Pa würde sich um ihn und seine Schwester kümmern, während sie glücklich und sicher im Himmel säße und auf sie alle hinunterlächelte. Die Engel würden ihr Gesellschaft leisten, ebenso wie ihre Ma und ihr Pa, die schon vorausgegangen waren. Er müsse ein braver Junge sein und dürfe nicht weinen, wenn sie nicht mehr da sei.

Sonny empfand dieses Gespräch als besondere Ehre, denn sie hatte offensichtlich vergessen, den anderen dasselbe zu erzählen. Sie weinten ohne Ende, und Pa hatte eine gute Entschuldigung, sich wieder einmal jämmerlich zu betrinken.

Nicht lange danach heiratete seine Schwester Maggie, und Pa verkaufte die Farm. Das war vorhersehbar gewesen, da ihm die Landarbeit niemals zugesagt hatte, vor allem nicht die auf einer kleinen Milchfarm, die die ganze Mühe nicht wert war, wie er oftmals zu sagen pflegte.

Er zog mit Sonny im Schlepptau über die Landstraßen, sehr zum Ärger Maggies, die wütende Briefe schrieb und verlangte, der Junge solle zu ihr ziehen. Doch Pa ignorierte sie, und Sonny war es egal. Er fand Pas Prahlereien, sie seien nun so frei wie die Vögel, unglaublich aufregend. Zur Schurzeit arbeitete Pa als Scherer und zog von einer Farm zur nächsten. Der zehnjährige Sonny kümmerte sich unterdessen um ihre beiden Pferde und die Bündel mit ihren Habseligkeiten. Den Rest des Jahres reisten sie umher und schlugen sich mit Gelegenheitsarbeiten in der Stadt und auf dem Land durch. Schon bald setzte auch der Junge seine Arbeitskraft ein und packte, da er groß und stark wurde, zunächst als Helfer in den Scherschuppen, später als Arbeiter mit an.

Sonny war Pas bester Kumpel, sein Freund und Helfer, der auch immer öfter auf ihn aufpassen mußte, da sein Vater erneut dem Alkohol verfiel. Er stahl Pas Geld, wenn dieser betrunken war, und verbarg es in einem Schlitz in seinem Sattel, um ihre Ernährung zu sichern. In den Wochen, in denen sie keine Arbeit hatten oder der Alte zu angeschlagen war, um das Lager zu verlassen, ging Sonny auf Beutezug. Er brachte stets etwas Eßbares mit, das er von Farmen oder unter der Nase der Ladenbesitzer geklaut hatte. Pa wollte nie wissen, woher die Eier oder das Fleisch oder die anderen Vorräte stammten, und Sonny schwieg tunlichst, um keine Prügel zu beziehen. Als er älter wurde, bot man ihm häufig feste Jobs an, doch seine Antwort blieb immer die gleiche:

»Und mein Pa?«

Anscheinend hatte niemand mehr Arbeit für Joe Willoughby, und sein Sohn konnte ihn ja schlecht im Stich lassen. So wurden sie zu echten Vagabunden.

Dieses Leben war gar nicht so übel. Es gab Höhen und Tiefen, doch wie pflegte Pa zu sagen? »Es gibt immer noch welche, denen geht's schlechter als uns.« Sonny konnte ihm darin nur beipflichten. Er hatte in seinem jungen Leben schon ein paar wirkliche Pechvögel kennengelernt.

Sie begruben Pa auf dem Friedhof der Gurundi-Farm unter dem hohen alten Pfefferbaum und kennzeichneten die Stelle mit einem Holzkreuz. Ein Scherer schnitzte den Namen und die Buchstaben R.I.P. hinein, was, wie Sonny erfuhr, »Ruhe in Frieden« bedeutete. Er hielt es für einen guten Grabspruch.

Als er am Ende der Woche für seinen Lohn anstand, blickte ihn der Squatter empört an.

»Welchen Lohn? Dein alter Herr schuldete mir über zehn Pfund, von den Rechnungen für Schnaps und Tabak bei meinem Händler ganz zu schweigen. Jetzt bist du der Schuldner, Söhnchen, aber du kannst es gerne abarbeiten. In der Zwischenzeit nehme ich deine Pferde als Pfand.«

Sonny war unglaublich wütend auf seinen Pa. Dieses ganze Anschreibenlassen und Geldborgen hatte sie ruiniert. Hatte er ihm nicht beim Namen seiner seligen Mutter versprochen, es nie wieder zu tun? Erst letzten Monat war das gewesen. Dennoch gab er dem Squatter zur Antwort, ein Mann trage nicht die Verantwortung für die Schulden eines anderen, auch nicht, wenn dieser sein Pa sei.

Der Squatter brach in lautes Gelächter aus. »Die Rechnungen sind auf den Namen Willoughby ausgestellt, und so heißt du doch auch, Söhnchen. Du mußt lernen, Verantwortung für dein Leben zu übernehmen. Außerdem hast du schon die Beerdigung umsonst bekommen, also spar dir das Gejammer.«

Diese Lektion hatte er gelernt, dachte Mal Willoughby bei sich. Heutzutage benutzte er eine ganze Reihe von Namen, die ihm allesamt leicht von der Zunge gingen und dafür sorgten, daß er von Ort zu Ort ziehen konnte, ohne stets ängstlich über die Schulter blicken zu müssen.

Damals hatte er dem Squatter fest in die Augen geschaut. Mal Willoughby würde nicht umsonst arbeiten. Er war zum Händler gegangen und hatte eine Flasche Whisky und zwei Flaschen Rum anschreiben lassen.

Der Händler hatte die Stirn gerunzelt. »Hier, mein Junge, aber ich dachte, du wärst Abstinenzler. Ich will nicht die Ursache für deinen Ruin sein, denk an deinen Pa.«

»Und ob ich an ihn denke, Charlie. Hab genug drunter gelitten. Aber die Scherer sagen, mein Dad solle sich nicht allein auf den Weg

machen. Sie wollen Totenwache für ihn halten.« Er lächelte traurig. »Ich trage jetzt auch Verantwortung. Ich muß im Namen der Familie meinen Teil dazu beisteuern. Der Schnaps ist für die Männer.«
Und so geschah es auch. Mal verkaufte durstigen Scherern den Schnaps zum halben Preis und steckte das Geld ein. Als die Totenwache ihren Höhepunkt erreichte und der Gesang sich in eine disharmonische Klage verwandelt hatte, holte er sein Bündel und seine Zügel, dazu noch den zweiten Sattel und das Zaumzeug, das seinem Vater gehört hatte, und stahl sich in der Dunkelheit davon. Er nahm die Kette vom Tor, pfiff die Pferde herbei und lachte leise in sich hinein. Wenn sie am nächsten Morgen aufwachten, wäre er über alle Berge, und der hartherzige Squatter würde das Nachsehen haben.

Mal Willoughby war erst seit ein paar Tagen in Brisbane. Als Landbewohner hielt er nicht viel von großen Städten, wollte aber bleiben, solange sein Geld reichte.
Er hatte den Mob im Park gesehen, interessierte sich allerdings nicht weiter dafür. Er hatte gehört, am anderen Ende der Stadt solle an diesem Tag ein Rodeo-Wettkampf stattfinden, und er war auf dem Weg dorthin gewesen, obgleich er nicht vorhatte, selber teilzunehmen und sich gebrochene Knochen dabei einzuhandeln.
»Nichts im Kopf, dafür alles im Arsch«, hatte Pa immer über diese Burschen gesagt.
Dennoch boten diese Veranstaltungen eine hervorragende Gelegenheit, ein paar Pfund zu verdienen. Ebenso wie inoffizielle Pferderennen, Wettläufe, Jahrmärkte und ähnliches. Mal hatte niemanden mehr über sich, er war nun sein eigener Boß. Ein Außenseiter aus Überzeugung, dessen Aussehen ihm viele Türen öffnete, dessen unschuldiges Gesicht in Frauen den Mutterinstinkt weckte und Männer dazu verleitete, ihn zu unterschätzen. Dabei war er auf seinem ureigensten Gebiet kaum zu schlagen. Er konnte blitzschnell rennen und hatte immer gute Pferde, doch wenn er zu einem improvisierten Rennen ging, tauchte er stets mit einer Schindmähre auf und tauschte sie später gegen ein anderes Tier aus. Oder er schmierte Schwanz und Mähne seines Pferdes mit Öl ein, damit es ungepflegt aussah, wobei ein paar graue Strähnen und ein leichtes, sorgfältig eingeübtes Hinken ihr übriges taten. Mal kannte, vor allem beim Kartenspiel, so

viele Tricks, die ihn sein Pa in einsamen Nächten gelehrt hatte, daß er die Herausforderung noch mehr genoß als den Profit.
Nein, der überfüllte Park hatte ihn nicht die Bohne interessiert; er war beinahe schon vorbeigeritten, als er den Kerl entdeckte, der hoch zu Roß das Geschehen beobachtete. Und er hatte ihn erkannt.
Du lieber Himmel, James McPherson! Wie er leibte und lebte!
Mal kannte McPherson nicht persönlich, hatte aber viel von ihm gehört und ihn oft genug von weitem gesehen, um ihn augenblicklich zu erkennen. Nun saß er dort in Lebensgröße, mit rotem Haar und struppigem Bart, und besah sich den Aufruhr im Park.
James McPherson war ein Buschräuber, den man in den südlich gelegenen Staaten wegen diverser Verbrechen suchte, vom Pferdediebstahl über bewaffneten Raubüberfall bis hin zum Erschießen eines Mannes am Houghton River. Mal war sich nicht sicher, ob alle Geschichten stimmten, die über ihn erzählt wurden, aber daß dieser Bursche ein waschechter Outlaw war, das stand fest. Und er war noch immer auf freiem Fuß.
»Was auch passiert, komm ihm bloß nicht in die Quere«, hieß es überall.
Und dann machte McPherson tatsächlich einen auf ritterlich, stürzte sich in die tobende Menge, um diesem törichten Redenschwinger in seinen schicken Klamotten zu Hilfe zu kommen. Diesen Spaß würde Mal sich nicht entgehen lassen. Lachend ließ er sein Pferd durch den Park galoppieren und knallte dabei drohend mit der Viehpeitsche.

Mal verdrängte die englische Dame aus seinen Gedanken; er mußte nun erst einmal nach seinem Pferd suchen. Das dürfte allerdings nicht allzu schwierig sein. Entweder hatte es noch dieser Schwätzer, wohl irgendein Politiker, den er schnell ausfindig machen könnte und der ihm sein Tier dankbar und mit einem netten Trinkgeld zurückgeben würde; oder McPherson hatte es mitgenommen. Mal vermutete letzteres. Er lief los.
Es wäre reichlich unklug, sich in einem Pub nach einem Mann zu erkundigen, auf den McPhersons Beschreibung paßte. Möglicherweise würde er auf Freunde von ihm treffen, die ihn leicht für einen

Spitzel halten konnten. Also sah er sich selbst in den Pubs der Gegend um und überprüfte die Pferde, die vor und hinter den Kneipen an Stangen festgebunden waren. Hinter dem Royal Mail Hotel entdeckte er schließlich sein Tier. Natürlich hätte er es einfach mitnehmen können, doch wo blieb da der Spaß? Außerdem wollte er seinen Helden um jeden Preis kennenlernen. Davon würde er noch seinen Enkelkindern erzählen können: »Ich habe ihn noch persönlich gekannt, den wilden Schotten …«

Er rollte die lange Peitsche sorgfältig auf und hängte sie sich über die Schulter, den geflochtenen Ledergriff nach vorn, so daß sie eine griffbereite Waffe für den Notfall abgab. Er nahm den Hut ab und fuhr sich mit den Fingern durchs Haar, bevor er die Kneipe durch die Hintertür betrat.

Niemand bemerkte den Burschen vom Land, der gelassen durch die Grüppchen samstäglicher Trinker schlenderte und in der plötzlichen Dunkelheit des Schankraums blinzeln mußte. Nicht einmal McPherson, der mit einem glatzköpfigen Kumpel hinten in der Ecke stand, nahm Mal zur Kenntnis. Mal schob sich bis zur Theke vor, bestellte eine Limonade und ging dann geradewegs auf McPherson zu. »Wie geht's denn so?«

Der Schotte starrte ihn unter schweren Lidern an. »Wer bist denn du?«

Mal grinste. Gut, dachte er, sehr gut. Tu nur, als würdest du mich nicht wiedererkennen. Damit wirst du nicht weit kommen.

»Ned Turner ist mein Name. Und ich wollte Ihnen danken, daß Sie sich um mein Pferd gekümmert haben.«

»Welches Pferd?« knurrte McPherson.

»Das kastanienbraune da draußen, das mit meinem Zaumzeug.«

»Das?« Der Schotte wandte sich an seinen Kumpel. »Perry, wenn ein Mann sein Pferd an einem öffentlichen Ort zurückläßt, würde ich meinen, er braucht es nicht mehr, oder?«

»Würd' ich auch meinen«, erwiderte der andere. »Hat es praktisch verschenkt.«

»Sag ich doch. Wer's findet, darf's auch behalten.«

Mal lachte, als glaube er, die beiden älteren Männer wollten ihn bloß auf den Arm nehmen. »Aber nicht, wenn es sich dabei um mein Pferd handelt. Wer war dieser Schwätzer überhaupt?«

McPherson wirkte leicht verdutzt angesichts der liebenswürdigen Art des Jungen.
»Irgendein verdammter Politiker«, erklärte er.
»Du hast ihm das Leben gerettet. Ich hoffe, er vertrat die richtige Seite.«
»Wann vertreten diese Mistkerle schon mal die richtige Seite?«
Mal starrte ihn mit weit aufgerissenen Augen an. »Was Sie nicht sagen! Dann hätten Sie ihn wohl lieber wieder dorthin zurückbringen sollen, Sir. Darf ich Ihnen etwas bestellen? Das ist wohl das mindeste, was ich für Sie tun kann.«
Der Schotte zwinkerte seinem Kumpel zu und warf dann einen Blick auf ihre leeren Biergläser. »Klar, wir nehmen zwei Whisky. Doppelte.«
»Recht so.« Brav trabte Mal zur Theke und kehrte mit den gewünschten Drinks zurück. In der Zwischenzeit schien in McPherson ein Sinneswandel vorgegangen zu sein.
»Ned, hör mir mal zu. Wenn du ein Pferd brauchst, kannst du gern meins haben.«
»Nett von Ihnen, Sir. Ich bin sicher, Sie haben da ein prächtiges Tier, aber mein Pferd und ich haben uns aneinander gewöhnt. Sie wissen doch, wie das ist. Ich habe Kumpel einfach gern.« Ein schlimmerer Name fiel Mal für sein Pferd, das in Wirklichkeit Striker hieß, im Moment nicht ein, und es verfehlte seine Wirkung nicht: McPherson schüttete sich aus vor Lachen.
»Allmächtiger Gott! Was soll das denn für ein Name sein? Ist doch ein Vollblut. Du hast überhaupt keinen Respekt vor dem Tier. Kumpel! So was hab ich ja noch nie gehört.«
»Wir waren schon immer gute Freunde. Er neigt zum Lahmen, aber ich hätte ihn doch gern zurück.«
Der Schotte wandte sich nachdenklich seinem Whisky zu. Mal vermutete, daß er die Sache mit dem Lahmen nicht so ganz geschluckt hatte, aber sicher war er sich nicht.
Schließlich zündete sich McPherson eine Pfeife an, sog daran und starrte zu Mal hinüber.
»Willst du wissen, was ich glaube? Ich glaube, du mit deinen himmelblauen Augen hast es faustdick hinter den Ohren. Mich kannst du keine Sekunde lang täuschen. Weißt du, wer ich bin?«

»Nein, Sir, weiß ich nicht.«
»Heiliger Jesus, das ist doch nicht zu fassen.« Er ahmte Mals Stimme nach. »Nein, Sir, weiß ich nicht. Kommen wir zur Sache. Du kannst dein Pferd haben, aber ich nehme die Uhr.«
»Welche Uhr?«
»Die Uhr, die du Lilley geklaut hast. Für dich übrigens Mr. Lilley. Zusammen mit der Goldkette, die seinem lieben verblichenen Vater gehört hat.«
»Von einer Uhr weiß ich nichts. Ich wollte einfach nur helfen.«
»Von wegen. Du hast das Glitzern der Uhr von weitem gesehen, genau wie ich. Gib sie her, sonst verlierst du dein Pferd.«
»Das Pferd gehört mir.«
McPherson seufzte. »Wir könnten dich auf den Kopf stellen und sie einfach aus dir herausschütteln ...«
Zögernd schob Mal ihm die Uhr hinüber. Der Schotte steckte sie rasch in die Tasche. »Braver Junge. Nimm's mir nicht übel. Ein Drink gefällig?«
»Nein, danke.«
»He, was ist denn plötzlich aus dem Sir geworden?« fragte McPherson grinsend. »Wo wohnst du, Ned?«
»Hier in Brisbane.«
»Hast du Arbeit?«
»Ich arbeite hauptsächlich auf Farmen, wenn es dort was für mich zu tun gibt.« Noch mehr Lügen. »Ich überlege, ob ich nicht in den Norden gehen soll.«
»Genau wie wir.« McPherson sah seinen Kumpan an, der zustimmend nickte. »Du könntest mit uns reiten, falls du Lust hast.«
Mal schwoll der Kamm vor lauter Stolz. Das wollte schon etwas heißen, von dem berühmt-berüchtigten James McPherson akzeptiert zu werden. Und dann auch noch mit ihm zusammen reiten zu dürfen! Andererseits war dieser Plan natürlich vollkommener Wahnsinn.
Mal wußte sehr wohl, daß Outlaws ohne Vorwarnung erschossen werden durften, obgleich er sich nicht sicher war, ob man dieses Gesetz auch in Queensland bereits eingeführt hatte. Sein Leben war ihm lieb und teuer, und er hatte keineswegs vor, es bei einem Schußwechsel im Busch zu lassen.

Er schüttelte den Kopf. »Geht nicht, leider. Ich hab hier ein Mädchen. Ich hoffe, sie kommt mit.« Er dachte an das englische Mädchen und grinste. »Sie will unbedingt einen anständigen Mann aus mir machen.«
Sie lachten miteinander wie zwei Verschworene.
»Das wird ein schweres Stück Arbeit«, bemerkte McPherson, für den die Sache damit erledigt war. »Wir sehen uns, Söhnchen.«
»Hoffentlich«, gab Mal lächelnd zurück. Von wegen; genug war genug. Um die Uhr tat es ihm leid, aber es gab noch andere Uhren auf dieser Welt, und wer konnte schon von sich behaupten, den wilden Schotten nicht nur zu kennen, sondern sogar mit ihm befreundet zu sein? Sein Pferd hatte er auch wieder. Alles in allem also kein schlechtes Geschäft.

Aufgrund der bitteren Erfahrungen, die sie in London gemacht hatten, kannten die Tissington-Schwestern auch andere Wege, Arbeit zu finden, falls Mr. Penn sie im Stich lassen sollte. Während Emilie spazierenging, durchforstete Ruth die Stellenangebote in der Zeitung; doch dort suchte man nur Dienstboten oder Fabrikarbeiterinnen. Sie stieß auf das Gesuch einer Gouvernante mit hervorragenden Referenzen, die eine Stellung bei einer Familie mit Logis zu finden hoffte. Gehalt nach Vereinbarung.
Ruth nickte. Da hatten sie mehr zu bieten. Falls sie gezwungen wäre, die Kosten für eine Anzeige aufzubringen, würde sie sich selbst als englische Gouvernante bezeichnen, und zwar im Singular, um potentielle Arbeitgeber nicht zu verwirren. Sicherlich würde der Hinweis auf ihre Herkunft eine gehobene und vermutlich auch wohlhabendere Klasse von Arbeitgebern ansprechen.
Dann gab es da noch die Kirche; auch dort würde man ihnen vielleicht helfen können. In London hatten sie auf Vermittlung des Geistlichen einer anglikanischen Kirche in der Edgware Road eine Stellung gefunden, die ihnen über die schlimmste Zeit hinweggeholfen hatte, und so etwas war bestimmt auch hier möglich. Wenigstens hatten sie diesmal die erforderlichen erstklassigen Referenzen der Gesellschaft vorzuweisen.
Leider handelte es sich bei der prachtvollen Kathedrale, an der sie vorbeigekommen waren, um eine katholische Kirche. Daher besuch-

ten die beiden Mädchen am Sonntagmorgen die Messe in der anglikanischen St. John's Church. Ohnehin versäumten sie den sonntäglichen Gottesdienst nur ungern. Sie achteten darauf, Plätze in der Nähe der Kanzel zu bekommen, wo man sie als Neuankömmlinge mit Sicherheit nicht übersehen würde. Sie empfingen die Kommunion und versuchten sich aufs Gebet zu konzentrieren, statt immer nur an ihren Lebensunterhalt zu denken.

Nach dem Gottesdienst verweilten sie noch in der Kirche und gingen erst mit den letzten Besuchern hinaus. Dort stand bereits der weißhaarige, fröhlich wirkende Geistliche und plauderte mit seinen Gemeindemitgliedern.

Als sie ins Sonnenlicht hinaustraten, begrüßte er auch sie.

»Meine Damen, ich sehe, Sie sind neu hier. Willkommen in St. John's.«

Er stellte sich als Reverend Forrester vor und zeigte großes Interesse an seinen neuen Schäfchen.

Nach einem anfänglichen Gespräch über ihre Herkunft, ihre nächsten Pläne und die lange Reise, die sie hinter sich gebracht hatten, die jedoch sehr angenehm verlaufen war, wie sie eilig versicherten, gelang es Ruth einzuflechten, daß sie Gouvernanten seien.

»Gouvernanten, und gleich beide. Na, ich muß schon sagen! Ich bin sicher, daß Sie einen bemerkenswerten Beitrag zur Erziehung unserer Jüngsten leisten werden. Wir sind glücklich, daß Ihr Weg Sie nach Brisbane geführt hat.«

Plötzlich war Ruth gehemmt. Ihr erschien es nicht richtig, ihn mit ihren persönlichen Sorgen zu belästigen, während auch andere Leute darauf warteten, mit ihm reden zu können; doch Emilie wollte keine Zeit vergeuden.

»Das hoffe ich, Reverend. Ich hoffe sehr, wir können in dieser Gemeinde unseren Beitrag leisten. Leider hat man uns im Stich gelassen. Man machte uns glauben, daß wir hier feste Anstellungen zu erwarten hätten. Bei unserer Ankunft mußten wir aber erfahren, daß dem nicht so ist.«

»Aber es ist ja auch noch nicht aller Tage Abend«, fügte Ruth in Gedanken an Mr. Penn hinzu.

»Natürlich. Ich bin sicher, daß Sie ohne Schwierigkeiten eine angemessene Stellung finden werden.«

»Ja.« Ruth nickte höflich.
»Falls Sie zufällig etwas hören sollten, das für uns von Interesse sein könnte, wäre es sehr freundlich, wenn Sie uns benachrichtigen würden. Wir wohnen zur Zeit im Belleview Boarding House«, warf Emilie ein.
»Ausgezeichnet, das werde ich auf jeden Fall tun«, antwortete er ein wenig geistesabwesend, da es ihn bereits zur nächsten Gruppe zog. »Wenn Sie mich nun entschuldigen würden, meine Damen.«
»Hat wohl nicht viel bewirkt«, brummte Emilie, als sie durch die sonntäglich verlassene Ann Street gingen.
»Das kann man nie wissen.«

»Wer war das?« erkundigte sich Mrs. Walter Bateman beim Reverend, der nun, da er seiner Pflicht Genüge getan hatte, sein Gespräch mit ihrem Ehemann über den Baufonds wiederaufnehmen wollte.
»Englische Damen mit Namen Tissington. Sie sind erst am Donnerstag hier eingetroffen. Auf der *City of Liverpool*.«
»Tatsächlich? Mehrere meiner Freunde sind auf diesem Schiff gewesen, und ich habe am Samstagabend eine große Willkommensparty für sie gegeben. Sie brachten dazu einige ihrer Mitpassagiere mit, doch dieser Name ist nicht gefallen. Wen besuchen die beiden denn hier?«
»Es sind Gouvernanten, überaus charmante Damen.«
Annie Bateman war erstaunt. »Du lieber Himmel, sie sehen gar nicht wie Dienstboten aus.«
Ihr Ehemann seufzte. »Gouvernanten kann man wohl kaum als Dienstboten bezeichnen, meine Liebe. Vor allem nicht diese hier. Sie unterrichten im großen Stil.«
»Trotzdem hätte ich das nie vermutet. Sicherlich werden sie auch gut bezahlt. Für wen arbeiten sie, Reverend?«
»Ich glaube, sie haben bisher noch keine Stellen angetreten. Sie sind bestimmt sehr anspruchsvoll. Nun, Mr. Bateman, wir sollten wirklich so bald wie möglich eine Sitzung des Komitees einberufen …«
»In der Tat, Reverend, aber der Bau einer Kathedrale stellt in mehr als einer Hinsicht eine gewaltige Aufgabe dar. Ich habe ihn bisher hinausgeschoben, weil wir den Gouverneur und den Premierminister des Staates als Schirmherren gewinnen müssen. Wenn die bei-

den erst unterschrieben haben, können wir den Fonds bei einem Anwalt registrieren lassen und unser Komitee in eine offizielle Körperschaft umwandeln. Zur Zeit mischen zu viele hilfsbereite Hände mit, die eigene Sammlungen veranstalten. Die ganze Sache muß besser durchorganisiert sein.«
»Walter, du könntest doch den Vorsitz dieses Komitees übernehmen«, schlug seine Frau vor.
Bateman grunzte nur. »Das bleibt abzuwarten.«
»Ich sehe, unser großes Vorhaben befindet sich bei Ihnen in den besten Händen«, bemerkte der Reverend erfreut.
Während sich die beiden Männer über Architekten und die Notwendigkeit einer weltweiten Ausschreibung unterhielten, gingen Annies Gedanken zu den beiden Gouvernanten zurück. Sie fragte sich, wer sich solche hervorragenden Damen in seinem Haushalt überhaupt leisten konnte. Vermutlich schoß man, gesellschaftlich gesehen, den Vogel ab, wenn man sich der Dienste einer englischen Gouvernante rühmen konnte. In der Stadt gab es genügend Schulen, also würden die beiden Frauen sich wohl bei den reichen Landbewohnern nach Wirkungsstätten umsehen. Fragte sich nur, bei wem.

Dank Mr. Penns Bemühungen, der losen Zunge von Annie Bateman und den behutsamen Erkundigungen des Reverend sprach eine Woche später die ganze Stadt von den englischen Gouvernanten. Sie selbst hatten davon allerdings nicht die leiseste Ahnung. Sie teilten Mr. Penn mit, daß sie angesichts ihrer schwindenden Mittel nun auch bereit wären, Anstellungen auf dem Land anzunehmen, einfach überall.
Er wirkte überrascht. »Deshalb haben meine Ermittlungen ja auch so viel Zeit in Anspruch genommen. Ich mußte erst einmal die Kunde von Ihnen verbreiten, meine Damen, und die Reaktionen abwarten. In der Stadt gibt es keine Stellen für Gouvernanten. Ich dachte, das wäre Ihnen bekannt.«
Ruth blieb nichts anderes übrig, als das Zimmer für eine weitere Woche zu mieten. Bei dieser Gelegenheit baten sie die Pensionswirtin um die Erlaubnis, ihre Adresse in einer Zeitungsannonce, die sie im *Courier* aufgeben wollten, nennen zu dürfen.
Mrs. Medlow war beeindruckt. »Mag sein, daß sie hochnäsig und

alt sind wie ein Fisch«, berichtete sie Mrs. Kemp, »aber sie haben Manieren, so wahr mir Gott helfe. Niemand sonst würde sich die Mühe machen, mir etwas von der Anzeige zu sagen, von der Bitte um die Erlaubnis, das Belleview darin zu erwähnen, ganz zu schweigen.«

»Was wollen sie mit dieser Anzeige denn erreichen?«

»Eine Arbeit finden. Ich war wie vom Donner gerührt. Sie suchen Stellen als Gouvernanten, und ich hatte gedacht, es seien feine Damen der Gesellschaft. Ich kann es gar nicht erwarten, die Anzeige zu sehen.«

Am Freitagmorgen hatte beinahe jeder in der Pension die Anzeige gelesen. Als die Damen zum Frühstück herunterkamen, ging ein hörbares Raunen durch den Raum, doch sie wahrten wie immer die Contenance. Obwohl sie wußten, daß Mrs. Medlow den *Courier* bezog, fragten sie nicht nach der Zeitung.

»So was von eisiger Ruhe«, bemerkte Mrs. Medlow enttäuscht.

Doch sie behielt künftig die Post im Auge, unterstützt von den anderen Gästen und der Köchin, die ihr dabei allesamt über die Schulter blickten.

Auch Annie Bateman las die Anzeige. Sie selbst hatte keine Kinder, doch sie schrieb ihrer Schwester in Lindsay Downs bei Nanango und hielt sie über den Klatsch in der Stadt auf dem laufenden. Dabei erwähnte sie auch die beiden erstklassigen Gouvernanten. Aus reiner Neugier holte sie einige Informationen ein und entdeckte, daß die beiden Engländerinnen neben den normalen Schulfächern auch Unterricht in Musik, Sprachen, Redekunst und anderen gesellschaftlichen Fertigkeiten anboten. Sie leitete das Ergebnis ihrer Erkundigungen an ihre Schwester Leonie weiter, die zwei Töchter hatte, fügte jedoch hinzu, daß englische Gouvernanten mindestens hundert Pfund im Jahr plus Kost und Logis verlangten, eine Summe, die Leonie wohl leider nicht aufbringen könnte.

Mehr als hundert Meilen entfernt las Leonie Stanfield den Brief und lächelte traurig. Der Gouvernante ihrer Töchter, die zehn und zwölf Jahre alt waren, hatten sie bereits gekündigt. Sie war eine Cousine ihres Ehemannes und bei weitem nicht die fünfzig Pfund wert, die sie ihr gezahlt hatten. Als Lehrerin war sie völlig unqualifiziert. Leonie hatte nur allzu bald begriffen, daß sie die Kinder ebensogut selbst

unterrichten konnte. Annie hatte recht, es wäre wunderbar, eine richtige Gouvernante für die beiden zu haben, wenn auch aus anderen Gründen als aus gesellschaftlicher Angeberei.
Lindsay Downs war eine angesehene Viehfarm, zwar nicht die größte im Bezirk, aber immerhin über zwanzig Quadratmeilen groß. Das Wohnhaus, bei dem es sich eher um ein überdimensioniertes Cottage mit Schindeldach handelte, war bequem, aber nicht luxuriös, worauf Leonie im übrigen auch keinen Wert legte. Sie lebte zufrieden im Kreise ihrer Familie. Ihr Mann Jack hielt die Farm trotz einer anhaltenden Dürreperiode und der fallenden Rindfleischpreise über Wasser. Er war ein unverbesserlicher Optimist, der mit jedwedem Rückschlag fertig wurde und die Kapriolen der Natur als gottgegeben hinnahm.
»Es kommt, wie es kommt«, pflegte er mit einem geduldigen Lächeln zu sagen. »Wir können die schlechten Jahre durchstehen, wenn wir in den guten Vorräte anlegen, wie die Eichhörnchen.«
Er war ein fähiger Verwalter und guter Ehemann, und Leonie liebte ihn von Herzen. Sie wußte, daß Jack die exorbitante Summe von hundert Pfund im Jahr für eine Gouvernante nicht erübrigen konnte. Niemand, nicht einmal der Aufseher der Farm, verdiente so viel. Doch in ihrem Herzen bedauerte sie es zutiefst. In stillen Momenten überfiel sie eine unklare Sehnsucht nach mehr Wissen über die Dinge … Sie wäre gern kultivierter gewesen, wobei sie schon bei dem bloßen Wort aus Angst davor, Unverständnis zu ernten, zusammenzuckte. Dabei traf es genau den Punkt. Sie war eines Abends zwischen Dämmerung und Sonnenuntergang auf dieses Wort gekommen, als der Himmel in Rot und Gold getaucht und so schön war, daß sie die Szenerie am liebsten gemalt hätte, um sie für immer festzuhalten.
Im Haus gab es einige Bücher, deren Herkunft niemand kannte: Gedichte von Wordsworth, ihrem Lieblingsdichter, Bibeln, die Lebensbeschreibungen großer Generäle, eine Geschichte Englands, eine Shakespeare-Anthologie, Jacks Bücher über Ackerbau und Viehzucht und ein paar Liebesromane, die die derzeitige Gouvernante als leichte Lektüre für die Mädchen beigesteuert hatte.
Leonie hätte gern mehr Bücher besessen: gute Romane, Bücher über Kunst und andere schöne Dinge. Doch sie wußte nicht, was sie be-

stellen sollte, und auch ihre Bekannten konnten ihr dabei nicht weiterhelfen. Es ging auch nicht nur um die Bücher; da waren noch andere Dinge, die sich nicht in Worte kleiden ließen und nach denen sie sich als Landfrau, die in einer kleinen Schule im Busch nur das Nötigste gelernt hatte, sehnte. Dinge, die sie erfahren wollte, die ihre Mädchen lernen sollten, die eine englische Gouvernante wahrscheinlich mit der Muttermilch eingesogen hatte: Kultur. Sie wagte es nicht, Jack gegenüber diesen Begriff zu gebrauchen, weil sie Angst hatte, er könnte sie auslachen. Er würde denken, sie eifere Annie nach, deren Affektiertheiten ihn gleichermaßen amüsierten wie reizten.

In ihrer Antwort auf Annies Brief erwähnte sie, daß ihre Gouvernante sie in Kürze verlassen würde. Sie unterschlug die Tatsache, daß sie das Mädchen entlassen hatte, weil sie ihr in Brisbane keine Schwierigkeiten bereiten wollte. Annie hatte nämlich die Angewohnheit, zuviel zu reden. Und sie ließ die Bemerkung fallen, eine englische Gouvernante sei zwar genau das Richtige für Jane und Jessie, doch wer könne sich so etwas schon leisten?

In ihren Tagträumen sah Leonie jedoch ihre Töchter in weißen Musselinkleidern gemeinsam mit ihrer Gouvernante unter der Wisterie sitzen, während sie ihnen Kunstunterricht erteilte. Farben, Pinsel und Paletten vervollständigten das idyllische Bild. Manchmal sah sie sie auch am Klavier sitzen und ihren Gästen etwas vorspielen, während die strahlenden Augen der Gouvernante auf ihren Schützlingen ruhten. In Wirklichkeit konnte bisher nur Jack auf dem Klavier spielen, und auch das nur nach Gehör. Sie seufzte. Wie schön wäre es, wenn ihre Töchter zu eleganten, kultivierten Damen heranwüchsen, deren Leben sich nicht nur auf das typische Farmgerede von Wetter, Vieh und Kindern beschränkte.

Dann traf ein weiterer, aufgeregter Brief von Annie ein, der sich nur um ein einziges Thema drehte:

> *Leonie, ich habe Dir doch von den Damen Tissington geschrieben, den Gouvernanten. Sie haben noch immer keine Stelle gefunden und geben Anzeigen in der Zeitung auf. Es heißt, sie hätten bisher keine Angebote erhalten. Ich halte die Augen offen. Falls sie noch einmal inserieren müssen, könntest Du vielleicht Glück haben. Ich meine, Du würdest vielleicht eine von ihnen billiger bekommen. Ich weiß,*

daß Du der Cousine fünfzig Pfund bezahlt hast. Wenn Du nun aber eine der Engländerinnen zum selben Preis haben könntest? Ich finde ihn ohnehin angemessener. Schick mir ein Telegramm, wenn ich nähere Erkundigungen einziehen soll …

Leonie war davon mehr als angetan. Bei fünfzig Pfund könnte auch Jack nicht nein sagen. Sie schickte das Telegramm ab, ohne sich jedoch allzu großen Hoffnungen hinzugeben. Nach einem neuerlichen Inserat würden die Damen vielleicht doch mit Angeboten überschüttet werden. Erst dann berichtete sie Jack, was Annie diesmal ausgeheckt hatte.
»Annie und du, wolltest du wohl sagen«, korrigierte er sie. »Aber wenn sie eine von ihnen überreden kann, für dieses Gehalt hier draußen zu arbeiten, habe ich keine Einwände. Was sagen die Mädchen denn dazu?«
»Ich habe es ihnen noch nicht erzählt, um sie nicht enttäuschen zu müssen, wenn es dann doch nicht klappt.«

Die Pensionswirtin brachte ihnen die Antworten auf ihr Inserat Tag für Tag höchstpersönlich an die Tür, zusammen mit der obligatorischen Frage, ob sie schon Glück gehabt hätten. Ruth hatte in dieser peinlichen Situation stets dieselbe Antwort parat.
»Danke der Nachfrage, Mrs. Medlow, aber wir haben uns noch nicht entschieden.«
Jeden Tag erhielten sie mindestens drei bis vier Briefe, die sie eifrig öffneten und nach deren Lektüre sie jedesmal enttäuscht waren. Die Mädchen hatten ihre Bedingungen deutlich formuliert, doch das schienen manche Leute nicht zu verstehen. Sie offerierten ihnen Stellungen als Kindermädchen, ja sogar als Köchinnen. Eine Frau schrieb, sie sei Witwe, lebe in einem hübschen Haus und suche eine Gesellschafterin, der sie jedoch leider nichts bezahlen könne. Daneben trafen zwei Heiratsanträge eines Wildfremden ein, bei denen sie trotz der ernsten Lage, in der sie sich befanden, in lautes Gelächter ausbrachen. Jemand anders erhoffte sich Nachricht von seiner Schwester, die nach London gegangen war, und zwei Lehrerinnen baten sie um Hilfe bei der eigenen Stellensuche. Diese Bitten waren besonders deprimierend.

Als sie am Ende der Woche erneut inserierten, wurde die Hoffnungslosigkeit ihrer Situation offensichtlich. Mrs. Medlow fragte umgehend: »Noch immer kein Glück gehabt?«

Ruth gab zu, daß sie noch keine passenden Stellungen gefunden hatten, und erkundigte sich nach einem billigeren Zimmer.

»Ein billigeres Zimmer? Unsere Räume werden alle zum gleichen Preis vermietet, von einem Hinterzimmer neben der Küche einmal abgesehen. Darin stehen zwei Einzelbetten, ansonsten ist es kaum möbliert. Ich vermiete es gewöhnlich an Handlungsreisende, Sie wissen ja, wie die sind. Haben sowieso kaum Zeit zum Schlafen. Aber Ihre Koffer würden da keinesfalls hineinpassen.«

»Oh.« Ruth war geneigt, das Zimmer zu nehmen, doch sie wußte, Emilie wäre niemals damit einverstanden. »Nun ja, dann bleiben wir eben, wo wir sind.«

»Es tut mir leid«, sagte Mrs. Medlow, jetzt mit aufrichtigem Mitgefühl in der Stimme. Ruth war gerührt und brach in Tränen aus, sobald sie die Zimmertür hinter sich geschlossen hatte.

Aus Gewohnheit sprachen sie noch immer in Penns Büro vor, und an diesem Morgen hatte er tatsächlich gute Neuigkeiten für sie.

»Habe ich Ihnen nicht gesagt, ich würde eine Stellung für Sie finden?« rief er ihnen entgegen. »Ich habe nicht zuviel versprochen. Und nicht nur eine, sondern gleich zwei Stellen. In derselben Stadt. Treten Sie bitte näher, meine Damen.«

Sie nahmen auf dem abgewetzten Sofa in seinem Warteraum Platz, sahen einander an und brachten kaum ein Wort über die Lippen. Sie hörten, wie rasch und unpersönlich er in seinem Büro die unglücklichen Frauen abfertigte, die ihn je nach Lage auslachten, anschrien oder weinten.

Emilie hob die Augenbrauen und flüsterte sarkastisch: »Wo gehobelt wird, da fallen Späne.«

Penn kehrte mit einem abgenutzten Hauptbuch zu ihnen zurück. »Mal sehen. Maryborough, das war die Stadt. Liegt nördlich von Brisbane, es dürften nur einige hundert Meilen sein. Ein bedeutender Wollhafen, von dem manche behaupten, er würde einmal größer werden als Brisbane. Sie hätten Ihr Geld gar nicht für diese Anzeigen zu verschwenden brauchen, wenn Sie mir die Bemerkung gestatten. Ich habe selbst im *Maryborough Chronicle* inseriert. Die entstandenen

Kosten von drei Shilling müßten Sie übernehmen. Ist das in Ordnung?«

Sie nickten.

»Ist ohnehin billiger als der *Courier.* Also, wie gesagt, zwei Positionen, echte Schätzchen. Die erste wäre bei Mrs. Manningtree. Sie hat drei Kinder im Alter von sieben, acht und zehn, das älteste ist ein Junge. Dort oben gibt es keine vernünftigen Schulen, daher sucht sie verzweifelt nach einer Gouvernante.«

»Wunderbar«, hauchte Ruth.

»Gut. Ich habe in der Anzeige auch Ihre Gehaltsvorstellung erwähnt …«

»Das kann nicht Ihr Ernst sein!« keuchte Ruth entsetzt.

»Wir wollen doch keine Zeit verschwenden, weder die ihre noch die unsrige. Besser, man legt von vornherein alles offen auf den Tisch. Sie will allerdings nicht hundert, sondern nur achtzig Pfund zahlen. Sind Sie damit einverstanden?«

»Ja. Diese Stelle wird Emilie antreten.«

»Nein, nimm du sie, Ruth.«

»Auf gar keinen Fall. Ich habe mir geschworen, daß du die erste bekommst, komme, was da wolle.«

»Gut«, erwiderte Penn. »Damit hätten wir Miss Emilie untergebracht. Die andere Stelle wird von einer Mrs. Mooney angeboten, ebenfalls mit Unterkunft. Sie bezahlt siebzig Pfund, hat aber nur ein Kind. Ihre Tochter ist dreizehn. Angeblich hat sie selbst keine Zeit, sich um das Mädchen zu kümmern …«

»Sagten Sie Mooney?« hakte Ruth nach. »Ist das nicht ein irischer Name?«

»Ja. In diesem Fall seltsam, daß sie nur ein Kind hat, aber sie wird schon ihre Gründe dafür haben …«

»Mr. Penn«, mischte sich Emilie ein, »Ruth will Ihnen damit sagen, daß wir nicht vorhatten, für Papisten zu arbeiten.«

Er zwinkerte. »Wieso nicht? Ich kann mir kaum vorstellen, daß man Sie dort bekehren will.« Er wartete ihre Antwort gar nicht erst ab. »Dieser Mrs. Mooney gehört das Hotel Prince of Wales. Ich habe davon gehört. Es soll eines der besten Häuser in der Stadt sein, mit Speisesaal und allem Drum und Dran.«

»Und wo leben sie?« wollte Ruth wissen.

»Im Hotel natürlich. Sie hätten dort ein eigenes Zimmer. Klingt nach einem angenehmen Leben.«
Ruth schüttelte bedauernd den Kopf. »Tut mir sehr leid, aber ich würde niemals in irgendeinem Hotel wohnen. Noch dazu bei diesen Leuten. Sie müssen sich wohl nach etwas anderem für mich umsehen.«
Penn beugte sich verärgert vor. »Meine Damen, mir scheint, Sie können es sich nicht leisten, wählerisch zu sein. Ich habe zwei Stellen für Sie gefunden, wie zugesagt. Sie können sie entweder nehmen oder sich selbst etwas suchen.«
»Können Sie uns einen Tag Bedenkzeit geben, Mr. Penn?« fragte Emilie.
»Bis morgen also. Oder ich setze Mrs. Mooneys Angebot selbst in die Zeitung. Sie müssen verstehen, das ist mein Beruf. Ich kann eine solche Gelegenheit nicht ungenutzt verstreichen lassen.«

Bei den Tissingtons zu Hause wurde gelegentlich Wein zum Essen gereicht, und William hatte sein allabendliches Glas Portwein mit der Pfeife dazu stets genossen. Auf dem Schiff hatten die Mädchen ebenfalls ein Glas Wein pro Tag getrunken, eine der wenigen Freuden, die sie sich gönnten. Der Wein, den sie dem ersten Maat zollfrei abgekauft hatten, war gar nicht schlecht gewesen. Und sie freuten sich um so mehr, als er ihnen erklärte, daß Ärzte sogar zum Weingenuß auf langen Seereisen rieten, da man so den Mangel an frischem Gemüse ausgleichen könne.
»In den Kolonien besitzen heutzutage viele Ärzte eigene Weingüter und verdienen ganz gut damit«, hatte er berichtet. »Anfangs bauten sie den Wein einzig und allein zu dem Zweck an, Schiffe auf ihrer Rückreise damit zu versorgen.«
Während sie also nichts gegen ein Glas Alkohol am rechten Ort einzuwenden hatten, konnten sie sich unter gar keinen Umständen vorstellen, in einem Hotel zu leben. Abgesehen von dem persönlichen Abscheu, der sie allein schon bei der Vorstellung befiel, fürchteten sie auch um ihren guten Ruf. Auf dem Weg zurück sprachen sie darüber, doch als sie die Pension erreichten, hatten sie noch immer keine Lösung für ihr Dilemma gefunden. Emilie war also nun in Maryborough untergebracht, doch was würde aus Ruth werden?

Sollte sie allein zurückbleiben und weitersuchen, oder dieses schreckliche Angebot annehmen?

Emilie holte die Wäsche von der Leine. Unterdessen lauerte Mrs. Medlow Ruth auf dem Weg zu ihrem Zimmer auf.

»Miss Tissington, ich habe schon nach Ihnen Ausschau gehalten. Eine Dame möchte Sie sprechen, sie wartet im Salon. Kommen Sie mit, ich mache Sie miteinander bekannt. Sie hat Arbeit für Sie.«

Ruth zuckte zusammen. Wenn diese Frau nur nicht das Wort »Arbeit« gebrauchen würde, es klang so unfein.

Sie erkannte in Mrs. Bateman die Frau wieder, der sie vor der St. John's Church begegnet waren. Und auch diesmal trug sie ihren grellbunten Hut mit der Überfülle an gestreiften Bändern.

»Ich bin so froh, Sie kennenzulernen«, sagte Mrs. Bateman überschwenglich. »Und daß Sie noch frei sind, als Gouvernante, meine ich. Mrs. Medlow hat mir gesagt ...«

Ruth war verärgert über die Dreistigkeit ihrer Wirtin, die ihre Unterhaltung ungerührt mit anhörte. Ruth warf ihr einen gestrengen Blick zu.

»Vielen Dank, Mrs. Medlow, das wäre dann alles.«

Die Wirtin rauschte gekränkt davon. Mrs. Bateman hob die Augenbrauen, offensichtlich beeindruckt vom autoritären Ton der Gouvernante.

»Mrs. Bateman, ich muß Ihnen sagen, daß man meiner Schwester und mir heute morgen zwei ausgezeichnete Positionen angeboten hat.«

»O nein, hoffentlich komme ich nicht zu spät.«

»Nicht unbedingt. Wir können uns bis morgen mit der Entscheidung Zeit lassen. Vielleicht unterbreiten Sie mir erst einmal Ihr Angebot. Setzen wir uns doch ans Fenster.«

»Vielen Dank, Miss Tissington.« Mrs. Bateman verstaute sich selbst und ihre voluminösen Röcke auf dem Stuhl, während Ruth kerzengerade vor ihr saß.

»Meine Schwester, Mrs. Stanfield, braucht eine Gouvernante. Sie lebt auf einer Viehfarm draußen im Westen. Nicht, daß es so furchtbar weit wäre, nur um die hundert Meilen. Sie hat ein hübsches Haus und zwei reizende Töchter. Außerdem besitzt sie ein Klavier und wünscht, daß die Mädchen das Klavierspiel erlernen. Geben Sie auch in diesem Fach Unterricht, Miss Tissington?«

Ruth nickte.
»Daran hatte ich auch nicht gezweifelt. Die nächste Stadt ist Nanango. Sie ist nicht groß, eher ein Städtchen als eine Stadt, aber ganz reizend. Und dort draußen ist es auch trockener als in Brisbane. Wir leben hier nämlich in einem Tal, deshalb regt sich an den heißen Tagen kaum ein Lüftchen. Ich selbst bewohne ein geräumiges, kühles Haus, aber diesen Standard kann man auf dem Land natürlich nicht erwarten. Jedenfalls nicht in einem durchschnittlichen Haushalt. Mein lieber Mann ist Zollinspektor in Brisbane und hat sein Büro im Zollamt, einem schönen Gebäude, das Ihnen vielleicht schon aufgefallen ist…«
Ruth ließ sie weiterschwätzen, da sie es unhöflich fand, sie unter diesen Umständen zu unterbrechen. Mrs. Bateman war ihr unsympathisch, da sie ziemlich gewöhnlich wirkte, doch andererseits wäre ja nicht sie die Arbeitgeberin. Die Stellenbeschreibung hörte sich verlockend an, und mit der Schwester dieser Frau konnte sie es eigentlich nur besser treffen.
»Möchten Sie sonst noch etwas wissen?« erkundigte sich Mrs. Bateman abschließend.
»Liegt Nanango in der Nähe von Maryborough?«
»Maryborough? Nun, das ist ein Hafen, während Nanango im Landesinneren ist. Die Entfernung dürfte beträchtlich sein.«
»Oh. Meine Schwester überlegt nämlich, ob sie dort eine Stelle annehmen soll, doch die zweite Stelle, die in Maryborough frei wäre, sagt mir nicht unbedingt zu. Mrs. Stanfields Angebot erscheint mir da vielversprechender.«
Mrs. Bateman war hingerissen. »Dann nehmen Sie also an?«
»Es gibt noch einiges zu bedenken. Welches Gehalt würde mir Mrs. Stanfield anbieten, falls sie sich für mich entscheidet? Ich habe erstklassige Referenzen, Mrs. Bateman. Sie können Sie gerne einsehen.«
»Nein, nein, das ist nicht notwendig. Ich bin eine ausgezeichnete Menschenkennerin, wenn ich das von mir selbst sagen darf. Und ich bin sicher, daß eine gebildete Dame wie Sie die nötige Kompetenz hat. Sie werden es nicht bereuen, wenn Sie die Stelle annehmen. Mr. Stanfield ist charmant, die Mädchen sind wohlerzogen, Sie hätten ein eigenes Zimmer. Meine Schwester wäre überglücklich, Sie bei sich zu haben. Sie wären eine einzige große, glückliche Familie.«

»Und das Gehalt?«
»Sie bietet fünfzig Pfund pro Jahr. Eine hübsche Summe, nicht wahr?«
»Oh, das liegt aber weit unter den üblichen Gehältern.«
»Andererseits hätten sie nur zwei Schülerinnen und dazu kostenlose Unterkunft und Verpflegung.«
»Das versteht sich von selbst.«
»Ich bin sicher, es würde Ihnen dort gefallen. Ich persönlich würde lieber in Nanango als in Maryborough leben.«
»Warum, wenn ich fragen darf?«
»Na ja, Maryborough ist eben ein Hafen. Ein Binnenhafen. Ziemlich rauhe Gegend, nicht gerade die Gesellschaft, die man in den weitaus gepflegteren Landstädten gewöhnlich vorfindet.«
Damit kam das Hotel endgültig nicht mehr in Frage. Emilies Arbeitgeber schienen wenigstens wohlhabende Leute zu sein, da sie ein großes Haus besaßen. Was sie selbst anbetraf, so bereitete ihr das geringe offerierte Gehalt von fünfzig Pfund einiges Kopfzerbrechen, denn immerhin mußten sie das Darlehen an die Auswanderungsgesellschaft zurückzahlen. Selbst bei kostenloser Unterkunft und Verpflegung würde ihr nicht viel zum Leben bleiben, zumal sie auch Ausgaben für Kleidung und andere persönliche Dinge hätte. Emilie würde ihr sicher von diesem Angebot abraten.
Ruth schaute Mrs. Bateman an. »Wäre Mrs. Stanfield möglicherweise mit siebzig Pfund einverstanden?«
»Nein, so viel kann sie nicht aufbringen. Es ist eine gute Familie, aber nicht reich. Gutsituiert wäre der richtige Ausdruck. Sie haben einige schlechte Ernten gehabt, Dürreperioden, das hat ihnen finanziell geschadet. Fünfzig Pfund sind die obere Grenze.«
Mrs. Batemans scharfe Augen sahen sie erwartungsvoll an, und Ruth traf ihre Entscheidung. Sie würde Emilie sagen, daß die Stanfields ihr siebzig Pfund bezahlten, damit sie sich keine Sorgen machte, und sie selbst würde sich soweit wie möglich einschränken, um genug für das Darlehen beiseite legen zu können.
»Ihre Beschreibung der Stelle und der Familie macht es mir nahezu unmöglich, dieses Angebot abzulehnen«, erklärte sie Mrs. Bateman. »Es wäre mir eine Freude, die Stelle anzunehmen.«
»Für fünfzig Pfund?«

Ruth nickte. »Wann soll ich anfangen?«
»Sofort, Miss Tissington! Ich kann Ihnen gar nicht sagen, wie sehr ich mich freue.« Mrs. Bateman erhob sich rasch, als fürchte sie, daß die Gouvernante es sich noch anders überlegen könnte. »Ich werde meine Schwester benachrichtigen und die Abfahrtzeiten der Postkutsche in Erfahrung bringen. Mrs. Stanfield wird Sie mit offenen Armen empfangen.«
»Einen Moment noch, Mrs. Bateman. Könnten Sie mir sagen, wie meine Schwester am besten nach Maryborough gelangt? Wir haben gar nicht daran gedacht, uns zu erkundigen. Gibt es auch dorthin eine Kutschenverbindung?«
»Schon, aber die Reise dauert lange, da sie mehrfach umsteigen müßte. Sie sollte besser ein Schiff nehmen. Das ist viel bequemer.«
Nachdem die Frau gegangen war, machte sich Ruth auf die Suche nach Emilie, um ihr die Neuigkeit zu überbringen. Irgendwie konnte sie sich nicht richtig darüber freuen, da nun ihre Trennung unmittelbar bevorstand. Sie würden allein unter Fremden in einer ungewohnten Umgebung leben, und sie betete zu Gott, er möge über ihre jüngere Schwester wachen und sie gesund und glücklich erhalten.

2. Kapitel

Das schwüle Wetter brachte unweigerlich Nebel und strömenden Regen mit sich. Als Mal auf dem improvisierten Rummelplatz eintraf, waren die meisten Zelte schon abgebaut und die Besucher auf dem Heimweg. Doch an diesem Samstag, an dem er so viel erlebt hatte, konnte ihm nichts die Laune verderben. Er machte kehrt und ließ sein Pferd die Straße entlangtraben. Der Regen störte ihn nicht, da er sanft und warm fiel, ganz anders als die eiskalten Schauer unten im Süden.

An einer Straßenecke entdeckte er ein seltsames Fahrzeug und staunte wieder einmal über die Wunder der Großstadt, wo jeder den anderen zu übertreffen suchte. Es wirkte wie ein großer Lastkarren, der von vier Pferden gezogen wurde, doch über die Ladefläche spannte sich ein hoher Baldachin aus Leinwand, der an einen Planwagen erinnerte. Neugierig wie immer, stieg Mal ab, band sein Pferd an ein Geländer und trat näher.

An einem der Räder lehnte ein großes Schild mit der Aufschrift:

AUF GEHT'S NACH GYMPIE,
DER FANTASTISCHEN GOLDSTADT.

»Was soll das bedeuten?« fragte er einen Mann in weißem Mantel, der, umringt von einer Gruppe Neugieriger, von ein paar Schnellentschlossenen das Fahrgeld einsammelte.

»Gold!« antwortete der Mann. »Und du siehst aus, als wärst du hier genau richtig, mein Junge. Hast die nötigen Muskeln dazu. Aber wie steht's mit den zwei Pfund Fahrgeld?«

»Ich habe sogar ein Pferd, Mister. Wo liegt Gympie überhaupt?«

»Im Norden, Kumpel. Nicht allzu weit für einen Reiter, aber zu Fuß schwer zu erreichen. Außer natürlich, man will schon kaputt auf den Goldfeldern ankommen.«

»Und Sie bringen die Leute hin wie mit dem Bus?«

»Expreßbus, besser gesagt. Ansonsten gibt es nur Kutschen, und die kann sich die arbeitende Bevölkerung ja nicht leisten:«

»Na so was. Und in dieser *fantastischen Goldstadt* gibt es tatsächlich Gold?«

»Und ob. Die größten Goldfunde, die man je gesehen hat. Meine Kunden werden als Millionäre heimkehren. Willst du mitfahren?«

»Vielleicht.« Mal wollte sich nicht festlegen. Dieser Typ hatte etwas von einem Marktschreier an sich, doch andererseits konnte es nicht schaden, diese Goldfelder mal in Augenschein zu nehmen. Er trat ein paar Schritte zurück und bemerkte den Eifer der Männer, die zwei Pfund in Münzen abzählten und teilweise sogar den Hut herumgehen ließen, um, wie sie sagten, Geld zu sammeln für einen armen Mann mit Familie, die am Hungertuch nagte. Mal mußte unweigerlich an die fanatischen Wetter auf den Rennplätzen denken.

Als der Hut bei ihm eintraf, kramte er fünf Shilling hervor.

»Hältst du das für einen lohnenden Einsatz, Kumpel?« fragte er.

»Und ob!« bekam er zur Antwort. »Ein Mann muß verrückt sein, wenn er nicht hingeht. So eine Chance kommt nie wieder.« Er sah zu, wie die Münzen in den Hut fielen, und schaute Mal dankbar an. »Du bist ein Gentleman, Junge. Barney Magee wird dich nicht vergessen, wenn er erst sein Glück gemacht hat.«

Mal grinste. Als geborener Zyniker gab er nicht viel auf solche Versprechungen, vor allem nicht, da sich der Mann nicht die Mühe machte, nach seinem Namen zu fragen, damit er ihm etwas abgeben könnte von seinem Glück, das er in der *fantastischen Goldstadt* zu machen gedachte.

Magee kletterte auf den Wagen, während der Besitzer noch immer um Fahrgäste warb: »Los doch, los doch! Es sind nur noch wenige Plätze frei! Das wollt ihr euch doch nicht entgehen lassen. Was ist mit Ihnen, Mister?«

Ein knochiger Typ mit hagerem, traurigem Gesicht wollte wissen, ob er auch erst am Ziel bezahlen könne, fand aber kein Gehör. Mal schlenderte zu seinem Pferd zurück. Obwohl ihn das Goldfieber nicht gepackt hatte, verspürte er ein gewisses Interesse an der Sache. Vielleicht würde er tatsächlich einen Blick auf die Gegend werfen.

Als Mal sich dann selbst auf den Weg machte, wurde ihm klar, daß der Treck nach Norden einem Hindernisrennen glich. Nur Männer, die sich in der Gegend auskannten, konnten Straße von Wildnis unterscheiden. Holprige Karrenwege gingen ab in alle Richtungen, und viele endeten als Sackgasse in unberührtem Buschland, in dem sich raubgierige Aborigines verbargen. Viehrouten, die lediglich zu abgelegenen Farmen führten, schufen noch mehr Verwirrung und sorgten für eine gereizte Stimmung unter den Reisenden. Durch die Regenzeit angeschwollene Flüsse versperrten den schlecht gerüsteten Leuten aus dem Süden, denen dieses Phänomen unbekannt war, den Weg. An den Ufern schossen durchweichte Zeltlager wie Pilze aus dem Boden, und die Fährleute feilschten mit den Reisenden um den Preis für die Flußüberquerung. Fußgänger und Wagen quälten sich unablässig durch den anhaltenden Regen, denn die Menschen wurden von einem ständigen Gefühl der Angst vorwärtsgetrieben.

Mal begriff, daß diese Angst noch schlimmer war als jedes Fieber. Die Angst, die Goldader könne versiegen, bevor sie ihr Ziel erreichten; die Angst vor einem unerwarteten Überfall der Aborigines. Letztere schweißte sie zwar enger zusammen, doch auch dies hatte seine Nachteile. Viele wachten nach den wilden, grauenhaften Träumen von Mord und Totschlag auf, um festzustellen, daß die Menschen, denen sie sich angeschlossen hatten, sie ihrer dringend benötigten Essensvorräte, der Ausrüstung und ihrer Waffen beraubt hatten. Auf den Landstraßen, wo man mit Fremden normalerweise ein paar freundliche Worte wechselte, herrschten Gemeinheit und Mißtrauen. Jeder wußte, daß sich Buschräuber nicht mit den armseligen Reisenden abgeben würden, weil sie auf fettere Beute zwischen den Goldfeldern und dem Hafen von Maryborough aus waren, und beäugte mißtrauisch seine sogenannten Freunde. Die Leute gingen den Deutschen und Schweden lieber aus dem Weg und ließen ihren Zorn an den geheimnisvollen Chinesen aus, die angesichts der Torturen seltsam ungerührt blieben. In den Lagern und Kneipen am Rande der Strecke brachen Kämpfe aus, aus denen sich die zielstrebigen Chinesen stets heraushielten. Sie huschten durch die Dunkelheit und verschwanden lautlos, so daß nur die Angst vor ihren scharfen Messern zurückblieb.

Mal ritt gemächlich weiter. Wenn das Goldvorkommen erschöpft war, bis er ankam, auch gut. Eine Woche lang verdiente er sich ein paar Pfund als Fährhelfer und konnte dafür mit seinem Pferd umsonst übersetzen. Er gelangte auf eine Viehroute und damit zum größten Schafauftrieb, den er je erlebt hatte. Voller Erstaunen knüpfte er ein Gespräch mit dem Boß an, der ihm von zwölftausend

Schafen berichtete, mit denen er weit im Westen des Staates eine Farm gründen wollte. Er könne noch einen Treiber gebrauchen …

»Ein paar dieser Mistkerle sind mir nach Nashville durchgebrannt.«

»Wo liegt Nashville?« wollte Mal wissen.

»Ungefähr sechzig Meilen flußaufwärts von Maryborough, da, wo Nash das Gold gefunden hat. Heißt jetzt Gympie, ein Aborigine-Begriff für ›stechender Baum‹. Willst du auch hin, so wie diese ganze Meute?«

»Kann schon sein.«

»Hör zu, mein Sohn. Gib mir eine Woche. Du wirst es nicht bereuen. Das hier ist eine Riesenherde, und die Gegend am Fluß ist einfach höllisch. Wenn wir erst mal über den Hügeln sind, kommt offenes Land. Dann kannst du zurückkehren.«

Wie erwartet, bat der Züchter Mal, nachdem sie die Hügel überquert hatten, er möge noch bleiben, doch dieser war nicht gerade versessen auf die Aussicht, monatelang Schafe durch kaum erschlossenes Terrain zu treiben. Er nahm seinen Lohn in Empfang und kehrte zurück. Als er wieder auf der Straße nach Gympie war, schloß er sich einigen Goldgräbern an, von denen er die letzten Neuigkeiten aufschnappte. Zu seiner Freude dauerten die Goldfunde noch an. Er hatte sich bei den Schäfern wohl gefühlt, sprach ihre Sprache und genoß die Kameradschaft, die unter ihnen herrschte. Unter diesem Eindruck ließ er es in seiner neuen Gesellschaft an der nötigen Vorsicht fehlen. Auf dem Ritt durch das unwegsame Gelände hatte er zwei Gruppen Schwarzer getroffen, wild aussehende Burschen, die mit Speeren und Keulen bewaffnet waren. Er hatte angenommen, daß es sich um Jagdtrupps handelte, und sie mit einem freundlichen Winken gegrüßt. Vorsichtshalber hatte er zwei Nächte lang nicht geschlafen, das Gewehr ständig griffbereit, sein Pferd unmittelbar an seiner Seite. Nun war er müde. Der Koch des Herdenbesitzers hatte ihm zum Abschied eingesalzenes Hammelfleisch und einige Konserven geschenkt. Mal teilte das Essen mit seinen neuen Gefährten, packte sein Bündel aus und versank bei der verlöschenden Glut des Lagerfeuers in einen sorglosen Schlaf.

Am nächsten Morgen waren die Goldgräber verschwunden und mit ihnen sein Geld, seine Essensvorräte, sein Gewehr und die Munition. Das Pferd hatten ihm die Amateure jedoch gelassen. Mög-

licherweise waren es gar keine Goldgräber, sondern irgendwelche Räuber gewesen, die sich über die Reisenden hermachten. Auf gut Glück drehte er um und setzte ihnen nach, bis er auf einen Trupp Chinesen stieß, denen er die Räuber beschrieb. Im Gegensatz zu vielen seiner Reisegenossen kam Mal mit den Chinesen gut aus. Auf den Farmen arbeiteten oftmals chinesische Köche, die immer nett zu dem umherwandernden Kind und seinem Vater gewesen waren. Daher wußte Mal eine ganze Menge über sie.
Er fand heraus, wer der Älteste in der chinesischen Reisegesellschaft war, und führte mit ihm eine förmliche Unterhaltung. Er erwähnte die Gefahr von Raubüberfällen und bat den Chinesen um einen kleinen Gefallen. Herr Xiu dachte nach und sprach dann rasch auf einen Kuli ein, der daraufhin eine kleine Pillenflasche holte. Er faltete einige Pillen daraus in ein Blatt Reispapier und überreichte auf ein Zeichen seines Herrn hin Mal das Päckchen.
Das Wetter hatte sich gebessert, und die Sonne brannte den Schlamm der Wege zu harten, unebenen Furchen, die den Reitern das Vorankommen erleichterten. Nach über zwanzig Meilen erspähte Mal die Räuber, die gerade, bepackt mit einem Sack Vorräte, aus einer Kneipe kamen. Mal verbarg sich im Gebüsch.
»Vermutlich haben sie die von meinem Geld gekauft«, murmelte er erbost.
Mal folgte ihnen etwa eine Meile weiter, wo sie ihr Lager aufschlugen. Er ritt tiefer in den Busch, band sein Pferd an und glitt lautlos durch das Unterholz zu ihnen zurück. Er wartete ab, bis der Feldkessel kochte und eine Pfanne mit Fleisch über dem Feuer brutzelte. Zuerst schlich er sich an die Pferde heran.
Er löste die Halfter, klopfte den Tieren auf die Flanken und betrachtete amüsiert die Reaktion der Männer. Beim ersten Hufgetrappel waren die beiden aufgesprungen und rannten nun den Tieren hinterher, die im Galopp in Richtung Straße preschten. Die Pferde hatten sie bald eingefangen, doch das Feuer blieb so lange unbewacht, daß Mal die Opiumpillen in den Tee werfen und wieder untertauchen konnte. Er konnte nur hoffen, daß sie wirken würden. Mit seinem Taschenmesser und der Viehpeitsche vermochte er gegen zwei bewaffnete Männer nichts auszurichten.
Doch Herr Xiu schien ein Kenner seines Fachs zu sein. Kurz darauf

schnarchten die beiden neben dem langsam niederbrennenden Feuer.
Mal stahl den Dieben ihr Geld, die besten Vorräte und ihre Pferde. Dann ritt er die ganze Nacht hindurch bis zur letzten Fähre. Im Morgengrauen verkaufte er die Pferde für jeweils zehn Pfund an die Fährleute, womit er um fünf Pfund unter dem üblichen Preis blieb. Im Gegenzug stellte ihm niemand unangenehme Fragen.
Danach hielt sich Mal aus Sicherheitsgründen an die Viehrouten tiefer im Landesinneren, von denen er sich ein friedlicheres Reisen erhoffte.

Staunend ritt er durch die Hügel von Gympie, schaute auf die geschäftigen Zeltstädte und gerodeten Hänge hinab. Er nahm einen Weg, der durch zwei Zeltreihen führte und von Schutthaufen gesäumt war. Arbeiter schwärmten ameisengleich, mit Sieben und Waschrinnen bewaffnet, um den Fluß, während andere mit Hacke und Schaufel schufteten, als ginge es um ihr Leben. Als Junge vom Land haßte Mal diesen Ort von Anfang an. Das hier war ja noch schlimmer als eine richtige Stadt, die ganze Gegend stank wie eine Kloake. Rohes Fleisch hing vor den improvisierten Ständen der Metzger; Hunde, Ziegen und Krähen kämpften zwischen den Zelten um Abfälle; Betrunkene taumelten aus illegalen Schnaps-Zelten, schlampige Frauen am Arm, die auf ihr letztes Geld aus waren.
Doch da er nun einmal hier war, konnte er sich auch umschauen, was dieser Ort ihm zu bieten hatte.
Obwohl die ganze Gegend völlig chaotisch erschien, fand Mal bald heraus, daß es gewisse Vorschriften gab. Freundliche Goldsucher sparten nicht mit Ratschlägen. In der Registratur, einem viereckigen Schuppen, erwarb er eine Grabungserlaubnis. Er war noch nicht ganz aus der Tür getreten, als ihn ein junger Engländer ansprach.
»Ganz allein, Sir?«
»Wer weiß. Mit wem habe ich es zu tun?«
»Clive Hillier, zu Ihren Diensten.«
»Zu welchen Diensten?«
»Als Partner. Ohne Partner kommen Sie hier nicht weit.«
»Und Sie möchten sich um diese Stelle bewerben?«
»Sie haben den Nagel auf den Kopf getroffen.«

»Wieso?«
»Weil ich einen Claim besitze und jemanden brauche, der ihn mit mir bearbeitet. Vielleicht könnten wir bei einem Schnaps dort drüben das Geschäftliche regeln.«
Mal lachte. Auf diese Sorte fiel er nicht herein. Ein Schnorrer, wie er im Buche stand. »Tut mir leid, aber ich trinke nicht.«
»Um so besser«, sagte der Engländer in seinem herablassenden Tonfall. »Dann sollten wir in meinem Zelt eine Tasse Tee trinken.«
Er sah nicht übel aus mit seinem dunklen Haar, dem sauber rasierten Gesicht und dem schlanken Körperbau. Er trug kostspielige Moleskin-Hosen, die in kniehohen Stiefeln steckten, welche auch einmal bessere Tage gesehen hatten. Der ganze Mann erinnerte Mal an all die Engländer, die aus der alten Heimat zu Besuch auf die Schaffarmen kamen und begierig waren zu erfahren, wie man hier unten ein Vermögen machte.
Mal entschied, daß er nichts zu verlieren hatte und eine Tasse Tee zur Stärkung im Augenblick genau das richtige sei.
Beim Tee in Hilliers blitzsauberem Zelt erfuhr er, daß der Engländer pleite war. Die Pacht für seinen Claim war abgelaufen, und die Gebühr für die Verlängerung der Lizenz konnte er nicht aufbringen. Im Grunde hatte er weder das Geld dazubleiben noch heimzufahren.
»Maryborough liegt sechzig Meilen flußabwärts«, sagte Hillier. »Mit etwas mehr Glück als bisher könnte ich notfalls eine Mitfahrgelegenheit dorthin ergattern …«
»Haben Sie denn kein Pferd?«
»Schon verkauft, alter Junge. Es fällt gar nicht so leicht, von hier wegzugehen, wenn jeden Tag ein Bursche gleich nebenan einen Affentanz aufführt, weil er Gold gefunden hat. Macht einen ganz schön heiß, das können Sie mir glauben.«
»Mich nicht. Was soll ich für Sie tun? Ihnen mit ein paar Scheinen aushelfen?«
»Eher in mich investieren, falls Sie etwas Geld übrig haben.«
Mal trug mehr als vierzig Pfund in seinem neuen Geldgürtel, doch sollte es der Engländer darauf abgesehen haben, würde er erneut kein Glück haben.
»Ein paar Pfund hätte ich schon«, sagte er.
»Warum erneuern wir die Pacht nicht auf unser beider Namen? Als

Gegenleistung können sie in meinem Zelt wohnen. Und wir teilen, was immer der Claim abwirft. Ehrlich gesagt, würde ich es begrüßen, wenn Sie etwas Eßbares auftreiben könnten. Meine Vorratskammer ist leer, sonst hätte ich Ihnen längst etwas angeboten.«

Mal war überrascht. Dieser Bursche, den er auf Mitte Zwanzig schätzte, war nicht nur pleite, sondern auch halb verhungert, wobei er die Sache jedoch mit Humor zu nehmen schien. Jedenfalls jammerte er nicht ständig, so wie die anderen.

»Warum sollten wir die Pacht erneuern, wenn der Claim nichts abwirft?« fragte Mal. »Sie haben dort doch bisher kein Fitzelchen Gold gefunden, oder? Vielleicht sollten Sie den Claim einfach vergessen. Ich investiere jedenfalls nichts in ein Faß ohne Boden.«

»Sie würden sich also beteiligen?« fragte Hillier erleichtert.

»Nicht an diesem Claim. Können wir uns keinen besseren suchen?«

»Nein, ich grabe direkt am Fluß. Rechts und links von mir stoßen sie andauernd auf Gold, ich habe die Ader nur noch nicht entdeckt. Bitte machen Sie mit, auch wenn es nur für ein paar Wochen ist. Wenn ich diesen Claim aufgebe, übernimmt ihn ein anderer. Und wenn der dann auf Gold stößt, nehme ich mir einen Strick.«

Mal zündete sich eine Zigarette an und sah sich prüfend im Zelt um. Es wirkte ordentlich und bot genügend Platz für zwei Männer. Hillier mußte gut angefangen haben, da er sogar einen Tisch, zwei Stühle und ein paar anständige Laternen besaß. Und ein zweites Bett.

»Was ist denn aus Ihrem Partner geworden?«

Hillier zuckte die Achseln. »Ach so, meine Partnerin. Sie ist weg.«

»Sie?« fragte Mal überrascht.

»Ja. Ich habe sehr an Fleur gehangen. Ein tolles Mädchen. Bin ihr in Brisbane begegnet. Wir sind zusammen mit dem Schiff hergekommen, alles sehr romantisch. Frauen können hier überaus nützlich sein, wenn sie das nötige Durchhaltevermögen mitbringen, und daran hat es Fleur nicht gefehlt. Hübsches Mädchen, das können Sie mir glauben. Leider ist einer meiner Nachbarn auf eine Ader gestoßen und ging als reicher Mann von dannen. Und Fleur ging gleich mit. Das dumme Ding.«

»Hört sich gar nicht so dumm an.«

»Das stimmt schon, aber ich hatte sie wirklich gern. Wie heißen Sie doch gleich?«

»Ich habe mich noch gar nicht vorgestellt. Mal Willoughby.« Bei der Registrierung würde er ohnehin seinen richtigen Namen angeben müssen.
»Dann würden Sie sich also am Claim beteiligen?«
»Warum nicht?«
Hillier brach in befreites Lachen aus. »Endlich wendet sich mein Glück. Haben Sie die anderen Männer gesehen, die vor der Registratur warten?«
»Ja, da standen einige herum. Warum?«
»Sie haben auch nichts mehr zu beißen. Dort hält man Ausschau nach neuen Partnern, aber an Ihnen haben die harten Jungs wohl keinen Gefallen gefunden. Sie hielten Sie für zu jung und zu weich. Ich hoffe, sie haben sich geirrt.«
»Jedenfalls bin ich keine Frau«, gab Mal patzig zurück. Wie dumm mußte er sein, sich mit diesem Verlierer einzulassen? Doch immerhin versprach Hilliers Gesellschaft unterhaltsam zu werden, und die paar Wochen als Goldgräber würden ihm nicht schaden.

Mal hatte nichts gegen harte Arbeit, er mochte nur keine Überdosis davon. Zuerst schmerzten seine Muskeln von der Arbeit mit Pickel und Schaufel, mit denen er Geröll zerkleinerte und in schwere Eimer beförderte, doch bald fand er seinen Rhythmus und ging fröhlich ans Werk. Ständig hielt er Ausschau nach dem verheißungsvollen Glitzern im Gestein. Er verstand jetzt auch, wozu man hier draußen Frauen gebrauchen konnte. Der Schutt mußte in die Schütte gekippt werden, wo er zerstoßen und ohne Ende gewaschen wurde, um das Seifengold herauszuspülen. Diese und andere leichtere Aufgaben hatte Hillier sich selbst zugeteilt.
Bei der Arbeit machte sich Mal oft Gedanken über das Mädchen namens Fleur. Von den Prostituierten einmal abgesehen, gab es auf den Goldfeldern meist nur harte, verhärmte Ehefrauen, die an der Seite ihrer Männer verzweifelt nach Gold suchten, doch Hillier bestand darauf, Fleur sei anders gewesen.
»Eine echte Schönheit«, behauptete er traurig. »Wunderbares kupferrotes Haar, reizendes Gesicht und eine herrliche Figur. Und so voller Leben.«
Mal hielt sie für eine Abenteurerin, die gut genug aussah, um Hillier

den Kopf zu verdrehen. Eigenartig, daß sich der Engländer, der offenbar guter Herkunft war, überhaupt mit einer solchen Frau eingelassen hatte. Mal dachte auch oft an seine englische Dame, der er am Tag des Aufruhrs in Fortitude Valley begegnet war. Hillier hätte sie gemocht. Sie war jung, schön und vornehm. Eine Frau wie sie würde unter gar keinen Umständen einen Fuß in diese Gegend setzen, von echter Arbeit ganz zu schweigen. Als ihn Clive eines Abends wieder mit seinen Träumen vom plötzlichen Reichtum und Fleurs Rückkehr langweilte, erzählte Mal zur Abwechslung einmal von *seiner* Freundin.

»Sie ist Engländerin, sehr hübsch und anmutig. Eine reizende Stimme. Kleidet sich überaus elegant.«

»Ehrlich? Klingt charmant. Wie heißt sie denn?«

»Das geht dich nichts an«, knurrte Mal ausweichend.

Hätte ihr heimlicher Bewunderer die englische Dame in diesem Augenblick sehen können, er wäre entsetzt gewesen. Vermutlich hätte er Hacke und Schaufel weggeworfen und wäre ihr zu Hilfe geeilt.

Emilie stand am Kai und kämpfte gegen die Tränen an, als sie von ihrer Schwester Abschied nahm. Sie freute sich auf einmal gar nicht mehr so sehr aufs Alleinsein.

»Es tut mir leid, daß es soweit kommen mußte«, stöhnte Ruth.

»Schon gut. Wir wußten doch, Australien ist ein großes Land, in dem wir wohl kaum zwei Stellungen in unmittelbarer Nähe voneinander finden würden. Ich halte in Maryborough nach einer Position für dich Ausschau, und du kannst es in deinem Landstädtchen genauso machen.«

»Aber du bist noch so jung.«

»Immerhin zwanzig.«

»Ja, und solltest in diesem Alter ein anständiges gesellschaftliches Leben genießen, anstatt durch die Wildnis zu ziehen.«

»Bitte, Ruth, hör jetzt auf damit. Du wirst noch krank davon. Brisbane ist wohl kaum als Wildnis zu bezeichnen, und Maryborough soll noch geschäftiger sein. Du bist diejenige, die in die Wildnis geht.«

»Emilie, wenn du dort nicht glücklich wirst, mußt du auf der Stelle

kündigen. Dann schicke ich dir Geld, und du fährst zu Mrs. Medlow zurück. Sie hat sich einverstanden erklärt, dich wieder aufzunehmen.«
»Das hast du mir schon hundertmal gesagt. Ich muß jetzt gehen, Ruth … wir legen gleich ab.«
Emilie mußte zugeben, daß sie angesichts ihrer schwindenden finanziellen Mittel ein wenig Erleichterung verspürte, als sie an Bord des Schoners *Mirium* ging. Sie hatten aufgrund der Hitze leichtere Kleider kaufen müssen, beinahe eine ganze Garderobe, dazu kamen noch die Kosten für ihre Unterkunft. Doch diese Sorgen lagen nun hinter ihnen. Endlich würden sie richtige Gehälter bekommen.

Da die Reise nur wenige Tage dauern würde, hatte Emilie die billigste Fahrkarte für neunzehn Shilling gelöst, doch das Chaos an Bord übertraf alle ihre Befürchtungen. Von einigen Familien abgesehen, waren die meisten Passagiere Männer, die zwischen Gepäckbergen auf Deck herumlungerten, als wollten sie die gesamte Reise dort verbringen.
Sie machte einen Steward ausfindig, der sie durch einen schmalen Gang führte. Er blieb vor einer Art Schlafsaal stehen, in dem sich bereits zahlreiche Frauen drängten, um sich die besten Plätze zu sichern. Sie sahen alle arm, aber nicht unangenehm aus.
Eine Frau winkte Emilie zu einer freien Schlafpritsche.
»Nehmen Sie die, solange sie noch frei ist, Schätzchen«, sagte sie mit irischem Akzent. »Im Männerquartier ist nicht viel Platz, sie werden bald Betten für die Jungs wegholen. Wo wollen Sie dann schlafen?«
Emilie ließ sich auf das harte Bett plumpsen. »Hier ist keine Bettwäsche. Man sagte mir, sie würde gestellt.«
»Die erzählen einem, was sie wollen. Keine Sorge, beten wir lieber, daß wir sicher ankommen.«
»Aber mein Koffer ist nicht hier. Wo finde ich ihn nur?«
»Der taucht schon wieder auf.«
Und tatsächlich, der Koffer wurde mit dem übrigen Gepäck heruntergebracht und hinter dem Schott zu einem Haufen gestapelt. Es gab keinerlei Privatsphäre; wenn Emilie etwas aus ihrem Koffer holen wollte, mußte sie erst die Habseligkeiten anderer Frauen beiseite räumen.
Mrs. Delaney, die Irin, machte Emilie die Reise jedoch erträglich. Sie

berichtete, die meisten Passagiere seien Immigranten, die der Stadtrat von Maryborough angeworben habe, weil man dort händeringend nach Hafenarbeitern und Helfern für die großen und kleinen Farmen im Landesinneren suchte. Sie war unterwegs zu ihrem Mann, der bereits eine gute Stelle als Holzfäller gefunden hatte, und freute sich so sehr auf ihn, daß ihr nichts die gute Laune verderben konnte.

Während der kurzen Reise, bei der ihre Schwester das kalte Grausen bekommen hätte, schlief Emilie in ihren Unterröcken auf der nackten Matratze, wusch sich mit Meerwasser hinter einem langen Vorhang, den praktisch denkende Frauen angebracht hatten, und stand mit ihnen vor der Kombüse fürs Essen an. Sie mußte zugeben, daß diese Frauen freundlicher und großzügiger waren als die hochnäsigen Passagiere der zweiten Klasse, die ihnen auf der Überfahrt von England begegnet waren. Wenn sie an Deck Luft schnappten und dabei auf Männer trafen, wich Mrs. Delaney als selbsternannte Anstandsdame nicht von Emilies Seite und warf den Männern mißbilligende Blicke zu.

»Die sind nichts für Sie, Miss Tissington«, sagte sie warnend. »Ihre Ansprüche können gar nicht hoch genug sein.«

Der Hafen bot am Tag ihrer Ankunft ein prächtiges Bild. Mehrere große Segelschiffe lagen hier vor Anker; schwitzende Arbeiter in langen Reihen mühten sich ab beim Entladen riesiger Wollballen; Lastkarren brachten riesige Stapel Holz an den Kai. Alles wirkte viel geschäftiger als im Hafen von Brisbane.

Mrs. Delaney sorgte dafür, daß Emilies Koffer an Land gebracht wurde, bevor sie mit ihrem Ehemann, der sie sehnsüchtig erwartete, aufbrach. Wieder einmal stand Emilie hoffnungsvoll an einem fremden Kai. Sie sah sich um und bemerkte erst jetzt zu ihrem Entsetzen, daß in diesem Hafen Hunderte von schwarzen Männern arbeiteten. Sie und Ruth hatten in Brisbane nur ein paar Aborigines gesehen – arme, ungepflegte, doch offensichtlich harmlose Menschen – und waren bemüht gewesen, sie nicht allzu auffällig anzustarren. Diese Burschen hier waren hellhäutiger und weitaus dreister; grinsend warfen sie ihr anzügliche Blicke zu. Sie wäre am liebsten weggegangen, konnte ihren Koffer aber nicht allein lassen, und rief ein Mitglied der Besatzung herbei.

»Ich warte auf einen Mr. Manningtree. Kennen Sie ihn zufällig?«
»Ist mir nicht bekannt, Miss.«
»Soll ich lieber woanders warten?«
Er sah, wie nervös sie die Eingeborenen um sie herum beäugte. »Nur keine Sorge wegen der Kanaken. Die tun Ihnen nichts. Ihre Bosse sind bald wieder da. Haben sie von den Inseln geholt, um sie auf den Zuckerplantagen für sich arbeiten zu lassen.«
Kaum hatte er ausgesprochen, kam auch schon ein untersetzter Mann mit rotem Gesicht auf sie zu und schob die Eingeborenen rücksichtslos beiseite.
»Sind Sie Miss Tissington?« fragte er.
»Ja. Mr. Manningtree?«
»Höchstpersönlich«, antwortete er und musterte sie in einer Weise, die Emilie gar nicht gefiel. »Nun, ich hatte kein so junges Ding erwartet. Trotzdem: willkommen in Maryborough. Ist das Ihr Koffer?«
Emilie nickte unglücklich. Sie fand den Mann unsympathisch; er wirkte rauh und ungehobelt in seinem kragenlosen Hemd, über dem er keine Jacke, sondern nur angeberisch grelle Hosenträger trug. Seine bloßen Füße steckten in Bastsandalen. Sie schaute sich um in der verzweifelten Hoffnung, ein bekanntes Gesicht zu entdecken. Wenn nur Mrs. Delaney zurückkehren würde, wenn sie nur wieder an Bord der *Mirium* gehen könnte.
Mr. Manningtree holte zwei Kanaken herbei, die ihren Koffer zu einem wartenden Buggy schleppten, und warf ihnen eine Münze zu. Er lachte, als sich beide zugleich danach bückten, und stieg seelenruhig in den Wagen. Er ergriff die Zügel und rief Emilie zu, sie solle aufspringen.
Während der Fahrt klärte ihr neuer Arbeitgeber sie über sich und ihr neues Umfeld auf. »Mir gehört die Sägemühle da drüben, gut laufender Betrieb übrigens, und dann noch ein paar andere Geschäfte. Ich bin im Stadtrat, werde demnächst Bürgermeister, aber ich spiele mich deswegen nicht unnötig auf. Verstanden?«
Sie nickte. Es war offensichtlich, daß er nicht viel auf Förmlichkeiten hielt.
»Und ich will auch nicht, daß meine Missus irgendwelche Allüren bekommt, also setzen Sie ihr keine Flausen in den Kopf. Sie wollte eine Lehrerin für die Kinder, weil es hier keine anständigen Schulen

gibt. Recht hat sie. Ich selber hab keine Schulbildung – sie übrigens auch nicht, obwohl man es nicht glauben würde, so wie sie sich aufführt –, aber man muß ja vorwärtskommen in der Welt. Frühzeitig anfangen, so wie ich mit meinem Geschäft. Sehen, was die Leute brauchen. Meine Kinder wachsen mit Geld auf, zweite Generation, also können sie nicht dumm herumlaufen, wenn Sie verstehen, was ich meine. Bei mir ist das in Ordnung, ich komme besser zurecht als die meisten hier, aber die Stadt wächst ja noch. In ein paar Jahren ist sie richtig groß, und dann sollen meine Kinder nicht das Nachsehen haben.«

Während er redete, spähte Emilie unter dem Rand ihrer Haube hervor, um einen Eindruck von ihrer neuen Umgebung zu bekommen. Die Stadt war furchtbar, ganz anders als Brisbane. Sie schienen sich auf der Hauptstraße zu befinden, einem breiten, häßlichen Durchfahrtsweg, der von zusammengewürfelten Gebäuden, Schuppen und zweistöckigen Häusern, die dringend einen Anstrich nötig hatten, gesäumt wurde. Dazwischen klafften unbebaute, unkrautüberwucherte Grundstücke wie Zahnlücken. Es war noch heißer als in Brisbane, und weit und breit kein Baum zu sehen – nichts als die schäbige, triste Straße, die kein einziges elegantes Geschäft aufzuweisen hatte. Und die Bevölkerung wirkte ebenso niederdrückend und reizlos wie Mr. Manningtree, Mitglied des Stadtrats.

»Sie sagt, Sie unterrichten auch Benehmen«, fuhr er unterdessen fort. »Schön und gut, das kann den Kindern nicht schaden, aber sie sollen vor allem lernen, wie man richtig redet. Das ist wichtig. Hab mir das Lesen und Schreiben selber beigebracht, Rechnen auch, da bin ich sehr gut drin.« Er lachte. »Darauf können Sie Gift nehmen. Ich brauche nicht anständig zu reden, bin mein eigener Herr, aber die Kinder sollen sich nicht zum Narren machen. Verstanden?«

»Ja, Mr. Manningtree.«

»Dieser Agent hat der Missus ganz begeistert geschrieben, daß Sie auch Französisch unterrichten. Stimmt das?«

»Ja, Mr. Manningtree.«

»Das kommt jedenfalls nicht in Frage. Pure Zeitverschwendung. Was er nicht geschrieben hat und was ich gern wüßte ... Können Sie Klavier spielen?«

»Ja, Mr. Manningtree.«

»Ehrlich? Bei Gott, langsam kommen wir der Sache näher.« Er zog abrupt die Zügel an, warf sie ihr zu und sprang vom Wagen.
»Warten Sie hier.«
Damit verschwand er in einem Kolonialwarenladen. Emilie hielt die Lederriemen umklammert und betete, daß die Pferde nicht durchgingen. Eigenartige Leute gingen vorüber: Frauen in schmalen, zweckmäßigen Röcken ohne Reifen und mit Schlapphüten auf dem Kopf; rauhbeinige Männer, von denen einige sogar klirrende Sporen trugen; Gruppen von Aborigines und, schlimmer noch, Chinesen; dazu einige Kanaken, die an einer Straßenecke herumlungerten. Als Krönung preschte hin und wieder ein Reiter die Hauptstraße entlang und scheuchte ihr Pferd auf, das ungeduldig zu wiehern begann.
Dann kehrte ein offensichtlich zufriedener Mr. Manningtree zurück.
»Habe gerade ein Klavier gekauft«, verkündete er.
Emilie fragte erstaunt: »Kann man in diesem Laden Klaviere kaufen?«
»Nein, Mädchen. Ich hab eins bestellt. Das beste, das für Geld zu haben ist. Wollte schon immer eins haben. Die Missus auch, aber ich hab's immer für Geldverschwendung gehalten, weil keiner drauf spielen konnte.« Er wischte sich den Schweiß aus dem Schnurrbart und rieb die Hand an seinem Hemd ab.
»Heiß hier draußen. Wir sollten uns auf den Weg machen.«

Sie fuhren durch eine Einfahrt und dann einen schlammigen Weg entlang, über den sich ein Tunnel aus feuchter Vegetation wölbte, was Emilie als unangenehm empfand. Auf sumpfigen Grasfleckchen wuchsen Farne und größere Pflanzen mit breiten Blättern, darüber ragten tropfende Bäume empor. Dieser Garten wirkte unheimlich, als verweilten noch die Geister einer anderen Zeit in seinem Zwielicht. Unversehens gelangten sie auf eine Lichtung, und das Haus kam in Sicht. Das große hölzerne Gebäude war wie viele andere Häuser hier nicht gestrichen und sah dementsprechend grau und leblos aus. Emilie fragte sich, ob in dieser Gegend wohl keine Farbe erhältlich war.
Über die Vorderseite des einstöckigen Hauses erstreckte sich eine breite, überdachte Veranda. Mr. Manningtree lenkte den Buggy zur Rückseite, wo sich ein weiter Hof ohne Umzäunung befand, der von

Schuppen eingerahmt wurde. Im Hintergrund sah man Reihen ungepflegter Bananenstauden.
Mrs. Manningtree stand mit ihren drei Kindern in der Küchentür. Emilie sah sie lächelnd an und nahm sofort das Stirnrunzeln der Frau wahr, die offensichtlich nicht viel davon hielt, daß eine junge, gutaussehende Gouvernante bei ihr auftauchte und ihr Konkurrenz machte.
Emilie hörte nicht auf zu lächeln, während Mr. Manningtree sie bekannt machte, doch ihr war jetzt schon klar, daß sie der Frau mit größter Vorsicht begegnen mußte. Sie war um die Dreißig, also mindestens zwanzig Jahre jünger als ihr Ehemann, trug ein rosageblümtes Kleid, das enggeschnürt war und ihren üppigen Busen und die schmale Taille zur Geltung brachte, und eine Perlenkette, die Emilie zu dieser Tageszeit wenig angebracht erschien. Ihr eigenes dunkelblaues Reisekostüm mit der weißen Bluse wirkte dagegen unscheinbar, und sie war Ruth dankbar, auf deren Beharren hin sie ihre besten Kleider tief unten im Koffer gelassen und sich für dieses bescheidenere Modell entschieden hatte, wie es sich für eine Gouvernante geziemte.
Die Kinder waren sauber gekleidet, aber barfuß, und grinsten übers ganze Gesicht, als ihre Mutter sie vorstellte.
»Das sind Jimmy, Alice und die kleine Rosie. Begrüßt Miss Tissington.«
Das dreistimmige Hallo klang fröhlich und freundlich, und Emilie dankte ihnen dafür. Mrs. Manningtree fiel ihr ins Wort und schickte die Kinder zum Spielen.
Das saubere, ordentliche Haus bildete einen starken Gegensatz zu dem vernachlässigten Garten. Die Holzböden glänzten und verströmten den tröstlichen Geruch von Bienenwachs. Sie kamen durch eine blankgescheuerte Küche. Während ihre neue Arbeitgeberin ihr das Haus zeigte, fragte sich Emilie, ob von ihr erwartet wurde, daß sie in Zukunft immer den Dienstboteneingang benutzte.
Auf ihrem Rundgang spähte sie in gut möblierte Räume. Salon, Speisezimmer, Wohnzimmer, alles war vorhanden. Emilie kämpfte gegen die Müdigkeit an, die sie zu überwältigen drohte, während sie angestrengt den Worttiraden ihrer Dienstherrin zu lauschen versuchte.
»Ich habe oft Gäste, Miss Tissington. Wir haben schließlich eine

gesellschaftliche Stellung zu wahren. Da Sie aus England kommen, mögen Sie uns für Hinterwäldler halten, aber täuschen Sie sich da nur nicht. Ich bemühe mich, einen gewissen Standard aufrechtzuerhalten, und erwarte desgleichen von meinem Personal.«

»Natürlich«, sagte Emilie zustimmend und fügte dann diplomatisch hinzu: »Sie haben ein sehr elegantes Heim, Mrs. Manningtree. Nach den Entbehrungen der Seereise schätze ich mich glücklich, in ihrer Familie Aufnahme zu finden, und will bei der Erziehung der Kinder mein Bestes geben.«

Diese Worte besänftigten ihr Gegenüber. »Wirklich? Na schön. Aber Sie müssen streng mit ihnen sein, ich erwarte einen wöchentlichen Bericht. Sie haben eine kleine Privatschule in der Nähe besucht, aber diese verdammte Frau, die sie leitete, ist mit irgendeinem Kerl durchgebrannt und hat uns einfach sitzenlassen.«

Sie schaute Emilie mißtrauisch an. »Ich hoffe, Sie sind nicht auf der Jagd nach einem Ehemann.«

Emilie war entsetzt. »Nein, Madam.«

Mrs. Manningtree schien ungewöhnlich erfreut über ihre Antwort. »Sie sehen auch nicht danach aus. Dennoch, hier gibt es nur wenige anständige Frauen, also werden sich die Männer bald an Ihre Fersen heften. Machen Sie ihnen einfach klar, daß Sie unter gar keinen Umständen Herrenbesuche empfangen dürfen, dann kapieren sie es schon. Ich zeige Ihnen jetzt Ihr Zimmer.«

Das Zimmer lag am Ende eines Flurs neben der Küche, war aber ebenso makellos wie der Rest des Hauses. Über dem Bett mit der weißen Tagesdecke hing ein üppiges Moskitonetz, unter dem offenen Fenster stand ein Waschtisch, an der gegenüberliegenden Wand ein Kleiderschrank mit passender Frisierkommode.

»Ein sehr hübsches Zimmer«, sagte Emilie, während Mr. Manningtree ihren Koffer hereinschleppte.

»Finden Sie sich zurecht?« fragte er und stellte den Koffer ab. Doch bevor Emilie antworten konnte, mischte sich seine Frau ein.

»Bert, du hast mir versprochen, das Dach in der Waschküche zu reparieren, also los. Sonst ruiniert mir der nächste Regen wieder die ganze Wäsche.«

Aus ihrem Tonfall war herauszuhören, daß sich die beiden nicht nur vom Alter her unterschieden. Emilie war geneigt, sich auf die Seite der Frau zu stellen. Mrs. Manningtree mochte zwar herrisch sein, führte aber einen ordentlichen Haushalt, was in dieser Wildnis sicherlich eine schwierige Aufgabe darstellte. Immerhin gab sie sich Mühe mit ihrem Äußeren, auch wenn es ihr am nötigen Geschmack fehlte. Ihr Ehemann hingegen war einfach nur ein ungehobelter Geselle. Womöglich war ihre Eheschließung eine arrangierte Angelegenheit gewesen.

Erleichtert, eine Freundin gefunden zu haben, streifte sie die Handschuhe ab und streckte Mrs. Manningtree die Hand entgegen.

»Ich kann Ihnen gar nicht sagen, wie froh ich bin, Sie kennenzulernen. Und wie glücklich, hier zu sein.«

Die Frau zögerte einen Moment und antwortete dann mit einem festen Händedruck. »Ich bin es nicht gewöhnt, Frauen die Hand zu schütteln. Gehört das zur Etikette?«

Nicht wirklich, dachte Emilie bei sich. Ihre Reaktion war spontan gewesen, eigentlich verspürte sie den Drang, jemanden zu umarmen.

»Ja«, log sie verlegen.

»Gut zu wissen. Ich hoffe, Sie werden sich hier wohl fühlen, Miss Tissington. Und noch etwas. Ich weiß es zu schätzen, daß Sie mich ›Madam‹ genannt haben, und hoffe, daß Sie es auch weiterhin tun, um der Köchin und dem Hausmädchen mit gutem Beispiel voranzugehen. Sie kommen nur tagsüber zum Arbeiten her und sind sehr schwer anzulernen. Einheimische, wissen Sie. Haben Sie eine Uhr?«

»Nein«, gestand Emilie. Sie und Ruth hatten ihre Uhren und den wenigen Schmuck, den sie besaßen, bereits in London versetzt. »Ich habe sie auf dem Schiff verloren.«

»Vermutlich gestohlen worden. Sie müssen lernen, sich vor Gesindel in acht zu nehmen. Aber egal, das Mädchen wird Sie um sechs Uhr zum Abendessen rufen. Ich stelle eine Uhr ins Klassenzimmer. Es liegt im hinteren Bereich des Hauses, wo Sie ganz ungestört sind.«

Sodann begann sich die Frau lang und breit über die Einrichtung des Klassenzimmers auszulassen, über die teure Tafel und die Bänke und die Atlanten, die sie eigens angeschafft hatte. Emilie stand im Türrahmen und fürchtete schon, ihre Arbeitgeberin würde sie niemals mehr sich selbst überlassen.

Eine Stunde später lag Emilie auf ihrem Bett und sah fasziniert zum

milchigen Schleier des Moskitonetzes empor. Sie dachte an Mrs. Manningtrees Worte über die Jagd nach einem Ehemann.
War sie auf der Suche nach einem Ehemann? Diese Frage war zwischen ihr und Ruth nie zur Sprache gekommen, weil sie angesichts ihrer finanziellen Notlage andere Sorgen hatten. Doch vor der Wiederheirat ihres Vaters hatten die Mädchen ein normales gesellschaftliches Leben geführt und waren mit Gentlemen befreundet gewesen. Männern, die sie schon ihr Leben lang kannten. Die ihnen vielleicht irgendwann einen Antrag gemacht hätten. Ruth war in den schüchternen John Perigree, den Sohn von Dr. Perigree, verliebt gewesen, und er hatte ihre Gefühle erwidert. Leider studierte John in Birmingham Medizin und kam daher immer seltener ins Dorf. Sie hatten einander geschrieben, doch die Beziehung endete, als Ruth John über ihre Abreise nach London in Kenntnis setzte.
Emilie fragte sich oft, ob Ruth ihm verraten hatte, weshalb sie fortgehen mußten, doch ihre Schwester weigerte sich, darüber zu sprechen. In diesen Dingen verhielt sie sich furchtbar zugeknöpft. Als Student verfügte John über wenig Geld und konnte sich eine Ehefrau gar nicht leisten, während Ruth und ihre Schwester ihr Heim und Erbe verloren hatten. Eine durch und durch hoffnungslose Situation. Vielleicht schwieg sie sich ja zu diesem Thema aus, weil es sie traurig machte und an ihre innersten Gefühle rührte.
Emilie selbst wußte inzwischen, daß sie in jenen sorglosen Tagen wertvolle Zeit verschwendet hatte, als sie die launenhafte Schöne spielte, die sich von Verehrern belagern ließ. Bälle, Parties, Picknicks … Emilie Tissington mangelte es nie an aufmerksamen Begleitern und Freunden, die schlagartig aus ihrem Leben verschwanden, als die Stiefmutter Einzug hielt und die Gastfreundschaft der Familie radikal beschnitt. Sie ließ das ganze Dorf wissen, daß die Töchter zwar gesellschaftlich akzeptabel sein mochten, aber keine nennenswerte Mitgift zu erwarten hatten.
Eigentlich waren es also gar keine richtigen Freunde gewesen, dachte sie nun niedergeschlagen, höchstens Schönwetterfreunde.
Auf ihre Briefe aus London, in denen sie überschwenglich vom Leben in der Metropole berichteten, hatten die Schwestern keine Antworten erhalten. Die einzige Ausnahme bildete die liebe Biddy Halligan, eine Nachbarin, die von ihrer Stiefmutter erfahren hatte,

daß sie keine Anstellung finden konnten, und ihr Bedauern darüber aussprach. Das hatte Ruth und Emilie zutiefst verletzt. Biddy war ein nettes Mädchen, aber weithin berüchtigt für ihre Taktlosigkeit. Ihr Mitleid war einfach zuviel, so daß sie ihre Briefe nach Hause einstellten.

Aber Jagd nach einem Ehemann? Irgendwann vielleicht.

Wären sie erster Klasse gereist, hätte sich vielleicht eine Gelegenheit ergeben, passende Gentlemen kennenzulernen. Plötzlich kam Emilie der Gedanke, daß die Auswanderungsgesellschaft ihre Schützlinge womöglich mit Bedacht auf diese Art und Weise reisen ließ. So würden sie ungebunden in den Kolonien eintreffen und sich als alleinstehende Frauen den Regeln der Gesellschaft beugen.

Obwohl sie müde, das Bett bequem und der Nachmittag ungeheuer heiß war, konnte Emilie nicht einschlafen.

Ohne Ruths beruhigenden Einfluß sah sie sich als Opfer einer grausamen Verschwörung, das man in der Blüte seines Lebens zu einem Dienstbotenleben verurteilt hatte, wo es dem Willen fremder Frauen und ihrer ungehobelten Ehemänner unterworfen war. Sie weinte nicht, war nur zornig und bemitleidete sich selbst.

Jagd nach einem Ehemann? fragte sie sich erneut. Vielleicht. Aber Mrs. Manningtree hatte recht. Nicht in dieser armseligen Stadt, wo die Leute es nicht einmal für nötig befanden, ihre Häuser zu streichen.

Mrs. Manningtree hatte ihr unbewußt dazu verholfen, daß sie sich zum ersten Mal seit ihrem demütigenden Abschied von zu Hause über das schlichte Gefühl der Machtlosigkeit erhob, das sie bis dahin stets gequält hatte. Das Stirnrunzeln bei ihrem Anblick hatte ihr paradoxerweise Auftrieb gegeben, da es schlicht und ergreifend Ausdruck von Eifersucht gewesen war.

Emilie stand vor dem Spiegel und löste die Zöpfe, die sie zu einer Krone auf dem Kopf zusammengesteckt hatte. Ihr Haar floß in dunklen, schimmernden Wellen über ihren Rücken. Das Reisen hatte ihr gutgetan: keine Pickel mehr, ihre Haut war klar und makellos, sogar leicht gebräunt. Sie sah gesund und kraftvoll aus, das würde ihr nun zugute kommen. Emilie war zu einer hübschen Frau herangereift.

Nach ihrer zweieinhalbtägigen, faszinierenden Reise ins Landesinnere war Miss Ruth Tissington erstaunt über den warmen Empfang, der ihr in Nanango bereitet wurde. Die gesamte Familie Stanfield und zwei aufgeregte Hunde erwarteten sie am Haltepunkt der Kutsche und rannten auf sie zu, als sei sie eine lange vermißte Freundin. Mrs. Stanfield umarmte sie sogar.

»Ich bin so froh, daß Sie hier sind, Miss Tissington. Hatten Sie eine angenehme Reise? Ich hoffe, es war nicht zu anstrengend für Sie. Hat man sich gut um Sie gekümmert?«

»Ja, allerdings, sehr freundlich ...«

Sie veranstalteten ein wahres Theater um ihre Ankunft und zogen damit das allgemeine Interesse auf sich. Ruth hatte kaum Gelegenheit, sich von ihren Mitreisenden zu verabschieden. Als die beiden Paare erfahren hatten, daß sie neu im Land war, standen sie ihr an den verschiedenen Haltestellen helfend bei und wiesen sie auf Sehenswürdigkeiten oder die herrliche Tierwelt hin. Ruth war glücklich, weil sie endlich ganze Herden von Känguruhs und Emus gesehen hatte, die durch die weiten Ebenen rannten, dazu noch ein paar schläfrige Koalas und überhaupt mehr Tiere als in ihrem ganzen bisherigen Leben. Die Reise hatte sich als echtes Abenteuer entpuppt, das sie unbedingt in ihrem Tagebuch festhalten mußte, sobald sie Zeit dazu fand.

Mrs. Stanfield machte sie mit ihrem Ehemann Jack und den Töchtern Jane und Jessie bekannt.

»Sie müssen mich Leonie nennen.«

Ruth zuckte zusammen. »Vielen Dank, aber ich glaube, es würde den Mädchen als schlechtes Beispiel dienen.« Sie bezweifelte, daß Mrs. Stanfield sich daran halten würde, und diese eigentlich unbedeutende Sorge nagte an ihr. Sie wollte als Gouvernante ihr Bestes geben und konnte sich nicht den Gepflogenheiten der Kolonialbewohner anpassen, wenn sie den Mädchen etwas nütze sein sollte. Ihr war bereits aufgefallen, daß die neunjährige Jane und die elfjährige Jessie dringend der Erziehung bedurften. Sie fielen ihren Eltern ständig ins Wort und tobten im Depot umher wie auf einem Spielplatz.

Schließlich führte man sie zu einem Wagen, auf dem Mr. Stanfield ihren Koffer zwischen Kisten und Taschen mit Vorräten verstaute. Dann ergriff er ihren Arm.

»Sie sitzen vorn, Ruth.«
Dies war nicht der rechte Zeitpunkt, um ihn darauf hinzuweisen, daß sie in diesem Rahmen den Gebrauch ihres Vornamens nicht schätzte. Daher seufzte sie nur ergeben und ließ sich von ihm hinaufhelfen. Daraufhin brach ein Streit aus.
»Nein, Dad, wir wollen, daß Ruth bei uns sitzt«, schrie Jessie. »Sie ist schließlich unsere Lehrerin.«
Ihre Mutter brachte sie zum Schweigen. »Seid still und zappelt nicht herum.«
»Nein, du mußt mit ihr tauschen.«
»Dafür ist es zu spät. Ruhe jetzt.«
Ohne sie weiter zu beachten, lenkte ihr Vater den Wagen aus dem Depot und bog nach rechts auf eine endlos scheinende Landstraße ab.
»Da drüben liegt die Stadt«, sagte er zu Ruth und deutete mit der Peitsche hinter sich. »Wir zeigen sie Ihnen ein anderes Mal. Von Osten her zieht ein Sturm auf, ich möchte vorher zu Hause sein.«
Jane begann zu quengeln. »Gehen wir nicht in die Stadt? Ich wollte mich mit Elsie treffen. Ihr habt versprochen, wir würden hinfahren.«
Ihre Schwester stimmte in ihr Geheul ein, es sei nicht fair. Die Mutter ließ sich mit ihnen auf eine Diskussion ein, obwohl es Ruth angebrachter erschien, der Sache energisch ein Ende zu setzen. Mr. Stanfield fuhr ungerührt weiter.
Dann verfiel Jessie auf einen uralten Kindertrick. »Wir müssen in die Stadt. Ich muß mal pinkeln.«
»Nein, mußt du nicht. Du warst vorhin im Depot«, antwortete ihre Mutter.
»Ich muß aber doch. Wenn wir nicht umkehren, mache ich in die Hose.«
Mrs. Stanfield seufzte. »Halt an, Jack. Ich gehe mit ihr ins Gebüsch.« Sie scheuchte das Kind vom Wagen. Jane kicherte, während sie warteten. »Ich wette, sie macht nicht. Bestimmt nicht.«
Als ihre Schwester zurückkehrte, stieß sie sie an.
»Du hast nicht gemacht, oder?«
»Hinter den Büschen kann ich nicht.«
»Lüg nicht, natürlich kannst du.«
Ruth hörte mit wachsendem Entsetzen zu. Sie saß kerzengerade auf

ihrem Sitz und hielt sich mit ihren behandschuhten Händen an der Seitenlehne fest.
Die Fahrt dauerte zwei Stunden, und Mr. Stanfield sollte recht behalten: Sobald sie das Haus betraten, das Ruth an die großen Bauernhäuser in ihrer Heimat erinnerte, brach das Unwetter los. Der Himmel verdunkelte sich, ohrenbetäubender Donner folgte auf grelle Blitze, und sintflutartiger Regen prasselte hernieder. Sie suchte in dem kleinen Schlafzimmer, das man ihr zugewiesen hatte, vor dem Gewitter – und mehr noch den furchtbaren Kindern – Schutz.
Einer der Herren in der Kutsche war darauf erpicht gewesen, die junge Engländerin so umfassend wie möglich über seine Heimat zu informieren, und hatte ihr eine aktuelle Landkarte von Queensland gekauft. Nun holte Ruth sie aus ihrer Reisetasche, um zu sehen, wo sie und Emilie jeweils gelandet waren. Maryborough lag sehr weit nördlich, viel weiter, als sie geglaubt hatte. Erst jetzt wurde sie sich allmählich der Ausmaße dieses Landes bewußt, wo selbst ihre dreitägige Reise sie nur durch einen winzigen Teil des Kontinents geführt hatte.
Ruth hoffte, daß Emilie die Seereise ohne ihre Unterstützung gut überstanden hatte und auf weniger anstrengende Schüler als die beiden Stanfield-Mädchen getroffen war.
Gut, daß ich diese Stellung angenommen habe, dachte sie. Emilie würde die beiden möglicherweise nicht im Zaum halten können. Sie brauchen eine feste Hand. Vor allem wollte sie Mr. und Mrs. Stanfield nicht enttäuschen, da sie trotz ihrer übertrieben herzlichen Art durchaus nette Menschen zu sein schienen. Die Bezahlung war nicht so gut wie erwartet, doch Ruth würde dennoch ihr Bestes geben, das war sie sich schuldig.
Sie packte ihre Sachen aus und wappnete sich für eine erneute Begegnung mit der Familie. Sie trug jetzt ihre weiße, hochgeschlossene Bluse mit blauer Kragenschleife und dazu passendem Rock. Das Haar hatte sie in der Mitte gescheitelt und über den Ohren ordentlich zu Schnecken gerollt. Miss Tissington, die korrekte englische Gouvernante, war angekommen.

3. Kapitel

Das lebhafte Treiben auf den Goldfeldern und die pure Energie, die die dortige Atmosphäre ausstrahlte, hielten Mal länger als beabsichtigt fest. Er arbeitete gern mit Hillier zusammen, doch als er in zunehmendem Maße die unterschwellige Gewalt dieser Umgebung spürte, entschloß er sich zum Aufbruch.

»Der Ort hier wird mir allmählich zu groß, zu überfüllt«, sagte er warnend zu Clive. »Wir sollten weiterziehen. Bisher haben wir ohnehin keinen Erfolg gehabt.«

Doch Hillier ließ sich auf keinerlei Diskussionen ein. »Mal, du hast hier Geld investiert, du kannst jetzt nicht einfach weggehen. Was macht es schon, wenn noch mehr Goldgräber herkommen?«

Einen gewaltigen Unterschied, dachte Mal. Überall gab es Auseinandersetzungen, die Preise für die Claims stiegen sprunghaft an, und alltägliche Streitereien arteten oft in Schießereien aus. Die Lager der Chinesen wurden von zornigen Goldsuchern überfallen, die von der Vorstellung getrieben wurden, die Chinesen hätten in der Welt der Weißen nichts zu suchen. Raubüberfälle waren auf den Goldfeldern wie auch den Straßen an der Tagesordnung. Buschräuber bedrohten die Goldtransporte nach Maryborough, und die Polizei durchkämmte in der Hoffnung, gestohlenes Gold wiederzufinden, vergeblich die Hügel auf der Suche nach ihren Verstecken. Folglich übernahmen Fäuste und Schußwaffen die Herrschaft auf den Goldfeldern. Colts wurden zu einer unentbehrlichen Waffe, und als Mal eines Nachmittags ins Zelt zurückkehrte, präsentierte ihm Hillier voller Stolz sein soeben erworbenes Exemplar.

»Was zur Hölle willst du damit?« fragte er zornig.

»Du weißt doch, was sich hier abspielt. Wir müssen unseren Claim schützen.«

»Bist du verrückt geworden? Wir haben nichts, was wir beschützen müßten. Was hast du dafür bezahlt?«

»Ich habe dem Burschen gesagt, du würdest ihm zehn Pfund dafür geben. Halber Preis. Die Munition hat er mir sogar geschenkt. Bin übrigens ein recht guter Schütze.«

Der Kerl, der mit zwei Begleitern kam, um das Geld einzutreiben, war nicht gewillt, die Waffe zurückzunehmen. Allerdings gelang es Mal, ihn auf den realistischeren Preis von vier Pfund herunterzuhandeln, indem er etwas von den Plänen des Goldkommissars murmelte, eine Suche nach gestohlenen Waffen einzuleiten. Das war zwar frei erfunden, verunsicherte die Männer aber soweit, daß sie sich im Tausch gegen Mals Stillschweigen auf den niedrigeren Preis einließen.
»Ich habe dafür bezahlt, er gehört mir«, erklärte er Hillier. »Und bei der nächsten Gelegenheit werde ich ihn wieder verkaufen. Heute in vierzehn Tagen mache ich mich auf den Weg. Bis dahin kannst du dich entscheiden, ob du mitkommst oder nicht.«
Später am Abend ruhten er und Hillier sich in ihrem Zelt aus, dessen Eingang wegen der Insekten geschlossen war. Da ertönten Schreie. Schon wieder ein Kampf.
Plötzlich taumelte ein chinesischer Kuli, aus mehreren Wunden blutend, ins Zelt.
Clive sprang auf und schrie, er solle verschwinden, doch Mal hielt ihn zurück.
»Laß ihn in Ruhe!«
Sie hörten Männer auf der Suche nach ihm am Zelt vorbeirennen. Mal schob den Kuli beiseite und trat hinaus. »Was ist hier los?«
»Hast du irgendwo ein verdammtes Schlitzauge gesehen?«
»Nein. Wieso?«
Der Trupp, der aus ungefähr zehn mit schweren Stöcken und Seilen bewaffneten Männern bestand, stürmte wortlos weiter.
»Schöne Bescherung«, beklagte sich Clive. »Wenn sie nun zurückkommen? Dann beziehen wir auch noch Prügel.«
Mal achtete nicht auf ihn und hob den jungen Kuli auf seine Pritsche. »Allmächtiger Gott, den hat's aber übel erwischt! Schädelbruch, der Arm dürfte auch gebrochen sein. Wisch das Blut auf, ich hole Hilfe.«
»Hilfe? Niemand hilft einem Schlitzauge.«
Mal holte den Colt unter seinem Bett hervor, lud ihn und gab ihn Clive.
»Heute wirst du ihn brauchen.«
»Wofür?«

»Um dich zu schützen, was sonst. Falls sie wiederkommen. Aber wenn du ihn hinauswirfst, nützt dir auch der Colt nichts mehr, weil du es nämlich dann mit mir zu tun bekommst. Mach dich nützlich, kümmere dich ein bißchen um ihn.«
Mal glitt hinaus in die Dunkelheit und lief zum chinesischen Lager hinüber. Er mußte wachsam sein, da sie nicht lange fackeln würden, wenn sich ein Weißer ihren Zelten näherte. Am Rand des Lagers pfiff er ein paarmal, und schon tauchte ein Chinese in gebückter Kampfhaltung neben ihm auf. Mal rief den einzigen Namen, den er kannte.
»Mr. Xiu! Mr. Xiu!«
Der Wachposten zögerte, griff ihn aber nicht an.
»Boßmann!« beharrte Mal. »Mr. Xiu. Ich bin Freund. Bring mich schnell zu ihm.«
Es raschelte im Gebüsch, und zwei weitere Männer tauchten auf, die Mal im Auge behielten, während sie in ihrer eigenen Sprache die Lage diskutierten.
»Sprecht ihr Englisch?« fragte er, doch bei Kulis war das ebenso sinnlos, als hätten sie ihn in ihrer Sprache gefragt, ob er Chinesisch spräche.
Mit einer herrischen Geste deutete er an, er wolle zu Mr. Xiu.
Er mußte vor Xius Zelt warten, bis der Herr bereit war, ihn zu empfangen. Beim Eintreten wurde ihm auch der Grund dafür klar. Der vornehme Chinese war in prächtig verzierte Gewänder gekleidet, wirkte völlig ausgeschlafen und saß auf einem schönen, geschnitzten Stuhl inmitten des luxuriösesten Zeltes, das Mal je gesehen hatte. Filigrane goldene Laternen beleuchteten den Teppich und die mit rotgoldener Seide verhängten Wände. Die unauffällige Außenseite, die sich durch nichts von den anderen, mit der Dunkelheit verschmelzenden Zelten unterschied, verriet nichts von der Größe und Pracht dieses Zeltes.
Das Innere war vom Duft der Räucherkerzen erfüllt. Staunend betrachtete Mal die schwarzen Möbel – niedrige Tische, geschnitzte Stühle und ein langes, flaches Ruhebett, das mit rotem Satin bezogen war. Herr Xiu riß ihn aus seiner Versunkenheit.
»Mr. Willoughby, nun treffen wir erneut aufeinander.«
»Ja, Sir. Ich wußte nicht, an wen ich mich wenden sollte. Einer Ihrer

Goldgräber wurde verletzt. Man hat ihn zusammengeschlagen. Er braucht dringend Hilfe.«
Xiu wirkte wenig beeindruckt, daher fuhr Mal fort: »Ich weiß nicht, ob er wirklich zu Ihnen gehört, aber ...«
»Wo ist er?«
»In meinem Zelt.«
»Und wo steht das?«
»Unten am Fluß. In der Gegend, die man Elbow Bend nennt.«
Bisher hatte Mal nicht bemerkt, daß mehrere schwarzgekleidete Chinesen hinter ihm ins Zelt geglitten waren; sie bewegten sich vollkommen lautlos.
Herr Xiu sprach mit ihnen und wandte sich dann wieder an Mal. »Zeigen Sie ihnen den Weg?«
»Ja. Er braucht einen Arzt.«
Herr Xiu nickte. »Sie haben Ihre Schuld zurückgezahlt.«
»Das hätte ich ohnehin getan.«
»Ja, Mr. Willoughby, das glaube ich auch. Wenn Sie nun so freundlich wären, meine Männer stehen bereit.«
Da die Audienz damit offensichtlich für beendet erklärt wurde, wandte Mal sich zum Gehen, doch etwas in ihm wehrte sich dagegen, auf diese Weise entlassen zu werden.
»War nett, Sie wiederzusehen«, sagte er grinsend und wurde mit einem angedeuteten Lächeln des dünnlippigen Chinesen verabschiedet.
Mal bemerkte die Männer kaum, die ihm folgten, da sie praktisch kein Geräusch verursachten, während er sie durch die zerfurchten Straßen und vorbei an den Haufen tauben Gesteins bis zu seinem Zelt führte.
Clive trat verblüfft zurück, als die vier Chinesen in ihren schlichten, an Pyjamas erinnernden Anzügen hinter Mal das Zelt betraten, ihren Kameraden aufhoben und wortlos mit ihm in die Nacht verschwanden.
»Woher zum Teufel kamen die denn?«
»Nur ein paar Freunde«, erwiderte Mal ungerührt. »Sie kümmern sich um ihn. Ich bin müde. Laß uns schlafen gehen.«

Es ärgerte Mal ein wenig, daß nicht er, der das Unternehmen finanziert und die meiste Arbeit geleistet hatte, buchstäblich über das Gold stolperte, sondern Hillier. Er selbst hatte das Gestein in einem weiten Bogen ausgehoben, während sein Partner den Abraum mit einer geliehenen Schubkarre wegschaffen sollte, statt dessen aber lieber im flachen Wasser am Flußufer herumwerkelte. Stolpern war im übrigen genau der richtige Ausdruck. Die Ufer waren so aufgewühlt und so oft umgegraben, daß ein Teil unter Hilliers Gewicht einfach eingesackt war. Er rutschte in ein Schlammloch, und da war es, glitzernd wie Sterne am nächtlichen Himmel ... staubfeine Goldfleckchen; Goldkörnchen, als Sand getarnt; schwere Goldkiesel, deren Glanz der Schlamm nicht verdecken konnte.
Hillier neigte zu übertriebenen Gefühlsausbrüchen, und daher ließ sich Mal Zeit, als er seinen aufgeregten Schreien nachging. Hillier war in Ekstase geraten, brüllte sich die Seele aus dem Leib, stieß unverständliche Laute hervor, aus denen nur das eine Wort hervorstach, das Männer von allen Seiten herbeilockte.
»Gold!«
Mal kniete sich hin und starrte ungläubig in den kostbaren Schlamm, während sein Partner mit den Händen darin wühlte.
»Bei Gott, das ist tatsächlich Gold!«
»Natürlich, ich habe es dir doch gesagt!« brüllte Hillier begeistert. »Schnell, hol die Waschrinne, und leih dir eine zweite. Wir müssen die Stelle da vorne eindämmen, damit uns das Gold nicht wegschwimmt. Hol eine Schaufel. Los, Mal, beweg dich!«
Nun war Clive der Boß und Mal sein williger Helfer. Sie ließen das andere Loch Loch sein und arbeiteten sich behutsam hinter dem hohen Damm voran, den Mal aufgeschüttet hatte. Zentimeter für Zentimeter wuschen sie in einem langen, aber ungeheuer lohnenden Prozeß das Gold heraus, ihr Gold.
Am nächsten Morgen trug Mal ihre erste Ausbeute auf die behelfsmäßige Bank: das feine Seifengold in Streichholzschachteln, den Rest in einer Marmeladenbüchse. Mißtrauisch sah er zu, wie es gewogen wurde, achtete darauf, daß keine Stäubchen an klebrigen Fingern haftenblieben, und pfiff durch die Zähne, als man ihm neunzig Pfund auszahlte.
Der Mann am Schalter war weniger beeindruckt. »Moment, Mister,

ich muß noch Ihre Personalien aufnehmen und ins Register eintragen.«
Während er darauf wartete, betrat ein großer, grauhaariger Mann die Bank durch die Hintertür, nickte Mal freundlich zu und sprach mit dem Angestellten. Kurz darauf händigte ihm dieser eine Akte aus, und der grauhaarige Mann verließ die Bank wieder.
Mal war überrascht zu sehen, daß der Mann in irgendeiner Verbindung zur Bank stand, da er ihn als leidenschaftlichen Glücksspieler kannte. Um sich die Langeweile zu vertreiben, hatte Mal oftmals in einem benachbarten Spielsalon Karten gespielt, kleine Partien mit vertrauenswürdigen Partnern, die wenig finanziellen Schaden anrichteten und bei denen er sicher sein konnte, daß sie nicht in gewalttätige Auseinandersetzungen ausarten würden. Am hinteren Tisch spielten die schweren Kaliber, und Mal hatte mehrfach beobachtet, wie sich Bargeld und Börsen mit Gold auf dem grünen Tuch stapelten, mit dem der Tisch für besondere Gäste bezogen war.
»Wer ist das?« fragte Mal den Bankangestellten.
»Der Goldkommissar Carnegie«, antwortete dieser und schlug sein Register auf. »Nun brauche ich Ihre Lizenznummer, Claimnummer, Namen der Inhaber, Unterschrift oder Daumenabdruck, falls Sie nicht schreiben können.«
Mal machte seine Angaben und leistete seine Unterschrift. Seltsam, daß sich ein so wichtiger Mann unter das gemeine Volk mischte. Aber vermutlich hatte selbst er in einem Nest wie diesem abends nichts Besseres zu tun.
Nachdem Mal seine Unkosten abgezogen hatte, blieb nicht viel übrig von Clives Anteil, doch dieser blickte weiter hoffnungsvoll in eine goldene Zukunft.
Am Ende der Woche trug Mal in einer Extratasche, die er in seinen Geldgürtel genäht hatte, über vierhundert Pfund bei sich, die allesamt aus der Ader stammten. Allmählich nahmen die Funde jedoch ab. Ihre Ausbeute wurde mit jedem Tag geringer, bis Mal dem Bankangestellten nach einigen ergebnislosen Tagen weniger als eine Unze Gold aushändigen konnte.
Diesmal war der Goldkommissar Carnegie wieder in der Bank und warf Mal einen interessierten Blick zu.
»Versiegt, was?«

»Ja, Sir. Sieht ganz so aus. Aber es hat sich immerhin gelohnt.«
»Das ist die richtige Einstellung, mein Sohn. Die Klugen machen ihr Glück und verschwinden, solange sie noch können.«
Mal schob seinen Hut nach hinten und grinste. Er fand es immer komisch, wenn Männer mit ihm sprachen, als sei er noch ein kleiner Junge. »Vielleicht mache ich das auch«, sagte er.
»Lassen Sie es mich wissen. Könnte sein, daß ich einen Job für Sie habe.«
Mal nickte kurz, obwohl er auf einen Job momentan überhaupt nicht scharf war. Es war noch zu früh, den Claim aufzugeben, doch wenn die Goldquelle tatsächlich versiegte, würde er die Gegend schleunigst verlassen. Es hieß, Maryborough sei ein gutes Pflaster; er würde sich dort umsehen und dann ans Meer weiterziehen. Seine Kartenspiel-Kumpel hatten ihm erzählt, es gebe nichts Schöneres als diese Meeresküste.
»Ist allerdings einsam«, hatten sie ihn gewarnt. »Kaum ein Weißer zu sehen, bloß ein paar Squatter, die das ganze Land an sich gerissen haben.«
Das war Mal herzlich egal. Er genoß es, auf seinen Reisen malerische Fleckchen aufzuspüren. Am liebsten waren ihm die Blue Mountains außerhalb von Sydney mit ihren prächtigen Aussichtspunkten, doch als Landbewohner verspürte er einen unbezähmbaren Drang zum Meer hin, den Wunsch zu wissen, wie das Leben am Wasser war …

Clive war entsetzt. »Das kannst du doch nicht machen! Wir erneuern die Pacht und graben tiefer. Wir dürfen jetzt nicht aufgeben.«
»Wir haben keine ganze Ader gefunden, nur eine kleine Ablagerungsstelle. Seit Wochen sind wir nun schon auf der Suche, und keine Spur mehr von Gold. Der Claim sieht aus, als hätte ein Wahnsinniger ihn umgepflügt. So können wir ihn nicht mal verkaufen.«
»Dann pachten wir einen anderen weiter flußabwärts.«
»So weit unten hat noch niemand Gold gefunden, das weißt du nur zu gut.«
»Dann eben irgendwo anders. Diese Goldfelder sind noch nicht ausgebeutet, Mal. Sieh dich doch nur um. Jeden Tag kommen neue Leute an.«
Mal zuckte die Achseln. »Das kann ich nicht bestreiten, aber ich will

einfach nicht länger hierbleiben. Das ist doch kein Leben in diesem Ameisenhaufen. Wir haben eine Stange Geld verdient, jetzt ist es Zeit zu gehen.«
»Aber wir könnten noch so viel mehr finden. Was sind denn schon ein paar hundert Pfund, wenn man mit einem echten Fund für immer ausgesorgt hätte? Mal, die finden hier noch immer richtige Nuggets ... große Dinger ... wir könnten richtig reich werden. Verstehst du das denn nicht? Jetzt können wir es uns leisten zu bleiben.«
Mal schüttelte den Kopf. An den Gestank dieses Ortes hatte er sich beinahe gewöhnt, doch er sehnte sich nach frischer Luft und Einsamkeit, nach gutem Essen und einem freien Leben. Sollte Clive doch bleiben, wenn er wollte.
An diesem Abend suchte er den Spielsalon auf, um weiteren Diskussionen mit seinem Partner aus dem Weg zu gehen.
Während Mal draußen wartete, bis ein Platz am Tisch frei wurde, kam Carnegie auf den Salon zu marschiert und blieb unvermittelt stehen.
»Noch immer hier, Mr. Willoughby?«
Mal war erstaunt. »Woher kennen Sie meinen Namen?«
»Das ist mein Geschäft. Ich dachte, Sie wären schon über alle Berge.«
»Morgen geht es los.«
»Ah, das ist ja interessant. Was halten Sie von einem kleinen Spaziergang?«
»Wieso?«
Carnegie runzelte die Stirn. »Weil die Wände Ohren haben. Gehen wir hier entlang.«
Sie gingen bis zum Ende der schäbigen Gasse und blieben unter der Markise eines verlassenen Metzgerstandes stehen. Obwohl die Holztheke leer war, hing noch der Geruch nach rohem Fleisch in der Luft. Fliegen summten umher. Voller Abscheu schlug Mal vor, weiterzugehen.
»Nur eine Minute«, bat Carnegie. »Da Sie aufzubrechen gedenken, hätte ich einen Job für Sie.«
»Mit allem Respekt, Mr. Carnegie, aber ich brauche keinen Job.«
Der Goldkommissar verscheuchte die Fliegen aus seinem Gesicht. »Wollen Sie nach Süden oder nach Maryborough?«

»Nach Maryborough.«
»Gut, dann würde ich Sie lediglich darum bitten, sich gegen Bezahlung unterwegs nützlich zu machen.«
»Und wie?«
»Wie Sie wissen, habe ich die Pflicht, die Goldtransporte unter Begleitschutz nach Maryborough zu bringen. Ich breche bald mit dem nächsten Transport auf und brauche noch einen Vorreiter. Sie haben ein ehrliches Gesicht, Sie können den Job haben.«
»Wieso ich? Sie haben doch sicher Ihre eigenen Leute.«
Carnegie schüttelte den Kopf. »Sie kommen und gehen. Die Goldeskorte wird nur alle drei bis vier Wochen gebraucht, daher ist es eine Gelegenheitsarbeit. Lediglich Mr. Taylor, mein Stellvertreter, arbeitet ständig in meinem Büro und ist sehr zuverlässig, aber wir wählen für jeden Transport andere Männer aus. Männer, die einander nicht kennen, um heimliche Absprachen zu vermeiden.«
»Sie meinen, die könnten sich gegen Sie verbünden?«
»So etwas ist schon vorgekommen. Allerdings nicht bei mir, da Mr. Taylor und ich die nötigen Vorkehrungen treffen und immer gut bewaffnet sind.«
»Warum nehmen Sie keine Polizisten?«
»Wenn sie zur Verfügung stehen, tun wir das, aber das ist selten der Fall.« Er schlug erneut nach den Fliegen. »Dieser Ort ist furchtbar, lassen Sie uns gehen.«
Bevor sie den Salon erreichten, sah Carnegie Mal fragend an.
»Nun, was sagen Sie? Übernehmen Sie den Job?«
»Ich soll das Gold als Reiter begleiten? Ist das alles?«
»Nicht ganz. Sind Sie interessiert?«
Mal dachte darüber nach. Wenn er als Vorreiter reiste, schützte er gleichzeitig sein eigenes beträchtliches Vermögen. Eigentlich war er eine wandelnde Bank. Er konnte das Geld nicht in alle Ewigkeit mit sich herumtragen und wollte es keinesfalls in den Kneipen verprassen, wie es viele andere hier taten. Vielleicht würde er es zur Bank bringen, das wäre mal etwas ganz Neues.
»Nun?« fragte Carnegie.
»Warum eigentlich nicht? Wann geht es los?«
»Darüber habe ich noch nicht endgültig entschieden. Zuerst müssen Sie sich bei Mr. Taylor melden. Er muß ein wenig mehr über Sie er-

fahren. Ich mache in dieser Angelegenheit nur Vorschläge. Wenn er mit Ihnen einverstanden ist, haben Sie den Job. Allerdings dürfen Sie mit niemandem darüber sprechen. Wenn ich höre, daß Sie geredet haben, sind Sie aus der Sache raus.«

Taylor war ein Mann in den Vierzigern, eine furchteinflößende Erscheinung mit eckigem Kinn, dunklem Haar und Schnurrbart sowie kalten, grauen Augen, die Mal durchdringend musterten. Carnegies Stellvertreter wirkte eher wie ein Polizist denn wie ein Beamter, und Mal fühlte sich unbehaglich in seiner Gegenwart.

»Was wollen Sie von mir?«

»Mr. Carnegie sagte, ich solle mich bei Ihnen melden. Für den Begleitschutz. Das Gold …«

»Tatsächlich?« Taylor fixierte ihn, und Mal konnte sich des Eindrucks nicht erwehren, daß Carnegie sich bei seinem Stellvertreter keiner besonderen Beliebtheit erfreute.

»Wie heißen Sie?«

»Mal Willoughby, Sir.«

Taylors Blick wurde ein wenig nachgiebiger, das nachfolgende Kreuzverhör hatte es dennoch in sich. Woher stammte Mal? Was war mit seiner Familie? Welcher Arbeit ging er für gewöhnlich nach? Hatte er jemals Schwierigkeiten mit der Polizei gehabt? Trank er? Spielte er? Irgendwelche Erfolge auf den Goldfeldern? Der Name seines Partners? Hintergrund? Und so weiter, und so fort.

Amüsiert band ihm Mal eine Geschichte über ein Familienhotel in Ipswich auf, über sein Leben als Scherer auf den großen Farmen und sein Zuhause bei Onkel Silver unten im Süden, in Chinchilla.

Taylor betrachtete ihn prüfend. »Wo haben Sie den Kommissar kennengelernt?«

»Er hat mich in der Bank gesehen. Dann noch ein paarmal am Spieltisch.«

»Ich dachte, Sie spielen nicht.«

»Ich? Nein, Sir. Ein kleine Partie Karten unter Freunden dann und wann, nur zum Zeitvertreib. Bei den großen Spielen, an denen Mr. Carnegie teilnimmt, hätte ich keine Chance.«

Damit hatte er ins Schwarze getroffen. Taylor runzelte die Stirn und knallte den Federhalter auf den Tisch. Er schob sein Notizbuch beiseite, in dem er die Angaben des Bewerbers festgehalten hatte.

»Der Job ist gefährlich«, knurrte er. »So grün Sie auch sein mögen, das müßte Ihnen eigentlich klar sein. Weshalb wollen Sie ihn übernehmen?«
Mal grinste. »Wenn Sie einen Blick in Ihr Notizbuch und das Bankregister werfen, werden Sie sehen, daß ich zur Zeit im Besitz von mehr Bargeld bin, als ich in meinem ganzen bisherigen Leben verdient habe. Ich möchte hier so schnell wie möglich weg. Mein Partner will noch bleiben. Und welche günstigere Gelegenheit könnte es für einen alleinreisenden Mann mit viel Geld in der Tasche wohl geben?«
Taylor nickte. »Sie müssen ständig Ihre fünf Sinne beisammenhaben. Aber gut, Sie wirken immerhin mehr auf Draht als die betrunkenen Clowns, die diese Gegend sonst zu bieten hat. Können Sie mit einem Gewehr umgehen?«
»Keine Frage.«
»Gut. Sie hören von mir.«
»Wann brechen wir auf?«
»Wenn ich es sage. Ich weiß, wo ich Sie finde. Regeln Sie alles mit Ihrem Partner, und halten Sie vor allem den Mund.«

Kommissar Carnegie verließ früh den Pokertisch, wobei er die noch immer drückende Hitze als Grund angab. Obwohl die Sonne schon vor Stunden untergegangen war, hatte die Dunkelheit keine Abkühlung gebracht; kein Lüftchen regte sich. Er wischte sich mit einem großen Taschentuch übers Gesicht und bestellte einen Brandy gegen die hämmernden Kopfschmerzen.
»Ich werd' wohl langsam alt«, sagte er. »Hab nicht mehr so viel Stehvermögen wie ihr jungen Leute. Diese Hitze bringt noch meinen Kopf zum Platzen.«
Allerdings hatte nicht nur das Klima, sondern auch eine Reihe verlorener Partien für diese Kopfschmerzen gesorgt, und er wagte nicht, den Salonbesitzer um ein weiteres Darlehen anzugehen. Bis Taylor vor einigen Monaten zu ihm gestoßen war, hatte Carnegie die Bücher selbst geführt, säuberliche Aufstellungen, die es ihm erlaubten, Bargeld einzustecken und von Goldsuchern für diverse Gefallen Schmiergelder anzunehmen, was er als Honorare zu bezeichnen pflegte. Die zusätzlichen Einkünfte waren sehr hilfreich gewesen, da

Carnegie jeden Penny brauchen konnte; seine Gläubiger in Brisbane übten ungeheuren Druck auf ihn aus. Andererseits galten Spielschulden als Ehrenschulden, und es würde eine Weile dauern, bis sie ernsthafte Schritte einleiteten, denn Allyn Carnegie erfreute sich eines guten Rufs und einflußreicher Freunde.
Dieser verdammte Taylor hing wie ein Falke über den Büchern und hätte jeden Penny aufgespürt, der in die falsche Tasche geflossen wäre, jeden Claimbesetzer, der plötzlich zum rechtmäßigen Lizenzinhaber aufgestiegen wäre. Somit war diese Geldquelle versiegt.
Er seufzte. Wegen dieses verflixten Taylor hatte er bei chinesischen Geldverleihern Darlehen aufnehmen müssen und war nun so tief in Schulden verstrickt, daß ihn nur noch ein Wunder retten konnte.
Da mit Wundern kaum zu rechnen war, plante Carnegie einen waghalsigen Coup. Es war so simpel, daß es einfach funktionieren *mußte*. Nun galt es nur noch genügend Mut aufzubringen, um ihn durchzuführen.
Er schwitzte so sehr, daß er sich schon beim Betreten der Holzhütte, die ihm als offizieller Wohnsitz diente, Jacke und Krawatte auszog. Er warf sie auf einen Stuhl und suchte nach Streichhölzern, als plötzlich ein Geräusch aus der Schlafkammer zu ihm drang.
»Wer ist da? Na los, heraus mit dir.«
Ein untersetzter, kahlköpfiger Mann tauchte in der Tür auf. »Immer mit der Ruhe, ich bin's nur.«
»Verdammt noch mal, Perry! Was hast du hier zu suchen? Ich hatte dir doch verboten, dieses Haus jemals zu betreten.«
Carnegie war dennoch erleichtert. Er zündete die Lampe an, schloß die Tür und ließ die Jalousie an dem kleinen Fenster herunter.
»Mich hat keiner gesehen. Ich will wissen, ob Sie das jetzt durchziehen oder nicht. Ich kann hier nicht ewig rumhängen und warten.«
»Es gibt noch einiges zu bedenken …«
»Das höre ich schon seit Wochen. Kommen Sie endlich zu Potte mit Ihren Bedenken, ich verschwende hier ja nur meine Zeit. Wann geht die nächste Lieferung?«
»Wenn ich es sage«, versetzte Carnegie, doch auf einmal war er nervös geworden und zündete sich mit zitternden Fingern eine Zigarre an.
Perry nahm sich ebenfalls eine. »Sie haben doch nichts dagegen,

oder?« fragte er grinsend. »Bekommt der Kommissar etwa kalte Füße? War doch nicht meine Idee, sondern Ihre. Und ich glaube nicht, daß Sie mich wegen meiner schönen Augen ausgesucht haben. Sie brauchten einen Komplizen, und den haben Sie gefunden. Ich bin der richtige Mann für den Job. Wo also liegt das Problem?«

Carnegie sog heftig an seiner Zigarre. Natürlich war Perry der richtige Mann: ein brutaler, hartgesottener Krimineller, also genau das, was er brauchte. Und nachdem er ihn in seinen Plan eingeweiht hatte, blieb ihm keine andere Wahl. Er hatte in ihm einen gefährlichen Mitwisser.

Er hatte Perry sorgfältig ausgesucht, ebenso wie den harmlosen Willoughby, der ihm als Ablenkungsmanöver dienen sollte. Harmlos, und dumm obendrein.

»Ich bin bald soweit«, sagte er bedächtig. Der nächste Transport würde Gold im Wert von über achttausend Pfund mit sich führen, von denen er Perry die Hälfte abtreten müßte. Sei's drum, die viertausend Pfund würden alle seine Probleme auf einen Schlag lösen.

»Ich muß dir vertrauen können. Ich muß dir das Gold erst einmal zur Aufbewahrung überlassen. Woher weiß ich, daß du dich nicht damit aus dem Staub machst?«

Perry stand lässig gegen die Wand gelehnt. »Keine Sorge, Sie werden Ihre Hälfte schon bekommen. Und wissen Sie auch, warum? Weil das der schlaueste Plan ist, der mir je untergekommen ist. Das muß ich Ihnen lassen, Kommissar, er ist so schlau, daß es eine Freude ist. Wieviel wird denn für mich dabei abfallen?«

»Um die viertausend«, erwiderte Carnegie.

»Jesus! Viertausend! Ich hätte auch für die Hälfte mitgemacht. Heiliger Strohsack! Wir ziehen das durch, und Sie sehen mich nie wieder. Ich kehre heim nach Tasmanien, und Sie werden als Held gefeiert, während die Polizei den ganzen Busch nach den großen bösen Räubern absucht.« Er lachte. »Wirklich durchtrieben. Aber nur wer durchtrieben ist, kann einen solchen Posten ergattern, hab ich recht?«

Carnegie genoß die Schmeichelei und war erleichtert, daß er von Perry anscheinend nichts zu befürchten hatte. Er würde behaupten, sie seien von Buschräubern angegriffen worden, ohne jedoch eine Beschreibung von Perry zu geben. Bis die Polizei die Suche aufnahm,

wäre der eigentliche Räuber längst in Maryborough, anstatt sich wie vermutet in den Bergen jagen zu lassen.
Derselbe Transport würde auch eine kleine Menge Bargeld aus der Bank in die Stadt bringen – ein schöner Bonus. Perry sollte Gold und Geld stehlen, es an einem verabredeten Ort verstecken und dann seine Arbeit in Maryborough wieder aufnehmen.
Genau vier Wochen nach dem Überfall, wenn sich die erste Aufregung gelegt hätte, würde er die Beute holen und in den Bungalow bringen, den der Kommissar in Maryborough bewohnte. Da beide wußten, daß sie auf gar keinen Fall miteinander in Verbindung gebracht werden durften, mußte die Übergabe mitten in der Nacht erfolgen. Perry würde die Beute einfach unter der Hintertreppe verstecken und verschwinden. Insoweit mußten sie einander blind vertrauen können.
Carnegie würde in seinem Bungalow das Gold aufteilen, da er darin die meiste Erfahrung besaß, und Perrys Anteil wieder unter die Treppe legen, wo er ihn in der folgenden Nacht abholen könnte. Der Plan war einfach idiotensicher.
Carnegie war froh, daß er den Bungalow gekauft hatte. Er diente ihm als Zufluchtsort vor den miserablen Lebensbedingungen auf den Goldfeldern. Er war zwar nicht mit seinem geräumigen Haus in Brisbane zu vergleichen, aber immerhin besser als der Holzschuppen, in dem er hier hauste. Und so praktisch.
Er lächelte. Der einzige Haken bei seinem Plan war das Vertrauen, das er in Perry setzen mußte. Doch welche Wahl hatte man schon, wenn man sich mit Kriminellen zusammentat?
Er drückte die Zigarre aus. »Samstag, am Samstag geht es los.«
Perry, der sich gerade auf einen Stuhl setzen wollte, stieß diesen vor Aufregung um. »Ehrlich? Es geht also klar?« Er sprang auf. »Carnegie, das werden Sie nicht bereuen. Wir drehen das Ding, und keine Menschenseele wird uns was anhängen können. Bei Gott, wir werden reich!«
Carnegie betrachtete viertausend Pfund noch nicht als Reichtum, doch es war immerhin ein guter Anfang. »Also noch mal. Du lauerst uns am Blackwater Creek auf. Am Sonntagabend. Mit dem Ruderboot.«
»Schon kapiert. Wie viele Männer werden da sein?«

»Taylor und drei Wachen. Zwei hatte ich schon mal dabei, der dritte ist neu.«
»Wie heißt er?«
»Ein junger Bursche namens Mal Willoughby.«
»Und was ist mit Taylor?«
»Er hält sich an die Vorschriften, ebenso wie ich«, grinste Carnegie. »Wir warten am Blackwater Creek, bis die Polizei eintrifft.«

Die Kutsche nahm auf dieser Fahrt keine Passagiere mit. Sie war mit besonders starken Federn versehen, um die Unebenheiten der Straße auszugleichen, und mit Stahlkoffern beladen. Alles stand bereit für die Abfahrt am Samstagmorgen. Taylor selbst ergriff die Zügel, die Vorreiter unter Führung des Kommissars bildeten die Eskorte. Auf sein Zeichen bogen sie in eine Straße ein, die aus dem Goldgräberlager herausführte.
Mal war aufgeregt. Einen Goldtransport als bewaffnete Wache zu begleiten, war eine völlig neue Erfahrung für ihn.
Eine der Wachen war ohne Vorankündigung im Dunkeln in sein Zelt getreten.
»Willoughby?«
»Ja?« hatte Mal verschlafen geantwortet.
»Der Kommissar will dich sehen. Steh auf!«
Es war soweit! Er hatte nur noch Zeit, sein Bündel zu schnüren und sich von Clive zu verabschieden. Natürlich hatte er seinem Partner von dem Job als Vorreiter erzählt, der ihn sicher nach Maryborough gelangen lassen würde. Ein wenig enttäuscht, hatte Clive Mals Entscheidung dennoch akzeptiert und schüttelte ihm nun freundschaftlich die Hand.
Vor dem Haus des Kommissars zügelte Mal sein Pferd, während die Kutsche mit den übrigen Reitern aus dem Schatten trat. Sie wurden einander nicht vorgestellt und schienen ebenso begierig darauf, daß es endlich losging, wie ihre Pferde, die unruhig herumtänzelten. Mr. Taylor lenkte die Kutsche, der Kommissar auf seinem kräftigen, grauen Pferd führte den Zug an. Er gab seinem Tier die Sporen, und sie setzten sich in Bewegung. Bevor sich im Lager auch nur eine Menschenseele rührte, hatten sie es bereits weit hinter sich gelassen.

Die Damen der Auswanderungsgesellschaft hatten ihren Gouvernanten nicht nur Referenzen mit auf den Weg gegeben, sondern ihnen auch nahegelegt, daß es notwendig sei, gewisse Richtlinien zu beachten, damit ihre und alle zukünftigen Arbeitgeber den korrekten Status einer Gouvernante in ihrem Haushalt erkennen und anerkennen könnten.
Emilie hatte die Liste der Regeln genau studiert. Sie fand sie recht vernünftig und angemessen als Verhaltensmuster für eine Gouvernante. Bald jedoch mußte sie erkennen, daß Mrs. Manningtree sich dieser Regeln keineswegs bewußt war. Aber Emilie war zu schüchtern, um sie gleich am ersten Tag auf ihre Fehler hinzuweisen.
Um fünf Uhr nachmittags kam das Hausmädchen an ihre Tür.
»Ich bin Nellie. Mrs. Manningtree sagt, ich soll sie zu den Kindern führen. Sie haben gebadet, also müssen Sie sie nur noch frisieren und zum Abendessen runterbringen.«
Der erste Fehler. Gouvernanten waren keine Kindermädchen, sondern Lehrerinnen. Dennoch folgte sie Nellie gehorsam ins Kinderzimmer, wo ihre drei Schützlinge alle gleichzeitig über sie herfielen und sie mit Fragen bestürmten. Emilies lange Reise auf dem großen Schiff erschien ihnen ungeheuer faszinierend.
Abwehrend hob sie die Hände. »Ich kann nicht alle Fragen auf einmal beantworten«, sagte sie lächelnd. »Morgen erzähle ich euch von dem Schiff und der langen, langen Reise. Das wird eine gute Geographie-Lektion für euch. Aber jetzt müßt ihr euch erst einmal anziehen.«
Das Zimmer mit den drei Betten wirkte wie ein kleiner, unordentlicher Schlafsaal, in dem Kleider und Handtücher überall herumlagen. Emilie hob sie auf. »Was tragt ihr gewöhnlich zum Abendessen?«
»Was wir anhaben«, antwortete Alice, »aber Rosie hat ihres falsch herum an.«
Emilie rang nach Luft. »Aber das sind doch Nachthemden.«
»Ja, weil wir schon gebadet sind. Wir haben auf Sie gewartet, aber Nellie sagte, Sie schlafen.«
»Eßt ihr immer im Nachthemd?«
Sie nickten, und Emilie zuckte die Achseln. »Na schön. Zuerst müßt ihr euch die Haare bürsten. Alice, hol mir bitte eine Bürste, ich kümmere mich derweil um Rosie.«

Sie nahm das jüngste Kind beiseite, zog ihm das Nachthemd richtig an und wartete, bis Alice mit einer schmutzigen Bürste und einem zerbrochenen Kamm wiederkam, die sie in den Schubladen einer Kommode aufgestöbert hatte. Dann arbeitete sie sich so sanft wie möglich durch Rosies widerspenstiges Haar.

Das Mädchen war angenehm überrascht. »Bei Ihnen ziept es gar nicht. Nellie tut mir immer weh. Sie reißt dran, wenn Knoten drin sind.«

Emilie fragte sich, ob ihr das Hausmädchen eine seiner Pflichten zuschieben wollte. Diese Frage mußte unbedingt bald geklärt werden.

Sie stellte fest, daß es schneller ging, wenn sie allen drei Kindern die Haare bürstete, als Jimmy und Alice selbst an ihren Haaren herumwerkeln zu lassen. Danach reihte sie die Kinder vor sich auf.

»Gut. Wo sind eure Hausschuhe?«

Sie starrten sie an. »Wir tun keine Hausschuhe tragen«, sagte Jimmy.

»Wir tragen keine Hausschuhe ...«, korrigierte sie ihn.

»Genau«, antworteten die drei im Chor.

Schon bald sollte sie entdecken, daß Schuhe nur für die Sonntagsschule bestimmt waren, weil sie warm und unbequem waren und man darin große Blasen bekam, die mit einer Nadel aufgestochen werden mußten, so daß sie einem noch mehr weh taten. Sicher, Emilie hatte zu ihrer Zeit auch gelegentlich unter Blasen gelitten, aber barfuß zum Unterricht zu gehen erschien ihr denn doch nicht ganz angebracht.

Statt Miss Tissington ins Speisezimmer zu führen, gingen die Kinder mit ihr in die Küche, wo sie Kate, der Köchin, vorgestellt wurde, einer tüchtig aussehenden Frau mit dünnem Lächeln und blondem Haar, das sie zu einem strengen Knoten zusammengebunden trug.

Das Trio marschierte weiter, vorbei an der Vorratskammer in ein fensterloses Zimmer, wo an einem kahlen Tisch für vier Personen gedeckt war.

Die Kinder nahmen Platz. Dann kam Nellie herein.

»Sie sitzen hier, Miss«, sagte sie freundlich. »Ich und die Köchin essen später. Möchten Sie Suppe?«

Emilie nickte sprachlos und blieb zögernd neben dem Tisch stehen. Gouvernanten nahmen ihre Mahlzeiten für gewöhnlich mit der Familie ein, nicht mit den Kindern im Kinderzimmer.

Dies hier war sogar noch schlimmer, da es sich offensichtlich um das Eßzimmer der Dienstboten handelte. Wußte Mrs. Manningtree denn nicht, daß sie weder Kindermädchen noch Dienstbotin war? Emilie verspürte den Drang, der Köchin zu sagen, daß hier ein Irrtum vorläge, konnte es sich aber nicht leisten, das Hauspersonal vor den Kopf zu stoßen. Am nächsten Morgen würde sie mit ihrer Arbeitgeberin darüber sprechen. Für den Augenblick war es wohl das beste, erst einmal ihren Hunger zu stillen.

Im Klassenzimmer, das in einem Schuppen mit Blechdach untergebracht war, herrschte eine Bruthitze, die die Kinder jedoch nicht zu spüren schienen. Ihre Eltern hatten immerhin den Versuch unternommen, den Raum zu möblieren. Er enthielt einen langen Tisch für die Schüler und einen kleinen für die Lehrerin. Auf einem Sims unter dem Fenster lagen Hefte, eine Dose mit Stiften, kleinen Schiefertafeln und Griffeln sowie ein Stapel Schulbücher. Daneben stand eine große neue Tafel mit bunter Kreide.
Alice, die anscheindend die Rolle der Anführerin übernommen hatte, brachte einen Stuhl nach vorn. Emilie dankte ihr und breitete ihre eigene Sammlung von Lektüren und Lesebüchern aus, die sie und Ruth vor ihrer Abreise in London gekauft hatten. Sie hoffte, die Auswahl würde sich als angemessen erweisen.
Die neue Lehrerin erkundigte sich bei den Kindern nach ihrem liebsten Morgengebet und sagte mit ihnen, da sie keines wußten, das Vaterunser auf. Dann stellte sie sich kurz vor und konstatierte erfreut, wie aufmerksam ihre Schüler zuhörten. Sie hatte vor, alle drei ein kleines Diktat schreiben zu lassen, um ihren Wissensstand zu testen, doch bevor sie dazu kam, erschien Mrs. Manningtree in der Tür.
»Guten Morgen, Miss Tissington. Ich sehe, Sie sind schon bei der Arbeit. Verschwenden keine Zeit. Benehmen sich die drei denn auch?«
»O ja, Mrs. Manningtree. Es sind sehr brave Kinder.« Die drei strahlten bei ihrem Lob übers ganze Gesicht, doch die Mutter schien es nicht zu bemerken.
»Haben Sie alles, was Sie brauchen?«
»Ich denke schon.«

»Wenn nicht, dann wenden Sie sich an Kate. Sie wird sich darum kümmern.«
»Vielen Dank.« Emilie holte tief Luft. Sie mußte ihren Standpunkt vertreten, wie schwer es ihr auch fallen mochte. Es führte kein Weg daran vorbei.
»Mrs. Manningtree, ich war erstaunt angesichts der Arrangements fürs Abendessen. Wünschen Sie nicht, daß ich mit Ihnen und Mr. Manningtree speise?«
»Was? Guter Gott, nein. Die Kinder essen bei den Dienstboten. Ich dachte, das wüßten Sie.«
»Ja, dessen bin ich mir durchaus bewußt. Aber wo soll ich meine Mahlzeiten einnehmen?«
Die Frau versteifte sich sichtlich. »Heißt das, Sie möchten im Speisezimmer essen? Wollen Sie das damit sagen?«
»Nun … es ist so üblich«, stammelte Emilie.
»Nicht in meinem Haus. Wir haben oft Gäste. Geschäftsleute. Wichtige Persönlichkeiten. Sie würden Ihre Anwesenheit als störend empfinden. Ich weiß nicht, wie Sie auf diese Idee gekommen sind. Es wäre Ihrer Stellung nicht angemessen, glauben Sie mir. Ich hoffe, Sie werden zukünftig auf derartige Anmaßungen verzichten …«
Emilie war fassungslos. »Ich dachte nur …«
»Sie werden feststellen, daß die Mahlzeiten im Dienstbotenzimmer ebenso schmackhaft zubereitet sind wie die an meinem Tisch, falls es das ist, was Ihnen Kopfzerbrechen bereitet.«
»Oh, nein …«
»Dann möchte ich kein Wort mehr davon hören.« Sie drehte sich auf dem Absatz um und stolzierte heraus.
Emilie hatte Tränen in den Augen angesichts dieser ungerechtfertigten Zurechtweisung und hielt den Kopf gesenkt, als sie an ihren Tisch zurückkehrte. Die Kinder hatten alles mit angehört.
»Wir haben Sie doch gern bei uns, Miss«, sagte Alice, um sie aufzuheitern.
Emilie schluckte und rang um Fassung. »Das ist sehr nett von dir, Alice. Ich bin auch gern bei euch. Vielleicht könntet du und Jimmy etwas schreiben, während ich mich um Rosie kümmere.«
Die Kinder wurden ihre Freunde. Sie waren geradeheraus, aber nicht frech, und bemühten sich ernsthaft, solange man sie nicht langweilte.

Emilie unterbrach den normalen Unterricht oft, um ihnen Geschichten zu erzählen, nahm sie mit auf Spaziergänge durch den riesigen Garten, bei dem es sich teilweise um ehemaligen Regenwald handelte, und machte sie mit sportlichen Übungen vertraut, die sie amüsant fanden. Allerdings hatten die Kinder diese Übungen kaum nötig, da sie überaus gesund waren und nach dem Unterricht wild herumtollten.
Die Abende zogen sich jedoch in die Länge. Emilie unternahm weite Spaziergänge, allein oder mit den Kindern, um ihrem kargen Zimmer zu entfliehen. Der vordere Bereich des Hauses schien verbotenes Terrain für sie zu sein. Inzwischen war ihr Vermögen auf wenige Shillinge zusammengeschmolzen, doch sie traute sich nicht, ihre Arbeitgeberin nach ihrem Gehalt zu fragen. Sie fand bald heraus, daß Mrs. Manningtree das Hausmädchen und die Köchin noch sehr viel schlechter behandelte, doch Emilie hütete sich, in deren Klagen über ihre Herrin einzustimmen. Nun wurde ihr auch bewußt, daß der Aufenthalt im Dienstbotenquartier durchaus seine Vorteile hatte.
Ihre Arbeitgeber empfingen tatsächlich Gäste. Mittagessen mit ungehobelten Frauen zogen sich bis weit in den Nachmittag hinein, doch die Abende waren noch schlimmer. Betrunkene brüllten und trampelten durchs Haus. Kate und Nellie blieben in der Küche, bis sie nach Hause gehen konnten. Emilie hingegen wünschte sich sehnlichst ein Vorhängeschloß für ihre Tür herbei, wenn Männer durch die Flure polterten und im Hof unter ihrem Fenster lärmten.
Manchmal schlich sich Rosie verängstigt in Emilies Zimmer und kletterte zu ihr ins Bett. Sie brachte es nie übers Herz, das Kind wegzuschicken.
Am Morgen nach einer besonders zügellosen Feier ließ Nellie in Emilies Beisein die Bemerkung fallen: »Mich wundert nur, daß sie die Miss nicht zu ihren Parties einlädt. Es sind immer mehr Herren als Damen dabei. Die Miss ist doch mindestens so hübsch wie alle anderen.«
Die Köchin zog eine Augenbraue in die Höhe. »Eben drum. Sie wünscht keine Rivalin. Schon gar nicht unsere hübsche Miss.«
»Guter Gott«, stieß Emilie hervor. »Das kann ich nicht glauben.«
»Es stimmt aber. Denken Sie an meine Worte. Sie haben mehr Klas-

se als der ganze Haufen zusammen, und diese Frau weiß das ganz genau. Nellie hört oft, wie sie da drinnen mit ihrer Gouvernante prahlt, aber niemand bekommt Sie je zu Gesicht.«
»Es ist eben ihre Art«, wandte Emilie ein.
»Das kann man wohl sagen. Aber hüten Sie sich vor dem Boß, Missy. Ich habe bemerkt, wie er Sie anschaut. Hat sich angewöhnt, im Klassenzimmer vorbeizuschauen, nicht wahr?«
»Ja, aber er will nur wissen, ob die Kinder Fortschritte machen.«
»Das können Sie Ihrer Großmutter erzählen«, erwiderte Kate lachend. »Halten Sie stets die Hutnadel bereit.«
Sogar Emilie mußte darüber lachen, und die Köchin nickte anerkennend. »Gut, Sie mal lachen zu sehen, Miss. Sie sollten öfter ausgehen. Ein junges Mädchen wie Sie kann doch nicht Abend für Abend in seinem Zimmer hocken.«
Emilie war ganz ihrer Meinung, doch wo sollte sie hingehen? Allein wagte sie sich nicht auf die dunklen Straßen hinaus. Am schlimmsten war, daß sie in ihrem Zimmer keinerlei Beschäftigung hatte. Sie hatte kein Geld, um Bücher oder Stickzeug zu kaufen. Durch Kate ließ sie um Farben, Pinsel und Papier für Aquarelle bitten, indem sie vorgab, daß sich Alice für die Grundlagen der Malerei interessierte, doch ihre Bitte wurde ignoriert.
Mehrere Wochen nach ihrem Eintreffen herrschte plötzlich Aufregung im Haus. Das Klavier war da! Emilie hatte es schon völlig vergessen. Mr. Manningtree wuselte aufgeregt um die beiden Männer herum, die das Instrument hereintrugen, und mahnte sie zur Vorsicht. Er stritt mit seiner Frau über den geeignetsten Stellplatz im Salon und riß schließlich ungeduldig das schützende Papier ab, um seinen ganzen Stolz in Form eines glänzend schwarzen Pianos mit Kerzenhaltern aus Messing zu enthüllen.
Mrs. Manningtree trat einen Schritt zurück, Nellie und Kate betrachteten ehrfürchtig das Instrument, und die Kinder sprangen aufgeregt herum. Sie wollte es ausprobieren, doch ihr Vater scheuchte sie davon.
»Nein, wir haben hier eine echte Pianistin. Miss Tissington, nicht so schüchtern, wir wollen mal hören, wie es klingt.«
Emilie war hocherfreut. Es war, als habe ein alter Freund Einzug ins Haus gehalten. Sie klappte den Deckel hoch und wischte die Tastatur

sorgfältig mit Nellies Staubtuch ab, bevor sie mit den Händen darüberfuhr.
»Es klingt herrlich.«
Sie begann mit einer Etüde von Chopin, wechselte dann zu einem melodiösen Stück von Liszt, und alle außer Mrs. Manningtree waren hingerissen.
»Können Sie nicht etwas Bekanntes spielen?«
»Ich denke schon.« Sie spielte ein paar irische Balladen, die die Leute auf dem Schiff gesungen hatten, und zu ihrer Überraschung ertönte kurz darauf Mr. Manningtrees durchaus passabler Tenor.
»Singt mit, Leute«, forderte er sie auf, und bald waren alle singend um das Klavier versammelt. Das heißt, alle außer Mrs. Manningtree, die mit wütender Miene an der Tür stand.
»Wann können wir heute mit dem Mittagessen rechnen?« fragte sie bissig.
Kate, die den Wink verstand, stieß Nellie an und ging mit ihr hinaus, doch der Boß hatte so viel Spaß an seinem neuen Spielzeug, daß Emilie weiterspielen mußte, bis sie alle ihm bekannten Lieder durchhatte.
»Bei Gott, was für ein Tag. Gibt nichts Besseres als ein Klavier im Haus. Meinen Sie, Sie könnten es den Kindern beibringen, Miss Tissington?«
»Ja, natürlich. Wir können mit dem Unterricht jederzeit beginnen. Rosie dürfte allerdings noch ein bißchen zu jung dafür sein.«
»Nein, bin ich nicht!«
»Sie können mit dem Unterricht beginnen, wenn ich es sage«, mischte sich Mrs. Manningtree ein. »Und das heißt, wenn der Salon frei ist. Und nicht während der Schulstunden. Sie können jetzt gehen, Miss Tissington, nehmen Sie die Kinder bitte mit. Sie haben schon die Hälfte ihres Unterrichts versäumt.«
Emilie stand noch immer wie verzaubert vor dem Klavier. »Oh, das werden wir schon aufholen«, sagte sie.
»Und ob Sie das werden. In der Waschküche liegt ein Stapel Bügelwäsche. Nellie hat keine Zeit dafür, also können Sie heute nach dem Unterricht bügeln.«
Mr. Manningtree schien diese Unverschämtheit gar nicht zu bemer-

ken. Er dankte Emilie für die »Taufe« des Klaviers und nahm ihr das Versprechen ab, bald wieder für sie zu spielen.
»Nur zu gern«, erwiderte sie ruhig, da sie seiner Frau den Triumph nicht gönnte, sie aufgebracht zu sehen. »Wenn Sie mich nun entschuldigen wollen ...«

Das Klavier veränderte Emilies Leben, doch leider nicht zum Besseren.
Spät am folgenden Samstagabend hämmerte Mr. Manningtree an ihre Tür, als sie gerade einen Brief an Ruth beendet hatte, in dem sie ihre Stelle über den grünen Klee lobte.
»Sind Sie da, Miss? Hier ist Bert. Wir möchten, daß Sie für uns spielen.«
Sie zog ihren Morgenmantel enger um sich und öffnete die Tür einen Spaltbreit. »Mr. Manningtree, das geht leider nicht, ich bin nicht angezogen.«
»Egal, wir warten solange.«
»Vielleicht ein anderes Mal.« Sie roch den Alkohol, den er ausdünstete.
»Nein, heute ist gerade richtig. Kommen Sie, nicht so schüchtern ...«
»Ich kann wirklich nicht ...«
»O doch, Sie können!« Seine Stimme klang nun entschiedener. »Seien Sie kein Frosch. Ihnen bleibt nichts anderes übrig. Ich gebe Ihnen fünf Minuten.«
Die Dinnergäste hatten das Speisezimmer bereits verlassen und waren im Salon versammelt, als Emilie eintrat. Die Frauen waren alle mit schreiend bunten Taftkleidern herausgeputzt, während die Männer in Hemdsärmeln herumliefen. Sie wartete, bis jemand sie bemerkte und unter lautem Gejohle ans Klavier führte.
Gehorsam erfüllte sie die Musikwünsche der Gäste und ertrug das Gedränge um sie herum, als der Boß alle zum Singen aufforderte. Sie lehnte den Wein ab, den man ihr wiederholt anbot, und wies die Annäherungsversuche eines triefäugigen jungen Mannes mit pomadisiertem Haar und dünnem Schnurrbart ab.
Die übrigen männlichen Gäste waren allesamt ältere Herren, vermutlich Honoratioren, die sich allein mit dem Gesang zufrieden-

gaben, doch der junge Mann namens Curtis blieb hartnäckig, flüsterte ihr Anzüglichkeiten ins Ohr und legte ihr den Arm um die Schultern.

»Ich wünschte, Sie würden das unterlassen«, sagte sie und hielt in ihrem Spiel inne, um seinen Arm zum fünften Mal beiseite zu schieben; sie erntete aber nichts als Gelächter.

»Passen Sie nur auf, Miss Tissington«, warnte sie ein älterer Herr lächelnd, »der Captain hat es mit den Damen.«

Ungerührt wandte sich Curtis an seine Gastgeberin. »Wie könnte es anders sein, wenn wir eine so liebliche englische Rose in unserer Mitte haben? Violet, du hast sie uns schändlicherweise vorenthalten. Und eine so talentierte Dame noch dazu ...«

Mrs. Manningtree zuckte die Achseln. »Ich glaube, für heute abend haben wir genug Musik gehört. Vielen Dank, Miss Tissington, wir haben Ihr kleines Konzert sehr genossen.«

Trotz dieser knappen Entlassung verließ Emilie erleichtert den Salon und schlug ihre Zimmertür hinter sich zu. Sie war zornig, daß man ihr einen so unerfreulichen Abend zugemutet hatte.

Am nächsten Morgen verspürte sie das Bedürfnis, mit jemandem darüber zu sprechen, und berichtete der Köchin von ihrer Erfahrung. Deren Reaktion war niederschmetternd.

»Na, ich würd' sagen, die Würfel sind gefallen, Miss. Die werden sie ab jetzt holen, wann immer es ihnen paßt. Daran können Sie nichts ändern, ist genau wie bei mir und Nell. Wann immer sie ein Abendessen oder eine Gesellschaft hat, müssen wir bis spät in die Nacht bleiben. Ohne Extralohn oder das kleinste Dankeschön. Da kann man nichts gegen machen.«

Sie hatte recht. Emilie wurde von nun an mindestens einmal wöchentlich und ohne Vorwarnung zum Klavierspielen gerufen. Irgendwann kleidete sie sich gar nicht mehr aus, wenn sie Lärm aus dem Vorderhaus hörte, und wartete auf das unvermeidliche Klopfen an der Tür. Allerdings lernte sie ihre Arbeitgeber durch diese Auftritte auch besser kennen. Ungeachtet seines ungeschliffenen Benehmens war Mr. Manningtree eigentlich ein ganz netter Mann. Er war stolz auf sie und brachte in nüchternen Momenten aufrichtige Dankesworte über die Lippen. Einmal brachte er ihr sogar Pralinen ins Klassenzimmer.

»Sie sind ein braves Mädchen«, sagte er. »Die sind für Sie. Unser Bürgermeister hält Sie für eine erstklassige Musikerin, schönes Kompliment, was? Kann ich sonst noch was für Sie tun?«
Emilie errötete. »Ja, Sir. Wenn es Ihnen nichts ausmacht, könnten Sie mir sagen, wann ich mit meinem Gehalt rechnen kann? Ich bin jetzt seit sechs Wochen hier …«
»Bißchen klamm, was? Warum haben Sie nichts gesagt? Meine Frau kümmert sich um die Haushaltsausgaben.« Er griff in seine Tasche und zählte fünf Shilling ab. »Reicht das für den Anfang?«
»Ja, vielen Dank. Aber ich wüßte gern, in welchen Abständen ich bezahlt werde.«
»Ich frage meine Frau. Überlassen Sie das ruhig mir. Machen die Kinder Fortschritte?«
»Ja, sie entwickeln sich sehr gut, Sir. Es macht Spaß, sie zu unterrichten. Wenn Sie einmal beim Lesen und Rechnen zuschauen möchten, könnte ich das sicher arrangieren …«
»Sicher, demnächst einmal. Sehr schön. Sehr schön.«
Offensichtlich war er der Ansicht, daß Emilie die Bildung der Kinder oblag und nicht ihm, also drängte sie ihn nicht weiter.
Ihre Arbeitgeberin fand Emilie wiederum vom gesellschaftlichen Standpunkt her sehr interessant. Sie versuchte sich als große Dame zu geben, trank aber zuviel und flirtete mit Curtis, auch bekannt als Captain Morrow. Der Armeeoffizier war ein regelmäßiger Gast bei ihren Abendgesellschaften. Ihrem Ehemann begegnete sie überaus kritisch und kommandierte ihn herum wie einen Butler, woran er jedoch keinen Anstoß zu nehmen schien. Offensichtlich hatte er seine Frau gern und las ihr kritiklos jeden Wunsch von den Augen ab.

Als Emilie an diesem Abend mit den Kindern aß, stürmte Mrs. Manningtree mit funkelnden Augen herein.
»Sie kleiner Emporkömmling! Wie können Sie es wagen, sich bei meinem Mann zu beschweren, Sie würden nicht bezahlt?«
Emilie erhob sich ruhig von ihrem Platz. »Ich habe mich nicht beschwert, Madam. Ich habe mich lediglich erkundigt, wann ich mit einem Teil meines Gehaltes rechnen kann.«
»Sie werden quartalsweise bezahlt. Alle drei Monate erhalten Sie ein Viertel des vereinbarten Jahresgehalts. Ist das klar?«

»Ja, Madam. Hätten Sie mich darüber informiert, hätte ich nicht fragen müssen.«
»Wollen Sie mir Vorschriften machen?«
»Natürlich nicht.«
»Das will ich auch hoffen, denn Sie befinden sich noch in der Probezeit. Drei Monate Probezeit, also bitte keine Allüren. Mein Mann hat Ihnen fünf Shilling gegeben, die werden von ihrem ersten Lohn selbstverständlich abgezogen. Und ich verbitte mir, daß Sie ihn noch einmal anbetteln.«
»Betteln? Ich habe nicht gebettelt, Mrs. Manningtree. Diesen Vorwurf muß ich entschieden zurückweisen. Wenn Sie nun fertig sind ... die Kinder möchten ihren Nachtisch essen.«
Wie vor den Kopf geschlagen, blieb ihre Arbeitgeberin einen Moment stehen, marschierte in die Küche, schmetterte die Tür hinter sich zu und machte der Köchin Vorhaltungen wegen einer Pastete, die es zu Mittag gegeben hatte. Jetzt läßt sie es an Kate aus, dachte Emilie. Sie zitterte vor Erregung und fürchtete, zu weit gegangen zu sein. Möglicherweise würde diese Auseinandersetzung das vorzeitige Ende ihrer Beschäftigung bei dieser Familie bedeuten. Und was dann?
Emilie wünschte, sie wäre in der Lage, von sich aus zu kündigen. Sie hatte die Kinder zwar gern, doch ein Leben in Hinterzimmern und der ständigen Angst vor Entlassung war ihrer nicht würdig. Je mehr Mr. Manningtree sie lobte, desto unausstehlicher verhielt sich seine Frau ihr gegenüber. Sie bestand auf wöchentlichen Berichten über die schulischen Fortschritte der Kinder und überprüfte deren Kenntnisse. Alice weinte, und Jimmy wand sich hilflos, weil diese Prüfungen einfach zu schwierig waren. Emilie empfand großes Mitleid mit ihnen, denn sie begriff, daß diese kaltherzige Frau ihre Kinder als Waffe gegen sie einsetzte. So gut sie konnte, versuchte sie sie zu trösten, ohne dabei Kritik an der Mutter zu üben, die sich ansonsten gar nicht um sie kümmerte. Auch ihren Vater bekamen sie nur selten zu sehen. Doch Kinder vergessen schnell, und da sie es nicht anders kannten, fühlten sie sich in der Obhut der Köchin, des Hausmädchens und ihrer Gouvernante recht wohl.
Schließlich schrieb Emilie niedergeschlagen einen langen Brief an Ruth, in dem sie sich über die furchtbare Stellung, die Einsamkeit

und die finanziellen Sorgen beklagte. Ihr waren nur acht Shilling für die kommenden sechs Wochen geblieben. Danach hoffte sie, zwanzig Pfund abzüglich der vorgestreckten fünf Shilling zu erhalten. Aber wenn sie nun entlassen wurde? Hätte sie das Recht, auf den neunzehn Pfund und fünfzehn Shilling zu bestehen? Oder bedeutete eine Entlassung während der Probezeit, daß man kein Gehalt zu erwarten hatte? Sie schüttete Ruth, die glücklich im Kreise einer idealen Familie lebte, mochten deren Kinder auch sehr verwöhnt und unaufmerksam sein, ihr ganzes Herz aus.

Sie hat es so gut, dachte Emilie seufzend, als sie den Brief noch einmal durchlas. Danach zerriß sie ihn. Was machte es für einen Sinn, ihre Schwester mit ihren Sorgen zu belasten? Ruth konnte ihr ja auch nicht helfen.

Eines Sonntags unternahm die junge Gouvernante einen entspannenden Spaziergang durch Maryborough, wo sie vor einem imposanten Hotel namens Prince of Wales stehenblieb, einem zweistöckigen Gebäude mit Veranda. Ihr fiel ein, daß man Ruth dort eine Stellung angeboten hatte. Emilie fragte sich, ob die Arbeit in einem Hotel, das dazu noch Papisten gehörte, schlimmer sein konnte als ihre jetzige Tätigkeit. Sie spielte schon mit dem Gedanken, hineinzugehen und sich zu erkundigen, ob die Stelle noch frei war, ließ es dann aber bleiben. Was, wenn Mrs. Manningtree es herausfand? Außerdem würden sich die Kinder von ihr im Stich gelassen fühlen. Andererseits konnte es passieren, daß sie entlassen wurde, und dann hatten die Kinder ohnehin nichts mehr von ihr. Vielleicht sollte sie doch hineingehen. Sie vermochte sich einfach nicht zu einer Entscheidung durchzuringen.

Beim Weitergehen hörte sie eine Stimme hinter sich.

»Miss! Miss! Einen Moment, bitte!«

Auf der gegenüberliegenden Straßenseite sprang ein junger Mann vom Pferd und rannte auf sie zu.

Emilie schaute sich um, da sie glaubte, er müsse jemand anderen meinen. Doch außer einigen Kirchgängern war niemand zu sehen.

Er blieb vor ihr stehen und nahm den Hut ab. »Miss! Erinnern Sie sich nicht mehr an mich? Ich bin Mallachi Willoughby, wir sind uns in Brisbane begegnet. Im Valley! Sie gingen in die falsche Richtung. Können Sie sich erinnern?«

Emilie schüttelte den Kopf und machte Anstalten, an ihm vorbeizugehen, doch er zeigte sich beharrlich.
»Entschuldigung, Sie erkennen mich wohl nicht wieder. Aber ich erkenne Sie.« Er war außer Atem und ganz aufgeregt, als sei sie eine langvermißte Verwandte.
»Würden Sie mich bitte entschuldigen? Es muß sich um eine Verwechslung handeln.« Sie wollte ihn schon beiseite schieben, als ihr der Zwischenfall in Brisbane wieder einfiel. Sie war so überrascht, daß sie stehenblieb.
»Na bitte!« rief er fröhlich. »Jetzt kennen Sie mich doch.«
»Von kennen kann keine Rede sein. Und sagen Sie mir jetzt bloß nicht wieder, ich ginge in die falsche Richtung.«
»Das würde mir gar nicht einfallen. Aber ich freue mich so, Sie zu sehen. Ich bin fremd in dieser Stadt. Was tun Sie hier?«
Es war nahezu unmöglich, ihm böse zu sein, da er überhaupt nichts von Förmlichkeiten zu halten schien, es dabei aber offensichtlich gut meinte.
»Ich arbeite hier.«
»Tatsächlich! So ein Glück. Und was genau machen Sie?«
Emilie seufzte. Sie konnte sich nur zu gut an dieses Gesicht erinnern, er sah sehr ansprechend aus mit seinen treuherzigen blauen Augen. Doch das war noch lange kein Grund, hier mitten auf der Straße zu stehen und sich mit einem Wildfremden zu unterhalten.
»Ich bin Gouvernante und wollte gerade nach Hause gehen.«
»Gouvernante, das ist aber nett. Ich bringe Sie heim.« Er sah sich auf der menschenleeren Straße um und sagte scherzend: »Ich möchte verhindern, daß Sie von der Menge niedergetrampelt werden.«
Er pfiff sein Pferd zu sich. »Das ist Striker«, sagte er. »Striker, sag Hallo zu Miss …«
Mr. Willoughby ließ sich nicht abschütteln. Und wenn schon? Es war ja nichts dabei, wenn ein junger Mann sie nach Hause begleitete, dachte Emilie bei sich. Die ganze Stadt war voller Viehhirten, die man hier »Stockmen« nannte, da machte einer mehr oder weniger auch nichts mehr aus. Die Kinder hatten sie das Wort gelehrt und ihr erklärt, weshalb manche Reiter Peitschen und Seile an ihren Sätteln trugen.
»Tissington«, sagte sie.

»Für ein Pferd ist das zu schwer auszusprechen. Wie darf es Sie nennen?«
Sie lächelte. »Emilie.«
»Emilie«, sagte er zu seinem Pferd. »Ist das nicht ein schöner Name? Er paßt zu ihr.«
Während er an ihrer Seite ging, führte er das Pferd am Halfter die Straße entlang, dann bogen sie in den Weg ein, der zum Haus der Manningtrees führte. Mr. Willoughby plauderte ununterbrochen, wobei er gar nicht zu bemerken schien, daß Emilie zu reserviert war, um auch nur die kleinste persönliche Frage zu stellen. Zu ihrer eigenen Überraschung fühlte sie sich dennoch wohl in seiner Gegenwart.
»Hier leben Sie also?« sagte er und warf einen Blick in die Auffahrt. »Sieht ganz schön vornehm aus.«
Emilie zuckte nur die Achseln bei dem unerfreulichen Gedanken an die Rückkehr in ihr einsames Zimmer.
»Nicht für mich«, platzte sie unvermittelt heraus. »Ich bewohne eines der hinteren Zimmer, direkt neben der Küche. Ich arbeite nur hier.«
Ihr Begleiter runzelte die Stirn. »Ist dennoch eine gute Stelle. Ich habe auf den großen Farmen im Westen mehrere Gouvernanten kennengelernt. Ihnen schien dieses Leben zu gefallen.«
Damit hatte er Emilies Interesse geweckt. »Tatsächlich? Wo war das?«
»An verschiedenen Orten.«
»Und Sie kennen diese Leute persönlich?«
»Sicher doch.« Mr. Willoughby schaute sie besorgt an. »Gefällt Ihnen die Arbeit hier nicht?«
Emilie schüttelte den Kopf. Seine Freundlichkeit hatte ein ungeheures Selbstmitleid in ihr geweckt. »Ich muß jetzt hineingehen.«
»Nein, warten Sie noch. Wir müssen uns darüber unterhalten. Warum kündigen Sie nicht, wenn es Ihnen nicht gefällt?«
»Das geht nicht.«
»So etwas gibt es nicht. Hören Sie, ich habe es auch ein wenig eilig, aber morgen abend bin ich wieder in der Stadt. Könnte allerdings spät werden. Wie sieht es aus? Darf ich Sie besuchen? Das meine ich keineswegs respektlos, verstehen Sie mich bitte nicht falsch.«
Emilie konnte sich gut vorstellen, wie Mrs. Manningtree reagieren

würde, wenn er nach ihr fragte. Doch Mr. Willoughby kannte Farmen, auf denen Gouvernanten gute Stellungen fanden. Vielleicht konnte er ihr helfen.

»Kennen Sie einen Ort namens Nanango?« fragte sie.

»Ja, kein übles Fleckchen. Squatter-Gegend. Wieso?«

»Nur so. Meine Schwester arbeitet dort.«

»Möchten Sie nicht, daß ich Sie besuche?«

»Es ist leider nicht möglich. Meine Arbeitgeber würden es mißbilligen.«

»Könnten Sie sich dann irgendwo mit mir treffen? Hier am Tor? Wann haben Sie Feierabend?«

»Vor sieben kann ich nicht hinaus. Ich muß erst die Kinder ins Bett bringen.«

»Gut, dann erwarte ich Sie hier um acht.«

Emilie war besorgt, denn um diese Uhrzeit würde es bereits dunkel sein. Sie hielt nichts von Mädchen, die sich abends hinausschlichen, es war so gewöhnlich. Und dann noch, um einen Fremden zu treffen. Womöglich begab sie sich in große Gefahr.

»Und was machen wir dann?« fragte sie vorsichtig.

Er lachte. »Emilie, bei mir sind Sie sicher. Wir könnten zum Fluß hinuntergehen und uns die Schiffe ansehen, oder Sie überlegen sich etwas anderes.«

»Mir fällt nichts ein. Ich kenne mich in dieser Stadt nicht aus.«

»Dann geht es Ihnen wie mir. Wir spazieren einfach herum und reden, in Ordnung?«

»Ja. Und, Mr. Willoughby ...«

»Nennen Sie mich Mal.«

»Vielen Dank, Mal.«

Er sah ihr nach, wie sie ruhigen Schrittes die Auffahrt hinaufging – eine hübsche, zierliche Gestalt in Rock und makelloser, weißer Bluse mit einem Strohhut auf dem glänzenden Haar. Als sie außer Sicht war, ließ er seiner Aufregung freien Lauf. Wenn Hillier ihn heute nur hätte sehen können, mit dieser Dame an seiner Seite. Sie gaben ein ideales Paar ab. Mal wünschte, er hätte gewagt, ihren Arm zu nehmen, wie man es seiner Meinung nach bei jungen Damen zu tun pflegte, doch Emilies Schönheit machte ihn einfach unsicher. Hoffentlich hatte er nicht zuviel geredet.

Da er mehr über sie und diesen Ort, an dem sie so unglücklich war, erfahren wollte, band er sein Pferd an einem Baum am Straßenrand an und unternahm eine Erkundungstour über das Grundstück, das nicht eingezäunt war. Leise glitt er über den Besitz der Manningtrees. Auf den ersten Blick faszinierte ihn die düstere Schönheit des wilden Gartens, die Emilie so verstört hatte. Das Unterholz war gerodet worden, und an den Stellen, wo Licht von oben hereindrang, wuchs Gras. Die hohen, alten, von Schlingpflanzen und spanischem Moos überwucherten Bäume hatte man stehenlassen. Er entdeckte riesige einheimische Feigen- und Eukalyptusbäume, aufgeblähte Flaschen- und Känguruhbäume und schritt unter einem ausladenden Feuerbaum über einen Teppich aus rostroten Blüten. Mal sah, daß Emilie um das Haus herumging, vorbei an einer Hecke unregelmäßig wachsender Banksien, und das Gebäude durch die Hintertür betrat. Das machte ihn ärgerlich.

Was mußten das für Leute sein, bei denen eine vornehme junge Dame wie ein Dienstmädchen den Hintereingang benutzen mußte? Und was hatte sie damit gemeint, daß sie nicht kündigen könne? Hatte die Familie sie irgendwie in der Hand? Mal war felsenfest davon überzeugt, daß sie zu gut war für diese Menschen.

Dann fiel ihm ein, daß er sich pünktlich auf der Polizeiwache in Maryborough zu melden hatte, und er rannte davon, um seiner Pflicht nachzukommen.

Die Atmosphäre des Haushalts in Lindsay Downs bei Nanango hatte sich seit der Ankunft der Gouvernante entscheidend verändert. Leonie konstatierte dies mit Besorgnis. Jack beklagte sich selten, war stets mit allem zufrieden, doch gestern hatte er nach dem Abendessen ein Machtwort gesprochen.

»Ich will, daß du mit Miss Tissington sprichst. Ich kann ihr Genörgel beim Essen nicht länger ertragen. Sag ihr, sie soll die Kinder nicht ständig zurechtweisen. Das ist ja schlimmer als in der Schule.«

»O Jack, geh nicht so hart mit ihr um. Sie meint es doch gut und will nur das Beste für die Mädchen. Ihnen bessere Manieren beibringen.«

»Mir ist egal, was sie damit bezweckt. Ich hab ihr Genörgel jedenfalls satt.« Er ahmte Ruths Stimme nach: »Ellbogen vom Tisch. Haltet

das Messer richtig. Den Suppenteller kippt man von sich weg. Nicht mit vollem Mund reden. Denkt an euer Benehmen!«
»Vielleicht solltest du lieber mit den Mädchen sprechen, damit sie ihr gehorchen. Wenn sie schneller lernen würden, müßte sie nicht ständig an ihnen herummäkeln.«
»Ha, dann gibst du also zu, daß sie das tut.«
»Nur, weil sie es als ihre Pflicht erachtet. Sie nimmt ihre Arbeit sehr ernst und will alles richtig machen.«
»Dann soll sie eben aufhören, alles richtig machen zu wollen. Ich springe auch schon bei jedem Wort von ihr in meinem Stuhl auf. Wenn ich den Ellbogen aufstütze, spüre ich ihren stechenden Blick. Sie verdirbt uns allen nur die Laune. Jane und Jessie ärgern sie mit voller Absicht. Wenn man sich mit ihnen unterhalten will, jammern und schmollen sie nur, weil die Frau sie nie in Ruhe läßt, und ich muß mir dieses ganze Theater auch noch anhören. Das ist verdammt unerfreulich, Leonie. Mir macht das Essen keinen Spaß mehr. Wenn ich an meinem eigenen Tisch nicht in aller Ruhe essen kann, ziehe ich demnächst zu den Männern um.«
Leonie seufzte bei dem Gedanken an eine Konfrontation mit Miss Tissington, die es rundweg ablehnte, sich von irgend jemandem mit ihrem Vornamen anreden zu lassen. Diese Frau schüchterte sie ein. Frau? dachte sie bei sich. Sie war erst Anfang Zwanzig, dabei aber so steif und humorlos und von der Überlegenheit ihrer englischen Manieren überzeugt, daß sie wesentlich älter wirkte. Schon jetzt entsprach sie dem Klischee der ältlichen Lehrerin nahezu perfekt.
Ihr Unterricht allerdings war gut. Was ihre Schularbeiten anging, so hatten die beiden Mädchen durch sie bedeutende Fortschritte gemacht. Sie haßten sie zwar, doch das hinderte sie nicht daran, fleißig zu sein, und ihre Schulhefte waren überaus ordentlich geführt. Die wöchentlichen Prüfungen bestanden sie mit Bravour. Die Gouvernante verband den Zeichenunterricht mit Botanik, und alle zeigten sich überrascht, als Jane sich als hervorragende Zeichnerin entpuppte.
»Du lieber Himmel«, murmelte Leonie vor sich hin. Glücklicherweise war Jack während der katastrophalen Klavierstunden außer Haus, in denen hämmernde Geräusche endlos durchs Haus hallten, nur unterbrochen von den wütenden Klagen der Gouvernante, die

Mädchen hätten wieder einmal nicht geübt. Was auch stimmte. Sobald sie das Klassenzimmer verlassen durften, rannten sie in den Stall, sattelten ihre Pferde und entflohen der Reichweite ihrer Lehrerin.

Mrs. Stanfield wartete nervös, bis die Mädchen zum Mittagessen gingen, und betrat dann das Klassenzimmer.

Nachdem sie eine Weile belanglose Höflichkeiten ausgetauscht hatten, brachte Leonie das Problem schließlich zur Sprache.

»Miss Tissington, ich möchte mit Ihnen über die Mahlzeiten sprechen.«

»Ja, natürlich«, erwiderte die Gouvernante lächelnd. »Denken Sie daran, die Essenszeiten zu ändern?«

»Nein, es geht um etwas anderes. Würde es Ihnen wohl etwas ausmachen, die Mädchen bei Tisch nicht zu ermahnen?«

»Nicht ermahnen? Ich weiß nicht, was Sie meinen.«

»Ich meine damit, ich würde es vorziehen, wenn Sie ihnen bei Tisch keinerlei Anweisungen gäben … wegen ihrer Manieren, meine ich.«

Miss Tissington schien die Bitte erst verdauen zu müssen. Schließlich fragte sie: »Wie sonst sollen sie es lernen, Mrs. Stanfield?«

»Vielleicht könnten Sie sie hier in Benehmen unterrichten.«

»Das tue ich auch. Ununterbrochen. Leider vergessen sie es bei Tisch wieder, so daß ich sie daran erinnern muß. Wenn wir das lange genug machen, wird es ihnen irgendwann in Fleisch und Blut übergegangen sein.«

»Das mag schon sein, aber ich finde die ständigen Ermahnungen störend.« Eigentlich hatte sie es anders formulieren wollen, doch es war ihr einfach so herausgerutscht.

»Meine Ermahnungen sind also störend?« sagte Miss Tissington mit eisiger Stimme. »Ich dachte eigentlich, daß Janes und Jessies ständiges Zanken und ihre Neigung, ihre Eltern zu unterbrechen und ihnen Widerworte zu geben, weit störender seien. Ich halte mich da mit meinem Kommentar zurück, weil es einzig und allein Ihre Sache ist …«

»Gewiß. Das verstehe ich, aber dennoch … Ich wünschte nur, ich meine, es wäre besser, wenn Sie nicht so viel Aufhebens von ihren Tischmanieren machten.« Sie rang sich ein Lächeln ab. »Es ist auf die Dauer ein wenig ermüdend.«

Leonie hatte die Gouvernante beschwichtigen wollen, aber leider erneut die falschen Worte gewählt. Miss Tissington wirkte gekränkt.
»Wollen Sie damit sagen, daß ich sie überhaupt nicht ermahnen soll? Daß *ich* störe?«
»Nicht direkt«, stammelte Leonie.
»So hört es sich aber an. Bei meiner Ankunft haben Sie den ausdrücklichen Wunsch geäußert, die Mädchen sollten besseres Benehmen lernen. Und ich erachte Tischmanieren als absolut unverzichtbar für junge Damen.«
»Natürlich, Sie haben ja recht. Aber so funktioniert es einfach nicht. Um des lieben Friedens während der Mahlzeiten willen muß ich Sie bitten, von weiteren Ermahnungen Abstand zu nehmen. Bitte.«
Miss Tissington nickte kalt. »Sehr gut, wenn Sie es so wünschen. Hoffen wir nur, daß sie es auch lernen, indem wir mit gutem Beispiel vorangehen.«
»Vielen Dank. Es ist ja nur eine Kleinigkeit, Sie sollten sich deswegen keine Sorgen machen.«
Doch Ruth betrachtete es keineswegs als Kleinigkeit. Es war ihr furchtbar peinlich, daß man sie wegen der unerzogenen Töchter zurechtwies, deren Tischmanieren noch immer völlig inakzeptabel waren. Sie empfand Mrs. Stanfields Beschwerde als ungerecht und kränkend, wo sie doch nur das Wohl der Mädchen im Sinn hatte. Die Art, wie Mrs. Stanfield die Sache angegangen hatte, verriet ihr, daß diese Unzufriedenheit nicht plötzlich entstanden sein konnte, daß man ihr Verhalten bereits seit geraumer Zeit mißbilligte. Sie zuckte innerlich zusammen, da sie stets geglaubt hatte, den Anforderungen ihrer Arbeitgeber voll und ganz zu genügen.
Auf ihre Art lebte Ruth wirklich gern in Lindsay Downs. Die Mädchen stellten eine echte Herausforderung dar, doch sie kam mit ihnen zurecht und fand das Leben auf einer Viehfarm überaus anregend. Sie konnte in ihrer Freizeit ungestört spazierengehen und das geschäftige Treiben auf der Farm beobachten, zu der Tausende von Rindern und Hunderte von Pferden gehörten, dazu noch eine kleine Herde von Milchkühen. Es war eine harte, staubige, rauhe Männerwelt. Ruth wagte keine nähere Kontaktaufnahme, doch sie war fasziniert von den Reitern, die das Vieh durch das Labyrinth hoher Pferche trieben. Da sie ohnehin eher schweigsam war, brauch-

te sie keine Gesellschaft bei ihren Spaziergängen durch den Obstgarten bis an den Fluß hinunter, wo sie die unberührte Natur genoß.

Die Abende konnte sie, wenn sie wollte, mit der Familie im Wohnzimmer verbringen, doch sie zogen sich früh zurück, da Mr. Stanfield bereits bei Tagesanbruch aufstand. Danach hatte Ruth das Wohnzimmer für sich allein und verbrachte die Zeit mit Näharbeiten oder dem Lesen der Bücher, die Mrs. Stanfield auf ihr Ersuchen hin bestellt hatte. Die Familie hatte sie sogar zu einem Besuch bei Freunden im winzigen Städtchen Nanango mitgenommen. Es waren freundliche Menschen, auch wenn sie im Grunde kaum etwas mit ihr gemein hatten.

Doch nun hatte Mrs. Stanfield sie gekränkt. Ruth war nicht darauf vorbereitet gewesen, daß man auch an ihr Kritik üben könnte. Gerade weil sie so fest von ihrer ausgezeichneten Arbeit überzeugt war, entsetzte sie die Zurechtweisung so sehr, daß sie der Familie im Augenblick nicht gegenübertreten mochte. Sie eilte in die Küche und teilte der Köchin mit, sie sei nicht hungrig, und zog sich ins Klassenzimmer zurück.

An diesem Abend tadelte die Gouvernante ihre Schülerinnen nicht, doch die Atmosphäre bei Tisch war noch unangenehmer als zuvor. Sie verharrte während der gesamten Mahlzeit in eisigem Schweigen und antwortete nur einsilbig auf Leonies Fragen, mit denen diese die Spannung ein wenig zu lösen versuchte.

»Sie ist verletzt, das ist alles«, erklärte Leonie später ihrem Mann. »Sie dachte, sie hätte bei den Mädchen alles richtig gemacht. Aber sie wird darüber hinwegkommen.«

»Hoffentlich. Sag ihr, daß sie ein schlechtes Beispiel abgibt, wenn sie in Gegenwart der Mädchen schmollt.«

»Sie schmollt nicht.«

»Sieht aber ganz danach aus.«

Ruth Tissingtons Zurückhaltung wirkte mit der Zeit immer störender. Nun, da man ihr das Recht genommen hatte, ihre Schützlinge zu tadeln, wußte sie scheinbar nur wenig zur Unterhaltung beizutragen. Von sich aus beteiligte sie sich nie am Gespräch und saß steif und kerzengerade neben Jane, als ginge sie das alles nichts an. Leonie wurde einfach nicht schlau aus ihr. War sie schüchtern? Oder wollte sie die Familie bestrafen, wie Jack, der sie Miss Finster nannte, behauptete? Wie auch immer, beide gelangten sie zu dem Schluß, daß dieser Zustand ein Ende haben mußte. Die Mädchen hatten auch bemerkt, wie still Miss Tissington geworden war, und reizten sie mit ungezogenen Fragen, bis ihr Vater schließlich explodierte.

»Das reicht!« herrschte er Jane an. »Verlaßt den Tisch, wenn ihr euch nicht benehmen könnt!«

Miss Tissington zeigte keine Regung; sie aß mit vollendeter Anmut weiter.

»Such ihr einen Freund«, sagte Jack zu seiner Frau. »Jemanden, der ihr ein bißchen Leben einhaucht. Sie wird schon jetzt zur alten Jungfer, dabei sieht sie gar nicht mal so übel aus. Wenn sie nur nicht immer so angespannt wirken würde!«

Ruth begriff, daß sie mit ihrem Benehmen einen schlechten Eindruck auf Mr. Stanfield machte, und seine mißbilligenden Blicke waren ihr durchaus nicht entgangen; doch sie wußte beim besten Willen nicht, wie sie eine Änderung herbeiführen sollte. Es war einfacher, schweigend am Tisch zu sitzen, als irgendwelche törichten Beiträge zur Unterhaltung zu liefern, die sich ohnehin meist um Ackerbau und Viehzucht drehte. Sie war entsetzt und peinlich berührt, als ihr bewußt wurde, wie sehr sie die Eltern und Mädchen gelangweilt haben mußte, da sie anscheinend kein anderes Gesprächsthema als das Benehmen ihrer Zöglinge kannte.

Ruth war sehr niedergeschlagen und zog sich zunehmend in sich zurück. Sie erhielt etwas über vier Pfund im Monat und machte sich Sorgen um die Rückzahlung des Darlehens, da sie von ihrem Gehalt auch persönliche Ausgaben bestreiten mußte. Vor allem ihre Garderobe mußte ständig erneuert werden, um ihre tadellose Erscheinung aufrechtzuerhalten. Ihr Ziel, sich eine Rücklage zu schaffen und dazu noch das Geld für die Rückfahrkarte nach England zusammenzusparen, schien in unerreichbare Ferne gerückt.

Mrs. Stanfield hatte auf einer weiteren Unterredung bestanden. Sie hatte Ruth beiseite genommen und vorgeschlagen, weniger förmlich miteinander umzugehen, da man sie als Familienmitglied betrachte.

»Woran dachten Sie dabei, Mrs. Stanfield?«

»Vornamen sind hier durchaus akzeptabel. Für uns alle wäre es schöner, wenn wir Sie Ruth nennen dürften, meine Töchter natürlich ausgenommen. Selbstverständlich gilt das auch umgekehrt. Ich heiße Leonie, mein Mann Jack.«

»Ich dachte, wir hätten das bereits besprochen.«

»Ja, aber es wird für Sie auch angenehmer sein, ganz bestimmt.«

»Ich werde es versuchen«, sagte Ruth widerwillig.

»Und noch etwas. Wenn Sie eine Tasse Tee oder Kaffee möchten, können Sie sich jederzeit in der Küche bedienen. Sie brauchen dafür nicht eigens die Mädchen zu rufen.«

»Haben die beiden sich etwa beschwert?«

Leonie schluckte. In der Tat hatten die beiden geklagt, sie seien nicht die Dienstmädchen »Ihrer Hoheit«. Das gesamte Personal fand die Gouvernante und deren vornehmes Getue überaus unsympathisch.

»Nicht im geringsten. Ich möchte nur, daß Sie sich hier wie zu Hause fühlen.«

»Ich habe mich sehr bemüht, nicht in den Arbeitsbereich der Köchin einzudringen. Dort, wo ich herkomme, wendet man sich mit solchen Dingen am besten an einen Dienstboten.«

Leonie schüttelte resigniert den Kopf. »Sie sind aber nicht mehr da, wo Sie herkommen, Ruth. Hier laufen die Dinge anders. Wir leben sehr ungezwungen. Nehmen Sie es mir nicht übel ... Es ist nicht nötig, alles so ernst zu nehmen. Ein kleines Lächeln hier und da wirkt Wunder. Ach übrigens, wir fahren morgen in die Stadt und besuchen ein Tanzfest im Rathaus. Möchten Sie mitkommen? Um die Unterbringung kümmere ich mich schon.«

»Ich tanze nicht«, log Ruth. Sie litt noch unter der soeben erteilten Lektion und sah sich bereits als Mauerblümchen unter lauter Fremden sitzen – eine Vorstellung, die sie einfach nicht ertragen konnte.

»Aber es würde Ihnen sicher Spaß machen.«

»Lieber nicht. Trotzdem vielen Dank, Mrs. Stanfield.«

An einem trockenen, windigen Morgen brachen sie dann ohne Ruth nach Nanango auf. Mr. Stanfield hatte sie kurz zuvor noch einmal gebeten mitzukommen, doch sie lehnte entschieden ab. Dennoch lächelte er sie freundlich an.

»Gut, dann eben beim nächsten Mal. Auf Dauer akzeptiere ich kein Nein.«

Von Mrs. Stanfield war sie enttäuscht – nicht nur wegen der ihrer Meinung nach ungerechtfertigten Kritik, sondern auch, weil sie ihre eigenen Pflichten vernachlässigte. Da die Gouvernante den Mädchen keine Tischmanieren beibringen durfte, wäre diese Aufgabe eigentlich der Mutter zugefallen. Doch sie blieb untätig. Sie hatte zugelassen, daß die beiden in ihre alten Verhaltensweisen zurückfielen. Wie besessen zählte Ruth ihre Regelverstöße, notierte sie und hängte die ständig länger werdende Liste an der Wand des Klassenzimmers auf. Die Mädchen schenkten dem ebensowenig Beachtung wie die Mutter, doch Ruth empfand eine gewisse Befriedigung dabei.

Schließlich steigerte sie sich in die Vorstellung hinein, alle weiblichen Wesen im Haus hätten sich gegen sie verschworen, und tröstete sich mit dem Gedanken, daß wenigstens Mr. Stanfield, der Boß, auf ihrer Seite stand. Er war immer freundlich zu ihr. Tatsächlich hatte sein reizendes Beharren auf dem Besuch des Tanzfestes sie in Versuchung geführt, beim nächsten Mal vielleicht doch mitzufahren. Sie könnte das blaue Seidenkleid mit dem fransenbesetzten Cape tragen, das sie seit der Schiffsreise nicht mehr aus dem Koffer geholt hatte. Es war kleidsam und für eine ländliche Tanzveranstaltung durchaus passend.

Im Laufe des Vormittags nahm der Wind an Stärke zu. Ruth zog sich ins Wohnzimmer zurück, bis das Mädchen kurz vor dem Mittagessen den Kopf hereinsteckte.

»Die Köchin sagt, Sie können in der Küche essen, während die Herrschaften weg sind«, sagte es strahlend.

Ruth erstarrte. In der Küche zu essen war mit ihrem Stand nicht zu vereinbaren. »Bitte servieren Sie mir das Essen im Speisezimmer.«

»Was?«

»Ich werde mein Mittagessen im Speisezimmer einnehmen.«

Das Mädchen zuckte die Achseln und marschierte davon. Doch dann beschlichen Ruth Zweifel. Mrs. Stanfield hatte gesagt, sie solle weniger förmlich sein. Vielleicht konnte sie dieses Zugeständnis während ihrer Abwesenheit ja machen, denn die Küche war geräumig, und der Tisch für das Personal stand in einer ruhigen Ecke unter dem Fenster. Sie würde rasch essen und sich unmittelbar danach wieder zurückziehen.

Nachdem sie diese Entscheidung getroffen hatte, stand Ruth auf und ging den Flur entlang zur Küche. Da hörte sie, wie man drinnen über sie lachte.

»Ihre Hoheit wird uns nicht mit ihrer Anwesenheit beehren«, sagte das Mädchen. »Ich kann nicht noch einmal zu ihr gehen und darauf bestehen. Sie wird allein beim Essen sitzen und sauer wie eine Zitrone dreinblicken.«

»Na gut, dann laß sie doch«, antwortete die Köchin. »Kein Wunder, daß der Boß sie Miss Finster nennt.«

Ruth war entsetzt. Der Spott der Dienstboten tat nicht weh, aber sollte Mr. Stanfield sie wirklich so genannt haben? Beim Eintreten bemerkte sie die schuldbewußten Blicke der beiden Frauen.

Sie sprach ruhig und mit erzwungener Würde. »Ich habe meine Meinung geändert. Mir ist nicht nach Mittagessen. Ich habe gut gefrühstückt und werde jetzt lieber einen Spaziergang machen.«

Die Köchin unternahm den Versuch, die Situation zu retten.

»Oh, Miss, heute würde ich nicht nach draußen gehen. Aus dem Wind wird nur allzu bald ein Staubsturm. So etwas geht hier ganz schnell.«

Ohne sie einer Antwort zu würdigen, machte Ruth kehrt und ging in ihr Zimmer. Sie war so außer sich, daß nichts sie im Haus halten würde. Der Wind würde sie wenigstens von den Kränkungen ablenken, die man ihr hier unablässig zufügte.

Sie zog eine Jacke über, band sich einen Schal um den Kopf und trat durch eine Seitentür hinaus auf den Weg, der zu den Scheunen führte. Der Wind wehte heftig, die Luft war von Staub erfüllt, und der Himmel glühte in einem ungewöhnlichen Orangeton, der am Horizont in ein rötliches Braun überging. Ein Maler hätte an dieser Szenerie sicher seine Freude gehabt. Obwohl der Wind sie umtoste, trieb es Ruth weiter, hin zu den Bereichen, in denen normalerweise die Männer arbeiteten. Heute bot sich die willkommene Gelegenheit, sich dort einmal in Ruhe umzuschauen.

Das ist doch mal etwas anderes, dachte sie bei sich und schluchzte. Wie konnten sie es wagen, sich über sie lustig zu machen?

Ruth eilte an den Scheunen und verlassenen Pferchen vorüber und hinaus auf die ausgedehnten Koppeln, die von weitem ganz eben aussahen, sich beim Näherkommen jedoch als holprig erwiesen, so daß sie mehrfach stolperte. Dennoch, nichts würde sie aufhalten. Wie aufregend, übers Land zu streifen, das Haus und seine undankbaren Bewohner hinter sich zu lassen und sich gegen den Wind zu stemmen.

Ruth tauchte in den Schutz der Bäume ein, deren Wipfel über ihr im Sturm schwankten. Hier fiel ihr das Vorankommen leichter. Sie vermutete, daß sie an dem Bach herauskommen würde, der sich durch den gesamten Besitz wand. Dort wollte sie einen Moment ausruhen und dann wohl oder übel den Heimweg antreten.

Es wurde immer dunkler, und der Staub legte sich auf den Busch wie ein orangefarbener Nebel. Unvermittelt sah sie sich einem ungeheuren Tier mit starken Hörnern und bedrohlich roten Augen gegenüber.

Sie rannte schreiend davon, stolperte über einen Ast, rappelte sich hoch, wagte nicht nachzusehen, ob der Stier sie verfolgte, hörte nur das Rauschen des Windes. Er drohte, die Bäume um sie herum niederzureißen. Sie lief weiter, bis sie ganz außer Atem war und hinter einem auffallend weißen Baumstamm zusammenbrach. Keuchend sah sie sich um, von dem Tier war jedoch nichts zu sehen. Wie viele dieser riesigen Burschen mochten hier herumstreunen? fragte sie sich besorgt und schalt sich selbst wegen ihrer mangelnden Vorsicht. Allein die Bereiche unmittelbar um das Wohnhaus herum waren eingezäunt. Nur gut, daß ihr nicht gleich eine ganze Herde über den Weg gelaufen war.

Der Staubsturm tobte. Ruth zog ihren Schal übers Gesicht und verharrte zusammengekauert neben dem Baum. Sie hatte keine Ahnung, wie lange diese Naturerscheinung dauern konnte, wie lange sie die Qualen der staubgeschwängerten Luft und des feinen braunen Sandes erdulden mußte, der ihr den Atem nahm und in ihre Kleider drang. Auf jeden Fall würde sie hierbleiben, bis alles vorüber war. Niemals würde sie das Risiko eingehen, noch einmal einem Stier vor die Hörner zu laufen; sie mußte warten, wenigstens bis sie wieder etwas sehen konnte.

Über eine Stunde später legte sich der Sturm endlich, die Staubwolken zogen davon, und die Sonne kam heraus, als sei nichts gewesen. Ruth rappelte sich erschöpft auf, klopfte den Staub aus Haar und Kleidern und schrie plötzlich schmerzerfüllt auf. Ein Knöchel war angeschwollen; vermutlich hatte sie ihn sich verstaucht, als sie über den Ast gefallen war.

»Verflixt!« entfuhr es ihr, während sie mit schmerzverzerrtem Gesicht davonhinkte. Jeder Schritt wurde zur Qual, doch sie konnte unmöglich im Busch bleiben; sie mußte zurück.

Ruth kämpfte sich, auf einen Stock gestützt, vorwärts, doch bald wurde sie gewahr, daß sie eigentlich längst die offenen Weiden hätte erreichen müssen. Ihr fielen all die Geschichten von Menschen ein, die sich im Busch verirrt hatten.

»Man nennt es das Gleichheitsphänomen«, hatte Mr. Stanfield ihr erklärt. »Hunderte und Aberhunderte gleich aussehender Bäume können jeden verwirren, der sich nicht auskennt, vor allem, wenn er zu Fuß unterwegs ist.«

»Nun, mich werden sie nicht verwirren«, sagte sich Ruth entschlossen und maß die Ödnis ihrer Umgebung mit suchendem Blick. Sie hängte ihren Schal an einen Baum.

»Jetzt gehe ich eine Weile in die eine Richtung. Wenn ich nicht an den Rand des Busches gelange, komme ich hierher zurück und versuche es in einer anderen Richtung.«

Auf dem Rückweg mußte Ruth niedergeschmettert feststellen, daß sie den Baum mit dem Schal nicht mehr finden konnte. Ruth Tissington würde nicht weinen. Die Schatten wurden länger, der Nachmittag verstrich, sie hatte sich verirrt, doch weinen würde sie nicht.

»Du hast dich selbst in diese Lage gebracht, also mußt du dir auch allein wieder heraushelfen.«

Erschöpft setzte sie sich auf einen umgestürzten Baumstamm. Ihr Knöchel pochte, ihr Kopf tat weh; außerdem war ihr ganz schwindlig von der angsterfüllten, ergebnislosen Suche nach dem richtigen Weg. Noch nie im Leben war sie so durstig gewesen. Hätte sie doch nur den Bach gefunden. Ruth sah sich verzweifelt um, suchte nach einem Hinweis, der die Rettung bringen könnte. Ein Rascheln ließ sie zusammenfahren, doch es handelte sich nur um ein kleines Känguruh, das sie mit sanften, feuchten Augen ansah, als empfinde es Mitleid mit ihr, und dann weghüpfte. Ruth wünschte, das Tier wäre in ihrer Nähe geblieben. Später entdeckte sie zwei Stiere, die durchs Gebüsch stapften, und spielte mit dem Gedanken, ihnen bis zum

Rand des offenen Geländes zu folgen, traute sich dann aber doch nicht. Das Vieh hier war wilder als in ihrer Heimat, eine Rasse, die nichts mit den friedfertigen englischen Rindern gemein hatte. Sie erinnerte sich an einen stämmigen Bullen, der sie als Kind zu Tode erschreckt hatte, doch selbst er war ein Winzling gewesen im Vergleich zu diesen Bestien. Sobald sie sich erholt hätte, würde sie ihre Suche fortsetzen und einen Haufen Zweige als Orientierungshilfe aufschichten. Diesmal würde sie umsichtiger zu Werke gehen.

Um sechs Uhr fiel Miss Tissingtons Fehlen auf, und die Köchin schlug Alarm. Da Samstag war, hatten viele Männer einen halben Tag frei bekommen, um in Nanango am beliebten Viehzüchtertanz in der Freimaurerhalle teilzunehmen, doch einige ältere Viehknechte waren zu Hause geblieben. Während des Staubsturms hatten sie sich die Zeit mit Kartenspielen vertrieben und wollten gerade zum Essen gehen, als die Alarmglocke ertönte.

Einer von ihnen ging ins Haus, um sich nach dem Grund zu erkundigen. Als er hörte, daß die Gouvernante anscheinend im Sturm davongewandert und der Boß nicht zu Hause war, beschlossen die Männer einstimmig, erst einmal zu essen, denn dies sah ganz nach einer langen Nacht aus.

Ihr Gefühl trog sie nicht. Unter Führung des alten Thommo, der von den Aborigines, die früher die Gegend bewohnt hatten, Kenntnisse im Fährtenlesen erworben hatte, schwärmten fünf Reiter mit Laternen aus und durchsuchten die unmittelbare Umgebung des Wohnhauses. Da weder die Köchin noch die beiden Hausmädchen wußten, in welche Richtung Ruth gelaufen war, blieb Thommo nur übrig, langsam und methodisch das Gelände zu durchkämmen. Sie riefen in den Busch hinein und schlugen einen immer größeren Bogen von den Weiden ins Buschland, das von den Männern normalerweise nur beim Zusammentrieb betreten wurde. Dann ritten sie um die Wette und stellten ihr Geschick zur Schau, indem sie angriffslustige Tiere mit ihren Kälbern aus dem Busch holten, in dem sich diese sicher gewähnt hatten.

Müde und wütend suchten sie stundenlang, bis ein Mann den Schal entdeckte. Wenigstens konnten sie ihre Suche nun eingrenzen.

Endlich fanden sie die Frau schlafend im Gebüsch und riefen Thommo herbei, da es ihnen nicht gelang, sie zu wecken.
»Sie hat Fieber«, verkündete er. »Bindet sie vor mir aufs Pferd, ich bringe sie heim.«

Ruth konnte sich später nicht an ihre Rettung aus dem Busch erinnern. Ihr war sehr heiß, sie flehte um Wasser und zitterte unkontrolliert. Jetzt war ihr kalt, die Nächte im Busch waren ja so bitterkalt, und man hüllte sie in Decken; dann wurde es ihr wieder zu warm, und sie strampelte sich frei. Sie bettelte, man möge sie allein lassen, ihr Kopf tue weh, ihr Kopf und die Knochen, nein, nur der Knöchel. Sie schwitzte so sehr, daß sie dachte, sie habe ins Bett gemacht, und bat Mrs. Stanfield demütig um Verzeihung. Doch das Gesicht verschwand, und der Alptraum begann von neuem. Sie rief nach ihrer Mutter, nach Emilie, doch alle wandten sich von ihr ab und schämten sich für das Theater, das sie in Gegenwart von Fremden veranstaltete. Voller Entsetzen über ihren Anblick, das Erbrochene, den Gestank.
»Es ist tatsächlich Gelbfieber«, sagte der Arzt zu Leonie.
»Gelbsucht?«
»Nein, keine Gelbsucht, Gelbfieber. Manche behaupten, es würde durch Moskitostiche übertragen, und von den Viechern gibt es hier weiß Gott genug.«
»Aber sie ist so gelb ...«
»Das stimmt, Leonie, aber das gibt es auch bei Gelbfieber. Ich kenne es aus Java, dort gibt es mehr Moskitos als Luft.«
»Was können wir tun?«
»Sie warmhalten, ohne daß sie zu sehr schwitzt.«
»Sie wollen mich doch nicht mit ihr allein lassen? Ich weiß nicht, was man bei so einer Krankheit macht.«
»Keine Angst, wir bleiben beide bei ihr. Sie ist jung und stark und müßte es bald überwunden haben.«

4. Kapitel

»Wo zum Teufel haben Sie gesteckt?« brüllte Sergeant Pollock Mal entgegen. »Ich habe gesagt, ich brauche eine halbe Stunde, nicht den halben Tag.«

»Ich mußte mein Pferd versorgen.« Er sah die beiden berittenen Polizisten an, die mit dem Sergeant auf ihn gewartet hatten. »Und was soll das überhaupt: Ihr seid zu dritt und müßtet eigentlich ohne mich zurechtkommen.«

»Sie bringen Ihren Job zu Ende!« Pollock gab seinem Pferd die Sporen. Dic vier Reiter galoppierten die Straße hinunter und nahmen die Abzweigung nach Blackwater Creek, die von dort aus weiter bis zu den Goldfeldern führte.

Es war einen Versuch wert gewesen. Mal hatte gehofft, er müsse den Kommissar und seine Eskorte nicht zurückbegleiten. Dennoch, an diesem Tag konnte ihm nichts die Laune verderben, es war der glücklichste in seinem ganzen Leben. Dabei hatte er sich am Morgen noch gewehrt, als Carnegie ihn angewiesen hatte, die Vorhut zu übernehmen.

»Wieso?« hatte Mal schläfrig gefragt, als Taylor ihn grob mit dem Fuß anstieß. Es war noch dunkel, nur im Osten schimmerte ein schwaches Licht am Horizont.

Sie hatten die Goldfelder ohne Probleme hinter sich gebracht. Die Kutsche mit ihrer kostbaren Fracht kam trotz der holprigen Straße und der unvermeidlichen Hindernisse gut voran, und Mal war froh, daß sie keine Anzeichen von Buschräubern entdeckt hatten. Sie hatten am Fluß kampiert, der beinahe gänzlich verborgen von üppigem Regenwald dahinströmte. Die beiden anderen Vorreiter hatten Nachtwache gehalten, während die Bosse im Zelt schliefen und Mal sich unter der Kutsche ausstrecken durfte.

Nun wußte er auch den Grund.

»Sie reiten vor«, erklärte Taylor.

Mal zitterte, da es um diese Zeit noch sehr kühl war, und trank einen Schluck Wasser aus einem Krug. Carnegie kam aus seinem Zelt und erteilte ihm Anweisungen.

»Willoughby, Sie reiten sofort los. Folgen Sie der Straße bis Maryborough, und zwar schnell und ohne eine Rast einzulegen. In der Stadt melden Sie sich umgehend auf der Polizeiwache bei Sergeant Pollock.«

»Wieso? Was ist denn los?« Einer der Vorreiter grinste ihn an, als er sich daran machte, das Feuer vom vergangenen Abend neu zu entfachen. Wenigstens noch frühstücken, dachte Mal grimmig.

»Nichts ist los. Und dabei soll es auch bleiben«, sagte Carnegie. »Die nächste Etappe dürfte schwierig werden. Sie bietet Buschräubern die letzte Gelegenheit zu einem Überfall; selbst einige Gauner aus der Stadt haben schon ihr Glück zwischen hier und Maryborough versucht. Vor einigen Monaten wurde auf diesem Abschnitt ein Goldtransport überfallen, ebenso zahlreiche Goldsucher, daher möchten wir uns nicht ohne zusätzlichen Polizeischutz dorthin wagen. Verschwenden Sie keine Zeit. Sergeant Pollock und seine Männer werden auf der Straße patrouillieren und uns sicher in die Stadt geleiten.«

Mal sorgte sich nicht so sehr um ihr Gold, sondern um seinen eigenen dicken Geldgürtel.

»Wieso kann nicht einer von den anderen reiten?« erkundigte er sich bei Taylor. »Sie kennen die Gegend besser als ich.«

Taylor zuckte die Achseln. »Anordnung des Kommissars. Eine Vorsichtsmaßnahme. Und nun los. Je schneller Sie zurück sind, desto eher können wir aufbrechen.« Er sah sich um. »Ich persönlich halte ja auch nichts von dieser Änderung des Plans. Würde lieber gleich weiterreiten.«

Beim Wegreiten sah Mal, wie Taylor und Carnegie ihre Waffen luden, um die erschöpften Wachen im Ernstfall zu unterstützen. Er selbst trug ein Gewehr bei sich, hatte aber nicht vor, es zu benutzen. Er ritt schnell, doch umsichtig, denn er wußte um die Straßenfallen, mit denen Pferde zum Stolpern gebracht oder Transportwagen aufgehalten werden konnten. Dies war nicht die rechte Zeit, um die Landschaft zu bewundern. Mal begann sich erst wohler zu fühlen, als die Sonne höher stieg und allmählich vereinzelte Farmen in Sicht kamen. Das Schlimmste lag hinter ihm; er näherte sich der Zivilisation. Keine Buschräuber, kein Hinterhalt, die Befürchtungen des Kommissars waren unbegründet gewesen.

Andererseits war die Straße größtenteils eine Art Hohlweg, gesäumt von dichtem Gebüsch, in dem alle möglichen Gestalten lauern mochten, die vielleicht auf lohnendere Beute als einen einsamen Reiter aus waren.
Die Straße wurde nun breiter und besser, da landwirtschaftliche Fahrzeuge die Unebenheiten ausgeglichen hatten; links und rechts der Straße lagen üppig wuchernde Gemüsegärten, in denen Chinesen mit Kulihüten arbeiteten. Er kam an einem Ochsengespann vorbei, in dem zwölf Tiere riesige Wollballen zogen, und grüßte den Fahrer im Vorbeireiten. Hinter einer Kurve entdeckte er eine große Sägemühle, die in sonntäglicher Ruhe dalag. Kein schlechter Tag, um eine Ladung Gold zu transportieren. Die meisten Schurken schliefen noch ihren Rausch aus, vorausgesetzt, es handelte sich nicht um passionierte Buschräuber wie McPherson. Auf den Goldfeldern wurde viel über ihn erzählt. Er hatte die Postkutsche aus Maryborough nur zwei Meilen außerhalb der Stadt ausgeraubt, und das gleich zweimal. Bei dieser Erinnerung setzte sich Mal kerzengerade im Sattel auf. Nur zwei Meilen vor der Stadt! Kein Wunder, daß Carnegie Fracksausen hatte.
Er gelangte zu den Docks, wo er sich gern die verschiedenen Schiffe angesehen hätte, die hier in überraschend großer Zahl vor Anker lagen; doch ihm blieb keine Zeit. Ein Fischer wies ihm den Weg zur Polizeiwache, die aber geschlossen war. Mal klopfte an der benachbarten Wohnungstür.
Ein irisch aussehender Bursche mit rötlichem Haar steckte den Kopf aus dem Fenster. »Was wollen Sie?«
»Sind Sie Mr. Pollock?«
»Sergeant Pollock.«
»Ja, natürlich. Mr. Carnegie schickt mich.«
»Wo steckt er denn diesmal?«
»Am Blackwater Creek.«
»Alles in Ordnung?«
»Ja, er wartet auf Sie.«
»Gut. Geben Sie mir eine halbe Stunde. Ich hole die Jungs her.«
Und diese halbe Stunde veränderte Mals Leben. Er war mit dem Pferd am Zügel auf der Suche nach etwas Eßbarem durch die Stadt gewandert, und dann sah er sie. Die englische Dame. Emilie Tissing-

ton. Inzwischen kannte er ihren Namen und würde sie morgen abend tatsächlich wiedersehen. Nichts in der Welt konnte ihn davon abhalten, sie am Tor zu treffen. Wetten, daß Clives Mädchen es nicht mit ihr aufnehmen konnte?
Die Ungeduld des Sergeants wuchs, als Mal sein Pferd an der Tränke zum Stehen brachte.
»Ich dachte, das hätten Sie längst erledigt.«
»Ist eben ein besonders durstiger Bursche.«

Bis zur letzten Minute hatte Perry damit gerechnet, daß etwas schiefgehen würde. Daß der Kommissar die Nerven verlor. Er hatte die ganze Nacht mit dem Boot am Ufer des Blackwater Creek im Schutz überhängender Äste gewartet und kein Auge zugetan. Er spielte mit dem Gedanken, es auf eigene Faust zu versuchen, falls Carnegie kniff, doch das waren nur müßige Spekulationen. Baldy Perry gehörte zum Fußvolk, er war kein Anführer und akzeptierte seine angestammte Rolle. Er war nicht erfinderisch, führte nur Befehle aus. Immerhin konnte ihm niemand die Schuld geben, wenn unter diesen Umständen ein Plan scheiterte, was nicht selten geschah.
Als er endlich Stimmen hörte, schlich er barfuß und mit dem Gewehr in der Hand durchs Gebüsch, um sich auf die Lauer zu legen. Mehr konnte er nicht tun; das Gold befand sich in der Kutsche, doch er war weder mutig noch tollkühn genug, um auf eigene Faust vier Bewaffnete zu überfallen. Carnegie mußte den ersten Schritt tun. Er kletterte auf einen Baum und bezog dort wie verabredet Position. Wenn die Vorreiter zurückfeuerten, würden sie in ihrer Panik ins Gebüsch schießen, ohne den Heckenschützen in der Baumkrone zu entdecken, hatte Carnegie ihm versichert. Perry war alles recht, er hatte keine Angst. Für ihn war das nur ein Teil des Jobs. Ein paar Typen erschießen, das Gold holen und abhauen.
In der Morgendämmerung hatte er von seinem Ausguck aus beobachtet, wie ein Reiter das Lager verließ. Er sah, daß Taylor aus seinem Zelt trat und die beiden Wachen das Feuer entzündeten, um das Frühstück zu bereiten. Perry prüfte noch einmal sein Gewehr und wartete. Der Speck roch köstlich.
Beim ersten Schuß fiel er fast vom Baum. Carnegie hatte Taylor, der neben der Kutsche niederstürzte, in den Rücken geschossen. Binnen

einer Sekunde hatte Perry die eine Wache getötet und erwischte auch den zweiten Mann, während dieser verzweifelt Deckung suchte. Carnegie winkte ihn zu sich herunter.
Schon war alles vorbei. Ganz einfach. Perry nickte anerkennend. Dieser Carnegie war ein cleverer Bursche und hatte saubere Arbeit geleistet.
Perry blieb kaum Zeit, die am Boden liegenden Leichen in Augenschein zu nehmen, denn Carnegie war nun ganz nervös geworden und mahnte ihn mit zittriger, kaum vernehmbarer Stimme zur Eile. Baldy Perry grinste. Als wenn die Toten sie noch hören könnten.
»Schnell, hol die Koffer heraus, mach schon!« fauchte Carnegie, doch Baldy schenkte ihm keine Beachtung und untersuchte die Männer, da er sichergehen wollte, daß sie auch wirklich tot waren. Taylor war erledigt, die Wachen auch. Einen hatte er in den Kopf getroffen, den anderen in die Brust, wie er stolz bemerkte.
»Komm her!« schrie Carnegie und zerrte an einem Stahlkoffer. »Wir müssen sie alle rausholen.«
»Ist in allen Gold drin?« fragte Perry besorgt. So viel konnte er nicht tragen.
»Nein, du Idiot. Das Gold ist in dem hier. In dem anderen ist eine Lieferung Bargeld von der Bank. In den übrigen sind nur Akten der Bank und des Bergbauministeriums.«
Schon bald hatte Baldy die beiden Koffer aus der Kutsche gewuchtet. Der Kommissar machte sich an den Schlössern zu schaffen.
»Hol den Rest«, zischte er.
»Brauchen wir doch nicht.«
»Na mach schon. Wir dürfen uns doch nicht verraten, indem wir zeigen, daß wir genau wissen, wo was drin ist. Bring mir die verdammten Dinger, wir kippen sie aus, damit es aussieht, als wären sie durchsucht worden.«
Schon bald lagen Bücher, Papiere und dicke Kladden zwischen den leeren Koffern verstreut, doch Baldy hatte nur Augen für die Ledertaschen voller Gold, die Carnegie ihm hektisch zuschob, dazu noch die leichteren Taschen mit dem guten alten Bargeld. Was für eine fette Beute!
Carnegie warf ihm die Kofferschlüssel zu. »Du weißt, was du zu tun hast«, sagte er und zerrte eine große Tasche aus Sackleinen, die als

Polsterschutz diente, vom Sitz der Kutsche. »Stopf die Taschen hier rein.«

Gehorsam griff Baldy nach der ersten, die zu seinem Erstaunen nur halb voll war. »Ist das hier das ganze Gold?«

»Das ist eine Menge, über tausend Unzen. Die anderen sind Sovereigns und Banknoten. Denk dran, wenn du den Fluß überquert hast, vergräbst du alles unter dem großen Feigenbaum, den ich dir gezeigt habe. Versenk das Boot, und hau ab. Morgen kommst du zurück, als sei nichts gewesen.« Er keuchte wie nach einem Wettrennen. »Warte genau achtundzwanzig Tage, dann gräbst du die Tasche aus … Dein Pferd ist doch noch drüben, oder?«

»Natürlich.« Für Baldy war dies der einfachste Teil seines Auftrags. Auch war es kein Problem gewesen, das Boot von Maryborough aus den Fluß hinaufzubringen und es am anderen Ufer zu verstecken. Seinen Anteil hatte er sich am ehesten mit dem langen Fußmarsch zurück in die Stadt verdient, für den er einen Tag und die halbe Nacht gebraucht hatte.

Baldy begriff, daß Carnegie mit der unnötigen Wiederholung seiner Anweisungen nur Zeit schinden wollte, da er eine Heidenangst hatte vor dem, was nun auf ihn zukam.

»Paß auf«, knurrte der Kommissar, »du bringst diese Tasche in mein Cottage in Maryborough und versteckst sie, wenn es dunkel ist, unter der Hintertreppe. Man darf uns nicht zusammen sehen. Ich teile alles fifty-fifty auf, soweit das mit dem unterschiedlichen Goldgewicht überhaupt geht, und lege deinen Anteil wieder ins Versteck.«

»Das will ich auch schwer hoffen«, grollte Baldy Perry.

»Verlaß dich drauf. Von diesem Moment an gibt es keinen Kontakt mehr zwischen uns, was immer auch passiert.«

»Alles klar. Dann mal los.«

»Erst muß ich mich hinlegen, dann ziehst du Taylors Leiche über mich.«

»Jesus! Wozu das denn?«

»Als Alibi für mich. Damit es aussieht, als sei er auf mich draufgefallen.« Er erschauderte. »Da fällt mir ein, hier ist mein Gewehr. Nimm es mit, und wirf es in den Fluß. Danach …«

Carnegie lag zitternd am Boden, als Perry Taylors leblosen Körper

über ihn zerrte. Mit bleichem Gesicht schob er ihn beiseite und stand auf. »Mir ist schlecht.«
»Es war Ihre Idee«, meinte Baldy ungerührt. Er hob Carnegies Gewehr auf, lud es durch und wartete. »Alles klar jetzt?«
»Ja. Geh ein Stück zurück.« Carnegie riß sich zusammen. »Na los.« Er schloß die Augen, als Baldy grinsend das Gewehr hob. Der Räuber spielte kurz mit dem Gedanken, Carnegie einfach zu erschießen, doch dessen Plan war zu gut, um ihn auf diese Weise zu verderben. Der Kommissar mußte lebend gefunden werden, damit er die Täter beschreiben und die Schuld dem jungen Burschen in die Schuhe schieben konnte, den er als zusätzlichen Begleiter angeheuert hatte. Man würde nach mehreren Männern fahnden, und Carnegie konnte die Polizei überdies in die falsche Richtung schicken. Hauptsache, sie blieben dem Fluß fern. Außerdem würde es besser laufen, wenn er sich an die Anweisungen hielt.
Mit verzerrter Miene streckte Carnegie den Arm aus und wappnete sich gegen den Schmerz, der ihn erwartete. Perry feuerte eine Kugel durch Carnegies Oberarm.
»Jesus Christus!« Der Kommissar war stöhnend zusammengebrochen. Perry schnappte sich die Sackleinentasche mit der Beute und hastete durch den Busch zum Fluß hinunter, wo das Boot am Ufer bereitlag. Er warf die Tasche hinein, brach einen langen, belaubten Ast ab und verwischte damit seine Spuren. Als er im Boot saß, schleuderte er den Ast ins Wasser und ruderte mit kräftigen Schlägen auf die Flußmündung zu. Er grinste zufrieden. Sein alter Kumpel McPherson würde eine böse Überraschung erleben, da Baldy als seinen Beitrag zu Carnegies Geschichte eine detaillierte Beschreibung des Schotten geliefert hatte. Man würde McPherson und Willoughby als vermeintliche Täter jagen, und die Polizei würde verdammt scharf darauf sein, gleich zwei Verbrecher an den Galgen zu bringen. Er selbst wäre damit aus dem Schneider.

Als Pollock mit seinen Männern den blutigen Schauplatz erreichte, fand er Carnegie fast besinnungslos zwischen den Leichen umhertaumelnd. Sie sprangen von den Pferden, um zu sehen, ob sonst noch jemand am Leben war. Ihnen wurde beinahe übel von dem Fliegengesumm und dem furchtbaren Geruch.

Pollock gab den Befehl, die Toten in die Kutsche zu laden. Dann untersuchte er die Wunde des Kommissars und schüttelte den Kopf angesichts der kläglichen Versuche, die dieser unternommen hatte, um eine Aderpresse anzulegen. Er verzichtete darauf, den armen Teufel darüber aufzuklären, daß eine Aderpresse unterhalb der Wunde völlig nutzlos war. Schließlich war Carnegie ein Stadtmensch und solche Abenteuer nicht gewöhnt. Die Kugel hatte den linken Arm durchschlagen und den Knochen zertrümmert, er würde nicht mehr allzu brauchbar sein. Pollock säuberte die Wunde, streute Salz hinein und schiente den Arm mit einigen Zweigen. Das sollte reichen, bis sie Carnegie zu einem Arzt gebracht hätten.
Da dieser während der gesamten Prozedur schrie und jammerte und einer Ohnmacht nahe schien, rief Pollock Willoughby zu, er solle sich im Zelt nach etwas Schnaps umsehen.
Mal, geschockt angesichts der Szene, die sich ihnen bot, und bereit zu helfen, wo er nur konnte, kam umgehend mit einer Flasche Whisky zurück. Sie flößten Carnegie etwas Schnaps ein, und er schluckte ihn gierig. Als sein Blick auf Mal fiel, begann er wieder zu schreien.
»Er ist einer von denen. Was hast du hier zu suchen, du Schwein? Er war dabei! Er hat sie hergeführt! Verhaften Sie ihn!«
Entkräftet ließ Carnegie sich zurückfallen. Er schäumte beinahe vor Wut, und Mal sah ihn fassungslos an.
»Mr. Carnegie, Sie müssen sich irren. Ich war nicht hier. Sie haben mich doch in die Stadt geschickt.«
Aber der Kommissar beharrte auf seiner Anschuldigung. »Er war es, ganz sicher! Versuch nicht, dich herauszuwinden, ich erinnere mich ganz genau. Ich erinnere mich an jede Sekunde dieses heimtückischen Überfalls.« Er brach in Tränen aus. »Du hast gedacht, ich sei tot, was? Erschossen wie die anderen.« Er umklammerte Pollocks Arm. »Er war höchstens eine halbe Stunde weg! Er! Dann ging die Schießerei los. Taylor stand Wache. Sie trafen ihn in den Rücken, nachdem sie mich verletzt hatten. Er ist auf mich draufgefallen ...«
Pollock flößte Carnegie noch einen Schluck Whisky ein. »Sie hielten mich für tot da unten, unter dem armen Taylor. Ich dachte, mir wird schlecht, weil er mich vollblutete, aber ich habe mich zusammengerissen. Ihnen war alles egal, sie haben nicht mal nachgesehen, ob ich noch lebe.«

»Willoughby kann nicht dabeigewesen sein, Sie haben ihn doch in die Stadt geschickt«, warf der Sergeant ein.

»Von wegen. Natürlich ist er weggeritten, aber nur zum Schein. Dann führte er sie her. Ich habe ihn nach der Schießerei gesehen. Wir müssen eine ideale Zielscheibe abgegeben haben. Hatten keine Chance. Sie haben uns sogar noch ausgelacht, diese Schweine. Dann verschwand er ... o Gott. Taylor ist tot, nicht wahr? Und die Jungs? Wohl auch. Sehen Sie nach Ihnen, Sergeant? Ich wollte es ja tun, aber ...«

»Ganz ruhig, Mr. Carnegie, wir kümmern uns darum. Mike ...« Er rief einen der Polizisten herbei. »Du bringst Mr. Carnegie nach vorn in die Kutsche. Und du, Gus, verhaftest Willoughby vorläufig. Dann werden wir sehen.«

Mal trat erregt zurück, als einer der Polizisten seinen Revolver zog und nach seinem Arm greifen wollte.

»Er muß verrückt geworden sein! Ich habe nichts damit zu tun. Ich habe noch nie jemanden getötet!«

Carnegie drehte sich wütend um. »Du warst der Judas! Sie müssen irgendwo auf der Lauer gelegen haben, und du hast ihnen gesagt, daß wir hier auf die Polizeieskorte warten. Also hast du sie hergeführt, solange noch Zeit war.« Er stützte sich schwer auf den Polizisten, der ihm auf den Sitz des Kutschers half. »Ich habe dich und deinen Kumpel gesehen. Ein großer, rotbärtiger Bursche mit schottischem Akzent.«

Pollock sperrte die Ohren auf. »Sie können die Buschräuber beschreiben?«

»Darauf können Sie Gift nehmen. Er war dabei, er und dieser Schotte, so wahr ich hier sitze. Können auch noch mehr gewesen sein. Nach der Schießerei wurde es gespenstisch still. Ich hörte noch, wie sie die Koffer herauszerrten. Dann sind sie weggeritten. Mir war ganz schlecht ...«

»Und einer von ihnen war offensichtlich unser Freund McPherson. Wer war sonst noch dabei?«

»Ich nicht!« schrie Mal. »Carnegie bildet sich das alles nur ein.«

Der Kommissar lehnte sich in seinem Sitz zurück. »Bis zu meinem letzten Atemzug werde ich diesen Alptraum nicht vergessen. Joseph Taylor war mein bester Freund ...«

Mal sah ihn höhnisch an. »Seit wann denn das? Taylor hat Sie doch gehaßt.«
»Halt den Mund«, fuhr ihn Pollock an. »Fessel ihn und binde ihn auf sein Pferd, Gus. Und du, Mike, machst das hier fertig. Pack die Papiere und Bücher wieder in die Koffer, und leg sie bis auf weiteres ins Gebüsch. Wir schicken später jemanden raus, um sie zu holen. Zuerst müssen wir Mr. Carnegie in die Stadt bringen und die Beerdigung der Toten veranlassen.« Er schüttelte, noch immer fassungslos, den Kopf, als er das halbfertige Frühstück sah, bei dem die armen Kerle überrascht worden waren. Ein Wasserkessel hing über der kalten Asche, darunter stand eine Pfanne mit verkohltem Speck. Unbenutzte Pfännchen und Becher lagen neben der Stelle, wo die Männer niedergestürzt waren.
»Wer hatte Wache?« fragte er Carnegie unvermittelt.
»Taylor. Dachte ich jedenfalls. Die Wachen waren die ganze Nacht aufgewesen und daher müde.«
»Wer hat auf Sie geschossen?«
»Woher soll ich das wissen, Sergeant?« fragte Carnegie vorwurfsvoll. »Der Schuß fiel aus heiterem Himmel, ich wußte doch gar nicht, wie mir geschah, alles schien auf einmal zu passieren. Die Wucht des Aufpralls hat mich herumgerissen, dann ertönten weitere Schüsse, und Taylor fiel auf mich drauf. Es riß mich brutal zu Boden, Sie können sich vorstellen, wie entsetzt ich war ...«
Pollock hing seinen eigenen Gedanken nach. »Wenn die Schüsse so schnell hintereinander kamen, muß es mehr als ein Schütze gewesen sein. Außerdem fielen sie aus zwei, wenn nicht sogar drei verschiedenen Winkeln ...«
»Ich habe nur zwei gesehen ... Hab mich tot gestellt, traute mich nicht, den Kopf zu heben. Hab flach auf dem Gesicht gelegen.« Er begann wieder zu weinen. »Tut mir leid, Sergeant, Sie müssen ja denken, ich sei ein vollkommener Narr.«
»Schon gut, das ist nur der Schock.«
»Wir sollten dich hängen, hier an Ort und Stelle«, knurrte Mike, während er Mals Handgelenke mit dünnen Lederriemen fesselte und vor seinem Körper zusammenschnürte. Mit boshaftem Grinsen zog er die Riemen fest. »Drei anständige Männer sind tot, und du kommst in die Stadt geritten, als sei nichts gewesen, du Schwein.«

Er rammte Mal den Gewehrkolben in den Rücken, so daß er zu Boden fiel.
»Das reicht«, rief Pollock. »So etwas dulde ich nicht. Hilf ihm aufs Pferd, Gus.«
»Carnegie hat entweder den Verstand verloren oder lügt wie gedruckt. Ich habe nicht einen Buschräuber gesehen«, rief Mal zu Pollock hinüber.
»Das kannst du dem Henker erzählen«, zischte Gus und schob Mal auf sein Pferd.
Dann band er ein Seil um Mals linken Knöchel, führte es unter dem Bauch des Tieres hindurch und befestigte es am anderen Fußgelenk.
»Nur für den Fall, daß du ans Abhauen denkst, du Mörder. So etwas hab ich in meinem ganzen Leben noch nicht gesehen.«
Mal beachtete ihn nicht weiter, sondern versuchte nachzudenken. Weshalb gab Carnegie ihm die Schuld? Die Verletzung war nicht schwer genug, um seinen Geist derart zu verwirren. Nach Aussage der Wachen hatte die Gruppe auf dieser Lichtung abseits der Straße kampiert, weil sie geschützt lag und Deckung bot. Es war eine natürliche Lichtung, die von Treibern der Ochsengespanne als Lagerplatz benutzt wurde, damit sie nicht die schmale Straße blockierten. Sogar Pollock hatte nicht genau gewußt, wo die Stelle zu finden war. Jemand anders aber war informiert worden. Nur wie? Mal vermutete, daß dies bereits in Gympie geschehen war. Vielleicht hatte eine der Wachen geredet, und man war ihnen von Anfang an gefolgt. Ein falsches Wort ins falsche Ohr hatte die armen Teufel das Leben gekostet. Doch das erklärte noch immer nicht, warum Carnegie so darauf beharrte, daß Mal der Verräter sei.
Die Männer räumten unterdessen das Lager auf. Pollock sah sich noch immer prüfend um.
»Sie müssen in die Berge geritten sein«, sagte er zu Gus. »Wäre ja sinnlos, in die Stadt zu reiten. Haben einen verdammt guten Vorsprung.«
Er kam zu Mal herüber. »Wie viele waren es?«
»Ich weiß es nicht. Ich war ja nicht dabei. Carnegie gab mir die Anweisung, Sie zu holen, und das habe ich getan. Ich bin nicht noch mal zurückgekommen.«
»Also sind die Buschräuber einfach zufällig aufgetaucht, was? Haben

hier wochenlang auf die unwahrscheinliche Gelegenheit gewartet, daß mal ein Goldtransport vorbeikommt?«
»So glauben Sie mir doch! Ich habe nichts damit zu tun. Vermutlich hat ihnen schon in Gympie jemand einen Tip gegeben.«
»Erstaunlich. Also mußtest du nur losreiten und deinen Kumpanen Bescheid geben. Soll das heißen, sie hatten sich zwischen hier und Maryborough versteckt? Hast du sie gewarnt, daß der Kommissar Verstärkung angefordert hatte?«
»Nein, Carnegie irrt sich. Er muß mich mit jemandem verwechseln.«
»Natürlich. Es gibt ja viele Männer, die aussehen wie du, vor allem Buschräuber. Nein, ich werde die Wahrheit schon aus dir herauskriegen, du Mistkerl. Du hast gedacht, alle seien tot, nicht wahr?«
»Nein!« Mal versuchte, sich von den Fesseln zu befreien, doch sie schnitten ihm nur noch tiefer ins Fleisch. Jetzt erst begriff er, daß er tatsächlich in Schwierigkeiten steckte, und das alles nur, weil ihn Carnegie mit jemandem verwechselte. Jemandem, der inzwischen mit McPherson über alle Berge war.
Niemand schenkte seinen Beteuerungen Glauben. Er war ein bequemer Sündenbock, einen Zeugen hatten sie auch, und so schien seine Schuld so gut wie erwiesen. Sie banden sein Pferd an die Kutsche und brachen dann auf nach Maryborough. Es ging langsam voran, beinahe als sei dies ein Totenmarsch zu Ehren der ermordeten Männer, die in der Kutsche lagen. Mal wurde beinahe wahnsinnig, weil er hilflos im Sattel sitzen mußte und nichts unternehmen konnte. Bald würden die Augen aller Passanten auf ihm ruhen. Das ungeheuerliche Verbrechen würde Abscheu und Entsetzen auslösen, doch immerhin war einer der Täter offensichtlich bereits gefaßt, die Polizei konnte der Bevölkerung sogleich einen Gefangenen präsentieren. Auf den Goldfeldern hatte Mal gelesen, daß sich die Goldsucher und Einwohner von Maryborough über den mangelnden polizeilichen Schutz vor Buschräubern beschwert hatten. Mal befürchtete, man werde an ihm ein Exempel statuieren, um die Effektivität der Polizei unter Beweis zu stellen.
Es kam ihm sogar der verwegene Gedanke, die Polizei selbst sei in dieses Komplott verstrickt. Was für eine Chance hätte er in einem solchen Fall gegen sie?
Reiter hielten an. Sprachen mit Pollock. Mal sah, wie sie entsetzt zur

Kutsche blickten. Sah den Haß in ihren Augen, als sie ihn entdeckten. Ein Mann ritt auf Mal zu und spuckte ihm mitten ins Gesicht, so daß ihm der Speichel über die Wange floß. Allmählich bekam er Angst. Sie würden mehr Leuten begegnen, die ebenso oder noch schlimmer reagieren würden. Zum ersten Mal im Leben empfand er echte Furcht. In der Stadt wartete der Mob, dem er hilflos ausgeliefert wäre. Er fragte sich, ob Pollock und die beiden Polizisten ihn vor Lynchjustiz schützen würden, wenn es hart auf hart käme. Er war sich da keineswegs sicher.

Mal hatte überlegt, ob er Pollock auffordern solle, seine Waffe zu untersuchen, die ja nicht abgefeuert worden war. Doch sie würden vermutlich behaupten, er habe sie gereinigt oder eine andere benutzt.

Er dachte an Carnegie, der vorn auf dem Kutschbock neben Gus saß. Sein Pferd trottete brav neben Striker einher. Auf den Goldfeldern wußte jeder, daß der Kommissar ein Spieler war. Wie hoch mochten seine Spielschulden sein? Es kam nicht selten vor, daß glücklose Spieler zu Verbrechern wurden. Aber der Goldkommissar höchstpersönlich? Es wäre außerdem riskant für ihn, Kontakt zu Buschräubern zu suchen.

Doch warum hatten sich die Verbrecher, ganz im Gegensatz zu Pollock, nicht davon überzeugt, daß die Männer wirklich tot waren? Vermutlich, weil sie es eilig hatten. Mals Pa hatte behauptet, die meisten Schurken würden früher oder später gefaßt, weil sie einfach zu dumm seien.

Hoffentlich wurde McPherson bald verhaftet, denn er war der einzige neben Carnegie, der Mals Unschuld bezeugen konnte.

»Jesus«, murmelte er. Wenn nun Miss Emilie sah, wie sie ihn durch die Stadt führten? Er müßte im Boden versinken vor Scham.

Sie erreichten die Stadt in der Abenddämmerung und stießen auf Reiter, Kutscher, Goldsucher, die sich ihnen anschlossen, als sie die schrecklichen Neuigkeiten erfuhren, und Mal beschimpften und bedrohten, so daß Pollock Mike befahl, zum Schutz neben dem Gefangenen zu reiten. Der Polizist vertrieb alle, die Mal zu nahe kamen, und hielt die ganze Zeit über die Hand am Abzug.

Mal schöpfte kurzzeitig Hoffnung, als er einen Mann sagen hörte: »Sieht aber gar nicht wie ein Buschräuber aus.«

Der Mann erntete nur verächtliche Rufe, doch Mal kam die Stimme bekannt vor. Er sah sich um, entdeckte aber nur wütende, bärtige Gesichter.

Bei der großen Sägemühle bog die Kutsche unvermittelt auf den Hof ein und blieb zwischen Holzstapeln stehen. Mike folgte ihr mitsamt dem Gefangenen.

»Was ist los?« fragte er seinen Vorgesetzten.

»Wir können nicht einfach mit den Leichen in die Stadt fahren. Ich möchte den Familien diesen Anblick ersparen. Außerdem würden wir einen Aufstand riskieren, wenn wir Willoughby und die Toten zusammen transportierten. Einen Moment.«

Er wandte sich der Menge zu und wies einen Mann an, den Bestattungsunternehmer aus der Stadt zu holen.

»Bring ihn rasch her, er soll sich um die Leichen kümmern.«

Dann befahl er zwei weiteren Männern, die Leichen bis zum Eintreffen des Bestatters zu bewachen.

Die Umstehenden hatten zeitweilig das Interesse an Mal verloren – bis auf einen Mann, der dem Gefangenen im Vorübergehen gegen das Knie stieß. Mal erwartete eine weitere Beleidigung, bekam aber nur zu hören: »Barney Magee vergißt nie einen Gefallen.«

Mal schaute genauer hin und erkannte den kleinen Burschen, der in Brisbane mit dem Hut herumgegangen war, um Geld für die Fahrt zu den Goldfeldern zu sammeln. Er hatte ihm damals etwas gegeben, wieviel genau, hatte er längst vergessen.

»Na, vielen Dank auch …«, sagte Mal bitter, doch der Goldsucher war bereits in der Menge untergetaucht. Als er sich mit den gefesselten Händen das Knie rieb, spürte er etwas Hartes in der Jackentasche und tastete die Form mit den Fingern ab.

Jesus, ein Messer! Es mußte Magee gewesen sein. Endlich ein Freund. Vielleicht konnte ihm das Messer etwas nützen. Er schob es sich in den Ärmel und schaute dabei unverwandt Pollock an, der die Aufmerksamkeit der Umstehenden auf sich gezogen hatte.

Der Sergeant suchte die Menge zu zerstreuen. Sie rückten zögernd ab, doch Mal bemerkte, daß sie alle in die Stadt zogen, um dort die Ankunft des Gefangenen zu erwarten.

So wie unzählige andere, dachte Mal niedergeschlagen. Das Messer war klein, leicht, aber sehr scharf, genau wie das, mit dem sein Pa früher Holz geschnitzt hatte. Es durchtrennte die Riemen an seinen Handgelenken so rasch und mühelos, daß er schnell danach greifen mußte, damit sie nicht zu Boden fielen. Sein Gewehr hatte man aus der Satteltasche entfernt, doch die Viehpeitsche hing noch am Knauf. Was konnte er tun?

»Können Sie reiten?« fragte Pollock den Kommissar.

»Nein, Sergeant, ich fühle mich zu schwach dazu.«

»Gut, dann bleiben Sie auf der Kutsche. Mike fährt Sie in die Stadt, sobald der Bestatter da ist.«

»Das wäre sehr freundlich, vielen Dank, Sergeant. Ich kann einfach nicht mit diesen bedauernswerten Männern weiterfahren. Sie haben ein Anrecht auf eine pietätvollere Behandlung.«

Pollock nickte und wandte sich an Gus. »Wir nehmen Willoughby mit. Auf einen Mob, der nach Lynchjustiz schreit, kann ich gut verzichten. Wir reiten durch Seitenstraßen und werfen das Schwein ins Loch, bevor überhaupt jemand merkt, daß wir angekommen sind.«

Mal hatte nicht vor, so lange zu warten, und grübelte über einen Ausweg nach. Ständig wurde er von zwei Polizisten flankiert. Er mußte verschwinden, bevor sie das Gefängnis erreicht hatten, denn dort würde ihm erst recht niemand mehr Gehör schenken. Man würde ihn einfach hängen. Doch wenn er zu fliehen versuchte, würden sie ihn erschießen. Keine sonderlich angenehme Alternative, und die Zeit drängte. Noch erstreckte sich zur anderen Seite der Straße genügend Buschland, um ihm Deckung zu verschaffen, wenn er es bis dorthin schaffte. Bald würde nur noch offenes Ackerland kommen.

Er wartete, bis sich zwischen den Pferden genügend Platz auftat, um die Peitsche schwingen zu können.

Es traf seine Bewacher völlig unerwartet. Plötzlich wirbelte und knallte die Peitsche so heftig über Gus Rücken, daß er schreiend vom Pferd stürzte. Dann wand sich der Riemen um den Rumpf von Pollocks Pferd. Es scheute und raste mitsamt dem Sergeant die Straße hinunter, der verzweifelt versuchte, sich in den Sattel zurückzuhieven. Dies verschaffte Mal ein wenig Zeit. Doch er wagte nicht, sich umzusehen, als er auf Striker ins Buschland preschte, das Freiheit verhieß.

Die unberührten Wälder, die das Städtchen Maryborough umgaben,

waren so ausgedehnt und üppig, daß seine Verfolger es schwer haben würden, ihn zu erwischen. Mal dankte Gott für die subtropische Vegetation und die Erfahrung, die Striker als Treiberpferd gesammelt hatte, bevor er sein bester Freund und Begleiter wurde.
Zuerst erschienen ihm die Rufe seiner Verfolger bedenklich nahe, doch bald schon verklangen sie in der Ferne. Dennoch, so schnell würden sie die Suche nicht einstellen. Noch fielen goldene Sonnenstrahlen durch die Baumkronen und blendeten ihn, während er um den Sonnenuntergang betete, der den Wald in tiefe Finsternis tauchen würde. Er klammerte sich am Hals des Pferdes fest und trieb es an wie ein Jockey beim Rennen. Und dann war es soweit – das letzte Licht erlosch, seine Augen mußten sich an die Dunkelheit gewöhnen. Das Pferd verlangsamte sein Tempo, als wüßte es, daß die Jagd vorüber war. Fürs erste, fügte Mal in Gedanken einschränkend hinzu, denn morgen würden sie Suchtrupps losschicken, die ihn ohne Vorwarnung erschießen durften.
Noch nie hatte er so in der Klemme gesteckt, ein Ausweg war weit und breit nicht in Sicht. Vermutlich werteten sie seine Flucht als Geständnis, doch was hätte er sonst tun sollen? Selbst wenn Pollock einen Lynchmord aufgebrachter Bürger verhindert hätte, wäre er wahrscheinlich dennoch am Galgen geendet.
Er gelangte an einen Wasserlauf, der im Mondlicht glitzerte, und trank in heftigen Zügen, um das Hungergefühl in seinem Magen zu stillen. Er hatte den ganzen Tag noch nichts gegessen. Dann prüfte er den Stand des Mondes, während sein Pferd trank.
Als erfahrener Buschmann benötigte Mal keinen Kompaß, aber ein Plan mußte her. Er mußte McPherson finden, doch zunächst galten alle Gedanken seiner Flucht. Man würde davon ausgehen, daß er sich landeinwärts wandte, um die Berge zu erreichen, in denen sich ein Mann über Jahre hinaus versteckt halten konnte. Also machte es durchaus Sinn, statt dessen in die Richtung zu reiten, aus der er gekommen war. Riskant, aber aussichtsreich, sofern er nur nachts ritt, denn die Trupps würden hier durchkommen, um ihm den Weg in die Berge abzuschneiden.
Und dann war da noch Miss Emilie. In den letzten Stunden hatte er pausenlos an sie gedacht, mit mehr Respekt denn je. Wenn er jetzt umkehrte, hatte er genügend Zeit, die Verabredung mit ihr einzu-

halten. Er konnte sie bitten, ihm zu vertrauen. Hoffen, daß sie noch nicht von seinen Schwierigkeiten gehört hatte.

Gott, war er hungrig; sein Bauch fühlte sich leicht an wie ein Ballon. Das hatte sein Pa immer gesagt, wenn sie in mageren Zeiten tagelang nichts Eßbares zu sehen bekamen.

Magere Zeiten? Lachend tätschelte Mal seinen prall gefüllten Geldgürtel.

Du lieber Himmel, er mußte der reichste Hungerkünstler diesseits des Äquators sein!

Dann fielen ihm die Chinesen ein. Sie kümmerten sich nicht um das, was in der Welt der Weißen geschah. Er konnte sich unbemerkt in eine ihrer Hütten schleichen und ihnen etwas zu essen abkaufen. Solange er sie nicht kompromittierte, hätten sie sicher nichts dagegen. Danach würde er von dem leben, was er im Busch fand, vorausgesetzt, er war nicht für alle Zeit dazu verdammt, im Dunkeln herumzustreifen.

Er ergriff die Zügel und streichelte die Ohren seines Pferdes.

»Komm schon, alter Junge. Sollen die Schweine doch suchen, bis sie schwarz werden.«

An diesem Abend kam es beim Essen zu einer furchtbaren Auseinandersetzung zwischen Mr. und Mrs. Manningtree. Die Kinder waren bereits zu Bett gegangen, und Emilie, die in ihrem Wunsch nach Gesellschaft inzwischen gar nicht mehr darauf aus war, sich von den Dienstboten zu distanzieren, hatte sich in die Küche geschlichen, um den Grund für die Aufregung zu erfahren.

Die Köchin grinste. »Aufgewacht, was?«

»Nein, ich habe noch gar nicht geschlafen. Ich dachte, Sie wären schon nach Hause gegangen.«

»O nein, wir müssen bis zum Auftragen des Nachtischs bleiben, aber sie hat noch nicht Bescheid gegeben. Wenn wir Glück haben, bringen sie sich gegenseitig um.«

Emilie hörte das unverkennbare Geräusch zerbrechenden Porzellans und sah Nellie ängstlich an, als diese mit einem Tablett voller Gläser und Teller in die Küche kam.

»Wer ist da drin?« wollte sie wissen.

Nellie verzog ärgerlich das Gesicht. »Der Captain ist zum Essen gekommen. Wenn ich es richtig verstehe, hat der Boß ihn beleidigt, und er ist gegangen. Seither fliegen die Fetzen. Sie meint, er hätte ihren Gast grob behandelt, und er brüllt zurück, sie hätte was mit dem Captain. Womit er im übrigen recht hat.«

»Was?« fragte Emilie überrascht.

Nellie zuckte die Achseln. »Das geht schon seit einer ganzen Weile so. Und er ist nicht der erste. Der Boß braucht nur immer so lange, bis er es kapiert. Dann besäuft er sich und fängt an, Sachen kaputtzuschmeißen. Einen Stuhl und den Spiegel über dem Kaminsims hatte er schon zerschmettert, als nächstes kamen die Dessertteller dran. Ach, das mit dem Nachtisch kannst du übrigens vergessen. Denen ist der Appetit darauf bestimmt vergangen.«

Nellie zog die Schürze aus, die Köchin tat es ihr nach. Der Lärm aus dem Speisezimmer hielt unvermindert an. Emilie hatte Angst.

»Sie können doch jetzt nicht einfach gehen! Ich will nicht allein mit ihnen im Haus bleiben.«

»Schon gut«, beruhigte sie die Köchin. »Verschließen Sie ihre Tür.«

»Sie hat kein Schloß.«

»Dann verrammeln Sie sie eben mit einem Stuhl. Aber sie werden Ihnen nichts tun, das ist immer so bei denen. So ein Streit ist für die nichts Neues.«

»Für mich schon.«

Nellie stellte das schmutzige Geschirr auf eine Bank. »Das hat Zeit bis morgen. Mir ist egal, was sie dazu sagt.« Sie fuhr sich mit dem Kamm durch ihr zerzaustes Haar und sah Emilie an. »Ach, stimmt übrigens. Seit Sie hier sind, haben sie sich von ihrer besten Seite gezeigt. Aber ich wußte, es würde nicht lange anhalten.«

»Gehen Sie schlafen, und denken Sie nicht mehr daran, Emilie«, sagte die Köchin. »Wir haben nichts mit der Sache zu tun, und Sie auch nicht.«

»Ganz so würde ich das nicht sehen«, warf Nellie ein. Die beiden Frauen schauten sie überrascht an.

»Was soll das heißen?«

»Als ich vor der Tür wartete, um den Hauptgang abzuräumen, hab ich ein paar Bemerkungen aufgeschnappt. Er schrie, sie sei eine Hure, und darauf keifte sie: »Und was ist mit dir? Ich weiß genau, du bist hinter dieser zimperlichen Miss Tissington her. Redest dauernd von ihr, wie hübsch sie ist und obendrein so klug ...«

Die Köchin keuchte. »Das ist doch nicht dein Ernst!«

Emilie war fassungslos. »Wie schrecklich. Wie kann sie so etwas nur sagen?«

Doch Nellie blieb ungerührt. »Sie wissen doch, wie sie ist. Ein Wort gibt das andere. Wen stört das schon? Ich jedenfalls geh jetzt nach Hause.«

»Mich stört es«, fauchte Emilie. »Denn es ist einfach nicht wahr.«

»Sie können nicht viel unternehmen, ohne Nellie mit hineinzuziehen«, gab die Köchin zu bedenken. »Vergessen Sie es. Wenn Sie lange genug hierbleiben, bekommen Sie noch schlimmere Dinge zu hören. Als er sie das letzte Mal erwischte, es muß so um Weihnachten gewesen sein ...«

»Nein, Neujahr«, warf Nellie ein.

»Genau. Sie gingen auf eine Silvesterparty, und als sie heimkamen, hat er sie so verprügelt, daß sie eine Woche lang das Bett hüten mußte.«

»O Gott!«

Emilie verkroch sich in ihrem Zimmer und rammte einen Stuhl unter den Türknauf. Anscheinend hatten sich die wildesten Wogen inzwischen ein wenig geglättet, doch noch immer drangen wütende Stimmen in die Nacht hinaus. Als es an der Tür klopfte, schrak sie zusammen und war erleichtert, als sie merkte, daß Rosie davorstand.

»Lassen Sie mich rein, Miss? Ich habe schlecht geträumt. Ich habe Angst.«

Emilie nahm das Kind mit ins Bett und versuchte es zu trösten. Auch sie selbst schlief nun ruhiger, da sie nicht mehr allein war.

Am nächsten Tag war Mrs. Manningtree übelster Laune. Sie hatte an allem etwas auszusetzen, vor allem an den Kindern, die sie während des Mittagessens anschrie. Alice warf sie vor, sie habe ihre häuslichen Pflichten nicht erledigt, darunter das Einsammeln der Eier im Hühnerstall. Als Alice wimmerte, sie habe keine Eier finden können, versetzte die Mutter ihr eine Ohrfeige.

Emilie hatte nun endgültig genug. »Bitte, schlagen Sie das Kind nicht. Es kann nichts dafür, daß keine Eier im Stall waren.«

»Tatsächlich? Wie kommt es dann, daß Nellie vor ein paar Minuten

ein ganzes Dutzend gefunden hat?« Sie sah Alice an. »Du hast überhaupt nicht gesucht, gib's zu!«
»Ich habe es vergessen, Mum«, schluchzte das Mädchen.
»Na bitte, Miss Tissington. Sie ist eine Lügnerin. Also verbieten Sie mir nicht, meine Kinder zu züchtigen. Sie sollten sich um Ihre eigenen Angelegenheiten kümmern, sonst sind Sie hier die längste Zeit Gouvernante gewesen. Verstanden?«
»Ja, Madam.« Emilie hatte das Gefühl, als müsse sie in diesem Raum ersticken. Sie wollte die Frau beiseite stoßen und hinauslaufen, immer weiter laufen, bis sie wieder atmen könnte. Wütend auf sich selbst, daß sie sich überhaupt auf einen Streit mit dieser gewöhnlichen Frau einließ, blieb sie schweigend und mit gesenktem Blick neben dem Tisch stehen.
»Und Ihr Klavierspiel werden wir in Zukunft auch nicht mehr in Anspruch nehmen«, fügte ihre Arbeitgeberin hinzu und steckte einen Kamm in ihrem aufgetürmten Haar fest. »Nach einer Weile wird es ziemlich fade.«
Nachdem sie gegangen war, brachte die Köchin Toast und Butter herein und zwinkerte Emilie zu.
»Kein Klavier mehr? Na also, die Sache hatte auch ihr Gutes.«
Emilie rang sich ein Lächeln ab. »Kann man wohl so sagen.«

Den ganzen Tag über mußte sie den Wunsch unterdrücken, zu Mrs. Manningtree zu marschieren und zu kündigen. Sicher stand ihr schon jetzt ein Teil ihres Gehaltes zu, und notfalls konnte sie immer noch an Ruth schreiben und sie um Geld für die Rückfahrt nach Brisbane bitten, wo sie sich eine neue Arbeit suchen würde. Sie dachte nicht mehr in Begriffen wie Position oder Stellung, es kam nur noch auf irgendeine Arbeit an. Von Nellie und Kate hatte sie erfahren, daß man solche feinen Unterschiede in diesen Breiten ohnehin nicht machte. Entweder man hatte Arbeit, oder man hatte keine.
Und dann war da noch Mr. Willoughby. Konnte sie sich wirklich mit ihm am Tor treffen?
Ihr Zorn half ihr, eine Antwort auf diese Frage zu finden. Wer immer sie hier besuchen wollte, mußte ohnehin zur Hintertür kommen – warum also sollte sie sich nicht ans Tor begeben? Andererseits war dieser Besuch ein ihr fremder Mann.

Wütend schüttelte sie ihre Bedenken ab. Sie würde in jedem Fall um acht Uhr ans Tor gehen, aber nicht auf ihn warten. War er nicht da, würde sie umgehend ins Haus zurückkehren. Als wenn ihr ein Viehtreiber eine neue Stellung … eine neue Arbeit verschaffen könnte. Warum machte sie sich also so viel Mühe wegen Mr. Willoughby? Weil ich in meiner Freizeit tun und lassen kann, was ich will, dachte sie trotzig. Um keinen Preis hätte sie sich eingestanden, daß sie verzweifelt einen Freund suchte, einen Menschen außerhalb dieses Gefängnisses, mit dem sie sprechen, den sie gern haben konnte.

Mal kam eine Stunde zu früh zum verabredeten Treffpunkt und wartete versteckt im Schatten der Bäume. Er sah zwei Personen in einem eleganten Wagen vorbeifahren, bei denen es sich offensichtlich um Miss Emilies Arbeitgeber handelte. Die beiden waren wie Weihnachtsbäume herausgeputzt und sicherlich auf dem Weg zu einer Festivität in der Stadt. Das ließ ihn hoffen. Miss Emilie schien sich vor ihnen zu fürchten, doch nun war die Luft rein.

Mal hatte keine Angst, sich in der Stadt aufzuhalten, denn wer würde ihn ausgerechnet hier vermuten? Später würde er sich auf den Weg zur Küste machen, was nicht ganz ohne Risiko war, doch die meisten Suchtrupps würden sich auf das Buschland im Landesinneren konzentrieren und sich bei der Jagd auf einen angeblichen Mörder gewiß großartig vorkommen.

Er versuchte den Gedanken daran zu verdrängen, denn in diesem Moment kam Miss Emilie die Auffahrt hinunter. Wie sollte er ihr die furchtbare Wendung der Ereignisse erklären? Würde sie ihm überhaupt zuhören? Ohne sein Versprechen zu kommen wäre er längst in der Dunkelheit untergetaucht, da er allmählich den Mut verlor.

Mal bekam weiche Knie, als er auf sie zuging, was jedoch nicht nur auf Miss Emilies Anblick zurückzuführen war. Die neuerliche Erkenntnis seiner Lage hatte ihn wie ein Schlag getroffen, und so konnte er nur stumm nicken, als sie ihn begrüßte.

»Guten Abend, Mr. Willoughby.«

Er schöpfte neuen Mut, als sie hinzufügte: »Ein schöner Abend, nicht wahr?«

Er sah sich um. Sein Blick fiel auf eine niedrige Steinbalustrade, die

das Tor flankierte. Sie erschien ihm passend für eine Unterredung, da ein Spaziergang durch die Stadt völlig undenkbar war.
»Ich muß mit Ihnen sprechen«, platzte er heraus. »Können wir uns dort hinsetzen?«
»Wenn Sie möchten.« Sie klang sehr schüchtern.
Als sie es sich bequem gemacht hatte, nahm er neben ihr Platz, wobei er genügend Abstand zwischen ihnen ließ, um keine falschen Ängste zu schüren.
Emilie war überrascht, wie verändert er wirkte. Überhaupt nicht mehr vorlaut, schien er nun eher besorgt zu sein.
»Ist irgend etwas nicht in Ordnung?«
Er nickte. »Ja und nein. Es tut mir leid, ich habe nicht viel Zeit, aber ich wollte fragen, wie es mit Ihrer Arbeit läuft.«
»Ich komme schon zurecht.«
»Klingt aber nicht sehr begeistert. Was ist los?«
Emilie zögerte, entschied sich dann aber, ihm alles zu erzählen. Er kannte die Manningtrees nicht, sie würden es also nie erfahren.
»Die Arbeit an sich gefällt mir gut. Ich unterrichte die Kinder gern, sie sind ganz reizend. Aber es fällt mir schwer, hier zu leben. Meine Arbeitgeberin, Mrs. Manningtree, ist ein durch und durch unangenehmer Mensch und behandelt das gesamte Hauspersonal sehr schlecht.« Emilie seufzte. »Vermutlich ist es einfach ihre Art.«
»Und was ist mit dem Ehemann? Belästigt er Sie?«
»Nein, eigentlich nicht. Ich sehe ihn ohnehin nur selten.«
»Und Ihre Familie? Was sagt die zu alldem?«
Er war so aufrichtig an ihr interessiert, daß Emilie alle seine Fragen freimütig beantwortete und dabei ihre alte Offenheit wiederfand, die Armut und Not verdrängt hatten. Es brachte ihr in Erinnerung zurück, daß sie einst eine selbstbewußte junge Frau gewesen war, die sich nicht scheute, ihre Meinung zu sagen. Auch ihrer Stiefmutter war sie stets furchtlos begegnet. Es erleichterte sie, über all das nun endlich sprechen zu können. Sie berichtete Mr. Willoughby von der Auswanderungsgesellschaft, die ihr und ihrer Schwester bei der Emigration geholfen hatte, und von ihrem Schock, als sich herausstellte, daß man sie nicht erwartet hatte und die versprochenen guten Stellungen gar nicht existierten.

»Wir waren ziemlich naiv«, sagte sie zerknirscht.
»Nein, man hat Sie im Stich gelassen. Ich finde es sehr mutig, daß Sie diesen weiten Weg auf sich genommen haben. Das ist ein großer Schritt. Wie kommt Ihre Schwester denn zurecht? Ist sie zufrieden mit ihrer Stellung?«
»Ja, sie ist sehr glücklich.«
»Und könnte sie nicht etwas für Sie finden, vielleicht in ihrer Nähe?«
»Sie hätte mir geschrieben, wenn es dort eine freie Stelle gäbe. Aber ich rede zuviel über mich. Was ist mit Ihnen? Sie sagten, etwas sei nicht in Ordnung.«
Er holte tief Luft, rutschte unbehaglich auf der Mauer hin und her und streckte die langen Beine weit von sich.
»Das stimmt. Und ich schätze, Sie werden bald davon hören, aber Miss Emilie …« Er sah ihr tief in die Augen. »Was auch immer Sie über mich hören, bitte glauben Sie es nicht. Ich stecke in ganz schlimmen Schwierigkeiten.«
»In was für Schwierigkeiten?«
»Ein Goldtransport wurde überfallen, dabei kamen einige Männer ums Leben. Man hält mich für den Schuldigen, aber ich hatte nichts damit zu tun.«
»Wann ist das passiert?«
»Gestern, nachdem wir uns in der Stadt begegnet sind. Ich war nur als Vorreiter dabei, da ich ohnehin nach Maryborough unterwegs war. Ich hätte diesen Job niemals annehmen sollen, die haben mich reingelegt.«
»Wer?«
»Das weiß ich noch nicht genau, aber ich finde es heraus. Man hat mich verhaftet …«
»Du lieber Gott!«
»Aber ich konnte fliehen. Sie sollen nur wissen, daß ich nichts mit der Sache zu tun habe. Ich schwöre, ich habe nicht …«
»Sucht die Polizei jetzt nach Ihnen?«
Mal erhob sich und half ihr beim Aufstehen. »Ja, deshalb konnten wir auch nicht in die Stadt gehen. Es tut mir wirklich sehr leid. Ich muß jetzt verschwinden und wäre Ihnen dankbar, wenn Sie niemandem erzählten, daß Sie mich gesehen haben.«

Emilie fragte sich verwirrt, ob das alles auch wirklich der Wahrheit entsprach.
»Ich hoffe, Sie glauben mir«, sagte Mal. »Ich würde Sie niemals anlügen. Das Ganze war ungeheures Pech. Ich war auf den Goldfeldern, es lief gut für mich. Mein Partner dort war ein Engländer namens Clive Hillier. Sollten Sie ihm je begegnen, wird er bestimmt ein gutes Wort für mich einlegen.«
»Wohin wollen Sie?« fragte Emilie und widerstand dem Drang, sich nach im Gebüsch lauernden Polizisten umzuschauen.
»Das weiß ich noch nicht genau.« Er drückte ihr ein kleines Päckchen in die Hand. »Das möchte ich Ihnen schenken. Ich habe es auf ehrliche Art erworben, Clive kann es bezeugen.«
Emilie starrte das Päckchen an, das in Zeitungspapier gewickelt und mit einer Kordel verschnürt war. »Was ist das?«
»Es gehört Ihnen. Wenn sie mich erwischen, steckt es jemand anders ein. Da schenke ich es lieber Ihnen. Tut mir leid, ich muß jetzt los.«
Sie umklammerte noch immer das Päckchen, als Mal ihre Hände mit seinen umschloß.
»Bitte vergessen Sie mich nicht. Ich werde schon einen Ausweg finden. Und übrigens, ich habe über Ihr Problem nachgedacht. Sie sollten sich eine Unterkunft in der Stadt suchen, dann könnten Sie Ihre Stelle behalten und müßten nicht mehr im Haus leben.«
Mit diesen Worten verschwand er. Wie betäubt stand Emilie am Tor, umgeben von hohen, in Mondlicht getauchten Bäumen.

Emilie hatte bisher nur selten einen Blick in die Tageszeitung geworfen, doch nun erregten die vielen Berichte über den Raub und die Morde ihre Aufmerksamkeit.
Zuerst konnte sie nur stumm zuhören, als Kate die furchtbare Geschichte vorlas. Sobald sie selbst eine Zeitung in die Hand bekam, studierte sie sorgfältig jedes Wort. Sie wurde blaß, als sie las, daß der Verbrecher Mal Willoughby noch immer frei war, ebenso sein Komplize McPherson, auf dessen Kopf sogar ein Preis ausgesetzt war.
»Es heißt, er sei gemeingefährlich«, bemerkte Kate, während sie fachmännisch einen Lammbraten tranchierte. »Ein echter Killer.«
»Wer?« fragte Emilie.
»Dieser Willoughby. Ein Freund von mir hat ihn vor Mr. Manning-

trees Sägemühle gesehen. Er sagte, er sehe aus wie ein Dämon, häßlich wie die Sünde, mit ganz gelben Augen.«
Emilie schaute die Köchin nur fassungslos an.
Sie verfolgte tagelang die Zeitungsartikel, die wieder und wieder von dem gestohlenen Gold, der Tapferkeit des Goldkommissars, der bei dem Überfall verletzt worden war, und der anhaltenden Suche nach den beiden Verbrechern berichteten. Es gab traurige Geschichten über die Familien der Toten und einen Artikel über die Beerdigung, zu der alle angesehenen Bürger von Maryborough gekommen waren, darunter auch die Manningtrees, die es sehr genossen, in diesem Zusammenhang Erwähnung zu finden. Gegen Ende der Woche verdrängte jedoch eine andere Tragödie von größerer Tragweite das Interesse an dem Überfall. Die *Java Queen*, ein Dampfer aus Sydney mit zweiundvierzig Seelen an Bord, war längst überfällig und vermutlich gesunken. Unter den Passagieren befand sich auch Captain Curtis Morrow. Die tagelange Suche an der Küste blieb ohne Erfolg, und allmählich mußte davon ausgegangen werden, daß es keine Überlebenden gab.
Mrs. Manningtree trug Schwarz und schien untröstlich, obwohl die zum Zynismus neigende Köchin ihre Trauer als reine Schauspielerei abtat.
»Die tut alles für ein bißchen Aufmerksamkeit«, bemerkte Kate schnippisch.
Vor nunmehr zehn Tagen hatte sich Mal von ihr verabschiedet, und noch immer konnte sich Emilie nicht dazu durchringen, das Päckchen zu öffnen. Sie hatte es tief in ihrem Koffer vergraben und zwischen der Hoffnung, er möge wiederkommen, und der Sorge, man könne ihn erneut verhaften, geschwankt. Vor der Polizeiwache hing ein Plakat, das verkündete, daß eine Belohnung von fünfzig Pfund für die Ergreifung des Verbrechers Mal Willoughby ausgesetzt war. Emilie hatte es nur einmal gesehen, war dabei aber derart erschrocken, daß sie seither die andere Straßenseite benutzte.
Vermutlich war es dumm und naiv, Mr. Willoughby zu glauben, doch sie konnte sich einfach nicht vorstellen, daß er an diesem Überfall beteiligt war und jemanden getötet haben sollte. Als sie miteinander sprachen, waren seit dem Zwischenfall erst wenige Stunden vergangen, und er hätte sich bestimmt durch irgend etwas verraten. Er

hatte so fröhlich, so sorglos gewirkt, keinesfalls angespannt oder schuldbewußt, wie man es bei einem Verbrecher kurz nach seiner Tat hätte erwarten können. So kaltblütig konnte niemand sein.
Irgendwann holte sie das Päckchen doch wieder aus dem Koffer. Es war spät, im Haus war es ruhig, die Tür hatte sie fest verschlossen. Sie wickelte es mit einem Gefühl des Unbehagens aus, da sie befürchtete, es enthalte Geld. Sein Geld wollte sie nicht haben. Was um Himmels willen hatte sie nur zu ihm gesagt, das diesen Eindruck erweckt haben könnte?
Das Päckchen enthielt tatsächlich Geld. Nicht nur ein paar Scheine, sondern ein ganzer Haufen davon fiel aufs Bett. Wie wild suchte Emilie nach einer Nachricht, nach irgendeiner Anweisung, wie mit dem Geld zu verfahren war. Sollte sie es für ihn zur Bank bringen? Oder an einem für ihn erreichbaren Ort hinterlegen? Doch sie fand nichts außer den großen, vertrauten Noten der Bank von England im Wert von vierhundert Pfund.
Emilie bekam es mit der Angst zu tun, da sie fürchtete, es könne sich doch um einen Teil der Beute aus dem Raubüberfall handeln, bei dem Gold und Bargeld gestohlen worden waren. Sie sprang auf und schloß ihr Fenster, als könne das Geheimnis sonst hinausdringen.
»Es gehört Ihnen«, hatte er gesagt. »Wenn sie mich erwischen, steckt es jemand anders ein.«
In Panik rollte sie es in ihre Unterwäsche, verbarg es wieder tief im Koffer und schloß den Deckel mit einem hörbaren Knall.
War er verrückt? Oder nur sehr schlau? Kein Wunder, daß sie nicht erwähnen sollte, daß sie ihn kannte. Indem er ihr das Geld übergab, hatte er sie in sein Leben und seine Probleme mit hineingezogen. Was sollte sie nur damit anfangen? Was würde die Köchin sagen, wenn sie wüßte, daß die ehrbare Gouvernante in ihrem Zimmer das Geld eines Verbrechers versteckte?
In dieser Nacht tat Emilie kein Auge zu.

In Lindsay Downs erholte sich Ruth allmählich von dem Fieber, war aber immer noch sehr schwach und konnte nur leichte Nahrung zu sich nehmen, da ihr Magen keine andere Kost vertrug.
Der Arzt meinte, mehr könne er nicht für sie tun.

»Sie wirkt melancholisch«, bemerkte er zu Mrs. Stanfield. »Ist bei diesen Fällen nicht ungewöhnlich. Eine länger anhaltende Schwäche führt oft zu einem derartigen Zustand, da die Menschen gern gesund sein möchten. Sind sie es nicht, sind Ungeduld und Unglück das Ergebnis, und die Melancholie ist nicht fern.«
Leonie hielt diese Erklärung für reichlich albern, auch wenn sie es nicht offen sagte. In ihren Augen tat sich Miss Tissington einfach selber leid. Sie mußte hinaus aus dem Krankenzimmer, auf der Veranda sitzen, frische Luft schnappen und neue Kräfte sammeln. Es lag Wochen zurück, daß sie sich im Busch verirrt hatte und am Fieber erkrankt war, doch sie hütete noch immer das Bett. Wie lange wollte sie noch die Invalidin spielen?
Vor einigen Tagen hatte die Gouvernante an ihre Schwester in Maryborough geschrieben, und Leonie hatte den Brief heimlich über Wasserdampf geöffnet. Noch nie zuvor war sie derart in die Privatsphäre eines anderen Menschen eingedrungen, wollte aber um jeden Preis die wahren Gefühle Ruth Tissingtons erfahren. Vielleicht würde sie ihrer Schwester etwas offenbaren, das niemand sonst über sie wußte.
Der Brief war ebenso traurig wie enttäuschend. Sie schrieb Emilie lediglich, daß sie sehr glücklich und aufgrund der vielen Arbeit in letzter Zeit nicht zum Schreiben gekommen sei. Bald würde ein ausführlicher Brief folgen. Von ihrer Krankheit durfte die Schwester offensichtlich nichts erfahren. Was aber sollte sie nun mit Miss Tissington anfangen?
Ganz unrecht hatte der Arzt nicht. Ruth war melancholisch, doch die Situation war weniger dramatisch, als er sie zeichnete. Sie empfand alles, was geschehen war, als so peinlich, daß sie niemandem gegenübertreten wollte. Noch immer fühlte sie sich den Menschen ihrer Umgebung überlegen, den Kolonialbewohnern, die in jeder Hinsicht weniger gebildet waren als eine englische Lady. Es wollte ihr einfach nicht gelingen, diese Haltung abzulegen. Tag für Tag nahm sie sich vor, bald aufzustehen und ein ernsthaftes Gespräch mit den Stanfields zu führen.
Sie würde keine weitere Kritik an ihrer Person dulden und verlangen, daß sich Mr. Stanfield bei ihr dafür entschuldigte, daß er sie Miss Finster tituliert und damit ihre Autorität gegenüber den

Kindern und Dienstboten untergraben hatte. Sie war furchtbar enttäuscht von ihm, das sollte er ruhig erfahren. Auch würde sie ihn nachdrücklich darauf hinweisen, daß seine Töchter nicht weniger, sondern mehr Disziplin benötigten. Sehr viel mehr sogar. Man hatte sie eingestellt, um Damen aus ihnen zu machen, und dazu war sie durchaus in der Lage, vorausgesetzt, die Eltern mischten sich nicht ständig in die Erziehung ein.

In ihrem Zimmer grübelte Ruth ununterbrochen über diesen Plan nach, doch sie fühlte sich einfach noch nicht in der Lage, hinauszugehen und die Familie zur Rede zu stellen. Dennoch, es war nur eine Frage der Zeit.

Doch der Haushalt hatte unterdessen das Interesse an Miss Tissington verloren. Alle waren mit dem großen Frühjahrsputz beschäftigt, da man eine wichtige Besucherin erwartete. Jacks Mutter war nach längerem Auslandsaufenthalt heimgekehrt und nun auf dem Weg nach Lindsay Downs, und Leonie wußte sehr genau, wie anspruchsvoll ihre Schwiegermutter war.

Es war Lavinia Stanfields Lieblingsfarm unter all den Anwesen, die sich im Besitz des Clans befanden, da sie hier die ersten Jahre ihrer Ehe verbracht hatte. Sie und ihr Mann hatten im Laufe der Zeit und mit wachsendem Vermögen eine ganze Kette von Viehfarmen erworben.

Leonie freute sich auf ihre Schwiegermutter und deren Reisebericht. Die verwitwete Mrs. Stanfield war mit einer Nichte nach London gefahren, um dort einige Verwandte, lauter hochstehende Persönlichkeiten, zu besuchen. Man hatte sie herzlich empfangen. Von England aus hatten die beiden Frauen Europa bereist und einen Monat bei Freunden in einer herrlichen Villa in Florenz verbracht. Leonie hatte Zeichnungen der Villa gesehen und ihre Schwiegermutter beneidet; sie wäre nur zu gern selbst einmal dorthin gereist.

»Eines Tages, wenn die Mädchen älter sind, fahren wir alle gemeinsam hin«, hatte Jack versprochen.

So sehr Leonie ihre Schwiegermutter auch mochte, ihre Anwesenheit machte sie dennoch nervös. Sie war eine imposante Erscheinung, die nie mit Ratschlägen, Meinungsäußerungen und Anweisungen geizte. Zuerst hatte Leonie sie für arrogant gehalten, doch Lavinias Sinn für Humor machte vieles wett. Dennoch, das Haus

mußte blitzen und blinken, um Prüfungen mit der Fingerspitze zu bestehen und mißbilligendes Naserümpfen gar nicht erst aufkommen zu lassen.
Auch Jack war nicht unberührt geblieben, obwohl er so tat, als ließe ihn die ganze Aufregung kalt. Er hatte dafür gesorgt, daß die Gärten und Rasenflächen gejätet und geharkt, die Zäune geflickt und die Schuppen gestrichen wurden. Diesmal würde Lindsay Downs Gnade vor Lavinias Augen finden.
Dann kam sie, und alle freuten sich, daß sie so gut aussah und bester Laune war. Sie genoß das festliche Mittagessen, das auf der kühlen Veranda mit Blick aufs Tal serviert wurde. Nur Jane und Jessie trübten kurzzeitig die Stimmung, da sie sich nicht für die Reiseerzählungen ihrer Großmutter interessierten und sie statt dessen mit ungeduldigen Fragen bestürmten.
»Wo sind unsere Geschenke, Oma?«
»Was hast du uns mitgebracht?«
Die Mädchen beachteten ihren strafenden Blick nicht und plagten ihre Großmutter weiter, bis Leonie ihnen den Mund verbat. Folglich mußten sie tagelang auf ihre Geschenke warten und erhielten sie zuallerletzt. Nicht einmal die Angestellten hatte sie vergessen. Der Vorarbeiter bekam einen Londoner Bierkrug aus Zinn, die Köchin und das Hausmädchen erhielten Spieldosen aus der Schweiz. Endlich brachten die Koffer auch maßgeschneiderte Reitkostüme für Jane und Jessie zutage, die Leonie weit mehr begeisterten als ihre Töchter, obwohl sie wie angegossen saßen. Die Mädchen freuten sich mehr über die vielen Souveniranhänger, die die Großmutter für sie zusammengetragen hatte.
Lavinia hatte natürlich von der Gouvernante gehört und tauchte eines Tages ohne Vorwarnung im Krankenzimmer auf.
Ruth war verblüfft, als die Frau, von der sie schon so viel gehört hatte, plötzlich neben ihrem Bett erschien. Mrs. Stanfield senior war eine große, würdevolle Frau mit grauem, in weichen Wellen frisiertem Haar und stahlblauen Augen. Sie trug ein teures schwarzes Kleid mit fein gefälteltem Mieder, dazu eine Doppelreihe Perlen, passende Ohrringe und einen riesigen Diamantring.
Die Gouvernante war eingenickt und gar nicht davon begeistert, daß diese Frau unangemeldet in ihr Zimmer trat.

»Guten Morgen, meine Liebe. Ich nehme an, Sie sind Miss Tissington. Ich bin Mrs. Stanfield und habe gehört, daß Sie krank waren.«

Ruth setzte sich auf und stopfte sich ein Kissen in den Rücken. »Ja, aber ich befinde mich auf dem Wege der Besserung, Mrs. Stanfield.«

»Schön zu hören. So ein Fieber kann sehr lästig sein. Ist Ihnen noch übel? Haben Sie noch Fieber oder Schüttelfrost?«

Die Fragen wollten gar nicht aufhören. Mrs. Stanfield fühlte an Ruths Stirn, schaute in ihren Hals, prüfte den Puls und trat dann einen Schritt zurück.

»Die Leute haben heutzutage keine Ahnung mehr, wie man mit einer Krankheit oder deren Nachwehen umgeht. Rufen bei jedem Wehwehchen gleich den Arzt. Zu meiner Zeit gab es im Umkreis von hundert Meilen keinen einzigen. Man mußte einfach lernen, was wobei half. Ich entschuldige mich hiermit, daß mein Sohn und seine Frau sie hier so vernachlässigt liegen lassen.«

»O nein«, warf Ruth ein, »sie waren sehr gut zu mir. Sehr freundlich.«

»Nicht freundlich genug. Ich werde Sie schnell wieder auf die Beine bringen. Stehen Sie auf, dann wird das Mädchen Ihnen ein Bad einlassen. Danach nehmen Sie hinter dem Haus eine Tasse Tee und vielleicht ein Sandwich mit Ei und Gurke zu sich, da ist es um diese Zeit schön schattig. Sie brauchen frische Luft, meine Liebe.«

»Mir ist wirklich nicht …«, setzte Ruth an, doch Mrs. Stanfield ließ keinen Einwand gelten.

»Und ob. Sie müssen aufstehen und sich bewegen, Miss Tissington. Krankheiten müssen bekämpft, nicht erduldet werden.«

Jeder Widerstand war zwecklos. Ruth blieb nichts anderes übrig als zu baden, sich anzuziehen und auf die Veranda zu gehen, wo man eigens für sie den dicken Polstersessel aus dem Wohnzimmer aufgestellt hatte. Ein kleiner Tisch war mit einem makellosen Tischtuch und einem chinesischen Teeservice gedeckt, daneben stand sogar eine winzige Vase mit einem Sträußchen Wicken. Leider hatte Ruth im Moment kein Auge für derartige Aufmerksamkeiten; sie fühlte sich ebenso zittrig wie unter Druck gesetzt.

Dennoch trank sie den Tee und aß vier von den dünnen, krustenlosen Sandwiches, die in ordentliche Dreiecke geschnitten waren. Sie hätte

gern auch das letzte genommen, hielt sich aber aus Gründen des Anstands zurück.
Man ließ sie eine Weile in Ruhe, dann tauchte erneut Mrs. Stanfield senior auf, obwohl Ruth überhaupt nicht nach Konversation zumute war.
»Wie fühlen Sie sich jetzt, Miss Tissington?«
»Leider noch immer ziemlich geschwächt.«
»Das überrascht mich nicht. Ihre armen Beine müssen ganz kraftlos sein nach all den Wochen im Bett, aber das wird sich geben. Ich empfehle Ihnen einen kurzen Spaziergang an diesem Nachmittag, einmal um den Garten. Die frische Landluft wird Ihnen guttun, wenn sie auch ungewohnt sein mag.«
Entsetzt sah Ruth zu, wie es sich die ältere Frau auf einem Stuhl neben ihr bequem machte. »Ich meine, Sie vermissen sicher das kühle Wetter.«
»Schon, aber man gewöhnt sich ein.«
»Sicher doch. Aus welcher Gegend Englands stammen Sie?«
Während der nächsten halben Stunde drehte sich die Unterhaltung hauptsächlich um Ruth, da Mrs. Stanfield aufrichtig an ihrer Person interessiert schien, doch die Fragen wurden so freundlich und sanft gestellt, daß Ruth ihr nicht böse sein konnte. Als ihr klar wurde, daß Mrs. Stanfield sie mochte und von ihrer Qualifikation ehrlich beeindruckt war, fühlte sie sich gleich besser. Die Frau verstand sie. Sie war erst kürzlich aus England zurückgekehrt und würde sich der kulturellen Unterschiede, mit denen Ruth hier konfrontiert war, bewußt sein. Um Mrs. Stanfield eine Freude zu machen, versprach sie ihr, den Spaziergang zu wagen.

In der Tat wußte Lavinia um die kulturellen Unterschiede und sprach ihre Schwiegertochter darauf an.
»Wir müssen die Situation mit Miss Tissington in Ordnung bringen. Sie kann sich nicht bis in alle Ewigkeit bemitleiden. In ein paar Tagen ist sie wieder auf den Beinen. So krank ist sie nämlich nicht, nur niedergeschlagen.«
»Wieso? Ich habe alles getan, um sie glücklich zu machen, Lavinia, aber sie ist sehr schwierig. Nimmt sich alles gleich furchtbar zu Herzen.«

»Das ist nur allzu verständlich. Sie ist jung, hat ein behütetes Leben geführt und hält viel auf Förmlichkeit. Sie hat keine Ahnung, wie sie sich unserem ungezwungenen Leben anpassen soll, und einer so gestrengen Dame wie deiner Miss Tissington dürfte eine solche Umstellung ohnehin recht schwer fallen. Sie ist sehr standesbewußt.«

Leonie zuckte die Achseln. »Jack meint, sie sei zu sehr von sich selbst überzeugt.«

»Da irrt er sich«, erwiderte Lavinia unwirsch. »Miss Tissington ist eine überaus nette junge Frau, ein echtes Juwel. Belesen. Spricht fließend Französisch. Wie gut hätte ich sie auf meinen Reisen gebrauchen können statt dieser albernen Monica, die von einem Fettnäpfchen ins nächste trat. Miss Tissington ist nicht zu sehr von sich eingenommen; sie hat nur hohe Maßstäbe, an die sie sich um jeden Preis halten will. Sie kennt es eben nicht anders. Sorgt sich zudem um ihre jüngere Schwester, die auch als Gouvernante arbeitet und zu Leichtsinn neigt.«

»Das hat sie dir alles erzählt?« fragte Leonie erstaunt. »Ich bekomme nie viel aus ihr heraus, sie ist verschlossen wie eine Auster, wenn es um ihr Privatleben geht.«

»Sie ist unentwegt damit beschäftigt, euch zufriedenzustellen.«

»O Gott, hat sie sich etwa über uns oder die Mädchen beschwert?«

»Natürlich nicht. Du verstehst es immer noch nicht, Leonie. Sie ist sich ihrer Verantwortung überaus bewußt und würde im Traum nicht auf die Idee kommen, einen von euch zu kritisieren. Dennoch lösen wir damit nicht das Problem. Ich weiß ohnehin nicht, weshalb ihr eine Frau wie sie überhaupt hergeholt habt. Du hättest in die Stadt fahren und persönlich mit ihr sprechen sollen, anstatt dich auf die Meinung deiner Schwester zu verlassen.«

»Ich wollte doch nur das Beste für die Mädchen«, erwiderte Leonie niedergeschlagen.

»Ach ja, die Mädchen. Ich glaube, die beiden mögen sie nicht, und Jack mißbilligt ihre Versuche, ihnen Tischmanieren beizubringen. Das hat er mir selbst gesagt. Was willst du diesbezüglich unternehmen?«

Leonie lehnte sich mit einem Seufzer zurück. »Ich weiß es wirklich nicht. Sie hat alle gegen sich aufgebracht. Nicht einmal mit dem Mädchen und der Köchin kommt sie zurecht.«

»Warum auch? Sie gehören nicht zu ihrer Welt. Aber eins muß ich dir sagen, Leonie: Ich bin lange genug hier, um zu erkennen, daß Jane und Jessie miserable Tischmanieren haben, darin muß ich Miss Tissington voll und ganz beipflichten. Wenn jemals zwei Mädchen eine Frau wie sie gebraucht haben, dann eure Töchter. Ich beabsichtige, Jack zu sagen, daß ich Jane und Jessie für unerzogene Gören halte.«

Leonie versteifte sich. »Das ist unfair, Lavinia. Sie sind halt rechte Wildfänge. Das legt sich beizeiten wieder.«

»Keineswegs. Sie müssen lernen, wie man sich benimmt, da du und Jack ihnen das offensichtlich nicht beibringen könnt.«

»Du willst also, daß wir Miss Tissington weiterbeschäftigen?«

»Nein, das nicht. Sie paßt einfach nicht hierher. Und ihre Anstrengungen mit den Mädchen sind ohnehin verlorene Liebesmüh, da sie von den Eltern keine Rückendeckung erhält.«

»Wir versuchen es ja«, sagte Leonie, »aber sie ist so streng und reagiert verstimmt auf den geringsten Vorschlag meinerseits. Wir müssen sie entlassen und uns jemand anderen suchen.«

»Das wäre zwecklos. Jane und Jessie gehören ins Internat, je früher, desto besser. Ich werde selbst mit Jack darüber sprechen.«

5. Kapitel

Clive Hillier glaubte kein Wort davon. Mal war weder ein Mörder noch ein Verbrecher, der Goldtransporte überfiel.

»Warum sollte er das tun?« verteidigte er Mal gegenüber den anderen Goldsuchern. »Er hatte jede Menge Geld, als er von hier wegging. Er hat den Job nur übernommen, weil er auf diese Weise in Begleitung nach Maryborough reiten konnte. Du lieber Himmel, Jungs, ihr kennt doch Mal. Das kann alles nicht stimmen.«

»Warum ist er dann abgehauen?« fragte einer der Männer.

»Was hättest du denn an seiner Stelle getan? Wenn alles gegen dich spräche? Sie waren so aufgebracht wegen der Morde, daß sie ihn glatt gelyncht hätten. Er ist unschuldig, dafür lege ich meine Hand ins Feuer. Sie mißbrauchen ihn als Sündenbock, damit die Polizei gut dasteht. Sie hat ja bisher nicht gerade eine blendende Figur gemacht, wenn es um den Schutz von Reisenden ging. Die Verbrecher leben hier doch wie im Schlaraffenland; sie kommen und gehen, wie es ihnen paßt, überfallen die Leute und werden nie erwischt. McPherson ist doch das beste Beispiel dafür.«

Einige der Männer pflichteten Clive bei, doch sie hatten ihre eigenen Probleme und sahen ohnehin keine Möglichkeit, Mal zu helfen. Schließlich wurde Willoughby polizeilich gesucht, auf seinen Kopf war ein Preis ausgesetzt.

Als Clive erfuhr, daß Sergeant Pollock sich auf den Goldfeldern befand, suchte er ihn auf und bestand auf einem Gespräch. Pollock fand Gefallen an dem Engländer und erklärte sich bereit, ihn anzuhören.

Von diesem Mann erfuhr der Sergeant Näheres über Willoughby, der nach wie vor spurlos verschwunden war. Er vertrat jedoch die Ansicht, die Tatsache, daß Hillier ihn als »guten Kumpel« betrachte, beweise noch lange nicht seine Unschuld.

Das australische Hinterland wimmelte nur so von Buschräubern, waschechten Kriminellen, die dennoch von der Bevölkerung wie Helden verehrt wurden. Sie untergruben die Autorität des Staates, überfielen Banken, Postkutschen, Gold- oder Geldtransporte, doch nie den kleinen Mann, und das trug ihnen die Sympathie der einfachen Leute ein. Gegen Bezahlung fanden sie Unterschlupf auf einsamen Farmen. Indem sie die Frauen äußerst respektvoll behandelten, sicherten sie sich deren Zuneigung und Unterstützung. Daher stießen Polizisten oder Soldaten überall auf eine Mauer des Schweigens, wenn nicht sogar offene Feindseligkeit. Sie wurden nicht willkommen geheißen, erhielten keine Mahlzeiten und mußten verschwinden, nachdem man ihnen großzügig gestattet hatte, ihre Pferde zu tränken. Alles in allem eine undankbare Aufgabe für die Ordnungshüter.

Pollock verstand die Situation. Sein Großvater war selber ein Sträfling gewesen, den man deportiert hatte, weil er einem reichen Landbesitzer Kleidung gestohlen hatte. Man trennte ihn von seiner Familie, für deren Unterhalt er fortan nicht mehr sorgen konnte. Dadurch wandelte sich Jonah Pollock von einem besonnenen Farmhelfer zu einem harten Mann, der sich bei jeder Gelegenheit gegen die Gefängniswärter auflehnte. Er endete in dem berüchtigten Gefängnis auf Norfolk Island, das für die miserable Behandlung von Gefangenen bekannt war. Dort zeugte er mit einem weiblichen Häftling einen Sohn, bevor er wegen Meuterei ausgepeitscht wurde und starb. Der Sohn, Joseph Pollock, hatte als Schmied in Sydney gelebt und oft mit seinem kleinen Sohn Joe ohne eine Spur von Bitterkeit über die Vergangenheit gesprochen.

»Passiert ist passiert«, pflegte er zu sagen. »Ich wäre genauso geendet wie mein alter Herr. Hätte die Schweinehunde bis zum letzten Atemzug verflucht. Aber mir erging es eben anders. Habe meine eigene Schmiede aufgemacht. Deine Ma ist eine gute Frau, ist als freie Frau hergekommen. Wir hätten es schlechter treffen können. Sydney ist schon in Ordnung.«

Alles ging gut, bis der junge Joe Pollock seinem Vater verkündete, er wolle sich der neugegründeten Polizeitruppe anschließen.

Erst jetzt bekam Joe das ganze Ausmaß seiner Familiengeschichte zu spüren. Sein Vater tobte und brüllte, drohte mit dem Riemen, bezeichnete ihn als Verräter und Überläufer, während sich seine Mutter weinend um Versöhnung bemühte. Joe mußte einsehen, daß sein Vater die Umstände seiner Geburt zwar akzeptiert hatte, den Behörden aber niemals verzeihen würde, die seinen Vater so hart bestraft

und schließlich umgebracht hatten. Man nannte es Recht und Gesetz, doch Joe senior haßte deren Vertreter, vor allem Richter und Polizisten.
Dennoch war es eine gute berufliche Chance, die Joe Pollock auch zu nutzen wußte. Irgendwann zog er mit seiner Frau und den Kindern nach Queensland. Seine Mutter hielt Kontakt zu ihm, sein Vater vergab ihm seine Berufswahl nie. Natürlich verstand Sergeant Pollock die Abneigung gegen die staatliche Autorität, die viele empfanden, konnte aber keine Rücksicht darauf nehmen.
Die Deportation Strafgefangener von den britischen Inseln war eingestellt worden, dieses Kapitel war abgeschlossen. Nun mußten die Australier selbst mit ihren Kriminellen zurechtkommen und auch mit Leuten, die aus einem falsch verstandenen Gefühl der Loyalität heraus Gesetzesbrechern Unterschlupf gewährten. Die meisten hatten nie einen deportierten Sträfling kennengelernt; sie huldigten nur der Tradition, da ihnen jedwede Autorität zuwider war. Und das würde Sergeant Pollock nicht dulden. Er ermutigte seine Vorgesetzten, härtere Strafen für diejenigen einzuführen, die Verbrecher bei sich versteckten.
Und nun mußte er sich anhören, wie dieser Engländer das Loblied auf einen weiteren Verbrecher sang, der ihm als sehr netter Bursche erschienen war.
»Sind sie das nicht alle?« fragte er Hillier.
»Dazu kann ich nichts sagen. Ich erkläre Ihnen nur, daß Willoughby nicht Ihr Mann ist.«
Hillier bestand darauf, den Überfall in allen Einzelheiten durchzukauen und nach einem Hinweis zu suchen, der als Beweis für die Unschuld seines Freundes dienen konnte. Pollock hörte geduldig zu, sah aber keinen Sinn mehr in dieser Unterhaltung. Willoughby steckte bis zum Hals in der Sache, und Carnegie konnte es bezeugen.
»Woher soll ich wissen, daß Sie nicht noch immer sein Partner sind?« fragte er Hillier schließlich barsch.
»Weil ich die Goldfelder nicht verlassen habe und das auch beweisen kann.«
»Das sagen Sie. Sie waren sein Partner und wissen weniger über ihn als Taylor, dessen Notizen ich immerhin einiges entnehmen kann.

Willoughby hat ihm eine Menge Lügen aufgetischt. Warum hätte er das tun sollen, wenn er ein ehrlicher Kerl war?«
»Weil er einfach nichts ernst nehmen kann. Das ist typisch für Mal. Außerdem ist er ein sehr zurückhaltender Mensch.«
Gereizt griff Pollock Clive an. »Und was soll das im Klartext heißen?«
»Daß er sich um seine eigenen Angelegenheiten kümmert.«
»Oder viel zu verbergen hat. Er ist noch jung; wo steckt seine Familie? Irgendwo muß er doch Verwandte haben.«
»Er hat nie über sie gesprochen.«
»Oder Sie wollen es mir nicht sagen. Mister, ich möchte Sie nur daran erinnern, daß die Begünstigung von Verbrechern unter strengster Strafe steht. Ihre Position ist keineswegs eindeutig. Arbeiten Sie hier noch auf einem Claim?«
»Ja.«
»Mit Erfolg?«
»Das geht Sie nichts an.«
»Es geht mich aber wohl etwas an, wenn Sie diese Gegend verlassen. In diesem Fall möchte ich wissen, wann und wohin Sie gehen. Verstanden?«
»Gewiß.« Clive war erzürnt. »Sie werden sicher die üblichen polizeilichen Ermittlungen einleiten, picken sich die Schwächsten heraus, um sie zu schikanieren, und jagen einem Unschuldigen in großem Stil als Verbrecher nach. Macht sich gut in der Zeitung, was?«
Er ließ Pollock stehen und marschierte davon. Es kümmerte ihn nicht, daß er nun den Mann, der für die Untersuchung verantwortlich war, gegen sich aufgebracht hatte. Wieso konnte dieser starrköpfige Sergeant nicht draußen im Busch nach den wirklichen Übeltätern suchen, anstatt auf den Goldfeldern seine Zeit zu vertun?
Doch Pollock nahm dem Engländer dessen Verhalten nicht übel. Es war noch mild im Vergleich zu den üblichen höhnischen Bemerkungen, die seine Ermittlungen in dieser Gegend begleiteten. Dennoch, Hillier war wichtig, da er eine Verbindung zu Willoughby darstellte. Taylors Notizen zu dem Gespräch mit dem Burschen waren nach Maryborough gebracht worden, und Pollock hatte sie sorgfältig durchgelesen. Dann hatte er die Angaben voller Stolz über die heiße

Spur dem neuen Polizeichef, Mr. Jasper Kemp, telegrafiert, war aber bei dessen Antwort aus allen Wolken gefallen.
Niemand kannte einen Scherer namens Willoughby. Auf einigen der Farmen, die er erwähnt hatte, wurden nicht einmal Schafe, sondern Rinder gezüchtet. Sein Vater besaß kein Hotel in Ipswich, noch war seine Familie in dieser Stadt überhaupt bekannt. Kemp schien der Ansicht zu sein, daß der Name schlicht und einfach falsch war, und Pollock war geneigt, ihm da zuzustimmen. Klang auch ein bißchen hochtrabend für diesen Lügenbeutel. Und alles deutete darauf hin, daß dieser Mann seine wahre Identität zu kriminellen Zwecken verschleiert hatte. Allmählich glaubte er, daß der Überfall von langer Hand geplant war. Andererseits konnte er sich Willoughby kaum als Kopf hinter dem Unternehmen vorstellen.
Pollock kehrte ins Büro des Goldkommissars zurück und ließ sich dort auf einen Stuhl fallen. Der neue Kommissar konnte jeden Tag eintreffen.
Er mußte zugeben, daß er selbst an Taylors Stelle den harmlos wirkenden Willoughby auch als Begleitschutz angeheuert hätte. Es erhöhte die Sicherheit, in letzter Minute einen Mann zu engagieren, der den anderen Wachen unbekannt war. Selbst wenn er kein Scherer war, kannte er den Busch, war kühl und besonnen und würde bei Zwischenfällen nicht gleich in Panik geraten. Pollock hatte Mal immerhin kurz kennengelernt und aus diesem Kontakt geschlossen, daß dieses Lügenmaul nicht der große Boß sein konnte. Aber wer war es dann?
Vielleicht James McPherson. Aber welche Verbindung bestand zwischen ihm und Willoughby? Wenn er das herausfand, konnte er beide festnageln. Doch da war noch ein Problem …
Auch McPherson war kein großer Planer. Der Schotte hatte sein Unwesen in Neusüdwales getrieben, bis Cowra hinunter, in Queensland in westlicher Richtung bis Roma, und oben im Norden war er sogar in Mackay und Bowen, also viele hundert Meilen nördlich von Maryborough, gesichtet worden. Danach hatte er diese Gegend angesteuert und zweimal hintereinander die Postkutsche überfallen.
Pollock betrachtete eingehend eine Landkarte von Queensland, die an der Wand hing. Offensichtlich machte sich McPherson stets nach ein, zwei Raubüberfällen aus dem Staub. Er flüchtete nicht einfach

in die Berge, sondern tauchte erst Hunderte von Meilen entfernt wieder auf. Warum also sollte er sich jetzt plötzlich wochenlang in diesem Bezirk herumtreiben und auf den Goldtransport warten?
Pollock schüttelte den Kopf. Die Beschreibung klang zwar nach McPherson, der Stil des Raubüberfalls hingegen nicht.
Außerdem störte ihn noch etwas anderes an der Sache. Etwas war ihm entgangen, aber er kann nicht darauf, was es war. Er mußte erst noch darüber nachdenken. Seine Frau war die einzige, die an ihn glaubte und ihn für einen guten Polizisten hielt, während ihn andere als Kleinkrämer bezeichneten, weil er nie das Rampenlicht suchte, sondern lieber im Hintergrund blieb und methodisch und bedächtig vorging. Man überschüttete ihn jetzt mit Kritik, weil er ein paar Männer von Willoughbys Bewachung abgezogen hatte, damit sie die Menge vor der Sägemühle zerstreuten. Hätte er alles so gelassen, wie es war, wäre Willoughby die Flucht niemals gelungen. Insgesamt hatte der Sergeant also allen Grund, wütend auf Mal Willoughby zu sein.

Ja, Allyn Carnegie war zufrieden mit Perry, sofern ihm sein Leiden den Gedanken an seinen Komplizen überhaupt erlaubte. Der Arzt in Maryborough hatte die Wunde behandelt und den Arm gerichtet, so gut es eben ging, wobei der Patient beträchtliche Schmerzen zu erdulden hatte. Er traute diesem Arzt, den er als Schlächter bezeichnete, nicht über den Weg und beklagte sich bitter über dessen Methoden. So sehr, daß dieser sich anbot, einen Orthopäden aus Brisbane kommen zu lassen.
»Meinen Sie etwa, ich hätte zuviel Geld?« brüllte Carnegie. »Das kostet mich ein Vermögen.«
»Sie könnten selbst hinfahren und einen Spezialisten aufsuchen«, gab der Arzt zurück. »Ich habe keine Einwände dagegen.«
»Ich fühle mich noch nicht in der Lage zu reisen.« Abgesehen davon hatte Carnegie nicht die Absicht, Maryborough ohne das Gold zu verlassen.
Willoughbys Flucht war ein glücklicher Zufall gewesen, der die Öffentlichkeit zusammen mit dem Begräbnis der Opfer von dem eigentlichen Überfall ablenkte und Pollock auf der falschen Spur hielt. Die Verhöre des Sergeanten hatten kein Ende nehmen

wollen und waren anstrengender gewesen, als es einem kranken Mann zuzumuten war. Neben dem verletzten Arm hatte Carnegie unter schweren Durchfällen gelitten, für die er die widerlichen Medikamente verantwortlich machte, die sein Arzt ihm verordnet hatte.

Voller Selbstmitleid verschanzte er sich in seinem Haus, nur von einer Zugehfrau versorgt, und zerbrach sich ununterbrochen den Kopf über Perry und die Beute. Da sie vereinbart hatten, daß der Räuber keinen Kontakt zu ihm herstellen sollte, besaß Carnegie keinerlei Kontrolle über den Verbleib des Goldes. Darin lag die einzige Schwachstelle seines Plans, denn bei einem solchen Unternehmen hatte man es nun einmal nicht mit ehrlichen und zuverlässigen Menschen zu tun. Als Spieler wußte er aber auch, daß die Chancen zu seinen Gunsten standen. Perry war ein Mitläufer, ein Dummkopf; er würde gehorchen. Immerhin erwarteten ihn eine für seine Verhältnisse unvorstellbar hohe Belohnung und die Sicherheit, daß man ihn keinesfalls mit dem Verbrechen in Verbindung bringen würde. Die Brillanz dieses Plans hatte selbst diesem Primitivling ein Lächeln entlockt.

Carnegies ständiges Grübeln verursachte ihm zunehmend Kopfschmerzen. Er saß mit düsterem Blick am Fenster und sah hinaus auf die geschäftige Stadt, die er allmählich zu hassen begann.

In einem offiziellen Schreiben ans Bergbauministerium hatte er sein Amt niedergelegt, wobei er ernsthafte Verletzungen und nervliche Erschöpfung als Gründe anführte, und seine Habseligkeiten aus dem Büro in Maryborough abholen lassen.

Man nahm seinen Rücktritt mit Bedauern und Erleichterung auf und versicherte, ihm sein Gehalt für das ganze Jahr und nicht nur für die neun Monate, die er tatsächlich im Amt gewesen war, auszuzahlen. Carnegie hielt das für nur recht und billig.

Der Vorschlag, einen Spezialisten in Brisbane zu konsultieren, hatte ihn im übrigen noch auf eine andere Idee gebracht. Sobald er das Gold in Händen hielt, würde er seine Verletzung als Grund für eine Reise nach Brisbane angeben und von dort aus mit dem erstbesten Schiff das Land verlassen, um weit weg zu sein von den Gläubigern, die ihm auf den Fersen waren. Vielleicht nach China und von dort aus nach Amerika. Ursprünglich hatte er vorgehabt, die Beute an

Goldhändler zu verschachern, die kauften, ohne Fragen zu stellen, und er hatte auch schon einige zwielichtige Vertreter dieses Standes aufgetan, doch dieser neue Plan gefiel ihm weitaus besser.
Zu seinem Schrecken erhielt er jedoch einen Brief von seiner Frau, die sich, besorgt über die dramatischen Zeitungsberichte, anbot, nach Maryborough zu kommen und ihn zu pflegen. Dies hatte er schnellstens unterbunden. Er brauche sie nicht so dringend, und diese rauhe Stadt sei ohnehin kein rechter Ort für sie. Sie solle lieber in Brisbane bleiben, er würde zu ihr kommen, sobald seine Gesundheit dies erlaube.
Er seufzte.
Wo mochte Perry stecken?

Keiner seiner Arbeitskollegen am Hafen konnte ahnen, daß Baldy Perry ein reicher Mann war. Er hütete seine Zunge, entwickelte aber dennoch Allüren, mit denen er sich bei den anderen nicht sonderlich beliebt machte. Perry war ohnehin ein aggressiver Mann, der sich auf seine Körperkraft verließ und noch nie Gefallen an harter Arbeit gefunden hatte, doch augenblicklich blieb ihm keine Wahl. Er hatte den Job nur angenommen, um nicht aufzufallen; er verschaffte ihm einen Grund, in Maryborough zu bleiben. Er sagte sich, daß es nur eine Frage der Zeit sei, bis er diese Knochenarbeit aufgeben, die Beute mit Carnegie teilen und ins Luxusleben starten könne. Doch das Warten kostete Nerven.
Er mußte gegen seinen Willen ständig an das Gold denken, das er unter einem Baum am Flußufer vergraben hatte. Er wurde kribbelig, verbrachte unruhige Nächte, wachte morgens wie gerädert auf.
Mahoney, der Vorarbeiter, hatte Perry schon seit drei Wochen auf dem Kieker. Ohne den herrschenden Mangel an Arbeitskräften hätte er ihn längst entlassen. Es war schwer, die Männer zu halten, da die Goldfelder in greifbarer Nähe lagen. Perry machte nur Schwierigkeiten, brach Streit vom Zaun, bedrohte andere Arbeiter und schien zu glauben, er könne sich seine Arbeit selbst aussuchen.
Schließlich hatte der Vorarbeiter genug. »Perry, wenn du den verdammten Job nicht willst, brauchst du es nur zu sagen und deine Sachen zu packen!«

Zu seiner Überraschung kniff der Rüpel den Schwanz ein, murmelte etwas Unverständliches, das beinahe nach einer Entschuldigung klang, und schlich unter Mahoneys erstaunten Blicken davon.
Doch dies sollte nicht von Dauer sein. Perry konnte diese Demütigung vor den Augen der anderen Männer, die für ihr Geld arbeiten *mußten*, nur schwer ertragen. Den ganzen Tag nagte es an ihm, doch er versuchte, seinen Ärger um des Goldes willen zu unterdrücken. Er dachte an seine überschwenglichen Gefühle beim Vergraben der Beute. Es war allerdings nicht genau der Baum gewesen, den Carnegie ihm beschrieben hatte und an den er sich nur mit Schaudern erinnerte, da er dort Krokodilspuren im Schlamm entdeckt hatte. Große, tiefe Spuren, die vom Wasser ans Ufer führten. Noch nie war er so schnell gelaufen.
Nach seiner überstürzten Flucht hatte er nach einem anderen Versteck gesucht, das er schließlich in Gestalt einer alten Moreton-Bay-Feige mit knorrigem, weitläufigem Wurzelwerk gefunden hatte. Ein idealer Ort, um das Gold zu vergraben.
Schon bald steckte die Beute in den tiefen Höhlen, die die Wurzeln hinterlassen hatten – er brauchte nicht einmal Löcher auszuheben. Zufrieden gab Perry dem uralten Stamm einen Klaps.
»Braver Junge. Paß gut drauf auf.«
Baldy schauderte, als er einen Blick auf den Fluß warf. Er hatte Carnegies Gewehr ins Wasser geworfen, das Boot ausgeladen und versenkt, und das alles, ohne einen einzigen Gedanken an Krokodile zu verschwenden!
Glück gehabt, dachte er, während er die Fußfesseln seines Pferdes löste und aufsaß.
Wie befreit, ritt er den Uferpfad entlang zur Fähre und weiter bis zu den schützenden Mauern von Maryborough.
Er war in Gedanken noch bei dem Feigenbaum, als die Pfeife ertönte, die den Feierabend verkündete. Perry befestigte seinen Greiferhaken am Gürtel und machte sich auf die Suche nach einem Pub. Er mied das *Port Office Hotel*, wo alle Hafenarbeiter zusammensaßen und tranken, auf deren dumme Bemerkungen über seinen Zusammenstoß mit Mahoney er an diesem Tag gut verzichten konnte, und betrat das *Criterion* weiter oben an der Straße.
Er stellte sich ans äußerste Ende der Theke, kippte rasch drei Pints

herunter und malte sich genüßlich aus, was er mit diesem irischen Mistkerl Mahoney alles anstellen würde. Dann fiel ihm Carnegie ein, der ihn mit seinen unzähligen Anweisungen und Vorschriften überhaupt erst in diese unangenehme Lage gebracht hatte. Ihn, Perry, wohlgemerkt, der einen Raubüberfall hingelegt hatte, der die Taten eines McPherson in den Schatten stellte.

Perry wechselte von Bier zu Rum. Hochprozentigem Rum, dem besten, den Maryborough zu bieten hatte. Er spielte mit dem Gedanken, schon jetzt zu Carnegie zu gehen. Der Überfall lag immerhin drei Wochen zurück und war über dem Untergang der *Java Queen* und der Eröffnung des Rathauses beinahe in Vergessenheit geraten. Auch Willoughby wurde kaum noch in den Zeitungen erwähnt. Der Sündenbock war in die Berge geflüchtet und würde tunlichst auch dort bleiben, dachte Perry glucksend. Es war ein kluger Schachzug gewesen, dieses Milchgesicht zu beschuldigen. Carnegie war sicher gewesen, die Polizei würde darauf hereinfallen, und genau so war es auch gekommen. Sie hatten eine kopflose Suche gestartet. Er bestellte ein weiteres Glas Rum, echtes Feuerwasser, doch Baldy kippte ihn herunter wie süßen Nektar.

Eine Gruppe von Männern taumelte in die Bar. Baldy runzelte die Stirn. Einige von ihnen kannte er, war aber nicht besonders versessen auf ihre Gesellschaft. Sie hatten offensichtlich bereits woanders getrunken und drängten sich nun lärmend an der kurzen Theke des *Criterion.* Baldy war fest entschlossen, seine Stellung zu verteidigen, und spreizte die Ellbogen ab. Natürlich rempelte ihn prompt einer an.

»Was soll das werden?« knurrte er.

»Nichts für ungut, Kumpel, brauche bloß ein bißchen Platz.«

Ein zweiter Mann stieß ihn an, und Baldy versetzte ihm einen Stoß mit der Schulter, der ihn beinahe von den Füßen riß.

»Paß doch auf, du Idiot!« schrie der Fremde, worauf Baldy ihn am Hemdkragen packte.

»Wen nennst du hier einen Idioten?«

Der Mann war klein, aber kompakt, und befreite sich wütend aus Perrys Griff.

»Laß deine fetten Finger von mir, Kumpel.«

Baldy hieb ihm die Faust in den Magen, so daß er zwischen den anderen Trinkern zu Boden ging. Der Barkeeper brüllte: »Keine Schlägereien hier drinnen! Perry, hau ab. Geh nach Hause zu deiner Mama.«

Er reagierte tief gekränkt. Schließlich war er als erster dagewesen und hatte friedlich sein Bier getrunken, bevor dieser Mob aufgetaucht war. Und nun warf man ausgerechnet ihn hinaus. Zwei Demütigungen an einem Tag waren einfach zuviel!

»Wer will mich hier rauswerfen?«

Ein rothaariger Kerl drängte sich vor. Mahoney! »Ich. Wir können hier keine Raufereien gebrauchen, Perry. Du hast genug, geh jetzt nach Hause, Mann.«

In Sekundenschnelle riß Baldy seinen Greiferhaken aus dem Gürtel und streckte ihn wie eine Kralle vor. »Hier drinnen bist du nicht der Boß!«

Mahoney wandte sich an den Barkeeper. »Gib ihm noch einen für unterwegs ...«

Doch Baldy ließ ihm nicht die Zeit, den Satz zu beenden. Er schlug einfach zu. Der untersetzte Fremde sprang dazwischen, um Mahoney beiseite zu stoßen, doch dabei traf ihn der Haken mit solcher Wucht in Hals und Rücken, daß das Blut nur so spritzte.

Die wütenden Männer hatten Baldy bald eingekreist, der sich mit Fäusten und Tritten zu befreien suchte.

Am nächsten Morgen erwachte er mit mehreren gebrochenen Rippen, einem Kater und rebellierendem Magen im Gefängnis, da man ihn wegen tätlichen Angriffs mit Körperverletzung verhaftet hatte. Sein Opfer lag schwerverletzt im Krankenhaus.

»Wie lange muß ich hierbleiben?« stöhnte er.

»Was weiß ich?« versetzte Wachtmeister Gus Frew gleichgültig. »Wir haben dich nur leihweise aufgenommen, bis der Richter eintrifft. Dann bringen sie dich ohnehin nach Süden.«

»Wann kommt der Richter?«

»Alles zu seiner Zeit. Du hast Jack Flynn ganz schön zugerichtet. Er wollte am Samstag heiraten, das kann er nun vergessen. Du hast den Männern den Spaß verdorben, von denen wird keiner ein gutes Wort für dich einlegen. Also gewöhne dich schon mal an Brot und Wasser.«

Einige Tage später versuchte es Baldy noch einmal bei Frew. »Sie

müssen mich anhören, ich kann nicht im Gefängnis bleiben. Ich hab noch zu tun.«
Frew lachte. »Sicher doch. Die Schiffe können ohne dich nicht in See stechen. Du bist ein bedeutender Mann, Baldy. Vielleicht interessiert es dich zu hören, daß Jack wohl nie wieder den Kopf drehen kann.«
»Nein, hören Sie zu, ich bin bereit zu zahlen. Wenn mich jemand hier rausbringt, wird er es nicht bereuen.«
Doch der Wachtmeister beachtete ihn nicht weiter. Seine Mitgefangenen hatten die Unterhaltung mit angehört und wollten sich nun allesamt Geld von ihm leihen.
Der Richter ließ sich Zeit, nach Maryborough zu kommen, doch die eigentliche Verhandlung dauerte nur wenige Minuten. Baldy wurde zu sechs Monaten Zuchthaus auf der in der Mündung des Brisbane River gelegenen Insel St. Helena verurteilt.

Angus Perry war Analphabet und auf einer heruntergekommenen Farm südlich von Sydney aufgewachsen. Seine Eltern, die hart zu kämpfen hatten, betrachteten Schuhe und Bücherwissen als überflüssig. Was ihnen weitaus mehr bedeutete, war, ihr pummeliges Kleinkind zu einem muskulösen Jugendlichen heranwachsen zu sehen, der seinen Vater schon bald an Größe überragte und sich hervorragend als Farmarbeiter eignete. Angus hätte nach dem Wunsch seiner Eltern von frühester Jugend an mit anpacken sollen, erwies sich aber als faul und aufsässig. Nur mit der Peitsche brachten sie ihn dazu, seine Arbeit zu erledigen. Nach und nach beschwerten sich die Farmer der Nachbarschaft, denen es nicht besser ging als den Perrys, da alle gegen eine verheerende Dürre zu kämpfen hatten, daß Angus ein Dieb sei, daß, wann immer er in ihre Nähe komme, etwas vermißt werde … Zaumzeug, ein Schinken, ein Huhn, Zaundraht … einfach alles. Zunächst nahmen die Eltern den erst Vierzehnjährigen in Schutz, doch als sein Vater einen fremden Sattel im Stall entdeckte, ergriff er die Peitsche, um seinem Sohn eine Lektion zu erteilen, die dieser so schnell nicht vergessen würde. Danach sollte er den Sattel dem rechtmäßigen Eigentümer zurückbringen.
Doch es kam anders. Angus entriß seinem Vater die Peitsche, schleuderte sie von sich und ging mit dem Stiel einer Axt auf ihn los. Nur

Mrs. Perrys lautes Geschrei bewahrte ihren Mann vor schwerem Schaden. An diesem Tag verließ Angus die Farm; seine Eltern sollten ihn nie wiedersehen.
Er schloß sich brutalen Jugendbanden an, die sich im Hafen von Sydney herumtrieben, und zog irgendwann nach Norden – eine zwielichtige Gestalt, die die Gesellschaft von ihresgleichen bevorzugte.
Auch Baldy machte seine Erfahrungen auf den Goldfeldern, wo er auf ein schnelles Vermögen gehofft hatte. Er und ein Freund versuchten es mit dem Schürfen und entdeckten zu ihrer Freude auch einige Unzen Seifengold. Dort begegnete er auch Mr. Carnegie, einem bedeutenden Mann, dessen Interesse er weckte, als er sich um eine Lizenzverlängerung bemühte.
Baldy war beeindruckt, daß sich ein so vornehmer Mann mit ihm abgab und sogar seine Formulare für ihn ausfüllte. Er grüßte ihn bei der Inspektion der Goldfelder so freundlich, daß Baldy irgendwann mißtrauisch wurde und sich fragte, ob er ihm etwa nachspionierte. Denn die Zelte, die tagsüber leer standen, boten Dieben wie ihm unschätzbare Möglichkeiten.
Nach einer Auseinandersetzung mit seinem Partner, der sich daraufhin aus dem Staub machte, fand Carnegie Baldy mißmutig vor seinem schäbigen Zelt sitzend vor.
»Wie läuft die Goldsuche, Mr. Perry?«
»Nicht gut. Reine Zeitverschwendung. Ich glaube, ich lasse es bleiben.«
»Ja, es hat alles nur mit Glück zu tun. Manche haben's, andere nicht.«
Baldy zuckte die Achseln. Ihm war nicht nach einer Plauderei mit dem Schnüffler zumute.
»Vielleicht habe ich einen Job für Sie«, sagte Carnegie.
Baldy runzelte unwillig die Stirn. »Suchen Sie sich einen anderen dafür.«
»Eine einmalige Sache. Bringt viel Geld ein.«
»Was Sie nicht sagen«, erwiderte Baldy ungerührt.
»Nun gut. Falls Sie es sich doch noch anders überlegen, kommen Sie heute abend nach zehn zu mir. Niemand darf Sie dabei sehen.«
Baldy drehte sich eine Zigarette, ohne den eleganten Kommissar auch nur eines Blickes zu würdigen. Er fragte sich, ob der Kerl viel-

leicht ein Perverser war, und grinste. Perverse brachten Geld ein. Man konnte sie grün und blau prügeln, ohne daß sie einen verrieten. Er würde sich später mal bei der Unterkunft des Kommissars umschauen, konnte ja nicht schaden.

Und so fing alles an. Carnegie war kein Perverser. Er trank Whisky und redete viel, unternahm aber keinen Annäherungsversuch. Dauernd machte er Andeutungen über diesen geheimnisvollen Job, bis Baldy allmählich dämmerte, worauf er hinauswollte. Der Bursche war ein krummer Hund. Er grinste und war gespannt, was dieser Abend noch alles bringen würde.

Während seines Aufenthalts im Gefängnis von Maryborough hatte Baldy gehofft, daß Carnegie ein paar wichtigen Leuten Schmiergelder zahlen und ihn herausholen würde, doch sein Partner ließ nichts von sich hören. Er konnte niemanden bitten, einen Brief für ihn zu schreiben, da ihre Verbindung streng geheim bleiben mußte. Zumal es für Carnegie ebenso gefährlich sein würde, sich für ihn einzusetzen, da der ganze Plan ja darauf basierte, daß sie einander nicht kannten.

Egal, dachte er schließlich zornig, Carnegie konnte sicher hinter den Kulissen etwas für ihn erreichen. Er war doch ein wichtiger Mann.

Als man ihn aus Maryborough wegbrachte und in Ketten aufs Schiff führte, dankte Baldy insgeheim dem Krokodil am Fluß. Ohne diese Gefahr hätte er das Gold an genau der Stelle versteckt, wo Carnegie es zu finden hoffte. Dann könnte sich Carnegie die Beute schnappen und seinen Partner im Regen stehen lassen. Nun konnte er in aller Ruhe seine Freilassung abwarten.

Perry verhielt sich unwillig und gereizt, als man ihn mit einigen anderen Häftlingen am Kai von Brisbane in eine Barkasse verfrachtete und flußabwärts zu der gefürchteten Gefängnisinsel St. Helena brachte. Der einzige Fluchtweg führte durch haiverseuchte Gewässer. Als er an Land ging, bezog er wegen seiner kämpferischen Haltung die erste, aber keineswegs letzte Prügel von der Hand der Wärter. Sie wiesen ihn darauf hin, daß er auch gerne länger als geplant bei ihnen bleiben könne.

»Wir kennen Typen wie dich. Quertreiber lernen hier, wie man pariert, sonst können sie noch ein paar Jahre dranhängen.«

Als der entscheidende Tag heranrückte, wurde Allyn Carnegie so ungeduldig, daß er abends auf der hinteren Veranda zu sitzen und nach dem späten Besucher Ausschau zu halten pflegte, obwohl der Plan eigentlich keine weitere Begegnung zwischen ihnen vorsah. Perry hatte sich einverstanden erklärt, daß der erfahrene Goldkommissar die Beute gerecht aufteilte. Sofern das überhaupt möglich war, dachte Carnegie grinsend, denn die Taschen enthielten abgewogene Säckchen mit Seifengold, qualitätsgeprüfte Nuggets, Münzen und Banknoten. Als Kopf des Unternehmens hatte er das Recht, die Aufteilung vorzunehmen, und Perry hatte dies auch gar nicht in Frage gestellt; er war angesichts des idiotensicheren Plans so von Ehrfurcht erfüllt gewesen, daß er allem zugestimmt hätte.
Nachdem er schließlich zu Bett gegangen war, erschöpft von der langen Wache und dem ständigen Schmerz in seinem unbrauchbaren Arm, der nur sehr langsam heilte, fiel Carnegie in unruhigen Schlaf. Er lauschte immer noch auf Perrys Schritte, fuhr beim leisesten Geräusch hoch. Kleine Tiere raschelten im Gebüsch, Vögel stiegen kreischend auf, Hunde bellten, Katzen jaulten. Carnegies Kopfkissen war schweißgetränkt, denn mit der Dunkelheit kamen auch die Dämonen. Ihn quälten grausame Träume, bruchstückhaft, aber ungeheuer eindringlich, bis er sich irgendwann vor dem Schlaf zu fürchten begann. Er schob es auf seine Nerven. Wenn Perry käme, wäre das alles vergessen.
Und so wartete er. Die Tage schleppten sich dahin, und die Nächte ertrug er nur mit Hilfe der Whiskyflasche. Er wies Besucher ab, die ohnehin immer seltener wurden, da sein Ruhm als Opfer längst verblaßt war. Die Goldfelder von Gympie warfen noch immer ihre Erträge ab, doch die große Aufregung des Goldrauschs war dort vorbei. Nun wandte sich die öffentliche Aufmerksamkeit einem neuen Ort namens Charters Towers zu, wo man Goldvorkommen bis dahin unbekannten Ausmaßes vermutete.
Pollock stattete ihm einen angeblich privaten Besuch ab, um nach dem Patienten zu sehen, doch Allyn blieb auf der Hut. Der Sergeant stellte ihm mit sanfter Stimme einige Fragen, die einem anderen vielleicht harmlos erschienen wären, doch Carnegie ließ sich nicht so leicht aufs Glatteis führen.
Auch er kannte dieses Spiel, empfing den Sergeant mit betont unter-

würfiger Dankbarkeit und erklärte, daß sich nur noch wenige für ihn interessierten, am allerwenigsten der unfähige Arzt. Er sprach in endlosen Wiederholungen von dem Überfall, dem armen Taylor und den beiden anderen Opfern, als könne er einfach nicht über dieses empörende Ereignis hinwegkommen.

Der Sergeant setzte sich mit ihm auf die Veranda, trank seinen guten Whisky und schien es gar nicht eilig zu haben.

»Eine Schande, daß man so schnell einen neuen Goldkommissar ernannt hat«, bemerkte er.

»Ganz und gar nicht. Ich bin freiwillig zurückgetreten. Ich bin kein Held, auf diesen Job verzichte ich gern.«

»Das kann ich verstehen, Sir, aber er war wenigstens gut bezahlt. Der Verlust dieses Gehaltes wiegt gewiß schwer.«

»Nicht in meinen Augen. Ich bin nicht mittellos.«

»Das beruhigt mich. Mir war nämlich zu Ohren gekommen, Sie hätten Schulden draußen auf den Goldfeldern. Spielschulden.«

Carnegie lachte. »Alle Gentlemen scheinen Spielschulden zu haben. Ich habe ein paarmal Pech gehabt, zugegeben. In letzter Zeit war ich zu krank, um darüber nachzudenken, doch heute habe ich die Begleichung veranlaßt, da ich ja nun wahrscheinlich nie mehr dorthin zurückkomme. Ich pflege meine Spielschulden immer zu bezahlen, alles andere betrachte ich als ungehörig.«

»Selbstverständlich. Aber gehe ich recht in der Annahme, daß Sie bei unserer örtlichen Bank Ihr Konto bereits überzogen haben?«

Carnegie brannte vor Zorn, daß dieser Emporkömmling in seinen Finanzen herumgeschnüffelt hatte, tat diese Einmischung aber nach außen hin lachend ab.

»Was ist los? Hat dieser Unglücksrabe in der Bank etwa Angst, ich könnte ihm wegsterben? Ich habe soeben einen ansehnlichen Scheck vom Bergbauministerium erhalten, man hat mir sogar einen Bonus gezahlt. Folglich brauche ich meine Bank in Brisbane gar nicht erst einzuschalten, um mir Geld zu beschaffen. Besitzen Sie übrigens Aktien der Goldminen von Ballarat?«

»Nein.«

»Dann gebe ich Ihnen einen Tip. Investieren Sie. Nach den Unruhen unter den Goldsuchern da unten haben die Investoren das Vertrauen verloren. Meine Frau wollte, daß ich auch verkaufe, aber ich habe mich geweigert; jetzt sind meine Aktien einen Batzen wert und steigen noch immer. Ich habe aus zuverlässiger Quelle erfahren, daß Ballarat noch immer reich an Goldvorkommen ist, im Gegensatz zu Gympie mit seinen flachen Adern. Ach, und Sergeant, Sie kommen doch viel herum. Ich würde gern Ihre Meinung zu den Funden in Charters Towers hören. Sind sie so bedeutend, wie man sich erzählt?«

»Das weiß ich nicht.«

Carnegie mußte erkennen, daß ein schlecht bezahlter Polizist mit Familie nicht viel mit seinem Gerede über Aktien anfangen konnte.

»Wären Sie so nett, mich darüber zu informieren, falls Sie etwas erfahren? Einige tausend Aktien einer soliden Mine zu besitzen könnte ja nicht schaden ...«

Pollock leerte sein Glas. »Sir, wenn Sie mich jetzt entschuldigen möchten, ich muß gehen. Der Richter ist in der Stadt, wir müssen die Verhandlungen für morgen vorbereiten. Vielen Dank für die Drinks. Ich wünsche Ihnen weiterhin gute Besserung.«

Er stand auf, nahm seinen Hut und wollte gehen, hielt aber inne.

»Noch etwas ... Wo befanden sich eigentlich die Schlüssel zu den Bankkoffern, die das Gold und das Bargeld enthielten? Die Schlösser wurden nicht aufgebrochen.«

»Ich hatte sie bei mir.« Carnegie sah ihn gelassen an. »Sie steckten in meiner Jackentasche.«

Noch während er sie aussprach, wurde ihm die Tragweite seiner Worte bewußt. Er bekämpfte die aufsteigende Übelkeit. Seine Kehle war wie zugeschnürt. Diese verdammten Schlüssel.

»Aber wenn man Sie Ihnen abgenommen hätte, als Sie verwundet dalagen, hätten die Räuber doch bemerken müssen, daß Sie noch am Leben waren ...«

Carnegie sah sich im Geiste im Staub liegen. Hatte er seine Jacke angehabt? Nein! Auf ein Einschußloch in seiner guten Sergejacke hatte er keinen Wert gelegt, und die Schlüssel waren mit einer Kette an einem Knopfloch dieser Jacke befestigt gewesen. Er legte die Hand schützend vor die Augen und sog an seiner Zigarre. Er haßte diesen Pedanten mit seiner Dreistigkeit und schüttelte ungehalten den Kopf.

»Sie haben ganz recht, Sergeant. Ich glaube, diese Schlüssel haben mir das Leben gerettet. An diesem Morgen war es sehr heiß, daher hatte ich meine Jacke an den Kutschbock gehängt. Die Schweine können nicht lange danach gesucht haben. Mein Gott, wenn sie sie nun nicht gefunden hätten«, sagte er nachdenklich. »Aber Willoughby hätte ihnen sicher den richtigen Tip gegeben. Haben Sie den Mistkerl schon dingfest machen können?«

»Nein, aber wir werden ihn finden.«

»Das will ich hoffen. Ich weiß wirklich zu schätzen, wieviel Sie für mich getan haben, Sergeant Pollock. Sollten Sie sich je zu einer Investition in Goldaktien entschließen, können Sie sich jederzeit an mich wenden. Aber nun will ich Sie nicht länger aufhalten …«

Die vier Wochen waren verstrichen. Aus endlosen Stunden des Wartens wurden öde Tage. Vor lauter Angst ruhte sich Carnegie tagsüber aus und blieb nachts wach. Konnte es sein, daß Perry ihn hintergangen hatte? Carnegie wagte gar nicht, daran zu denken. Aber so dumm konnte doch selbst Perry nicht sein! Er suchte wieder und wieder die Umgebung des Hauses ab, doch von den Goldtaschen fehlte jede Spur. Er versuchte sich einzureden, daß der Kerl sich im Tag geirrt haben könnte, dumm wie er war, aber dennoch …

In dieser Pionierstadt waren Kneipenschlägereien an der Tagesordnung, und solange keine Schußwaffen eingesetzt wurden, fanden diese Ereignisse nicht einmal den Weg in die Lokalzeitung. Carnegie konnte daher nicht wissen, daß sein Partner bereits in den Fängen des Gesetzes gelandet war und seine Strafe fern von Maryborough absaß.

Allmählich überkam den ehemaligen Goldkommissar die Verzweiflung. Er lief ruhelos durchs Haus, kaute an den Nägeln, wußte, daß er die Stadt verlassen und das Versteck selbst überprüfen mußte. Doch innerlich zitterte er vor Angst. Wenn ihn nun jemand entdeckte? Seine Schuldgefühle ließen ihm keine Ruhe. Er hatte sich ausreichend erholt, um sich wieder auf ein Pferd zu setzen, doch würde er den Ausritt auch wagen? Er wartete weiter, betete um Perrys Rückkehr, drohte ihm im Geiste furchtbare Strafen an. Während der quälenden, wahnsinnigen Stunden spielte er sogar mit dem Gedanken, den Anteil seines Komplizen zu kürzen.

Er zerbrach sich den Kopf darüber, was schiefgegangen sein könnte.

Er hatte Perry angewiesen, die Ledertaschen zu entleeren, im Fluß zu versenken und das Gold in die Sackleinentasche zu packen, die er als Bündel benutzen sollte. Niemand interessierte sich für die armseligen Bündel von Vagabunden und Buschleuten. Wenn Perry nun die Banktaschen behalten hatte und überprüft worden war? Nein, das konnte nicht sein. So etwas würde Schlagzeilen machen, davon hätte er sicher längst gehört.
Seine Gedanken kreisten um nichts anderes mehr und raubten ihm den Schlaf, bis sich alles auf eine einzige Tatsache reduzierte: Perry war seit zwei Wochen überfällig. Allyn mußte selbst zu diesem Baum hinausreiten. Doch was, wenn die Polizei das Gold bereits gefunden hatte und den Räubern, den Mördern, am Fluß auflauerte?
Während er all das immer wieder abwog und versuchte, genügend Mut zusammenzubringen, um es zu wagen, erschien ein überaus ungebetener Besucher an seiner Tür.

6. Kapitel

Herr Xiu war vornehmer Herkunft. Er reiste stilvoll und standesgemäß in Begleitung von nicht weniger als vierzig Kulis, mehreren Küchenmeistern, die sich um seine Mahlzeiten und das Wohnzelt kümmerten, zwei Leibwächtern und seinem Majordomus Chung Lee. Da er frühzeitig auf die Goldfelder gekommen war, hatte er gute Erfolge erzielt, bereitete nun aber seine Abreise vor, betrachtete er die Goldsuche doch hauptsächlich unter dem Aspekt der Bewährungsprobe für seine Männer. Seine Astrologen und Geologen in Shanghai hatten errechnet, daß man im Staate Queensland auf sagenhafte Goldvorkommen stoßen werde, und er sah keinen Grund, an ihren Voraussagen zu zweifeln.
Chung Lee hatte die Landkarten studiert und eine günstige Route ins ferne Charters Towers ausgearbeitet für den Fall, daß sich sein Herr in seiner Weisheit zu einer Reise nach Norden entschließen würde. Herr Xiu nickte; er hatte ein gutes Gefühl bei dem Gedanken an diesen Ort. Er hielt ihn für geeignet.
Als gebildeter Mann sprach und las Herr Xiu Englisch, was in geringerem Maß auch für Chung Lee galt, der seinem Herrn nebenbei als Sekretär diente. Er hatte keine Angst vor den Formularen und Registrierungsbögen, auf die man in diesem Land so großen Wert legte; in Wahrheit hielt er sie für ziemlich harmlos im Vergleich zu den bürokratischen Labyrinthen seiner Heimat. Somit war er stets in der Lage, Herrn Xiu und seinem Gefolge den Weg zu ebnen. Die Landschaft erinnerte ihn an China, war aber erstaunlich dünn besiedelt. Hier wohnten weniger Menschen als in einem einzigen chinesischen Dorf. Er und Herr Xiu unterhielten sich häufig über diesen Umstand und verwiesen regelmäßig auf den Wassermangel, der bei einem künftigen Bevölkerungswachstum Probleme aufwerfen würde.
Jeden Abend las Chung Lee seinem Herrn aus der Zeitung vor. Manchmal war sie erst ein oder zwei Tage alt, doch die Blätter, die er von Neuankömmlingen aus den größeren Städten erhielt, waren oft schon vor mehreren Wochen erschienen. Wenn es ihm einmal nicht

gelang, eine Zeitung für seinen Herrn zu beschaffen, entschuldigte er sich dafür und las ihm bereits bekannte Artikel vor, die Herrn Xius besonderes Interesse geweckt hatten. Natürlich hätte dieser sie auch selbst lesen können, doch konnte man kaum erwarten, daß sich ein Mann aus vornehmer Familie die Hände daran beschmutzte. Außerdem betrachtete Chung Lee seine allabendliche Pflicht als ausgesprochene Ehre.

Anders als sein Diener interessierte sich Herr Xiu sehr für den Überfall auf den Goldtransport und den Mord an den Wachen. In China waren Banditen sowohl weitaus zahlreicher als auch blutrünstiger und Überfälle auf Transportwagen an der Tagesordnung. Dennoch hatte er die Berichte pflichtschuldig vorgelesen und war um seine Meinung zu diesem Zwischenfall gebeten worden. Als Antwort wiederholte Chung Lee Kommentare, die er gelesen hatte, und gab erst dann, auf ausdrücklichen Wunsch seines Herrn hin, eine persönliche Stellungnahme ab.

»Herr, die Situation ist schwer zu durchschauen. Weshalb hätten die Banditen einen Mann am Leben lassen sollen, wenn sie doch Wert auf ihre Anonymität legten und es vorzogen, sich ihrer Taten nicht öffentlich zu rühmen? Einige Schwerthiebe hätten das Stillschweigen aller Opfer für immer gesichert.«

Herrn Xius Schweigen verriet nicht, ob er Chung Lees Ansicht teilte.

»Mir gehen allerlei Dinge durch den Kopf«, sagte Herr Xiu sodann. »Du kannst dich jetzt zurückziehen. Ich muß nachdenken.«

Clive war beinahe erleichtert, als alle darangingen, ihre Siebensachen zu packen. Ohne den Einfluß der öffentlichen Meinung hätte er den Weggang aus Gympie wohl nie geschafft. Nach Ansicht der Experten waren die Goldvorkommen hier weitgehend erschöpft, so daß sich die Goldsucher nach anderen Jagdgründen umsehen mußten. Viele Gewinner hatten ihre Ausbeute eingestrichen und kehrten nun triumphierend heim. Andere wiederum waren wieder bei Null angelangt, nachdem sie ihren neugewonnenen Reichtum in Maryborough mit den teuersten Spirituosen und hochklassigsten Frauen, die ihre Gönner in sämtliche Bordelle und Juweliergeschäfte der Stadt führten, durchgebracht hatten.

Doch sie beklagten sich nicht. Sie hatten zwar alles ausgegeben, sich aber prächtig dabei amüsiert. Sie reihten sich wieder ein in die Menge der Suchenden und brachen auf nach Charters Towers, das nur ungefähr fünfhundert Meilen nördlich lag. Manche gedachten von Maryborough bis Townsville ein Schiff zu nehmen und von dort ins Landesinnere zu reisen, andere hatten sich für eine andere Reiseroute entschieden. Wie auch immer sie dort hinkommen wollten, das Goldfieber war erneut ausgebrochen, und Clive fragte sich, ob er dem Lockruf des Goldes folgen sollte.

Nach dem Abschied von Mal hatte er allein weitergearbeitet und hier und da noch einige Unzen Gold gefunden, so daß er sich über Wasser halten konnte, ohne seinen Sparstrumpf plündern zu müssen. Dennoch, in den Zeiten mit Mal war es besser gelaufen; er hatte ihm Glück gebracht.

Doch nun ging es ihm an den Kragen. Clive machte sich Sorgen um seinen Partner. Wo mochte er bloß stecken?

Er wußte, daß es ratsam gewesen wäre, mit seinem Ersparten von vierhundert Pfund nach Hause zurückzukehren, doch wo war sein Zuhause? In London? Seine Familie war nach dem Tod seines Vaters in finanzielle Not geraten. Er hatte vor, seiner Mutter die Hälfte des Geldes zu schicken, sobald er wieder in zivilisiertere Gegenden vorstieß, doch allzu weit würde er in London mit den restlichen zweihundert Pfund nicht kommen. Auch das Militär bot keinen Ausweg, denn obwohl er der älteste Sohn war, hatte Clive sich standhaft geweigert, in die Armee einzutreten.

»Ich habe nichts gegen das Militär als solches«, hatte er grinsend zu seiner Mutter gesagt, »nur gegen die Disziplin, die schlechte Bezahlung und die Lebensgefahr, die dort herrschen.«

Er erinnerte sich, daß er bei dieser Gelegenheit auch das Essen erwähnt hatte, doch würde die Armeeverpflegung wohl kaum noch miserabler sein können als der Fraß, den man in diesem Kaff vorgesetzt bekam. Der Gedanke an ähnliche Lebensumstände auf den Goldfeldern von Charters Towers, die noch weiter von der Zivilisation entfernt lagen, ließ in ihm den Entschluß reifen, erst einmal in Maryborough eine Pause einzulegen.

Er zögerte seine Abreise hinaus, da er die Pacht im voraus bezahlt hatte, und hackte noch ein wenig an den Wänden seiner Mine her-

um. Da suchte ihn eines Tages ein Chinese auf und teilte ihm mit, daß ihn ein gewisser Herr Xiu zu sprechen wünsche.
»Wer ist das?«
»Unser Herr, Sir. Er wünscht sich mit Ihnen zu unterhalten.«
»Worüber?«
»Werden Sie kommen?«
»Jetzt gleich?«
»Ich führe Sie zu ihm.«
Clives Neugierde war geweckt. »Na schön. Ich wasche mich nur kurz, und dann wollen wir mal sehen, um was es dabei geht.«

Offensichtlich war dieser Herr Xiu der Chef der chinesischen Goldsucher. Clive fand, er sehe irgendwie finster aus mit seinem hageren Gesicht und dem dünnen schwarzen Schnurrbart, der in zwei dunklen Fäden entlang seiner Mundwinkel herabhing. Seine tiefliegenden dunklen Augen blickten ausdruckslos, als er den Besucher zum Tee in den Schatten eines Baldachins aus Leinwand bat.
Der Gastgeber trug einen schweren Rock, eine gesteppte Seidenjacke und dazu ein rundes, besticktes Käppchen. Darunter fiel ein langer Zopf über seinen Rücken, der für Clive wie eine dickere Ausgabe des Schnurrbartes aussah.
Der Engländer hielt nicht viel von Chinesen, die er als seltsames Völkchen betrachtete, doch die erste gesellschaftliche Begegnung mit einem von ihnen faszinierte ihn dann doch. Er setzte sich auf einen glattpolierten Stuhl Xiu gegenüber und trank bemerkenswert guten Tee, den ein Diener einschenkte. Von der Vorstellung abgesehen, wechselten sie zunächst nur einige Höflichkeitsfloskeln.
Clive war entschlossen, sich nicht von diesem Ritual beeindrucken zu lassen, und kam zur Sache. »Weshalb wollten Sie mich sprechen, Mr. Xiu?«
Der Chinese sah ihn mehrere Minuten lang prüfend an, bevor er fragte: »Sie waren Mr. Willoughbys Partner?«
»Ja.«
»Sind Sie es immer noch?«
»Sie meinen, was die kriminellen Geschäfte angeht?« gab Clive eisig zurück. »Nein, das nicht. Aber wenn Sie an der Belohnung interessiert sind, müssen Sie sich einen anderen Dummen suchen.«

»Betrachten Sie Mr. Willoughby als Gesetzlosen?«
»Nein, aber andere tun das.«
Herr Xiu nickte bedächtig. »Wenn nicht als Gesetzlosen, dann vielleicht als herkömmlichen Verbrecher?«
Clive stellte vorsichtig die zarte Porzellanschale ab. »Hören Sie, Mr. Xiu, ich weiß zwar nicht, worauf Sie hinauswollen, aber eines können Sie mir glauben: Mal ist kein Verbrecher, weder ein Räuber noch ein Mörder. Ich glaube nicht, daß er in irgendeiner Weise an diesem Überfall beteiligt war.«
»Können Sie das beweisen?«
»Nein. Doch ich kenne ihn, er würde nie einen Menschen töten, schon gar nicht bei einem Überfall aus dem Hinterhalt.«
»Sehr bedauerlich. Wohin gehen Sie von hier aus, Mr. Hillier?«
»Vielleicht nach Charters Towers. Auf diesen Feldern könnte es sich lohnen.«
»So sagt man. Eine anstrengende Reise. Ich reise durchs Landesinnere. Nehmen Sie das Schiff?«
»Ja. Irgendwo dort oben wird es ja wohl einen Hafen geben.«
Xiu erklärte ihm den Weg mit der sonoren Stimme eines Predigers auf der Kanzel, und Clive war überrascht, wie gut sich der Chinese auskannte. Er solle das Schiff bis Townsville nehmen, womit er sich ungefähr vierhundert Meilen nördlich vom Wendekreis des Steinbocks befände. Die Goldfelder lägen um die sechzig Meilen südwestlich davon. Er warnte ihn vor der Regenzeit an der Küste und der Trockenheit im Landesinneren, vor dem einen großen Fluß, der während des Monsuns ein Hindernis darstellte. Außerdem erfuhr er so viel über das Klima und die Erdbeschaffenheit, daß ihm schwindlig wurde. Dabei trank er ununterbrochen Tee aus den winzigen Schalen.
Schließlich erhob sich Xiu, wobei er die Hände in die weiten Ärmel seiner Jacke schob und damit andeutete, daß die Audienz beendet sei.
»Sie werden sicher von Maryborough aus segeln, Mr. Hillier. Sie werden dort einige Tage ausspannen wollen nach der harten Arbeit.«
»Darauf freue ich mich jetzt schon.«
»Und vielleicht werden Sie die Zeit finden, Mr. Carnegie aufzusuchen.«
»Warum sollte ich das tun?«

»Warum nicht? Sie sind ein Gentleman, dem es durchaus zusteht, einem anderen Gentleman seine Aufwartung zu machen. Mr. Carnegie war dabei. Er allein weiß, was an diesem Sonntag geschah.«

»Meinen Sie, ich soll ihn davon überzeugen, daß er sich geirrt hat, was Mal angeht?«

»Manche Irrtümer sind nicht das, was sie zu sein vorgeben.«

Clive war verblüfft. »Sie glauben ihm nicht? Dem Goldkommissar höchstpersönlich?«

»Meine bescheidene Meinung ist nur von untergeordnetem Gewicht. Sie sollten Ihre eigenen Schlüsse ziehen. Wünschen Sie eine Eskorte zu Ihrem Zelt?«

»Nein, vielen Dank. Nein ...« Clive hatte den Wink verstanden und erhob sich. Er wußte noch immer nicht genau, was er von dem würdevollen Asiaten halten sollte, der in dieser Gegend so völlig fehl am Platz wirkte.

Xiu läutete eine kleine Messingglocke, die eher wie ein winziger Gong klang. Sofort tauchte ein Chinese aus dem benachbarten Zelt auf, verbeugte sich vor seinem Herrn und überreichte Clive auf dessen Nicken hin eine versiegelte Pergamentrolle.

»Was ist das?« fragte Clive. Plötzlich war er nervös, als habe ihm der Gerichtsvollzieher einen Vollstreckungsbefehl ausgehändigt.

»Das gehört Ihnen, Mr. Hillier«, antwortete der Chinese. Sein Herr zog sich leisen Schrittes zurück. »Herr Xiu wurde gebeten, es Ihnen zu übergeben, doch als weiser und vorsichtiger Mann wollte er erst Ihr Herz ergründen, bevor er dem Wunsch entsprach.« Er verbeugte sich vor Clive. »Wenn Sie mich nun entschuldigen würden.«

Auch er war davongeglitten, bevor der Engländer irgendeine Frage stellen konnte. Ein Diener räumte das Teegeschirr auf ein schwarzes Lacktablett. Ihn zu befragen hatte wohl keinen Sinn. Er spürte förmlich, wie die mysteriöse Welt dieser Menschen sich wieder vor ihm verschloß, steckte das Pergament in die Tasche und überquerte die Lichtung bis zum Fahrweg. Gewiß beobachteten sie ihn, doch er würde ihnen nicht die Genugtuung geben zu sehen, daß er die Pergamentrolle mit dem ungeduldigen Eifer eines Kindes aufriß, obwohl er vor Neugier auf den Inhalt fast platzte. Vielleicht ein Geschenk oder eine Karte des unerschlossenen Gebietes um Townsville, das der Chinese so gut zu kennen schien? Er kam an verlassenen Lagerplätzen vorbei, auf denen lärmende Krähen nach Abfällen suchten, vorbei an der Stelle, die man im Scherz als Stadtmitte bezeichnete und wo sich Regierungsstellen, Kneipen, Spielsalons und Freudenhäuser aneinanderdrängten. Zweifellos würde er in Charters Towers auf dieselben Gebäude, dieselben Gesichter stoßen.

Der Sonnenuntergang war ebenso kurz wie atemberaubend. Goldene Pinselstriche und rosige Wolkenstreifen erhellten den westlichen Himmel und bildeten einen starken Kontrast zu der häßlichen, aufgewühlten Landschaft mit den Überbleibseln menschlichen Lebens, das wie eine Heuschreckenplage über das unberührte Land hereingebrochen war.

Der Rückweg zu seinem Zelt betrug mehr als eine Meile. Endlich dort angekommen, zündete Clive die Lampe an, schenkte sich ein Gläschen minderwertigen Gin ein und fischte das Pergament aus seiner Tasche. Er drückte es vorsichtig zusammen; es schien nichts zu enthalten. Er grinste. Vermutlich eine Ansammlung chinesischer Weisheiten zu seiner Erbauung. Ein Pfund von dem köstlichen Tee wäre ihm lieber gewesen.

Dann fiel ihm die Bemerkung ein, daß man Herrn Xiu gebeten habe, es an ihn weiterzuleiten. Er starrte auf das Pergament, das keinerlei Aufschrift trug, weder in Englisch noch in Chinesisch.

Er öffnete das Siegel. Ein Blatt fiel aus der Rolle, das ebenfalls unbeschriftet war. Nur eine leere Seite. Verärgert zog er ein weiteres hauchdünnes Blatt heraus und betrachtete die unbekannte Handschrift.

Lieber Clive,
ich hoffe, es geht Dir gut. Tut mir leid, was passiert ist. Sollst keine schlechte Meinung von mir haben. Hört sich jetzt vielleicht unglaubwürdig an, aber die Zeitungen haben unrecht, ich hab mit dieser Geschichte nichts zu tun. Weder mit dem Raubüberfall noch mit den Morden. Die haben mich als Sündenbock benutzt. Hätte es besser wissen sollen. Bin eben ein Trottel. Weiß nicht, wer es war, aber es gibt einen Mann, den ich finden muß. Kann sein, daß er helfen kann, es sieht aber nicht allzu rosig aus.

Ich hoffe, Du tust mir einen Gefallen. Geh zu meiner Freundin Miss

Emilie Tissington, die in der Lennox Road in Maryborough wohnt. Ist eine Gouvernante. Hab Dir von ihr erzählt. Sie ist aus England und ganz schön unglücklich, kennt keinen und ist einsam. Kann ihr im Moment keine große Hilfe sein. Verdammtes Pech, was? Hoffe, Du findest Fleur wieder.
Mal

Clive las den Brief mehrmals durch und fragte sich, wie Xiu daran gekommen sein mochte. Dann fiel ihm ein, daß die verschworene Gemeinschaft der Chinesen Mal aus irgendeinem Grund zu akzeptieren schien. Gut, daß Xiu so große Vorsicht hatte walten lassen, denn eine unbedachte Übergabe hätte Mal womöglich in noch größere Schwierigkeiten gebracht und überdies das englische Mädchen in die Sache hineinziehen können. Aus Mals eigenen Worten und den verschwommenen Äußerungen des Chinesen mußte Clive schließen, daß man seinen Partner tatsächlich hereingelegt hatte. Doch wer steckte dahinter?
Xiu hatte vorgeschlagen, er solle Carnegie aufsuchen, und damit Clives Verdacht auf den ehemaligen Kommissar gelenkt. Doch war dies nicht zu weit hergeholt? Immerhin war der Mann bei dem Überfall verletzt worden, und Mal selbst hatte ihn mit keiner Silbe erwähnt.
Wo mochte Willoughby stecken? Verbarg er sich im Busch? Er sprach nie über sich selbst und war, wie Clive nicht zuletzt gegenüber Pollock ausgesagt hatte, auch sonst eher verschlossen. Er wußte nur eines mit Sicherheit, und eben diese Tatsache hatte er dem Sergeant verschwiegen.
Mal kannte sich ausgezeichnet im Busch aus. Von Beginn ihrer Partnerschaft an hatten sich Clives Lebensumstände schlagartig verbessert. Er mußte lächeln, als er nun daran zurückdachte. Mal hatte das Zelt und den Platz davor gekehrt, eine anständige Latrine gegraben und darauf gedrängt, daß diese alle paar Tage zugeschüttet wurde, um der Fliegenplage Herr zu werden. Er konnte ein Damper genanntes Fladenbrot in der Asche ihres Lagerfeuers backen, das zusammen mit dem sogenannten Goldsirup einfach köstlich schmeckte. All das war Clive völlig neu gewesen. Wenn sie dann endgültig genug hatten von dem ungenießbaren Fleisch aus dem Metzger-

laden, hatte Mal ganze Tage damit zugebracht, im Busch etwas Eßbares aufzutreiben, und war mit Fisch, Känguruhfleisch und einer erstaunlichen Auswahl eßbarer Pflanzen heimgekehrt, die Goldsucher für gewöhnlich gar nicht kannten. Sogar wilden Honig brachte er mit. Mal amüsierte sich über die Goldgräber, die den Busch als Wüste betrachteten, die keinerlei Nahrung bot, und statt dessen den überteuerten und beinahe ungenießbaren Fraß kauften, den man von weither auf die Goldfelder karrte.

»Was glaubst du wohl, wovon die Abos leben?« hatte er gefragt. »Die kennen keine Geschäfte.«

Nach Mals Aufbruch war Clive wieder in seine alten Verhaltensweisen zurückgefallen, hatte übelriechendes Fleisch und angeschimmeltes Brot gegessen, das er mit dem inzwischen berühmt gewordenen Goldsirup bestrich. Er hatte an Gewicht verloren und sorgte sich allmählich um sein Überleben auf den Goldfeldern nördlich vom Wendekreis des Steinbocks. Die Hitze würde noch weitaus schlimmer sein als hier. Wäre Mal nur noch immer sein Partner und nicht ein steckbrieflich gesuchter Verbrecher!

Plötzlich kam ihm ein Gedanke. Der Mann, den Mal unbedingt finden mußte, war doch hoffentlich nicht Carnegie! Clive packte die Angst. Mal würde doch nicht so dumm sein und dem Mann offen entgegentreten, der sich dem Vernehmen nach noch immer in Maryborough aufhielt? Carnegie hatte das Recht, ihn ohne Vorwarnung zu erschießen. Wäre er dazu fähig? Clive lief ein Schauer über den Rücken. Im unendlichen, einsamen Buschland konnte Mal immerhin überleben, sofern man das Leben nennen konnte. Würde er dennoch das Risiko eingehen und den Kommissar aufsuchen?

Allmählich sah Clive ein, wie wenig er Mal Willoughby tatsächlich kannte, wie wenig er seine nächsten Schritte vorhersagen konnte. Soviel er wußte, konnte der Bursche überall und nirgends sein in diesem endlosen Land.

Am nächsten Morgen packte Clive endgültig seine Sachen. Er rollte seine wenigen Habseligkeiten zu einem Bündel zusammen, stieg aufs Pferd und wandte sich zur Straße nach Maryborough. Auch er mußte nun einen Mann aufsuchen. Und eine junge Lady.

Die junge Lady war mittlerweile davon überzeugt, daß sie den Ärger förmlich anzog. Sie betrachtete sich selbst als einen ruhigen Menschen, der Wert auf ein geordnetes Leben legte – warum also störte man sie dauernd aus ihrer wohlverdienten Ruhe auf? Sie hatte schon genügend Schwierigkeiten mit ihrer Stelle und den Sorgen um Mr. Willoughby und sein Geld, doch nun tauchte noch ein weiteres Problem auf.

Mrs. Manningtree zog bei ihrer Trauer um den verstorbenen Captain Morrow tagtäglich eine große Schau ab, seufzte, schluchzte, zerrte an ihrem schwarzen Kleid, doch urplötzlich schien sich ihre Laune zu bessern.

»Auf Regen folgt Sonnenschein«, bemerkte die Köchin. »Was hat sie diesmal vor?«

Sie sollten es bald erfahren. Anscheinend wollte Captain Morrows untröstliche Mutter nach Maryborough kommen, um sein symbolisches Grab auf dem Friedhof zu besuchen. Auf Mrs. Manningtrees ausdrücklichen Wunsch hin hatten seine Freunde für einen Marmorgrabstein gesammelt, der zu Ehren des Captain gut sichtbar gleich hinter dem Eingangstor aufgestellt worden war. Aus Neugier war Emilie mit Nellie hingegangen, um sich dieses Wunderwerk anzuschauen, von dem ihre Herrin pausenlos redete, und die beiden lasen traurig die Inschrift: *Verschollen auf See.* Nellie, die zu Sentimentalität neigte, vergoß sogar ein paar Tränen. Mrs. Manningtrees Tränen hingegen waren versiegt, obwohl sie weiterhin Trauerkleidung trug. Sie konnte ihrer Aufregung kaum Herr werden und eilte in die Küche, um der Köchin die letzten Neuigkeiten zu überbringen.

»Die Mutter des armen Captain kommt in die Stadt und hat meine Einladung angenommen. Sie wird bei uns wohnen. Sie ist eine Gräfin, eine echte Aristokratin. Natürlich gibt es hier ohnehin keine andere angemessene Unterkunft für sie. Ich muß alles tun, um der Ärmsten ihren Aufenthalt so angenehm wie möglich zu gestalten.«

Nellie fragte besorgt: »In welchem Zimmer soll sie schlafen, Madam? Sie haben das zweite Schlafzimmer zum Ankleidezimmer gemacht, und im anderen wohnen die Kinder.«

»Das habe ich mir bereits genau überlegt. Das Kinderzimmer ist am geeignetsten, groß und luftig. Die Gräfin wird es dort gemütlich haben. Wir nehmen zwei Betten weg, damit sie mehr Platz hat. Vornehme Damen reisen gewöhnlich mit großem Gepäck. Ich will, daß dieses Zimmer gründlich gereinigt wird, außerdem müssen neue Vorhänge und ein schönerer Frisiertisch hinein. Ich habe im Laden einen wunderbaren indischen Teppich gesehen, der sehr gut passen würde. Und neue Lampen ...«

»Entschuldigen Sie, Madam, aber wo sollen die Kinder schlafen?«

»In Miss Tissingtons Zimmer.«

»Das wird aber eng. Zwei zusätzliche Betten passen hinein, aber keine drei.«

»Schon gut, Rosie kann mit Alice zusammen schlafen.«

»Was wird Miss Tissington dazu sagen?«

»Sie ist eine Angestellte und wird tun, was man ihr sagt. Es ist ja nur vorübergehend.«

Die Kinder waren begeistert von der Aussicht, gemeinsam mit ihrer Gouvernante in einem Raum zu schlafen, doch Emilie sah das anders. Von der Enge abgesehen, mißbilligte sie die Störung ihrer Privatsphäre. Außerdem war da noch Mr. Willoughbys Geld. Wenn die Kinder nun ihr Zimmer durchstöberten und es fanden? Emilie wußte, daß im Grunde nichts dabei war, Geld zu besitzen, doch sie war auf so seltsame Weise dazu gekommen, daß es Schuldgefühle in ihr auslöste. Sie hatte das Versteck inzwischen so oft gewechselt, daß sie manchmal selbst nicht mehr wußte, wo es sich befand. Sie entschloß sich, es vorerst wieder in den Koffer zu packen.

Ihr war klar, daß es vollkommen sinnlos war, sich auf eine Diskussion mit Mrs. Manningtree einzulassen; dennoch verspürte sie den Drang, endlich ihren Standpunkt deutlich zu machen. Wieso konnte ihre Herrin nicht vorübergehend auf ihr Ankleidezimmer verzichten? Nellie zufolge war es ohnehin nur vollgestopft mit alten Kleidern und Kisten voller Kram, da Mrs. Manningtree anscheinend zu den Menschen gehörte, die nichts wegwerfen können.

Als der neue Teppich geliefert wurde, machte sich Emilie auf die Suche nach ihrer Arbeitgeberin.

»Gibt es vielleicht noch ein anderes Zimmer, in dem die Kinder schlafen können, Madam? Ich möchte Sie darauf hinweisen, daß es für mich sehr unbequem ist, mein Zimmer mit ihnen zu teilen.«

»Pech für Sie, Miss, aber ein kleines bißchen Unbequemlichkeit wird Ihnen schon nicht schaden. Außerdem ist es ja nur für kurze Zeit.«

»Für wie lange genau, Madam?«
»Woher soll ich das wissen? Gewiß werde ich die Gräfin nicht fragen, wie lange sie zu bleiben gedenkt. Sie kommt den ganzen weiten Weg aus Melbourne hierher und kann so lange bleiben, wie es ihr beliebt. Vermutlich einen Monat. Nachdem sie sich eingelebt hat, werden wir sie den örtlichen Honoratioren vorstellen und ihr die Gegend zeigen. Die Landschaft hier ist stellenweise sehr malerisch …«
Emilie war entsetzt. Sie hatte angenommen, der Besuch werde ein paar Tage dauern, und konnte es keinesfalls zulassen, daß Mrs. Manningtree ihr diese Wohnsituation für mehrere Wochen zumutete. Plötzlich kamen Mr. Willoughbys Worte aus ihrem Mund, so als habe er ihr einen kleinen Schubs gegeben, damit sie endlich für sich selbst einstand: »In diesem Fall würde ich es vorziehen, mir eine Unterkunft in der Stadt zu suchen. Die Kinder können mein Zimmer haben, aber für uns alle reicht der Platz einfach nicht.«
Mrs. Manningtree war verblüfft. Sie runzelte die Stirn, rang sich dann aber zu einem säuerlichen Lächeln durch. »Sehr schön. Das könnte die Lösung sein.« Allmählich fand sie offensichtlich Gefallen an der Idee. »Ganz ausgezeichnet. Ein Gästezimmer könnte ich sehr gut gebrauchen. Ja, Sie suchen sich eine Unterkunft, und wir verständigen uns über Ihre genauen Arbeitszeiten.«
Am Nachmittag war von »wir« keine Rede mehr, die Herrin entschied allein. Emilie würde wochentags von acht Uhr morgens bis sieben Uhr abends arbeiten, dazu noch jeden Samstagmorgen. Da ihr Gehalt Kost und Logis einschloß, durfte sie die Mahlzeiten weiterhin gemeinsam mit den Kindern einnehmen. Sie würde keine Entschädigung oder zusätzlichen Lohn erhalten, wenn sie das Zimmer nicht mehr in Anspruch nahm. Und überdies würde dieses Arrangement nicht vorübergehend, sondern auf Dauer gelten. Nun blieb ihr tatsächlich keine andere Wahl, als sich ein Zimmer zu suchen.
Kate und Nellie waren außer sich. »Sie wirft Sie hinaus?«
»Nein, es war meine Idee.«
»Aber wohin wollen Sie gehen?« fragte Kate. »In dieser Stadt gibt es keine anständigen Pensionen, nur Unterkünfte für Goldgräber und anderes Gesindel.«

»Ich werde schon etwas finden«, antwortete Emilie, »keine Sorge. Ich bin durchaus in der Lage, mein Leben selbst in die Hand zu nehmen.«
Aber war das auch tatsächlich der Fall? Hoffentlich hatte sie nicht einen schrecklichen Fehler begangen. Mr. Willoughby traf keine Schuld, als Mann hatte er nicht ermessen können, welche Gefahren solche Unterkünfte für eine Dame bargen. An diesem Freitagabend saß sie nervös in ihrem Zimmer und fragte sich, worauf sie sich da eingelassen hatte.
Wenn sie nicht aufpaßte, würde der Mietpreis ihre bescheidenen Mittel übersteigen. Andererseits war da noch Mals Geld. Oder war es ihres? Würde es ihn stören, wenn sie sich etwas davon nahm? Sicher nicht. Dennoch fühlte sie sich unbehaglich. Wie auch immer, sie konnte nicht mehr zurück, es mußten umgehend wichtige Entscheidungen getroffen werden.

Die Stadt hatte Emilie von Beginn an eingeschüchtert. In ihren Straßen kam sie sich vor wie eine Ameise, ein Nichts. Sie hatte keinerlei Ähnlichkeit mit den Landstädtchen, die Emilie aus ihrer Heimat kannte, wo das Leben in geruhsamen Bahnen verlief und die Leute einer anständigen Arbeit nachgingen; wo Reiter und Kutschen sich um Rücksicht bemühten und ungeschriebene Gesetze des Zusammenlebens beherzigt wurden. Hier gab es keinerlei Regeln. Gehwege existierten nicht; man setzte sein Leben aufs Spiel, sobald man einen Fuß auf die Hauptstraße zu setzen wagte, wo Reiter entlangpreschten, mit Wollballen überladene Wagen zum Kai rumpelten und Kutscher die breite Straße für eine Rennbahn zu halten schienen.
In der Stadt gab es weit mehr Männer als Frauen. Sie drängten sich vor den Pubs oder standen in Gruppen herum, ohne jedoch die Frauen zu belästigen, die unbekümmert an ihnen vorbeigingen und Freunden laute Grüße zuriefen. Emilie war entsetzt. Sie selbst hielt ständig den Kopf gesenkt und die behandschuhten Hände nonnengleich verschränkt, um jede unerwünschte Aufmerksamkeit zu vermeiden.
Und da war noch etwas, wie sie Ruth in einem ihrer Briefe berichtet hatte: Niemand trug hier Handschuhe. Ob sie wohl auch auf ihre

verzichten sollte? Sie hatte Frauen gesehen, die mit mehreren Männern gleichzeitig ausritten, und zwar im Herrensitz, bekleidet mit Hosen und Männerhüten. Das war vielleicht ein Anblick! Die Kinder nannten sie schlicht und einfach »Bushies«, als sei dieses Verhalten völlig normal.
Ruth, in deren Städtchen Nanango es anscheinend sehr viel zivilisierter zuging, war schockiert gewesen und hatte Emilie ermahnt, ihre Handschuhe unbeirrt weiter zu tragen und sich keinesfalls auf das Niveau ihrer neuen Umgebung herabzubegeben. Sie bat Emilie, bei der Aufnahme neuer Kontakte äußerste Vorsicht walten zu lassen, und fügte hinzu, daß ihre Arbeitgeber zwar gewöhnlich seien, ihr aber eine sichere Unterkunft böten. Ruth hatte von Gouvernanten auf abgelegenen Schaffarmen gehört, die den unaussprechlichen Annäherungsversuchen männlicher Familienmitglieder ausgesetzt waren und sich lieber in finanzielle Not begaben, als dies weiterhin zu erdulden.
Während Emilie langsam die Straße entlangschritt und den unordentlich vor den Geschäften gestapelten Waren auswich, dachte sie mit Schrecken daran, wie Ruth auf ihre Bekanntschaft mit Mal Willoughby reagieren würde. Dann betrat sie die Bank of New South Wales und verdrängte ihre Schwester aus ihren Gedanken, da diese ohnehin nie verstehen würde, was sie nun zu tun im Begriff war.
Emilie näherte sich nervös dem Schalter, nickte dem fröhlich wirkenden Bankangestellten, einem Herrn mit Backenbart und leuchtend roten Lippen, höflich zu und übergab ihm das Geld. Ob sie nun ein Zimmer in der Stadt bewohnte oder sich eines mit den Kindern teilte, das Geld mußte sicher aufbewahrt sein. Sie schaute ängstlich zu, wie er die Scheine nachzählte, so als könne man sie jeden Augenblick verhaften, doch der Mann sah sie nur freundlich an.
»Vierhundert Pfund, Miss …«
»Tissington«, ergänzte sie rasch. Sie konnte das Geld wohl kaum auf den Namen eines steckbrieflich gesuchten Verbrechers einzahlen. »Emilie Tissington.«
Er stellte keine weiteren Fragen, sondern nickte ihr nur beruhigend zu. In der Bank war es heiß, ihr Gesicht brannte, und sie preßte ihre klappernden Zähne aufeinander, als sie einen Vordruck unterzeichnete. Der Angestellte verschwand kurz nach hinten. Ein übelriechen-

der Mann hinter ihr nieste und keuchte. Der Zeiger der großen Uhr an der Wand bewegte sich unendlich langsam. Dann kehrte der Beamte lächelnd zurück und überreichte ihr ein Sparbuch. Emilie trat beiseite.
Neben der Tür stand ein Stuhl, blank poliert wie eine Kirchenbank, auf dem sie gerade noch Platz nehmen konnte, bevor die Beine ihr den Dienst versagten. Sie steckte das Sparbuch in ihre schwarze Handtasche und zog ein Taschentuch hervor. Sie hatte das Geld tatsächlich zur Bank gebracht.
Erst jetzt fiel ihr bruchstückhaft wieder ein, was Mr. Willoughby zu ihr gesagt hatte. Wenn sie ihn verhafteten, würde er das Geld nie wiedersehen. Tiefe Traurigkeit erfüllte sie. Er wollte damit wohl andeuten, daß man brutal mit ihm umspringen und ihn, den vermeintlichen Räuber, seines Geldes berauben würde, sobald man ihn gestellt hätte.
Emilie sah hinunter auf die glänzende Ledertasche. Ruth hatte vor ihrer Abreise zwei davon auf einem Markt gekauft. Sie hatte nicht widerstehen können, da sie billig waren und teuer aussahen, absolut passend für Gouvernanten. Emilie dachte an Mr. Willoughby und sein offenes, freundliches Gesicht, das keine Spur von Grausamkeit an sich hatte. Sie dachte an seine großen, blauen, unschuldsvollen Augen und spürte, daß er ihr nahe war, daß er ihre Entscheidung als vernünftig begrüßte. Sie gelobte sich selbst, ihm das Geld zurückzugeben, sollte er es je benötigen. Im Augenblick jedoch konnte es ihr besser nützen als ihm.
Sie verließ die Bank und trat hinaus auf die sonnenhelle Straße. Emilie trug ihren Wohltäter in ihrem Herzen. Sie wußte, er hatte sie gern, doch nun sehnte sie sich danach, ihn wiederzusehen, und das hatte nichts mit dem Geldgeschenk zu tun. Emilie hungerte nach Liebe, wollte diesen reizenden jungen Mann in die Arme schließen und trösten. Wie gering waren doch ihre Probleme im Vergleich zu seinen! Er war in Lebensgefahr, während sie wegen eines Zimmers jammerte. Es war an der Zeit, das Selbstmitleid abzuschütteln.
Vielleicht hatte Mr. Willoughby sie mit seiner guten Laune, seiner unglaublichen Selbstsicherheit angesteckt. Emilie schritt nun mit neuer Entschlossenheit und erhobenen Hauptes durch die Straßen. Sie war kein schüchternes Mädchen mehr, sondern eine Frau,

die von einem Mann irgendwo draußen in der Wildnis geliebt wurde.
Emilie errötete bei dem Gedanken. Gernhaben war ein unpassendes, altmodisches Wort für das, was sie in seinen Augen erblickt und nicht zu deuten gewagt hatte. Endlich hatte sie die Liebe entdeckt – nicht die naive, romantische Liebe ihrer Jungmädchenträume, sondern die bittersüße Liebe zu einem gutaussehenden Mann, der schon seit Wochen durch ihre erwachsenen Träume geisterte. Von nun an gestattete sie sich, ihn in Gedanken Mal zu nennen. Ihren Freund Mal. Das Geld auf der Bank gehört uns, nicht mir allein, teilte sie ihm stumm mit, als sie vor einer Pension stehenblieb. Ich muß etwas Sinnvolles damit anfangen. Aber eines verspreche ich dir. Ich werde diese Stadt nicht verlassen, bis ich von dir höre. Hier ist der einzige Ort, an dem wir Kontakt aufnehmen können. Gott schütze dich, Mal.
Eine Frau stand auf der Treppe vor der Tür.
»Rein oder raus, Miss? Sie sehen aus, als wären Sie völlig weggetreten.«
Emilie faßte sich schnell. »Ich bin auf der Suche nach einem Zimmer. Sind Sie die Vermieterin?«
»Sicher doch. Aber solche wie Sie nehme ich nicht.«
»Wie bitte?«
»Nehmen Sie mir das nicht übel, Miss, aber ich habe schon genügend Ärger mit den Raufbolden und Säufern. Ich verstehe gar nicht, warum Sie ausgerechnet bei mir anfragen.«
»Es tut mir leid, aber ich brauche eine Unterkunft. Vielleicht könnten Sie mir ein passendes Haus empfehlen.«
»In dieser Stadt?« lachte die Frau. »Haben Sie bisher auf dem Mond gelebt? Ich sag's Ihnen klar und deutlich: In dieser Gegend gibt es keine Pension, in der ein Mädchen wie Sie sicher unterkommen könnte. Zu viele Männer hier haben zu lange keine Frau mehr gesehen. Besser, Sie fahren heim.«
Doch Emilie hatte innerlich bereits alle Brücken hinter sich abgebrochen. Sie konnte nicht mehr einfach zu Mrs. Manningtree zurückgehen und um ihr altes Zimmer bitten.
»Irgend etwas muß es doch geben«, sagte sie flehend. »Können Sie mir nichts Anständiges empfehlen?«

Die Frau schnitt eine Grimasse, während sie angestrengt überlegte. »Sie könnten es im *Prince of Wales* versuchen. Ist für feine Pinkel und Neureiche von den Goldfeldern. Sie wären dort zwar sicher, meine Liebe, aber es kostet eine Stange Geld.«
Emilie zuckte zusammen bei dem Gedanken, in einem Hotel zu leben. »Gibt es denn nichts anderes?«
Die Frau schüttelte den Kopf. »Hören Sie auf meinen Rat, Kind. Keine Pensionen. Sie sehen nett aus. Gehen Sie zu Mrs. Mooney im *Prince*, vielleicht kann sie was für Sie tun.«

Ganz so einfach war es aber dann doch nicht, bei Mrs. Mooney im »Prince« vorzusprechen. Emilie fürchtete sich vor den Kosten und verwünschte ihre Voreiligkeit. Außerdem war sie auf dem Land aufgewachsen und gehörte zu den Menschen, die höchstens auf Reisen in Hotels absteigen. Das Prince of Wales war ein großes, zweistöckiges Gebäude, doch unmittelbar neben dem Eingang befand sich eine anrüchige Kneipe.
Während sie aus lauter Verzweiflung ihre Schritte zum Hotel lenkte, konnte Emilie im Geiste die Proteste ihrer Schwester hören, die verlangte, sie solle umkehren, bevor ihr Ruf völlig ruiniert sei. Dennoch, ihr blieb keine Wahl. Sie wandte die Augen von der Kneipe ab und betrat todesmutig die mit Teppichen ausgelegte Eingangshalle.
Drinnen war es erstaunlich kühl. Als sich Emilies Augen ans Dämmerlicht gewöhnt hatten, ging sie eilig zu einer Tür mit der Aufschrift »Büro« und klopfte. Niemand antwortete, und sie wollte schon die Flucht ergreifen, als eine Frau die Treppe am anderen Ende der Halle hinunterkam.
»Was kann ich für Sie tun, Miss?«
Sie wirkte kräftig und trug ein schwarzes, enggeschnürtes Kleid mit weißem Spitzenkragen. Ihr Gesicht war wettergegerbt wie das einer Landfrau, doch das braune Haar war ordentlich zurückgekämmt und zu säuberlichen Rollen frisiert.
»Ich würde gern mit Mrs. Mooney sprechen.«
»Das bin ich.« Sie überragte Emilie um Haupteslänge und sprach knapp und geschäftsmäßig, als habe sie keine Zeit zu verlieren.
»Oh, Mrs. Mooney, mein Name ist Tissington …«

»Guter Gott, die Gouvernante! Violet Manningtrees Gouvernante.«
»Ja. Ich wüßte gern, ob Sie ein Zimmer für mich haben.«
»Für wie lange?«
»Als Dauergast.«
»Da kann ich Ihnen nicht helfen. Ich vermiete nicht an Dauergäste.«
Beinahe erleichtert, trat Emilie den Rückzug an. »Das wußte ich nicht, Madam. Bitte entschuldigen Sie.«
»Einen Moment noch. Wozu die Eile? Ich dachte, Sie lebten mit im Haus.«
»Ja, aber es kommt eine Dame zu Besuch …«
Mrs. Mooney lachte. »Natürlich, die Gräfin! Als wenn Violet und Bert Manningtree diese Neuigkeit nicht in der ganzen Stadt herumposaunt hätten! Und deswegen wirft man Sie hinaus?«
»Nein. Aber da sie das Zimmer brauchen, schlug ich vor, daß ich mich nach einer anderen Unterkunft umsehe.«
»Also würden Sie doch nicht als Dauergast einziehen?«
»Nun ja, doch. Ich dachte, es sei zur Abwechslung einmal ganz nett, woanders zu wohnen. Ein eigenes Zuhause zu haben.«
Emilie sträubte sich innerlich gegen diese sinnlosen Erklärungen und wünschte, die Frau würde sie endlich gehen lassen.
»Sie wollen also die Kinder weiterhin unterrichten?«
»Selbstverständlich, sie sind ganz reizend.«
»Freut mich zu hören. Ich habe auch auf Ihre Stellenangebote geantwortet, aber dieser Agent schrieb mir, Sie und Ihre Schwester seien bereits untergekommen. Violet hat furchtbar damit angegeben«, fügte sie grinsend hinzu. »Ist mir knapp zuvorgekommen, sozusagen.«
Emilie schrak zusammen. Natürlich, sie und Ruth hatten es damals strikt abgelehnt, für eine katholische Familie von Hotelbesitzern zu arbeiten. Und nun fand sie sich ausgerechnet bei ihnen wieder. Zum Glück hatte Julius Penn Mrs. Mooney gegenüber ihre Gründe für die Absage nicht erwähnt.
»Es tut mir leid«, murmelte sie.
»Das muß es ganz und gar nicht. Es hat sich schließlich noch alles zum Besten gewendet. Ich habe meine Tochter ins Internat geschickt, damit sich die Nonnen eine Weile um sie kümmern. Marie war nicht gerade erfreut, aber es wird ihr guttun.«

Aus der Bar nebenan drang fröhliches Geschrei zu ihnen, und Mrs. Mooney schob Emilie zur Tür.
»Ich muß jetzt gehen, Miss. Samstags ist immer viel los. Aber Sie sollten morgen nachmittag wiederkommen, dann werden wir sehen, was sich machen läßt.«
Emilie wollte schon protestieren, doch Mrs. Mooney gab ihr keine Gelegenheit dazu.
»Um zwei also? Wir unterhalten uns ein wenig, und Sie erzählen mir alles über sich.«
Mrs. Mooney eilte davon und ließ ihre Besucherin an der Tür stehen. Warum hatte sie es nicht einfach dabei belassen, anstatt ihr Leben noch komplizierter zu machen, als es ohnehin schon war? Sie seufzte. Nun mußte sie ins Haus zurückkehren und Kate und Nellie eingestehen, daß sie mit ihrer Zimmersuche bisher erfolglos geblieben war. Und die Gräfin sollte bereits in einer Woche eintreffen. Doch ganz gewiß würde sie ihren Besuch in diesem Hotel, wo man keine Dauergäste aufnahm und sie sich derart zum Narren gemacht hatte, mit keinem Wort erwähnen.

In der ganzen Zeit, in der sie nun schon in Maryborough lebte, hatte sich Emilie kaum für die Stadt interessiert, da die wild aussehenden Bewohner sie abgeschreckt hatten. Nur die Spaziergänge mit den Kindern hatten sie ein wenig wagemutiger werden lassen, da sie sich als deren Beschützerin empfand und in ihrer Begleitung zudem weniger Aufsehen erregte. In dieser Stadt gab es so viele Männer, daß sie sich bei den wenigen Ausflügen, die sie allein unternahm, völlig fehl am Platz gefühlt hatte, wie ein weiblicher Eindringling in einer Männerwelt.
Doch an diesem Sonntagmorgen beschloß Emilie, diese Haltung zu ändern und ihre Zurückhaltung abzulegen. Es war lächerlich, sich hinter den Kindern zu verstecken, die ihr bei jedem Spaziergang aufs neue bewiesen, daß es durchaus gefahrlos war, sich in den Straßen zu bewegen und mit anderen Kindern zu spielen. Sie liebten es, die Schiffe im Hafen anzusehen, und nahmen gar keine Notiz von den unzureichend bekleideten Aborigines und Südseeinsulanern, den schweigsamen chinesischen Kulis und Arbeitstrupps weißer Männer, die dort mit nacktem Oberkörper und barfuß in der Sonne schufte-

ten. Ungeachtet der Proteste ihrer Gouvernante sausten sie durch die Lagerhäuser, Geschäfte und das Zollverschlußlager, in dem riesige Rum- und Whiskyfässer zum Verstecken einluden. Irgendwann gab ihre sogenannte Aufsichtsperson auf und wartete unauffällig an einer Ecke, bis sie wieder auftauchten.

Gegenüber vom Haus der Manningtrees in der Lennox Road lag ein gepflegter botanischer Garten, in dem Emilie oft interessante Gespräche mit dem Verwalter führte. Nur die kleine Rosie wollte sie dorthin begleiten, die beiden älteren Kinder fanden es langweilig. Emilie mußte zugeben, daß ihr eigener verwilderter Garten sehr viel abenteuerlicher war als die ordentlichen Spazierwege und jungen Bäume des botanischen Gartens, den man auf einem Gelände angelegt hatte, das zuvor für eine Sägegrube und eine Tierkörperverwertung gerodet worden war.

Unschlüssig blieb Emilie an seinem Tor stehen. Sie hätte ihre Zeit lieber im ruhigen Garten verbracht, als in die Innenstadt zu gehen. Dennoch, sie fühlte sich verpflichtet, vorerst in Maryborough zu bleiben, da sie es Mr. Willoughby schuldete. Wenn sie die Stadt verließ, würde sie jegliche Verbindung zu ihm verlieren und nie erfahren, was aus ihm geworden war.

Sie ging durch die Sussex Street, die zur geschäftigen Wharf Street führte. Wenn sie hier leben wollte, mußte sie sich auch allein in die Stadt wagen, ohne die Kinder ständig als Schutzschild zu benutzen.

Als erstes streifte sie die Handschuhe ab und steckte sie in ihre Handtasche.

Bevor sie sich an diesem Nachmittag mit Mrs. Mooney traf, mußte sie unbedingt ihre Suche nach einer geeigneten Unterkunft fortsetzen. Emilie hatte sich vorgenommen, die Straßen methodisch zu durchkämmen, bis sie irgendwo ein passendes Zimmer gefunden hätte.

Über eine Stunde später fand sie sich am anderen Ende der Lennox Road wieder, nur wenige Blocks vom Haus der Manningtrees entfernt. Sie hatte die Außenbezirke der kleinen Stadt erkundet, ohne Fortschritte zu machen. Zwei Schilder in Fenstern warben für freie Zimmer, doch die Häuser wirkten so heruntergekommen, daß sie erst gar nicht nachgefragt hatte.

Emilie war verschwitzt. Sie nahm die Haube ab und fuhr sich durch das feuchte Haar, da es sie nicht länger kümmerte, ob Damen ihrer

Klasse sich hutlos in der Öffentlichkeit zeigten oder nicht. Vermutlich sollte sie einfach auf die steifen Hauben verzichten und sich für einen Shilling einen der geflochtenen Strohhüte kaufen, die sie in einem Schaufenster entdeckt hatte. Ihren festen Strohhut mit den Bändern könnte sie ja noch für besondere Gelegenheiten aufbewahren.

Da ihre Suche erfolglos geblieben war, würde sie die Verabredung mit Mrs. Mooney einhalten und abends in den sauren Apfel beißen und ihre Arbeitgeberin fragen, ob sie das Zimmer nicht doch mit den Kindern teilen könne. Der Gedanke deprimierte sie so sehr, daß ihr wieder Zweifel an ihrem Aufenthalt in Maryborough kamen. Sie könnte ebensogut nach Nanango reisen und Ruth besuchen oder direkt nach Brisbane fahren, um sich eine andere Stelle zu suchen. Doch wie sollte Mr. Willoughby dann erfahren, wo sie sich aufhielt? Wenn sie ihm doch nur ihre mißliche Lage erklären könnte, er würde es sicher verstehen.

Wie konnte jemand nur auf den Gedanken kommen, daß ein netter junger Mann wie er Menschen getötet hatte? Es war zu schrecklich, um überhaupt in Betracht gezogen zu werden.

Das Hotel wirkte ruhig, doch beim Eintreten mußte Emilie einer Gruppe von Leuten Platz machen, die aus dem Speisesaal kamen, darunter einige Freunde der Manningtrees, die ihr zuwinkten und sie freundlich grüßten. Emilie antwortete höflich, fühlte sich aber beklommen. Schon bald würde ihre Arbeitgeberin erfahren, daß man die Gouvernante im *Prince of Wales* gesehen hatte. Andererseits konnten die Manningtrees, die nicht viel auf Anstand und Sitte hielten, darin wohl schwerlich etwas Unziemliches sehen.

Plötzlich kicherte Emilie, zum ersten Mal seit langer Zeit … in dieser verkehrten Welt würde es niemanden stören, daß sie ein Hotel betrat … außer ihrer Schwester natürlich! In der Tat waren ihr in letzter Zeit eine Menge Dinge zugestoßen, die Ruths Mißbilligung erregt hätten.

»Da sind Sie ja, Miss Tissington!« rief Mrs. Mooney ihr entgegen. »Und so pünktlich. Ich mag pünktliche Menschen, aber die meisten hier kennen nicht einmal das Wort. Haben Sie schon zu Mittag gegessen?«

»Ja, vielen Dank.«
»Möchten Sie Tee?«
»Danke, nein.«
»Und wie geht es Violet? Hat sie schon den roten Teppich ausgerollt?«
Emilie schüttelte den Kopf.
»Sie hat einen gekauft, müssen Sie wissen. So wahr ich hier stehe. Einen echten roten Teppich für den Empfang der Gräfin. Was sagen Sie dazu?«
»Ich weiß nicht so recht, Mrs. Mooney.«
»Ach, kommen Sie! Eine junge Dame wie Sie weiß ganz genau, daß man so etwas nicht tut, Sie sind nur zu höflich, es zu sagen. Dann kommen Sie mal mit. Sie sind mir nicht mehr aus dem Kopf gegangen. Die Leute erzählen sich, sie hätte die Kinder in Ihr Zimmer gepfercht, um Platz für die Gräfin zu schaffen, und daß Sie deshalb nach einem Schlafplatz suchen.«
Emilie versuchte, die unverblümte Äußerung zu verdauen, während sie Mrs. Mooney durch die Halle, an der Treppe vorbei und in einen schmalen Gang folgte.
»Nicht direkt …«, setzte sie an, doch Mrs. Mooney drehte sich zu ihr um.
»Sie brauchen sie nicht auch noch in Schutz zu nehmen. Jeder kennt hier jeden, und alle kennen Violet. Sie ist ein egoistisches Weibsbild. Sie dürfen sich das nicht gefallen lassen.«
Emilie nahm Haltung an. »Ich bin Mrs. Manningtrees Angestellte. Es ist ihr Heim. Ich habe die Pflicht, ihren Wünschen nachzukommen oder andere Arrangements zu treffen, die ihre Zustimmung finden.«
Mrs. Mooney brach in dröhnendes Gelächter aus. »Was sind Sie doch für ein Herzchen. Ich glaube, meiner Marie ist eine großartige Lehrerin entgangen.«
Sie schleppte Emilie in eine große, laute Küche, in der ein halbes Dutzend Frauen arbeitete.
»Das hier ist Miss Tissington«, rief sie ihnen über das Geklapper der Töpfe und Pfannen hinweg zu. »Sie ist eine englische Gouvernante, also gebt acht auf eure Manieren, falls Sie sich eines Tages entschließen sollte, unseren Speisesaal zu beehren. Ich gehe eine Weile aus

und möchte euch alle hier um vier zur Teezeit wieder sehen. Es wird voll heute. Vier Uhr habe ich gesagt, nicht etwa halb fünf, und schon gar nicht erst morgen. Los jetzt, ihr Mädchen deckt die Tische heute mal zur Abwechslung richtig, und ja nicht die Kuchenplatten vergessen!«

Alle nickten grinsend, der herrische Tonfall schien sie nicht weiter zu stören. Die beiden Frauen verließen die Küche durch die Hintertür, die auf eine breite Veranda führte, auf der sich Kisten, Stühle, leere Butterdosen und Eimer mit Gemüse stapelten.

»Ich muß Ihnen etwas zeigen«, sagte Mrs. Mooney, während sie auf einen offenen Zweisitzer mit vorgespanntem Pony zugingen, vor dem ein alter Schwarzer wartete.

»Soll ich fahren, Missus?«

»Nein danke, Toby. Hier ist nur Platz für zwei, und ich nehme die junge Dame mit.«

Bevor Emilie wußte, wie ihr geschah, saß sie neben Mrs. Mooney in dem Zweisitzer und bog aus dem Hof des Hotels in eine schmale Gasse, die in die Kent Street mündete. Bald lag die Hauptstraße hinter ihnen, und sie folgten dem Flußlauf, vorbei an Koppeln mit gelbem Pferdemais, während Mrs. Mooney von ihrem verstorbenen Mann erzählte, der in dieser Gegend so gern gefischt hatte.

Sie fuhren um eine Ecke, vorbei an einem eleganten, zweistöckigen Haus, das viel schöner als die anderen Gebäude der Stadt und sogar gestrichen war.

»Wer wohnt da?« fragte Emilie fasziniert.

»Paul Dressler, er ist im Stadtrat. Kam völlig abgebrannt mit einer Gruppe Deutscher an, die Pop Hamburger hergeholt hatte, um den Bezirk zu besiedeln. War schon eine komische Geschichte. Sie hatten eine Schiffsladung Einwanderer aus der alten Welt erwartet, und alle standen aufgeregt am Hafen. Farmer, Zuckerrohrpflanzer, Holzfäller, Viehzüchter, alle waren sie erschienen, um die Neuankömmlinge zu begrüßen, nicht einmal die Blaskapelle fehlte. Immerhin sollten achtzig Leute von den britischen Inseln und zehn Deutsche ankommen, vielleicht sogar mit ihren Familien. Das Schiff segelt also um die Biegung und legt am Kai an, die Kapelle spielt auf, und alle winken wie am St.-Patrick-Tag in Dublin, und dann trotten zehn grinsende Deutsche von Bord. Sprachen übrigens kein Wort Englisch.

Alle schauen an ihnen vorbei. Wo ist der Rest? Nun, es war der Rest, denn die anderen hatten die Nase voll gehabt von der langen Reise … wir beide kennen das ja … jedenfalls hatten sie einen Blick auf Brisbane geworfen und hatten ganz einfach beschlossen, hier sei ihre Reise zu Ende. Sie gingen alle von Bord, und Maryborough hatte das Nachsehen.

Sie hätten Hamburgers Gesicht sehen sollen! Das ging ihm runter wie Öl! Er schüttelte *seinen* Emigranten die Hände, den zuverlässigen Deutschen, die ihr Versprechen gehalten hatten, und lachte sich kaputt dabei.

Dressler hat eine Weile als Holzfäller gearbeitet, hier und auf Fraser Island, am anderen Ende der Bucht … sie flößen das Holz für unsere Sägemühlen von dort herüber. Ihr Boß, Bert Manningtree, sagt, daß von dort sein bestes Holz komme, Eukalyptus und Kaurifichte. Doch von Haus aus war Dressler Schiffsbauer. Er fing mit einem kleinen Reparaturdock unten am Kai an, eröffnete auch einen Schiffsausrüsterladen, dann begann er sich dem Schiffsbau zu widmen. Verdient noch immer ein Vermögen … und da sind wir.«

Da der Besitz an der Rückseite von Dresslers Haus an den Fluß grenzte, endete die sandige Straße in dichtem Gebüsch.

»Wo?« fragte Emilie beim Aussteigen. Mrs. Mooney band das Pony fest.

»Da drüben. Sehen Sie das Tor? Dressler gehört das ganze Land hier, bis auf einen Viertelmorgen am Ufer. Da hat mein Paddy am liebsten gefischt, und er war wirklich wütend, als Dressler die ganzen vierzig Morgen aufkaufte. Doch Paul ist kein übler Kerl. Hat mit Paddy um das Fleckchen gewürfelt, und Paddy hat gewonnen.«

Sie öffnete das Tor. Die beiden Frauen gingen einen kurzen, überwucherten Weg entlang, der zur Rückseite eines kleinen, ungestrichenen Bungalows führte.

»Paddy pflegte dies seine Fischerhütte zu nennen«, sagte Mrs. Mooney lachend. »Steht verkehrt herum, was?«

»Sieht so aus.«

»Er wollte, daß die kleine Veranda vorne zum Fluß hinausging, also hat er die Haustür hinten eingebaut.« Sie schloß die Tür auf und betrat das winzige Häuschen, das aus zwei Zimmern bestand. Emilie

achtete kaum auf das Innere, sondern nur auf den Ausblick, den die großen Fenster auf die Mangroven und den Fluß boten.
»Oh, was für eine hübsche Aussicht«, rief sie überrascht aus.
»Sie werden keine bessere finden. Das Haus selbst ist auch nicht so übel. Ich habe keine Zeit mehr herzukommen, aber die Mädchen haben es in Ordnung gehalten.«
Emilie sah sich um. Die Dielenbretter waren nicht gebohnert, dafür aber mit weichen, ansprechenden Teppichen bedeckt.
»Die Teppiche kommen aus Indien«, sagte Mrs. Mooney traurig. »Sie müssen wissen, mein Paddy, Gott sei seiner Seele gnädig, hat das Haus selbst eingerichtet ...«
Emilie bemerkte den Schmerz in ihren Augen, als sie von ihrem verstorbenen Ehemann sprach, und beneidete die Frau um die Erfahrung einer langjährigen Liebe. Vor allem, da sie selbst zu einem Leben als alte Jungfer verurteilt schien, die ein zurückgezogenes Dasein im Hinterzimmer ihrer Arbeitgeber fristete.
»Er hat alles Notwendige besorgt, Tisch und Stühle, ein bequemes Sofa und ein anständiges Bett im Zimmer nebenan. Vorhänge wollte er keine. Können Sie sich das vorstellen? Sagte, sie würden die Sicht versperren.«
»Das stimmt auch«, entgegnete Emilie, und Mrs. Mooney strahlte. »Meinen Sie wirklich?«
Sie öffnete die Doppeltür, damit sie auf die Veranda hinaustreten konnten, auf der mehrere abgenutzte Liegestühle zum Faulenzen in der Sonne einluden. »Ist das nicht herrlich?«
»Ja, Mrs. Mooney, es strahlt eine solche Ruhe aus.« Ein unebener Pfad führte zum schlammigen Ufer hinunter, wo man die Mangroven gefällt hatte, um den direkten Zugang zum Wasser und den Bau eines kleinen Anlegestegs zu ermöglichen.
Jetzt, wo die Nachmittagssonne den Fluß beschien und der Lärm der Regenbogen-Loris aus den nahen Bäumen drang, war Paddys Fischerhütte wirklich ein herrliches Fleckchen. Emilie fragte sich, wie weit die Stadt und das Haus der Manningtrees entfernt sein mochten. Die Fahrt durch die kleinen Gassen hatte ihr die Orientierung genommen.
»Die Küche befindet sich an dieser Seite«, erklärte Mrs. Mooney. »Beim Wassertank.«

In Gedanken versunken, betrachtete Emilie den steilen Hang, der zum Fluß hin abfiel.
»Ich habe überlegt, ob ich dieses Haus nicht lieber vermieten als verkaufen soll«, meinte Mrs. Mooney plötzlich.
»Haben Sie mich deshalb hergebracht?«
»Ich wollte es Ihnen zeigen. Denken Sie darüber nach. Sie sind zu nichts verpflichtet.«
»Wo sind wir hier eigentlich, Mrs. Mooney?«
»Nicht weit entfernt von der Stadt. Gehen Sie gern zu Fuß?«
»Zu Hause sind wir viel gewandert. Heutzutage gehe ich meist nur mit den Kindern in die Stadt und zurück. Unser liebster Sonntagsspaziergang war beinahe zwanzig Kilometer lang, er führte über die Felder und zurück durch den Wald …«
»Guter Gott, bei der Strecke wären Sie hier mitten im Busch gelandet und würden nie wieder zurückfinden. Sie nehmen von hier aus die Abkürzung über Dresslers Besitz, vorbei am Haus auf der anderen Seite in die Gasse hinein, quer durch den Park, und schon sind Sie in der Lennox Road.«
»So nah ist das?«
»Na ja, wir haben von der Kent Street aus den Weg am Fluß genommen, damit Sie sich die Landschaft ansehen können, das hat Sie wohl ein wenig verwirrt.«
Emilie lachte. »Das können Sie laut sagen. Ich dachte, ich wäre meilenweit von der Stadt entfernt.«
»Dann fahren wir auf diesem Weg zurück, damit Sie sich wieder orientieren können.«
Mrs. Mooney schloß hinter ihnen ab und sah sich wehmütig um, als sehe sie diesen Ort zum letzten Mal. Emilie empfand Mitleid mit der Witwe.
»Haben Sie wirklich keine Zeit mehr herzukommen, oder birgt das Haus vielleicht zu viele Erinnerungen?«
Die Irin nickte. »Beides. Paddy und ich sind oft hergekommen, um uns von dem Lärm und der Arbeit im Pub zu erholen. Als Pubbesitzer hat man kein Privatleben; Tag und Nacht ist irgend etwas los. Er ging fischen, und ich kam später nach. Wir haben hier ruhige Abende verbracht, Erinnerungen an die alte Heimat ausgetauscht, uns gegenseitig von unseren Familien zu Hause erzählt …« Sie seufzte,

dann schien sie sich einen Ruck zu geben. »Nun, das ist vorbei. Ich arbeite jetzt für zwei, um den Standard des Hotels zu wahren, also ist es an der Zeit, sich von dem hier zu trennen. Ich dachte nur, das Haus würde Sie vielleicht interessieren.«

»So sehr, daß ich es miete?«

»Es liegt ganz bei Ihnen, Miss Tissington. Ich weiß, Sie sind an eine vornehmere Umgebung gewöhnt ...«

Sie gingen auf das Tor zu, und Emilie ergriff spontan den Arm der älteren Frau. »Ich hätte sehr gern ein eigenes Zuhause, da es mir sehr schwer fällt, bei Fremden zu leben. Je länger ich darüber nachdenke, Mrs. Mooney, desto mehr glaube ich, daß ich nicht dafür geschaffen bin, als Gouvernante bei der Familie auch zu wohnen. Meine Schwester kommt sehr gut damit zurecht, aber ich empfinde es wie ein Gefängnis.«

Und dann schüttete sie einer fast unbekannten Frau ihr Herz aus. Mrs. Mooney blieb vor dem Tor stehen und hörte ihr aufmerksam zu.

»Das geht nicht gegen Mrs. Manningtree«, erklärte Emilie, »denn ich hatte das gleiche Gefühl, als meine Mutter starb und meine Stiefmutter bei uns einzog. Als gehörte ich nicht mehr dorthin. Eigentlich habe ich keinen Grund, mich zu beschweren ...«

»Mit Beschweren hat das nichts zu tun«, warf Mrs. Mooney energisch ein. »Sie haben die Kontrolle über Ihr Leben verloren, das sehe ich Ihnen an. Sie sind ein intelligentes Mädchen, das sich seiner selbst schämt. Sie haben schwere Zeiten hinter sich, was?«

Emilie nickte und dachte an die schlimme Zeit in London – das feuchte Zimmer, die Kälte, den Hunger –, während der sie sich ständig abgemüht hatten, den Schein zu wahren.

»Dazu kann ich nur sagen, Sie müssen der Welt ein bißchen entschlossener entgegentreten. Ich weiß, Sie sind anders erzogen worden als ich, uns hat es schon als Kinder schwer getroffen, Sie eben später, aber es läuft aufs gleiche hinaus. Sie müssen sich behaupten. Ist eine harte Schule, man nennt es Erwachsenwerden.«

Sie öffnete das Tor und drehte sich um. »Nun, Sie haben das Haus gesehen. Ich wüßte gern, ob Sie es mieten wollen, bis ich es zum Verkauf anbiete. Fühlen Sie sich nicht verpflichtet. Ich bin nicht gekränkt, wenn Sie nein sagen oder sich nicht trauen, allein zu leben.

Keine Sorge übrigens, die Dresslers wohnen gleich auf dem Hügel da drüben …«

Mrs. Mooney ahnte nicht, daß Emilies einzige Sorge darin bestand, ob dieses Arrangement auch respektabel für eine alleinstehende junge Dame sei. Sie fürchtete sich davor, zum Gegenstand von Klatsch zu werden, und es kostete sie einige Überwindung, das Thema zur Sprache zu bringen, da sie Mrs. Mooney nicht verletzen wollte.

»Respektabel?« fragte die Irin mit dröhnender Stimme. »Ich hätte Ihnen das Haus nicht angeboten, wenn das Ihrem Ruf schaden könnte. In dieser Stadt muß man nehmen, was man kriegen kann. Die Menschen verstehen das. Anstand ist gut und schön, aber nur das Überleben zählt. Sie wissen nicht viel über den Busch, was?«

»Nein«, erwiderte Emilie kleinlaut.

»Würde Ihnen guttun zu sehen, wie die Frauen dort draußen leben. Ist gar nicht mal so weit von hier. Hier stellen die Leute sich ihre eigenen Grundsätze auf und leben danach.«

»Sie meinen also, es wäre möglich?«

»Ja, aber die Entscheidung müssen Sie letztendlich selbst treffen. Wenn Sie sich bei dem Gedanken unbehaglich fühlen …«

Emilie holte tief Luft. »Ich wäre sehr froh, hier wohnen zu dürfen, Mrs. Mooney.«

»Gut, dann haben wir also einen erfolgreichen Nachmittag miteinander verbracht. Jetzt fahren wir zurück zum Hotel und trinken eine Tasse Tee zusammen.«

Emilie rannte beinahe die Auffahrt hinauf, da sie es nicht mehr abwarten konnte, Kate die gute Neuigkeit zu überbringen. Kaum hatte sie die Küche betreten, überfiel Kate sie mit der Frage: »Waren Sie im *Prince of Wales?*«

»Ja. Woher wissen Sie das?«

»Die Missus hat es von einem Freund erfahren. Hat sich furchtbar aufgeregt. Hat uns gefragt, was Sie da wollen, und ich habe gesagt, ich weiß es nicht. Sie glaubt, Sie hätten sich dort nach einem Job erkundigt.«

»Was für einen Job? Mrs. Mooneys Tochter ist doch im Internat.«

»Das weiß sie auch, aber sie meint, sie hätte Molly Mooney beim Wettkampf um die Gouvernante ausgestochen, und nun würde die

Sie ihr wieder abspenstig machen wollen und Marie dann zurückholen ...«

»Was für ein Unsinn. Ich habe mich dort nur nach einem Zimmer erkundigt.«

»Dürfte Sie eine Stange Geld kosten!«

»Das weiß ich inzwischen auch.«

Kate stützte lachend die Hand auf die Hüfte. »Jedenfalls haben Sie die Missus ganz schön aufgemischt. Sie will Sie nicht an Molly verlieren. Sie kam kurz danach wieder rein und legte diesen Umschlag hier für Sie auf die Bank.« Die Köchin klopfte Emilie herzhaft auf den Rücken. »Ich schätze, Sie bekommen endlich mal Ihr Geld!«

Die Gouvernante hätte den Umschlag lieber ungestört in ihrem Zimmer geöffnet, doch Kate schaute sie so erwartungsvoll an, daß ihr keine Wahl blieb.

Emilie öffnete ihn und fand darin elf Pfund und fünfzehn Shilling, vermutlich ein Teil ihres Jahresgehalts abzüglich der fünf Shilling Vorschuß, die sie von Mr. Manningtree erhalten hatte.

»Du lieber Himmel, so viel warmer Regen auf einmal.«

»Was soll das heißen?«

Emilie faßte sich rasch. Beinahe hätte sie Mr. Willoughbys Geld erwähnt. Mals Geld.

»Ich habe eine Unterkunft gefunden. Ein Haus. Ich erzähle später davon. Zuerst muß ich mich zum Abendessen umziehen.«

7. Kapitel

Ruth ging es schon viel besser, da die Anwesenheit von Mrs. Stanfield senior, einer charmanten, kultivierten Frau, sie aufheiterte. Ihr Appetit kehrte zurück, sie genoß ihre Spaziergänge und war ausgezeichneter Stimmung. Es war an der Zeit, ihre Arbeit wieder aufzunehmen; die Mädchen hatten lange genug frei gehabt und eine Menge Lehrstoff aufzuholen.

Ruth sprach pflichtschuldig bei der jungen Mrs. Stanfield vor, deren Vornamen sie noch immer nicht über die Lippen brachte, und teilte ihr mit, daß sie den Unterricht wieder aufzunehmen gedenke.

»Oh, Miss Tissington, ich bin so froh, daß es Ihnen besser geht. Wir haben uns große Sorgen gemacht, dieses Fieber ist äußerst hartnäkkig. Aber Sie haben sich prächtig erholt.«

»Ich bin Ihnen sehr dankbar und muß mich entschuldigen, daß ich Ihnen derart zur Last gefallen bin. Andererseits hat mir die erzwungene Ruhe Gelegenheit gegeben, den Lehrstoff zu überdenken. Ich habe viele neue Pläne für das Klassenzimmer und kann es gar nicht erwarten, wieder mit dem Unterricht zu beginnen.«

»Hm, ja, genau darüber wollte ich mit Ihnen sprechen.«

»Gut. Ich denke, ein wenig Grundwissen im Lateinischen und Griechischen würde den Mädchen helfen, ihre Rechtschreibung zu verbessern und die Bedeutung der Wörter schneller zu erfassen. Dazu wären einige Lehrbücher erforderlich. Sie sind nicht sonderlich teuer oder umfangreich. Sie müssen wissen, das gedruckte Wort ist einprägsamer als meine Stimme …«

»Entschuldigen Sie, Ruth, einen Moment bitte. Ich sagte, ich wolle mit Ihnen über die Ausbildung der Mädchen sprechen. Ich habe nur gewartet, bis Sie wieder obenauf sind.«

»Das ist sehr freundlich. Woran genau denken Sie dabei?«

Mrs. Stanfield wirkte nervös. »Kommen Sie in den Salon, Ruth, wir können das nicht in der Diele besprechen.«

Die Gouvernante war erfreut. Ein Gespräch über Jane und Jessie war seit langem überfällig. Sie hatte Mrs. Stanfield schon mehr als einmal

erklärt, daß die Mädchen in ihrer Schulbildung zurücklagen und endlich anfangen müßten, wirklich hart zu arbeiten.
Als sie sich gesetzt hatten, holte Mrs. Stanfield tief Luft. »Ruth, wir alle sind sehr beeindruckt von Ihrer Leistung. Jacks Mutter meint, wir hätten großes Glück gehabt, daß Sie hierher zu uns gekommen sind ...«
Ruth strahlte. »Vielen Dank.«
»Aber es geht einfach nicht.«
»Wie bitte?«
»Um es kurz zu machen, wir haben uns entschlossen, die Mädchen in ein Internat zu schicken. Sie haben sich sehr bemüht, und ich wollte Sie dabei unterstützen, denn die beiden haben es bitter nötig, aber sie lassen einfach nicht mit sich reden. Im Internat ...«
Ruth unterbrach sie. »Verstehe ich Sie richtig, Mrs. Stanfield? Meine Anwesenheit hier ist nicht länger erforderlich?«
»Ruth, Sie müssen einsehen, daß die beiden Disziplin brauchen. Es war uns so peinlich, als Jacks Mutter die Mädchen als Gören bezeichnete ...«
»Das ist nicht meine Schuld.«
»Natürlich nicht. Aber Sie werden verstehen ...«
»Wann habe ich das Haus zu verlassen?«
»Oh, Ruth, das hat keine Eile. Wir werden Ihnen ausgezeichnete Referenzen ausstellen und eine Sonderzahlung zusätzlich zu Ihrem Gehalt ...«
»Ich brauche keine Almosen.«
»Als das betrachten wir es auch nicht, sondern als Anerkennung Ihrer Arbeit. Eines Tages werden Jane und Jessie bedauern, Sie als Lehrerin verloren zu haben.«
»Das bezweifle ich, Mrs. Stanfield. Wenn Sie mich nun entschuldigen, ich möchte packen. Morgen früh bin ich bereit zur Abreise.«
»Sie können gerne bleiben, bis Sie eine andere Stellung gefunden haben.«
»Wie gesagt, ich brauche keine Almosen. Ich kehre sobald wie möglich nach Brisbane zurück. Und nun ...«
Sie raffte all ihre Würde zusammen und kämpfte gegen eine aufsteigende Schwäche an, als sie hocherhobenen Hauptes den Salon verließ und in ihr Zimmer stürmte. Man hatte sie entlassen! Niemals

würde sie sich eingestehen, daß die Stanfields vielleicht die richtige Entscheidung getroffen hatten, daß sie nicht die geeignete Lehrerin für ihre dummen Töchter war. Sie warf ihnen mangelnde Unterstützung vor. Die Demütigungen, denen sie in London ausgesetzt gewesen war, verblaßten angesichts dieses Affronts. Wie konnten es diese Emporkömmlinge aus den Kolonien, diese Landpomeranzen, wagen, sie zu entlassen? Und ihre Schülerinnen auf irgendein drittklassiges Internat zu schicken, nach dessen Namen sie sich nicht die Mühe gemacht hatte, sich zu erkundigen … geleitet von Frauen, die bestimmt nicht einmal eine anständige Ausbildung genossen hatten.
Zwei Tage später hatte die Gouvernante Lindsay Station ohne einen Moment des Bedauerns verlassen, obwohl man sie gebeten hatte, doch noch zu bleiben. Sie war unterwegs nach Brisbane, da ihr nichts Besseres eingefallen war. Wie sehr beneidete sie doch Emilie, die es bei den Manningtrees und ihren drei reizenden Kindern so gut getroffen hatte. Sie durfte ihre Schwester aber auf keinen Fall beunruhigen, sondern mußte neuen Mut fassen und eine andere Stellung finden. Immerhin konnte sie nun auch Referenzen aus dem Inland vorweisen, das würde von Nutzen sein.
Mrs. Medlow war überrascht, die ältere Miss Tissington so bald wiederzusehen, doch eine Erklärung war ihr nicht vergönnt. Die junge Dame war so reserviert wie ehedem, bezog ein Einzelzimmer im hinteren Bereich des Hauses und machte deutlich, daß sie allein zu speisen wünsche und andere Gäste an ihrem Tisch nicht dulde.

Polizeichef Jasper Kemp und seine Frau hatten das Belleview in der Zwischenzeit verlassen. Mrs. Kemp genoß das Leben in ihrem neuen Haus in Wickham Terrace, ihrem »Wohnsitz«, wie sie es zu nennen pflegte, und war sehr damit beschäftigt, sich im gesellschaftlichen Leben der Stadt zu etablieren.
Jasper hingegen fragte sich, ob er sich nicht ein wenig zuviel vorgenommen hatte. Obgleich die Politiker den Mund sehr voll nahmen, wenn sie von Recht und Ordnung sprachen, die im neuen Bundesstaat Queensland eine absolute Vorrangstellung einnehmen sollten, wollten sie damit hauptsächlich die Wähler beeindrucken und die Presse mundtot machen. Die Zeitungen behaupteten nämlich, die Herren im Finanzministerium seien gar nicht darauf erpicht, die

dringend benötigten Gelder für eine einsatzfähige Polizeitruppe zu bewilligen. Jasper hatte schon bald begriffen, welch enorme Aufgabe er sich da gestellt hatte. Selbst wenn der Premierminister den gesamten Inhalt der Staatskasse in den Erhalt von Recht und Ordnung pumpte, wäre dies nicht mehr als ein Tropfen auf den heißen Stein.

Erst jetzt konnte Jasper die schiere Größe des Staates ermessen. Zwischen der Hauptstadt Brisbane und der kleinen Ansiedlung Somerset oben am Cape York lagen tausend Meilen, größtenteils unerforschtes Gebiet. Kein Wunder, daß sich die Buschräuber hier wie im Schlaraffenland vorkamen. Dennoch waren sie in seinen Augen das kleinere Übel.

»Wie zum Teufel soll ich die Polizei aufbauen, wenn die Städte von Goldsuchern und Einwanderern überrannt werden? Niemand kennt die genauen Bevölkerungszahlen in diesen Gegenden.«

Daniel Bowles, der Sekretär des Justizministers, nickte mitfühlend. »Ich verstehe Sie durchaus, Sir. Mein Minister wird förmlich bombardiert mit Gesuchen der Viehzüchter im Westen und Norden, die die Entsendung von Truppen verlangen, da sie sich gegen die Angriffe der Aborigines verteidigen müssen. Und das zu einer Zeit, in der wir Soldaten abziehen und durch Polizisten ersetzen wollen.«

»Sie verteidigen?« murmelte Kemp. »Soweit ich weiß, findet dort draußen ein Krieg um ganze Territorien statt. Keine der beiden Seiten will nachgeben. Weshalb veranstalten sie nicht ein Palaver mit den Schwarzen und schließen einen Waffenstillstand?«

Daniel rutschte unbehaglich auf seinem Stuhl hin und her. Deshalb hatte Mr. Lilley ihn nicht hergeschickt. Eigentlich sollte er nur eine wichtige Nachricht überbringen. Als Pragmatiker nahm Daniel an, daß sich Kemps Probleme mit der Zeit von allein lösen würden. Wenn die Menschen in diese exotischen Gegenden ziehen und sich ausrauben oder umbringen lassen wollten, war es ihre Schuld und nicht die der Regierung.

»Fragen Sie Ihren Minister danach«, sagte Kemp. »Wenn die Regierung Soldaten von zivilen Aufgaben abzieht, kann sie die eingesparten Gelder doch dem Polizeibudget zuschlagen, oder etwa nicht?«

Daniel verzog das Gesicht. »Sie verstehen mich nicht, Sir. Die Re-

gierung kann sich einen militärischen Einsatz einfach nicht leisten. Der Haushalt erlaubt nicht mehr als den Unterhalt eines symbolischen Militärkorps, und natürlich den Aufbau unserer Marine.«
»Unserer was?« brüllte Kemp.
»Unserer Marine, Sir. Wir haben eine ungeheuer lange Küstenlinie zu verteidigen. Unser Premier hat bereits zwei Schiffe in Auftrag gegeben, und das ist erst der Anfang. Darauf können wir stolz sein, nicht wahr?«
»So ein Unsinn! Wer in Gottes Namen sollte uns angreifen? Marsmenschen?«
»Nun ja, wir im Parlament betrachten das Ganze natürlich mehr von einer globalen Warte aus.«
»Verstehe. Und in der Zwischenzeit sind nicht einmal Gelder für die grundlegende Verbrechensbekämpfung in den Städten verfügbar. Die Kriminalitätsrate in Brisbane ist alarmierend.«
»Das betrifft nur die ärmeren Vororte, Mr. Kemp. Die Zeitungen spielen das alles sehr hoch. Und nun möchte ich gern zu einem Problem kommen, das Mr. Lilley sehr beschäftigt.«
»Ein Problem? Ich würde meinen, er hat deren viele.«
»Selbstverständlich.« Daniel hielt sein Gegenüber für einen Emporkömmling aus den Reihen der Polizei, mit dessen Ernennung sich Mr. Lilley keinen Gefallen erwiesen hatte. In Brisbane gab es eine Vielzahl von Männern, die diese Stellung angetreten hätten, ohne so viel Wirbel zu veranstalten. Kemp hatte einfach nicht den richtigen Blick für die politische Lage. Um an der Macht zu bleiben, mußte die Regierung die richtigen Leute beschwichtigen, Leute mit Geld, die bessere Häfen, bessere und sicherere Straßen, bessere Krankenhäuser und alle anderen erforderlichen Einrichtungen verlangten, die das Wachstum der Städte mit sich brachte. Und natürlich eine staatliche Marine. Daniel begrüßte es, daß Queensland, ganz in britischer Tradition, eine eigene Marine unterhalten wollte. Er sah sich schon als zukünftigen Marineminister.
Er hatte Kemps ungestüme Berichte unterschlagen und Mr. Lilley jeweils seine eigene Version ihres Inhalts vorgetragen, die seinen Minister planmäßig verärgerte und keinen Einfluß auf den Haushalt hatte. Nur wenige Menschen begriffen, wieviel Macht selbst ein ein-

facher Beamter ausüben konnte, ohne auch nur einmal die Stimme zu erheben.

Kemps Beschwerden und Vorschläge waren endlos.

»Wenn die Regierung in einer Zeit, in der wir ohnehin mit Arbeitslosigkeit zu kämpfen haben, ausgebildete Soldaten ausmustert, kann man sie ebensogut zur Polizei versetzen. Sie sind diszipliniert und könnten mir eine große Hilfe sein.«

»Du lieber Himmel, das britische Militär genießt einen ausgezeichneten Ruf. Die meisten werden nach Hause zurückkehren oder nach Indien gehen wollen, sie würden sich wohl kaum dazu herablassen ...«

»Ich habe Sie nicht nach Ihrer Meinung gefragt, Mr. Bowles. Ich verlange nur, daß Ihr Minister diesen Vorschlag in Erwägung zieht. Es dürfte sogar unter den Offizieren Männer geben, die gern in diesem Land bleiben würden.«

Eine weitere Anfrage fürs Archiv, dachte Daniel grinsend.

»Wie Sie wünschen, Sir. Nun zum eigentlichen Grund meines Hierseins. Mein Minister und zahlreiche seiner Anhänger sind außer sich über die Morde und den Goldraub in der Nähe von Maryborough. Wie Sie wissen, haben die Verbrecher nicht allzuviel erbeutet, jedenfalls nicht, wenn man es mit den Goldmengen vergleicht, die von größeren Feldern gestohlen werden. Aber es hat sich herumgesprochen, daß die Vorkommen in Charters Towers beträchtlich sein sollen. Schon jetzt heißt es, daß der kommende Ansturm den von Ballarat und sogar Südafrika bei weitem übertreffen werde. Es werden bereits Syndikate gegründet, in denen die mächtigsten Männer des Landes sich zusammengeschlossen und Schürfrechte gesichert haben. Sie müssen sich darauf verlassen können, daß das Gold von dort sicher abtransportiert werden kann.«

»Verstehe«, sagte Kemp mit unterdrückter Wut.

»Daher möchte der Minister, daß im Falle dieses Goldraubs etwas unternommen wird.«

»Nicht bezüglich der Morde?«

»Doch, auch. Selbstverständlich.«

»Ich bin mit der Angelegenheit vertraut. Der Sergeant, der mit der Aufklärung befaßt ist, scheint mir ein fähiger Mann zu sein. Sein Name ist Pollock.« Er sah Bowles stirnrunzelnd an. »Mir stehen nur wenige Männer zur Verfügung, da ich zur Zeit aus Geldmangel keine weiteren Polizisten ausbilden kann.«

»Nun, er mag ja fähig sein, aber mein Minister sorgt sich um die Fortschritte bei der Aufklärung dieses heimtückischen Verbrechens. Einer der Verbrecher ist aus Pollocks Gewahrsam geflohen, seither hat niemand mehr von ihm gehört. Das gleiche gilt für seine Komplizen und das verschwundene Gold. Für die Regierung hat sich das zu einer peinlichen Angelegenheit entwickelt und bereitet den erwähnten Syndikaten großes Kopfzerbrechen. Wir brauchen Investoren, inländische wie aus Übersee. Sie werden kein Geld ins Land bringen, wenn sie Angst vor Banditen haben müssen. Wir können zur Zeit nicht garantieren, daß die Goldtransporte unbeschadet die zivilisierten Gegenden erreichen.«

»Sind Sie jetzt fertig, Mr. Bowles?«

»Ich wollte Ihnen nur die Situation verdeutlichen, Mr. Kemp.«

»Mag sein, aber ich kann auf Ihre Erläuterungen verzichten. Mir ist die Situation durchaus bekannt, ebenso wie die genannten Implikationen. Nach meiner Erfahrung mit den Goldfeldern im Süden können die Investoren ihr Geld gar nicht schnell genug in dieses Land stecken. Sie würden auch in Goldfelder auf dem Meeresgrund investieren und sich keinen Deut darum scheren, wie man es an die Oberfläche bringt. Denn bis dahin hätten sie das Gold längst an Banken verkauft, die eigens zu diesem Zweck auf den Goldfeldern eröffnet werden. Denken Sie nicht, ich wüßte nicht, wie es läuft, ich bin schließlich nicht von gestern! In jedem Fall ist die Regierung der Verlierer, aber ich arbeite für diese Regierung und bin dafür verantwortlich, solche Zwischenfälle zu unterbinden. Und genau das versuche ich auch.«

Daniel blieb ungerührt; was dieser Polizist auch sagen mochte, es hatte keinerlei Einfluß auf einen Mann, der im Herzen der Macht operierte.

»Das glaube ich Ihnen unbesehen, Sir, aber diese Verbrecher müssen gefaßt werden. Als warnendes Beispiel und um zu demonstrieren, daß es der Regierung mit ihrem Programm, das Unwesen der Buschräuber einzudämmen, ernst ist. Vor allem hat dieser Zwischenfall ungeheuer viel Aufsehen in der Presse erregt.«

»Vielen Dank, Mr. Bowles.« Mit diesen knappen Worten wandte

sich der Polizeichef wieder seinen Akten zu und entließ ihn. »Und noch etwas: Bitte bestellen Sie Ihrem Minister, daß ich sein Interesse zu schätzen weiß.«

»Das werde ich tun, Sir. Mr. Lilley wird erfreut sein, da das Kabinett beschlossen hat, der Presse mitzuteilen, daß Sie von nun an die Ermittlungen leiten.«

Kemp nickte. »Das ist nur recht und billig. Ich werde ein wachsames Auge darauf haben.«

»Nein, man will mehr als das. Man wird Sie bitten, persönlich nach Maryborough zu fahren und die Sache in die Hand zu nehmen. Auf diese Weise wird deutlich, wie ernst die Regierung die Angelegenheit nimmt.«

Daniel erhob sich und blickte Kemp über dessen – im Vergleich zu seinem eigenen im Parlamentsgebäude eher bescheidenen – Schreibtisch hinweg an.

»Es wird erwartet, daß Sie unverzüglich aufbrechen, Sir«, verkündete Bowles und rauschte hinaus.

Da er nun in so illustrer Gesellschaft verkehrte und der Premierminister ihn tatsächlich bei seinem Vornamen angesprochen hatte, entschied Daniel, er brauche eine eindrucksvollere Unterkunft. Als er noch einfacher Beamter war, hatte ihm das Zimmer bei der Familie Timmons durchaus gereicht, doch seit seiner Beförderung zum Sekretär eines Ministers erschien es ihm einfach nicht mehr angemessen.

Leider hatte er sich auf eine ziemlich törichte Affäre mit Joan Timmons, der Tochter des Hauses, eingelassen, und alles deutete darauf hin, daß die Familie mit einer baldigen Verlobung rechnete. Dies war ein weiterer Grund für seinen Drang, ihren Klauen zu entfliehen. Das Verhältnis mit Joan hatte sich einfach angeboten, sie war ein hübsches, bereitwilliges Mädchen. Und eben diese Bereitwilligkeit brandmarkte sie in seinen Augen als Schlampe, die für einen Herrn seines Standes so ganz und gar nicht zur Ehefrau taugte. Daniel war ehrgeizig und lernte schnell, wie man sich auf der politischen Bühne zu bewegen hatte. Eines Tages hoffte er selbst Abgeordneter zu werden, und in dieser Welt war kein Platz für eine Joan Timmons.

Er plante seinen Abgang mit größter Sorgfalt und verkündete, daß er in Kürze mit seinem Minister eine längere Geschäftsreise ins Landesinnere unternehmen müsse. Die Familie kannte sich mit den Gepflogenheiten der parlamentarischen Arbeit ohnehin nicht aus und war dementsprechend leicht zu beeindrucken. Er bezahlte seine Miete bis zum letzten Tag und blieb am Abend vor seiner Abreise lange weg, da er hoffte, dem Mädchen so aus dem Weg zu gehen. Doch ungeachtet der späten Stunde klopfte Joan irgendwann an seine Tür.

Daniel stellte sich schlafend. Sie würde sich scheuen, lauter zu klopfen, um ihre Eltern nicht zu wecken. Am nächsten Morgen könnte sie dann seinen neuen braunen Anzug bürsten und die Fliege glätten, während er ihr süße Nichtigkeiten ins Ohr flüsterte. Er würde versprechen, ihr zu schreiben und so bald wie möglich »nach Hause« zurückzukommen, ihr Abschiedsgeschenk in Form billiger Manschettenknöpfe entgegennehmen und ihr einen Kuß auf die Wange hauchen.

Danach würde er das schäbige Haus neben dem stinkenden Metzgerladen verlassen und ans andere Ende der Stadt flüchten, wo Kemp und seine Frau in einer Pension namens *Belleview Boarding House* gewohnt hatten. Sie lag in der Nähe des botanischen Gartens und somit im »richtigen« Stadtviertel. Wenn diese Unterkunft für den Polizeichef gut genug war, würde sie auch ihm genügen. Man mußte einfach mit der passenden Adresse aufwarten, um die wichtigen Leute kennenzulernen und im Leben voranzukommen.

Mr. Bowles traf pünktlich zum Abendessen im *Belleview* ein. Da das Speisezimmer überfüllt war, setzte man ihn zu Miss Tissington an den Tisch, die diese Störung offensichtlich mißbilligte. Als wohlerzogene junge Dame fügte sie sich jedoch mit einem Kopfnicken und den Worten »Guten Abend, Mr. Bowles« in ihr Schicksal.

Er betrachtete sie, während sie die Suppe aßen, und ihm gefiel, was er sah. Er schätzte sie auf Mitte Zwanzig, und dem Akzent nach war sie Engländerin. Sie hatte hellbraunes Haar und ein schmales, angenehmes Gesicht. Ihre schlichte Kleidung war gut geschnitten und betonte ihre schlanke Gestalt, wobei ihm schmerzhaft auffiel, wie erbärmlich, schäbig und schlechtsitzend sein eigener brauner Anzug im Vergleich zu ihrem marineblauen Kostüm und der weißen Seidenbluse wirkte. Daran mußte er arbeiten, wenn er Zugang zu den höheren Kreisen erlangen wollte. Miss Tissingtons Hände waren erstklassig manikürt und ebenso makellos wie alles andere an ihr. Sie trug keinen Ring. Daniel mußte diese Dame unbedingt näher kennenlernen; sie könnte ihm durchaus von Nutzen sein.

Doch sein Gegenüber verhielt sich äußerst reserviert. Da sie anscheinend nichts zu sagen hatte, griff Daniel auf die Taktik der Politiker zurück: Lächeln, Konversation, Schmeichelei. Und vor allem: Bescheidenheit.

»Ich hoffe, Sie können mir verzeihen«, setzte er an. »Es gibt nichts Schlimmeres, als wenn man mit einem Fremden an einen Tisch gesetzt wird, während man doch nur in Ruhe seine Mahlzeit genießen möchte.«

Ihre Antwort war vorhersehbar. »Das ist schon in Ordnung.«

Ihre Stimme klang so englisch und so kultiviert, daß Daniel sich beinahe davon einschüchtern ließ. Er ertappte sich dabei, wie er seine eigenen Vokale runder aussprach, um in ihrer Gegenwart nicht wie ein Bauerntölpel dazustehen.

Die Serviererin ließ sich Zeit mit dem Hauptgang, und Daniel nutzte seine Chance.

»Wie freundlich von Ihnen. Ich wünschte, mein Minister wäre ebenso tolerant.«

Sie sah ihn gerade und unverwandt an, ohne die Augen niederzuschlagen, was ihn förmlich an ihren Blick fesselte. Dieser Blick machte einen Großteil ihrer Unantastbarkeit und Würde aus, obwohl sie ihn wahrscheinlich gar nicht bewußt einsetzte. Er platzte vor Neugier auf diese Frau.

»Ihr Minister?« fragte sie mit erhobenem Kopf. Die Hände hielt sie im Schoß gefaltet.

Er mußte ein Grinsen unterdrücken und erregte damit ihre Aufmerksamkeit.

»O ja, mein Minister, der Ehrenwerte Charles Lilley, Justizminister von Queensland. Ich hoffe, ich habe Sie nicht verwirrt.«

»Durchaus nicht, Mr. Bowles, mir ist nur die Gedankenverbindung nicht klar.«

»Gewiß, entschuldigen Sie bitte. Ich bin nur ein kleines Rädchen im

Getriebe der Regierung. Ich arbeite als Privatsekretär für Mr. Lilley. Wir pflegen diese Leute als ›unsere‹ Minister zu bezeichnen.«
»Tatsächlich? Wie interessant.«

Mr. Bowles und Miss Tissington freundeten sich an, da beide gebührend beeindruckt voneinander waren. Daniel erfuhr, daß sie eine Gouvernante mit den allerbesten Empfehlungen war, staunte über ihr fließendes Französisch und gab vor, furchtbar neidisch darauf zu sein, daß sie als Sechzehnjährige Gelegenheit gehabt hatte, ihre Kenntnisse bei einem mehrmonatigen Aufenthalt in Paris zu vervollkommnen. Diese Stadt hatte er schon immer besuchen wollen.
Während Miss Tissington auf eine passende Anstellung wartete und sich wegen des Mangels an Angeboten sorgte, suchte Mr. Bowles sie mit einer Führung durch das Parlamentsgebäude und der Einladung zu einer nachmittäglichen Teegesellschaft auf dem Rasen davor abzulenken. Das bezaubernde weiße Musselinkleid mit dem gefältelten Mieder und dem volantbesetzten Rock war dieser eleganten Gelegenheit nur allzu angemessen, weshalb sie es sich eigens anschaffte. Noch nie hatte sie ein so verspieltes Kleid getragen, doch sie fühlte sich überaus wohl darin und trug dazu den großen Strohhut, den sie mit Musselinbändern und gelben Rosen dekoriert hatte. Sogar Mrs. Medlow war beeindruckt angesichts dieser Verwandlung und sah ihr nach, als sie mit Mr. Bowles das Haus verließ.
Obgleich sie es in ihren allwöchentlichen Briefen an ihre Schwester niemals zugegeben hätte, war Ruth überaus stolz auf Mrs. Medlows Komplimente. Dennoch hielt sie Distanz zu der Wirtin, ebenso wie zu allen anderen im *Belleview*, mit Ausnahme von Mr. Bowles. Er verhielt sich wenigstens wie ein Gentleman, obgleich er offensichtlich der unteren Mittelklasse entstammte, und besaß durchaus die Voraussetzungen, um eine höhere gesellschaftliche Position zu erreichen. Zudem nahm er es ihr nicht übel, wenn sie ihn korrigierte. Dieser Mann legte Wert auf ihre Meinung und war gewillt, unter entsprechender Anleitung an sich zu arbeiten. Wer wäre dazu geeigneter als seine gute Freundin, die englische Gouvernante?
Sie feilte an seinem Akzent, seiner Grammatik, seiner Kleiderwahl, seinen Tischmanieren, einfach an allem. Und Daniel, inzwischen kannte sie auch seinen Vornamen, ermunterte sie unaufhörlich dazu.

Endlich hatte Miss Tissington einen dankbaren Schüler gefunden. Sie lehrte ihn sogar genügend Französisch, um ihn in die Lage zu versetzen, die Speisekarten in den Restaurants lesen zu können, die er häufig frequentierte, denn französische Gerichte waren zur Zeit der letzte Schrei. Dorthin begleitete sie ihn nie, da er sich dort seinem Minister ständig zur Verfügung zu halten hatte, aber sie hörte gern von den bedeutenden Leuten, die sich an solchen Orten trafen. Sie staunte darüber, daß es in dieser Stadt an der Tagesordnung zu sein schien, daß hochstehende Persönlichkeiten mit Angehörigen der niederen Klassen Umgang pflegten. Sie war sich nicht sicher, ob sie dieses Verhalten gutheißen konnte.
Von romantischer Liebe konnte zwischen ihr und Mr. Bowles keine Rede sein, eher von einer Beziehung, die auf gegenseitigem Nutzen und Respekt basierte. Seine Bekanntschaft hatte den Schmerz über ihre Entlassung gelindert, wofür sie ihm dankbar war. Allerdings schien er nicht zu verstehen, wie dringend sie eine neue Anstellung benötigte. Zugegeben, er war ein vielbeschäftigter Mann, aber sie hatte gehofft, er könnte ihr ein wenig helfen, da er sich doch in so vornehmen Kreisen bewegte. Als sich diese Hoffnung zerschlug, nahm Ruth ihre täglichen Besuche in Julius Penns Büro wieder auf, wo alles beim alten geblieben war. Er versicherte ihr weiterhin, er werde bald eine Stelle für sie haben, und speiste sie zu ihrer Verärgerung mit leeren Versprechungen ab, bis sie das Büro eines Tages geschlossen vorfand.
Bestürzt eilte Ruth in das kleine Café an der Ecke, um sich nach Mr. Penns Verbleib zu erkundigen, und mußte erfahren, daß sein Vermieter ihn ebenfalls suchte. Der Stellenvermittler war verschwunden und die Miete für die vergangenen sechs Wochen schuldig geblieben.
An diesem Abend bemerkte Mr. Bowles beim Essen, daß Miss Tissington schweigsamer war als sonst.
»Stimmt irgend etwas nicht?«
»Mein Stellenvermittler ist ohne ein Wort verschwunden. Hat einfach das Büro geschlossen.«
»Nun, Sie sagten doch, er tauge ohnehin nicht viel.«
»Darum geht es nicht. Ich sehe mich nun gezwungen, erneut ein Inserat in die Zeitung zu setzen.«

»Irgend etwas wird sich schon ergeben«, erwiderte er und wandte sich seinen Würstchen mit Kartoffelpüree zu.

»Und in der Zwischenzeit soll ich wohl von Luft leben?« platzte sie zornig heraus.

Er lehnte sich zurück und schaute sie an. »Wieso? Brauchen Sie Geld?«

Ruth brachte es nicht über sich zu gestehen, daß das Geld von den Stanfields schnell dahinschwand und sie obendrein bislang noch keinen Penny des Darlehens zurückgezahlt hatte.

»Sind Sie so reich, daß Sie ohne Ihr Gehalt leben könnten?« fauchte sie.

»Nein, Ruth, ganz sicher nicht«, antwortete er. Dann verfielen beide in unbehagliches Schweigen.

Schließlich wußte er doch Rat.

»Sie und Ihre Schwester sind doch Emigrantinnen. Haben Sie Ihre Landzuteilung schon beantragt?«

»Wie bitte? Wovon sprechen Sie, Mr. Bowles?«

»Guter Gott, Sie vergeuden geradezu Ihre Möglichkeiten. Emigranten, die ihre Überfahrt selbst bezahlt haben, steht eine Zuteilung von zwanzig Morgen Land zu. Ich nehme an, Sie haben keine Überfahrt auf Kosten der Regierung genossen?«

»Nein«, erwiderte sie rasch und hoffte, daß eine anderweitig finanzierte Passage ihr diese neue Chance nicht zunichte machen würde.

»Dann können Sie beide zusammen vierzig Morgen Land beanspruchen.«

»Und es würde uns gehören?«

»Allerdings.«

»Aber wir sind keine Farmer. Was sollen zwei Damen mit einer so ungeheuren Menge Land anfangen?«

»Es zum Beispiel verkaufen.«

»Du lieber Himmel, und das ist erlaubt?«

»Natürlich ist es das. Der Staat hat nicht viel Kapital, dafür aber einen massiven Überschuß an Grund und Boden. Die Zuteilung dient als Lockmittel für Einwanderer, denn wir sind deutlich unterbevölkert. Manche Leute werden Farmer, andere verkaufen. So einfach ist das. Ich besorge Ihnen die nötigen Dokumente.«

»Würden Sie das für mich tun?«
»Nichts leichter als das.«
»Oh, Mr. Bowles, ich wäre Ihnen ja so dankbar.«

An diesem Abend schrieb Ruth an ihre Schwester, um sie von der glücklichen Wendung in Kenntnis zu setzen. Vor einigen Wochen hatte sie ihr mitteilen müssen, daß sie nach Brisbane ins *Belleview* zurückgekehrt sei, weil die unerzogenen Stanfield-Kinder ins Internat gesteckt würden. Sie sei aber guten Mutes und im Besitz hervorragender einheimischer Referenzen, die mehr Eindruck machen würden als die der Auswanderungsgesellschaft. Sie sei für ihre Arbeit auf der Lindsay-Farm gut bezahlt worden, so daß es keinen Grund zur Sorge gebe.
Nun konnte sie Emilie gestehen, daß sie bislang keine neue Stellung gefunden hatte, da Julius Penn davongelaufen war. Sie schrieb ihr von der Bekanntschaft mit Mr. Bowles, einem fünf Jahre älteren Gentleman, der als Sekretär für den Justizminister persönlich arbeite und sich freundlicherweise erboten habe, alle notwendigen Schritte bezüglich ihres Landanspruchs einzuleiten. Er habe ihr versichert, daß sie beinahe zwei Pfund pro Morgen daran verdienen könnten, wenn sie eine kluge Wahl träfen. Hoffentlich stimme Emilie einem baldigen Verkauf zu, dann würden sie sich den Erlös teilen.
Die Briefe der Schwestern überschnitten sich. Zwei Tage nachdem Ruth ihren abgeschickt hatte, traf ein Brief von Emilie ein, in dem sie sie über ihre neue Unterkunft, ein entzückendes Cottage in der Ferny Lane, informierte. Sie schrieb voller Begeisterung über das Haus, bevor sie Ruth den Grund ihres Auszugs bei den Manningtrees mitteilte.
Ruth mißbilligte diese Entscheidung. Sie war entsetzt, daß ihre jüngere Schwester allein in einer derart gesetzlosen Stadt leben sollte. Was hatte sie sich nur dabei gedacht? Selbst wenn sie ihr Zimmer vorübergehend mit den Kindern teilen müsse, so habe sie doch immerhin einen Ruf zu wahren und solle umgehend in den Haushalt ihrer Arbeitgeber zurückkehren.
Dies alles stand in einem langen, ungehaltenen Brief, den sie sofort zur Post brachte.
Emilie ihrerseits freute sich, als sie von der Landzuteilung erfuhr,

äußerte jedoch Vorbehalte gegen einen verfrühten Verkauf. Sie hatte gehört, daß die Landpreise unaufhörlich stiegen, da so viele Einwanderer ins Land drängten. Sie selbst habe gesehen, wie die Schiffe mit den Emigranten am Kai von Maryborough anlegten, und in Brisbane seien die Zahlen der Neuankömmlinge sicher noch höher.
Dennoch, falls Ruth Geld zur Überbrückung brauche, würde sie ihr nur zu gern etwas schicken, da sie etwas beiseite gelegt habe.
Der letzte Satz machte sie nervös. Natürlich hatte sie viel Geld, auch wenn sie es noch immer als Mr. Willoughbys Eigentum betrachtete. Er hätte sicher nichts dagegen einzuwenden, wenn sie ihrer Schwester etwas davon gab.
Doch über den Ursprung des Geldes durfte Ruth keinesfalls etwas erfahren, was Emilie in eine äußerst unbehagliche Situation brachte.

Die Gräfin war eine lebhafte Frau mit kantigem Gesicht und schulterlangem, grauem Haar, das sie stets offen trug, so daß es ihr Gesicht wie eine Wolke umwehte. Emilie fand, daß ihr wildes Haar viel über ihr Wesen verriet. Die Frau legte keinen Wert auf Äußerlichkeiten, war einfach gekleidet, verzichtete auf Tand und bevorzugte ein energisches Marschtempo.
Daher wunderte sich Emilie auch, wie sie es mit Mrs. Manningtree überhaupt aushielt, deren Affektiertheit höchst peinlich wirkte; doch ihr Gast schien dies gar nicht zu bemerken.
Während der ersten Woche ihres Aufenthalts trug der gesamte Haushalt Trauer wegen Captain Morrow, und seine Mutter wirkte verständlicherweise sehr in sich gekehrt. Dann jedoch verkündete sie, sie wolle ausreiten und sich, da sie nun schon den weiten Weg auf sich genommen habe, auch die Landschaft näher ansehen.
Weil ihre Gastgeberin nicht ritt, erklärten sich mehrere Freunde ihres verstorbenen Sohnes bereit, sie zu begleiten. Bei diesen Gelegenheiten mußten sie feststellen, daß die Gräfin äußerst abenteuerlustig war. Nachdem sie die Stadt erkundet hatte, wünschte sie die Goldfelder zu sehen, und man arrangierte einen Ausflug. Sie blieb tagelang weg, während Mrs. Manningtree schäumend vor Wut zu Hause wartete.
Nach ihrer Rückkehr aus Gympie zog sie sich jeden Abend früh zu-

rück und lehnte die Angebote ihrer Gastgeberin, Soireen und Dinnerparties für sie zu arrangieren, kategorisch ab.

»Ich denke nicht im Traum daran, Ihnen noch mehr Unannehmlichkeiten zu bereiten, meine Liebe. Es ist so freundlich, daß Sie mich in Ihrem reizenden Heim aufgenommen haben.«

Und schon brach sie auf zum nächsten Abenteuer mit ihren treuen Begleitern, zu deren Freude sie vor allem das Kampieren im Busch überaus zu genießen schien.

Emilie sah sie nur selten, was im übrigen auch für Mrs. Manningtree galt, und sie genoß ihr Leben außerhalb des Hauses. Der morgendliche Fußmarsch war erfrischend und angenehm, doch noch lieber kehrte sie abends in ihr kleines Reich zurück. An einem Samstag übernachteten sogar die Kinder bei ihr und empfanden es als echtes Abenteuer. Insgesamt erwies sich der Besuch der Gräfin für alle außer der Gastgeberin als durchaus erfreulich. Mr. Manningtree hatte in seiner Sägemühle zu tun und war sichtlich erleichtert angesichts des pflegeleichten Gastes.

Als die Gräfin schließlich abreiste, verlor niemand ein Wort darüber, daß Emilie in ihr altes Zimmer zurückkehren solle. Sie blieb in der Ferny Lane und hoffte, Molly Mooney werde nie einen Käufer für das Häuschen finden.

Trotz Ruths strenger Mahnungen fühlte sie sich dort sicher, und niemand betrachtete dieses Arrangement als ungehörig. Im Vergleich zu den schäbigen Unterkünften in der Stadt und den harten Bedingungen, unter denen Neuankömmlinge in Zeltlagern lebten, war die Fischerhütte sogar recht komfortabel. Mr. Manningtree hatte ihr neues Heim besichtigt und von den Frauen der Holzfäller erzählt, die während der wochenlangen Abwesenheit ihrer Männer allein im tiefsten Busch wohnten. Sie berichtete Ruth davon, doch auch das half nicht, ihre Schwester zu überzeugen.

»Du bist nicht mit einem Viehtreiber oder Holzfäller verheiratet«, schrieb sie, »sondern eine junge Frau, die ihren guten Ruf aufs Spiel setzt. Du mußt entweder in das Haus der Manningtrees zurückkehren oder in eine Pension ziehen!«

Sie sandte Emilie die Anträge auf Landzuteilung zur Unterschrift und teilte ihr mit, daß sie mit Hilfe von Mr. Bowles einen passenden Besitz namens Eagle Farm vor den Toren von Brisbane ausfindig ge-

macht habe. Sie bestand auf einem sofortigen Verkauf. Emilie war darin nach wie vor anderer Meinung, verschob die Diskussion darüber aber auf später, um ihre Schwester nicht noch mehr gegen sich aufzubringen.
Als sie eines Abends Wasser vom Tank in die winzige Küche hereinholte, hörte sie ein Rascheln im Gebüsch und erstarrte vor Schreck. Ihr fielen Geschichten über wilde Aborigines ein, die angeblich noch immer in der Gegend umhergeisterten. Ein großer Mann trat hervor, ein ungepflegter Kerl mit verfilztem Haar und dichtem Bart. Emilie wollte schreien, brachte aber keinen Laut heraus. Zum Glück, denn der Fremde war niemand anders als Mr. Willoughby!
»Keine Angst, Miss Emilie«, sagte er sanft, »ich sehe schrecklich aus, aber ...«
»Du lieber Himmel, Sie sind das? Geht es Ihnen gut?«
»Sicher doch«, sagte er und blieb zaghaft stehen.
»Sie kommen besser herein.«
Er nahm ihr den Eimer ab und folgte ihr in die Küche.
Im Lampenlicht erkannte Emilie die blauen Augen wieder, die ihr unverändert vertrauenerweckend aus dem langen Haar und dem rötlichen, krausen Bart entgegenleuchteten.
»Ich hätte Sie kaum erkannt«, gestand sie.
Er lachte sein ansteckendes Lachen. »Genau darum geht es mir ja. Ich kann gut darauf verzichten, daß mich die Leute erkennen.«
Emilie stand mit zitternden Händen da und wußte nicht weiter.
»Haben Sie Hunger?« fragte sie. Seine Gegenwart in dem engen Raum nahm ihr beinahe den Atem.
»Falls Sie etwas entbehren können.«
»Natürlich, ich setze den Kessel auf. Ich habe schon gegessen, aber es ist noch etwas kalter Lammbraten mit Brot und eingelegtem Gemüse da. Reicht das?« Sie kicherte albern. »Was die Vorratshaltung betrifft, bin ich leider noch im Lernstadium.«
»Schon gut, Miss Emilie, ich setze selbst den Kessel auf. Und Ihr Herd muß angefeuert werden.«
Während er neue Äste auf das Feuer legte, holte Emilie Fleisch und Butter aus dem Drahtkorb. Dann fiel es ihr plötzlich auf.
»Woher wissen Sie denn, daß ich hier wohne?«
»Bin Ihnen gefolgt«, antwortete er grinsend. »Ich habe vor dem

Haus Ihrer Arbeitgeber gewartet, und plötzlich kamen Sie aus dem Tor marschiert und gingen so rasch die Straße entlang, daß ich Ihnen schlecht hinterherrennen konnte, ohne Aufsehen zu erregen. Also bin ich aufs Pferd gestiegen und ganz ruhig losgetrabt.«

»Sie sind durch die Stadt geritten? Und wenn man Sie nun erkannt und gefaßt hätte?«

»Es war schon fast dunkel. Habe den Kopf gesenkt gehalten. In Maryborough treiben sich viele alte Bushies herum, die genauso verwahrlost aussehen wie ich …«

»Trotzdem ist es ungeheuerlich. Tun Sie das nie wieder!«

»Schon gut. Ich sah Sie in dieses Haus gehen und habe noch ein paar Stunden gewartet. Dachte, Sie wären vielleicht nur zu Besuch hier. Als Sie nicht herauskamen, bin ich ums Haus geschlichen und habe mich vom Flußufer her angepirscht. Sie dürfen nicht denken, ich wollte Sie ausspionieren«, fügte er rasch hinzu. Als das brennende Holz knisterte, schloß er die Herdklappe. »Ich wollte einfach nur sehen, wie Sie leben. Sind Sie endgültig in dieses Haus gezogen?«

Emilie lauschte dem unbekümmerten Tonfall seiner Stimme. Er sprach, als kenne er keine Sorgen, als gebe es nichts Wichtigeres als ihren Schritt in die Freiheit. Sie ließ ihre Aufgebrachtheit am Brotlaib aus, war ihm fast böse, daß er seine gefährliche Lage so wenig ernst nahm.

Sie bot ihm einen Platz am Tisch an, stellte Lammsandwiches, Orangenkuchen und schwarzen Tee vor ihn hin und erntete ein zufriedenes Lächeln.

»Ein herrlicher Kuchen, der beste Orangenkuchen, den ich je gegessen habe. Sie sind eine hervorragende Köchin.«

»Nein, leider nicht. Kate, die Köchin der Manningtrees, hat ihn gebacken.«

»Dann ist eben sie eine hervorragende Köchin. Aber wie sind Sie nun an dieses Haus gekommen?«

Emilie erklärte es ihm rasch, da ihr drängendere Fragen auf der Seele lagen.

»Und was ist mit Ihnen, Mr. Willoughby?«

»Mal«, korrigierte er sie.

»Na schön, Mal«, warf sie ungeduldig ein. »Wo haben Sie gesteckt?«

Er trank den Tee aus und lehnte sich zurück. »Hm … ich wollte mich an der Küste verstecken, bis der Bart gewachsen war. Ich stieß auf einige Abos, die mich ausrauben wollten, allerdings gab es bei mir nichts zu holen. Hatte weder Essen noch Vorräte irgendwelcher Art bei mir, nicht mal ein Gewehr, also reine Zeitverschwendung für sie. Es waren fröhliche Burschen, und ich zeigte ihnen ein paar Kunststücke mit meiner Viehpeitsche. Anscheinend fanden sie, daß ich gar kein so übler Kerl sei, vor allem, als sie von meiner Flucht erfuhren. Kam ihnen ungeheuer witzig vor. Bald stellte ich fest, daß es mehr Siedler in der Gegend gab, als ich erwartet hatte. Meine neuen Freunde hatten dort gut zu tun, sie rauben die Weißen nämlich gnadenlos aus.«

»Waren es einheimische Schwarze?« erkundigte sich Emilie.

»Nein, sie waren von Fraser Island herübergekommen, von der anderen Seite der Bucht. Sie müssen die Insel bei Ihrer Reise hierher passiert haben.«

»Ja, und ich habe seither viel darüber gehört. Einmal ist dort doch ein Schiff untergegangen.« Emilie erschauderte. »Die Überlebenden wurden von den Schwarzen ermordet, und nur die Frau des Kapitäns, Mrs. Fraser, überlebte. Sie hat unter grauenhaften Bedingungen bei ihnen gelebt, bis ihr irgendwann die Flucht gelang.«

»Ja, sie ist sehr berühmt geworden deswegen. Allerdings liegt das alles viele Jahre zurück.«

»Gibt es noch immer wilde Schwarze dort drüben? Man sagt, sie seien Kannibalen.«

»Dazu kann ich nichts sagen. Die Missionare haben sie jedenfalls noch nicht aufgegessen. Wie dem auch sei, die Burschen hatten nicht viel Glück mit ihren Überfällen und verschwanden eines Nachts, um einen Schäfer zu berauben …«

»Haben sie ihn getötet?«

»Danach habe ich sie lieber nicht gefragt. Sie plünderten seine Hütte, schlachteten einige Schafe und stapelten gerade die Kadaver in ihrem Kanu, als ich sie überraschte. Sie wollten nach Hause und waren hochzufrieden mit sich. Na ja, Sie wissen ja, in welchen Schwierigkeiten ich ohnehin schon steckte. Also sprang ich ebenfalls ins Kanu und fuhr mit.«

»Sie waren die ganze Zeit auf dieser Insel?«

»Ja. Tolle Gegend. Ich nehme Sie irgendwann einmal dorthin mit.«
»Das wird wohl in absehbarer Zukunft nicht möglich sein«, erwiderte sie pikiert.
»Nein, da könnten Sie recht haben. Können wir uns nach draußen setzen? Sie haben hier einen so herrlichen Blick auf den Fluß. Ihre Mrs. Mooney muß eine nette Frau sein.«
Sie machten es sich auf den Liegestühlen bequem, als sei Mal ein Besucher wie jeder andere auch. Emilie war ihm noch immer ein wenig böse, weil er das alles so leicht nahm, fand ihn aber dennoch reizend, obwohl er für ihren Geschmack viel zu wagemutig und sorglos war. Sie fürchtete, die Dresslers könnten ihr ausgerechnet heute einen ihrer Überraschungsbesuche abstatten, um ihr Eier, Milch oder Gemüse zu bringen. Mal hingegen lehnte sich entspannt zurück und berichtete vergnügt von seiner Zeit auf Fraser Island.
»Ich habe auf meinen Reisen schon einige herrliche Gegenden gesehen, Miss Emilie, aber diese Insel übertrifft an Schönheit alles.«
»Hatten Sie keine Angst, gefaßt zu werden?«
»Nein, dazu ist sie zu groß, ungefähr sechzig Meilen lang. Nur die Missionare und einige Holzfäller leben dort.«
»Und die Schwarzen.«
»Ja, Hunderte von ihnen. Aber Sie müßten sich das wirklich einmal ansehen. Mitten auf der Insel gibt es einen blauen See, dessen Wasser so klar ist, daß man bis auf den Grund sehen kann. Und diese traumhafte Buchten! Ich entdeckte eine, in der die Orchideen beinahe bis ans Meeresufer wachsen. Der Sand ist schneeweiß, und das Meer glitzert wie ein Juwel. Ich habe sie Feuerbucht getauft.«
Er sah verträumt auf den sanft dahinströmenden Fluß hinaus. »Das hier ist auch ein schönes Fleckchen, aber das Ufer ist schlammig. In der Feuerbucht dagegen ist alles makellos und rein. Können Sie sich das vorstellen?«
Emilie nickte.
Er sah sie nun mit ernstem Blick an. »Ich bin unterwegs, seit ich ein Kind war. Zuerst mit meinem Dad, dann allein. Ich habe nie daran gedacht, mich niederzulassen, doch wenn ich es einmal tue – vorausgesetzt, man läßt mir die Chance dazu, woran im Moment nicht zu denken ist –, dann soll es dort sein. Und ich werde Sie nicht verges-

sen, Miss Emilie; ich werde alles Menschenmögliche tun, um Ihnen die Feuerbucht zu zeigen.«

Mal schwieg eine Weile und meinte dann entschuldigend: »Es tut mir leid, ich rede zuviel. Aber es ist so wohltuend, ein richtiges Gespräch mit jemandem zu führen. Die Schwarzen können kaum Englisch.«

»Warum sind Sie nicht geblieben, Mal? Sie waren dort immerhin sicher.«

»Es hätte nicht mehr lange gedauert. So etwas spricht sich herum. Ein Weißer, der bei den Schwarzen lebt? Das wirft Fragen auf. Außerdem sind der Bart und die Haare nun lang genug. Leider habe ich Bärte schon immer gehaßt, aber jetzt komme ich nicht mehr um einen herum.«

Emilie seufzte. Es war beinahe unmöglich, seine Aufmerksamkeit über längere Zeit auf ein ernstes Thema zu lenken.

»Ihre Kleider sehen gar nicht aus, als hätten Sie im Busch gelebt.«

»Kein Wunder. Als mich die Schwarzen auf dem Festland absetzten, trug ich nur noch Lumpen am Leib. Die hier habe ich mir aus der Hütte eines Siedlers geborgt.« Er betrachtete wohlgefällig sein kariertes Hemd und die Latzhose.

»Sie haben sie gestohlen?«

»Schwere Zeiten zwingen einen zu drastischen Maßnahmen«, gab er grinsend zurück. »Sie passen ganz gut, nur die Stiefel sind zu groß. Socken habe ich übrigens auch keine.«

Emilie wunderte sich immer mehr über seine Gelassenheit und sah sich schließlich gezwungen, ihn in die Wirklichkeit zurückzuholen.

»In den Zeitungen werden Sie inzwischen nicht mehr erwähnt, aber man hat eine Belohnung von fünfzig Pfund auf Ihren Kopf ausgesetzt.«

Mal zuckte die Achseln. »Damit hatte ich gerechnet.«

»Machen Sie sich keine Sorgen deswegen?«

»Wozu? Ich muß ihnen einfach immer einen Schritt voraus bleiben. Es gibt Schlimmeres. An jenem Tag wurden drei anständige Männer erschossen. Verfluchter Goldraub! Ich habe diese Männer nicht vergessen, und ich versichere Ihnen, jemand wird für ihren Tod bezahlen. Aber dieser jemand werde nicht ich sein.«

Seine Stimme klang auf einmal hart, und sie begriff, daß seine Sorglosigkeit nur gespielt war, um sie nicht zu beunruhigen, und daß sich hinter seiner jugendlich unbekümmerten Art ein aufbrausendes Temperament verbarg.

Mal erhob sich und half ihr sanft auf die Füße.

»Ich muß gehen. Aber dürfte ich Sie küssen, wo ich schon so lange an Sie gedacht habe?«

Emilie hatte nichts dagegen. Sie hatte sich schon die ganze Zeit gefragt, wie sich ein Kuß und eine Umarmung von ihm anfühlen würden, doch dann entschuldigte er sich für den kratzenden Bart und brachte sie völlig außer Fassung. Wie lange würde er es noch mit der ganzen Welt aufnehmen können? Sie brach in Tränen aus, und er küßte und tröstete sie, obwohl es doch andersherum hätte sein sollen.

»Ich hätte nicht kommen und dich durcheinanderbringen dürfen«, murmelte er, doch sie erwiderte nur stumm seine leidenschaftlichen Küsse, wunderte sich über seine sanften, weichen Lippen und die Geborgenheit in seinen Armen. Er sagte ihr, wie schön sie sei, wie sehr er sie liebe. Sie standen engumschlungen auf der Veranda des kleinen Hauses, und Emilie Tissington war so aufgeregt, daß sie für einen Augenblick alle Sorgen vergaß.

»Mußt du wirklich gehen?« flüsterte sie, als er sich von ihr löste.

Mal sah sie traurig an. »Wenn ich bleibe, landen wir in deinem Schlafzimmer, und ich weiß nicht, ob du das willst.«

Angstvoll klammerte sie sich an ihn.

»Könntest du nicht wenigstens noch ein bißchen bleiben?«

Er ergriff ihren Arm und führte sie ins Haus, schloß die Tür und nahm sie wieder in die Arme. Er küßte ihre Augen, ihren Mund, ihre Wangen. Da begriff sie, daß er nun wirklich fortgehen würde.

»Bin ich dir zu vornehm?« fragte sie ihn herausfordernd. »Zu sehr Miss Emilie? Ein Wunder, daß du mich überhaupt geküßt hast.«

Doch er gab nicht nach, sondern griff nach der warmen, selbstgenähten Jacke aus Schafsleder, die er mit dem Fell nach innen trug. Er folgte ihrem Blick.

»Die habe ich selbst gemacht«, sagte er und zog sie an. »Ich muß gehen, Emilie.«

Er schaute sich um. »Gefällt dir dieses Haus?«

»Ja, mehr brauche ich nicht zum Leben.«

»Und du hast es gemietet, bis Mrs. Mooney es verkauft?«
»Ja.«
»Und wohin willst du dann gehen? Es ist doch so schwer, hier ein Zimmer zu finden.«
»Das weiß ich nicht.« Sie schmollte beinahe, da sie sich zurückgewiesen fühlte.
»Dann kauf es doch, ist ein schönes Fleckchen Erde. Mit dem Grundstück machst du keinen Verlust, selbst wenn das Haus mit der Rückseite nach vorn gebaut ist.«
»Wovon soll ich es bezahlen?«
»Von dem Geld, das ich dir gegeben habe. Oder ist schon alles weg?« Seine Stimme war ohne Argwohn, nur voller Neugier angesichts der Dinge, für die Damen wohl Geld ausgeben mochten.
»Nein, es ist noch da. Ich habe es zur Bank gebracht, damit es sicher ist. Es gehört dir.«
»Jesus, du hast es doch wohl nicht auf meinen Namen eingezahlt?«
»Nein, ich mußte das Konto leider auf meinen Namen laufen lassen.«
»Gott sei Dank. Für wen hältst du mich eigentlich? Ich habe es dir geschenkt, also kannst du es auch ausgeben.«
Emilie fiel noch etwas ein. »Meine Schwester braucht Hilfe. Hättest du etwas dagegen, wenn ich ihr etwas von dem Geld schicke?«
Er nahm sie wieder in die Arme. »Du bist wirklich noch ein großes, unschuldiges Kind, Emilie. Mach, was du willst damit. Es kann lange dauern, bis wir uns wiedersehen, und ich möchte, daß du gut auf dich acht gibst.«
Er küßte sie auf die Wange und verließ das Haus durch die Küchentür. Ohne Abschiedsgruß. Sie konnte weder protestieren noch ihm alles Gute wünschen. Eigentlich hatte sie ihn nach seinem Ziel fragen wollen, danach und nach vielen anderen Dingen, doch nun starrte sie hinter ihm her in die Dunkelheit. Noch nie hatte sie sich so einsam gefühlt.
Emilie setzte sich auf die Veranda, bis die ersten Anzeichen der Dämmerung im Osten sichtbar wurden. Vor ihr lag ein weiterer Arbeitstag, ein gewöhnlicher Tag im Leben einer stillen, kleinen Gouvernante.

Auch für Allyn Carnegie war es ein Tag wie jeder andere, erfüllt von Sorgen und ohne Blick für das herrliche Wetter mit den kühlen Nächten und dem blauen Himmel, an das ihn Bekannte ständig erinnerten. Der ehemalige Goldkommissar, der Held des Überfalls, interessierte sich nicht im geringsten für das Wetter; von ihm aus hätte es auch schneien können. Er war viel zu sehr damit beschäftigt, durch die Straßen zu laufen und sogar zahlreiche Hotels und Kaschemmen auf der Suche nach seinem Partner zu durchkämmen.
Eine Zeitlang war er ein vertrauter Anblick am Hafen gewesen, wo er Interesse an den Schiffen heuchelte, die staunende Einwanderer aus Großbritannien und Deutschland ausspuckten, und den Schauerleuten beim Einladen von Wolle, Talg und Holz zusah. In Wirklichkeit hielt er Ausschau nach Baldy Perry, dem harten Kerl mit dem brutalen Gesicht, der hier eigentlich hätte arbeiten sollen. Andauernd mußte er gegen die Versuchung ankämpfen, sich nach Perrys Verbleib zu erkundigen.
Baldy könnte ohne weiteres an Bord eines dieser Schiffe geschlüpft und verschwunden sein, doch diese Möglichkeit wollte Carnegie sich nicht eingestehen. Noch hielt sich die Verzweiflung wie ein lauernder Schatten im Hintergrund. Ein anonymer Brief von ihm, in dem er Baldy als Mörder brandmarkte, würde genügen, um diesem die Spürhunde auf die Fersen zu hetzen. Der Kommissar ahnte, daß dies nicht im Interesse des Verbrechers liegen konnte, der unablässig davon gesprochen hatte, sich mit dem Geld in Tasmanien zur Ruhe zu setzen. Carnegie drehte seine Runden, bis ihn Kopfschmerzen und Schüttelfrost nach Hause trieben.
Er verlegte sich wieder aufs Reiten, damit sich die Leute an diesen Anblick gewöhnten. Manchmal plauderte er auch mit den Fährleuten, die Passagiere und Fracht über den Fluß brachten. Dort lag sein eigentliches Ziel. Ihm war klar, daß er den bewußten Baum überprüfen mußte, um endgültig Gewißheit über seinen Partner zu erlangen.
In der Zwischenzeit hatte Allyn die Bekanntschaft der Zuckerrohrpflanzer gesucht, deren Plantagen, die sie mit Hilfe der Arbeitskraft von Kanaken betrieben, am anderen Flußufer lagen. Natürlich lud man ihn ein, ihre Fortschritte persönlich zu begutachten.
Dann traf er die Entscheidung. Er würde den Fährleuten gegenüber

erwähnen, daß er die Pflanzer besuche, in Wirklichkeit jedoch zum vereinbarten Goldversteck reiten. War das Gold dort, würde er seine Satteltaschen mit den Reichtümern füllen.

Im Grunde waren diese Vorkehrungen überflüssig, doch Schuldgefühle und Angst trieben ihn zu allen möglichen Vorsichtsmaßnahmen. Wenn er sich abends im Bett wälzte und keinen Schlaf fand, zermarterte er sich das Hirn über neue Gründe, die er für die Flußüberquerung vorbringen könnte, während ein letzter Rest von Vernunft ihn davon zu überzeugen suchte, daß sich kein Mensch für seine Ausritte interessierte.

Am Vorabend seiner geplanten Inspektion des Verstecks saß er mit einem Brandy am Fenster und hoffte, Baldy werde doch noch kommen. Er würde ihm keinerlei Vorwürfe machen, sondern einfach das Gold und Geld aufteilen, Schluß, aus. Sie könnten unbehelligt in der Küche sitzen und die Sache so schnell wie möglich über die Bühne bringen. Lieber Gott, betete er, laß es endlich vorbei sein.

Als das Tor quietschte, schenkte er sich noch einen Drink ein. Eigentlich sollte sich sein Partner ja von hinten ans Haus heranschleichen, doch die Sorgen und sein Alkoholkonsum vernebelten ihm den Verstand. Endlich war der langerwartete Besucher da!

Er rannte zur Tür. Ein Fremder stand davor. Ein großer, kräftiger Mann in schwarzer Uniform.

»Mr. Carnegie?«

»Ja?«

»Ich bin Jasper Kemp, Polizeichef des Staates Queensland. Dürfte ich kurz mit Ihnen sprechen?«

Allyn spürte ein Gefühl der Übelkeit in sich aufsteigen, doch er hielt durch und raffte seine ganze Würde zusammen.

»Leider bin ich nicht auf Besuch eingerichtet, Sir. Mein Hausmädchen ist schon heimgegangen.«

»Ich will Sie auch nicht lange aufhalten, Mr. Carnegie, sondern mich nur davon überzeugen, daß Sie sich von Ihrem schrecklichen Erlebnis soweit erholt haben. Ich wäre schon früher gekommen, hatte aber in letzter Zeit viel zu tun.«

»Verstehe. Ja, dann kommen Sie doch bitte herein. Ich gehe früh zu Bett und wollte gerade noch ein Gläschen vor dem Schlafengehen trinken. Darf ich Ihnen auch etwas anbieten?«

»Nur zu gern«, gab Kemp lächelnd zurück. »In der Öffentlichkeit muß ich ein gutes Beispiel abgeben, aber hinter verschlossenen Türen habe ich nichts gegen einen guten Tropfen einzuwenden.«

Sie zogen sich in das kleine Wohnzimmer zurück. Carnegie riß sich soweit zusammen, daß er dem Polizeichef einige Fragen zu dem Fall stellen konnte, der, wie er erklärte, falsch angegangen worden sei. Wie die anderen Bewohner von Maryborough auch, sei er der Meinung, daß die Polizei nicht genug unternehme, um diesen Verbrecher Willoughby und seinen Komplizen zu stellen.

Kemp lobte den ausgezeichneten Brandy. Carnegie verwies ihn mit verschwörerischem Grinsen ans Zollamt, wo häufig beschlagnahmte Waren versteigert wurden und erstklassige Spirituosen zu anständigen Preisen erhältlich waren.

Sie unterhielten sich über die Stadt, ihren Hafen und die Aussicht, daß Maryborough in wenigen Jahren die Stadtrechte erhalten könnte, wenn es so weiterwuchs. Kemp, der Allyn als interessanten Gesprächspartner empfand, gestand diesbezüglich seine ursprüngliche Überraschung ein.

»Ehrlich gesagt, hatte ich nicht im Traum mit einem so pulsierenden Städtchen gerechnet. Ich hatte eine Ansammlung von Bretterhütten am Fluß erwartet, aber die Vermesser haben ausgezeichnete Arbeit geleistet, und die Umgebung ist ausgesprochen malerisch. Leider liegt Brisbane sehr weit weg, so daß man sich gar kein Bild von den Verhältnissen hier oben machen kann. Als ich sah, mit was für einer Größenordnung es der arme Sergeant Pollock zu tun hat, habe ich sofort per Telegramm sechs zusätzliche Polizisten herbeordert.«

Carnegie mußte ein Schaudern unterdrücken. »Freut mich zu hören. Wie geht es Sergeant Pollock denn so?«

»Gut, aber es hat noch drei weitere Überfälle gegeben – zwei von Buschräubern auf derselben Strecke, dazu noch einen, den eine Bande von Aborigines verübt hat. Letztere haben allerdings nur Essen gestohlen. Wir zerbrechen uns den Kopf über neue Wege der Verbrechensverhütung, um die Kriminellen nicht immer erst nach der Tat in den Hügeln aufspüren und herbringen zu müssen.«

»Sie könnten doch Truppen einsetzen.«

Kemp seufzte. »Leider betrachtet die Regierung derartige Überfälle nicht als Angelegenheit des Militärs.«
»Ich habe gelesen, daß dieser Verbrecher McPherson einen Postboten auf der Straße nach Gympie überfallen hat. Folglich hält er sich noch im Bezirk auf. Ich kann einfach nicht verstehen, wieso der Kerl immer noch nicht hinter Gittern sitzt. Er dreht dem Gesetz und seinen Vertretern doch eine Nase. Noch einen Brandy?«
»Da sage ich nicht nein.«
Carnegie runzelte die Stirn. Sicher, Kemp schien ein netter Bursche zu sein, war aber wie Pollock ein Emporkömmling, der sich hochgearbeitet hatte. Der Brandy tat jedoch seine Wirkung und weckte väterliche Gefühle in ihm gegenüber einem Neuling in fremder Umgebung, der diese zusammengewürfelte Gesellschaft zu verstehen suchte.
»Seltsam«, sagte Kemp, »die Beschreibung, die Sie abgegeben haben, paßt haargenau auf McPherson. Er ist sicher unser Mann, doch weshalb sollte er die Post ausrauben, nachdem ihm der andere Überfall über achttausend Pfund in Gold und Bargeld eingebracht hat? Ist der Mann völlig verrückt?«
»Kriminelle sind bekanntlich nicht gerade für ihre Intelligenz bekannt.«
»Auch wieder wahr. Wie geht es übrigens Ihrem Arm?«
»Irreparabel. Ich werde ihn nie wieder ausstrecken können. Er schmerzt ständig, und ich kann mich im Bett nie bequem hinlegen.«
»Das tut mir leid. Wo war ich stehengeblieben? Ach ja. McPherson überfiel den Postboten auf einer einsamen Straße, öffnete alle Briefe und stahl das beigefügte Geld. Dann überreichte er dem Mann den Haufen zerrissener Post und machte sich aus dem Staub. Auf diese armselige Ausbeute hätte er doch eigentlich gut verzichten können. Er unternahm im übrigen nicht einmal den Versuch, seine Identität zu verschleiern. Was halten Sie davon?«
»Genau das stand auch in der Zeitung. Daß er die Polizei gern zum Narren hält, meine ich. Aber vergessen Sie nicht, daß er im Hotel *Carrington* am Houghton River einen Mann erschossen hat ...«
»Schon, aber das geschah im Streit und nicht aus dem Hinterhalt wie in Ihrem Fall. Letzteres klingt einfach nicht nach McPherson.«
»Sie vergessen dabei, daß er so oft verhaftet wurde und entkam, daß

ihn inzwischen jeder erkennt. Dem Mann ist das wahrscheinlich längst egal.«
»Und Sie meinen immer noch, er sei einer von ihnen gewesen?«
Carnegie zögerte. Vielleicht sollte er eingestehen, er könne sich auch geirrt haben. Aber nein, er mußte die örtliche Polizei und diesen Burschen hier beschäftigt halten, indem er sie auf eine eindeutige, wenn auch falsche Fährte lockte. »Ja, ich habe den Schweinehund genau gesehen. Er war es.«
»Vielen Dank, Sie waren mir eine große Hilfe. McPherson ist für seine Späße bekannt, vielleicht wollte er nur angeben. Immerhin wissen wir jetzt, daß er sich noch hier herumtreibt. Wie aber steht es mit Willoughby? Sie kannten ihn?«
»Ja, schien ein netter Junge zu sein. Woher sollte ich wissen, daß er mit einem Verbrecher unter einer Decke steckt? Pollock, Taylor und ich haben uns allergrößte Mühe gegeben, Vorreiter auszusuchen, die einander nicht kannten, eben weil wir geheime Absprachen verhindern wollten.«
»Das weiß ich. Stimmt es, daß es Pollocks Idee war, Ihren Transport auf dem letzten Abschnitt der Strecke zu begleiten?«
»In der Tat.«
Kemp nippte genießerisch an seinem Brandy. »Hat oft und gut funktioniert. Vielleicht einmal zu oft.«
»Sie können Pollock beim besten Willen nicht die Schuld geben«, erwiderte Allyn in der stillen Hoffnung, daß sich bei dem Polizeichef allmählich gewisse Zweifel an den Fähigkeiten seines Sergeants einstellten.
»Nein, aber Willoughby … Pollock sagt, die Leute hielten große Stücke auf ihn, während er laut Taylors Notizen falsche Angaben über angebliche Arbeitsstellen gemacht hat. Wir haben diese Farmen überprüft. Er hat dort nie als Scherer gearbeitet. Er war eher ein Tunichtgut, wenn auch nicht richtig kriminell, und unter dem Namen Sonny Willoughby bekannt. Ein Herumtreiber, der gut Karten spielte und auf Rummelplätzen Stammgast war.«
»Na bitte, offenbar ist er dort in schlechte Gesellschaft geraten.«
Kemp nickte. »Mag sein. Aber meine Beamten haben mit Schaustellern und Zigeunern in Neusüdwales, seiner Heimat, gesprochen. Alle waren des Lobes voll über ihn. Laut einem dieser Berichte war

er selbst so etwas wie ein Zigeuner, der sich wohl kaum aus heiterem Himmel in einen Mörder verwandelt hätte. Verstehen Sie, worauf ich hinauswill?«

Allyn tat aufgebracht. »Ich verstehe nur, daß die Polizei diese Mörder nicht zu fassen imstande ist. Ich sehe mich noch blutend im Dreck liegen, mit zerschmettertem Arm, wie ich mein Erbrochenes herunterschlucke, damit nur ja keiner merkt, daß ich noch am Leben bin. Ich weiß nicht, wer tot ist, wer lebt, kann meinen Kopf nur soweit drehen, daß ich Willoughby und McPherson erkenne, wage nicht, zu den anderen hinüberzuschauen, habe den Tod vor Augen ...«

»Schon gut, es tut mir leid. Ich wollte das alles nicht wieder in Ihnen aufrühren. Leider erfährt man beim Studium der Akten nie die ganze Geschichte. Sie sehen doch ein, weshalb ich mit Ihnen persönlich sprechen mußte, nicht wahr?«

»Keineswegs! Das alles ist vorbei. Das Gold ist weg. Drei Männer sind gestorben. Niemand interessiert sich mehr dafür, wie es mir geht. Ich kann nicht mehr arbeiten. Ich mußte mein Amt niederlegen ...«

»Ihre Frau interessiert sich sehr wohl dafür, Mr. Carnegie.«

Allyn fuhr hoch. »Wie bitte?«

»Da ich Sie wieder in Brisbane vermutete, habe ich Sie dort aufsuchen wollen, jedoch nur Ihre Frau angetroffen. Sie teilte mir besorgt mit, daß Sie sich noch immer in Maryborough aufhalten. Sie ist völlig durcheinander und meint, Sie sollten endlich nach Hause kommen.«

»Das werde ich auch. So bald wie möglich.«

»Was hält Sie denn noch hier? Sie sollten wirklich nach Brisbane fahren. Hier können Sie nichts mehr ausrichten.«

Allyn wollte einwerfen, daß dies alles nur ihn etwas angehe, daß es nichts mit vorwitzigen Polizisten zu tun habe, so weit sie die Rangleiter auch hochgeklettert sein mochten. Für wen hielt sich dieser Kerl eigentlich? Doch er nickte nur.

»Ich werde in Kürze heimkehren. Ich hatte gehofft, das Ende dieser leidigen Affäre noch mitzuerleben, doch anscheinend ist die Polizei der Aufgabe nicht gewachsen. Ich glaube nicht, daß sich meine Frau, die im übrigen einer sehr vornehmen Familie entstammt, in dieser

Stadt wohl fühlen würde. Ich würde sie im Traum nicht herkommen lassen.«

Er war erleichtert, als sie in aller Freundschaft voneinander schieden und sich sogar für den nächsten Tag zum Mittagessen verabredeten. Leider würde er dadurch nicht mit der Fähre übersetzen und zu dem Baum reiten können, doch ein Tag mehr oder weniger machte jetzt auch nichts mehr aus. Allyn betete, daß Baldy, sollte er noch kommen, größte Vorsicht walten ließ, jetzt, da sich dieser übereifrige Polizeichef in Maryborough herumtrieb. Er begleitete Kemp zum Tor.

»Kennen Sie übrigens einen Burschen namens Clive Hillier?« erkundigte sich Kemp.

»Nein. Warum?«

»Dachte, er könnte Ihnen über den Weg gelaufen sein. Hat eine Weile da draußen nach Gold gesucht.«

»Nie von ihm gehört.«

Clive verließ die Goldfelder mit einer Gruppe von dreißig Männern, da er lieber auf deren Schießkünste als auf die erbärmlichen Bemühungen der Polizei vertraute. Außer seinem Leben, das ihm lieb und teuer war, hatte er allerdings wenig zu beschützen. Wann immer er an Aufbruch gedacht hatte, war ein Bursche wie Mal aufgetaucht, der sich mit ihm zusammentat, ein bißchen Gold fand und wieder verschwand. Allerdings hatte ihm keiner von ihnen so viel Glück gebracht wie Mal.

Leider hatte das Glück nun auch seinen Partner verlassen, den armen Kerl.

Trotz allem waren Clive noch einige Pfund geblieben, mit denen er in der nächsten Zeit über die Runden kommen würde. Als seine Begleiter fröhlich die Hauptstraße entlangritten und nach einem Pub Ausschau hielten, den sie mit ihrer Anwesenheit beehren konnten, blieb Clive bei ihnen, und schon bald tobte im *Saddlers Arms* ein rauschendes Fest.

Als er zwei Tage später wieder nüchtern war, nahm er sich ein Zimmer in einer schäbigen Pension, lungerte faul in einem chinesischen Badehaus herum, reihte sich in die lange Schlange vor dem Friseursalon ein, kaufte einen weißen Anzug, gestreifte Hemden, eine

schmale Fliege und einen Panamahut. Im Schuhgeschäft feilschte er um ein Paar eleganter Reitstiefel. Danach fühlte sich der junge Engländer wieder wie ein Mensch und machte sich daran, die Stadt zu erforschen und dabei nach Fleur Ausschau zu halten.
Clive fand das Landstädtchen mit seinem Hafenflair äußerst angenehm, doch nach dem Staub und Dreck der Goldfelder hätte es ihm wohl überall gefallen. Er war so erleichtert, wieder die Segnungen der Zivilisation, schattige Plätzchen und anständige Mahlzeiten in sauberer Umgebung genießen zu können, daß er die Wahl seiner Unterkunft beinahe schon bereute. Aber nur beinahe, denn er wußte genau, daß er sich die eleganteren Hotels ohnehin nicht leisten konnte.
Von Fleur war keine Spur zu entdecken. Einige Männer, die er an der Theke befragte, hatten von ihr gehört, doch der einzige konkretere Hinweis, den er erhielt, bestand in der Vermutung, sie sei mit dem »alten Knaben« an Bord irgendeines Schiffes gegangen.
Enttäuscht wollte Clive sich schon nach dem Preis für die Schiffspassage nach Townsville erkundigen, von wo aus er nach Charters Towers weiterziehen könnte. Die örtlichen Zeitungen hörten nicht auf, die immensen Goldvorkommen zu preisen, die bei weitem noch nicht erschöpft schienen. Also konnte er sich ebensogut Zeit lassen. Dann fiel ihm sein Versprechen ein, Sergeant Pollock aufzusuchen, und er machte sich zähneknirschend auf den Weg zur Polizeiwache.
Pollock war nicht da, doch als Clive den Grund seines Besuchs nannte, verschwand der diensthabende Polizist und kehrte mit dem Polizeichef höchstpersönlich zurück. Der teilte ihm mit, er sei eigens aus Brisbane angereist, um diesen Fall zu bearbeiten, und würde sich gern mit ihm unterhalten.
»Wunderbar«, antwortete Clive. »Je weiter oben ich anfange, desto besser.«
»Zu Ihren Diensten«, erwiderte Kemp lächelnd. »Kommen Sie herein, nehmen Sie Platz. Es dauert nicht lange.«
Clive setzte sich auf den harten Stuhl Kemp gegenüber, der einige Akten durchsah und von Zeit zu Zeit um noch ein wenig Geduld bat. Schließlich schaute er hoch.
»Aus Sergeant Pollocks Notizen ersehe ich, daß Sie Ihren ehemaligen Partner Mr. Willoughby für unschuldig halten.«

»Das ist richtig. Pollock war jedoch so unverschämt anzudeuten, daß ich mit Mal unter einer Decke stecke. Hat er das auch in seinen Bericht aufgenommen?«
»Sergeant Pollock muß eine so ernste Angelegenheit notgedrungen aus jedem nur möglichen Blickwinkel betrachten, Mr. Hillier.«
»Hat er es bei Carnegie ebenso gehalten?«
Kemps Lächeln verschwand auch angesichts dieser Bemerkung nicht. »Warum diese Frage? Mr. Carnegie war eines der Opfer.«
Clive hütete sich, Herrn Xiu zu erwähnen, da der Chinese offensichtlich eine Verbindung zu Mal unterhielt. Er wollte ihm keinesfalls die Polizei auf den Hals hetzen. Seit dem Gespräch mit ihm hatte er auf eigene Faust ermittelt und herausgefunden, daß die Chinesen leidenschaftliche Glücksspieler und bekannte Geldverleiher waren, die ihre Schulden unbarmherzig eintrieben. Er hatte sich gefragt, ob auch Carnegie ein Spieler war und sich Geld bei Xiu geliehen hatte. Dies fand er zwar nicht heraus, erfuhr aber schon bald von Carnegies Spielleidenschaft.
Er wagte eine kühne Frage. »Und wenn Carnegie selbst nun Geld brauchte?«
»Wofür?«
»Wofür brauchen die Menschen gewöhnlich Geld? Natürlich um Schulden zu begleichen. Spielschulden zum Beispiel.«
»Sie meinen, Mr. Carnegie hatte Spielschulden?«
»Ich habe gehört, er spiele mit größter Leidenschaft. Ist Pollock diesem Hinweis nachgegangen?«
»Es wird Sie freuen zu hören, daß der Sergeant dies tatsächlich getan hat und weder auf den Goldfeldern noch in dieser Stadt einen einzigen Gläubiger auftreiben konnte.«
Verdammt! Selbst wenn Pollock mit Xiu gesprochen hatte, konnte es ihn nicht viel weitergebracht haben. Clive war ratlos. Sollte er den Chinesen erwähnen? Andererseits konnte er selbst nur Vermutungen über den Sinn von Xius geheimnisvollen Andeutungen anstellen.
»Na und?« knurrte er. »Ich behaupte nach wie vor, daß Carnegie seine Hand im Spiel hatte, und andere auf den Feldern denken genauso.«
»Tatsächlich? In den Berichten wird das mit keinem Wort erwähnt. Wer genau hat diese Anschuldigungen erhoben?«

»Das weiß ich nicht mehr, es wurde eben so geredet. Nun, Sir, mit allem gebührenden Respekt, aber ich habe meine Pflicht getan. Habe mich auf Pollocks Anweisung hin gemeldet und möchte gerne weiterreisen. Möglicherweise breche ich bald nach Townsville auf.«
»Sie wollen nach Charters Towers?«
»Wenn ich darf. Ich werde Sie wissen lassen, welches Schiff ich nehme.«
»Ich bitte darum.«
»Demnach haben Sie mich noch immer in Verdacht. Aber gegen Willoughby können Sie nichts vorbringen außer Carnegies Behauptung …«
»Er ist immerhin ein Augenzeuge, Mr. Hillier.«
Clive stand auf. »Dann werde ich wohl selbst ein Wörtchen mit ihm reden müssen. Wie ich höre, hält er sich noch in der Stadt auf.«
Kemp fuhr hoch. Mit einem Knall schlug er die Akte zu. »Ich würde Sie dringend bitten, davon Abstand zu nehmen, Mr. Hillier.«
»Warum? Ich werde ihn schon nicht verprügeln, sondern nur mit ihm reden, da Sie anscheinend alle so darauf aus sind, einen Unschuldigen an den Galgen zu bringen. Und wenn Carnegie sich nun geirrt hat?« Ihm fielen Xius Worte wieder ein, und er wiederholte sie. »Manchmal sind Irrtümer nicht das, was sie zu sein scheinen.«
»Was wollen Sie damit sagen?«
Das wußte Clive selbst nicht genau, unternahm aber einen Erklärungsversuch. »Vielleicht hat er sich ja mit voller Absicht geirrt. Um die Polizei auf eine falsche Spur zu locken. Haben Sie darüber schon mal nachgedacht?«
Kemp erhob sich, um ihn hinauszugeleiten.
»Wir sollten uns vielleicht noch einmal unterhalten, bevor Sie abreisen, Mr. Hillier. Aber Sie werden mit Carnegie nicht über diese Angelegenheit sprechen.« Seine Stimme klang jetzt scharf. »Halten Sie sich von ihm fern.«
Als der Engländer gegangen war, setzte sich Kemp wieder an den Schreibtisch und machte sich einige Notizen. Er fand Hilliers Besuch sehr aufschlußreich und brachte sich sein Gespräch mit Carnegies Frau in Brisbane in Erinnerung zurück. Sie war in größter Sorge um ihren Mann gewesen, hatte geweint, ihm ihr Herz ausgeschüttet …

»Und das bei all den Sorgen, die wir ohnehin schon haben«, hatte sie geschluchzt.
Als mitfühlender Mensch hatte er sich ihre Klagen angehört und sie ermutigt, mit ihm darüber zu sprechen. Die Carnegies waren bis über beide Ohren verschuldet und liefen Gefahr, ihr Haus zu verlieren.
»Und nun mußte mein Mann auch noch sein Amt aufgeben, so daß wir gar kein Einkommen mehr haben. Ich weiß, ich sollte mir meine Tränen für die Familien der Getöteten aufsparen, aber diese Verbrecher haben auch uns ruiniert!«
Seltsam, daß sich Carnegie so gar keine Sorgen um seine finanzielle Lage zu machen schien und faul in Maryborough herumlungerte, während er eigentlich bei seiner Frau sein sollte. O nein, nicht Mr. Hillier würde dieser Sache auf den Grund gehen, da er das Jagdwild höchstens verschrecken würde. Er selbst mußte herausfinden, weshalb sich Carnegie noch immer in der Stadt aufhielt.
Kemp kratzte sich am Kopf und beantwortete sich die Frage im stillen selbst. Er fürchtete sich vor dem Affentheater, das ihn zu Hause erwartete, und schob das Problem einfach vor sich her. Warum dann aber das ganze Gerede über Goldaktien?
Plötzlich mußte er lachen. Vielleicht war es nur ein jämmerlicher Versuch, die Fassade aufrechtzuerhalten, also nicht weiter ungewöhnlich. Wäre Willoughby nur nicht entkommen. Angesichts der drohenden Todesstrafe hätte er seinen Komplizen sicherlich preisgegeben.
Kemp wandte sich wieder seinem eigenen Bericht zu. Von nun an würde regelmäßig einmal im Monat ein Goldtransport von Gympie nach Maryborough gehen, der von einer Polizeieskorte begleitet wurde. Der Schutz auf der Strecke von Maryborough nach Brisbane würde privaten Wachdiensten übertragen. Er wünschte, er könne Pollock zur Beförderung vorschlagen, doch Willoughbys Flucht stand dem im Wege. Diesen Patzer würde der Sergeant nur durch die Verhaftung des Verbrechers ausbügeln können, mit der im Augenblick nicht zu rechnen war. Dieser Schurke dürfte längst aus dem Bezirk verschwunden sein.

Seit Emilie nicht mehr bei den Manningtrees lebte, war sie voller Tatendrang. Sie genoß den zügigen Marsch am frühen Morgen, konnte allmählich die Bäume bestimmen, die ihren Weg säumten, und bemühte sich, auch andere Arten kennenzulernen. Sie beschloß, ihr altes Hobby wieder aufzunehmen und einige von ihnen zu zeichnen. Oft erwarteten die Kinder sie mit heller Begeisterung am Tor, die sie für den Unterricht zu nutzen wußte. Aus Spaß ließ sie sie als erstes singend durch den Raum marschieren und erteilte erst danach Unterricht in Schreiben, Orthographie und Rechnen. Es war aufwendig, drei Kinder unterschiedlichen Alters zusammen zu unterrichten, doch das Lernen gestaltete sich dennoch harmonisch.

Bert Manningtree schaute oft herein und fragte mit dem üblichen Augenzwinkern, ob sich auch alle benahmen. Ein dreistimmiger Chor antwortete ihm mit lautem »Ja«, selbst wenn dies nicht immer der Wahrheit entsprach. Emilie hatte nichts gegen seine Besuche einzuwenden, die seltenen Auftritte seiner Frau empfand sie dagegen als weitaus weniger erfreulich. Sie brachte ihre Freundinnen mit und stand mit ihnen an der Tür herum, von wo aus sie die Kinder kichernd beobachteten und die Gouvernante baten, ihnen keine Beachtung zu schenken. Dabei tauschten sie Anekdoten aus ihrer eigenen Schulzeit aus. Miss Tissington hätte sie gern daran erinnert, daß Reden im Klassenzimmer nach wie vor untersagt war. Ihr war jedoch bewußt, daß Mrs. Manningtree mit ihrer Gouvernante, die sie als Statussymbol betrachtete, nur angeben wollte, und ertrug daher stillschweigend die Albernheiten der Frauen.

Nicht lange nachdem sie ausgezogen war, tauchte die Dame des Hauses wieder einmal mit zwei Freundinnen auf. Mit unüberhörbarem Flüstern tuschelten sie miteinander, während Emilie der kleinen Rosie mit bunten Bausteinen das Rechnen beizubringen versuchte. Es war nicht zu überhören, daß man über sie sprach.

»Sie lebt nicht mehr hier im Haus?« fragte eine Frau.

»Nein«, antwortete Mrs. Manningtree. »Ich konnte leider nicht dauerhaft auf das Zimmer verzichten. Wichtige Gäste wie die Gräfin können ja schlecht auf dem Dachboden schlafen. Ich dränge Bert schon seit langem, mir einen Gästeflügel zu bauen, an Platz mangelt es uns ja wahrlich nicht.«

»Wo wohnt sie denn jetzt?«

Mrs. Manningtree kicherte. »Ihr werdet es nicht glauben. Sie ist in Paddy Mooneys Hütte am Fluß gezogen. Ziemlicher Abstieg, würde ich sagen. Als nächstes bietet sie sich womöglich an, anderer Leute Wäsche zu waschen.«
»Und es macht ihr nichts aus?« flüsterte die Frau.
»Anscheinend nicht. Die Miete dürfte ja recht niedrig sein.«
Emilie ließ die Kinder aufstehen und den Damen einen guten Morgen wünschen, als sie den Raum verließen. Sie versuchte, sich auf Rosies Rechenaufgaben zu konzentrieren, doch die soeben gehörte Unterhaltung ging ihr nicht aus dem Kopf. Molly Mooney hatte recht gehabt. Diese Leute stießen sich nicht daran, daß sie als Frau alleine lebte, eine Tatsache, die in ihrer Heimat zu schlimmstem Gerede geführt hätte. Sie wirkten höchstens überrascht, daß eine Gouvernante ihres Kalibers in einer solchen Umgebung wohnte.
»Es ist gar keine Hütte, sondern ein richtiges Häuschen«, murmelte sie entrüstet.
»Was ist los?« fragte Rosie.
»Schon gut. Wenn ich jetzt diese fünf Bauklötze wegnehme, wie viele bleiben dir dann noch?«
»Fünf!«
»Richtig, braves Mädchen. Jimmy, starr keine Löcher in die Luft. Bist du mit deinen Rechenaufgaben fertig?«
»Noch nicht, Miss.«
»Dann mach weiter, sonst übertrifft dich Rosie noch.«
Er grinste, senkte den Kopf und kratzte mit dem Griffel auf seiner Tafel herum.
Niedrige Miete? Das werden wir ja sehen. Mal hatte ihr geraten, das Haus zu kaufen. Das Grundstück war herrlich, der Ausblick auf den Fluß lohnender als der gesamte Besitz der Manningtrees. Ja, sie *würde* es kaufen.
Sie verdrängte die aufkommenden Gedanken an Mal. Die Kinder hatten ein Anrecht auf ihre volle Aufmerksamkeit.
Als sie an diesem Abend durchs Tor trat, kam Mr. Manningtree im Buggy angefahren.
»Soll ich Sie nach Hause bringen?«
»Nein danke, Sir, ich möchte Sie nicht bemühen.«

»Das macht mir überhaupt keine Mühe. Springen Sie rein.« Er wendete den Buggy, schoß mit seinem üblichen Tempo davon und holperte durch Schlaglöcher, als bereite ihm das Gepolter größtes Vergnügen.
»Wissen Sie denn, wo ich wohne?« erkundigte sich Emilie.
»Na klar. Hab so manches nette Stündchen mit Paddy dort verbracht. Wir haben gefischt und gekocht und ein paar Gläser geleert.«
»Innen ist es ganz hübsch«, fühlte sie sich bemüßigt zu erklären.
»Dafür hat Molly schon gesorgt. Hat Paddys Hütte nicht vor die Hunde gehen lassen, auch nach seinem Tod nicht.«
»Nun will sie verkaufen.«
»Ehrlich? Das überrascht mich.«
»Sie hat zuviel zu tun, außerdem verbindet sie wohl traurige Erinnerungen damit …«
»Das stimmt. Die beiden standen sich sehr nahe. Waren ihr Leben lang verliebt ineinander.«
Vor dem Häuschen brachte er das Pferd zum Stehen. »Da wären wir, Miss. Auf geht's, James. Und Sie kommen hier allein zurecht?«
»O ja.« Emilie ergriff die Gelegenheit, ihn auf den geplanten Hauskauf vorzubereiten, denn seine Frau würde es ohnehin bald erfahren und sich vermutlich darüber entrüsten. Obwohl Mrs. Manningtree im Haus das Sagen hatte, hielt Bert die Hand auf dem Geld.
»Dürfte ich Sie noch um einen Rat bitten, Sir?«
Er wandte sich zu ihr um und zog die Zügel wieder stramm. »Sicher doch. Schießen Sie los.«
»Da Mrs. Mooney das Haus verkaufen möchte und ich keine andere passende Unterkunft finden konnte …«
»Das habe ich Violet auch schon gesagt. Ich habe sie gewarnt, daß sie Sie verlieren wird, wenn sie ein nettes Mädchen wie Sie dazu zwingt, in einem dieser schäbigen Löcher in der Stadt unterzukommen …«
»Nein, darum geht es nicht. Ich dachte mir nur, ob ich vielleicht das Haus mit dem Grundstück selbst kaufen soll.«
Er runzelte die Stirn. »Was? Sie wollen es kaufen?«
»Nun, für mich reicht es vollkommen aus, und hübsch gelegen ist es obendrein.«

»Kaufen?« wiederholte er. Er roch nach Schweiß und Sägemehl. Emilie hatte mittlerweile gelernt, diese Attribute harter Arbeit zu respektieren. Dieser Mann ging bei Sonnenaufgang in seine Sägemühle und kam nie vor Einbruch der Dämmerung heim.
»Mit welchem Geld wollen Sie es denn kaufen?« fragte er. »Brauchen Sie ein Darlehen?«
Emilie setzte ihr bezauberndstes Lächeln auf. »Nein, Sir, ich besitze etwas Geld. Wissen Sie, mein Vater hat meiner Schwester und mir einen Notgroschen mitgegeben …« Die Lüge ging ihr mühelos über die Lippen. Gott allein wußte, wie sie Ruth das alles jemals erklären sollte.
Bert Manningtree fing an zu lachen. »Nun, eins muß ich Ihnen lassen, Mädchen. Sie sind mir eine ganz Schlaue. Warum auch nicht, mit Ihrer Bildung und so? Das sag ich Violet auch immer. Unsere Kinder brauchen eine anständige Bildung, sonst ist mein Geld bald futsch.«
Emilie kannte diese Predigt bereits und nickte zustimmend. »Ich würde gern Ihren Rat hören, Sir. Sie kennen sich in dieser Stadt aus. Meinen Sie, es wäre angemessen?«
»Was wollen Sie damit sagen?« fragte er verwirrt.
»Ich meine, ob es schicklich wäre.«
»Wieso nicht?« bellte er. »Ist wohl die klügste Entscheidung. Verdammt klug. Können nichts dabei verlieren. Diese Stadt wächst in einem Riesentempo. Wird eine Großstadt sein, bevor Sie piep sagen können. Darum kaufe ich auch das Land an der Kent Street auf, also mittendrin im Ort. Kostet mich jetzt zwar eine Stange Geld, aber warten Sie nur ab. Bis ich in den Ruhestand gehe, ist es viel mehr wert, und ich bin ein reicher Mann.«
»Vielen Dank, Mr. Manningtree.« Emilie raffte ihren Rock, um auszusteigen.
»Moment«, sagte ihr frischgebackener Finanzberater, den dieses Geschäft ungeheuer zu interessieren schien. »Wieviel verlangt sie dafür?«
Emilie setzte sich wieder. »Das weiß ich noch nicht.«
»Das wissen Sie nicht? Und Sie wollen es kaufen? Gott im Himmel, diese Frauen! Mal sehen, was haben wir denn hier? Einen halben Morgen, wenn ich mich recht erinnere. Und das Häuschen. Ist gar

nicht so übel. Und hat einen anständigen, großen Wassertank, einen der besten, den ich je gesehen habe. Der hält ein Leben lang.«
Sie wartete geduldig auf das Ergebnis seiner Taxierung. »Ich wette, sie will zehn bis fünfzehn Pfund haben. Bieten Sie ihr acht. Mag sein, daß Sie ein bißchen raufgehen müssen. Verlangen Sie dafür, daß der Busch ums Haus gerodet und ein richtiger Weg vom Tor zur Haustür angelegt wird. Wenn es naß ist, brechen Sie sich sonst den Hals. Und ein Vordach für die Haustür. Verstanden?«
Emilie war entsetzt. »Ich weiß nicht recht ... Mrs. Mooney war so nett zu mir, ich kann doch nicht ...«
»Keine Sorge wegen Molly. Ist ein harter Knochen. Und nicht gerade arm. Können Sie das auch wirklich bezahlen?«
»Ja, Sir.«
»Dann überlassen Sie alles andere mir. Ich rede mit ihr. Mache es klar, bevor jemand anders Ihnen zuvorkommt.«
»Ich hoffe, das ist ihr recht.«
»Keine Angst, wir werden uns schon einig.«
»Das ist sehr freundlich von Ihnen, Mr. Manningtree.«
Er tippte an seinen Hut und grinste. »Ist mir ein Vergnügen, Miss, denn es sagt mir noch was anderes.«
»Was denn?«
»Es sagt mir, daß Sie bleiben, oder nicht? Und das ist für meine Kinder das Allerbeste. Vielleicht sage ich es nicht richtig, Miss, aber Sie machen Ihre Sache wirklich gut, und die Kleinen lieben Sie. Für mich zählt nur das. Und jetzt runter mit Ihnen und ab ins Haus, bevor es dunkel wird. Gleich morgen rede ich mit Molly.«

Emilie hatte es geschafft. Sie war stolze Besitzerin des Grundstücks 759, eingetragen im Grundbuch von Maryborough, gelegen am Ende der Ferny Lane. Sie konnte sich aber nicht so recht darüber freuen, da sie nach wie vor nicht wußte, wie sie es je ihrer Schwester beibringen sollte. Dann müßte sie ihr nämlich auch gestehen, woher sie das Geld hatte, und das war schlechterdings unmöglich.
»Du liebe Zeit«, seufzte sie, »das wird ganz schön kompliziert.«
Mr. Manningtree hatte einen Kaufpreis von neun Pfund für sie ausgehandelt, inklusive der verlangten Umgestaltungen. Mrs. Mooney

hatte keinen Anstoß an seinen Forderungen genommen, im Gegenteil: Sie freute sich, daß Paddys Hütte nun einer jungen Dame gehörte, die sie zu schätzen wußte. Alle waren zufrieden, das heißt alle außer Mrs. Manningtree, die ätzende Bemerkungen über Leute fallen ließ, die ihren Platz im Leben nicht kannten.
Emilie wunderte sich selbst über die Ruhe, mit der sie in letzter Zeit der Bosheit und Unhöflichkeit dieser Frau begegnen konnte. Noch vor kurzem hätte sie sich über ihre Verhaltensweise furchtbar aufgeregt, doch nun ließ es sie vollkommen gleichgültig, und sie spürte neues Selbstvertrauen. Letzteres hatte sie gewonnen, da sie gezwungen gewesen war, sich durchzusetzen und ihr Leben selbst in die Hand zu nehmen. Außerdem hatte sie sich eingestanden, daß ihre Haltung auch nicht tadellos gewesen war. Sie und Ruth gaben sich viel zu steif und reserviert, um in dieser Gesellschaft Aufnahme zu finden. Ganz besonders in einer Stadt wie Maryborough galt es, sich dem zwanglosen Umgang, der hier herrschte, anzupassen, und entgegenkommender zu sein. Vermutlich war Ruth inzwischen zum gleichen Schluß gelangt.
Diese Tatsache war ihr wieder einmal bewußt geworden, als ein stämmiger Mann sie auf der Straße vor dem *Prince of Wales* einfach angesprochen hatte.
»Also nein, wenn das nicht Miss Tissington ist! Wie schön, Sie wiederzusehen.«
Emilie konnte das Gesicht nicht einordnen. Vielleicht ein Bekannter der Manningtrees …
»Kemp, Jasper Kemp«, sagte er. »Können Sie sich nicht mehr an mich erinnern? Mrs. Kemp und ich haben zur gleichen Zeit wie Sie und Ihre Schwester in der Pension *Belleview* gewohnt.«
Emilie spürte, wie sie errötete. Ihr fiel ein, daß sie und Ruth seine Frau geschnitten hatten, obwohl sie ihnen so freundlich begegnet war. Was hatten sie sich nur dabei gedacht? Diese Leute mußten wirklich an den englischen Manieren gezweifelt haben.
Peinlich berührt, sprudelte sie hervor: »Mr. Kemp, natürlich erinnere ich mich. Wie schön, Sie wiederzusehen. Geht es Ihnen gut? Herrliches Wetter, nicht wahr? Und wie geht es Mrs. Kemp? Sind Sie zusammen hier?«
Er lächelte. »Mir geht es gut, danke der Nachfrage. Mrs. Kemp ist

nicht mitgekommen, da ich mich auf einer Dienstreise befinde. Und Sie wohnen jetzt hier?«

»Ja.« Allmählich ging ihr Puls wieder langsamer. »Ich arbeite als Gouvernante für eine Familie hier in der Stadt.«

»Das freut mich. Gefällt Ihnen die Stelle?«

»Ja, sehr gut, die Kinder sind ausgesprochen lernbegierig.«

»Und haben Glück mit ihrer ausgezeichneten Lehrerin, da bin ich mir sicher.« Er warf einen Blick auf die zahlreichen Männer, die vielen Pferde, die an den Geländern beiderseits der Straße angebunden waren, und die Lastkarren, die zum Hafen rumpelten. »Ich hätte vermutet, daß dieser Ort ein wenig zu rauh und ungehobelt für Sie wäre.«

Emilie lächelte. »Das habe ich anfangs auch gedacht. Die vielen Fremden machten mir angst, aber man gewöhnt sich daran.«

In diesem Augenblick trat Mrs. Mooney aus dem Hotel.

»Ach, Emilie, wie ich sehe, haben Sie den Polizeichef schon kennengelernt.«

»Wir sind alte Bekannte, Mrs. Mooney«, erwiderte Kemp. »Meine Frau und ich sind dieser jungen Dame bereits in Brisbane begegnet. Wie geht es übrigens Ihrer Schwester, Miss Tissington?«

Während sie antwortete, wurde Emilie schlagartig bewußt, was das Wort Polizeichef bedeutete. Dieser Mann war ein ganz hohes Tier. Und er jagte Verbrecher.

Mrs. Mooney war zu einem Schwätzchen aufgelegt, doch Emilie entschuldigte sich und erklärte, sie habe es eilig. Sie verabschiedete sich von Mrs. Mooney und wünschte Kemp noch einen angenehmen Aufenthalt.

Getrieben von Schuldgefühlen, mußte sie sich zwingen, nicht zu rennen, nicht vor diesem Mann zu fliehen, der das Gesetz verkörperte. Erst als sie ein Stück entfernt war, blieb sie stehen und lehnte sich schwer atmend gegen einen Zaun. Natürlich war ihr Verhalten äußerst töricht, doch sie konnte ihre Gefühle einfach nicht im Zaum halten.

Emilie war dazu übergegangen, einen ausladenden Strohhut zu tragen, den sie mit blauen und weißen Bändern geschmückt hatte, die farblich zu ihrer Arbeitskleidung paßten. Nun schob sie ihn tiefer in die Stirn und eilte weiter. Sie wollte jetzt nicht an Mal denken und versuchte, das Schamgefühl, das bei der Erinnerung an jene Nacht in ihr aufkam, zu unterdrücken. Sie hatte ihn ja praktisch aufgefordert, das Bett mit ihr zu teilen! Was mußte er nur von ihr denken? Ihr Gesicht brannte vor Scham. Zum Glück hatte er mehr Vernunft bewiesen als sie, dabei hatte Emilie immer geglaubt, es seien immer die Männer, die sich von der Leidenschaft hinreißen ließen …

»Da habe ich mich wohl geirrt«, murmelte sie und stapfte mit gesenktem Kopf dahin. »Aber wirkliche Damen benehmen sich wohl auch anders als ich.«

Dennoch, seine Zärtlichkeiten waren wunderbar gewesen. Sie spürte noch immer seine kräftigen Arme um ihren Körper, seine Lippen, die sich auf ihre preßten.

Vorsichtig ließ sie ihre Gedanken ins Schlafzimmer weiterwandern. Wenn er nun geblieben wäre? Wenn er in ihr Bett gekommen wäre – hätte sie ihm erlaubt, mit ihr zu schlafen? Sie hatte sich einreden wollen, daß es nicht soweit gekommen wäre, doch sie hatte ihn begehrt, das konnte sie nicht bestreiten. Mit Mal allein zu sein, noch dazu an diesem romantischen Ort, war so verlockend gewesen, hatte sie so sehr erregt, daß ihr die Schamröte ins Gesicht stieg, wenn sie nur daran dachte.

Aber war das Liebe oder nur Mitleid? Wollte sie ihn trösten, sich von ihm trösten lassen? Gerade dieser Mann, der gesellschaftlich so gar nicht zu ihr paßte und eigentlich tabu für sie sein müßte, zog sie magisch an. Er war so liebenswert und brachte ihr offensichtlich tiefe Gefühle entgegen …

Emilie hatte auf das Mittagessen verzichtet, um sich in der Stadt nach neuen Schuhen umzusehen, doch in ihrem Eifer, von Kemp wegzukommen, hatte sie versehentlich den vertrauten Weg zu den Manningtrees eingeschlagen und ihren Einkauf darüber vollkommen vergessen.

Dann eben ein anderes Mal, dachte sie, und bog in die Auffahrt ein. Einige Bäume trugen schneeweiße Blüten, obgleich es dem Kalender nach eigentlich Winter war. An diesem warmen, sonnigen Tag wirkte das verwilderte Grundstück richtig prachtvoll.

Mrs. Manningtree stand vor der Haustür. Im Gegensatz zur üppigen Natur sah sie aus wie der verkörperte Winter mit ihrem Wolltuch

über dem braunen Sergekleid. Sie winkte Emilie zu sich und lächelte zur Abwechslung sogar einmal.
»Sie haben Besuch, Miss Tissington. Im Salon.«
Da Emilie unterwegs ununterbrochen an Mal gedacht hatte, befürchtete sie entgegen aller Wahrscheinlichkeit, daß er es war, der drinnen auf sie wartete. Ihr wurde schwindlig. Er würde doch nicht so verrückt sein und dieses Haus betreten!
»Hier entlang!« zischte Mrs. Manningtree und deutete auf die Haustür. Nervös stieg Emilie die ihr normalerweise verbotene Treppe zur Vordertür hinauf und ging durch die Diele zum Salon.

Während er wartete, hatte Clive die Gesellschaft dieser furchtbaren Frau ertragen müssen, die ihn endlos ausgefragt und seine Phantasie auf eine harte Probe gestellt hatte, da er ihr unmöglich den wahren Grund für sein Kommen nennen konnte.
»Sind Sie Engländer, Mr. Hillier? Kennen Sie Miss Tissington von zu Hause?«
Für viele Kolonialbewohner war England immer noch gleichbedeutend mit »zu Hause«, obwohl sie nie dort gewesen waren.
»Leider nicht. Wir sind uns noch nie begegnet, aber ich bin ein Freund der Familie.«
»Sie spricht nie von ihrer Familie, nur von ihrer Schwester. Sie ist auch Gouvernante.«
»Ach ja, ich hörte davon. Die Leute äußern sich sehr lobend über beide Damen.«
»Was macht ihr Vater?«
»Er ist im Ruhestand«, antwortete er unbekümmert. »Ein echter Gentleman. Vermißt allerdings die Jagd. Hatte einen Unfall.«
»Tatsächlich? Und was führt einen jungen Gentleman wie Sie in unsere Gegend, Mr. Hillier?«
Nun befand er sich wenigstens auf sicherem Boden. »Ich bin hergekommen, um mich umzuschauen und mein Glück auf den Goldfeldern zu versuchen ...«
Als dieses Thema erschöpfend behandelt war und er schon an Aufbruch dachte, mußte er sich ihre begeisterten Ergüsse über irgendeine Gräfin anhören, die sie kürzlich mit ihrem Besuch beehrt hatte.
»Kennen Sie die Gräfin?«

»Leider nicht«, antwortete er und warf hoffnungsvolle Blicke in Richtung Tür.
»Schade, daß Sie sie verpaßt haben. Eine überaus charmante Dame, eine ganz liebe Freundin von mir. Ich spiele mit dem Gedanken, in Kürze nach London zu reisen. Wo genau sind Sie zu Hause?«
»In Reading.«
»Tatsächlich. Liegt das in der Nähe von Nottingham? Dort lebt nämlich die Gräfin.«
»Nottingham ist weiter nördlich ...«
Und so quälte sich die geistlose Unterhaltung dahin, bis Violet Emilie in der Auffahrt erspähte.
»Da kommt Miss Tissington ja. Ich hole sie herein.«
Clive fragte sich, warum er sich überhaupt mit diesen Leuten abgab und was er zu dieser Gouvernante sagen sollte, die mit Mal befreundet war. Doch als er das reizende, scheue Mädchen erblickte, änderte er seine Meinung. Mals Miss Tissington war einfach wunderbar mit ihrem dunklen Haar, der schlanken Figur, der makellosen Haut und den tiefblauen Augen. Kein Wunder, daß Mal so von ihr geschwärmt hatte. Wie war es diesem ungehobelten Bushie nur gelungen, das Herz eines solchen Mädchens zu erobern?
Ihre Arbeitgeberin stand hinter ihr auf der Schwelle. Clive stellte sich rasch vor.
»Miss Tissington, ich bin Clive Hillier ...«
Sie nickte vorsichtig. »Sehr erfreut, Mr. Hillier.«
»Sie kennen mich nicht, aber ich bin ein Freund Ihrer Familie. Man hat mich gebeten, Sie aufzusuchen.«
Emilie wirkte verwirrt, und dazu hatte sie auch allen Grund. Vielleicht hatte sie gar keine Familie mehr außer ihrer Schwester, doch im Moment konnte er keine näheren Erklärungen abgeben.
Er trat einen Schritt vor. »Es ist ein so herrlicher Tag. Würden Sie einen Spaziergang mit mir machen?«
»Wie Sie möchten«, erwiderte Emilie knapp. Clive wandte sich an Mrs. Manningtree. »Einen wunderbaren Garten haben Sie da.«
Sie dankte ihm für das Kompliment und trat zögernd beiseite, um die beiden vorbeizulassen.
»Es tut mir so leid, Miss Tissington«, sagte Clive, sobald sie außer Hörweite waren. »Ich kenne Ihre Familie gar nicht, aber mir

ist nichts anderes eingefallen. Ich bin ein Freund von Mal Willoughby.«

»Verstehe.« Auch diese Eröffnung schien sie nicht sonderlich zu beeindrucken.

»Er hat mir geschrieben und mich gebeten, Sie aufzusuchen.«

»Zu welchem Zweck?«

»Er scheint zu glauben, Sie seien hier nicht glücklich.«

»Das entspricht nicht der Wahrheit.«

»Freut mich zu hören.« Er seufzte. »Ich bin nur der Bote. Er dachte, Sie seien einsam und könnten Gesellschaft gebrauchen.«

»Und deshalb hat er Sie geschickt, Mr. Hillier? Wer sind Sie überhaupt?«

»Ich war sein Partner auf den Goldfeldern. Wir waren eine Zeitlang ganz erfolgreich, doch irgendwann begann sich Mal zu langweilen und wollte weg. Eine sehr bedauerliche Entscheidung. Er ist mit dem Goldtransport hergekommen. Ich nehme an, Sie wissen, was danach geschah.«

»Ja.«

Sie machte es ihm wirklich nicht leicht. »Verzeihen Sie«, murmelte er, »aber wollen Sie damit andeuten, daß Sie sich nicht mehr zu seinen Freunden zählen? Falls Sie das überhaupt je getan haben.«

Er erwartete eine Verteidigung gegen diesen Vorwurf des Opportunismus, doch sie sah ihn nur mit stolzem Blick an.

»Und wie steht es mit Ihnen, Mr. Hillier? Sind Sie noch sein Freund oder bloß ein neugieriger Bote?«

»Beides«, erwiderte er entschieden. »Ich glaube nicht eine Minute lang, daß Mal in dieses Verbrechen verwickelt war, und habe auch eine dementsprechende Aussage bei der Polizei gemacht.«

»Ich glaube es auch nicht«, antwortete sie ruhig.

»Haben Sie von ihm gehört?« fragte er.

Emilie wagte nicht, sich diesem Fremden anzuvertrauen. Die Begegnung mit Mal mußte unter allen Umständen geheim bleiben. »Er schreibt mir nicht, Mr. Hillier, und es ist mir auch lieber so. Ich bin überrascht, daß er in Ihrem Fall dieses Risiko eingegangen ist.«

»Der Brief, den ich erhielt, wurde mir durch Freunde übergeben.«

»Ich will lieber nicht wissen, wo er aufgegeben wurde.«

»Das war daraus gar nicht zu ersehen, es war auch mehr eine kurze

Notiz als ein Brief. Ich habe sie verbrannt für den Fall, daß die Polizei mein Zelt durchsucht. Sie saßen mir ganz schön auf den Fersen, da ich sein Partner war. Hat man Sie in Ruhe gelassen?«

»Wie sollten sie auf mich kommen?« fragte Emilie kalt. »Sie als einziger wissen, daß wir befreundet sind. Ich bin ihm in Brisbane begegnet, und wir haben uns erst hier wiedergesehen.«

»Aber er schreibt Ihnen nicht?«

»Das sagte ich bereits.«

»Ich weiß. Der arme Mal, was soll nur aus ihm werden?«

»Können Sie ihm nicht irgendwie helfen?«

»Ich wüßte nicht, was ich neben meiner Aussage noch für ihn tun sollte.«

»Ich auch nicht«, sagte sie trübsinnig.

Plötzlich kam ein Junge hinter ihnen die Auffahrt hinuntergelaufen.

»Miss Tissington, Mum sagt, Sie sollen ins Klassenzimmer kommen. Es ist schon nach zwei.«

»Ja, Jimmy, ich komme schon.« Sie wandte sich zum Gehen. »Tut mir leid, Mr. Hillier, die Pflicht ruft.«

»Noch nicht, bitte«, entgegnete er grinsend. »Denken Sie an die vielen Familienangelegenheiten, die noch zu besprechen sind.«

»Welche Familienangelegenheiten?«

Er zwinkerte ihr verschwörerisch zu. »Sie wären sehr gekränkt zu Hause in England, wenn ich ihnen mitteilen müßte, ich sei nicht dazu gekommen, Ihnen alles haarklein zu erzählen. Sie wissen schon, daß Ihr Vater nicht mehr auf die Jagd geht und so. Mrs. Manningtree und ich haben uns vorhin nett unterhalten, während ich auf Sie gewartet habe. Wann haben Sie Feierabend?«

»Sie geht um sieben«, warf Jimmy beflissen ein.

»Sehr schön. Ich werde Sie um sieben Uhr abholen, Miss Tissington. Die Familie wird sich sehr freuen, daß ich Sie gefunden habe. Einen schönen Tag noch, junger Mann«, fügte Clive hinzu und tätschelte Jimmys Kopf. Dann ging er mit langen Schritten zum Tor.

»Ist er Ihr Freund?« fragte Jimmy.

»Natürlich nicht. Ich bin dem Herrn heute zum ersten Mal begegnet.«

»Mum sagt, er sei vornehm.«

Emilie lachte. Was würde als nächstes kommen? Würde Mrs. Manningtree ihm einen Titel verpassen, um mit ihm angeben zu können? Es wäre nur eine weitere Lüge in dem Netz, das sie um sich gesponnen hatte.

Wenn schon nicht ihr Freund, dann wenigstens ihr Verehrer. Diese Meinung teilten alle im Haus, obwohl sich Emilie strikt weigerte, über diese Angelegenheit zu sprechen, denn schließlich schien er ständig an der Türschwelle zu stehen, um der Gouvernante seine Aufwartung zu machen. Und Mrs. Manningtree war hocherfreut. Wie sich herausgestellt hatte, besaß Clive keinen Titel, doch sein Vater war Colonel und damit allemal gut genug für Violet. Sie entwickelte eine besondere Findigkeit darin, die Gouvernante mit irgendwelchen Aufgaben hinzuhalten, um sich derweil mit Mr. Hillier im Salon unterhalten zu können. Bei diesen Gelegenheiten bestand sie darauf, daß er ein Glas Sherry oder Whisky mit ihr trank. Und Emilie mußte von nun an nicht länger den Dienstboteneingang benutzen, was das Personal zu schallendem Gelächter veranlaßte.

»Sie bringen es noch zu was, Miss«, zog Kate sie auf.

Clive war zwar nicht unbedingt ein Verehrer, aber dennoch hingerissen von Miss Tissington. Es kostete ihn Mühe, ihr ein Lächeln zu entlocken, ihre Zurückhaltung zu durchbrechen, sie zum Sprechen zu bringen, doch die Mühe lohnte sich, denn sie hatten vieles gemeinsam. Beide stammten aus England, hatten eine hervorragende Bildung genossen und teilten die Erfahrung des Kulturschocks, den sie nach ihrer Ankunft in dem fremden Land erlitten hatten.

Anfangs brachte er sie ein paarmal nach Hause. Als nächstes überredete er sie, mit ihm in einem Hotel zu Abend zu essen. Sie bestand auf dem *Prince of Wales*, da sie dessen Besitzerin kannte. An einem Sonntagnachmittag besuchten sie das Konzert einer Kapelle, die am Ende der Wharf Street spielte, und es schien ihr tatsächlich Freude zu bereiten, soweit man dies bei ihrer Reserviertheit erkennen konnte.

Wie zum Teufel war Mal ihr so nahe gekommen, daß er sich mit ihr anfreunden konnte? Für ihn selbst war Miss Tissington ein Buch mit sieben Siegeln, eine echte Herausforderung.

In der Zwischenzeit waren Geschichten über die lebensgefährlichen Zustände auf den nördlichen Goldfeldern bis nach Maryborough

vorgedrungen, und Clive verlor das Interesse an Charters Towers. Als man ihm die Stelle eines Leiters des betriebsamen Zollverschluß-lagers in der Wharf Street anbot, nahm er sie dankbar an. Immerhin hatte er nun etwas zu tun, bis er eine endgültige Entscheidung über seine Zukunft traf. Inzwischen genoß er die Gesellschaft von Emilie Tissington. Die Ärmste stammte aus einer Welt, in der es als unschicklich galt, die Aufmerksamkeit auf sich zu lenken, doch waren es gerade ihr tadelloses Erscheinungsbild und ihr damenhaftes Benehmen, mit denen sie in dieser Stadt die Blicke auf sich zog. Dabei wurde sie überhaupt nicht gewahr, welches Aufsehen sie erregte.
Doch wie paßte Mal in dieses Bild? Eigentlich gar nicht. Sie hatte ihn als Freund bezeichnet und glaubte an seine Unschuld, doch das schien auch schon das Ende vom Lied zu sein. Emilie erwähnte seinen Namen nur, wenn es sich gar nicht vermeiden ließ. Und wenn Clive die Sprache auf Mal brachte, um sie aus der Reserve zu locken, wechselte sie geschickt das Thema. Offensichtlich hatte Mal stark übertrieben, als er von seinem Verhältnis zu ihr sprach. Eine typische einseitige Leidenschaft, warum auch nicht? So etwas kam häufig vor. Schließlich, dachte Clive bei sich, passe ich ohnehin viel besser zu ihr.

Emilie dachte ebenso. Clives Aufmerksamkeiten schmeichelten ihr, und sie war froh über die Gesellschaft eines echten Gentleman. Ihn würde sogar Ruth gutheißen. Die Manningtrees luden ihn zum Essen ein und baten auch Emilie dazu. Sie mußte Klavier spielen, und Clive konnte nicht verstehen, weshalb sie sich so darüber ärgerte.
»Ich habe den Abend genossen«, erklärte er. »Hervorragendes Essen, und Bert ist in Ordnung, auch wenn seine Frau tödliche Langeweile verbreitet. Man muß mit den Wölfen heulen, meine Liebe. Zudem spielen Sie wirklich ausgezeichnet.«
Als er die Leitung des Zollverschlußlagers übernahm, zog Clive ins *Bush Inn*, ein stadtbekanntes Haus für männliche Gäste, und bestand darauf, daß sie dort mit ihm aß. Emilie war nicht begeistert von dieser Idee, vertraute aber seinem Urteil. Der Abend verlief sehr angenehm, und anschließend brachte er sie zu Fuß nach Hause.
Dies war nicht das erste Mal, doch nie zuvor hatte er sie zum

Abschied auf die Wange geküßt, was Emilie ganz reizend fand. Sie mochte Clive inzwischen wirklich gern; er war so zuvorkommend und zuverlässig. Es war beruhigend, ihn in ihrer Nähe zu wissen, zumal er ihre Lage verstand und sie keine falschen Erwartungen in ihm weckte. Da sie allein lebte, konnte sie ihn nie zu sich hereinbitten; beide wußten, daß gewisse Formen gewahrt werden mußten.
Als sie an diesem Abend ihr Heim betrat und die Lampen entzündete, überlief sie jedoch ein Schauder. Mal konnte jederzeit hier auf sie warten und Erklärungen verlangen, mit denen sie im Augenblick nicht aufwarten konnte. Sie hatte ihn nicht vergessen, sorgte sich nach wie vor um ihn, mochte ihn gern, doch sein Bild begann allmählich zu verblassen. Clive hatte recht, sie konnten ihm nicht helfen. Er war noch immer auf freiem Fuß, aber wo hielt er sich auf? Es schien ungerecht, daß seine Freunde ein normales Leben führen konnten, während der arme Mal dort draußen ums Überleben kämpfte.
Bedrückt ging Emilie zu Bett und träumte in dieser Nacht nicht von Clive, mit dem sie einen so netten Abend verbracht hatte, sondern von Mal Willoughbys Abschiedskuß.

Sie konnte sich einfach nicht dazu durchringen, Ruth vom Kauf des Cottages zu berichten. Schließlich hatte ihre Schwester gerade erst zähneknirschend akzeptiert, daß sie in das »gemietete« Haus gezogen war. Ihre Briefe quollen über von guten Ratschlägen über schickliches Benehmen, ungeachtet des zwanglosen Verhaltens der gesamten Bevölkerung um sie herum. Emilie mußte lächeln – ihre neue Freiheit hatte ihr Gelegenheit verschafft, die Stadt zu erkunden. Sie fürchtete sich nicht länger vor irgendwelchen dunklen Gestalten in Seitenstraßen oder gestiefelten, gespornten Männern, die im Vorübergehen an ihren Hut tippten. Ruth würde an die Decke gehen, wenn sie wüßte, daß es in Maryborough ebenso viele verrufene Absteigen wie Hotels gab. Und daß ihre Schwester sie auch noch alle kannte.
Zuerst war sie einfach daran vorbeigeeilt, um den Blicken lauter, vulgärer Frauen zu entfliehen, die auf den Veranden herumlungerten. Erst als die Köchin ihr zuflüsterte, daß in letzter Zeit ungeheuer viele Bordelle in Maryborough aus dem Boden geschossen seien, be-

griff sie entsetzt, um welche Sorte Frauen es sich da handelte. Sie hastete nach wie vor an ihnen vorbei, von nun an aber möglichst auch noch auf der anderen Straßenseite.
Ruth erschien ihr in letzter Zeit ein wenig glücklicher und kümmerte sich weniger um Emilies Angelegenheiten. Sie hatte eine Anstellung als Lehrerin an einem Damencollege in Brisbane in Aussicht, für die sie sich als durchaus geeignet betrachtete. Sie hatte mit der Direktorin gesprochen, die Unterhaltung war zufriedenstellend verlaufen. Sicher würde der Ausschuß ihre Bewerbung befürworten.
Noch aufschlußreicher waren ihre nicht enden wollenden Berichte über Mr. Bowles, ihren lieben, hilfsbereiten Freund. Die beiden schienen unzertrennlich. Und Mr. Bowles sandte Emilie sogar seine Grüße. Sie freute sich für Ruth und erkundigte sich nach Neuigkeiten über diese aufregende Entwicklung, wofür sie sich eine Ermahnung wegen unschicklicher Anspielungen einhandelte. Ruth erklärte, Mr. Bowles lese gern Emilies Briefe, und sie habe den letzten aus purer Scham vor ihm verbergen müssen.
»Versuche bitte, in Zukunft mehr Umsicht walten zu lassen, Emilie«, wies sie ihre Schwester an.
Umsicht? Emilie seufzte, als sie sich an diesem Morgen auf den Weg zur Arbeit machte und an Mal, ihren gesetzlosen Freund dachte. Offensichtlich könnte er dem perfekten Mr. Bowles niemals das Wasser reichen.

8. Kapitel

Es geschah am Abend von Kemps Abreise nach Brisbane auf der Hauptstraße, unmittelbar vor dem Postamt. Der Zwischenfall entfachte aufs neue Wut und Entrüstung über die Morde vom Blackwater Creek. Der ehemalige Goldkommissar erlitt einen Herzanfall und stürzte vom Pferd. Ohne die Geistesgegenwart eines jungen Burschen, der ihn beiseite riß, wäre Mr. Carnegie von einem mit Holz beladenen Wagen überrollt worden.

Dieses Ereignis weckte neue Sympathien für den Mann, der so viel gelitten hatte, und wurde von den anständigen Bürgern Maryboroughs alsbald an Straßenecken und in Kneipen diskutiert. Innerhalb weniger Stunden sammelte sich eine Menschenmenge auf der Koppel neben der Polizeiwache und verlangte, daß endlich wirksame Maßnahmen ergriffen wurden, um die Verbrecher hinter Schloß und Riegel zu bringen. Die Protestierenden erklärten, daß sie angesichts der ständigen Überfälle durch Buschräuber und des Bandenunwesens der Schwarzen nicht mehr ruhig schlafen könnten und beschuldigten die Polizei der Untätigkeit und Unfähigkeit.

Pollock war froh, daß Kemp die Stadt noch nicht verlassen hatte. Als sein Vorgesetzter oblag es ihm, der Menge gegenüberzutreten und ihnen irgendwelche beschwichtigenden Lügen vorzusetzen. Denn Tatsache war, sie hatten nicht die leiseste Ahnung, wo sich die beiden Gesuchten, Willoughby und McPherson, zur Zeit aufhielten. Kemp machte seine Sache gut, sein Rang trug ihm den Respekt der Menschen ein, und er versprach eine weitere Verstärkung der Polizeitruppe. Dann ließ er eine geheimnisvolle Andeutung bezüglich gewisser Fortschritte bei den Ermittlungen fallen...

Dennoch ging er am nächsten Tag an Bord seines Schiffes.

Vor der Abfahrt betrat Pollock Kemps Kabine, um gemeinsam mit diesem die Zeitung zu studieren, die mit der Polizei wahrlich nicht sanft umsprang, was den Sergeant bedrückte, dem es nun allein überlassen blieb, die Bevölkerung im Zaum zu halten.

Kemp schob die Zeitung beiseite. Allmählich dachte er schon wie ein Politiker.

»Das war zu erwarten, oder nicht?« fragte er.
»Was meinen Sie?«
»Daß sie uns eine Standpauke halten. Ist schließlich ihr Job. Machen Sie sich darüber keine Sorgen.«
Du hast gut reden, dachte Pollock, und brachte dann ihr gemeinsames Problem zur Sprache.
»Wie verfahren wir mit Carnegie?«
»Hoffentlich kommt er durch. Er ist unser einziger Augenzeuge.«
»Warum ist er noch immer hier?«
»Weil seine Gläubiger in Brisbane auf ihn warten, würde ich sagen. Ich wollte ihn überreden, mich zu begleiten, doch er blieb stur.«
»Und hält nach wie vor an seiner Geschichte fest?«
»An jedem Wort.«
»Glauben Sie ihm?«
»Eigentlich schon. Es ist kein Verbrechen, pleite zu sein.«
»Wohl kaum.«
Sie verfielen in mißmutiges Schweigen. Im Hintergrund hörte man das Klatschen des Wassers gegen den Schiffsrumpf und die gedämpften Stimmen der übrigen Passagiere, die an Bord kamen.
»Sie sollten jetzt besser gehen«, sagte Kemp, »sonst legen wir ab, und Sie fahren mit nach Brisbane.«
»Nur eines noch. Ich habe die ganze Zeit versucht, mich an etwas zu erinnern, das mir inzwischen kaum mehr der Rede wert erscheint.«
»Was denn?«
»Es steht nicht in meinem Bericht, weil es mir entfallen war. Willoughby rief bei seiner Festnahme aus, Taylor habe Carnegie gehaßt. Jedenfalls etwas in der Art ...«
»Na und?«
»Nun ja, Carnegie hingegen behauptet, Taylors Tod habe ihn zutiefst erschüttert. Er sagt nach wie vor, sie seien dicke Freunde gewesen.«
»Das hat er mir auch erzählt. Aber Sie dürfen nicht vergessen, daß sich nach einem Todesfall manchmal die Gefühle für den Verstorbenen ändern.«
»Sicher, aber weshalb sollte Willoughby in dieser entscheidenden

Situation auf einer an sich unbedeutenden Tatsache beharren? Ich habe seine Überraschung bemerkt, als Carnegie Taylor seinen Freund nannte. Sie war nicht gespielt.«

Kemp schüttelte den Kopf.

»Selbst unter diesen Umständen war Carnegies Reaktion normal. Wie würden Sie Willoughby einschätzen, nachdem Sie alles gründlich durchdacht haben?«

»Schwer zu sagen. Ich bin ein Stück mit ihm zusammen geritten. Wirkte wie ein netter Kerl, aber das gilt für viele Kriminelle hier draußen. Ich wäre nicht auf ihn verfallen, wenn Carnegie ihn nicht identifiziert hätte.«

»Wir haben noch nicht bewiesen, daß er ein Mörder ist. Er gehört nur zu dieser Bande.«

»Das stimmt. Und da wäre noch etwas. Ich habe nie herausgefunden, wo sich Willoughby in der Zeit zwischen seiner Ankunft in der Stadt, als er sich bei mir meldete, und unserem Aufbruch zum Transport aufhielt. Ich habe überall nachgefragt, keiner hat ihn gesehen. Er kam erst in letzter Minute zur Polizeiwache zurück.«

»Wollen Sie damit sagen, er habe hier in der Stadt einen Kontaktmann gehabt? Klingt unwahrscheinlich. Nach einem solchen Überfall flüchten die Täter doch gewöhnlich in die Berge.«

Pollock nickte. »Ja, Sie haben recht. Ich mag nur keine Lücken, wenn Sie wissen, was ich meine.«

»Geht mir genauso.«

Kemp stand an der Reling, als das Schiff auf den Fluß hinaus und in Richtung Küste fuhr. Die frische Brise verschaffte ihm einen klaren Kopf. Der Fluß wand sich durch Mangroven und tiefe Wälder, die jegliche Spur menschlichen Daseins verbargen und das Land völlig unbewohnt erscheinen ließen. Am späten Nachmittag hatten sie die weite Bucht durchquert und folgten den farbenfrohen Klippen und Stränden der berühmten Insel Fraser Island, bevor sie auf den offenen Ozean hinaus und nach Süden segelten.

Kemp aß mit dem Kapitän zu Abend und hörte noch einmal die faszinierende Geschichte von Mrs. Fraser, der Schiffbrüchigen, und ihren Abenteuern auf der zauberhaft schönen Insel. Der Kapitän hatte sie selbst erforscht; er hatte zu einer Expedition gehört, die nach weiteren Überlebenden gesucht hatte, nachdem Mrs. Fraser mit Hilfe eines entflohenen Sträflings, der jahrelang bei den Schwarzen gelebt hatte, in die Zivilisation zurückgekehrt war. Kemp bedauerte, daß er keine Gelegenheit hatte, die Insel mit ihrem kristallblauen See zu besuchen, von dem alle so schwärmten, doch seine Arbeit ging vor. Also begnügte er sich mit dem exzellenten Brandy des Kapitäns und der Rolle des aufmerksamen Zuhörers.

Bei seinem Morgenspaziergang an Deck fiel ihm jedoch wieder Taylor, der getötete Beamte ein. Der Mann mit dem untadeligen Ruf. Der Mann, den Willoughby so sehr getäuscht hatte, daß er ihn auf Carnegies Empfehlung hin als Vorreiter akzeptierte. Der Mann, der sorgfältig über alle Vorgänge Buch geführt hatte. Der Mann, der eine Witwe in Brisbane zurückgelassen hatte.

Die See war kabbelig, ein kräftiger Wind wehte, der Himmel wölbte sich wolkenlos über dem Schiff. Die wenigen Passagiere an Bord waren freundlich, und der Kapitän erwies sich als ausgezeichneter Gesellschafter, doch Kemp konnte kaum erwarten, daß sie endlich in Brisbane anlegten. Er hoffte, daß Taylor ein gutes Verhältnis zu seiner Frau gehabt und ihr Briefe geschrieben hatte, die ebenso ausführlich waren wie seine Aktennotizen. Bestimmt hatte er von seinen Erlebnissen auf den Goldfeldern berichtet und möglicherweise sogar Carnegie dabei erwähnt.

Jasper Kemp legte sich an diesem Abend mit einer gewissen Hoffnung schlafen. Vielleicht lohnte es sich, ein wenig von seiner kostbaren Zeit für einen Besuch bei Taylors Witwe zu opfern.

Ansonsten fiel ihm nichts mehr ein, womit er Pollock unter die Arme greifen könnte. Schließlich waren die Schurken sicher längst aus dem Bezirk verschwunden, da war er mit Carnegie ausnahmsweise einmal einer Meinung.

Allyn Carnegie war bei Bewußtsein, hielt die Augen aber vor Erschöpfung geschlossen. Er lag auf dem harten, kalten Bett, das an die Bahre in einem Leichenschauhaus erinnerte, und wagte nicht, um eine zweite Decke zu bitten. Sein Leben war ein einziges Jammertal. Was bedeuteten einige zusätzliche Stunden des Leids schon für einen Mann, der ohnehin dem Untergang geweiht war? Sein Kopf dröhnte bei der leisesten Bewegung, sein ganzer Körper schmerzte. Er litt

Todesqualen, und niemand kümmerte sich darum. Sie hatten ihn in dieses verfluchte Buschkrankenhaus gebracht, in dem es nach Methylalkohol und Karbolsäure, den »Vorher-Nachher-Gerüchen«, stank, wie seine Mutter sie während ihrer letzten Tage in einem ebenso erbärmlichen Hospital genannt hatte. Der eine zum Beleben, die andere zum Desinfizieren, nachdem die Seele den Körper verlassen hatte.

Na ja, dachte Allyn, ich kann es gar nicht erwarten. Ich werde die Erlösung von meinen Leiden wie einen Freund begrüßen. Um mich herum reden sie ohnehin, als sei ich bereits tot.

»Herzanfall«, sagten sie leichthin, als sei dies etwas Triviales, Alltägliches, keine tödliche Diagnose.

»Hat ihn beinahe umgebracht«, hörte er sie sagen und nickte, allerdings nur im Geiste, um die Kopfschmerzen nicht zu verstärken. Sie standen dichtgedrängt um sein Bett, während sein Herz zitterte und flatterte.

Sein ganzes Leben lang hatte Allyn es auf eine harte Probe gestellt. So viel Mühe, so viel Scheitern – ein Wunder, daß es überhaupt so lange geschlagen hatte. Ihm traten Tränen in die Augen, als er an seine letzte Unternehmung dachte, die erst so kurze Zeit zurücklag. Er sah sich auf die Fähre reiten, auf der anderen Seite des Flusses wieder hinunter, unendlich erleichtert, daß er den Fährleuten kein Ziel angeben mußte. Sie behandelten ihn wie einen ganz normalen Passagier, und es kam ihnen gar nicht in den Sinn, ihn auszufragen. Wenn er das gewußt hätte, hätte er diese Reise schon längst machen können.

Mit einem freundlichen Winken, hinter dem er seine Furcht verbarg, ritt er die Straße in Richtung der Plantagen hinunter, bog aber bald auf den Trampelpfad ab, der am Fluß entlangführte. Ein einsamer Weg, der nur von Fischern oder als Hintereingang zu den Plantagen genutzt wurde, weil er häufig überflutet war. Plötzlich endete der Pfad vor einem Hang. Sackgasse. Und da stand auch schon der Baum, die mächtige Moreton-Bay-Feige, deren ausladende Äste über das schlammige Wasser ragten. Am Stamm prangte deutlich sichtbar das Zeichen VVV, das Carnegie selbst hineingeschnitzt hatte und das für niemanden außer für ihn und Perry irgendeine Bedeutung besaß. Hier sollte die Beute aus dem Überfall versteckt werden,

tief in den Hohlräumen zwischen den knorrigen, oberirdischen Wurzeln des Baums.
Allyn sah sich um, und ihn schauderte. Er spürte eine Gefahr, die von diesem verlassenen Ort ausging, erkannte aber gleichzeitig einen Auswuchs seiner eigenen Ängste darin. Mal fürchtete er, mit der Beute erwischt zu werden, dann wieder, daß Perry sie ihm geraubt haben könnte.
Er stieg vom Pferd und stapfte durch den Schlamm zum Baum. Beim letzten Mal war das Ufer trockener gewesen, die Erde rissig und sehr viel gangbarer. Hoffentlich hatte Perry die Taschen in Hohlräume über dem Wasserspiegel gesteckt, sonst wären zumindest die Banknoten ruiniert.
An seinem Fuß, verborgen von wuchernden Wurzeln, maß der Baumstamm einige Meter im Durchmesser. Allyn griff in die Hohlräume, tastete umher. Nichts. Sein Herz klopfte. Mit wachsender Verzweiflung durchsuchte er jeden Spalt, jeden Winkel, ging um den Baum herum, stieg über schlüpfrige Wurzeln, betete, fluchte, schaute hinauf zu den dichtbelaubten Ästen. Nichts.
Schließlich trat er zurück und bedachte Perry mit einer Flut von Verwünschungen. Die mangelnden geistigen Fähigkeiten seines Komplizen bedenkend, suchte er andere Bäume in der Umgebung ab, doch hier standen buchstäblich Hunderte herum. Und selbst wenn dieser Idiot die Beute woanders versteckt hätte, müßte er das Versteck doch entsprechend markiert haben. Allyn trat wütend gegen einen Stamm. Er wußte, er würde den Schatz nicht finden, wußte ohne jeglichen Zweifel, daß jede weitere Suche sinnlos war. Baldy Perry hatte ihn betrogen. Überrascht war er nicht, nur zutiefst deprimiert.
Die Warnung kam von seinem Pferd, das bis dahin geduldig am Wegrand gewartet hatte. Es schnaubte plötzlich und stampfte mit den Hufen auf. Allyn schaute zum Weg hoch in der Befürchtung unerwünschter Gesellschaft.
Doch das Pferd war völlig außer sich, blähte die Nüstern, seine aufgerissenen Augen waren schreckerfüllt. Allyn warf einen Blick zum Fluß hin und erkannte den Grund. Ein riesiges Krokodil, mindestens sechs Meter lang, kroch aus dem Wasser auf ihn zu.
»Oh, Jesus!« schrie er. »Jesus!« Die Angst verlieh ihm Flügel. Er raste das abfallende Ufer hinauf, denn Krokodile waren für ihre

Schnelligkeit bekannt, wagte nicht, sich umzusehen, rannte vorbei an seinem wiehernden, scheuenden Pferd. Es riß die Zügel los, die Carnegie achtlos um einen Ast geschlungen hatte, und preschte hinter ihm her.

Die Bestie blieb stehen, riß drohend das mächtige Maul auf, die kalten Augen blickten abwartend zu Carnegie hinauf. Dann drehte sich der schwere Körper auf seinen kurzen, stämmigen Beinen um und glitt lautlos ins Wasser zurück. Noch immer wagte Allyn nicht, sich zu rühren. Sein Herz schlug so heftig, daß es ihn würgte. Das Biest lag halb untergetaucht im seichten Wasser, so daß nur der höckrige Kopf und die vorstehenden Augen sichtbar waren. Allyn fragte sich, ob wohl dieses Ungeheuer oder einer seiner Gefährten Perry erwischt hatte. Selbst ein ausgewachsener Mann war eine leichte Beute für sie. Krokodile hatten schon Pferde gefressen – kein Wunder, daß sein Tier in Panik geraten war.

Jeder wußte, daß es in diesen Flüssen nur so von Krokodilen wimmelte. Warum hatte er nicht daran gedacht? Vermutlich, weil er beim letzten Mal so in seine Pläne vertieft gewesen war und der Fluß außerdem viel weniger Wasser geführt hatte.

»O Gott«, stöhnte Carnegie. Das war wirklich knapp gewesen. Diese Bestie hätte ihn in den Fluß gezerrt, ertränkt und aufgefressen, und niemand hätte je von seinem schrecklichen Ende erfahren. Er erbrach sich ins Gras.

Das Pferd blieb gehorsam neben ihm stehen, da es sich in seiner Gegenwart sicher fühlte, und ließ sich auch mit zerrissenen Zügeln lenken. Niemand auf der Fähre bemerkte etwas, da die Fährleute mit einer Gruppe Kanaken beschäftigt waren, die aus Protest gegen die schlechte Behandlung von einer Plantage geflohen waren und sich nun weigerten, für die Überfahrt zu bezahlen.

Allyn interessierte sich nicht für das Tohuwabohu. Er hockte sich neben sein Pferd aufs Deck und kam sich vor wie ein alter Bushie, ein Vagabund mit unrühmlicher Vergangenheit und ungewisser Zukunft.

Er ritt ziellos in Richtung Stadt und ließ sein Pferd, ohne es zu lenken, durch die vertrauten Straßen traben. Das Tier hatte sich inzwischen erholt, sein Herr jedoch nicht. Achtlos ritt er an seinem Haus vorbei. Das Pferd wandte sich instinktiv zu Graubers Stallungen, wo es gutes Futter erwarten konnte, doch plötzlich stürzte sein Herr hinunter auf die Straße.

Der Arzt tippte ihn an. Dieser verdammte Scharlatan wagte es doch tatsächlich, an ihm herumzurütteln!
»Wie geht es Ihnen, Mr. Carnegie?«
Warum ließen sie ihn nicht einfach in Frieden?
»Wie geht es Ihnen?«
Er mußte dem Trottel wohl oder übel antworten, allein um ihn loszuwerden.
»Was glauben Sie denn, wie es mir geht?« knurrte er verärgert. Die Frage kostete ihn eine Menge Kraft. »Ich bin beinahe einem Herzanfall erlegen, und ...« Er holte mühsam Luft. »... und meine Lungen wollen nicht mehr. Lassen Sie mich in Ruhe.«
»Das kann ich nicht. Sie hatten einen leichten Herzanfall, aber der bringt Sie nicht um. Da war der Sturz vom Pferd, bei dem Sie beinahe von einem Lastkarren überrollt worden wären, schon schlimmer.«
»Sturz vom Pferd?« Auf einmal fiel ihm das Sprechen leichter.
»Ja. In letzter Zeit haben Sie wirklich einiges durchgemacht. Eine Verletzung am Kopf, eine gebrochene Rippe und Prellungen am ganzen Körper, aber sonst ist alles in Ordnung. In ein paar Tagen sind Sie wieder auf den Beinen.« Der Arzt lachte. »Unkraut vergeht nicht, Sir.«
»Was soll das heißen?«
»Nur ein Scherz. Jetzt ruhen Sie sich aus, essen anständig, und morgen sehe ich noch einmal nach Ihnen.«
Noch nie in seinem ganzen Leben, das reich gewesen war an Enttäuschungen und Fehlschlägen, harten Prüfungen und gescheiterten Plänen, hatte sich Allyn Carnegie gewünscht, den nächsten Tag nicht zu erleben. Heute wollte er einfach nur sterben, doch wie gewöhnlich gelang ihm auch das nicht.

Mal hatte beinahe die Grenze des Bezirks erreicht und ritt in die Berge jenseits von Gympie hinauf. Zur gleichen Zeit kehrte Pollock nach Maryborough zurück, im Gewahrsam einen Fälscher, der in überfüllten Hotels und Kneipen beinahe ein Jahr lang mit unechten Sovereigns bezahlt hatte.

Mal hastete tagelang in nordwestlicher Richtung weiter, tief ins Hinterland, wo die Menschen auf einsamen Farmen oder in Holzfällerhütten hausten und einem Schwätzchen mit Reisenden nicht abgeneigt waren. Er gab sich als Landvermesser aus, da er wußte, daß sich die Landbewohner nur zu gern über gelungene und gescheiterte Versuche, den Busch zu zähmen, ausließen. Vor allem aber trat er als freundlicher Reisender auf, der gern lächelte, ein ehrliches Gesicht zur Schau trug, unaufdringlich und stets hilfsbereit war. Mahlzeiten nahm er nur als Gegenleistung für seine Dienste entgegen.
Er hob Brunnen aus, half Männern beim mühsamen Ausgraben von Baumwurzeln auf gerodetem Land, zersägte Baumstämme, sammelte Feuerholz für die Frauen und lehnte als Abstinenzler sogar den angebotenen Rum oder Whisky ab. Für die Menschen in den einfachen Hütten war Alkohol ein sehr kostbares Gut, und so wußte man Mals Enthaltsamkeit zu schätzen. Irgendwann gelang es ihm immer, am Lagerfeuer den Namen McPherson fallenzulassen, und er achtete sorgsam auf die Reaktionen der Leute. Die meisten hatten von dem Schotten gehört, der beinahe so etwas wie ein Nationalheld geworden war, doch darüber hinaus war das Interesse gering. Und Mal zog weiter.
Seine Suche erwies sich als zeitraubend und entmutigend. Aufgrund der zahlreichen Unterbrechungen hatte Mal in drei Wochen nur wenige hundert Meilen zurückgelegt. Um Bowen ganz im Norden zu erreichen, mußte McPherson die fünffache Strecke geschafft haben. Andererseits hatte er auch keine selbstgestellte Aufgabe zu erfüllen, sondern mußte einfach nur dem Arm des Gesetzes ausweichen. Oftmals ließ Mal die Vorsicht außer acht, um McPherson zu finden. Wenn der ihm nicht helfen konnte, würde er bis ans Ende seiner Tage auf der Flucht sein.
Eines Abends, als er schon daran dachte, seine Suche aufzugeben und sich auf den Besitz seines Onkels ganz im Westen von Neusüdwales zurückzuziehen, kam ihm der Gedanke, daß McPherson wohl doch ganz ähnlich gereist sein mußte wie er. Auch er hatte Zwischenstopps einlegen müssen, um sein Pferd zu versorgen. Mals eigenes Tier hatte schon zwei Hufeisen in dem unwegsamen Gelände verloren. Auf Dauer konnten Weiße nicht ganz ohne Hilfe in diesem Land überleben und sich ausschließlich aus dem Busch ernähren. Und die

Aborigines in der Gegend waren alles andere als hilfsbereit. Wer also hatte ihm Unterstützung gewährt? Irgendwo hier draußen mußte er Verbündete haben.

An diesem Abend wehte ein heißer, trockener Wind, und in der Luft hing der unverkennbare Geruch der Buschfeuer, so daß Mal auf ein Lagerfeuer verzichtete. Er begnügte sich mit einer Dose Bohnen und einem Apfel, den er seit Tagen wie einen Schatz gehütet hatte.

Am Morgen stieg er auf eine Anhöhe und hielt Ausschau nach dem Feuer. Zu seiner Beruhigung stellte er fest, daß die Rauchfahne sich über den fernen Bergen erhob. Dann jedoch bemerkte er Rauch, der von einem Haus aufstieg, das tief in einem Tal verborgen lag. Nun, er konnte ebensogut dort Station machen.

Diesmal wurde er nicht so herzlich wie sonst willkommen geheißen. Eine verhärmte Frau, die er auf ungefähr dreißig schätzte, mit einem kleinen Mädchen am Schürzenzipfel, richtete von der Schwelle ihrer Blockhütte aus ein Gewehr auf ihn.

»Was wollen Sie?« rief sie.

Er hob die Hände. »Keine Angst, Missus, ich bin unbewaffnet.«

»Ich habe gefragt, was Sie wollen.«

»Ich bin nur auf der Durchreise. Nach Norden.«

»Dann reiten Sie weiter.«

Er seufzte. »Ich hatte gehofft, Sie würden uns ein bißchen Wasser geben. Mein Pferd ist halb verdurstet.«

Sie zögerte, und Mal mußte ein Lächeln unterdrücken. Einen Mann ließ man verdursten, ein Pferd niemals.

»Unten am Hügel ist ein Bach.«

»Wenn er auf Ihrem Grundstück liegt, betrete ich es unbefugt.«

»Was?«

»Entschuldigung, Missus, aber ich möchte nicht unerlaubt Ihren Grund und Boden betreten. Ich will Ihnen nichts Böses. Brennt es dort drüben in den Bergen?«

»Zu dieser Jahreszeit brennt es dort immer.«

»Würde es Ihnen etwas ausmachen, woandershin zu zielen? Das macht mich ganz nervös. Ich komme von Jake Raymonds Farm und bin unterwegs nach Rockhampton.«

»Da haben Sie sich aber ganz schön verirrt …«

»Darf ich absteigen? Wir wollen Ihrem kleinen Mädchen doch keine Angst einjagen.«
Da das Kind tatsächlich verschreckt wirkte, ließ ihn die Frau absteigen. »Aber Sie bleiben weg von mir. Wie heißen Sie?«
»Mal.« Einen Nachnamen hätte er notfalls erfunden.
»Sind Sie Holzfäller?«
»Nein.«
Mit einiger Mühe konnte er sie davon überzeugen, daß er in friedlicher Absicht kam, und durfte sein Pferd an die Tränke führen.
»Warum haben Sie solche Angst vor Holzfällern?« wollte Mal wissen.
Ihre Antwort klang heftig, das Gewehr hielt sie noch immer in der Hand.
»Weil es betrunkene Schweine sind. Vor zwei Tagen sind hier welche vorbeigekommen und haben sich in meinem Haus wie in einer Kneipe aufgeführt. Haben gebrüllt und gepoltert ...«
»Haben Sie Ihnen etwas angetan?« fragte er mit aufrichtigem Mitgefühl.
»Dazu sind sie nicht gekommen.« Sie legte das Gewehr vorsichtig nieder. »Ich und mein Kind haben die Nacht in der Scheune verbracht, und das Gewehr war die ganze Zeit auf die Tür gerichtet. Wenn sich einer von denen hereingewagt hätte, wäre es ihm nicht gut bekommen. Haben mein Haus verwüstet und sind dann ohne Entschuldigung weggeritten. Ich bin seitdem mit Aufräumen beschäftigt ... diese Schweine.«
Sie war nach wie vor so mißtrauisch, daß er nicht wagte, sich nach dem Verbleib ihres Ehemanns zu erkundigen. Allmählich taute sie jedoch auf und bot ihm Tee und aufgewärmten Eintopf an.
Ihr Name war Mrs. Foley, ihre Tochter hieß Angela. Sie setzten sich an einen selbstgezimmerten Tisch unter einem hölzernen Vordach, auf dem purpurrote Glyzinien wucherten. Mrs. Foley ergriff nun doch die Gelegenheit zum Gespräch und berichtete begeistert von der Schönheit der Landschaft und der Tatsache, daß sie achtzig Morgen für ein Butterbrot gekauft hätten.
»Hier kann man alles anbauen, hervorragendes Ackerland. Leider gedeiht das Unkraut genauso prächtig. Aber irgendwann haben wir hier einen großen Obstgarten, darauf können Sie wetten.« Das Vor-

dach bot zwar Schutz vor der Sonne, nicht aber vor dem Wind, der über die gerodeten Flächen blies. Ihr Hut flog davon und tanzte bis zu einem Zaun, hinter dem ein gepflegtes Erdbeerbeet lag. Mal brachte ihn zurück und erkundigte sich, wie sie mit dem Leben in dieser einsamen Gegend zurechtkomme; doch sie lachte nur.
»Einsam bin ich nie. Viel zuviel Arbeit. Ärger hatten wir zum Glück nur mit den Holzfällern. Mein Mann hat einen Waffenstillstand mit den Schwarzen geschlossen, seitdem lassen die uns in Ruhe. Manchmal nehmen sie ihn sogar mit auf die Jagd. Vor kurzem hatte sich unsere Angela verirrt, und sie haben sie zurückgebracht. Ich hätte die Schwarzen am liebsten alle der Reihe nach abgeküßt.«
Das Mädchen zuckte zusammen. »Ich hatte mich nicht verirrt. Wollte mir nur die Gegend ansehen.«
»Sicher doch«, erwiderte ihre Mutter verschmitzt.
Während der gesamten Unterhaltung mied sie Hinweise auf den Aufenthaltsort ihres Mannes, als solle Mal glauben, er sei nicht weit entfernt. Vermutlich half er gerade einem Nachbarn bei irgendeiner schweren Arbeit aus, was in diesen entlegenen Bezirken häufig vorkam, oder lieferte seine landwirtschaftlichen Produkte an einer Sammelstelle ab.
Als das Gespräch auf Besucher kam, ließ Mal den Namen McPherson fallen und setzte hinzu, daß Verbrecher gerade diese Gegend zu bevorzugen schienen. Mrs. Foley ging sofort in die Defensive.
»Was geht Sie das an?«
»Nichts. Ich möchte ihnen nur nicht im Dunkeln über den Weg laufen.«
Die Antwort befriedigte sie nicht. »Sind Sie von der Polizei oder so?« fragte sie, jetzt wieder mißtrauisch.
»Keine Sorge. Ich bin McPherson einmal begegnet, das war in Brisbane. Bin ganz gut mit ihm klargekommen. Aber vor den anderen sollte man sich in acht nehmen.«
»Wieso? Was sollten sie schon von Ihnen wollen?«
Mal lächelte. »Sie meinen, es lohnt nicht, mich auszurauben? Kann schon sein. Aber jetzt sollte ich besser aufbrechen.«
Sie hielt ihn nicht zurück. »Sie können sich Wasser aus der Zisterne nehmen, wenn Sie möchten. Ich mache mich wieder an die Arbeit.«

Sie sah zu, wie er seine Wasserflasche füllte. Er bedankte sich für die freundliche Aufnahme und ging zu seinem Pferd hinüber.
Aus Spaß rief er ihr beim Aufsteigen noch zu: »Sollten Sie McPherson jemals begegnen, grüßen Sie ihn von mir.«
Der heiße Wind blies ihm ins Gesicht, in der Luft hing der beißende Geruch von brennendem Eukalyptus, vermischt mit dem Rauch der fernen Buschbrände.
Nach ungefähr einer Meile auf der Straße erreichte er einen schmalen Bach, den er überquerte. Er betrachtete den Weg, der sich durch das Gebüsch bergaufwärts schlängelte. Er hatte Mrs. Foley gar nicht gefragt, wohin er führte, aber das würde er ohnehin bald herausfinden. Vermutlich zur nächsten einsamen Farm, einem Gasthaus oder Holzfällerlager. Mal überlegte gerade, ob er den steilen Aufstieg sofort wagen oder sich erst im Wasser abkühlen sollte, als er das vertraute Knistern des Feuers hörte. Es mußte ganz in der Nähe sein. Er sah sich um, konnte aber nichts erkennen, obgleich die Gefahr ganz nah sein mußte, vermutlich jenseits des Hügels.
Mal entschloß sich, kehrtzumachen, da er in seinem Leben unzählige Buschbrände erlebt hatte und wußte, daß man machtlos dagegen war. Sie erloschen, sobald sie keine Nahrung mehr fanden. Er ritt langsam durch das seichte Wasser des Baches, als plötzlich ein Zischen ertönte, so als ließe eine Maschine Dampf ab …
»Jesus!« rief er.
Der Wind wehte Rauch über die Baumwipfel, versengte Blätter tanzten wirr umher, bevor sich das Feuer über den Grat des Hügels wälzte. Die Flammen zeichneten sich wie zuckende Zungen vor dem Horizont ab. Ein wahres Inferno. Eine breite Feuerfront, die sich heftig in das trockene Tal fraß, vorwärtsgepeitscht vom kräftigen Wind.
Mal galoppierte zurück zum Haus der Foleys, die Hitze des Feuers, das ungeheuer schnell vorrückte, im Rücken.
Mrs. Foley hatte die Gefahr bereits erkannt. Sie schüttete Eimer mit Wasser, die Angela so schnell sie konnte nachfüllte, gegen die Holzwände ihres Hauses.
»Dafür ist es zu spät!« brüllte Mal. Schon waren sie in dichten Rauch gehüllt. »Kommen Sie, steigen Sie auf!«
Er wollte nach Angela greifen, doch ihre Mutter schrie: »Lassen Sie das Kind los. Helfen Sie mir lieber!«

Verängstigt rannte die Kleine zu ihr hinüber.
Mal sprang ab und packte die Frau am Arm. »Hören Sie auf, das Feuer kommt. Es ist zu groß. Sie haben hier keine Chance.«
Sie schrie, er solle verschwinden, sie würde ihr Haus nicht im Stich lassen, doch in diesem Moment entdeckte er einen weiteren Brandherd, den vermutlich umherfliegende Funken entfacht hatten. Er breitete sich schnell aus, schlängelte sich von hinten an das Farmhaus heran und brach sich krachend Bahn durch ein Feld mit Futtermais. Das Pferd scheute, und Mal mußte es mit aller Kraft festhalten, während er mit dem anderen Arm die Frau wegzerrte.
Die Hitze war kaum noch zu ertragen. Er saß wieder auf, zog Mrs. Foley hinter sich aufs Pferd, dann Angela vor sich in den Sattel. Auch von vorn kam das Feuer jetzt in Sicht. Sein Pferd preschte von allein los, so daß sie beinahe den Halt verloren, doch sie klammerten sich fest und galoppierten den Weg entlang – genau auf die Feuersbrunst zu.
»Ziehen Sie sich was über den Kopf«, brüllte Mal und zog abrupt die Zügel an. »Wir müssen da durch.«
»Das geht nicht«, schrie sie, doch er zog sein Hemd aus, warf es dem Pferd über den Kopf und trieb es an. Das Tier scheute, galoppierte dann aber los in dem Versuch, das Tuch abzuschütteln, das ihm die Sicht versperrte. In Sekundenschnelle lag das Feuer hinter ihnen. Sie fanden sich in einer Landschaft mit geschwärzten Feldern und skelettierten Bäumen wieder, während sich das Feuer hinter ihnen weiterwälzte.
Mal hatte sich über Angela gebeugt, um sie zu schützen. Dem Kind war nichts geschehen, doch sein eigenes Haar war versengt, und Mrs. Foley mußte sich heiße Asche aus Haaren und Kleidern schütteln. Erst als das Pferd zum Stehen kam, merkte er, daß sie mit Fäusten auf seinen Rücken einhieb.
»Warum haben Sie das getan?« schluchzte sie. »Wir hätten sterben können. Sie hätten Angela töten können.«
»Schon gut«, sagte er beruhigend, »Sie können jetzt absteigen.«
Niedergeschlagen gingen sie die trostlose Straße entlang, das Pferd am Zügel, und mieden dabei den Anblick der verbrannten Kadaver kleinerer Tiere, die überall auf der versengten Erde verstreut lagen. Verkohlte Eukalyptusbäume ragten geisterhaft in den Himmel. We-

nigstens die Bäume werden überleben, dachte Mal, doch ihr Haus und die Saat sind zerstört.
Schließlich brach Angela das drückende Schweigen. Ihre Stimme zitterte noch vor Angst. »Wo gehen wir hin?«
»Das weiß ich nicht«, antwortete Mal. »Wir müssen unverbranntes Land finden, dann sehen wir weiter.«

Allmählich klarte die Luft wieder auf, doch nichts konnte die Frau von ihrem Unglück ablenken. Mal sah die Tränen ihr schmutziges Gesicht hinunterlaufen und ergriff ihren Arm, um ihr beim Überwinden der geschwärzten Trümmer auf dem Weg zu helfen. Bald riß sie sich wieder los, und Mal ließ es geschehen. Sie mußte allein mit dieser Katastrophe fertig werden.
Er gab Angela Wasser aus seiner Flasche und setzte sie wieder aufs Pferd. Plötzlich kamen drei Reiter auf sie zugaloppiert, Buschbewohner mit den typischen dichten Bärten, deren schwarze Gesichter und versengte Kleidung ahnen ließen, daß auch sie gegen das Feuer gekämpft hatten.
Einer der Männer, bei dem es sich offensichtlich um Mr. Foley handelte, sprang vom Pferd und umarmte seine Frau.
»Gott sei Dank seid ihr beide in Sicherheit. Gott sei Dank.«
»Wir haben alles verloren«, schluchzte sie. »Das Feuer war zu schnell. Ich konnte nichts machen. Tut mir leid.«
»Schon gut, es läßt sich nicht ändern. Solange es euch beiden gut geht, ist mir alles andere egal.«
Die anderen Männer stiegen ebenfalls ab, um sie zu trösten, während Foley seine Tochter in die Arme schloß.
»Nun sieh dir das an. Bist auf dem großen Pferd geritten, während Daddy sich schreckliche Sorgen gemacht hat.«
»Wir sind direkt ins Feuer geritten«, sagte das Mädchen. »Es war ganz heiß. Ich dachte, wir verbrennen. Der Mann ist einfach mit uns durchgeritten. Mum wollte das gar nicht.«
Foley nickte Mal zu. »Danke, Kumpel. Ich stehe in Ihrer Schuld. Habe es nicht rechtzeitig nach Hause geschafft …«
»Das Feuer rückte sehr schnell von den Bergen heran«, erwiderte Mal. »Bis Sie es gesehen hätten, wäre es ohnehin zu spät gewesen.«
Bedrückt ritt die Gruppe auf dem Pfad weiter, der sich nun in öst-

liche Richtung schlängelte, und hielt schließlich auf einem Hügelkamm an. Mal sah sich überrascht um. Der gegenüberliegende Hang des Hügels war unversehrt geblieben, und unter ihnen breitete sich der beinahe unerträglich intensive Duft des Buschlandes aus. Die Männer warfen einen Blick auf die Zerstörung, die hinter ihnen lag, und setzten ihren Weg kopfschüttelnd fort.
Nach einigen Meilen tauchten sie aus dem Busch auf und gelangten an eine Bananenplantage, deren Besitzer an diesem Abend sicherlich ein Dankgebet sprechen würde, daß er noch einmal davongekommen war.
Wie Mal erfuhr, war der Besitzer einer aus ihrer Gruppe. Sie nannten ihn Ward. Er führte sie durch eine Allee aus hochgewachsenen Bananenstauden zu seinem Haus. Seine Frau lief ihnen entgegen, voller Erleichterung, daß Mrs. Foley und Angela nichts geschehen war.
Nachdem die Erklärungen und Vorstellungen erledigt waren, lud Ward alle zu einem Drink ein. Die Männer versammelten sich für dieses Ritual um den Wassertank, und Ward verteilte Becher mit Rum.
»Für mich bitte nicht«, sagte Mal. »Wasser reicht vollkommen.«
Sein Gastgeber war entsetzt. »Mal, Sie können doch kein Wasser trinken. Der Rum baut Sie wieder auf.«
»Ich mache mir nichts aus Alkohol«, erklärte Mal. »Ich mag den Geschmack nicht. Wasser ist mir nur recht. Ich habe mächtigen Durst.«
Keiner von ihnen hatte sich die rußgeschwärzten Hände oder das Gesicht gewaschen, denn die Drinks genossen absoluten Vorrang. Die Frauen hatten sich ins Haus zurückgezogen, vermutlich um Tee zu trinken, und Mal hätte sich ihnen dabei nur zu gern angeschlossen, doch sein neu erworbener Heldenruhm wäre im Nu dahin gewesen, hätte er um eine Tasse Tee gebeten. Bill, der dritte Mann, hatte bisher nicht viel gesagt, doch nun nahm er einen Schluck Rum, wischte sich den Mund ab und sah Mal an.
»Wie heißen Sie doch gleich?«
»Mal.«
»Verdammt noch mal, und ich habe mich schon gefragt, woher ich dich kenne! Du bist dieser Weichling, der nichts trinkt. Und ich kenne auch deinen richtigen Namen.«

Die ruhige Stimme war zu einem vertrauten Dröhnen geworden, und Mal wußte, daß er McPherson gefunden und gleichzeitig aufgeschreckt hatte.
Der Schotte packte ihn am Kragen. »Du heißt Ned Turner, oder etwa nicht? Verdammter Schwindler. Hat eine Uhr gegen ein Pferd getauscht, ohne mir zu sagen, daß das verfluchte Ding graviert war. Der Name prangte mitten drauf. Konnte die Uhr nur noch wegschmeißen.«
Mal stieß ihn wütend von sich. »Es war mein Pferd. Sie hatten es gestohlen.«
»Du nennst mich also einen Pferdedieb?«
»Ich nenne dich McPherson, und dein Vorname ist auch nicht Bill.«
Die anderen Männer grinsten wohlwollend. Ward hielt noch immer den Becher mit Wasser, den er Mal eingegossen hatte, in der Hand, während Matt Foley gelassen an einem Zaun lehnte.
»Mein Name geht dich nichts an. Was hast du hier zu suchen, Turner?«
»Nach dir habe ich gesucht. Halte seit über einem Monat Ausschau nach dir.«
»Ehrlich?« McPherson sah seine Kameraden an. »Habt ihr das gehört? Wir sollten besser auf der Hut sein, sonst bringt er mich noch ganz allein zur Polizei und steckt die Belohnung ein. Meint ihr, ich sollte mitgehen?«
»Klar doch«, entgegnete Foley lachend, doch die Drohung in seiner Stimme war unüberhörbar. Plötzlich war Mal nicht mehr der Held des Tages. »Geh ruhig mit. Ihr könnt euch die Belohnung ja teilen.«
»Oder ich teile mit der Axt seinen Kopf, und niemand wird je davon erfahren.«
»Außer, er steckt mit den Bullen unter einer Decke«, warnte ihn Matt.
Mal rückte von ihnen ab. »Immer mit der Ruhe. Ihr irrt euch gewaltig. Ich heiße gar nicht Ned Turner.«
»Das wundert mich nicht«, knurrte McPherson.
»Mein Name ist Mal Willoughby.«
»Diese Woche vielleicht!«
»Warum hältst du nicht die Klappe und hörst zu?« fuhr Mal den Schotten an. »Liest du keine Zeitung? Mal Willoughby!«

»Was hat die Zeitung damit zu tun?« fauchte McPherson. Dann ging ihm ein Licht auf. »Jesus, Willoughby! Der von dem Überfall auf der Straße nach Gympie? Der mich in die Sache hineingezogen hat? Ich bringe dich um, du Schwein!«
Er war außer sich vor Zorn. »Damit hatte ich nichts zu tun. Matt und ich waren damals in Bundaberg, oder etwa nicht?«
Matt nickte. Nun verstand Mal, weshalb seine Frau den Aufenthaltsort ihres Mannes nicht preisgeben wollte. Vermutlich war er mit dem Schotten auf Beutezug gewesen. Nach der Ruhe zu urteilen, mit der alle McPhersons wahre Identität aufnahmen, hatten die drei Männer allesamt ihre Finger in ungesetzlichen Geschäften, und ihre Farmen boten ihnen dabei einen idealen Unterschlupf. Ihm fielen Mrs. Foleys Tränen über den Verlust ihrer Farm und Matts Reaktion darauf ein: »Keine Sorge, Liebes, wir beginnen wieder von vorn.«
»Womit denn? Wir sind ruiniert.«
»Sind wir nicht.« Er hatte Ward bei diesen Worten zugezwinkert, und nun wußte Mal auch, worauf er angespielt hatte. Das gleiche galt vermutlich für Mrs. Foley. Ein paar Überfälle würden ihnen wieder auf die Beine helfen. Die Farmen dienten ohnehin nur als Tarnung, da sie mit ihrer Hilfe das Bild braver Bürger abgeben konnten, die in der Einsamkeit des Landesinneren gegen die Elemente kämpften.
»Ich habe nicht eine Minute geglaubt, daß du dabei warst«, sagte Mal ruhig. »Kann ich eine Zigarette haben?«
Ward öffnete seinen Tabakbeutel, drehte eine Zigarette und reichte sie Mal. Freundlichkeit und Dankbarkeit waren aus den Blicken der Männer gewichen, ihre Mienen wirkten jetzt hart und unerbittlich. Die Legenden, die sich um ihre Raubzüge rankten, waren romantisierte Folklore, das konnten die Menschen, die von ihnen überfallen und verletzt worden waren, bezeugen. Mal wußte, daß er schnell handeln mußte. Sie würden nicht lange fackeln.
Er nickte zu McPherson hinüber. »Wenn du nicht dabei warst, wer dann?«
»Woher soll ich das wissen, verdammt noch mal? Das möchte ich gern von dir hören.«
Mal zog an seiner Zigarette. »Eben da liegt das Problem. Ich war auch nicht dabei.«

McPherson grinste höhnisch. »Jetzt komm uns nicht auf die Tour, Freundchen. Und ob du dabei warst. Jetzt bist du schon so weit geritten, da wollen wir auch hören, weshalb du meinen Namen angegeben hast, kapiert? Ich will wissen, wer deine Komplizen sind.«

»Gut, aber erst müßt ihr mich anhören. Ich erzähle die ganze Geschichte von Anfang an. Dürfte ich jetzt das Wasser haben?«

Mal trank, gab den Becher zurück und hockte sich auf den Boden. Dann berichtete er, was zwischen dem Aufbruch aus Gympie und seiner Flucht geschehen war, ohne auf ihre störenden Zwischenrufe zu reagieren.

»Das wär's«, sagte er schließlich. »So ist es gewesen.«

»Und dann?« fragte Ward.

»Na ja ... ich war auf der Flucht und ich ...«

»Klappe. Wo ist das Gold?«

Mal starrte ihn an. Für sie war dies die einzig wichtige Frage. »Woher soll ich das wissen?«

»Was soll denn der ganze Zirkus, wenn du nicht weißt, wo das Gold steckt?« bellte McPherson.

»Ich dachte nur, ich sollte mit dir reden«, erwiderte Mal nervös. »Du wirst zu Unrecht beschuldigt, genau wie ich.«

»Wen interessiert schon, was du denkst, du kleiner Schwindler?«

»Mich interessiert es, verdammt noch mal. Es geht schließlich auch um meinen Hals. Wir müssen unsere Namen reinwaschen.«

»Tolle Idee, Kleiner. Wir beide reiten nach Maryborough und erzählen denen alles. Und dann gebe ich dir im Pub eine Himbeerlimonade aus.«

Mal wandte sich an Ward. »Könnt ihr es ihm nicht begreiflich machen? Das war kein bloßer Überfall, drei Menschen wurden ermordet. Wenn sie uns erwischen, sind wir verloren. Kein Gericht der Welt kann uns dann noch retten.«

Foley schaltete sich ein. »Du hast gesagt, du wärst die ganze Zeit auf der Flucht gewesen«, bemerkte er mißtrauisch. »Wie kommt es dann, daß du so genau Bescheid weißt? Wir halten dich jedenfalls für einen verfluchten Spitzel, der unserem Kumpel hier die Polizei auf den Hals hetzen will. Wir können nicht wissen, ob du wirklich Willoughby bist, in der Zeitung war kein Bild von dir. Und Jimmy sagt, dein Name sei Turner.«

Mal schüttelte den Kopf. Er mochte diese Männer nicht, war aber auf sie angewiesen.
»Ich hatte diesem feinen Pinkel seine blöde Uhr geklaut. Da nenne ich doch nicht meinen richtigen Namen. Glaubt mir, ich heiße Mallachi Willoughby und stamme aus dem Westen von Neusüdwales. Es gefällt mir nicht, für etwas gejagt zu werden, das ich nicht getan habe. Das ist alles.«
Er schöpfte einen zweiten Becher Wasser aus dem Tank, während sie sich Rum nachgossen und sich miteinander besprachen.
»Gut«, sagte Foley schließlich, »wir wollen noch eine Geschichte hören. Wie bist du den Bullen entwischt? Wer hat dich versteckt, während du auf der Flucht warst?«
»Mich hat niemand versteckt, da ich in dem Bezirk keinen kenne. Ich konnte nicht auf die Goldfelder zurück, und in den Bergen wartete bereits die Polizei. Also bin ich in die entgegengesetzte Richtung geritten, nach Osten.«
»Nach Osten?« knurrte McPherson. »Mitten ins Meer hinein?«
Mal grinste. »Könnte man sagen. Bin hinüber nach Fraser Island.«
»Geschwommen?« knurrte Foley.
»Nein, in einem Kanu. Ich hab ein paar Schwarze getroffen, die haben mich mitgenommen. Mußte mir ja irgendwo in Ruhe einen Bart wachsen lassen.«
»Jesus, da hast du recht«, warf McPherson ein. »Bei deinem Milchgesicht. Wir sollten ihn dir abrasieren.«
»Dann bleibe ich solange hier, bis er nachgewachsen ist. Ihr könnt mir ja einen Job auf der Plantage geben.«
»Zum Arbeiten haben wir die Kanaken«, sagte Ward. »Und was soll die Story über diesen Carnegie, der dir den Job verschafft hat? Warum hat er dich beschuldigt, wenn du nichts mit dem Überfall zu tun hattest? In der Zeitung stand, er hätte zwei Männer dabei beobachtet, wie sie die Morde verübten. Einer davon sei Jimmy gewesen, der andere du. Wieso ausgerechnet du? Er muß dir doch vertraut haben, sonst hätte er dir den Job als Vorreiter nicht gegeben.«
Mal seufzte. Immerhin schienen sie nicht mehr seine Identität anzuzweifeln. »Das habe ich mich mehr als einmal gefragt. Warum hat er mich beschuldigt?«

»Oder mich«, sagte McPherson. Er zündete seine Pfeife an und sog genüßlich daran. Dann sah er zu Ward hinüber. »Außer natürlich, es gab keinen anderen, den er hätte beschuldigen können.«
»Wie meinst du das?«
»Genau das habe ich auch gedacht«, sagte Mal.
McPherson sah ihn wütend an. »Klappe, Freundchen, ich kann allein denken. Dieser Carnegie sagt, er hätte zwei Räuber gesehen. Warum zwei? Weil einer allein es nicht geschafft hätte. Er sagt, auf der Straße könnten noch mehr gewesen sein, er hat sie aber nicht gesehen. Wahrscheinlich gab es sie gar nicht. Welche Bande, die sich eiligst aus dem Staub machen muß, läßt ihre Jungs auf der Straße warten wie ein paar Anstandsdamen beim Ausritt?«
»Klingt nicht gerade nach einem schlauen Plan«, bestätigte Matt.
»Gut. Also waren es nur zwei. Und dieses Schwein beschreibt ausgerechnet mich und unseren Sonnenschein hier als Täter. Wieso? Weil ich berühmt bin und er, wie Carnegie genau wußte, an Ort und Stelle gewesen war.«
»Er hat gelogen«, warf Mal ein.
»Er hat einen Plan verfolgt«, berichtigte ihn McPherson. »Hört sich an, als wärst du geradewegs in seine Falle getappt.«
»Ich bin nirgendwohin getappt. Ich bin nach Maryborough geritten, um die Polizeieskorte zu holen.«
McPherson lehnte sich grinsend zurück. »Schade, daß wir das nicht wußten. Dann hätten wir selbst die Kutsche anhalten und uns das Gold schnappen können. Und wir hätten garantiert keinen erschossen.«
Wards Frau rief ihnen zu, sie sollten sich vor dem Essen waschen.
»Sofort«, antwortete er und wandte sich wieder McPherson zu. »Wie erklärst du dir die Sache?«
»Carnegie ist ein Lügner. Aber wer war sein Partner? Zwei Männer, hat er gesagt. Aber nicht wir, sondern er und ein Komplize. Und genau den Mistkerl müssen wir erwischen.«
Mal war aufgeregt. Sie gelangten allmählich zu dem gleichen Schluß wie er, doch er wagte nicht, sich in die Diskussion einzumischen. Offensichtlich hatten sie die Zeitungen aufmerksamer gelesen, als er gedacht hatte, und McPherson schien die Vorwürfe durchaus ernst zu nehmen. Sie besprachen das Problem in Gegenwart ihrer Frauen,

die ihnen an dem langen Küchentisch Suppe und einen dicken Eintopf servierten. Das Feuer schien beinahe vergessen.

»Wer also hat das Gold?« fragte Foley schließlich. »Die Zeitungen schreiben, Mals Kumpel Carnegie wäre noch immer in Maryborough.«

»Er ist nicht mein Kumpel. Ich habe ihn verdächtigt, seit er diese Vorwürfe erhob, konnte aber nicht verstehen, weshalb ein so feiner Pinkel wie er sich mit Raub und Mord die Finger schmutzig machen sollte. Woher wißt ihr, daß er noch immer in der Stadt ist?«

McPherson seufzte und nickte den Frauen dankend zu, die den Männern Tee brachten. »Wegen dem Gold, du Grünschnabel. Dem kann keiner widerstehen. Und in der Zeitung stand, daß es vor kurzem einen Aufruhr in Maryborough gab, weil noch keiner gehängt wurde. Dein Mr. Carnegie hatte übrigens einen Herzanfall und ist vom Pferd gefallen. Kannst du denn nicht lesen?«

»Ich war ganz allein«, gab Mal zurück. »Ich hab keinen, der mich versteckt oder mir 'ne Zeitung kauft. Außerdem habe ich dieses Geschwätz gründlich satt. Was können wir unternehmen? Ihr haltet euch für so schlau, aber wenn ich euch gefunden habe, wird das über kurz oder lang auch der Polizei gelingen. Die Zeit wird knapp. Ich bitte euch um Hilfe, und ihr könnt nichts als reden.«

Die Männer verlängerten ihren Tee mit Rum, während Mal zu Milch griff.

»Wir müssen erst darüber nachdenken«, sagte Ward. »Meine Missus hat dir ein Bett im Stall gemacht, Mal. Leg dich aufs Ohr. Die Frauen haben dein Pferd schon versorgt.«

Mal erhob sich. Foley brachte ihn hinaus zum Stall. »Geh nicht hier lang. Am Ende des Weges leben die Kanaken und ihr Aufseher. Sie müssen dich nicht unbedingt sehen. Und danke, daß du meiner Missus und der Kleinen geholfen hast. Tut mir leid, daß wir so hart mit dir umgesprungen sind, aber …« Er zuckte die Achseln. »Heutzutage hat man es nicht leicht.«

Im Stall war es warm, und sein Bett duftete süß nach frischem Stroh. Mal schlief gut in der Gesellschaft von sechs zufriedenen Pferden.

Am nächsten Morgen weckte ihn Mrs. Foley, bedankte sich für ihre

Rettung und entschuldigte sich gleichzeitig für ihre gestrige schlechte Laune.
»Ich hatte gehofft, wenn die Farm gut läuft, könnte Matt diese anderen Geschäfte aufgeben, aber das ist jetzt vorbei«, sagte sie traurig. »Alles fängt wieder von vorne an. Scheint kein Ende zu nehmen.«
Er murmelte ein paar mitfühlende Worte, doch sie war noch nicht fertig. »Was haben Sie eigentlich hier zu suchen? Die Männer sind schon lange dabei, aber Sie sind doch noch ein junger Kerl. Was würde Ihre Mutter sagen, wenn sie das wüßte?«
»Meine Mutter ist schon lange tot, Mrs. Foley ...«
»Gott sei ihrer Seele gnädig, wenn sie das von oben mit ansehen muß.«
»Ich hatte nichts mit diesem Überfall zu tun.«
»Mag sein, aber ich habe Ohren. Hat Jimmy nicht gesagt, Sie hätten eine wertvolle Uhr gestohlen? So geht das. Es fängt klein an, und jetzt stecken Sie in der Klemme ...«
Es hatte keinen Sinn, ihrer Strafpredigt mit Argumenten zu begegnen.
»Am besten, Sie ziehen weiter. Die anderen reden schon von einem neuen Überfall, um Matt und mir zu helfen. Es hört nie auf.« Sie seufzte. »Sie finden immer einen neuen Anlaß. Reiten Sie fort, solange Sie noch können; das hier ist kein Ort für Menschen wie Sie. Kommen Sie jetzt, es gibt Porridge.«
Sie hatte recht. Als Mal seinen Löffel in eine riesige Schale Porridge mit Melasse und Sahne tauchte, besprach das Trio bereits den möglichen Überfall auf eine Kutsche, die Löhne für Bahnarbeiter in den Norden transportierte. Zu seinem Schrecken planten sie ihn ganz selbstverständlich mit ein, als sei er bereits ganz offiziell in die Bande aufgenommen.
»Das ist ja alles gut und schön«, warf er nach einer Weile ein, »aber im Augenblick geht es zuerst einmal um mich und Mr. McPherson.«
Die Verbrecher mußten grinsen angesichts dieser höflichen Anrede.
»Das ist uns schon klar, Söhnchen«, meinte Ward freundlich. »Ihr steckt mittendrin im Schlamassel. Wir können euch höchstens hier verstecken, bis Jimmy eine Idee hat.«
»Darauf kannst du wetten«, knurrte McPherson. »Und zwar mehr als eine. Erstens, wir könnten nach Maryborough reiten und diesem

Schwein Carnegie so lange den Hals umdrehen, bis er die Wahrheit ausspuckt.«
Mal war fassungslos. »Da mache ich nicht mit. Keine zehn Pferde bringen mich in die Nähe von Maryborough.«
»Moment, ich bin noch nicht fertig. Zweitens: Wenn man uns sowieso die Schuld an dem Überfall gibt, können wir uns auch das Gold holen.«
»Von wegen«, warf Mal ein.
»Drittens: Ich schreibe einen Brief an den *Maryborough Chronicle* ...«
»Er schreibt tolle Briefe«, redete Matt dazwischen.
»Und sagst ihnen was?« wollte Mal wissen.
»Die Wahrheit. Daß wir beide unschuldig sind. Daß Carnegie lügt. Ist viel sicherer, als in die Stadt zu reiten.«
»Und dann?«
»Dann müssen wir abwarten.«
Die Männer schienen das für eine großartige Idee zu halten, ganz im Gegensatz zu Mal. »Was sollte ein Brief schon bewirken?«
Matt Foley erklärte es ihm. »Betrachte es mal so. Wenn du oder ich den Brief schreiben würden, wäre er nicht das Papier wert, auf dem er steht. Aber Jimmy hier ist berühmt. Ein Brief von ihm kommt gleich auf die Titelseite.«
»Warum?«
»Weil Zeitungen eben so funktionieren. Sie müssen von irgend etwas leben. Jimmys Brief wäre eine Sensation.«
»Woher willst du das wissen?« Mal hielt die Ideen allesamt für schwachsinnig, doch etwas Besseres fiel ihm auch nicht ein. In seiner Naivität hatte er geglaubt, McPherson könne ihm irgendwie aus der Klemme helfen, doch dieser Glaube hatte sich als Trugschluß erwiesen. Er mußte einfach weiterflüchten. Vielleicht sogar das Land verlassen.
Diesmal übernahm Ward die Erläuterung. »Matt hat früher in Dublin bei einer Zeitung gearbeitet.«
»Und da wäre er auch besser geblieben«, warf Mrs. Foley, die gerade vorbeiging, schnippisch ein.
Das ließ ihr Mann nicht gelten. »Was sagst du da, Frau? Sie hätten mich gehängt, weil ich für Irlands Freiheit eingetreten bin. Wäre dir das lieber gewesen? Wärst du lieber eine hungernde Witwe? Dann

hättest du natürlich Dinny Murnane heiraten können, der für einen Penny seine Seele dem Teufel verkauft!«

Sie versetzte ihm einen wütenden Klaps mit dem Geschirrtuch, und die Diskussion endete in häuslichem Streit. Mal ging lieber nach draußen und betrachtete die Bananenplantage, deren üppiges Grün sich über die nahen Hügel erstreckte. Im Geiste ging er bereits seinen Abschied durch. Mrs. Foley hatte recht, er hatte schon genügend Probleme, da mußte er sich nicht auch noch mit diesen Männern einlassen. Doch die Entscheidung, wie richtig sie auch sein mochte, bedrückte ihn. Vor ihm lag ein einsamer Weg.

McPherson war alles andere als erfreut, als Mal seinen Aufbruch verkündete, und schöpfte augenblicklich Verdacht.

»Wohin willst du denn? Als Spitzel zu den Bullen, was? Willst deine Haut retten, indem du Jimmy McPherson anschwärzt.« Er stand auf und schlug mit der Faust auf den Tisch. »Du gehst nirgendwo hin.«

Doch Mal ließ sich von den Tiraden des Schotten nicht einschüchtern; die Faszination des berühmten Gesetzlosen war für ihn erloschen. Außerdem stand Mrs. Foley mit gerunzelter Stirn im Hintergrund, als sei sie bereit, seiner Entschlossenheit mit dem Geschirrtuch nachzuhelfen.

»Immer mit der Ruhe«, sagte er gereizt. »Ich kann mich gar nicht in die Nähe der Polizei wagen, das weißt du genau. Außerdem ist es besser, wenn ich weiterziehe. Ihr wollt doch nicht unangenehme Fragen eurer Nachbarn beantworten müssen, oder?«

»Zur Hölle mit den Nachbarn. Wir haben einen Job für dich. Dafür ist ein Fremder gerade richtig.«

»Bei diesem Überfall mache ich nicht mit, damit das klar ist.«

»Du wirst tun, was man dir sagt.«

»Und wenn nicht? Benutz bitte mal deinen Verstand. Ich passe nicht hierher, Schluß, aus. Ich werde es allein versuchen.«

»Gut, du Schlauberger. Wohin willst du denn?«

»Das geht dich nichts an. Wenn ich etwas Wissenswertes erfahre, gebe ich dir Bescheid.«

Ward mischte sich in das Gespräch ein. »Was ist mit dem Gold? Wir wissen noch immer nicht, wer es hat. Die Polizei wohl kaum, also könnte es sich im Grunde auch bei diesem Carnegie befinden.«

»Ich weiß nicht recht«, sagte Mal.
McPherson trat wütend gegen den Kamin. »Wir hatten uns darauf geeinigt, daß er es hat«, stellte er zornig fest.
»Wir haben gesagt, es sei möglich«, korrigierte ihn Mal. »Und wenn schon? Mir geht es nicht um das Gold, ich möchte nur von aller Schuld freigesprochen werden. Dabei wird mir Carnegie wohl kaum behilflich sein.«
»Es gibt nur einen Weg, das herauszufinden«, grinste Ward. »Wir müssen ihn selber fragen.«
Schon wieder eine dieser verrückten Ideen, dachte Mal verärgert. Ich hätte nicht herkommen sollen. Wenn sie sich das Gold holen, werde ich den Verdacht nie los.
»Laß es sein«, warnte er McPherson. »Wenn ihr das Gold auch nur berührt, werdet ihr hängen. Das ist so sicher wie das Amen in der Kirche. Dann hängen sie euch den Überfall und die Morde auch noch an.«
Mal sah, daß sich McPherson der Probleme nur allzu bewußt war. Er wirkte besorgt, gönnte dem jungen Mann aber nicht das letzte Wort.
»Ich treffe meine Entscheidungen selbst. Du Grünschnabel brauchst mir nicht zu sagen, was ich zu tun habe.«
»Dann verabschiede ich mich jetzt und wünsche uns allen viel Glück.«
Mrs. Foley ging zur Hintertür und rief ihre Tochter. »Angela, verabschiede dich von dem Herrn, der dich vor dem Feuer gerettet hat. Er muß weg.« Dann sagte sie mit entschlossener Stimme zu ihrem Mann: »Du stehst in seiner Schuld. Bring ihn wenigstens bis vor die Tür.«

Das Leben floß monoton dahin. Man hatte Allyn mitgeteilt, daß er vollkommen genesen sei und tatsächlich nur einen Kollaps, keinen Herzanfall erlitten habe. Der Schmerz rühre ausschließlich von dem Sturz her. Natürlich war er überzeugt, daß sich die Ärzte irrten. Was konnte man von diesen Dilettanten auch anderes erwarten? Es war ein Wunder, daß überhaupt jemand dieses heruntergekommene Krankenhaus lebend verließ. Sie hatten nicht einmal gemerkt, wie nahe er dem Tod gewesen war, während sie mit ihren Salben und

Arzneien herumfuchtelten und nur auf die äußeren Verletzungen achteten.
Dennoch, er hatte sich erholt. Wie enttäuschend. Einige Honoratioren, darunter auch der Bürgermeister, hatten sich an seinem Bett eingefunden und ihr Mitgefühl ausgedrückt. In seinem geschwächten Zustand war es Allyn als passendes Ende erschienen. Sein Abtreten als Held hätte ihm ein prächtiges Begräbnis eingetragen, doch nun mußte er in dieses verhaßte Cottage zurückkehren, allein, verarmt, unfähig zu irgendeiner Handlung. Er hatte die gesamte Beute aus dem Überfall an diesen Schurken Perry verloren. Diese Tatsache war unumstößlich. Nach Brisbane konnte er auch nicht gehen, wo nach den Worten seiner jammernden Frau ständig die Gläubiger an die Tür klopften. Sie drohte wieder einmal damit, zu ihrem Vater zurückzukehren, was er mittlerweile für gar keine so schlechte Idee hielt.
Müde schleppte er sich auf die Veranda und setzte sich in die Morgensonne, um auf das Eintreffen der Zugehfrau zu warten. Sie schien mit jedem Tag später zu kommen. Er war halb verhungert, sein Frühstück hätte längst bereitstehen sollen.
Als er sie schließlich im Haus rumoren hörte, hämmerte er mit dem Gehstock gegen die Wand.
»Komme schon, Sir«, rief sie, und er seufzte. Diese Frau war eine Schlampe, wie sie im Buche stand, doch in diesem erbärmlichen Nest würde er wohl kaum etwas Besseres finden.
Er hämmerte noch einmal und rief: »Wo ist meine Zeitung?«
Sie ließ sich ewig Zeit, bis sie schließlich herausgewatschelt kam und die Zeitung auf seinen Schoß fallen ließ.
»Wollen Sie heute Speck, Sir?«
»Ich nehme immer Speck. Und zwar knusprig gebraten, nicht verbrannt.«
Der *Maryborough Chronicle* interessierte ihn nicht sonderlich, doch er las jede Zeile bis hin zu den Geflügel- und Schweinepreisen, um die Zeit totzuschlagen.
Diesmal verging ihm beim Anblick der Titelseite jedoch schlagartig der Appetit, und um ein Haar hätte er noch einen Herzanfall erlitten, diesmal einen echten.

Walter Agnes White war ein schmächtiger, gebeugter Mann mit schütterem Haar, hinter dessen Stahlbrille grüne Augen boshaft funkelten … Augen, denen rein gar nichts entging. In Maryborough witzelte man auch über seine angeblichen Elefantenohren, die alles hörten. In Wahrheit waren seine Ohren wohlgeformt und lagen am Kopf an, doch der Eindruck war entstanden, weil er sich klettengleich an jedes Gerücht heftete und es mit seiner Feder in geschliffene Artikel verwandelte. Walt war der Herausgeber des *Chronicle*. Er bevorzugte einen blumigen, gewundenen Stil, doch der Inhalt war hart und scharf bis hin zur Häme. Und er schonte niemanden. Seine Titelseite widmete sich meist berichtenswerten Nachrichten, doch die letzte Seite behielt er sich für eine vielgelesene Kolumne mit dem Titel »Stadtgespräch« vor, die von boshaftem Klatsch und verschwommenen Andeutungen nur so überquoll. Man flüsterte sich hinter vorgehaltener Hand zu, daß von einem Mann, der den Namen seiner Mutter trug, nichts Besseres zu erwarten sei. Der Name Agnes verfolgte Walt schon sein ganzes Leben lang. Als Kind hatte er weder genügend Witz noch Muskelkraft besessen, um sich gegen den ständigen Spott zu verteidigen, und so hatte er sich zur Freude seiner ältlichen Eltern ganz in seine Studien vertieft.

Der Name quälte ihn weiter während seiner Lehrzeit bei einer Zeitung in Brisbane und in den Jahren als Reporter. Seine Kollegen hatten »Agnes« erbarmungslos gehänselt. Erst der Tod seines Vaters brachte die Erlösung. Nur wenige wußten, daß Jeremy White, ein Kunsttischler, dank seiner jahrelangen Investitionen an der Börse ein reicher Mann war. Zur allgemeinen Überraschung nahm »Agnes« seinen Hut und schritt ohne Abschied zur Tür der Redaktion hinaus. Nachdem er seine Möglichkeiten sorgfältig geprüft hatte, baute Walt sich mit seinem Erbe ein schönes Haus in Maryborough, der aufstrebenden Hafenstadt, kaufte den *Maryborough Chronicle* mit allem, was dazugehörte, und setzte sich selbst als Herausgeber ein. Niemand würde ihn je wieder Agnes nennen. Niemand würde es wagen.

Der Herausgeber bezeichnete sich selbst als Meinungsträger, war in Wirklichkeit aber ein Meinungsmacher, der bei jeder sich bietenden Gelegenheit gegen den Staat und dessen Einrichtungen wetterte und mit den Karrieren seiner wenigen Günstlinge prahlte, die nie sicher sein konnten, wie lange seine Protektion anhalten würde.

Die Plantagenbesitzer geißelte er wegen ihres nachlässigen, unmoralischen Lebenswandels und der Behandlung ihrer Kanaken-Arbeiter, während er gleichzeitig forderte, daß dunkelhäutigen Menschen aller Rassen der Zutritt zur Stadt verwehrt wurde. Er ließ sich über die machthungrigen Squatter mit ihren riesigen Schaf- und Viehfarmen aus, die ihre Finger »in den Kassen der Regierung« hätten. Außerdem griff er die ohnehin schon schwer geprüften Ratsmitglieder an, denen er vorwarf, sie seien unfähig, vernünftige Straßen und öffentliche Dienste zu schaffen, wobei er jedoch unterschlug, daß es dafür einfach an Geldern fehlte.
Der Großteil seiner Häme blieb jedoch der Polizei vorbehalten, die seiner Meinung nach die Schuld daran trug, daß Recht und Ordnung in Stadt und Bezirk ein Fremdwort waren. Der Überfall und die Morde am Blackwater Creek lieferten ihm genügend Munition, um dieses Thema am Kochen zu halten, und er klagte Sergeant Pollock und seine Männer des falschen Umgangs mit diesem Verbrechen an. Walt höchstpersönlich setzte mit großem Trara die Belohnung von fünfzig Pfund für die Ergreifung des Verbrechers Mal Willoughby aus, da er der Polizei mit ihrem Kopfgeld für den Komplizen James McPherson in nichts nachstehen wollte. Als Polizeichef Kemp die Stadt verließ, ohne das Gespräch mit dem Herausgeber zu suchen, der sich selbst als wichtigsten Mann im Bezirk betrachtete, brachte er eine Petition ein, die Kemps Rücktritt verlangte.
Während dieser ganzen Zeit setzte er sich für Allyn Carnegie ein, dessen Leben und Laufbahn durch die heimtückischen Verbrechen zerstört worden seien, und schlug vor, man solle Carnegie zum Bürgermeister wählen, da der jetzige ohnehin faul und inkompetent sei und sich nur die Taschen fülle. Walt war es völlig egal, daß Carnegie diesen Vorschlag bereits mehrmals abgelehnt hatte, denn um ihn ging es dabei in Wirklichkeit gar nicht. Walt war lediglich daran interessiert, einen Bürgermeister abzusetzen, der seine Zeitung als unanständig und ihn selbst als Dreckschleuder bezeichnet hatte.
Dennoch, Walt war glücklich mit seinem Blatt, dessen Beliebtheit stetig wuchs, und verdiente genug, um erste Schritte zum Kauf einer Zeitung in Brisbane zu unternehmen.
Dann eines Tages, während einer ruhigen Phase, in der er seine Mit-

arbeiter mit der Forderung nach echten Neuigkeiten traktierte, traf mit der Post ein Brief ein.
Ein Geschenk des Himmels, wie er seinem fassungslosen Chefreporter erklärte, als er freudig erregt durchs Büro tanzte und den Brief wie einen HundertpfundsSchein schwenkte.
»Junge, Junge, Junge!« krähte er. »Warte nur, bis die Leute das hier gelesen haben. Macht die Titelseite frei! Mir ist es egal, wenn wir zu spät in Druck gehen. Das hier ist Gold, pures Gold!«
»Was ist es denn, Walt?« erkundigte sich der Reporter.
»Was das ist? Ich sage dir, was das ist. Ein Brief von McPherson persönlich. Und er ist echt. Darauf verwette ich mein Leben.« Er räumte ein paar Sachen auf seinem Schreibtisch beiseite, um Platz zu schaffen, und strich das Papier glatt. »Sieh dir das an.«
Der Reporter blinzelte. »Das ist hundertprozentig von ihm. Ich habe schon Briefe von ihm gesehen.«
»Aber nicht so einen! Und keinen, der an mich gerichtet war!«
»Sie sollten besser vorsichtig sein. Wenn Sie den gesamten Text veröffentlichen, könnte es Ihnen eine Verleumdungsklage einbringen. Carnegie wird davon nicht gerade begeistert sein.«
»Das soll nicht meine Sorge sein.«
»Aber er ist doch Ihr Freund.«
»Niemand steht über dem Gesetz«, verkündete Walt frömmlerisch, während er sich schon den Ansturm auf die nächste Ausgabe seines Blattes ausmalte.
»McPherson könnte damit bezwecken, seine Haut zu retten. Vielleicht ist es nur ein Haufen Lügen.«
»Aber immer noch eine Nachricht. Ich habe die Pflicht, Nachrichten zu veröffentlichen. Die Leute können selbst entscheiden, ob sie sie glauben wollen oder nicht«, antwortete Walt lachend. Er wußte, daß seine Leser jedes Wort schlucken würden; sie glaubten alles, was sie schwarz auf weiß vor sich sahen. Und er wußte auch, daß der Brief die örtliche Polizei völlig durcheinanderbringen würde, so daß er die Story über Wochen hinweg ausschlachten könnte.

Carnegie las die Titelseite des *Chronicle* immer wieder. Das Herz schlug ihm bis zum Hals, sein Blick war getrübt ...

VERBRECHER APPELLIERT AN DEN *CHRONICLE*

Sehr geehrter Herr,
ich schreibe Ihnen, weil ich um eine faire Chance bitte. Man beschuldigt mich des Goldraubs und der Morde am Blackwater Creek. Ich habe nie behauptet, ich wäre ein ehrlicher Bürger, aber mit diesen Verbrechen habe ich nichts zu tun, darauf gebe ich Ihnen mein Wort. Ich habe das Gold nie gesehen, das gleiche gilt für Willoughby. Er ist genauso unschuldig wie ich. Leute, die mich kennen, wissen, daß ich mir nicht die Schuld in die Schuhe schieben lasse, nur weil die Polizei den Fall nicht lösen kann. Ich weiß nicht, wer es getan hat, und Willoughby weiß es auch nicht, aber wir schätzen, daß Carnegie mehr weiß, als er sagt. Ich habe mich umgehört, und keiner kennt einen, der damit zu tun hatte. Ich sage Ihnen, das war das Werk von Leuten, die die Verhältnisse von innen her kannten, und dabei bleibe ich auch. Unschuldige Männer werden gejagt, während sich die Polizei auf ihren Lorbeeren ausruht.
Ich verbleibe untertänigst
Ihr unschuldiger James McPherson

Während Allyn Carnegie hastig packte, um Maryborough mit dem ersten Schiff oder Wagen zu verlassen, herrschte Aufruhr in der Stadt. Walt hatte recht behalten. Die meisten Leser hielten McPhersons Brief für die Wahrheit und glaubten an seine Unschuld, weil sie es glauben wollten. McPherson war populär, seine Beutezüge waren zur Legende geworden, und die Leute waren ungeheuer erleichtert, nun in seinen eigenen Worten zu vernehmen, daß er mit den entsetzlichen Morden nichts zu tun hatte.
Die Menschen drängten sich im Gebäude des *Chronicle*, um den Originalbrief mit eigenen Augen zu sehen. Walt hatte ihn in einem Glaskasten an der Treppe zu seinem Büro ausgehängt, der gewöhnlich den Verlautbarungen der Regierung vorbehalten war. Dieses kostbare Schreiben mußte geschützt werden. Auch hatte er den gesamten Text an den *Brisbane Courier* telegrafiert, und die Zeitung hatte umgehend reagiert. Inzwischen wußte er, daß seine Nachricht auf die Titelseiten im ganzen Land gelangen würde. Er hatte beschlossen, sich für McPhersons und Willoughbys Rechte einzusetzen. Während er in fliegender Eile die Geschichte des Überfalls neu schrieb, damit auch die Menschen in den anderen Bundesstaaten die

Zusammenhänge verstanden, fiel ihm zu seiner großen Freude ein, daß nun auch seine unüberlegte Geste mit den fünfzig Pfund Belohnung hinfällig wurde und ihm eine Menge Geld sparte.

Hätte McPherson geahnt, welches ungeheure Interesse sein Brief erregen würde, den jemand in Brisbane für ihn aufgegeben hatte, wäre er überaus erfreut gewesen. Doch er befand sich fernab jeglicher Zivilisation und stand Schmiere, während seine Gefährten eine winzige Bank ausraubten, die zweihundert Meilen entfernt vom Ort der Buschfeuer lag.

Sergeant Pollock stapfte in Walts Büro und knallte die Zeitung auf dessen Schreibtisch.
»Was haben Sie sich eigentlich dabei gedacht, diesen Brief zu drucken? Sie hätten ihn mir umgehend bringen müssen.«
»Wieso? Sie haben ihn ja auch zu lesen bekommen, genau wie alle anderen.«
»Gab es irgendeinen Hinweis auf seinen Aufenthaltsort?«
»Nein. Der Umschlag war in Brisbane abgestempelt, aber da wird er sich wohl kaum aufhalten.«
»Ich weiß nicht, wo dieser Mistkerl ist, und wenn Sie es wissen, ist es Ihre Pflicht, es mir zu melden.«
»Ich weiß es ja auch nicht. Er hat mir geschrieben, weil er sich von der Polizei ungerecht behandelt fühlte. Sein Brief sollte Ihr Versagen aufdecken, und ich denke, McPherson hat recht. Sie und Carnegie haben ihr eigenes Süppchen gekocht, um die Sache jemandem anhängen zu können und Ihre eigene Unfähigkeit zu vertuschen.«
Pollock war außer sich und ließ jede Vorsicht außer acht, was ihm seine Vorgesetzten später noch vorhalten sollten. »Sie verdammter Narr. Wir sind selbst noch nicht mit Carnegie fertig. Zwar gibt es keine konkreten Hinweise, aber er steht unter Beobachtung. Sie haben ihn jetzt gewarnt, indem Sie die bloßen Vermutungen eines verdammten Kriminellen veröffentlicht haben.«
»Tatsächlich?« schnurrte Walt und polierte seine Brillengläser. »Erzählen Sie mir mehr. Ich höre all das zum ersten Mal.«
»Da gibt es nichts zu erzählen«, fuhr ihn Pollock an. »Ich habe nur ein ungutes Gefühl bei der ganzen Sache.«

»Wegen McPherson?«
»Nein, nicht wegen ihm, wegen Willoughby. Er paßt nicht ins Bild.«
»Und dennoch hetzen Sie ihn wie ein Stück Wild.«
»Wir wollen ihn lediglich finden.«
»Ich glaube, Sie wissen gar nicht, was Sie da tun, Pollock. Soweit mir bekannt ist, haben Sie in dieser Stadt keine Beförderung zu erwarten. Wieso quittieren Sie nicht einfach den Dienst und arbeiten in einem Kaff, das Ihren Fähigkeiten eher entspricht?«
Pollock stürmte wütend hinaus. Walt kaute auf seiner Feder herum und ließ sich diese kleine Extrainformation auf der Zunge zergehen. Wer hätte geahnt, daß die Polizei Carnegie schon länger in Verdacht hatte? Er dankte Gott, daß McPherson ihm nun auch noch zu diesem Wissen verholfen hatte. Jetzt mußte er entscheiden, wie man diese Neuigkeit nutzen konnte. Am besten in Form eines geschliffenen Kommentars, in dem er Pollock zitierte und die Polizei anklagte, der Bevölkerung die Wahrheit über den Raub vorzuenthalten. In dem er behauptete, es gebe ein Gesetz für die Reichen und eins für die Armen. So was in der Art. Aber das hatte Zeit bis morgen; heute war der Brief die große Sensation.

Als Pollock in Carnegies Cottage eintraf, hatte sich der Herr bereits aus dem Staub gemacht.
»Er will nach Brisbane, um seine Frau zu besuchen«, teilte ihm die Zugehfrau mit, »aber irgendwann nächste Woche kommt er zurück.«
»Den Teufel wird er tun«, murmelte Pollock, während er die Zügel seines Pferdes vom Torpfosten löste.
Er fand Carnegie am Kai, wo dieser gerade an Bord des Dampfers *Tralee* gehen wollte, der nach Sydney fuhr. Pollock wußte, daß jetzt Vorsicht geboten war.
»Guten Tag, Mr. Carnegie. Sie wollen uns verlassen?«
Carnegie war nicht in der Stimmung für Nettigkeiten. »Sie wissen ganz genau, daß ich wegen dieser verleumderischen Behauptungen im *Chronicle* aufbreche. Ich werde Walt White verklagen, bis ihm Hören und Sehen vergeht.«
»Dürfte ich Sie darauf hinweisen, daß sich Ihre Abreise dabei nicht gut machen wird?«

»Wen interessiert das schon? Ich habe in dieser Stadt nur gelitten, und jetzt fahre ich nach Hause.«

»Aber das Schiff legt gar nicht in Brisbane an. Wäre es nicht klüger, auf eine bessere Fahrgelegenheit zu warten?«

»Von Sydney aus ist es für mich kein Problem, nach Hause zu gelangen.«

Ja, aber von Sydney aus ist es für dich auch kein Problem, ein Schiff zu besteigen und dich zu irgendeinem anderen Hafen am Pazifik davonzumachen, dachte Pollock bei sich. Und von dort aus nach Neuseeland oder Amerika zu verschwinden.

Laut versuchte er Carnegie jedoch mit Vernunft zu kommen. »Ich halte das für reichlich unüberlegt, Mr. Carnegie. Sie sollten jetzt nicht davonrennen, nur weil irgendein notorischer Gesetzesbrecher sie anzuschwärzen versucht. Sie haben doch das Recht, daß auch Ihre Seite der Sache Gehör findet.«

»Dieses Recht kann mir gestohlen bleiben. Wenn ich in meinem Haus bleibe, werde ich noch gelyncht. Die Leute wollen diesen Schwachsinn doch glauben. Ich war bei diesem Überfall unter den Opfern, aber das hat man anscheinend vergessen. Diese Kanalratte White treibt mich ja förmlich aus der Stadt. Er ist eine Dreckschleuder reinsten Wassers, das wissen Sie ebensogut wie ich. Welche Wahl bleibt mir denn?«

»Ich dachte, Sie könnten vorübergehend zu mir und meiner Frau ziehen. Der Aufruhr wird sich legen, und bis dahin wären Sie bestens geschützt.«

Carnegie nahm seinen Koffer und ging auf die Gangway zu.

»Sergeant Pollock, ich muß Sie jetzt verlassen. Um mich aufzuhalten, müßten Sie mich schon verhaften. Und wenn Sie das tun, wüßte ich gern den Grund.«

Dem Sergeant waren die Hände gebunden. Tatenlos mußte er zusehen, wie sich Carnegie in die Schlange einreihte, die Rampe hinaufmarschierte und im Inneren des Schiffes verschwand. Als er sich umdrehte, stand er einem Reporter des *Chronicle* gegenüber.

»Sie sind ein Weichling, Pollock. Mein Boß wird sich freuen zu erfahren, wie nett Sie sich von Carnegie verabschiedet haben. Ihr Jungs laßt einander nicht im Stich, was?«

Manchmal ging Emilie nachmittags mit den Kindern im wildwuchernden Garten spazieren und beobachtete dabei den kaum merklichen Wechsel der Jahreszeiten. Wie sie Ruth in einem Brief berichtet hatte, war es ganz amüsant gewesen, daß die Kinder sie anfangs über die verschiedenen Pflanzen in Kenntnis setzen mußten, doch allmählich war sie ihnen in diesem Spiel überlegen. Sie erkannte die Winterpflanzen, die die Blüten des Sommers verdrängten, und die blühenden Gummibäume, bemerkte das Verschwinden der winzigen Honigsauger und Zaunkönige und das Auftauchen der glitzernden Drongos und Pirole, die ihr so exotisch erschienen, während die Kinder sie schon gar nicht mehr beachteten.

Leider war auch dieser Brief ein Fehler gewesen. Ruth hatte sie wegen ihrer angeblich unprofessionellen Haltung gescholten und darauf hingewiesen, das Unterrichten sei keine Spielerei, und es gehöre sich nicht zuzugeben, daß die Kinder etwas besser wüßten als man selbst.

Jimmy hämmerte im Vorübergehen gegen die Jasminbäume und rief, sie hätten alle großen Blätter verloren. Alice lachte.

»Das hast du letzte Woche auch schon gesagt.«

»Egal«, warf Emilie ein, »es ist dennoch wichtig, es wahrzunehmen.«

Wenn Ruth nur nicht so streng mit ihr wäre. Manchmal sandte sie Emilies Briefe mit eingefügten Korrekturen zurück. Emilie ärgerte sich, schwieg aber dazu. Traurig bemerkte sie, wie sie sich allmählich auseinanderlebten; sie hatten nur noch wenig gemein. Ruth unterrichtete jetzt Englisch und Französisch am Damencollege von Brisbane und war sehr stolz darauf, daß man sie aus zahlreichen Bewerberinnen ausgewählt hatte. So stolz, daß sie die Arbeit als Gouvernante mittlerweile mit Herablassung betrachtete und Emilie ständig drängte, diese »demütigende« Stellung aufzugeben und ins Belleview zurückzukehren, damit auch sie sich von dort aus eine anständige Stellung als Lehrerin suchen könne.

Ruth war nach wie vor entsetzt, daß Emilie allein in ihrem Cottage lebte, und verlangte, sie solle, bis sie eine neue Anstellung gefunden habe, ins Haus der Manningtrees zurückkehren, wo wenigstens ihr Ruf nicht leiden würde.

Um sie zu beschwichtigen, überwies Emilie ihr die Summe von fünfzig Pfund, die sie angeblich gespart hatte, mit der Bitte, Ruth möge sie für die Rückzahlung des Darlehens an die Auswanderungsgesellschaft verwenden. Sie war froh, als ihre Schwester keine Fragen nach der Herkunft des Geldes stellte. Emilie machte sich Vorwürfe, weil sie ihr Dinge vorenthielt, ihr schauderte aber bei dem Gedanken, wie schockiert und wütend Ruth über ihre Beziehung zu Mal Willoughby wäre.

»Sehen Sie nur, eine Orchidee«, sagte Alice. Emilie hob Rosie hoch, damit sie die leuchtend weiße Blume mit dem purpurroten Rand sehen konnte, die sich an einen Baumstamm klammerte.

»Was für eine ist das, Miss?« wollte Jimmy wissen.

»Das weiß ich leider nicht. Ich muß es in einem Buch nachschlagen. Sie haben alle Namen, aber man muß schon sehr klug sein, um sie alle zu kennen.«

»Aber Sie sind doch klug, Miss«, erwiderte Rosie im Brustton der Überzegung.

Emilie lächelte. »So klug nun auch wieder nicht.« Die Blume erinnerte sie an Mal und den Ort auf der Insel, der ihn mit seinen üppigen Orchideen so sehr verzaubert hatte. Sie fragte sich, wo er wohl sein mochte und ob er vielleicht wieder auf diese Insel geflohen sei, denn die Polizei hatte ihn noch immer nicht gefaßt.

Erleichtert, weil es sie von ihren Schuldgefühlen ablenkte, schrieb sie ihrer Schwester, daß nun auch sie einen Verehrer habe. Ruth sprudelte nur so über von Berichten über Daniel Bowles, den Sekretär des Justizministers. Die beiden schienen einander sehr nahe zu stehen, aber auch Emilie hatte mittlerweile eine enge Freundschaft mit Clive Hillier geschlossen, dessen Charme und Aufmerksamkeit ihr zunehmend gefielen. Sie hoffte, Ruth werde wenigstens diese Beziehung gutheißen.

Tatsächlich war es schon sehr bald mehr als Freundschaft, was Emilie für Clive empfand. Sie mochte ihn sehr und vermißte ihn, wenn er einmal dienstlich außerhalb der Stadt zu tun hatte. Bei diesen Gelegenheiten erwartete sie beinahe ängstlich seine Rückkehr. Mal wurde zwischen ihnen nie erwähnt. Clive hatte ohnehin keinen Grund dazu, da Emilie ihn als bloßen Bekannten bezeichnet und niemals eingestanden hatte, daß er in ihrem Haus gewesen war. Die kurzen Stunden der Leidenschaft, die sie mit Mal verbracht hatte, erschienen ihr inzwischen wie ein Traum, der von Clives Gegenwart und seinen ständigen schmeichelnden Aufmerksamkeiten verdrängt wurde. Die ganze Stadt wußte mittlerweile, daß die beiden miteinander spazierengingen, und oftmals erhielten sie gemeinsame Einladungen. Wie schön, daß sie und Ruth endlich Zugang zum gesellschaftlichen Leben gefunden hatten, etwas, woran in den ersten schlimmen Tagen in den Kolonien nicht zu denken gewesen war.

»Da ist Mr. Hillier!« rief Alice, als sie, vom Garten kommend, in die Auffahrt traten.

»Wo?« fragte Emilie überrascht. Es war erst vier Uhr, und Clive kam nie vor sieben, um sie abzuholen.

»Er kommt gerade durchs Tor.«

Sie schickte die Kinder ins Haus und ging ihm entgegen. »Was führt dich um diese Zeit hierher?«

»Ich mußte es dir einfach zeigen. Ich habe es gerade erst gelesen, weil ich den ganzen Tag damit beschäftigt war, ganze Schiffsladungen von Feuerwasser zu überprüfen und den Kostenpunkt festzusetzen.« Er küßte sie auf die Wange, was zwischen ihnen zu einer üblichen Form der Begrüßung geworden war, und überreichte ihr die Zeitung. »Hast du das schon gesehen?«

Emilie schüttelte den Kopf und überflog die Seite. Dann sah sie überrascht hoch.

»Der Bursche schreibt hier, er sei unschuldig und Mal ebenfalls.«

»Sicher, es ist nicht gerade eine Empfehlung, wenn es von einem Schurken wie McPherson kommt. Dennoch muß die örtliche Polizei den Fall jetzt wohl noch einmal überdenken. Ich hatte ihnen ja schon vor längerer Zeit gesagt, sie sollten sich mal etwas näher mit Carnegie befassen, und soweit ich gehört habe, hat er soeben die Stadt verlassen. Hat heute morgen das Schiff bestiegen.«

Emilie las die zweite Seite. »Sieht so aus, als würde der Herausgeber dem Brief Glauben schenken. Er schreibt sogar, die Polizei habe mit der Suche nach den falschen Männern nur ihre Zeit vergeudet. Damit sagt er doch praktisch, daß auch er inzwischen an Mals Unschuld glaubt. Wie wunderbar.«

»Ich würde nicht allzuviel auf seine Meinung geben. Walt White hat es sich zur Lebensaufgabe gemacht, die Polizei zu ärgern. Wie übri-

gens auch jede andere staatliche Institution. Er dreht sein Mäntelchen nach dem Wind.«
»Aber der Brief muß Mal doch helfen.«
»Emilie, ich weiß nicht, ob das reicht.«
Sie zuckte zusammen. »Das hört sich ja so an, als wolltest du diesem McPherson nicht glauben.«
»Natürlich will ich das. Ich sage ja nur, daß der Brief interessant, aber beileibe nicht unangreifbar ist. Mal wird er nichts nützen, doch Carnegie dürfte dadurch ganz schön ins Schwitzen kommen.«
»Besser als gar nichts. Jemand muß die Wahrheit aufdecken, bevor sie Mal verhaften. Das alles ist so ungerecht.«
Clive seufzte. Allmählich bereute er seine spontane Entscheidung, ihr die Zeitung zu bringen. »Vergiß nicht, daß Mal auch ein wenig Schuld trifft. Er hätte nicht weglaufen sollen, nachdem sie ihn verhaftet hatten, sondern der Polizei seine Situation schildern. Indem er floh, hat er seine Schuld praktisch eingestanden.«
»Wie kannst du so etwas sagen? Ihm blieb doch keine andere Wahl! Sie hätten ihn gehängt. Alle waren dieser Meinung, mir wurde ganz schlecht, als ich die Leute so reden hörte.«
»Emilie, nun rege dich nicht so auf. Wir können ohnehin nichts unternehmen. Ich muß jetzt zurück, aber ich habe eine Überraschung für dich. Ich habe einen Gig gekauft, mit echten Lederpolstern und einem stabilen Dach …«
»Wie schön«, erwiderte sie wenig begeistert, da sie in Gedanken noch immer bei Mal war.
»Was hältst du davon, wenn ich dich heute abend abhole und durch die Stadt kutschiere, bevor ich dich nach Hause bringe?«
Sie nickte. »Vielen Dank, Clive. Das wäre wirklich nett.«
»Mehr als nett«, sagte er lächelnd. »Kein Fußmarsch mehr für die Dame. Von nun an wirst du stilvoll reisen. Komm, sag mir, daß du dich freust.«
»Natürlich tue ich das. Ich freue mich darauf, den Wagen zu sehen, aber jetzt muß ich wirklich gehen, Clive …«

Das Gefährt erwies sich als sehr bequem und elegant, und bei ihrer Fahrt durch die Stadt besserte sich Emilies Laune sichtlich. Sie fuhren durch die erleuchteten Straßen und hielten schließlich vor ihrem

Cottage. Trotz ihrer Meinungsverschiedenheit vom Nachmittag wirkte Emilie sehr glücklich, und Clive war erfreut, sie so zu sehen. Er hatte immer vermutet, daß sie tiefere Gefühle für Mal hegte, ohne das Thema jemals anzusprechen. Doch an diesem Nachmittag hatte er einen Stich der Eifersucht verspürt und Mal kritisiert, anstatt wie sonst zu ihm zu stehen. Das war ein Fehler gewesen, denn Emilie hatte seine Haltung mißbilligt.

Er tröstete sich mit dem Gedanken, daß Mal keine Konkurrenz für ihn darstellte. Immerhin war er nur ein Bushie, so gar nicht ihre Klasse. Zudem noch ein steckbrieflich gesuchter Verbrecher. Selbst wenn Emilie ihn als romantischen Außenseiter betrachten mochte, wie es so viele törichte Frauen taten, wenn es um Gesetzlose ging, war sie zu vernünftig und anständig, um sich mit einem solchen Mann ernsthaft einzulassen. Er selbst allerdings hielt die Zeit der Romantik für gekommen. Der Gig bildete den idealen Rahmen für einen Abend zu zweit …

»Da wären wir«, sagte Clive fröhlich. »Na, war das nicht eine angenehme Heimfahrt?«

»Wirklich, Clive, es war ganz herrlich.«

Er legte den Arm um sie. »Dann solltest du dich auch gebührend bedanken, bevor du hineingehst.«

Bald lagen sie einander in den Armen, küßten sich leidenschaftlich, und Clive gratulierte sich zum Kauf des Gig, der ihnen erstmals echte Privatsphäre bescherte.

Endlich konnte er komfortabel um sie werben. Bei den ersten intimeren Annäherungsversuchen entschied Emilie jedoch, daß es an der Zeit sei, ins Haus zu gehen. Er mußte sich ihrem Willen beugen. Das gilt aber nur für heute, dachte er bei sich. Er begehrte sie über alle Maßen, und der erste Schritt war nun getan. Er spielte sogar schon mit dem Gedanken an Heirat. Vermutlich würde er hier draußen nie wieder ein so hübsches und kluges Mädchen finden.

Clive war ehrgeizig. Er hatte den Gedanken an einen weiteren Versuch auf den Goldfeldern endgültig aufgegeben; in dieser aufblühenden Hafenstadt bot sich genügend Gelegenheit für einen Mann, der sich nicht mit Kleinigkeiten zufriedengab. Die Leute kauften ihre Kleider noch immer im Kolonialwarenladen oder aus dem Katalog. Daher träumte er davon, ein Geschäft mit eleganter Tages- und

Abendkleidung für den anspruchsvollen Herrn zu eröffnen. Zwar gab es nicht viele echte Gentlemen in der Stadt, dafür aber um so mehr Geld, das ausgegeben werden wollte.
Mit diesen Gedanken im Hinterkopf liebkoste er Emilie aufs neue, immer bemüht, sie nicht zu verschrecken. Irgendwann war dann aber doch der Augenblick des Abschieds gekommen, und er half ihr aus dem Gig.
»Gute Nacht, Liebste«, sagte er galant und hielt ihr die Tür auf, während sie nervös ihren Hut zurechtzupfte.
»Was soll das?« fragte er lachend. »Hier sieht dich doch niemand.«
Emilie lächelte. »Ich weiß, mein Lieber, es ist nur eine Angewohnheit.«
»Wann darf ich mit einer Einladung zum Abendessen rechnen? Ich habe deinen Palast noch nie von innen gesehen.«
»Clive ...« Ihre Hand ruhte auf seinem Arm. »Du kennst meine Lage. Ich kann kein Gerede riskieren.«
»Wer sollte denn reden? Wer wird es erfahren? Vermutlich zerreißen sich die Leute ohnehin die Mäuler, wenn ich dich fast jeden Abend nach Hause bringe. Emilie, du scheinst gar nicht zu begreifen, wie sehr ich dich liebe. Du behandelst mich wie einen bloßen Bekannten.«
Zum ersten Mal hatte er ihr seine Liebe gestanden, und sie wirkte plötzlich wie elektrisiert.
»Was hast du gesagt?«
»Daß ich dich liebe. Aber das hast du sicher längst gemerkt.«
»Nein, habe ich nicht. Ich weiß gar nicht, was ich gedacht habe ...«
»Verschwende ich deine Zeit? Mag sein, daß ich kein besonders bedeutender Mensch bin, aber ich hatte gehofft, du würdest meine Gefühle erwidern, Emilie ...«
»Das tue ich doch auch, Clive. Ich wollte es mir nur nicht eingestehen, weil ... nun ...«
»Weil du Angst hattest, verletzt zu werden?«
Sie wandte sich ab und flüsterte: »Kann schon sein. Ich meine, du bist so selbstbewußt und ich ...«
»Und du bist Emilie Tissington«, vollendete er lachend den Satz. »Meine liebste Emilie. Nun, wenn du mich nicht zum Abendessen einladen willst, wie wäre es dann mit dem Sonntagslunch? Bei Tages-

licht. Dagegen dürfte doch niemand etwas einzuwenden haben, nicht wahr?«

»Natürlich nicht.«

Jetzt, wo die Entscheidung gefallen war, spürte er ihre Aufregung und Freude darüber. Er nahm ihr Gesicht in die Hände und küßte sie. »Dann ist es mir eine Ehre, die Einladung anzunehmen.«

9. Kapitel

Schwere Regenfälle hatten den verheerenden Bränden Einhalt geboten, doch das ganze Land war danach mit nasser Asche bedeckt, und über dem ausgebrannten Wohnhaus der Foleys hing noch immer ein beißender Geruch. Der Verwalter von Wards Plantage hatte einige Kanaken zum Aufräumen dorthin geschickt, bevor mit dem Wiederaufbau begonnen wurde. Der Boß und seine Freunde waren geschäftlich unterwegs, und zwar in Geschäften, von denen niemand freiwillig etwas wissen wollte. Er machte sich seine Gedanken darüber, behielt sie aber für sich, so wie auch Ward ihm nicht in die Leitung der Plantage hineinredete. Die Arbeit gefiel ihm und wurde ausgesprochen gut bezahlt, was wohl auch mit seiner mangelnden Neugier zusammenhing.

Dennoch freute er sich, als er die drei Männer erschöpft auf Ersatzpferden kommen sah, was auf einen raschen und weiten Ritt hindeutete. Er war Mrs. Foleys ständige Einmischungen satt. Sie sah dem Verwalter jeden Tag über die Schulter, überprüfte die Trockenheit der Fundamente, verlangte eine zusätzliche Aufschüttung des Abhangs, da sie das Haus vielleicht vergrößern wollte, und weigerte sich, den alten Ziegelschornstein wieder in Betrieb zu nehmen. Sollten die Männer ihr doch einen neuen mauern. Ihre Anweisungen nahmen einfach kein Ende. Er war erleichtert, Matt Foley die Leitung und sechs seiner besten Arbeiter übergeben zu können.

James McPherson zeigte kein Interesse am Fortgang der Bauarbeiten, verbrachte vielmehr die meiste Zeit in Wards Haus, wo er entweder schlief oder voller Ungeduld auf mögliche Reaktionen auf seinen Brief wartete. Er hatte Willoughby nur erwähnt, weil Ward darauf bestanden hatte, und ärgerte sich inzwischen, dessen Drängen nachgegeben zu haben.

Als der Postbote auftauchte und den Foleys Trost spendete, während er ihre Briefe und die dicke Posttasche für die Plantage abgab, ließ McPherson sich nicht blicken. Er dachte schon, der Kerl würde niemals mehr verschwinden, denn er plauderte mit Ward, als bekäme er dafür bezahlt.

Der *Maryborough Chronicle* war eingetroffen. Ein Freund hatte ihn an Matt Foley geschickt und eine kurze Mitteilung beigefügt.
McPherson war außer sich vor Freude. Sein Brief, den er nach zahlreichen zerrissenen Entwürfen auswendig kannte, war auf der Titelseite abgedruckt, und zwar ungekürzt. Nicht einmal den Hinweis auf Carnegie hatte man gestrichen, obwohl Ward genau dies vermutet hatte.
»Ich hab's dir doch gesagt«, meinte McPherson triumphierend. »Ich wußte, sie würden ihn in voller Länge bringen. Man sollte mich nicht unterschätzen, und das wissen die auch! Jetzt wird niemand mehr zulassen, daß sie mich hängen. Und hier, auf der nächsten Seite, gibt der Herausgeber den Bullen die Schuld an dem ganzen Schlamassel. Der steht auf meiner Seite.«
Er goß sich einen guten Whisky ein, den er dem Leiter einer kleinen Bank im Outback verdankte, die er kürzlich beehrt hatte, grinste zufrieden vor sich hin und genoß es, seinen Namen gedruckt zu sehen.
Ward überflog die beigefügte Mitteilung.
»Clancy schreibt, daß die Leute in Maryborough alle auf deiner Seite stehen, Jimmy. Sie sagen, sie hätten die ganze Zeit gewußt, daß du es nicht gewesen sein konntest. Carnegie hat die Stadt wie ein verschrecktes Kaninchen verlassen. Die Polizei eskortierte ihn zum Hafen, so was gefällt den Leuten natürlich nicht.«
»Warum zum Teufel machen die so was?« fragte McPherson aufgebracht. »Ich serviere ihnen den Kerl auf einem Silbertablett, und sie lassen ihn abhauen. Dann stecken die wohl mit ihm unter einer Decke«, fügte er finster hinzu.
Ward nickte. »Du hättest nicht so vorschnell sein sollen mit deinem Brief. Es wäre besser gewesen, Matt und ich hätten ihn nach Maryborough gebracht und in aller Ruhe ein paar Worte mit diesem Carnegie gewechselt. Wir hätten die Wahrheit aus dem Burschen schon herausgeholt und gleichzeitig erfahren, wo das Gold versteckt liegt. Falls es noch keiner verscherbelt hat.«
McPherson nahm die Mitteilung und las sie wütend durch. »Wir müssen herausfinden, wohin er gefahren ist.«
»Zu spät. Er könnte inzwischen schon unterwegs nach China sein. Er ist uns eben entwischt.«

Nachdem die *Tralee* abgelegt hatte, eilte Pollock in sein Büro und setzte ein langes Telegramm an Polizeichef Kemp in Brisbane auf. Er informierte ihn über den Inhalt von McPhersons Brief und darüber, daß Carnegie nach Sydney aufgebrochen sei, von wo aus er nach Brisbane weiterreisen wolle. Er selbst habe ihn vergeblich aufgefordert, in Maryborough zu bleiben. Das Gesetz, so betonte Pollock, verschaffe ihm keinerlei Handhabe, den Mann gegen seinen Willen in der Stadt zu halten.

Als Kemp das Telegramm erhielt, leitete er rasch die nötigen Schritte ein. Der Polizeichef empfand nicht ganz so viel Respekt vor dem Buchstaben des Gesetzes wie Sergeant Pollock. Die mitleiderregenden Klagen eines bekannten Verbrechers, der ohne jeden Beweis seine Unschuld beteuerte, interessierten ihn allerdings weitaus weniger als Carnegie. Der Mann war ein ganz anderes Kaliber. Es war mehr als anzunehmen, daß er in dem geschäftigen Hafen von Sydney ein geeignetes Schiff finden würde, um auf Nimmerwiedersehen zu verschwinden, und sei es auch nur, um seinen Gläubigern zu entwischen. Kemp hatte nicht die Absicht, Carnegie ziehen zu lassen, bevor der Fall abgeschlossen war.

Er telegrafierte seinem Kollegen in Sydney und bat ihn, dafür zu sorgen, daß Allyn Carnegie, ein unverzichtbarer Zeuge in einem Kriminalfall, unter allen Umständen nach Brisbane weiterreiste.

Die Polizei in Sydney war noch unerbittlicher als er.

Zu Carnegies Entsetzen führten ihn zwei bullige Polizisten vor den Augen aller Passagiere von Bord der *Tralee*.

»Wohin bringen Sie mich?« fragte er. »Wissen Sie überhaupt, wer ich bin? Ich habe einflußreiche Freunde. Ich will auf der Stelle Ihren Vorgesetzten sprechen!«

Die Polizisten hatten kein Ohr für seine Bitten, Klagen und Drohungen. Sie holten sein Gepäck und brachten ihn zur Haltestelle der Kutsche nach Brisbane.

»Was soll das?« brüllte Carnegie. »Ich verlange eine Erklärung. Wie können Sie es wagen, mich ohne triftigen Grund zu verhaften? Das wird Ihnen noch leid tun, darauf können Sie sich verlassen. Ich wünsche, umgehend in ein Hotel gebracht zu werden, verstanden? In ein anständiges Hotel!«

Der Polizist zuckte die Achseln. »Wie ich höre, sind Sie unterwegs nach Brisbane, Sir?«
»Das stimmt, aber alles zu seiner Zeit. Lassen Sie mich endlich in Ruhe. Verdammte Idioten!«
»Wir sind gekommen, um Ihnen behilflich zu sein, Mr. Carnegie. Die Kutsche fährt bald ab. Constable Shelley lädt bereits ihr Gepäck ein.«
Allyn zwang sich zur Ruhe. Immerhin wäre er sie damit los, und die Reise nach Brisbane war lang und voller Zwischenstopps. Sie konnten ihn zwar hineinsetzen, doch am vorzeitigen Aussteigen konnten sie ihn nicht hindern. Er wollte um keinen Preis nach Brisbane, wo ihm die Gläubiger die Tür einrennen und dieser unverschämte Kemp ihn mit seinen Fragen bedrängen würde.
»Sie können davon ausgehen, daß ich in Brisbane umgehend Meldung erstatte wegen dieser empörenden Behandlung«, fauchte Carnegie. »Ich kann gut auf Ihre Hilfe verzichten. Sie können jetzt gehen, aber das letzte Wort ist in dieser Sache noch nicht gesprochen.«
Er bestieg die Kutsche und setzte sich mit aller ihm verbliebenen Würde in Fahrtrichtung ans Fenster, verlor aber sogleich wieder die Fassung, als die Polizisten grinsend zustiegen.
»Was soll das nun wieder?«
»Hatte ich das nicht erwähnt? Wir fahren auch nach Brisbane.«
Obwohl die geräumige Kutsche, die von vier prächtigen Pferden gezogen wurde, die bei jedem Halt ausgewechselt wurden, im ebenen Gelände sehr rasch vorankam, dauerte die Reise über eine Woche. Alle Passagiere, Carnegie eingeschlossen, waren erleichtert, als sie endlich durch die ruhigen Straßen von Brisbane rollten.
Steifgesessen und mit schmerzenden Gliedern kletterte Carnegie hinaus, streckte seine Beine und rief nach einem Gepäckträger, ohne weiter auf die Polizisten zu achten.
Als er dem Träger auf die Straße folgte, wo Droschken bereitstanden, trat Kemp in voller Uniform auf ihn zu.
»Ich dachte, wir könnten ein wenig plaudern, bevor Sie heimfahren, Mr. Carnegie.«
»Ganz gewiß nicht. Ich fühle mich gedemütigt und erschöpft. Ich will sofort nach Hause.«
»Schön, dann unterhalten wir uns eben dort.«

Die Carnegies bewohnten ein zweistöckiges Sandsteinhaus im südlichen Brisbane, dessen Eleganz nur durch ein großes Schild mit der Aufschrift ZU VERKAUFEN geschmälert wurde. Allyn hätte es am liebsten entfernt, nutzte es nun aber dazu, seine finanzielle Not aufs neue zu beklagen.

Auf dem Weg dorthin hatte Kemp ihm nämlich mitgeteilt, daß man ihn in seiner Abwesenheit für zahlungsunfähig erklärt habe. Um den demütigenden Besuchen der Gläubiger zu entgehen, war Mrs. Carnegie zu ihrem Vater geflohen. Mittlerweile war Allyn selbst das egal. Der Hausverkauf würde ihm ein wenig Bargeld verschaffen, doch jetzt konnte er hinter seinem Gejammer die viel realere Angst vor einem erneuten Verhör verbergen. Warum mußte diese verdammte Zeitung die ganze Geschichte auch wieder aufrühren?

Ungeduldig führte er Kemp in den Salon, ohne ihm eine Erfrischung anzubieten, und ließ sich in einen Lehnstuhl fallen.

»Nun, Sie sehen, in welchem Zustand ich mich befinde. Was wollen Sie mir noch antun?«

»Ich wollte mit Ihnen nur noch einmal die Einzelheiten des Überfalls durchgehen.«

»Zum hundertsten Mal? Hoffentlich verstricke ich mich in Widersprüche, dann können Sie sich freuen.«

Er zog sich Stiefel und Socken aus, während er knapp auf die altbekannten Fragen antwortete, doch Kemp schien sein beleidigendes Verhalten nicht zu bemerken.

»Sie sagten, Sie hätten gehört, wie die Verbrecher weggeritten sind. Waren es nur zwei Pferde?«

»Ja.«

»Ich dachte, Sie hätten gesagt, auf der Straße könnten noch mehr von ihnen gewesen sein.«

»Mag sein, ich weiß es nicht.«

»Aber Sie haben definitiv gehört und gesehen, wie diese Männer davonritten?«

»Ja.«

»Ich stelle Ihnen diese Frage, weil Sergeant Pollock inzwischen mehr Männer zur Verfügung hat. Sie haben das Gebiet abgesucht, in dem Sie Ihr Lager aufgeschlagen hatten, sogar bis hinunter zum Abhang am Blackwater Creek ...«

»Und?«
»Sie haben einige abgestorbene Pflanzen am Ufer des Flusses gefunden, die offensichtlich vor längerer Zeit zertrampelt worden waren.«
»Was hat das mit dieser Sache zu tun? Jeder hätte dort herumstöbern können, vielleicht beim Fischen.«
»Sicher. Aber Pollock hatte es sich nun mal in den Kopf gesetzt, auch das andere Ufer zu untersuchen, und zwar genau gegenüber der Stelle, an der der Überfall geschah. Dort fand er dann ein kleines Ruderboot, halb im Schlamm versunken.«
Allyn gab sich betont gelangweilt, während sein Magen rebellierte. Ein Drink würde ihm jetzt guttun, am besten ein doppelter. Nun bereute er es, Kemp keinen Whisky angeboten zu haben.
»Das Interessante an diesem Ruderboot ist das Loch im Boden. Sieht aus, als hätte man es absichtlich versenkt. Da muß man sich doch wundern.«
»Wer kümmert sich schon um ein altes, kaputtes Boot?«
»Es war nicht alt. Von dem Schaden abgesehen, ist es beinahe neu. Warum also sollte jemand ein neues Boot versenken wollen?«
»Du lieber Himmel, woher soll ich das wissen? Vielleicht die verdammten Kanaken. Die zerstören alles, um ihren Bossen zu schaden.«
»Ja, wir dachten zunächst auch an einen Fall von Vandalismus, aber das Komische ist, daß niemand auf dieser Seite des Flusses ein Ruderboot zu vermissen scheint.«
Allyn lehnte sich zurück und schloß die Augen. »Kemp, das alles hört sich nach cleverer Polizeiarbeit an, aber mir ist es herzlich egal, was mit diesem verfluchten Ruderboot geschehen ist.«
Kemp beugte sich vor und verschränkte die Hände zwischen den Knien. »Versuchen wir es mal mit einer kleinen Theorie: Die Verbrecher haben die Stelle für den Überfall so gewählt, daß sie die Beute zum Fluß hinunterschleppen und mit dem Boot auf die andere Seite bringen können. Dann versenken sie das Boot, besteigen ihre bereitstehenden Pferde und verschwinden. Niemand würde jenseits des Flusses nach ihnen suchen.«
Allyn nickte gleichgültig. »Könnte so passiert sein. Klingt unwahrscheinlich, aber nicht unmöglich.«
»Genau. Aber wenn Sie Willoughby und McPherson gehört und, das

kommt noch hinzu, in verschiedene Richtungen haben davonreiten sehen, denn Willoughby mußte ja in die Stadt zurück, kann es so nicht gewesen sein. Sie hatten doch erwähnt, Sie ritten in unterschiedliche Richtungen davon?«

»Ja. Natürlich. Werd' ich wohl.«

»Dann muß es einen dritten Mann gegeben haben. Und zwar den im Boot.«

»Jesus, Sie könnten recht haben.«

»Aber Sie können sich an keine dritte Stimme erinnern?«

»Wenn ja, hätte ich es Ihnen ja wohl gesagt.«

Kemp seufzte. »Das klingt enttäuschend, denn auf diese Weise hätte es mehr Sinn ergeben. Wir wissen, daß Willoughbys Waffe nicht abgefeuert wurde, demnach müßte McPherson alle drei Männer erschossen haben. Er gilt jedoch nicht gerade als Meisterschütze.«

»Dann muß eben einer der Verbrecher auf der Straße die Morde begangen haben.«

»Womit wir mindestens vier Männer hätten. Vielleicht auch fünf. Oder sechs, wenn noch einer am anderen Flußufer wartete. Ein bißchen viel Mühe für das bißchen Beute, das für jeden abfällt, wenn man es sich zu so vielen teilen muß.«

Carnegie holte ein Taschentuch hervor und putzte sich die Nase. »Von Ihren Theorien bekomme ich Kopfschmerzen. Ich weiß nicht, warum Sie mir das alles unbedingt erzählen müssen. Ich bin ein Opfer dieses Überfalls und bin seit jenem Tag nicht mehr richtig gesund geworden. Kemp, ich habe Sorgen genug und muß mir nicht auch noch über Ihre Arbeit den Kopf zerbrechen. Im übrigen werde ich mich beim Premierminister über die Art und Weise beschweren, in der Sie mich behandelt haben.« Er stand auf. »Wenn Sie mich nun entschuldigen wollen. Mir steht nach diesem Alptraum von Kutschfahrt wohl ein wenig Erholung zu.«

Nachdem er Kemp endlich losgeworden war, goß er sich ein großes Glas Whisky ein und versank in einem Sessel. Nach einigen Schlukken ging es ihm schon besser, und er genoß die Behaglichkeit seines Heims. Die Sorgen um Perry und das Gold hatte er ad acta gelegt, da er sich keine Hoffnungen mehr darauf machte, doch immerhin konnten sie ihm nichts nachweisen, solange er bei seiner Geschichte blieb. Kemp mochte mit seiner Theorie über das Boot der Wahrheit

gefährlich nahe gekommen sein, aber egal. Es würde ihm nicht gelingen, eine Verbindung zwischen ihm und dem Boot herzustellen.
Sollten McPherson und Willoughby doch das Maul aufreißen, sie blieben dennoch die Hauptverdächtigen. Kemp hatte höchstens herausgefunden, daß sie die Sache nicht allein durchgezogen hatten. Doch der tatsächliche Komplize, Baldy Perry, war längst über alle Berge.
Seinen Bankrott empfand er auch nicht gerade als hinderlich, da er seine Gläubiger nun mit einem Bruchteil der Schulden abspeisen und sich an den mehreren hundert Pfund erfreuen konnte, die er für schlechte Zeiten unter den Dielenbrettern seines Hauses versteckt hatte.
»Mach, was du willst, Kemp«, höhnte er und prostete dem abwesenden Polizeichef zu. »Mehr als das bekommst du nicht aus mir heraus.«

Währenddessen saß Jasper Kemp in seinem Büro und stellte den Bericht über das Verhör fertig. Obwohl er nur äußerst ungern den Hinweisen eines verdammten Verbrechers nachging, neigte auch er dazu, Carnegie als Tatbeteiligten zu betrachten.
Er schaute auf das Foto der Königin an der Wand und sagte: »Aber der Kerl ist eine verdammt harte Nuß, Madam, wenn Sie mir diesen Ausdruck gestatten.«

Auch Pollock war nicht untätig geblieben. Er hatte das Ruderboot ausgraben und auf einem Segelboot nach Maryborough bringen lassen. Dort wurde es auf einen Wagen geladen und verschiedenen Bootsbauern in der Stadt vorgeführt.
Schließlich erkannte Karl Grossmann, ein deutscher Einwanderer, der sich eines wachsenden Rufs als ausgezeichneter Bootsbauer erfreute, das Dinghi. Er war entsetzt zu erfahren, daß man das Werk seiner Hände auf dem Boden des Flusses gefunden hatte.
»Guter Gott!« rief er aus. »Was ist nur mit meinem Boot passiert?« Er klopfte auf den Kiel. »Sehen Sie! Bestes Holz! Und jemand macht es einfach kaputt.«
Pollock grinste. »Darauf können Sie Gift nehmen, mein Freund. Wurde absichtlich versenkt, oder?«

»Haben von innen ein verdammtes Loch hineingeschlagen! Idioten.«
»Wissen Sie noch, wem Sie es verkauft haben?«
»Sicher. Einem großen Kerl. Sagte, er wäre Fischer.«
»Engländer?«
»Nein, Australier.«
»Ich meine, war er ein Kanake, Abo oder Chinese?«
»Nein, ein Weißer.«
»Wie sah er denn aus?«
Karl zuckte die Achseln. »Sag ich doch. Großer Kerl. Fischer. Augen wie ein Schweinchen. Zottiger Bart.«
»Welche Haarfarbe?«
»Weiß nicht. Trug eine Strickmütze, so wie alle Fischer. Mit einer Troddel obendrauf.«
»Hat er bar bezahlt?«
»Hier bezahlen alle bar, anschreiben gibt's bei mir nicht.«
»Haben Sie es für ihn zu Wasser gelassen?«
»Ja. Hab ihm gezeigt, daß es wie ein Korken schwimmt. Gleich da hinten.«
»Hat sonst noch jemand mitbekommen, daß er es gekauft hat?«
»Nein. Er hat bezahlt. Ich ließ das Boot zu Wasser. Gehörte damit ihm. Ich ließ ihn allein, hatte zu arbeiten. Konnte nicht wissen, daß er es versenkt.«
»Wann haben Sie es ihm verkauft?«
»Hm. Mal sehen. Kommen Sie rein, Sergeant. Ein Glas Apfelwein? Sehr bekömmlich. Wo bekomme ich wohl leere Flaschen zum Abfüllen her? Ich möchte ihn nämlich verkaufen.«
»Erkundigen Sie sich bei Clive Hillier vom Zollverschlußlager in der Wharf Street. Vermutlich kann er Ihnen weiterhelfen.«
»Schreiben Sie mir den Namen auf, bitte?«
»Natürlich.«
Pollock schrieb Karl den Namen des Engländers auf und tauschte den Zettel gegen ein köstliches Glas Apfelwein. Dann wanderte er durch die Werkstatt und sah sich aufmerksam die im Bau befindlichen Boote an, obgleich er wenig davon verstand.
Als Karl mit einem großen Hauptbuch zurückkehrte und auf einen Eintrag deutete, schüttelte Pollock den Kopf.

»Das ist auf deutsch geschrieben. Sie müssen es mir übersetzen.«
»Ach ja. Ich schreibe Englisch nicht so gut. Datum ist vierzehnter März. Er zahlte sieben Shilling.«
Das war drei Wochen vor dem Überfall gewesen. Pollocks Aufregung wuchs.
»Sein Name? Hat er seinen Namen genannt?«
»Ja. Hat ihn buchstabiert.«
Pollock betrachtete erstaunt die spinnenbeinige, fremdartige Schrift.
»Soll das McPherson heißen? J. McPherson?«
»Ja, stimmt. Mr. McPherson, so hat er geheißen.«
Der Sergeant war verblüfft. Hatte sich McPherson hier etwa in aller Öffentlichkeit sehen lassen? Und seinen wirklichen Namen angegeben? Der Verbrecher war dreister als der Teufel selbst, doch das hätte geheißen, sein Glück herauszufordern.
»Noch etwas, Karl. Trug dieser Bursche einen roten Bart?«
»Nein, nein. Ich erinnere mich. Ein großer, kräftiger Fischer. Hatte einen Bart wie ich. Hell. Wie Leute aus dem Norden. Auch kein Grau, nur hell. Ich hab ihm noch geraten, ihn sich stutzen zu lassen. Dann wächst er dichter.«
Pollock streckte ihm die Hand entgegen. »Vielen Dank, Karl, Sie waren mir eine große Hilfe. Und Gratulation an Ihre Frau, der Apfelwein ist hervorragend.«
»Was ist mit dem Ruderboot? Was fangen Sie jetzt damit an?«
»Wir lassen es eine Weile bei uns im Polizeilager, und danach können Sie es zurückhaben.«
»Was kostet mich das?«
»Nichts.«

Wochen später war Pollock, der mit so großen Hoffnungen die Ermittlungen aufgenommen hatte, noch immer nicht weitergekommen. Keiner der Fischer, die er befragt hatte, konnte ihm etwas über das Ruderboot oder dessen Besitzer sagen, und zu seiner Personenbeschreibung fiel ihnen auch nichts ein. Alles, was er dem Polizeibeamten, dem man inzwischen die Leitung seiner Wache übertragen hatte, berichten konnte, war, daß dieses Boot in jedem Fall bei dem Überfall verwendet und von einer Person gekauft worden war, die sich für McPherson ausgab. Sein Vorgesetzter zeigte sich davon wenig beeindruckt. Für ihn wies diese Theorie mehr Löcher auf als das zerstörte Boot, und er erklärte, daß ihre einzige heiße Spur die Verbindung zwischen McPherson und Willoughby sei. Warum sonst hätte der Verbrecher den jungen Mann in seinem Brief erwähnen sollen?

»Die beiden sind offensichtlich befreundet«, sagte er. »Haben sich irgendwo verkrochen. Pollock, Sie durchkämmen mit Constable Lacey noch einmal die Berge. Es ist mir egal, wie lange das dauert, und wenn Sie bis nach Bowen reiten müssen. Immerhin wurde McPherson dort schon einmal gesichtet. Finden Sie sie. Bieten Sie eine Belohnung, zahlen Sie Bestechungsgelder, aber finden Sie sie. Oder wenigstens einen von beiden.«

»Aber was ist mit dem Mann, der das Boot gekauft hat? Irgend jemand muß ihn doch gesehen haben. Sollten wir nicht seine Identität feststellen, bevor wir die Sache ganz abschreiben?«

»Die Sache *ist* bereits abgeschrieben. Besorgen Sie sich Geld, Vorräte und notfalls auch ein Packpferd, und dann brechen Sie auf. Übrigens, es tut mir leid, daß Sie aus der Dienstwohnung hier in der Wache ausziehen mußten, das war nicht meine Idee. Ich hoffe, das Cottage ist wohnlich.«

»Es wird schon gehen«, murmelte Pollock. Seine Frau war sogar entzückt über ihren neuen Wohnsitz, der weit entfernt von der Polizeiwache lag, so daß er nachts nicht bei jedem Vorfall herausgeholt wurde. Er freute sich nicht sonderlich auf die nahezu aussichtslose Aufgabe, McPherson und Willoughby zu finden, die vermutlich längst den Staat verlassen hatten. Dennoch arbeitete er an diesem Abend gemeinsam mit Mike Lacey einen Plan aus. Sie beschlossen, möglichst viele Polizeiwachen im Landesinneren und an der Küste aufzusuchen und um Unterstützung zu bitten für das Durchkämmen der Bezirke und die Überprüfung von Fremden. Außerdem gedachten sie die Einheimischen daran zu erinnern, daß auf die Ergreifung der Verbrecher eine Belohnung ausgesetzt war. Als erstes wandten sie sich nach Norden in die Berge.

Mal Willoughby brauchte das nicht weiter zu stören, denn er war in der entgegengesetzten Richtung unterwegs. Er war im Landesinneren geblieben, um Maryborough und Gympie zu umgehen, und be-

fand sich schon weit im Süden. Der Ritt führte durch schwieriges Gelände. Sein Vater hatte immer behauptet, sein Sohn trage einen Kompaß im Kopf, und dieses Orientierungsvermögen kam ihm nun zugute, da er ein bestimmtes Ziel im Sinn hatte. Über hundert Meilen nordwestlich von Brisbane gelangte er ins Flachland und ließ sich von nun an Zeit, um sein Pferd nicht zu überanstrengen. Gelegentlich tat er sich auf den einsamen Wegen mit anderen Männern zusammen – Vagabunden, Fahrern von Ochsengespannen, Goldsuchern – und verbrachte mit ihnen ein paar Abende am Lagerfeuer. Diese schweigsamen Burschen wußten von Zeit zu Zeit ein wenig Gesellschaft zu schätzen. Von Farmen und Dörfern hielt er sich vorsichtshalber jedoch fern, schließlich hatte er McPherson bereits gefunden und benötigte keine weiteren Informationen.
Als er den breiten Condamine River erreichte, grinste er zufrieden und ritt flußaufwärts. Ein Wegweiser, der mitten im Niemandsland an der Kreuzung zweier Trampelpfade aufragte, zeigte an, daß es noch ungefähr sechzig Meilen bis zum Dorf Chinchilla waren. Auf halber Strecke bog Mal bei Sonnenuntergang in einen schmalen, wohlvertrauten Pfad ein und stieg vor dem Tor zur Farm seines Onkels vom Pferd, um es zu öffnen.
Mal sah sich um. Die Koppeln hatten dringend Regen nötig; als er vor Jahren zum letzten Mal hiergewesen war, hatte die kleine Milchfarm grün und üppig gewirkt. Doch ansonsten hatte sich nichts verändert. Das Farmhaus sah noch immer so schäbig aus wie früher und schrie förmlich nach einem Anstrich. In einem Fenster fehlte die Scheibe, überall lag Krempel herum. Sogar der rostige Pflug, an dem er sich als Kind einmal den Fuß verletzt hatte, stand noch verloren unter einem Baum. Onkel Silver, der diesen Namen wegen seines silbrigen Haars trug, war der Bruder von Mals verstorbener Mutter und weder für allzu große Ordnung noch für seinen Fleiß bekannt. Die Farm warf kaum genug ab, um Silver und seiner Frau den Lebensunterhalt zu sichern.
Beim Näherkommen wurde Mal von mageren Hunden begrüßt, die ihm laut bellend entgegenrannten. Silver stolperte aus dem Haus; er trug das, was Mals Vater einmal scherzhaft als seine Uniform bezeichnet hatte: ein ärmelloses Flanellhemd, ausgebeulte Kattunhosen, die von einem Strick gehalten wurden, und abgetragene Stiefel.

»Was willst du?« fragte er krächzend.
»Vielleicht hätten Sie eine Tasse Tee für mich«, entgegnete Mal grinsend.
Silver starrte ihn triefäugig an. »Um Gottes willen! Bist du das, Sonny? Hab dich gar nicht erkannt unter dem struppigen Bart. Du lieber Himmel! Wo kommst du denn her?«
»Kam zufällig vorbei, Onkel. Dachte, ich frage mal nach, wie es dir so geht.«
»Gut gemacht. Komm rein, Sonny. Die Frau ist nicht mehr unter uns. Ist letzten Winter gestorben.«
Mal stieg vom Pferd. »Das tut mir leid. Ich habe Tante Dot immer gern gehabt.«
»Das weiß ich. Sie bekam eine schreckliche Lungenentzündung, und dann stellten sich auch noch Komplikationen ein, hat der Doktor jedenfalls gesagt. Sie konnte nicht mehr atmen. Am Ende war es für die arme Frau eine Erlösung, das kannst du mir glauben.«
»Schlimme Sache. Kann ich zuerst das Pferd versorgen? Wir haben einen langen Ritt hinter uns …«
»Sicher. Bring es hinters Haus. Kommst von weit her, was?«
Mal nickte. »Kann man wohl sagen.«

Zwei Tage später verdiente sich Mal auf die übliche Weise seinen Unterhalt. Silver beklagte sich endlos über sein Rheuma und überließ seinem Neffen das Melken. Darüber hinaus durfte Mal kochen, was er nur zu gern tat. Er hatte am ersten Abend Silvers Eintopf gekostet und war nicht scharf darauf, diese Erfahrung zu wiederholen. Um die Tage auszufüllen, arbeitete er im verwilderten Gemüsegarten, der einst der Stolz seiner Tante gewesen war. Er entdeckte einige Kartoffel- und Rübenbeete, die auch ohne die Hand des Gärtners überlebt hatten, und brachte Ordnung in die Reihen. Nachts saß er mit seinem Onkel am Ofen, spielte Karten und unterhielt ihn mit den altvertrauten Tricks.
Irgendwann kam er jedoch zu dem Schluß, daß der alte Mann das Recht hatte, den wahren Grund für seinen unverhofften Besuch zu erfahren.
»Ich werde nicht lange bleiben«, begann er. »Ich muß weiter, aber es tut gut, sich hier ein bißchen auszuruhen. Tatsache ist …«

Silver rauchte seine Pfeife und hörte aufmerksam zu, als Mal ihm von seiner Flucht berichtete und wie es dazu gekommen war.
»So ungefähr hat es sich abgespielt. Ein einziges verdammtes Durcheinander, und ich stecke mittendrin.«
Sein Onkel klopfte die Pfeife auf den Kaminziegeln aus und seufzte. »Ich hatte mich schon gefragt, wann du endlich damit herausrücken würdest.«
»Du hast es die ganze Zeit gewußt?«
»Worauf du dich verlassen kannst. Hier ist nicht gerade das Ende der Welt. Sogar ich komme gelegentlich mal nach Chinchilla, um Vorräte und eine Zeitung zu kaufen. Sonny, du bist berühmt, auch hier unten. In der Polizeiwache hängt ein Fahndungsplakat aus, mit deinem Namen in Riesenbuchstaben drauf. Fünfzig Pfund Belohnung.«
»Hat dich die Polizei wenigstens in Ruhe gelassen?«
»Keine Sorge. Ich heiße ja schließlich Silver Jeffries, nicht Willoughby. Keiner weiß, daß wir verwandt sind.«
»Da bin ich aber froh. Ich möchte dir nämlich keine Unannehmlichkeiten bereiten.«
»Ist schön, dich bei mir zu haben, Sonny. Aber was machst du als nächstes?«
»Das weiß ich noch nicht. Wahrscheinlich weiter nach Süden ziehen. Ich dachte sogar daran, nach Westaustralien zu gehen. Da drüben finden sie mich nie.«
»Vergiß es. Allein schaffst du es nie durch die Wüste, dazu bräuchtest du eine Kamelkarawane.« Er stocherte im Feuer herum. »Hast du je daran gedacht, dich zu stellen?«
»Nein.«
»Wieso nicht? Es wäre sicherer. Du bist vogelfrei, jeder darf dich erschießen, sobald du ihm über den Weg läufst.«
»Nein.«
»Sonny, du solltest mal drüber nachdenken. Du kannst nicht ewig davonlaufen. Von den Hitzköpfen da oben im Norden bist du weit genug weg. Wenn du dich hier stellst, kannst du dir einen Anwalt nehmen und mit einem fairen Prozeß rechnen. Du mußt ihnen klarmachen, daß du unschuldig bist. Ich werde mich für dich einsetzen, sagen, daß du ein anständiger Junge bist. Deine Schwester auch. Sie hat mir geschrieben, macht sich furchtbare Sorgen um dich.«

»War die Polizei bei ihr?«
»Ja. Sie suchen alle Leute auf, die dich kennen. Dahin kannst du also schon mal nicht.«
»Ich hatte mir schon so etwas gedacht.« Mal leerte seinen Tabakbeutel und drehte sich eine Zigarette.
»Ist das dein letzter Tabak?« fragte Silver.
»Ja, aber es geht auch ohne.«
»Von wegen. Ich fahre morgen in die Stadt, kaufe Vorräte ein und bringe dir welchen mit. Sonst noch was?«
»Nur Streichhölzer und Tee«, sagte Mal niedergeschlagen. »Ich brauche nicht viel. Mein Bündel darf nicht zu schwer werden.«
»Tut mir leid für dich, Sonny. Aber versprich mir, über alles nachzudenken, während ich weg bin. Du warst dein Leben lang unterwegs, aber das hier ist etwas anderes. Es wäre besser, wenn du dich stellst. Du bist doch kein Verbrecher. Die echten Outlaws haben ihre Helfershelfer und Banden, und sogar die werden ab und zu geschnappt …«
»Das brauchst du mir nicht zu erzählen. Ich bin ihnen begegnet. Und ich möchte nichts mit ihnen zu tun haben, Onkel, die würden mich nur in noch mehr Schwierigkeiten bringen.«
Silver war fasziniert. »Wem bist du begegnet?«
»Das brauchst du nicht zu wissen, Onkel. Ist eh nur ein Haufen Verrückter.«
»Wo hast du dich überhaupt die ganze Zeit rumgetrieben?«
»In den Bergen«, antwortete Mal ausweichend. Er brachte es einfach nicht über sich, Silver gegenüber die Schönheiten von Fraser Island und seine Strandhütte in der Feuerbucht zu erwähnen. Diese Zeit und die Stunden mit Emilie waren so kostbar, daß er sie mit niemandem teilen mochte. Sie waren sein einziges Bollwerk gegen die Verzweiflung. Er träumte den lieben langen Tag davon und schmiedete vor dem Einschlafen Pläne, wie er Emilie dorthin bringen könnte. Am besten zuerst mit dem Boot zu der anglikanischen Missionsstation, wo er sich Pferde für den weiten Weg zu der Seite der Insel, die der offenen See zugewandt war, leihen würde. Er malte sich ihren erwartungsvollen Blick aus und ihr Gesicht, wenn er ihr den unberührten Strand und den schneeweißen Sand präsentierte. Sie würden sich umdrehen und das leuchtende Grün des Regenwalds mit seinen

Orchideen betrachten, die wie Juwelen glitzerten ... manchmal schlief er inmitten dieses langen, romantischen Traums ein.
Silver döste in seinem abgeschabten Lehnstuhl, und Mal schlich sich leise in sein Bett im Anbau. Die Nächte hier im Süden waren deutlich kälter, vielleicht konnte er sich ein paar zusätzliche Decken von Silver leihen.

Nachdem sein Onkel am nächsten Morgen in aller Frühe mit dem Wagen davongeholpert war, molk Mal die Kühe und ließ sie auf die Weide hinaus. Dann schleppte er die schweren Kannen zum letzten Tor, wo der Milchmann sie auf seiner Runde abholen würde, und bemerkte traurig, wie heruntergekommen die Farm dank Silvers Desinteresse tatsächlich war. Er besaß nur noch ein Dutzend Kühe, von Kälbern war nichts zu sehen, und die Milchzentrifuge rostete im Schuppen vor sich hin. Das hölzerne Butterfaß stand ebenfalls ungenutzt herum, wohl seit Tante Dot nicht mehr da war, um Butter und Käse herzustellen. Er wünschte, er könnte länger bleiben und alles wieder in Gang bringen, doch das war unmöglich. Früher oder später würden sich die Leute fragen, wer Silvers Farm auf Vordermann gebracht hatte, und Mal konnte nicht zulassen, daß man den alten Mann beschuldigte, einem steckbrieflich gesuchten Verbrecher Unterschlupf zu gewähren.
Er mußte lachen, als Silver schließlich zurückkehrte und fröhlich vom Wagen taumelte, eine leere Rumflasche schwenkend. Immerhin hatte er Tee, Mehl, Zucker, eine Rinderhälfte und Tabak besorgt, bevor er sich auf Sauftour begab. Mal schleifte ihn in die Küche und machte sich daran, den Wagen zu entladen und das Pferd auszuspannen. Silver hatte auch einige Zeitungen gekauft. Mal genoß ausnahmsweise einmal die Lektüre, da sie keine Berichte über Verbrecher enthielten. Sein Onkel schnarchte derweil im Lehnstuhl vor sich hin.
Irgendwann weckte er Silver und servierte ihm Roastbeef mit gebackenem Gemüse. Mal schlug vor, Karten zu spielen, doch Silver war verständlicherweise nicht danach zumute, also gingen sie zu Bett.
Mitten in der Nacht schlugen die Hunde an, doch Mal schob es auf den Mond oder einen umherschleichenden Dingo und schlief wieder ein.

Als er erneut aufwachte, fiel zartes Dämmerlicht durch die Bäume, und zwei Männer standen über ihn gebeugt. Die Läufe ihrer Gewehre zielten genau auf ihn. Hinter ihnen sah er das bleiche, besorgte Gesicht seines Onkels.

»Raus, Willoughby«, sagte einer. »Steh auf. Zieh dich an. Und immer schön langsam.«

Sie traten einen Schritt zurück, die Waffen weiter auf ihn gerichtet. Mal zog seine gefütterte Jacke über das Flanellhemd und die Kattunhosen, denn der Aufenthalt in der Zelle würde verdammt ungemütlich werden.

»Du bist verhaftet«, fügte der Mann hinzu, und Mal seufzte resigniert. Welch eine Überraschung.

Als sie ihn nach draußen führten, brachte Silver Mals Pferd. »Tut mir leid, Sonny«, sagte er, »aber es ist besser so.«

Mal drehte sich verblüfft zu seinem Onkel um.

»Du hast mich angezeigt?«

»Es ist besser so«, murmelte Silver noch einmal.

»Für wen, Silver?« fragte der Polizeisergeant, der, wie Mal später erfuhr, Moloney hieß und gar kein übler Bursche war. Er spuckte dem alten Mann vor die Füße. »Du bekommst schließlich die Belohnung, nicht er.«

Mal sah seinen Onkel traurig an. »Ich dachte, du hättest mir geglaubt.«

»Das tue ich auch, Sonny, ganz ehrlich.«

»Warum denn dann?«

»Komm, mein Sohn, steig auf«, sagte Moloney. »Du bist für den Mistkerl eine Menge Geld wert, darum. Er sagt, er sei dein Onkel. Schade, daß du ihn nicht so gut kennst wie wir. Der alte Silver würde für ein paar Shilling seine Seele verkaufen. Hat schon eine Lokalrunde geschmissen und auf die fünfzig Pfund anschreiben lassen. Hast du ihm noch etwas zu sagen, bevor wir losreiten?«

»Nein.« Mal schwang sich aufs Pferd und folgte dem Constable in Richtung Straße. Sergeant Moloney schloß sich den beiden an und ließ das Tor absichtlich offenstehen.

Moloney hatte nicht vor, den gleichen Fehler zu begehen wie die Polizei von Maryborough. Auf der Straße befahl er dem Gefangenen

abzusteigen, durchsuchte ihn gründlich nach Waffen, nahm ihm die Viehpeitsche ab und ließ ihn erst dann wieder aufsitzen.
»Deine Familie nennt dich Sonny?« fragte er. Mal nickte nur.
Sie fesselten ihn an sein Pferd, und der Constable ergriff die Zügel. Moloney ritt neben ihm und bemerkte, daß sich der Gefangene trotz seiner Fesseln gut im Sattel hielt und auch nicht wankte, als der Sergeant die Pferde in leichten Trab fallen ließ. Er wollte die dreißig Meilen bis Chinchilla so schnell wie möglich hinter sich bringen. So wie der ritt, mußte dieser Typ ein waschechter Bushie sein. Sein Onkel hatte angegeben, er sei ungefähr zweiundzwanzig, aber er wirkte jünger. Andererseits konnte Silver kaum bis zehn zählen, wenn es nicht gerade um Geld ging. Die Belohnung hingegen würde er bis auf den letzen Penny nachzählen.
Als sie in den Hügeln langsamer reiten mußten, unternahm Moloney den Versuch, ein Gespräch mit dem Gefangenen anzuknüpfen, doch Willoughby blieb schweigsam und wandte den Kopf ab, als wolle er lieber die Landschaft betrachten als sich unterhalten.
Sie ritten auf einer Nebenstraße und über mehrere Koppeln in die Stadt, wo sie den Gefangenen in die einzige Zelle des Gefängnisschuppens hinter der Polizeiwache sperrten. Erleichtert betrat Moloney das Telegrafenamt und sandte die Nachricht, der Verbrecher Willoughby sei gefaßt, ans Präsidium in Brisbane.
Innerhalb weniger Minuten machte die Neuigkeit in der Stadt die Runde, und sensationslüsterne Bürger eilten zur Wache, um einen Blick auf den berühmten Gesetzlosen zu werfen.
»Jetzt wird Chinchilla berühmt!« riefen sie begeistert und bestürmten Moloney mit Fragen. Sie waren enttäuscht, daß es keine Schießerei gegeben hatte und Willoughby so widerstandslos mitgekommen war. Der Sergeant überließ es schließlich seinem Untergebenen, die vielen Fragen zu beantworten, und ging hinaus, um noch einmal nach dem Gefangenen zu sehen.
»Alles in Ordnung?«
»Ja, Sir.«
»Kann ich dir etwas bringen?«
»Ich hätte gern was zu essen. Und eine Rasur.« Er verzog das Gesicht zu einem schwachen Grinsen. »Sieht nicht so aus, als würde ich diesen verdammten Bart noch brauchen.«

»Stimmt auffallend.«
Während Moloneys Frau den Männern, Mal eingeschlossen, das Frühstück bereitete, gelang es einem Reporter der örtlichen Zeitung, sich an die Zelle heranzuschleichen und einen Blick auf den Gefangenen zu werfen. Mit seinem struppigen Bart sah er ungeheuer wild aus. Ein Kerl wie ein Baum, ein echter Verbrecher! Er eilte davon, um den einzigen Fotografen der Stadt zu holen, der allerdings auf Familienporträts spezialisiert war. Bisher hatte der *Chinchilla Leader* nämlich keine Fotos gebracht.
Der Fotograf mußte erst die richtige Ausrüstung für eine derart bedeutende Aufnahme zusammensuchen, so daß der Friseur bereits dagewesen war, als sie die Zelle schließlich erreichten. Darin saß nun statt eines furchterregenden Schurken ein junger Kerl mit Kindergesicht, der mit seinen glattrasierten Wangen, den unschuldigen blauen Augen und dem weichen blonden Haar eher wie Mamas Liebling denn wie ein berühmter Bandit aussah.
Nach einer Auseinandersetzung mit Moloney, in deren Verlauf der Reporter eine Aufnahme des Verbrechers verlangte und darauf hinwies, daß der gute Ruf der Stadt auf dem Spiel stehe und dem örtlichen Fotografen eindeutig Vorrang gebühre, gab der Sergeant nach. Er ließ sich sogar zusammen mit dem Gefangenen ablichten. Immerhin geschah es nicht so oft, daß ein Landpolizist den Kollegen zweier Bundesstaaten mit einer solch spektakulären Verhaftung zuvorkam.
In der Zwischenzeit kritzelte der Reporter eine etwas abgewandelte Version der Story in sein Notizbuch. Er hatte gehört, wie Moloney den jungen Mann Sonny nannte, was sehr viel passender und interessanter klang als Mal. Von da an war der berühmte Outlaw nur noch als Sonny bekannt, Sonny das Kindergesicht, das keine Fragen beantwortete und stur seine Aussage wiederholte: »Ich bin unschuldig. Ich habe noch nie einem Menschen etwas zuleide getan.«
Jesse Fields, den Reporter, beschlich allmählich das Gefühl, daß Moloney der gleichen Ansicht war, selbst wenn er es nie zugegeben hätte. Irgend etwas an diesem Jungen erinnerte Jesse an seinen kleinen Bruder, der bei einem Reitunfall ums Leben gekommen war. Er kehrte in sein Büro zurück, schrieb den Artikel für die Lokalzeitung und telegrafierte den gesamten Text an den *Brisbane Courier* und den *Sydney Morning Herald.*

Dann durchsuchte er das Archiv nach den wenigen Informationen über den Überfall und die Morde. Willoughbys Gewehr war nicht abgefeuert worden. Andererseits hätte er ebensogut eine andere Waffe benutzen können, eine, die ihm einer seiner Komplizen verschafft hatte. Die Geschichte hatte so viel Interesse geweckt, daß sich verschiedene Politiker eingemischt und die unverzügliche Verhaftung dieser Teufel gefordert hatten. Er überging diese Berichte, studierte dafür den letzten Artikel aber um so aufmerksamer. Laut diesem hatte sich der Halunke James McPherson mit einem Brief an irgendein Blatt in Maryborough gewandt und darin seine und Willoughbys Unschuld beteuert. Jesses Herausgeber hatte sich seinerzeit nicht die Mühe gemacht, den ganzen Brief abzudrucken, da er ihn als nicht ernst zu nehmendes Kuriosum betrachtete.
Die Anweisungen für Moloney lauteten, keine Zeit zu verlieren. Jasper Kemp, der Polizeichef in Brisbane, sandte ihm ein Telegramm mit dem Inhalt, er solle den Gefangenen auf der Stelle dorthin bringen. Die Stadt Miles würde zusätzliche Polizisten als Begleitschutz für diese über hundertfünfzig Meilen lange Strecke abstellen.
»Das war's dann wohl«, sagte der Besitzer und Herausgeber des *Leader*, als sich der Trupp zwei Tage später in Bewegung setzte. »Immerhin hat Chinchilla auch ein Stückchen vom Ruhm abbekommen.«
»Es ist noch nicht vorbei«, wandte Jesse ein. »Wir können noch immer mitmischen.«
»Gib's auf, Jesse. Du hast mir gestern abend schon stundenlang damit in den Ohren gelegen. Und wenn der Junge noch so steif und fest behauptet, er habe noch nie jemandem etwas zuleide getan ... er war trotzdem dabei.«
»Wo aber ist das Gold? Und das Geld von der Bank? Willoughby ist pleite. Sein Sattel war vom Reiten schon ganz kaputt. Es wäre doch ein Leichtes für ihn gewesen, Silver zu bitten, ihm einen neuen zu besorgen, wenn er Geld gehabt hätte.«
»Wer traut denn schon Silver?«
»Na, Willoughby zum Beispiel! Moloney sagte, der Junge sei zutiefst entsetzt gewesen über Silvers Verrat. Er meint, daß er vielleicht deshalb so wenig aus ihm herausbekommen hat.«
»Wir werden die Geschichte interessiert verfolgen, genau wie alle anderen hier, aber unsere Arbeit ist getan.«

»Von wegen. Ich werde mit Silver reden. Versteh doch, der Junge lebte bei ihm, er muß ihm etwas erzählt haben. Und für ein paar Pfund wird Silver das gleiche tun. McPherson muß Willoughby kennen, sonst hätte er sich nicht für ihn eingesetzt. Ich wette, der Kleine weiß, wo der dicke Fisch steckt, und vielleicht hat er das auch seinem Onkel verraten.«

Onkel Silver wand sich und protestierte, als Jesse Fields nicht aufhörte, ihn mit seinen Fragen zu bedrängen.

»Ich hab zu Sonny gesagt, es ist nur zu deinem Besten. Ich wollte, daß er sich stellt, damit sie ihn nicht wie einen Hund erschießen. Er ist ein guter Junge. Sehen Sie nur, wie er hier aufgeräumt hat. Sogar den alten Pflug hat er endlich weggeräumt. Und das Melken übernommen.« Und so ging es weiter.

Jesse ließ ihn reden und umging dabei behutsam das peinliche Thema Belohnung, bis es ihm gelang, Willoughbys angebliche Unschuld zur Sprache zu bringen.

»Was ist passiert? Meinen Sie, er wollte einfach nur einen Familienbesuch machen?«

»Genau. Ist aus heiterem Himmel hier aufgetaucht. Ich hab ihn zuerst gar nicht erkannt mit all dem Gestrüpp im Gesicht.«

»Und er hat Ihnen nichts über sich erzählt?«

»Nicht viel. Obwohl ich die ganze Zeit wußte, was geschehen war. Ich bin ja nicht blind, müssen Sie wissen, und lesen kann ich auch.«

»Sieht aus, als wäre ich in einer Sackgasse gelandet«, bemerkte Jesse. »Ich bin eigentlich auf der Suche nach der wahren Geschichte dieses Überfalls und würde auch ein paar Pfund dafür springen lassen. Aber wie es aussieht, war Willoughby Ihnen gegenüber genauso verschlossen wie bei der Polizei.«

Unvermittelt schoß Silver hoch und brachte damit den Küchentisch mit den von Fields spendierten Drinks ins Wanken.

»Was soll das heißen, er war verschlossen? Ich bin schließlich sein Onkel, oder nicht? Hat 'ne Weile gedauert, aber irgendwann mußte er jemandem sein Herz ausschütten. Natürlich haben wir über den Goldraub gesprochen, keine Frage.«

»Ach ja?« fragte Jesse verächtlich. »Und sicher hat er behauptet, er sei nur ein unschuldiger Zuschauer gewesen.«

»Von wegen«, knurrte Silver. »Haben Sie noch mehr von dem Zeug da? Der verdammte Bursche trinkt nicht. Sein Pa war ein begnadeter Säufer vor dem Herrn, aber Sonny faßt das Zeug nicht an. Taucht hier ohne ein Gläschen für seinen alten Onkel auf.«
Jesse dachte über diese Bemerkung nach, während er eine halbe Flasche Rum aus seiner Satteltasche holte. Willoughby war der Polizei trotz monatelanger Suche entkommen; niemand hatte ihn auch nur von weitem gesehen. Vielleicht hatte er es als Abstinenzler völlig vergessen, Silver Schnaps mitzubringen, und damit seinen ersten Fehler begangen. Seinen jetzigen Besucher strahlte der alte Mann jedenfalls an, als er wieder hereinkam.
»Wir genehmigen uns einen«, sagte Jesse, »und dann mache ich mich wieder auf den Weg.«
»Sie wissen doch noch gar nichts«, erklärte Silver und trank genießerisch von dem Rum. »Bin wohl der einzige im ganzen Land, der weiß, was wirklich passiert ist. Und wissen Sie warum? Weil Sonny es mir erzählt hat. Er hat gedacht, wenn ich ihn aufnehme, hätte ich auch das Recht, alles zu wissen. Das Recht, hat er gesagt. Was halten Sie davon?«
Silver streckte herausfordernd das Kinn heraus. Jesse nickte, obgleich er den Alten am liebsten erwürgt hätte.
»Ach, kommen Sie schon, Silver. Er hat Ihnen doch bloß einen Haufen Lügen über den Überfall aufgetischt und immer noch den braven Jungen gespielt.«
Nun war Silver gekränkt. »Tatsächlich? Dann hören Sie mir mal gut zu. Sonny hat auf genau diesem Stuhl hier gesessen. Hat sich entschuldigt, daß er mir Schwierigkeiten macht, und dann hat er erzählt, wie alles passiert ist. Ich hab ihn nur ausgeliefert, weil es das Beste für ihn war, und wegen der Belohnung. Bevor sie sich ein anderer schnappt …«
Jesse hatte sein Notizbuch hervorgeholt. »Was hat er gesagt, Silver? Es gibt kein Geld und keinen Rum, bevor Sie mir nicht endlich die ganze Geschichte erzählt haben. Und zwar ohne Ausschmückungen.«
»Jesus! Wieso sollte ich Ihnen nicht die Wahrheit sagen? Hab ja nichts zu verbergen. Mir können sie nichts anhängen. Es war so … er war draußen auf den Goldfeldern, ist auch ganz gut gelaufen.

Hatte immer Glück, der Junge, hat immer ein paar Mäuse aufgetrieben …«
Silver schilderte dem erstaunten Reporter, soweit es sein Erinnerungsvermögen zuließ, die Geschichte des Überfalls, wie er sie von Mal Willoughby gehört hatte. Jesse war so aufgeregt und fasziniert, daß er Silvers Redefluß ständig unterbrechen mußte, um alles wortwörtlich notieren zu können. Das hier war nicht nur eine sensationelle Story, sondern ein echter Coup. Er belohnte Silver dann und wann mit einem Gläschen Rum, um dessen Kehle zu ölen. Der alte Mann hätte niemals eine Geschichte erfinden können, die so schlicht und ehrlich klang wie diese. Willoughby war nicht einmal dabeigewesen, sondern war in Befolgung seiner Befehle nach Maryborough geritten, um die Polizei zu benachrichtigen und eine Eskorte anzufordern. Genauso hatten der Sergeant und der Goldkommissar es abgesprochen, lange bevor Willoughby überhaupt ins Spiel kam.
Nachdem er seine Erzählung beendet hatte, hatte Jesse noch ein paar Fragen.
»Was ist mit McPherson? Was hat er über ihn gesagt?«
Silver kratzte sich am Kopf und starrte sehnsüchtig die Rumflasche an. »Nichts. Er erwähnte nur mal, er sei einigen Verbrechern begegnet, hätte sie aber nicht gemocht.«
»Nicht gemocht?« fragte Jesse lachend. »Wieso hätte er sie auch mögen sollen?«
»Sie kennen Sonny eben nicht. Er ist ihnen sicher begegnet, hat ihre Lebensweise aber nicht gutgeheißen. Hielt sie für Knallköpfe.«
»Welche Verbrecher?«
»Woher soll ich das wissen? Das hat er mir nicht erzählt.«
Jesse lehnte sich zurück. »Silver, Sie waren mir eine große Hilfe, und dafür will ich mich auch erkenntlich zeigen. Zwei Pfund bar auf die Hand. Aber Sonny ist nur ein kleiner Fisch, ich brauche Informationen über McPherson. Dafür würde ich die Summe sogar verdoppeln.«
Er bemerkte den Schmerz in Silvers Augen, doch nicht einmal unter diesen Bedingungen gelang es dem Alten, sich eine Geschichte über McPherson aus den Fingern zu saugen.
»Sonny hat nie über ihn gesprochen. Er war allein da draußen, keiner hat ihm geholfen. So konnte er nicht weitermachen. Deshalb

hab ich ihn ja auch angezeigt«, winselte er. »War ohnehin nur eine Frage der Zeit, bis sie ihn kriegten.«
»Gut. Eins noch. Er muß sich die ganze Zeit über irgendwo versteckt haben. Wo war er? Wenn wir das wüßten, kämen wir vielleicht auch McPherson auf die Spur.«
»Ehrlich, Kumpel, ich weiß es nicht. Ich würd's Ihnen ja sonst sagen.«
»Darauf möchte ich wetten. Jetzt noch einmal von vorn. Erzählen Sie mir etwas über Sonny und seine Familie. Wo ist er aufgewachsen?«
Silver gluckste. »Auf der Straße, könnte man sagen. Ist mit seinem alten Herrn umhergezogen, seit er ein Dreikäsehoch war. Sonst gibt's nicht viel über ihn zu sagen. Sein Dad war ein Säufer, aber Sonny ließ nichts auf ihn kommen ...«
Nach und nach holte Jesse genügend Informationen über den Hintergrund des jungen Willoughby aus dem Alten heraus, um eine Charakterskizze von ihm entwerfen zu können.
»Was war mit Freunden? Hatte er welche?«
Silver zuckte die Achseln. »Sonny hatte viele Freunde, auf den Rummelplätzen und so. Alle mochten ihn, aber eigentlich war er ein Einzelgänger.«
»Unabhängig?«
»Genau das meine ich. Hat niemanden um etwas gebeten. Deshalb hat er auch hier mit angefaßt ...«
Das war's dann wohl, dachte Jesse. Er packte seine Sachen ein, ließ das Geld und den restlichen Rum auf dem Tisch liegen und verabschiedete sich vom guten Onkel Silver.
Auf dem Rückweg nach Chinchilla verfaßte er im Geiste einen Leitartikel, der nicht nur für die Lokalzeitung, sondern auch für die überregionalen Blätter bestimmt war. Eine Überschrift hatte er auch schon: »Leben und Taten des Sonny Willougbby«. Oder so ähnlich. Ein echter Coup. Und das war erst der Anfang.

Schattengleiche Figuren in dunklem Ölzeug bewegten sich im strömenden Regen durch das nächtliche Brisbane und lieferten den Gefangenen in der Polizeikaserne ab. Als sie im Stall absaßen, wandte sich Willoughby an Sergeant Moloney.

»Dürfte ich Sie um einen Gefallen bitten?«
»Sicher.«
»Könnten Sie sich um mein Pferd kümmern?«
Moloney versuchte sich zuversichtlich zu geben. »Ich soll für dich auf ihn aufpassen?«
»Kommt drauf an, was aus mir wird. Wenn ich ihn nicht abholen komme, gehört er Ihnen. Striker ist ein gutes Pferd, sehr klug. Ich möchte nicht, daß ihn einfach irgend jemand bekommt.«
Moloney nickte. Er bemerkte, daß die anderen berittenen Polizisten betroffen zu Boden sahen.
»Er wird es gut bei mir haben, Sonny.«

In der Pension *Belleview* lag Spannung in der Luft. Die Lehrerin und der Herr, der als Sekretär eines Ministers arbeitete, hatten Mrs. Medlow ihre Verlobung angekündigt, die diese Neuigkeit daraufhin emsig unter ihren Gästen verbreitete. Sie bot sich sogar an, einen Nachmittagsempfang im Haus für sie zu arrangieren, zu einem ausgesprochen günstigen Preis natürlich, doch das Paar hatte ihr Anerbieten abgelehnt, da es seine Privatsphäre zu wahren wünsche.
Ruth fand, Daniel habe dies sehr treffend formuliert. Kein Wunder, immerhin bewegte er sich vornehmlich in illustren Kreisen, wo einem die Diplomatie in Fleisch und Blut überging. Wie sie dank Daniel inzwischen wußte, waren Parlamentarier überaus schwierig zu handhabende Menschen. Ruth, die zugeben mußte, daß Taktgefühl nicht gerade ihre starke Seite war, bewunderte Daniel für die Höflichkeit, mit der er seine Ablehnung zu verbrämen wußte. Sie hätte Mrs. Medlow angesichts eines aus ihrer Sicht derart vulgären Vorschlags höchstens ein knappes »Nein« entgegengeschleudert. Sie wünschte keinen unnötigen Kontakt zu den klatschsüchtigen Gästen dieses Etablissements. Ruth war geneigt zu glauben, daß eben diese Neugier und die ungehörigen Bemerkungen dieser Menschen Daniel überhaupt erst zu seinem Antrag bewegt hatten.
Über die Grundstücksangelegenheit hatten sie viel Zeit miteinander verbracht, was unweigerlich zu Gerede führte. Schließlich hatte Daniel recht amüsiert bemerkt, daß ihnen die Klatschmäuler vermutlich eine Affäre andichteten.

Selbst jetzt noch errötete Ruth bei der Erinnerung an die Ungeheuerlichkeit einer solchen Unterstellung.
»Hoffentlich nicht!« hatte sie ausgerufen und sich verzweifelt gefragt, wie diese Gerüchte zu unterbinden seien.
Doch Daniel ließ das alles kalt. »Wir können ihnen nur begegnen, indem wir unsere Verlobung verkünden. Würdest du mir die Ehre erweisen, Ruth?«
Sie war fassungslos gewesen. Hatte vor lauter Aufregung gestottert. »Du lieber Himmel, ich weiß nicht. Daniel, machst du mir etwa einen Heiratsantrag?«
»Es tut mir leid, ich wollte es eigentlich in einem angemesseneren Rahmen tun, nicht in einem öffentlichen Park, aber es ist mir einfach herausgerutscht. Wir verstehen uns gut, und meine Karriere liegt mir sehr am Herzen, wie du weißt. Ich habe nicht vor, ewig Sekretär zu bleiben.« Er lächelte. »Außer natürlich, ich werde Staatssekretär. Und dabei brauche ich eine passende Dame an meiner Seite, eine echte Dame, verstehst du? Aber denke in Ruhe darüber nach, ich werde geduldig auf deine Antwort warten.«
Ruth fühlte sich ungeheuer geschmeichelt. Sie wußte genau, was er mit der »echten Dame« gemeint hatte und betrachtete sich selbst als wie geschaffen für diese Aufgabe. Ein Mann in seiner Position brauchte eine Frau, die beispielsweise richtiges Englisch sprach, das unberührt war von dem rauhen Dialekt dieser Stadt, mochte sie auch die Hauptstadt des Staates Queensland sein. Vierundzwanzig Stunden später teilte sie Daniel zu seiner großen Freude ihre Entscheidung mit, seinen Antrag anzunehmen. Unter dem Vordach des *Belleview*, wo sie sich vor dem Regen untergestellt hatten, kam es zu einem ersten, scheuen Kuß.
Ruth war erleichtert, daß Daniel auf peinliche Liebesbeteuerungen verzichtete. Ihre Beziehung war auf gegenseitigen Respekt gegründet. Die von ihr insgeheim gefürchtete Intimität würde sich mit der Zeit schon einstellen.
Zum Feiern führte Daniel sie in das elegante *Royal Arms Hotel* in der Queen Street, das ihr schrecklich teuer erschien, doch er erstickte ihren Protest im Keim und bestand darauf, er müsse sich mit ihr an den richtigen Orten sehen lassen. Er bestellte erstklassigen Wein, von dem Ruth wie gewohnt nur wenig trank. Sie wollte ihn davon

abhalten, eine zweite Flasche kommen zu lassen, worauf Daniel ein wenig ungehalten reagierte.

»Hier schaut man nicht aufs Geld«, zischte er.

Sie scheute sich zu sagen, daß es ihr nicht um das Geld ging, sondern darum, daß Daniel schon leicht beschwipst wirkte. Nach der zweiten Flasche war er eindeutig betrunken und sprach für ihr Dafürhalten viel zu laut.

Am nächsten Morgen entschuldigte er sich bei ihr und erklärte, die Freude über den Anlaß habe ihn einfach überwältigt. Ruth verzieh ihm natürlich und fand seine Zerknirschung insgeheim ganz reizend.

Als er an diesem Tag ins Büro ging, litt Daniel unter einem beträchtlichen Kater und war froh zu erfahren, daß sein Minister außer Haus zu tun hatte. Im Laufe des Tages besserte sich sein Zustand und machte einer immensen Zufriedenheit mit sich selbst Platz.

Die Regelung der Grundstücksangelegenheiten von Ruth und ihrer sturen Schwester hatte sich als langwierig und aufreibend erwiesen. Sie hatten sich mehrfach die Gegend um Eagle Farm angeschaut, bevor sie sich für zwei angrenzende Grundstücke von jeweils zwanzig Morgen entschieden. Es handelte sich um flaches, ungenutztes Land, wie geschaffen zum Ackerbau. So hatte es ihnen jedenfalls der Grundstücksmakler erzählt, doch Daniel wußte es besser. Das Gebiet lag in Flußnähe, und dem Tempo nach zu urteilen, in dem Brisbane wuchs, würde es sich bald in einen Vorort der Stadt verwandelt haben und hiesige Grundstücke somit zu wertvollem Bauland werden lassen.

Dann kam es zu den üblichen bürokratischen Komplikationen, im Verlauf derer die Verwaltungsbeamten ihnen so viele Hindernisse wie nur irgend möglich in den Weg legten. Zunächst galten die Einwände der Tatsache, daß es sich bei den Antragstellern um Frauen handelte, alleinstehenden noch dazu, doch Daniel konnte nachweisen, daß sich das Recht auf Landzuteilung nicht auf Männer beschränkte. Dann folgte der ernstzunehmendere Einwand: Eagle Farm läge zu stadtnah, und die dortigen Grundstückspreise seien in letzter Zeit zu sehr in die Höhe geschossen, als daß man das Land praktisch verschenken könne. Man forderte sie auf, sich in größerer Entfernung von Brisbane nach geeignetem Land für eine Zuteilung

umzusehen, um dem Hintergrund dieser Maßnahme, nämlich Neuansiedlungen zu fördern, gerecht zu werden.
Ruth war enttäuscht, verstand aber die Logik hinter diesem Argument. Ihr erschien die Zuteilung so großer Grundstücke ohnehin überaus großzügig, und die neuen Besitzer waren der Regierung zu Dank verpflichtet, wo immer das Land auch liegen mochte.
Daniel sah es jedoch anders. Er wollte Eagle Farm und sonst gar nichts. Er stellte vorsichtige Nachforschungen an und fand schließlich einen Beamten, der die Anträge der Tissingtons für die Summe von zwei Pfund zurückdatieren würde. Er wußte, daß Ruth niemals mit einer Bestechung einverstanden gewesen wäre, und ließ sich das Geld von ihr unter einem Vorwand geben.
»Deinem Antrag auf die Landzuteilung in Eagle Farm wurde stattgegeben, aber es gibt einen Aufschlag von einem Pfund pro Grundstück, weil der Antrag so spät eingereicht wurde. Ich dachte, es sei besser, den Aufschlag zu bezahlen, als weiter draußen nach tauglichem Land zu suchen. Wenn du dort wohnen würdest, könntest du nicht mehr in Brisbane unterrichten.«
Ruth war einverstanden, obgleich sie bisher gar nicht daran gedacht hatte, tatsächlich in Eagle Farm zu leben; sie hatte ursprünglich geplant, beide Grundstücke umgehend zu verkaufen.
»Wie sollte ich denn dort leben, Daniel? Es gibt kein Haus dort, und ich kann mir nicht leisten, eines zu bauen.«
»Sicher doch. Ich könnte einen Käufer für Emilies Grundstück besorgen. Dann hättest du mehr als genug Geld, um dir ein hübsches Haus zu bauen.«
»Emilie wäre vielleicht nicht einverstanden. Sie wollte ohnehin nicht gern verkaufen.«
»Sie muß aber in die Zukunft schauen. Stell dir vor, du hättest ein eigenes Zuhause, dann könntest du deine Schwester bei dir aufnehmen. Du weißt aus eigener Erfahrung, wie unsicher die Stellung einer Gouvernante sein kann. Sie würde gut daran tun, sich auch eine Stelle als Lehrerin zu suchen, um nicht mehr auf fremde Familien angewiesen zu sein.«
»Das stimmt. Das Haus würde uns beiden gehören, weil es mit dem Geld aus dem Verkauf ihres Grundstücks errichtet wurde …«
»Auf deinem Besitz.«

»Ja. Die Idee klingt sehr gut. Ich bin dir wirklich dankbar, Daniel. Allein wäre ich nie darauf gekommen.«
Doch Ruth hatte noch eine andere Sorge. Ihre Schwester hatte ihr fünfzig Pfund geschickt, und sie hatte zwanzig von ihren hinzugefügt, um diese Summe als Teilrückzahlung an die Auswanderungsgesellschaft in London zu schicken. Sie hatte jedoch Angst, das Geld könnte verlorengehen, da die Post als unzuverlässig galt.
»Es ist so viel Geld«, sagte sie besorgt. »Ich wäre völlig verzweifelt, wenn es nicht ankäme. Außerdem habe ich ein schlechtes Gewissen, weil Emilie viel mehr gespart hat als ich; stell dir vor, das Geld ginge unterwegs verloren.«
»Das überlaß nur mir. Ich werde es für dich mit der Diplomatenpost schicken. Dann könnte nur noch ein Schiffsuntergang dazwischenkommen …«
»Oh, Daniel, darüber macht man keine Witze!«
»Entschuldigung. Du mußt deinen Brief nur ganz normal adressieren und gut versiegeln. Das Kolonialministerium wird ihn an deine Gesellschaft weiterleiten.«
»Wunderbar, da bin ich aber beruhigt.«
Daniel hatte wirklich vor, das Geld in Ruths Namen zu versenden, auch wenn er wenig über Diplomatenpost wußte. Gedanken machte er sich jedoch über die Gesellschaft. Ruth hatte ihm erst kürzlich von ihren Gönnern erzählt, und ihm waren Zweifel an der Echtheit dieser Institution gekommen. Was hatte sie denn schon für die beiden Frauen getan, außer ihre Überfahrt zu bezahlen? Danach hatte man sie im Stich gelassen. Von den zugesagten Positionen war keine Rede mehr gewesen. Im Grunde verdiente diese Gesellschaft weder Ruths Loyalität noch ihr Geld.
Am Tag nach der Ankündigung ihrer Verlobung traf Daniel als Ruths Verlobter die Entscheidung. Er holte den Brief aus der Schublade, verbrannte ihn und behielt das Geld. Einen Teil verwendete er, um das Dinner im *Royal Arms* zu bezahlen. Als künftiges Familienoberhaupt tat er nur, was er für das Beste hielt. Sie konnten es sich nicht leisten, Geld zu verschenken, da er keine Ersparnisse besaß und nur viereinhalb Shilling mehr pro Woche verdiente als Ruth. Als wohlerzogene junge Frau würde sie nicht im Traum daran denken, sich nach seinen finanziellen Verhältnissen zu erkundigen, und zum

Glück gab es auch keinen wachsamen Schwiegervater, der unangenehme Fragen stellen könnte.
Doch da war noch Emilie, ein offensichtlich ebenso törichtes wie romantisches Mädchen, das für seinen Geschmack viel zu überschwenglich auf die Mitteilung ihrer bevorstehenden Hochzeit reagiert hatte und Mr. Bowles ihre tief empfundenen Glückwünsche übersandte, da er nun ihr lieber Schwager werden sollte. Auch teilte sie zaghaft mit, daß sie und ihr englischer Gentleman Mr. Hillier in Kürze vielleicht ihrem Beispiel folgen würden, da sie tiefe Gefühle füreinander entwickelt hätten.
Als ältere Schwester sorgte Ruth sich deswegen und verlangte mehr Informationen über Mr. Hillier und seine Situation. Sie verlieh ihrer Hoffnung Ausdruck, Emilie möge ihn nach Brisbane mitbringen und ihr vorstellen, bevor sie eine endgültige Entscheidung traf.
»Sie ist ziemlich flatterhaft«, erklärte sie ihrem Verlobten. »Der Himmel mag wissen, was für ein Mensch das ist. Sie sagt, er leite ein Zollager, was mir kaum als passende Beschäftigung für einen Gentleman erscheint.«
Daniel war mit ihr einer Meinung. Er konnte gut darauf verzichten, daß sich in diesem Stadium ein anderer Mann in die Angelegenheiten der Tissington-Schwestern mischte.
»Schreib deiner Schwester, sie soll sehr umsichtig vorgehen. In den Städten im Norden treiben sich eigenartige Gestalten herum, lauter Gesetzlose und Schwindler. Ich selbst mußte darauf bestehen, daß Polizeichef Kemp dorthin fuhr, um etwas gegen den Zusammenbruch von Recht und Ordnung zu unternehmen. Nach seiner Ankunft beorderte er augenblicklich zusätzliche Polizisten nach Maryborough. Ich bin überrascht, daß du deine Schwester an einem solch verrufenen Ort überhaupt wohnen läßt.«
»Was soll ich denn machen? Sie erklärt ausdrücklich, alles sei in bester Ordnung.«
»Mag sein, aber sie sollte sich nicht mit diesem Burschen einlassen, bevor wir ihn nicht in Augenschein genommen haben. Was sagt sie bezüglich der Grundstücksfrage?«
»Sie hat alle notwendigen Papiere unterzeichnet, so daß ihr das Grundstück dank deiner Hilfe nun gehört. Allerdings weigert sie sich rundheraus, es zu verkaufen.«

»Hast du ihr geschrieben, daß der Verkauf für euch beide von Vorteil wäre? Daß du dann dein eigenes Haus haben könntest?«

Ruth seufzte. »Sie sieht das schon ein, meint aber, wir sollten keines der beiden Grundstücke verkaufen. Ihrer Ansicht nach werden sie in den nächsten Jahren im Wert steigen. Ich kann sie einfach nicht verstehen. Die arme Emilie kommt gerade so über die Runden und kratzt mühsam jeden Penny zusammen. Manchmal fürchte ich, daß ich ihr das Sparen allzu sehr ans Herz gelegt habe.«

»Dann mußt du ihr mitteilen, daß jeder, der in den Genuß einer Landzuteilung kommt, vom Gesetz her dazu verpflichtet ist, die Grundstücke innerhalb einer bestimmten Frist baureif zu machen. Das bedeutet Einzäunen, Bewässerung und letztendlich auch Hausbau. Woher will sie das Geld dafür nehmen? Die Alternative wäre ein rascher Verkauf, mit dem diese Pflichten auf den Käufer übergingen. Es werden sogar eigens Kontrolleure eingesetzt, die die Einhaltung dieser Bedingungen überwachen.«

»Ja, davon hast du mir erzählt. Ich habe es auch Emilie geschrieben, doch sie meint, es bestehe kein Grund zur Eile. Tut mir leid, sie will nicht verkaufen, so lautet nun einmal ihre Entscheidung. Aber nichts wird mich daran hindern, mein eigenes Grundstück zu verkaufen.«

»Na, wunderbar«, bemerkte er sarkastisch und trat an das Fenster des kleinen Wohnzimmers der Pension. »Dann steckst du das ganze Geld, das du dabei verdienst, in die Miete für dieses Zimmer hier. Dabei hättest du die Chance, ein eigenes Heim zu besitzen. Du solltest darauf bestehen.«

»Aber wie?«

Daniel zuckte die Achseln. »Es ist nicht an mir, dir Vorschriften zu machen, aber an deiner Stelle würde ich es mit einem anderen Vorschlag versuchen. Deine Schwester mag zwar in diesem abgelegenen Städtchen preiswert leben können, aber in einer Hauptstadt gibt es nun einmal keine günstigen Mieten. Warum schlägst du ihr nicht vor, daß du dein Grundstück verkaufst und von dem Erlös ein Haus auf ihrem baust? Ein Haus, das ihr jederzeit offensteht. Herrgott, ein einziges Gebäude auf zwanzig Morgen Land fällt doch kaum ins Gewicht.«

10. Kapitel

Kurz vor Mittag machte sich Bert Manningtree auf den Weg zum Klassenzimmer, um mit der Gouvernante zu sprechen.
»Ich denke, Sie sollten für heute besser aufhören, Miss. Der Regen wird immer heftiger. Machen Sie sich auf den Heimweg, solange es noch geht.«
Die Kinder jubelten, und ihr Vater grinste. »So ein Glück aber auch, was?« Dann wandte er sich wieder an Emilie. »Ist eigentlich noch früh für den Monsun, aber ich habe das Gefühl, er ist da. Der Regen könnte Tage dauern.«
Alice war besorgt. »Dürfen wir trotzdem bei Ihnen essen, Miss?«
»Heute ist doch erst Freitag«, beschwichtigte Emilie das Mädchen. »Wir werden sehen, wie das Wetter am Sonntag ist. Ich habe die Kinder nämlich zum Mittagessen zu mir nach Hause eingeladen, Sir. Mrs. Mooney hat sich bereit erklärt, sie abzuholen und wieder heimzubringen. Es wird doch bis dahin aufklaren, nicht wahr?«
Er schüttelte den Kopf. »Darauf würde ich mich nicht verlassen, aber trotzdem danke für die Einladung. Die Kinder müssen es einfach abwarten.«
»Seid nicht traurig«, sagte Emilie, als sie die enttäuschten Gesichter sah, »wenn es an diesem Sonntag nicht klappt, dann eben am nächsten.«
»Paul Dressler ist gerade bei uns drüben«, berichtete Manningtree. »Hat sich angeboten, Sie nach Hause zu fahren, also ab mit Ihnen. Um die Kinder kümmere ich mich schon.«
Dressler war ein reizender Mann. Er kam Emilies Bitte, am Postamt anzuhalten, damit sie einen Brief einwerfen konnte, bereitwillig nach. Sie war es leid, mit Ruth über das Land zu streiten, und verspürte noch immer Gewissensbisse, weil sie Lügen über ihre sogenannten Ersparnisse erzählt und verschwiegen hatte, daß ihr das Cottage inzwischen gehörte. Ruth benötigte das Geld aus dem Verkauf ihres Grundstücks, das war nur zu verständlich. Daher hatte Emilie sich entschlossen, ihren Vorschlag anzunehmen. Ruth sollte die Möglichkeit haben, ihr Land zu verkaufen und ein Haus auf dem

Grundstück ihrer Schwester zu errichten. Sie war schon ganz neugierig auf die Baupläne.
Ursprünglich hatte sie nur Clive zum Mittagessen am Sonntag eingeladen, diese Einladung dann aber auf Mrs. Mooney und die Kinder ausgeweitet, um den Anstand zu wahren. Clive würde ihre Schliche natürlich sofort durchschauen, doch das machte nichts; sie würde ihn einfach vor vollendete Tatsachen stellen. Allerdings sah es mittlerweile so aus, als würde das Essen buchstäblich ins Wasser fallen, und sie verspürte eine gewisse Erleichterung bei dem Gedanken. Es war ihr einziger freier Tag, an dem sie das Alleinsein eigentlich genoß.
Trotz ihres langen Tweedmantels war Emilie völlig durchnäßt, als sie zum Gig zurückkehrte, nachdem sie ihren Brief aufgegeben hatte. Bevor sie weiterfuhren, drückte ihr Mr. Dressler eine feuchte Zeitung in die Hand.
»Sie müssen sie über dem Feuer trocknen, damit sie einigermaßen lesbar wird, Miss«, sagte er und trieb die Pferde durch die bereits überfluteten Straßen.
Schließlich kamen sie am Tor zu ihrem Häuschen an. »Wenn Ihnen angst und bange wird wegen des Sturms, oder wenn Sie irgend etwas brauchen, dann kommen Sie rüber zu uns, Miss, versprechen Sie mir das. «
»Vielen Dank, Mr. Dressler, aber ich komme schon zurecht.«
»Keine Sorge übrigens, ich behalte den Fluß im Auge. Er führt manchmal ziemliches Hochwasser, aber Paddy hat das Cottage extra so gebaut, daß eigentlich nichts passieren dürfte.«
Beim Aussteigen beschloß Emilie, sich endlich einen vernünftigen Regenschirm zu kaufen. Auch ihre Schuhe waren pitschnaß. Sie stieß seufzend die Tür auf, wobei ihr eine Hitzewelle entgegenschlug. Wegen des Regens hatte sie am Morgen alle Fenster geschlossen, und im Haus roch es mittlerweile feucht und muffig.
»Verdammt«, sagte sie und streifte den nassen Mantel ab. »Ich werde mich nie an dieses Klima gewöhnen! Wie kann es gleichzeitig heiß sein und so aus allen Kübeln gießen?«
Sie beschloß, dennoch das Feuer im Kamin zu entzünden, damit sie ihre Kleider trocknen konnte; doch das feuchte Holz wollte nicht brennen. Sie zog sich aus und ging in die Küche, wo sie trockenes Feuerholz aufbewahrte. Obwohl es erst früher Nachmittag war,

wirkte das Cottage dunkel und trübselig. Sie konnte vor lauter Regen nicht einmal den Fluß und damit auch kein mögliches Hochwasser erkennen.
Zum ersten Mal fühlte sich Emilie in ihrem Haus eingeschlossen, da ihr jegliche Aussicht versperrt war. Sie kochte sich Tee und knabberte ein paar Kekse dazu, die jedoch trocken und fade schmeckten, obwohl sie Kates Rezept genauestens befolgt hatte.
Da sie nichts zu tun hatte, suchte sie nach der Zeitung, die sie beim Hereinkommen achtlos irgendwo hingeworfen hatte.
Seit sie gezwungen war, für sich selbst zu kochen, hatte Emilie ihren Hang zur »kolonialen« Küche entdeckt. Während Kate ständig die aufwendigsten Gerichte briet und buk, fand Emilie, daß es einfacher und schneller ging, auf dem Herd zu grillen und zu kochen und den Ofen nur zum Heizen zu verwenden. Nun ließ sie die Zeitung im Ofen trocknen, bis sie sechs knisternde Seiten in Händen hielt, die sich ordentlich zusammenfalten ließen.
Dann fiel ihr Blick auf die Titelseite.
SONNY WILLOUGHBY GEFASST.
Sonny? Meinten die etwa Mal?
Der Artikel berichtete von seiner Verhaftung in Chinchilla, einem kleinen Ort im Süden von Queensland, von wo aus man ihn ins Gefängnis von Brisbane überstellt hatte.
Unter Tränen las Emilie jede einzelne grausame Zeile des Artikels. Es war schrecklich, wie sie über ihn sprachen. Kein Wort, daß er möglicherweise auch unschuldig sein könnte, nur die ganze alte Geschichte des Überfalls, des Goldraubs und der Morde.
Auf der nächsten Seite ging es weiter mit dem unerfreulichen Hintergrund seiner Festnahme auf einer einsamen Farm in der Nähe des Condamine River. Man hatte den »Gesetzlosen« im Schlaf überwältigt und verhaftet, nachdem sein Onkel die Polizei benachrichtigt hatte. Dieser würde nun die Belohnung erhalten, die der Eigentümer des *Maryborough Chronicle* ausgesetzt hatte.
Emilie empfand tiefen Haß auf White und Mals Onkel. Wie konnten sie einem unschuldigen Mann so etwas antun? Überdies kannte nun jeder Mals Spitznamen Sonny, und ihr war, als würde auch noch dieser Teil seines Privatlebens in den Schmutz gezogen.
Außerdem wurde genau beschrieben, wie Mal unter Polizeischutz

aus der Stadt gebracht wurde, während ihn die aufgebrachten Bürger beschimpften, und Emilie spürte die Demütigung so deutlich, als sei sie selbst davon betroffen.

Dann las sie, daß der Gefangene keinerlei Aussage gemacht hatte, und brach erneut in Tränen aus.

Emilie wartete den ganzen Nachmittag und Abend. Sicher würde Clive kommen, um ihr davon zu berichten, denn er konnte nicht sicher sein, daß sie die Zeitung zu Gesicht bekommen hatte. Er würde sie trösten, da Mal ihr gemeinsamer Freund war und für Verbrechen im Gefängnis saß, die er nicht begangen hatte. Clive würde kommen, in dieser Situation waren alle Anstandsregeln bedeutungslos.

Irgendwann schlief sie in ihren Kleidern, die sie für den Fall seines Besuches anbehalten hatte, auf dem Sofa ein.

Am Samstag regnete es weiter. Nur Mrs. Dressler, der »das bißchen Regen« gar nichts auszumachen schien, kam vorbei und brachte Emilie ein paar ihrer köstlichen Schweinswürstchen sowie einen Käsekuchen.

Auch der Sonntag verlief nicht anders. Da der *Chronicle* nur unter der Woche erschien, gab es keine Neuigkeiten über Mal. Der Regen fiel in Sturzbächen herunter, mittlerweile leckte das Dach, Wasser drang unter der Haustür hindurch und erinnerte sie daran, daß dieses Cottage eigentlich als Fischerhütte gedacht war und nicht als permanenter Wohnsitz. Sie wagte sich mit einem Stück Leinwand über dem Kopf, das sie im Schuppen gefunden hatte, einen Schritt hinaus und stellte fest, daß der Fluß in der Tat bereits in den Garten schwappte, aber keine Gefahr für das Haus darstellte. Mrs. Mooney schickte ihren Barkeeper vorbei, um das Mittagessen für sich und die Manningtree-Kinder endgültig abzusagen. Emilie konnte sich auf nichts konzentrieren und lief nur ungeduldig hin und her, trauerte um Mal, wünschte sich Clive herbei. Sie haßte die Stadt und das ganze Land wegen ihrer Grausamkeit, wegen dieser Ungerechtigkeit, wegen des unerträglichen Wetters.

Und dann kam Clive. Um acht Uhr abends, als der Regen endlich nachließ. Emilie stürzte in seine Arme.

»Mein Lieber«, schluchzte sie, »wo bist du nur gewesen? Ich habe mir solche Sorgen gemacht.«

»Guter Gott, Emilie!« rief er überrascht. »Hast du mich wirklich zum Essen erwartet? Bei diesem Wetter ging es einfach nicht. Laß mich einen Augenblick los, ich muß mir erst die nassen Sachen ausziehen.«

Er warf Hut und Mantel auf das Sofa. »Mein Papa hat immer von den furchtbaren Regenfällen in Indien erzählt, aber hiermit schieße ich bestimmt den Vogel ab. Und jetzt umarme mich, und sage mir, daß du mir nicht böse bist.«

Er küßte sie lange und leidenschaftlich. Emilie roch Schnaps in seinem Atem. Sie konnte sich nur schwer von ihm lösen, mußte aber der Versuchung widerstehen.

»Jetzt nicht, Clive, ich bitte dich. Ich muß mit dir reden.«

»Worüber?« Er zog sie mit einem Arm wieder an sich und schmiegte sich an ihren Hals. »Hast du mich vermißt? Ich hatte verdammt viel zu tun, kaum Zeit für mich selbst ...«

»Hör mir zu, Clive, bitte!« Emilie wich zurück. »Hast du nicht die Zeitung vom Freitag gelesen?«

Er rieb sich lächelnd das Kinn. »Freitag? Was ist denn passiert?«

»Sie haben Mal gefaßt!«

»Ach so, ja. Der arme, alte Mal. Aber es war nur eine Frage der Zeit. Das muß er gewußt haben.«

»Aber er ist unschuldig.«

»Und bekommt jetzt die Gelegenheit, es zu beweisen.«

Clive ging im Zimmer umher. »Dieses Haus wirkt von innen viel geräumiger als von außen. Genau das Richtige für einen verregneten Abend.« Er ließ sich in den Lehnsessel fallen und klopfte auf seinen Schoß. »Setz dich zu mir, und erzähle mir, wie du das Wochenende verbracht hast.«

Entrüstet trat Emilie einen Schritt zurück. »Interessierst du dich gar nicht für Mal? Ich habe das ganze Wochenende auf dich gewartet, weil ich dich um Rat fragen wollte.«

»Mich? Emilie, glaub mir, er tut mir sehr leid, aber wir können gar nichts unternehmen. Es liegt in den Händen der Polizei.«

»Vielleicht sollte sie diesen Mr. Carnegie verhaften.«

»Vielleicht wird sie das auch tun. Ich hörte von Pollock, daß Kemp ihn in Brisbane verhört und dafür gesorgt hat, daß er die Stadt nicht verläßt. Anklagen können sie ihn aber nicht, sie haben nichts gegen ihn in der Hand.«

»Irgend etwas muß es doch geben, das man für Mal tun kann.«
»Können wir jetzt das Thema wechseln? Diese Gespräch führt doch zu nichts.«
»Das sehe ich anders«, fauchte Emilie. »Er ist unser Freund. Wir können nicht einfach zusehen, wie sie einen Unschuldigen hängen.«
»Um Gottes willen, das wird schon nicht passieren. Er muß erst noch offiziell angeklagt werden, eine Weile im Gefängnis warten und dann vor Gericht erscheinen ...«
»Aber im Grunde sollte er nicht einmal im Gefängnis sein. Das ist einfach furchtbar!« Sie jammerte weiter, verlangte, daß Clive die Initiative ergriff, obwohl sie selbst keine brauchbaren Vorschläge liefern konnte. Irgendwann verlor er die Geduld.
Er sprang auf, griff nach Hut und Mantel und trat vor sie hin. »Ich komme wieder, wenn man vernünftig mit dir reden kann. Ich lasse nicht zu, daß du mir die Schuld für seine Lage in die Schuhe schiebst.«
»Das tue ich ja gar nicht. Ich habe mir nur das ganze Wochenende über solche Sorgen gemacht. Ich hoffte, du würdest sofort kommen, nachdem du die Zeitung gelesen hast ...«
»Wie gesagt, ich hatte sehr viel Arbeit. Die Welt dreht sich nicht nur um Mal Willoughby, obwohl du dieser Ansicht zu sein scheinst. Emilie, du kennst ihn doch kaum und benimmst dich dennoch wie ein albernes Schulmädchen.«
Sie wollte ihn zurückhalten. »Clive, es tut mir leid. Es kommt mir nur alles so unfair vor und ... mehr noch. Es ist tragisch!«
»Dann genieße deine Tragödie. Wir sehen uns nächste Woche.«
Er schlug die Tür hinter sich zu und ließ eine in Tränen aufgelöste Emilie zurück. Sie hatte ihm nicht einmal etwas zu trinken angeboten oder gefragt, ob er schon zu Abend gegessen hatte. Wie konnte sie nur so gedankenlos und ungastlich sein? Sein erster Besuch in ihrem Haus, und er war in einer Katastrophe geendet. Vermutlich würde er kein Wort mehr mit ihr wechseln wollen.
Müde, niedergeschlagen und einsam rollte sie sich im Bett zusammen und umklammerte ihr Kopfkissen in der Hoffnung, der Schlaf möge bald kommen und mit ihm das Vergessen.

Ein anderer Mann reagierte unterdessen weitaus heftiger auf die Nachricht von Willoughbys Verhaftung.
»Er wird reden, das ist mal sicher«, sagte McPherson zu Ward. »Ich muß hier weg.«
»Gute Idee. Als nächstes bringen sie noch sein Foto, und die Leute hier könnten ihn erkennen. Er hat doch gesagt, er hätte sich eine Weile hier in der Gegend herumgetrieben, bevor er dich gefunden hat. Um uns brauchst du dir keine Sorgen zu machen. Wir sagen einfach, wir hätten ihn nie gesehen.«
McPherson lag nichts ferner, als sich um Ward oder die Foleys Sorgen zu machen. Sie würden schon auf sich aufpassen. Er hatte ein gutes Pferd ausgewählt und war im Aufbruch begriffen.
»Diese Schweine werden mich nicht kriegen. Ich reite so weit nach Norden, daß ihnen die Puste ausgeht.«

Sergeant Pollock hörte die Neuigkeit, als er im Küstenort Bundaberg eintraf, ungefähr fünfzig Meilen nördlich von Maryborough.
Constable Lacey reagierte erleichtert. »Können wir jetzt umkehren, Boß?«
»Ich weiß es nicht«, erwiderte Pollock unwillig. Er kam sich vor wie ein Trottel, da Willoughby Hunderte von Meilen weiter südlich verhaftet worden war. Jede Hoffnung auf Beförderung hatte sich damit zerschlagen. Offensichtlich waren die beiden Gesetzlosen doch nicht zusammen unterwegs gewesen. Vielleicht war einer nach Süden, der andere nach Norden geritten. Auch die westliche Richtung war nicht ausgeschlossen. Tausend Meilen in jede Himmelsrichtung, einfach hoffnungslos.
Obwohl sie die Hügel durchkämmt und auf Farmen und in winzigen Siedlungen bei der dortigen Polizei nachgefragt hatten, existierten nicht einmal Gerüchte über McPhersons Aufenthalt in dieser Gegend.
Pollock suchte seinen Kummer in einem schäbigen Pub zu ertränken, das hinter Palmen verborgen lag, auf deren Blättern der Regen verdampfte. Das Dach war mit Stroh gedeckt, und der Boden bestand aus festgestampfter Erde, was die anderen Kunden allerdings kaum zu stören schien, die nicht einmal Schuhe trugen. Es waren hart aussehende Männer mit sonnengegerbter Haut und kalten,

müden Augen, die sich von der Anwesenheit eines uniformierten Polizisten nicht beeindrucken ließen. Pollock ignorierte die aufdringlichen Blicke und hämischen Bemerkungen, während er gelassen an der schmierigen Theke stand und sein drittes warmes Ale hinuntergoß.

Sobald Constable Lacey kam, würden sie nach Hause reiten. In Maryborough und den umliegenden Bezirken gab es für die Polizei genug zu tun, ohne daß kostbare Zeit bei der Suche nach McPherson verschwendet wurde. Seinen Vorgesetzten, der überhaupt keine Vorstellung von der schieren Größe dieses verfluchten Staates besaß und sie auf eine entsprechende Nachfrage hin bestimmt weitersuchen ließe, würde Pollock einfach vor vollendete Tatsachen stellen.

Nachdem der Polizist nicht auf die Provokationen reagierte, versuchte es ein rothaariger Bursche auf die direkte Tour.

»He, Mister, suchen Sie nach Willoughby? Haben Sie es schon auf dem Klo versucht? Vielleicht ist er da drin.«

Er erntete brüllendes Gelächter für diesen geistreichen Witz, doch Pollock sah unverwandt geradeaus und fragte freundlich: »Willoughby wurde bereits gefaßt. Kennt einer von euch vielleicht McPherson?«

Plötzlich herrschte Schweigen, gefolgt von verächtlichem Gelächter, doch die Männer verloren allmählich das Interesse an diesem Gast. Irgendwann tauchte endlich Lacey auf.

»Ich habe was zum Schlafen gefunden«, sagte der Constable. »Auf einem Flußboot. Immerhin gibt es da kein Ungeziefer.«

»Das wäre mal was anderes«, knurrte Pollock und bestellte einen Drink für seinen Kollegen.

»Das ist noch nicht alles«, murmelte Lacey. »Ein Bursche hat mir erzählt, daß McPherson ein paar ein paar Kumpel in Bowen hat.«

»Na und?«

»Meinen Sie, wir sollten mal hinreiten?«

»Jesus, Mike! Das sind fünfhundert Meilen von hier. Ich wollte Willoughby fassen, aber er ist mir entwischt. McPherson werde ich nicht auch noch jagen. Wir wissen nicht einmal genau, ob er am Blackwater Creek mit dabei war.«

»Glauben Sie etwa, was in diesem Brief stand?«

»Ja und nein. Wir verschwinden aus diesem Moskitonest und reiten heim. Von dort aus benachrichtigen wir die Polizei in Bowen. Gute Arbeit, Mike.«

Lacey war sichtlich erfreut. »Danke, Boß. Hatte auch keine große Lust auf den Ritt. Wollte es nur mal erwähnt haben.« Er leerte sein Pintglas in wenigen Schlucken und stützte den Ellbogen auf die Theke.

»He, kann mir einer von euch sagen, wo man hier was Anständiges zu essen bekommt?«

Die anderen Männer ließen ihre feindselige Haltung fallen. Bundaberg war eine winzige Ansiedlung ohne Polizei und Restaurants, die nur aus einigen Hütten im Regenwald am Burnett River bestand und nicht weit von der menschenleeren Küste entfernt lag. Sie diente hauptsächlich als Meeresverbindung für die Zuckerpflanzer.

»Draußen sind Feuerstellen zum Kochen«, knurrte ein Mann. »Schnaps bringt jeder selber mit.«

Am nächsten Morgen erwachte Pollock auf dem sanft schaukelnden Boot. In Anbetracht seines Alkoholkonsums vom Vorabend fühlte er sich recht gut, hatte aber auch anständig gegessen. Es hatte frischen Fisch gegeben, der in Palmblätter gewickelt und zwischen den Kohlen gebraten worden war, während darüber Fleisch brutzelte, Kartoffeln und Maiskolben in Töpfen an eisernen Haken brodelten … ein richtiges Festmahl. Er würde das rauhe Bundaberg in guter Erinnerung behalten, was auch für Mike Lacey galt, der nach seiner Heimkehr umgehend an die Polizei in Bowen telegrafierte.

Nach diesem verkorksten Wochenende war Emilie froh, die Arbeit wieder aufnehmen zu können. Sie freute sich auf die Geborgenheit des kleinen Schulzimmers und die Ablenkung durch die Kinder und schritt forsch aus. Die Sonne schien wieder, und das Grün am Straßenrand wucherte nach dem ausgiebigen Regen noch üppiger. Manchmal sehnte sie sich nach Kälte, richtiger Kälte mit knisternden Kaminfeuern, Wolljacken, Socken und warmen Schals … Sie seufzte. Die Niedergeschlagenheit breitete sich doch wieder aus.

In der Küche gab es für Kate und Nellie kein anderes Thema als die Verhaftung des Gesetzlosen. Die Kinder frühstückten gerade, eingeschüchtert durch Mrs. Manningtrees Gegenwart, die allerdings

ungewöhnlich gut gelaunt war und Emilie sogar nach ihrem Wochenende fragte.
»Wie schade, daß Sie Ihr Essen mit den Kindern verschieben mußten.«
»Ja, es tat mir auch leid, sie enttäuschen zu müssen, aber wenn es Ihnen recht ist, würde ich sie gern für nächsten Sonntag einladen.«
»Selbstverständlich. Was haben Sie denn das ganze Wochenende über gemacht so allein?«
»Nicht allzu viel. Der Regen hat mich ans Haus gefesselt. Normalerweise arbeite ich gern ein bißchen im Garten.«
»Du lieber Himmel, wenn Sie hier leben wollen, müssen Sie sich zuallererst an den Regen gewöhnen. Die Regenzeit hat noch nicht einmal begonnen. Wir lassen uns das gesellschaftliche Leben nicht vom Wetter verderben.«
Sie plauderte unbekümmert über die Tanzveranstaltung vom Freitag im Gebäude der Freimaurer und die Geburtstagsparty des Bürgermeisters im *Prince of Wales.* Emilie fragte sich unwillkürlich, ob dies ein Vorwurf an sie sein sollte, daß sie wegen des Regens ihre Wochenendpläne über den Haufen geworfen hatte. Sie spürte, daß etwas nicht stimmte. Nellie verschwand im Haus, Kate in der Vorratskammer, doch beide hielten sich vorsorglich in Hörweite.
»Wir hatten wirklich ein wunderbares Wochenende. Feucht, aber dafür um so lustiger, und alle, einfach alle sind erschienen, um den Bürgermeister zu feiern. Das hat mich sehr für ihn gefreut, wo wir doch so gut mit ihm befreundet sind. Ich war überrascht, Sie nicht auch dort zu sehen. Ihr Mr. Hillier war jedenfalls da, und er hat eine erstklassige Figur gemacht.«
»Wie nett«, sagte Emilie ausdruckslos. Nun wußte sie, wo der Hund begraben lag.
»Ich war natürlich neugierig zu erfahren, wer seine Begleiterin ist, da er ja als Ihr, wie soll ich sagen …«
»Mr. Hillier ist ein Freund.«
»Natürlich. Aber Sie werden mir meine Neugier verzeihen. Vielleicht kennen Sie sie, ein großes Mädchen mit rotem Haar, sieht gut aus, wenn auch ein wenig zu auffällig für meinen Geschmack.«
»Nein, ich kenne sie nicht.«
»Wirklich nicht? Sie heißt Fleur Soundso.«

Emilie schüttelte den Kopf. »Nein, aber es freut mich wirklich, daß Sie ein so angenehmes Wochenende verbracht haben. Würden Sie mich jetzt bitte entschuldigen, Madam? Ich muß nach den Kindern sehen.«

Wer war Fleur?
Auch wenn Emilie ihrer Arbeitgeberin nicht die Genugtuung verschafft hatte, sie betroffen zu sehen, innerlich kochte sie. Clive hatte sie angelogen. Von wegen viel Arbeit. Offensichtlich war er mit ganz anderen Dingen beschäftigt gewesen. Und besaß dann noch die Stirn, sie wegen ihrer Sorge um Mal zu schelten! Nun erschien ihr auch sein abrupter Aufbruch in einem anderen Licht.
Sie konnte sich den ganzen Tag über kaum konzentrieren. Obwohl sie es sich niemals eingestanden hätte, war Clive für sie mehr als ein Freund, und was sie soeben erfahren hatte, tat weh. Hoffentlich hatte er eine gute Erklärung dafür parat. Vielleicht war die Frau ja nur eine Verwandte. Aber warum hatte er sie dann nie erwähnt? Ihre Gedanken drehten sich im Kreis und landeten immer wieder bei derselben Frage: Wer war diese Fleur?

Sie hatte als Schankmädchen in Brisbane gearbeitet und war dabei dem gewandten Engländer begegnet. Eigentlich war er auf dem Weg zu den Goldfeldern von Gympie gewesen, war dann aber von Fleur derart hingerissen, daß er seine Abreise immer wieder aufschob, bis sie ihm dann eines Tages vorschlug, ihn zu begleiten.
Clive reagierte verblüfft. »Du lieber Himmel! Soweit ich weiß, geht es auf den Goldfeldern ganz schön rauh zu. Du kannst auf gar keinen Fall mitkommen!«
»Wieso nicht? Viele Frauen gehen dorthin. Ich kann reiten und kochen. Zumindest letzteres kannst du von dir wohl kaum behaupten.«
»Trotzdem …«
»Du kannst den Claim nicht allein ausbeuten«, sagte Fleur rasch. »Du brauchst einen Partner. Laß mich mitkommen! Wir könnten so viel Spaß zusammen haben. Und stell dir vor, wir finden tatsächlich Gold! Ach bitte, Clive, sag doch ja.«
Er hatte sich nur allzugern überreden lassen, dachte Fleur nun

lächelnd. Und in der ersten Zeit hatten sie auch wirklich eine Menge Spaß gehabt.

Nach einigen Wochen in dem staubigen, flohverseuchten Lager kehrte allerdings der graue Alltag ein. Sie lebten umgeben vom ständigen Arbeitslärm der alles auf eine Karte setzenden Goldsucher und dem Poltern der Betrunkenen, die ihre Funde feierten und ihnen chaotische Nächte bescherten. Beide arbeiteten hart. Fleur hielt ihren Teil der Abmachung ein. Sie besorgte Vorräte, kochte am Lagerfeuer und half ihm beim Graben, doch bald war sie dieses Leben aus tiefster Seele leid. Vor allem, da sie kaum Gold fanden, während andere um sie herum das Geschäft ihres Lebens machten.

Fleur schauderte es bei der Erinnerung an diese furchtbare Zeit. Sie hatten oft gestritten, weil sie Clive die Schuld daran gab, daß sie kein Gold fanden, woraufhin er noch schwerer arbeitete und abends wie ein Stein ins Bett fiel. Er war so von seiner Suche besessen, daß er sie nur noch langweilte.

Also ging Fleur ihren eigenen Amüsements nach. Sie schlich sich hinaus, während Clive schlief, und trieb sich mit den Leuten in den Schnapsbuden herum, was zu noch mehr Zank und Streit führte.

Dort traf sie schließlich den alten Stan Colman, einen überaus erfahrenen Goldsucher.

Inzwischen ging es Fleur nur noch darum, möglichst schnell von dort wegzukommen. Es hatte allerdings keinen Sinn, ohne einen Penny in der Tasche aufzubrechen, während in den Hügeln von Gympie so viel Gold schlummerte. Sie plante die nächsten Schritte mit äußerster Sorgfalt. Hatte ein Mann erst einmal Gold gefunden, war es zu spät, sich an ihn hängen zu wollen. Diese Typen verschwanden augenblicklich, und zwar vorzugsweise am Arm ihrer Lieblingshure. Nein, sie mußte von vornherein auf einen sicheren Gewinner setzen.

Sie spürte sofort, daß Colman einer dieser seltenen Goldsucher war, die genau wußten, was sie taten. Daher versuchte sie bei jeder Gelegenheit, mit ihm zu plaudern. Stan fühlte sich geschmeichelt von der Aufmerksamkeit der hübschen Missy, wie er sie nannte, und Fleur hütete sich, seinen Namen jemals Clive gegenüber zu erwähnen, obgleich ihr Partner den weißbärtigen Sechzigjährigen ohnehin wohl kaum als ernstzunehmende Konkurrenz betrachtet hätte.

Sobald sich die Kunde von Colmans Fund verbreitete, verschwand Fleur unter einem Vorwand, um Stan zu gratulieren.
»Nett von dir«, sagte er. »Bist ein braves Mädchen. Habe tatsächlich Gold gefunden, und sobald ich diese Ader ausgebeutet habe, bin ich auf und davon. Mit dem hier habe ich bis an mein Lebensende ausgesorgt.«
Sie seufzte. »Ich wünschte, ich könnte mitkommen. Du mußt wissen, er schlägt mich.«
Diese Lüge verfehlte nicht ihre Wirkung.
Stan war schockiert. »Wer? Etwa Hillier? Dem verpaß ich gleich eine.«
»Das ist lieb gemeint, aber es macht die Sache auch nicht besser. Ich sitze hier fest. Kann mir nicht leisten, aus Gympie wegzugehen.«
Er zwinkerte ihr zu. »Da wäre ich mir nicht so sicher. Warte ab. Ich gebe dir ein Zeichen, und dann verschwinden wir beide zusammen. Du wirst Spaß haben, verlaß dich drauf. Was sagst du dazu?«
»Ich möchte mich nicht aufdrängen, Stan.«
»Von wegen aufdrängen. Ich wäre stolz, ein Mädel wie dich dabeizuhaben.«
Fleur drückte ihm einen Kuß auf die bärtige Wange. »Du bist ein echter Gentleman, Stan. Ich werde dir ewig dankbar sein ...«
Sie reisten zusammen nach Maryborough und weiter nach Brisbane. Sie verbrachten eine schöne Zeit miteinander, solange das Geld reichte, wohnten als Mr. und Mrs. Colman in den besten Hotels, gaben ihr Geld für elegante Kleidung und Kisten mit Champagner aus, mit dem sie alte und neue Freunde in großem Stil bewirteten.
Als ihnen schließlich das Geld ausging, bedauerte Stan es keine Minute. »Ich habe die beste Zeit meines Lebens mit dir verbracht, Fleur. Jetzt werde ich auf anderen Feldern mein Glück versuchen. Kommst du mit?«
»Wo denkst du hin«, sagte sie lachend, »von dem Dreck habe ich fürs Leben genug.«
Sie gingen als Freunde auseinander. Stan ließ sie nicht ganz mittellos zurück. Er dachte nicht daran, sie um die Rückgabe der Scheine zu bitten, die er ihr seinerzeit immer wieder zugesteckt hatte; so etwas lag einfach nicht in seiner Natur. Zudem besaß sie noch einige wertvolle Schmuckstücke und ganze Schrankkoffer mit modischen Klei-

dern. Doch ihr alter Freund hatte ihr einen noch größeren Gefallen erwiesen: Er hatte das ehemalige Schankmädchen in die feine Gesellschaft eingeführt. Fleur hatte nicht vor, jemals wieder in die Welt der schäbigen Kneipen zurückzukehren.

Schon bald fand sie einen anderen Gentleman, der sich als ebenso großzügig erwies und überdies zehn Jahre jünger war als Stan. Er mietete ihr eine komfortable Hotelsuite. Fleur begrüßte es, daß er verheiratet und mehrfacher Vater war, denn sie hatte eigene Pläne und konnte von Zeit zu Zeit ganz gut auf seine Gegenwart verzichten.

Sie entschloß sich, ein Hotel zu kaufen. Oder, wie ihre beste Freundin Madeleine vorschlug, die Erfahrung in dieser Branche besaß, ein Bordell. Ein erstklassiges Bordell natürlich. Inzwischen war ihr der verliebte Gönner so hörig, daß er sich bereitwillig einverstanden erklärte, ihr finanziell unter die Arme zu greifen. Vor allem, als sie erwähnte, daß sich eine aufblühende Stadt wie Maryborough hervorragend für dieses Vorhaben eignen würde. Er war in der Reedereibranche tätig und fand es vermutlich überaus praktisch, eine Geliebte in einer Stadt zu haben, in der er öfter zu tun hatte, so daß er sich keine fadenscheinigen Ausflüchte für seine Frau ausdenken müßte.

Fleur und Madeleine trafen an einem regnerischen Freitagnachmittag in Maryborough ein. Sie kämpften sich durch die sintflutartigen Regenfälle bis zum *Prince of Wales* vor. Madeleine war die Stadt auf Anhieb unsympathisch. Sie zog sich eine schwere Erkältung zu und hütete das Bett in der festen Überzeugung, sie litte unter einer Lungenentzündung.

Fleur war aus anderem Holz geschnitzt. Sie übergab einem Zimmermädchen ihre nassen Sachen mit der Anweisung, sie zu trocknen und zu bügeln, rubbelte sich das Haar, frisierte es mit Pomade und steckte es zu der eleganten Frisur auf, die in Brisbane gerade Mode war. Sie wählte ein teures Kleid aus gestreiftem Taft in Grün und Schwarz mit engem Mieder aus und vervollständigte ihr Erscheinungsbild mit Smaragdohrringen.

»Wenn du hinuntergehen willst, solltest du einen Hut aufsetzen«, schniefte Madeleine. »An Hüten herrscht bei dir ja kein Mangel.«

»Ich lebe nach meinen eigenen Regeln. Ich will sie von den Füßen

fegen, und dazu kann ich keinen Hut gebrauchen. Außerdem gehe ich ja nicht nach draußen.«
Sie segelte die Treppe hinunter, voller Selbstvertrauen, und genoß, während sie durch die Halle schlenderte und einen Blick in den Salon und den geschäftigen Speisesaal warf, die Mißbilligung in den Gesichtern der Damen mit ihren ausladenden Hüten.
Eine Kellnerin eilte auf sie zu und fragte, ob sie einen Tisch wünsche, da ihr Begleiter offensichtlich noch nicht eingetroffen sei. Nicht einmal im legeren Maryborough schien es demnach üblich zu sein, daß Damen alleine speisten.
»Ich warte noch ein Weilchen«, erwiderte Fleur. »Es liegt wohl am Regen. Ich sehe mich derweil ein wenig um.«
»Selbstverständlich, Madam. Heute abend kommen alle zu spät. Aber Sie können sich gern auch schon hineinsetzen.«
Nachdem sie also Gewißheit besaß, daß sie es notfalls geschafft hätte, auch alleine zu dinieren, kehrte Fleur in die Eingangshalle zurück. Sie bewunderte sich selbst in einem vergoldeten Spiegel, der neben einer kümmerlichen Palme hing. Nun konnte sie jederzeit behaupten, ihr Begleiter sei aufgrund des Wetters verhindert, und sich in aller Ruhe unter den anderen Gästen umschauen. Die Frauen, die sie bisher gesehen hatte, bedeuteten keine ernsthafte Konkurrenz, und man wußte nie, ob nicht ein interessierter Herr in der Nähe war. Fleur gab nur dann ihr eigenes Geld aus, wenn es sich gar nicht mehr vermeiden ließ.
Da nahte Rettung aus der Richtung des Billardzimmers. Die rothaarige Dame trat ihm forsch in den Weg.
»Mein Gott, Clive! So ein Zufall aber auch.«
Er starrte sie an. »Fleur, ich hätte dich kaum erkannt.«
Fleur strahlte. »Ziemlich weiter Weg von dem schäbigen Zelt bis hierher, was?«
»In der Tat«, sagte er mit schiefem Grinsen. »Gut siehst du aus.«
»Das Kompliment kann ich zurückgeben, mein Lieber.« Sie ergriff seinen Arm. »Ich freue mich ja so, dich wiederzusehen. Du mußt mich zu einem Gläschen einladen und mir erzählen, was du in der Zwischenzeit so alles getrieben hast.«
Er sah sich um. »Ich muß jetzt wirklich gehen ...«
Doch Fleur wollte sich diesen dicken Fisch keinesfalls von der Angel

schlüpfen lassen. Sie verlegte sich aufs Schmollen. »Das geht doch nicht! Ich will alle Neuigkeiten hören. Du wirst doch noch ein bißchen Zeit für eine alte Freundin übrig haben. Dieses Hotel ist einfach tödlich langweilig.«
Er zog die Augenbrauen hoch. »Bist du etwa allein hier?«
»Nein, mit einer Freundin. Aber sie ist leider indisponiert.« Fleur lachte. »Du mit deinen Hintergedanken. Wo kann man hier etwas trinken?«
»Ich weiß es wirklich nicht, Fleur. In den Hotels dieser Stadt gibt es keine Bar, in der Damen Zutritt haben.«
»Na, macht nichts. Da wäre ja noch der Speisesaal. Komm mit, hier ist es so schrecklich feucht.«
»Na schön«, erwiderte er lahm.
Fleur war entzückt. »Herrlich, dann können wir in Ruhe über alte Zeiten plaudern.«

Im Grunde hatte Clive nichts dagegen, von Fleur zum Dinnerbegleiter beordert zu werden. Ihre Verwandlung vom Schankmädchen in eine modische Dame faszinierte ihn, wenngleich er ihr Aussehen als etwas zu aufgeputzt und reichlich vulgär empfand. Dennoch, ihre Aufmachung und vor allem ihr Dekolleté bewiesen, daß sie an den richtigen Stellen gepolstert war. Clive konnte sich nur zu gut an diese Stellen erinnern. Sie wirkte so kühn wie immer und hatte ihren umwerfenden Humor wieder, der ihn anfangs so angezogen hatte und der ihr in der schäbigen Umgebung der Goldfelder so schnell abhanden gekommen war.
Er lauschte ihrem Gelächter und den wilden Geschichten von den Reisen, die sie mit dem alten Stan Colman unternommen hatte, und mußte sich eingestehen, daß er ihr die Tatsache, daß sie ihn verlassen hatte, nicht mehr übelnahm. Damals hatte es ihn erzürnt, doch letztendlich war wohl eher sein Mannesstolz als sein Herz getroffen gewesen.
Sie schien ihn für einen wohlhabenden Geschäftsmann zu halten, seitdem er beiläufig erwähnt hatte, er sehe sich in der Stadt nach Investitionsmöglichkeiten um, und nun hielt sein Stolz ihn davon ab, diesen Eindruck zu korrigieren. Schließlich hatte auch sie ihn einst zum Narren gehalten.

Sie aßen gemütlich zusammen wie alte Freunde und genossen gerade die dritte Flasche Wein, die Fleur bestellt hatte, als Walt White an ihren Tisch trat. Er sprach zwar mit Clive, konnte aber kaum die Augen von dessen Tischdame wenden.
»Da sind Sie ja, alter Knabe! Clive, Sie müssen mir einen Gefallen tun. Morgen abend findet die große Party zur Unterstützung des Bürgermeisters statt. Die Wahlen stehen vor der Tür.« Er bedachte Fleur mit einem strahlenden Lächeln.
»Meine Liebe, ehrlich gesagt ist er als Bürgermeister nicht gerade eine Koryphäe, aber immer noch besser als die Konkurrenz. Clive, alter Junge, wir haben eine Lobrede auf ihn verfaßt, und ich habe Sie dazu ausersehen, diese vorzutragen.«
Clive wirkte wenig begeistert. »O nein, ich passe. Sucht euch jemand anderen.«
»Es gibt niemanden.« Er sah wieder Fleur an. »Würden Sie nicht auch sagen, daß er eine wunderbar einschmeichelnde Stimme hat?«
Sie nickte. »O ja, und so englisch. Clive, das mußt du unbedingt machen.«
»In der Tat. Wir lassen keinen Einwand gelten. Und Sie muß er natürlich mitbringen. Sie werden die Schönste auf dem Ball sein.«
»Ein Ball? Wie herrlich! Wir kommen gern. Vielen Dank für die Einladung, Mr. ...«
»White«, knurrte Clive. Er hatte die beiden absichtlich nicht miteinander bekannt gemacht.
»Dann wäre das also beschlossene Sache«, sagte Walt triumphierend. »Ich werde Sie und diese schöne junge Dame an meinem Tisch plazieren.« Er schlug die Hacken zusammen und verbeugte sich vor Fleur. »Adieu, Mylady.« Mit diesen Worten eilte er von dannen.
»Idiot!« zischte Clive.
»Sei doch nicht so, ich finde ihn nett. Und offensichtlich erweist man dir eine große Ehre, indem man dich diese Rede halten läßt. Ich freue mich schon auf den Ball, das wird ein Spaß.«
Clive stöhnte. »Hör zu, Fleur, ich muß jetzt gehen.«
»Schon?«
»Ja, ich habe morgen viel zu tun.«
»Warum nehmen wir nicht noch einen Absacker auf meinem Zimmer?«

»Ich würde nicht im Traum daran denken, deine Freundin zu stören.«
»Das macht ihr gar nichts aus.«
»Nein, lassen wir es gut sein.«
»Na ja, ein Schönheitsschlaf schadet mir auch nicht, damit ich für morgen abend ausgeruht bin. Du vergißt unsere Verabredung doch nicht?«
»Wohl kaum.«
Sie küßte ihn auf die Wange, als sie vom Tisch aufstanden. »Du bist wirklich ein Schatz.«

Am nächsten Morgen stand Fleur aus Gewohnheit früh auf, obwohl sie das Hotel wegen des anhaltenden Regens nicht verlassen konnte. Sie ließ sich Zeit beim Frühstück, bei dem sie die Bekanntschaft eines charmanten Franzosen machte, der sich ihr als Pflanzer vorstellte. Kurz darauf betrat sie die Bar, um dort gewisse Informationen einzuholen.
Ein Schankmädchen polierte gerade Gläser und sah überrascht auf, als eine Dame hereinkam.
»Tut mir leid, Madam, wir haben noch nicht geöffnet. Und ...«, flüsterte sie, »wir dürfen hier drinnen keine Damen bedienen.«
»Das weiß ich«, entgegnete Fleur lachend. »Ich bin Gast dieses Hotels und wollte mich nur ein wenig umsehen, bei dem Regen kann man ja nicht anderes tun. Eine hübsche Bar ist das.«
Im Verlauf ihres Gesprächs mit dem schwatzhaften Schankmädchen ließ sie auch den Namen Clive Hillier fallen.
»Kennen Sie ihn?« fragte die Frau.
»O ja«, erwiderte Fleur. Sie schämte sich nicht für ihre Vergangenheit und gestand offen ein, daß sie gemeinsam mit ihm in Gympie nach Gold gesucht hatte.
Das Schankmädchen war verblüfft. »Tatsächlich? Guter Gott, dann mußt du Fleur sein! Ich hab da draußen in Saltys Kneipe gearbeitet. Hab dich gar nicht wiedererkannt!«
»Ich hatte eben Glück«, meinte Fleur grinsend.
»Freut mich für dich. Ein schnelles Schlückchen gefällig?«
»Gegen einen Brandy hätte ich nichts einzuwenden. Hab gestern abend ein bißchen zuviel Wein getrunken.«

Sie kippte den Brandy hinunter und gab rasch das Glas zurück.
»Erzähl mir von Clive. Was treibt er so?«
»Er leitet das Zollverschlußlager.«
»Schon länger?«
»Ja, schon eine ganze Weile. Hat eine feste Freundin. Eine Lehrerin. Nettes Ding. Eine Freundin von Mrs. Mooney.«
»Na ja, sie wird ihn schon im Auge behalten.«
»Sieht so aus. Aber bei Männern weiß man ja nie.«
»Das kannst du laut sagen. Wer ist eigentlich dieser Franzose?«
»Du meinst Mr. Devereaux? Ist er nicht süß? Der gibt vielleicht Trinkgelder! Hat eine riesige Zuckerrohrplantage auf der anderen Flußseite ...«
Ein Kellner kam mit Mop und Putzeimer in die Bar. »Du bist spät dran«, fauchte ihn das Mädchen an, und Fleur nickte ihr zum Abschied zu.
Sie dachte über Clive nach. Wohlhabend? Investitionen? Sah nicht danach aus.

Man hatte die Falttüren geöffnet, um den Speisesaal zu vergrößern. Im angrenzenden Raum, der mit Palmen und farbenfrohen chinesischen Lampions geschmückt war, konnte getanzt werden. Die Kapelle bestand aus einem Pianisten, zwei Geigern und einem Trommler. Die Musiker spielten sich gerade warm, als die ersten Gäste eintrafen.
Clive hielt sein Versprechen, Fleur zum Ball zu begleiten, doch er wirkte launisch und finster und schien sich über seine Pflichten an diesem feucht-heißen Abend keineswegs zu freuen – was Fleur allerdings überhaupt nicht störte. In seinem dunklen Anzug, dem gestärkten Kragen und der Fliege sah er sehr gut aus. Ein idealer Begleiter für die Dame, die beim Betreten des Raumes die Augen aller auf sich zog. Ein rascher Blick verriet ihr, daß keine dieser Frauen es mit ihr aufnehmen konnte. Sie trug ihr Lieblingskleid und genoß es, sich darin zur Schau zu stellen. Madeleine, die sich ausgeschlossen fühlte, hatte ihr unter Protest die Haare frisiert, die nun in Locken über ihre Schultern fielen. Kleine Löckchen umrahmten ihr Gesicht. Ihr schulterfreies Ballkleid war aus rosafarbenem Satin, die Röcke waren mit Silberborte eingefaßt; dazu trug sie Perlenohrringe.

Mr. White eilte auf sie zu. »Meine Liebe, Sie sehen wundervoll aus. Kommen Sie zu uns, wir dürfen Sie und Clive nicht aus den Augen lassen.«
Clive hielt die ganze Veranstaltung für aufgesetzt, eine Ansammlung von Leuten, die nach feuchter Kleidung und Mottenkugeln rochen und sich um die kostenlosen Getränke beinahe prügelten. Und Fleur sah – ungeachtet der überschwenglichen Komplimente des Zeitungsmannes – einfach lächerlich aus.
Sie teilte ihm im Flüsterton mit, ihr Kleid habe ein Vermögen gekostet, eine Bemerkung, die er aus Höflichkeit überging.
Der Abend zog sich hin. Mrs. Mooney machte im Vorbeigehen eine unfreundliche Bemerkung, während Mrs. Manningtree demonstrativ mit Fleur plauderte. Clive, der sich wegen Emilie sorgte, suchte Zuflucht im Whisky.
Ein Trommelwirbel kündigte die Rede an, und irgend jemand überreichte Clive die feierliche Lobeshymne, doch niemand schien sich für den Vortrag zu interessieren. Er trank zuviel Champagner mit dem gefühlsduseligen Bürgermeister und kehrte schwankend an den Tisch zurück, wo Fleur ihren neuen Bekannten Balladen vortrug, da die Musiker inzwischen verstummt waren.
Betrunken und deprimiert flüsterte Clive ihr zu, er werde nun aufbrechen.
»Aber es ist doch noch viel zu früh!« protestierte sie lachend.
»Ich gehe. Du brauchst ohnehin keine Begleitung für den Heimweg.«
»Na schön«, seufzte sie, »aber meine Freundin Madeleine fühlt sich schon viel besser. Warum zeigst du uns nicht morgen mal die Stadt? Sie hat noch nichts davon gesehen.«
»Das ist unmöglich, ich muß arbeiten.«
Fleur und ihre Freunde brachen in schallendes Gelächter aus.
»Morgen ist Sonntag, Clive!« rief sie. »Sei lieb, die arme Madeleine hat hier bisher nur Pech gehabt.«
»Natürlich wird er Sie herumführen«, warf Walt White ein. »Clive, Sie dürfen die Damen nicht im Stich lassen.«
»Na gut.« Es schien der einzige Weg zu sein, sie loszuwerden.
Im Laufe des Abends war es Fleur gelungen, Mr. Devereaux auf sich aufmerksam zu machen, der sein Glas in ihre Richtung hob. Nach

Clives Aufbruch sah sie sich suchend nach ihm um, doch leider war auch er bereits gegangen.
Allmählich langweilten sie Walt Whites Aufmerksamkeiten – er begrapschte sie und roch zudem aus dem Mund. Er war so von sich überzeugt und stellte sich als bedeutender Bürger der Stadt hin, daß bei einer seiner anzüglichen Bemerkungen schließlich die alte Fleur wieder zum Vorschein kam.
»Verzieh dich, du alter Mistkerl!«
Wie versteinert verließ Walt die Party und schwor insgeheim Rache. Er würde sie in seiner Zeitung nicht mit einem einzigen Wort erwähnen. Im Geiste verfaßte er bereits die nächste Gesellschaftskolumne, in der er keinesfalls den Bürgermeister vergessen durfte, den seine »Gefühle« derart überwältigt hatten, daß man ihn nach Hause tragen mußte.
Am Sonntagmorgen schlief Clive lange und fühlte sich beim Aufwachen erstaunlich frisch. Er war froh, daß er das Fest früh genug verlassen hatte, um einem Kater zu entgehen. Er hätte gern noch länger geschlafen, doch die Schiffe hielten sich mit ihrer Ankunft nicht an Feiertage und verschafften ihm auch sonntags Arbeit.
Er nahm ein Handtuch, zog weiße Leinenhosen an, die er zum Glätten unter die Matratze gelegt hatte, und ging den Flur hinunter. Er mied das schäbige Badezimmer und betrat statt dessen die Dusche, einen Schuppen außerhalb des Gebäudes, der von einem niedrigen schmiedeeisernen Zaun umgeben war. Das Wasser war warm, belebte ihn aber durch die schiere Gewalt, mit der es aus dem Tank hervorschoß. Er seifte sich ein und mußte plötzlich lachen, als er an den vergangenen Abend, dieses bedeutende gesellschaftliche Ereignis, dachte! Es war wirklich herrlich gewesen, wie die Leute in ihrer grenzenlosen Naivität Fleur angehimmelt hatten.
Ich muß mich ganz gut amüsiert haben, dachte er bei sich, so viel wie ich getrunken habe.
Der Regen war einem leichten Nebel gewichen, und die Hitze nahm zu, als er in einem Öltuchumhang die Straße entlangschritt. Niemand war so früh unterwegs außer ein paar Schwarzen, die Mist von der Straße in einen Karren schaufelten. Der aufsteigende süßliche Geruch von Pferde-, Ochsen- und Ziegendung trieb Clive schneller voran.

Im Hafen herrschte bereits rege Betriebsamkeit. Waren wurden eingeladen, Passagiere gingen an Bord, doch Clive war da, um zu kontrollieren, ob nicht in letzter Minute noch unerlaubt Schnaps gelöscht wurde, um den Zoll zu umgehen. Alles schien in Ordnung, und er nahm die Einladung des Kapitäns der Barke *Virginia* an, mit ihm zu frühstücken und das obligatorische Gläschen Rum zu trinken.

Allmählich nahm der Tag Gestalt an. Er schloß das Lager auf und verkroch sich in seinem Büro, um dort die überregionalen Zeitungen zu lesen, die die Schiffe mitgebracht hatten.

Dann fiel ihm sein Versprechen wieder ein, Fleur und ihre Freundin in der Stadt herumzuführen. Nun ärgerte er sich darüber, auch wenn der Aufwand denkbar gering war. Außerdem war er neugierig auf die Pläne der Frauen. Fleur hatte erklärt, sie wollten vielleicht ein Hotel kaufen, was ihm eher unwahrscheinlich schien. Möglicherweise war es aber keine schlechte Idee, ihnen diesen Plan auszureden.

Diesmal fuhr er mit seinem Gig vor. Die Damen erwarteten ihn bereits. An Fleur schien die Party spurlos vorübergegangen zu sein, und in ihrem braunen, maßgeschneiderten Kostüm und dem eleganten Hut wirkte sie sogar recht präsentabel.

Fröhlich machte sie ihn mit ihrer Freundin bekannt, einer älteren, blonden, sonnengebräunten Frau. Ein Blick auf sie sagte Clive, daß sie keineswegs auf ein Hotel, sondern wohl eher auf ein Bordell aus waren.

Während sie durch die Stadt fuhren, beklagte sich Madeleine ununterbrochen über das Wetter, die Hitze, das unerträgliche Hotel. Und Clive stimmte ihr in jedem Punkt zu.

»Diese Stadt macht nicht viel her, es gibt jetzt schon zu viele Hotels hier. Seit dem Goldrausch wird nicht mehr allzuviel Geld ausgegeben, und es gibt auch, ohne den Damen zu nahe treten zu wollen, Bordelle im Übermaß. Dabei wollte der Stadtrat letzteren ohnehin einen Riegel vorschieben.«

Als sie zum Hotel zurückkehrten, hatte Madeleine bereits jegliches Interesse an Maryborough verloren, doch Fleur wollte nach wie vor bleiben.

Das wirst du nicht tun, dachte Clive. Nicht, wenn ich es verhindern kann.

Fleur war geschmeichelt, als er vorschlug, ihr am Abend erneut seine Aufwartung zu machen.
»Bis später«, sagte sie fröhlich und verschwand im Hotel, wobei sie Madeleine vor sich her schob.

»Er ist kein Narr«, sagte Madeleine aufgebracht. »Er weiß doch genau, was wir vorhaben. Und du hast selbst gesagt, er hätte kein Geld.«
»Man weiß ja nie. Immerhin scheint er hier sehr beliebt zu sein und könnte einiges für uns einfädeln.«
»Mumpitz. Du hast doch gehört, was er sagte. In dieser Stadt ist kein Geld zu machen, es gibt nur Farmer und Bushies. Lauter Geizkragen. Ich weiß nicht, wieso du mich überhaupt hierhergeschleppt hast. Diese Stadt ist einfach furchtbar.«
»Das muß ja nicht ewig so bleiben. Jetzt, wo du dich besser fühlst, können wir ja zusammen essen gehen. Das Essen ist hier nämlich gar nicht mal übel.«
Das Personal hatte unter Mrs. Mooneys Aufsicht geschuftet, um die Speisesäle wieder in Ordnung zu bringen. Als die beiden Damen in die Tür traten, gefolgt von Mr. Devereaux, der darauf bestanden hatte, ihnen an diesem trüben Sonntag Gesellschaft zu leisten, bot alles wieder den gewohnten Anblick.
Sie erfuhren, daß er Witwer war und Zuckerrohrplantagen in der Nähe und auf den Fidschi-Inseln besaß. Er war fröhlich und wußte daher auch Fleurs Gegenwart zu schätzen, da sie ihn zum Lachen brachte. Zu seiner Enttäuschung mußte er hören, daß die Damen beabsichtigten, in Kürze nach Brisbane zurückzukehren.
»Aber das geht nicht. Sie müssen erst meine Plantage besuchen. Ich kann Ihnen versichern, daß mein Haus überaus komfortabel ist. Es gibt so viele interessante Dinge zu sehen. Ich werde sie überall herumführen und mich vergewissern, daß es Ihnen an nichts fehlt.«
Fleur mußte überredet werden. In ihren Augen war alles, was außerhalb der Stadtgrenzen lag, der »Busch«, und davon hatte sie ein für allemal genug. Sie wollte Mr. Devereaux' Gefühle nicht verletzen und gab Madeleine mit Tritten unter dem Tisch zu verstehen, daß sie dies für keine gute Idee hielt. Doch ihre Freundin war bereits Feuer und Flamme und ließ sich durch nichts davon abbringen.

»Wir nehmen Ihre Einladung sehr gerne an, Mr. Devereaux«, sagte sie entschlossen.
Anscheinend war er nach Maryborough gekommen, um Arbeiter anzuwerben, doch das erwartete Schiff mit den Südseeinsulanern war in Cairns aufgehalten worden, und daher würde er noch am gleichen Tag heimkehren.
»Meine Damen, ich schicke Ihnen einen Wagen, wann immer Sie reisefertig sind.«
Es folgten Diskussionen über den besten Zeitpunkt für ihren Besuch, bis Madeleine schließlich verkündete, sie sei jederzeit bereit zum Aufbruch. Fleur wurde überstimmt und ließ sich dazu überreden, noch an diesem Nachmittag mit Mr. Devereaux die Stadt zu verlassen.
Beim Packen ließ sie ihrem Ärger freien Lauf. »Wozu soll das gut sein? Ich will nicht auf irgendeiner verdammten Farm hocken.«
»Und wenn schon? Er ist scharf auf dich, Fleur. Und wir haben ohnehin nichts Besseres zu tun. Außer natürlich, du wärst ernsthaft an Hillier interessiert.«
»Das bin ich nicht!«
»Eben. Wäre es nicht lustig, wenn er heute abend herkäme und feststellen müßte, daß der Vogel ausgeflogen ist? Und das schon zum zweiten Mal!«
Diese Aussicht hob Fleurs Stimmung spürbar.

Mr. Devereaux besaß eine bequeme Kutsche, die von einem Farbigen gelenkt wurde und erstklassigen Schutz vor der unfreundlichen Witterung bot. Fleur fiel auf, wie zuvorkommend die Fährleute ihre Fahrgäste behandelten, und gelangte zu dem Schluß, daß ihr neuer Freund sie wohl mit einem großzügigen Trinkgeld bedacht hatte.
Sie fuhren über schlammige Wege, entlang weiter Felder mit geschwärzten Stoppeln, die in ihrer trüben Monotonie an Schlachtfelder erinnerten. Dann entdeckte Fleur Reihen von arbeitenden Kanaken, die wie Grabräuber gebückt durch die finstere Landschaft schlichen.
Ein Schauder überlief sie. Sie haßte diesen Ort jetzt schon. Hier konnten sich nur Schwarze und die Krähen wohl fühlen, die mit ihren scharfen Augen das unwirtliche Terrain sondierten.

Dann stellte Madeleine eine dumme Frage.
»Mr. Devereaux, hat es hier ein Buschfeuer gegeben?«
Fleur seufzte hörbar, doch Devereaux zeigte sich duldsamer. Er erklärte ihr, warum die Zuckerrohrfelder vor der Ernte abgebrannt wurden, und erläuterte im Anschluß die verschiedenen Phasen des Anbaus. Fleur fürchtete, sie werde in der feuchten Hitze aus purer Langeweile in Ohnmacht fallen.
Beim ersten Tor sank ihre Stimmung noch weiter. Hatte sie es Madeleine nicht gleich gesagt? Vor ihnen lag ein typisches Farmhaus, das zwar gepflegter als die meisten anderen wirkte, aber dennoch nicht mehr als ein ödes Holzcottage war …
»Das Haus meines Verwalters«, erklärte Devereaux, als der Kutscher das Tor hinter ihnen schloß und weiterfuhr.
Mindestens eine Meile weiter bogen sie um eine Kurve. Diesmal gab es kein Vertun. Begeistert stieß Madeleine ihre Freundin in die Seite. Das Haus war groß, weiß gestrichen, mit hohen, dunklen Fensterläden, und wirkte ebenso elegant wie sein Besitzer. Es war umgeben von einem kunstvoll angelegten Ziergarten mit beschnittenen Hecken, Blumenbeeten und Springbrunnen.
»Wie wunderschön!« rief Madeleine aus, während Fleur bemüht war, sich ihr Erstaunen nicht allzusehr anmerken zu lassen.
»Ich freue mich, daß es Ihnen gefällt«, sagte ihr Gastgeber galant. Die Kutsche fuhr auf dem knirschenden Kies bis vor die Tür, und farbige Dienstboten liefen mit Regenschirmen heraus, um sie in Empfang zu nehmen.

Wochen später kehrten alle drei nach Maryborough zurück, um ein Schiff nach Brisbane zu besteigen. Dort würden sich Madeleines Wege dann von ihren trennen, da Fleur und Mr. Devereaux weiter nach Suva auf den Fidschi-Inseln segeln würden, um dort seine anderen Zuckerrohrplantagen zu besuchen.

An jenem entscheidenden Sonntagabend war Clive wieder unterwegs zum *Prince of Wales.* Diesmal würde er mit Fleur Klartext reden, in aller Freundschaft zwar, aber nicht ohne ihr deutlich zu machen, daß er sein eigenes Leben lebte, das in keinster Weise mit dem ihren verbunden war. Sie sollte in ihm nicht mehr sehen als einen guten alten

Bekannten. Das ganze Wochenende über hatte er gefürchtet, Emilie zu begegnen, während Fleur an seinem Arm hing. Er erinnerte sich nur noch schwach an den alkoholgeschwängerten Abend im überfüllten Speisesaal, und daß auch Mrs. Manningtree dort gewesen war, hatte er völlig vergessen.
Wichtiger noch, er würde streng sein mit Fleur. Falls sie und ihre eigenartige Freundin tatsächlich vorhaben sollten, ein weiteres Bordell in dieser Stadt zu eröffnen, würde er ihnen dringend davon abraten und notfalls auch zu einer handfesten Drohung greifen.
Vielleicht könnte er sogar an ihren Geschäftssinn appellieren, indem er ihr darlegte, daß sie mit ihrem Vorhaben in Brisbane oder der boomenden Goldgräberstadt Charters Towers weitaus besser aufgehoben seien.
Er mußte Fleur um jeden Preis loswerden. Sie war einfach zu unberechenbar und anhänglich und würde ihm nur Schwierigkeiten bereiten.
Zu seiner Überraschung teilte ihm Mrs. Mooney mit, daß die Damen abgereist seien.
»Wohin denn?« erkundigte er sich.
Mrs. Mooney, die seine Beweggründe mißverstand, blieb kühl.
»Das weiß ich nicht genau. Vielleicht sind sie an Bord eines Schiffes gegangen, Mr. Hillier.«
»Aber doch nicht heute.«
»Oder sie haben eine Kutsche genommen. Eine der Damen litt, glaube ich, unter Seekrankheit.«
Die Hotelbesitzerin genoß Clives vermeintliche Enttäuschung. Sie sah ihm nach, als er sich in Richtung Bar entfernte. Wie konnte er es wagen, Emilie mit dieser Schlampe zu betrügen! Sie grinste. Natürlich hatten sie die Kutsche genommen, aber eine private. Und das ging allein Mr. Devereaux etwas an.
Clive hingegen genoß erleichtert seinen Whisky an der Theke. Sie waren weg, Gott sei Dank!
Auch einige Honoratioren hatten sich dort eingefunden, um sich von dem feuchtfröhlichen Abend zu erholen. Er gesellte sich eine Weile zu ihnen und beschloß dann, Emilie einen Besuch abzustatten.
Dies erwies sich jedoch als Fehler, als reine Zeitverschwendung, ebenso wie das gesamte Wochenende. Zuerst Fleur und ihre Forde-

rungen, und dann auch noch Emilie mit ihrer Fixierung auf Mals Probleme. Oder ging es ihr um Mal als solchen? Für den Augenblick hatte Clive genug von Frauen.

Am Montag holte er Emilie nicht von der Arbeit ab. Dabei ließ sie sich mit den Kindern und dem Abendessen mehr Zeit als sonst. Sie war so aufgebracht und mußte einfach mit ihm reden, um wieder einen klaren Kopf zu bekommen.

Die Köchin durchschaute sie sofort. »Geh nach Hause, Emilie. Dein Mr. Hillier hat wahrscheinlich zu tun. Du weißt doch, daß die Schiffe zu den unmöglichsten Zeiten entladen werden, und er muß aufpassen, daß es da keine krummen Sachen gibt. Vor allem darfst du dir das, was die Missus über ihn erzählt, nicht so zu Herzen nehmen. Ist einfach nur eifersüchtig. Hätte ihn gern für sich selbst.«

Nellie, nicht gerade für ihr Taktgefühl bekannt, schaute Kate überrascht an. »Aber es stimmt doch.«

»Was stimmt?« wollte Emilie wissen und sah Nellie so streng an, daß auch das Stirnrunzeln der Köchin sie nicht von einer Antwort abhalten konnte.

»Ich habe Kate eben gesagt, daß ich meine Schwester in der Stadt getroffen hab. Sie arbeitet als Küchenmädchen bei Mrs. Mooney.«

»Und was hat sie gesagt?«

»Warum hältst du nicht einfach den Mund!« rief die Köchin wütend.

»Warum soll sie es denn nicht erfahren? Ich wüßte auch gern, was mein Freund so treibt.«

Emilie war entsetzt über sich selbst, daß sie nun schon dem städtischen Klatsch lauschte, konnte den Drang, mehr zu erfahren, aber nicht bezähmen. Sie versuchte sich gegen die kommende Eröffnung zu wappnen.

»Er war mit dieser Frau zusammen, das ganze Wochenende über. Hat sie gestern sogar in seinem Gig mitgenommen und ihr die Stadt gezeigt. Da kannst du jeden fragen. Und im Pub erzählt man, daß sie mit ihm zusammen auf den Goldfeldern gewesen ist. In Sünde haben die beiden gelebt!«

»Blödes Kneipengerede«, warf Kate zornig ein. »Bring lieber die Kinder ins Bett.«

Doch Nellie wehrte sich. »Es stimmt aber. Diese Frau, Fleur heißt sie übrigens, hat es Doris, dem Schankmädchen, erzählt. Schämte sich nicht mal dafür.«

»Doris wohl nicht minder, es weiterzuerzählen«, schnaubte Kate.

»Nein«, stimmte Nellie unschuldig zu. »Sie fand es furchtbar lustig. Sagte, Fleur sei ein guter Kumpel.«

Emilie eilte hinaus, um Hut und Mantel zu holen, und überließ Kate und Nellie ihrem Streit. Sie kam sich vor wie eine unbefugte Lauscherin, die nun ihre gerechte Strafe bekommen hatte. Bevor sie ging, gab Kate ihr die Zeitung. »Die sollte ich dir doch aufheben«, sagte sie freundlich. »Und hier ist noch ein Stück Hackbraten zum Abendbrot. Den magst du doch so gern. Laß dich nicht von diesem Geschwätz aus der Fassung bringen.«

»Nein, und sei du bitte nicht böse mit Nellie. Man muß schließlich wissen, mit wem man es zu tun hat.«

Sie klang nun wieder so ruhig und selbstsicher, daß Kate erfreut bemerkte: »Das ist die richtige Einstellung. Bis morgen früh also.«

In einem langen Leitartikel im *Chronicle* bezog Walt White eine originelle Stellung zu Mals Verhaftung. Der Herausgeber blieb bei seiner früheren Meinung, Mal und McPherson seien beide unschuldig, und verlangte gleichzeitig Gerechtigkeit für die Familien der Ermordeten.

Emilie hingegen fand den Artikel verwirrend, da er in einer Tirade gegen die Polizei endete, statt zu irgendeiner Schlußfolgerung zu gelangen. Sie runzelte die Stirn. Das alles schien White nur als Aufhänger für seine Hetze gegen die Polizei benutzt zu haben.

Sie wünschte, sie besäße den Mut, sich bei diesem Mann für Mal einzusetzen und ihm persönlich zu berichten, was sie über die Sache wußte. Daß Mal wirklich unschuldig war. Doch sie traute sich das nicht zu. Dies war wohl eher eine Aufgabe für Clive.

Clive!

Wie betäubt erinnerte sie sich an Nellies Behauptungen. Sie aß den Hackbraten kalt. Schnitt sich eine köstliche Papaya auf, die von einem der zahlreichen Bäume stammte, die im Garten der Manningtrees wuchsen. Sie wollte nur einige Scheiben essen, verzehrte dann aber geistesabwesend die ganze Frucht. Die Samen legte sie zum Einpflanzen beiseite. Dabei fiel ihr ein, wie der Gärtner die Unter-

schiede zwischen männlichen und weiblichen Pflanzen so drastisch geschildert hatte, daß sie rot anlief und sich fest vornahm, dies vor den Kindern gar nicht erst zur Sprache zu bringen.
Allerdings waren Papayas die delikatesten und saftigsten Früchte, die man sich denken konnte. Zusammen mit ganzen Bananenbündeln brachte man sie direkt vom Baum ins Haus. Ein Mädchen aus London konnte angesichts dieser exotischen Köstlichkeiten nur staunen. Das Leben in dieser seltsamen Stadt konnte eigentlich ganz angenehm sein, vorausgesetzt, man hatte sein Leben in Ordnung gebracht. Das Essen war reichlich und billig. Es gab keinen echten Winter, wie sie ihn aus England kannte, und da Sommerkleidung preisgünstiger war als eine warme Garderobe, konnte man dadurch viel Geld sparen. Inzwischen hatte Emilie auch gelernt, mit ihren Arbeitgebern auszukommen – er war freundlich, sie konnte man getrost ignorieren – und die vielen unterschiedlichen Nationalitäten auseinanderzuhalten, die Maryborough bevölkerten. Die scheinbar so ungehobelten Männer begegneten ihr stets höflich. Sie wußte, daß es an der Zeit war, Kate und Nellie einmal zu sich nach Hause einzuladen. In ihrem früheren Leben wäre dies eine überaus exzentrische Idee gewesen, doch als Anerkennung ihrer Freundlichkeit schien es in dieser Umgebung geboten. Sie waren ihr inzwischen zu echten Freundinnen geworden.
Ruth würde es nicht verstehen, doch sie führte auch ein völlig anderes Leben als ihre jüngere Schwester. Schade, daß sie sich entschlossen hatte, auf Dauer in Brisbane zu bleiben. Irgendwie hatte Emilie gehofft, sie könnten wieder zusammenfinden, was Ruth ebenfalls zu glauben schien, denn sie plante ja bereits ein gemeinsames Leben auf einem der beiden neuerworbenen Grundstücke in ihrem langersehnten eigenen Heim.
Emilie seufzte. Nun ging es ihr schon besser. Ihr altes Ich kam wieder durch. Sie würde gegen die Traurigkeit ankämpfen, die sie in den vergangenen Tagen gelähmt hatte. Ihr gesunder Menschenverstand sagte ihr, daß sie schlecht weiterhin dasitzen und sich selbst bemitleiden konnte. Auch durfte sie Clive nicht wie ein welkendes Blümchen hinterhertrauern, nach dem Motto: Er liebt mich, er liebt mich nicht. Das paßte einfach nicht zu ihr. Wo stand denn geschrieben, daß ein attraktiver Mann wie Clive keine anderen weiblichen Be-

kanntschaften pflegen durfte? Hatte nicht auch sie ein Geheimnis aus ihren Gefühlen für Mal gemacht?
Im Augenblick kam es ihr gar nicht so wichtig vor, welche Gefühle sie Mal oder Clive entgegenbrachte. Clive hatte gesagt, daß Mal vor Gericht die Gelegenheit bekommen würde, seine Unschuld zu beweisen.
Emilie wußte wenig über das Gerichtswesen, doch ihr war bekannt, daß man einen Rechtsanwalt bestellen mußte, der die Verteidigung übernahm. Für wen würde Mal sich wohl entscheiden?
Dann traf es sie wie ein Schlag. Anwälte kosteten Geld, und je fähiger sie waren, desto teurer würden sie sein.
Wer würde Mal denn überhaupt zur Verfügung stehen? Hatte er eigentlich noch Geld? Sie sah sich im Haus um, das sie von seinem Geld gekauft hatte. Was passierte mit Leuten, die sich keinen Anwalt leisten konnten? Wo steckte Clive? Er würde über solche Dinge sicher Bescheid wissen.
Emilie nahm Papier und Feder und stellte eine Liste von Fragen zum Thema Anwalt zusammen, die sie um mögliche Eingaben zugunsten von Mal erweiterte. Und um eine Liste von Personen, die für ihn ein Leumundszeugnis ablegen konnten. Sie kam nur auf drei, seinen schrecklichen Onkel eingeschlossen, doch es war besser als gar nichts. Stundenlang saß sie an ihren Listen, fest entschlossen, sie Clive ungeachtet seines erbärmlichen Verhaltens am nächsten Morgen vorzulegen, und wenn sie deswegen zu spät zur Arbeit kommen sollte. Clive könnte sie mit einem einheimischen Anwalt bekannt machen, der sich seinerseits erkundigen würde, ob Mr. Willoughby bereits vertreten wurde, und wenn nicht … war die Antwort offensichtlich. Dann würde Emilie Tissington seine Dienste in Anspruch nehmen.
Sie legte alle Blätter säuberlich in eine Mappe, klappte ihr Bett herunter und wollte sich gerade das Haar vor dem Spiegel über dem klobigen Frisiertisch bürsten, da traf sie eine plötzliche Erkenntnis.
Sie brauchte Clive doch gar nicht! Sie brauchte Ruth und ihren Verlobten. Hatte ihre Schwester nicht oft genug und voller Stolz geschrieben, er sei Sekretär des Justizministers? Wer, wenn nicht er, konnte ihr einen Anwalt mit den besten Referenzen nennen? Die

Antwort war die ganze Zeit unmittelbar vor ihrer Nase gewesen, und sie hatte sie einfach übersehen.
Sie schlief unruhig in dieser Nacht, da ihre Pläne sie noch im Traum verfolgten, und erwachte dennoch voller Energie. Sie war begierig, diese Pläne in die Tat umzusetzen. Der Tag konnte beginnen.

»Was?« Mrs. Manningtree explodierte förmlich, als Emilie ihr Anliegen beim Frühstück vortrug.
»Wie ich schon sagte«, erwiderte diese ruhig, »stehen Kindern üblicherweise Schulferien zu. Seit ich hier bin, hatten sie kaum einen freien Tag.«
»Und was war mit dem letzten Wochenende? Sie sind am Samstagmorgen nicht zur Arbeit erschienen.«
»Das waren keine richtigen Ferien für sie.«
»Sie meinen wohl, Sie selbst wollen Ferien, was? So ist es doch, oder?«
»Wie ich bereits erklärte, hat sich meine Schwester verlobt. Sie ist meine einzige Verwandte in diesem Land, und ich möchte gern meinen zukünftigen Schwager kennenlernen.«
Emilie wußte, daß sie Mrs. Manningtree mit der Erwähnung von Daniel Bowles' Vorgesetztem hätte beeindrucken können, doch sie brachte es nicht über sich, sich auf das Niveau ihrer Arbeitgeberin hinabzubegeben.
»Ich bin einfach der Ansicht, daß es den Kindern guttut, wenn sie Sommer- und Winterferien haben.«
»Sie meinen, wer viel arbeitet, hat sich auch ein wenig Spaß verdient?« fragte Mr. Manningtree kauend.
»Ja, Sir. Und ich halte diesen Zeitpunkt für günstig.«
»Warum eigentlich nicht? Violet, hast du früher etwa keine Schulferien gehabt?«
»Doch, aber das hier ist etwas anderes.«
»Wieso?«
Emilie verließ das Zimmer, während das Ehepaar die Angelegenheit weiter besprach. Später betrat Mrs. Manningtree das Klassenzimmer und teilte ihr mit, sie könne ab sofort drei Wochen unbezahlten Urlaub nehmen.

»Ab dem Tag, an dem mein Schiff nach Brisbane geht«, versuchte Emilie es mit einem Handel.

»Na schön. Fährt Mr. Hillier auch mit?«

Emilie antwortete mit gespieltem Erstaunen angesichts der boshaften Frage.

»Du lieber Himmel, nein.«

11. Kapitel

Sie sperrten ihn in eine dunkle Zelle zu ein paar alten Knastbrüdern. Er war nach wie vor viel zu betäubt, um zu sprechen. Nie war ihm der Gedanke gekommen, sie könnten ihn wirklich fassen, und schon gar nicht, daß man ihn in Handschellen in eine Zelle warf, nachdem man ihn durch Städte geführt hatte, deren Bevölkerung ihn vom Straßenrand aus verhöhnte. Er hatte einfach nicht geglaubt, daß es so weit kommen könnte. Inzwischen hätten sie die wirklichen Täter doch finden müssen.

Dann jedoch holten seine Zellengenossen seine Geschichte allmählich aus ihm heraus und fanden Gefallen an Sonny Willoughby.

»Wenn du nicht selber kämpfst, tut es auch kein anderer für dich«, warnten sie ihn. »Besser, du rappelst dich auf und fängst an zu schreien. Den Beleidigten spielen hilft nicht.«

»Wer hört mir denn schon zu?«

»Viele Leute. Da draußen verrenken sich die Reporter den Hals, um was von dir zu erfahren und Fotos zu schießen …«

»Wozu soll das gut sein? Mir glaubt sowieso niemand.«

»Woher willst du das wissen? Mußt an deinen Käfigstäben rütteln.«

Der andere Mann sog an seiner leeren Pfeife. »Das wird er nicht machen. Sie haben ihn geschafft. Der ist fertig.«

Mal hörte das gar nicht gern. Er lag auf der ungezieferverseuchten Pritsche und litt unter dieser Kränkung. Hatten sie ihn wirklich fertiggemacht?

»Von wegen«, murmelte er immer wieder. Es würde sicher nichts nützen, aber ein Versuch …

Der lächelnde Sonny Willoughby wurde zum Liebling der Presse. Er sprach mit allen, die es wünschten, mit Reportern, Polizisten und sogar den strengen Herren von der Staatsanwaltschaft, die an der Anklage gegen ihn bastelten. Von Neugier getrieben, drängten sich die Menschen vor dem Gefängnis von Brisbane, um einen Blick auf ihn zu erhaschen oder ihn zu beschimpfen. Damen sandten ihm ermutigende Briefe, und ein Reporter aus Chinchilla mit Namen Jesse war täglich dort, um ihm Fragen zu stellen.

Mal erzählte ihm alles, was er wußte, und das so oft, daß er es bald im Schlaf hätte hersagen können; doch er wurde nicht müde darauf zu beharren, daß er weder McPherson noch einen der Freunde des Schotten kenne.
Auf Jesses Anraten hin bat er um ein Gespräch mit Carnegie, damit dieser ihm ins Gesicht sagte, wessen er ihn beschuldigte, doch diesem Ersuchen wurde nicht stattgegeben.
Er entdeckte sein eigenes Bild in fast allen Zeitungen, las die Artikel, die in den wenigsten Fällen das wiedergaben, was er gesagt hatte, und stieß tief erschüttert auf Leserbriefe, in denen seine umgehende Hinrichtung gefordert wurde.
»Ich wußte, es hat keinen Sinn«, berichtete er Jesse. »Ich werde diesen Schund nicht mehr lesen. Und der Wärter meint, ich müßte mit niemandem mehr sprechen, wenn ich es nicht will.« Mal hatte es endgültig satt, den Clown zu spielen.
»Dann ignorieren Sie es einfach. Die Reporter werden sich beizeiten anderen Themen zuwenden.«
»Ich bin sozusagen eine Schlagzeile von gestern, was?«
»Nicht für mich, Sonny. Haben Sie Geld?«
»Wozu? Ich darf hier kostenlos wohnen.«
»Für einen Anwalt, der Sie vor Gericht vertritt. Den werden Sie nämlich brauchen.«
»Wann ist die Verhandlung?«
»Das dauert noch. Die Ermittlungen sind noch nicht abgeschlossen. Es gibt da wohl einige Ungereimtheiten, zum Beispiel, daß Sie anscheinend keinen einzigen Schuß abgegeben haben …«
»Wie denn auch? Ich war ja nicht dabei.«
Jesse malte Kreise auf das Papier, die er mit säuberlichen Linien unterteilte. Er hatte mit dem Staatsanwalt gesprochen und ihm gegenüber die Meinung vertreten, es sei durchaus möglich, daß der Junge die Wahrheit sagte.
»Das meinen Sie. Jetzt hat er auch Sie schon um den Finger gewickelt, Jesse. Er ist ein Trickbetrüger, der einem Ertrinkenden den Brisbane River verkaufen könnte. Und ein Kind ist er auch nicht mehr. Durch das harte Leben ist er seinem Alter weit voraus.«
»Aber er ist nie ernsthaft mit dem Gesetz in Konflikt gekommen.«
»Dann ist er eben in üble Gesellschaft geraten.«

»Ja, er hätte sich nicht mit Carnegie einlassen sollen.«
Jesse hatte diese Bemerkung eigentlich eher harmlos gemeint, in dem Sinn, daß Carnegie Mal den Begleitauftrag erteilt hatte, der zu der ganzen Misere führte, doch zu seinem Erstaunen nahm der Staatsanwalt die Bemerkung ernst.
»Wir schauen uns auch in dieser Richtung um. Carnegie ist noch nicht aus dem Schneider, aber ich möchte das keinesfalls gedruckt sehen.«
»Carnegie und Willoughby?« fragte Jesse erstaunt.
»Könnte ein gescheitertes Komplott sein.«
»Und wo sind dann das Gold und die Banknoten geblieben?«
»Fragen Sie doch Ihren Freund Willoughby. Wir haben Zeit, wir lassen ihn schmoren. Eine Dosis Zuchthaus auf St. Helena wird ihn schon gesprächig stimmen. Und da oben wird ihn keiner mit Glacéhandschuhen anfassen, das können Sie mir glauben.«
Jesse spielte noch immer mit seinem Bleistift, bis er schließlich hochblickte und Mal direkt fragte.
»Haben Sie wirklich kein Geld?«
»Natürlich nicht. Einen Moment mal! Meinen Sie etwa, ich würde plötzlich Geld aus dem Überfall hervorzaubern? Jesus, Sie sind so dumm wie alle anderen!«
»Nein, bin ich nicht. Aber die Beute wurde nie gefunden, und wegen der Morde gibt es keinen Hehler im ganzen Land, der sich daran die Finger schmutzig machen würde.«
»Seit wann denn das? Gold ist Gold. Steht doch kein Name drauf. Seien Sie nicht so naiv, Jesse.«
Jesse seufzte. »Sie waren auf den Goldfeldern. Können Sie sich nicht vorstellen, wer es haben könnte?«
»Nein, das sage ich doch jeden Tag aufs neue.«
»Was ist mit McPherson? Vielleicht hat er es.«
»Und schreibt trotzdem an die Zeitung? Der wäre längst über alle Berge mit dem Gold.«
»Aber warum behauptet er, Sie seien unschuldig, wenn Sie ihn gar nicht kennen?«
Mal zuckte nicht mit der Wimper. »Vielleicht weiß er mehr als ich. Er hat schließlich auch den Verdacht auf Carnegie gelenkt.«
Jesse gab es auf. Nun, da er wußte, daß Sonnys nächstes Ziel die ge-

fürchtete Sträflingsinsel St. Helena war, beschloß er, sich am kommenden Tag dorthin zu begeben. Ein paar Shillinge, unter den Wärtern verteilt, konnten sich irgendwann als gut angelegtes Geld erweisen, wenn er Informationen über Sonny Willoughby brauchte. Man mußte beizeiten vorsorgen.

Er würde von einem Tag zum nächsten leben, sagte sich Mal stoisch, als er in das Beiboot stieg, wo man ihm die Fußeisen abnahm. Er hatte von seinen Mitgefangenen in Brisbane genug über das Gefängnis auf St. Helena erfahren, um zu wissen, daß ihm dort kein Ferienaufenthalt blühte. Davon zeugten auch die grimmigen Gesichter der Sträflinge an den Rudern. Er nickte ihnen zu, wurde aber bald nach vorn zum Bug gestoßen, wo er allein und in Handschellen saß, mit dem Rücken zu den anderen Insassen.
»Versuch nur, über Bord zu springen, dann gehst du unter wie ein Stein«, warnte ihn ein Wärter. Die anderen lachten.
»Und keiner wird dir nachspringen.«
Mal beachtete sie gar nicht. Es war ein herrlicher Frühlingstag. Er hatte diesen breiten Fluß noch nie befahren und freute sich trotz seiner unerfreulichen Lage auf die kostenlose Erkundungsfahrt.
Hinter den Kais und sogar hoch oben auf den Klippen von Kangaroo Point am anderen Ufer lagen einige prächtige Anwesen. Dann kamen gerodete Felder in Sicht, und hinter der nächsten Flußbiegung nur noch dichter, üppiger Busch. Er genoß den frischen, prikkelnden Geruch der Natur und spürte, wie ihn neue Energie durchströmte. Fische schossen durchs Wasser, Vögel sausten im Sturzflug vorbei, und die erfahrenen Ruderer machten sich geschickt die Strömung des Flusses zunutze. Stunden später erreichten sie die mangrovengesäumte Flußmündung und fuhren aufs offene Meer hinaus.
Verträumt erinnerte sich Mal an seine Reise hinüber nach Fraser Island mit den Regenwäldern und hohen Nadelbäumen und an die Feuerbucht. Ob er sie wohl jemals wiedersehen würde? Während die Sträflingsinsel als winziges Pünktchen in der Ferne auftauchte, versuchte er, sich einzureden, sie müsse seiner Insel ganz ähnlich sein. Das Boot drehte in den Wind, und er versuchte, die Entfernung vom Festland abzuschätzen. Ungefähr vier Meilen mußten es sein. Eine Strecke, die an einem windstillen Tag von einem kräftigen Mann

durchaus schwimmend zu bewältigen war. Wenn man einmal von den Haien absah. Er konnte die Sache mit den Haien kaum glauben, da er die ganze Zeit über nicht ein einziges Exemplar zu Gesicht bekommen hatte. Vermutlich hielten sie sich in der Tiefe auf, schwammen unbemerkt unter ihrem Boot dahin. Dennoch, er hätte gern einmal einen aus der Nähe betrachtet.

Die Insel war ganz anders als Fraser Island. Sie war klein und flach, und beim Näherkommen sah er hohe Ziegelmauern vor sich aufragen. Enttäuscht begriff Mal, daß es sich um ein echtes Gefängnis handelte, ein Hochsicherheitsgefängnis, eine abgeschiedene Kolonie für die schlimmsten Verbrecher des Staates. Noch immer konnte er nicht begreifen, daß man ihn dazu zählte.

Das Beiboot legte an, und Mal warf einen sehnsüchtigen Blick auf das kristallklare Wasser. Wie gern wäre er hineingetaucht, um sich von dem Gefängnisgestank zu befreien, der nun beständig an ihm zu haften schien; doch schon wurden die Gefangenen an Land geführt. Das Boot wurde auf eine Helling gezogen, bevor man die Sträflinge mit Knüppelhieben über die Straße zum Gefängnis trieb. Mal trug als einziger Fußeisen und stolperte fortwährend, wodurch er den Trupp am Fortkommen hinderte und sich zahlreiche Tritte und Flüche von seiten der Wärter einhandelte.

»Wozu die Eile?« murmelte er einem Mitgefangenen zu.

»Sie verpassen sonst ihr Essen«, flüsterte der Mann. »Wir haben unseres ohnehin schon verpaßt.«

Sie traten durch die Tore in das finstere Gefängnis. Mal schauderte unwillkürlich und geriet erneut ins Stolpern. Die anderen eilten weiter, so daß er mit einem Wärter zurückblieb, der ihm wieder und wieder mit dem Stock auf den Rücken hieb, während sie die Einzäunung durchquerten.

Im Inneren des langgestreckten Zellenblocks standen die Gefangenen an den vergitterten Fenstern und beobachteten sie ungerührt, bis ein Mann brüllte: »Wißt ihr, wer das ist? Der Outlaw Willoughby, der bei dem Überfall im Norden das ganze Gold erbeutet hat.«

Baldy Perry verzog hämisch das Gesicht. Diese Narren. Er trat ans Fenster, um selbst einen Blick auf den Burschen zu werfen, und schüttelte dann den Kopf.

»Das ist nicht Willoughby. Der da heißt Ned Turner.«
»Ach, komm schon! Natürlich ist das Willoughby.«
»Ist er nicht, wenn ich's doch sage. Ich kenne den Kerl, und er heißt Turner. Hab ihn getroffen, als ich mit McPherson zusammen war. Stritten sich um ein Pferd.«
Die anderen verhöhnten ihn. »Nicht schon wieder die alte Leier, Baldy. Du redest ständig davon, du kennst McPherson. Sieht aus, als könntest du ein Gesicht nicht vom anderen unterscheiden.«
»Ich schwöre, ich kann's. Der Bursche da ist Turner, wartet's nur ab. Er kann euch ja bestätigen, daß ich ein Freund von McPherson bin. Dann vergeht euch das Lachen.«

Emilie gestand sich ein, daß ihr Besuch bei Clive vielleicht nur ein Vorwand war, um ihn zu sehen. Andererseits waren sie sich seit der Auseinandersetzung am Sonntag nicht mehr begegnet, und sie empfand es als angemessen, ihn von ihrer Reise nach Brisbane zu unterrichten. Daher suchte sie ihn an seiner Arbeitsstelle auf.
Clive war überrascht, aber auch erfreut, als sie bei ihm auftauchte, was ihr neue Zuversicht verlieh.
»Meine Liebe, wie schön, dich zu sehen. Komm doch herein.« Er führte sie durch das geräumige Zollager, vorbei an einer kleinen Theke, hinter der in langen Reihen Tafeln mit Frachtbriefen an der Holzwand hingen. Auch der Boden bestand aus dunklen Holzdielen, auf dem ihre neuen Schuhe quietschten. Die Wände waren von Fässern gesäumt, die auffällige gelbe Siegel trugen.
»Gut siehst du aus, Emilie«, sagte Clive und führte sie in sein Büro. »Willkommen in meiner Höhle.«
Der Raum war sehr schlicht, die ganze Einrichtung bestand aus einem Tisch mit Stühlen, der von Bänken mit unordentlich aufgehäuften Akten, Hauptbüchern und anderen Papieren umgeben war. Doch der Ausblick zog sie magisch an.
»Was für ein herrlicher Blick!«
»Ja, die Aussicht ist prachtvoll. Wir liegen so hoch oberhalb der Flußbiegung, daß man von hier in beide Richtungen schauen kann. Von hier aus macht sich der alte Mary River am besten, nicht wahr?«
»Da hast du recht.« Dann drehte sie sich wieder zu ihm um. »Clive,

ich wollte dir nur sagen, daß es mir leid tut, ich meine, dieser dumme Streit …«

»Ist schon in Ordnung, meine Liebe. Längst vergessen. Ich konnte dich in den letzten Tagen nur nicht besuchen, weil wir hier so viel zu tun hatten. Einige Schiffe, die sich durch den Sturm verspätet hatten, sind nun endlich eingelaufen, natürlich alle auf einmal, und haben mich ganz schön auf Trab gehalten.«

Sie wünschte, er hätte nicht erwähnt, wie beschäftigt er gewesen war, denn nun drängte ihr Ärger über den ganzen Klatsch wieder an die Oberfläche, den sie doch so gern vergessen wollte.

»Ja, ich habe gehört, *wie* beschäftigt du warst.«

»Was soll das heißen?«

»Ich habe gehört, daß du auch gesellschaftlich eingespannt warst.«

»Ach das«, warf er ungeduldig ein. »Ich nehme an, du hast mit Mrs. Mooney gesprochen.«

»Nein«, erwiderte Emilie knapp.

»Dann eben mit jemand anderem. Laß es mich dir erklären.«

»Es interessiert mich wirklich nicht, Clive.«

»Warum hast du es dann überhaupt erwähnt? Tatsache ist, daß ich eine alte Freundin in der Stadt wiedergetroffen habe.«

Sie sah wieder aus dem Fenster. »Wie ich hörte, war es eher eine junge Freundin.«

»Sind diese Haarspaltereien wirklich nötig? Sie war eine alte Freundin mit einer kranken Bekannten, die sich für einige Tage in Maryborough aufhielt. Ich hätte nicht gedacht, daß ich deine Erlaubnis benötige, um ein paar Stunden mit ihr zu verbringen, aber wenn ich dich damit gekränkt haben sollte, bitte ich hiermit um Entschuldigung.«

Emilie tat es leid, das Thema überhaupt angeschnitten zu haben, denn was die Redegewandtheit anging, war Clive ihr eindeutig überlegen.

»Du brauchst dich nicht zu entschuldigen.«

»Ich tue es trotzdem. Es tut mir leid, daß dich das so aufgeregt hat. Ich wollte es dir am Sonntagabend erzählen, aber da haben wir einander wohl auf dem falschen Fuß erwischt.« Er schloß die Tür und legte die Arme um sie. »Sag, daß du mir vergibst, Liebste. Ich möchte dir um nichts in der Welt weh tun.«

Er liebkoste ihren Nacken, zog sie an sich, drückte sie, und schließlich konnte Emilie seinen Zärtlichkeiten einfach nicht mehr widerstehen. All ihre Argumente schmolzen dahin, als er sie sanft zu sich drehte und so leidenschaftlich küßte, daß sie in seinen Armen schwach wurde.
Dann ertönten Stimmen vor der Tür, und Emilie löste sich rasch von ihm. Clive lachte.
»Das ist nur der Botenjunge.«
Emilie schob ihr Haar unter den Hut zurück und errötete. »Ich muß jetzt wirklich gehen. Ich wollte dir eigentlich nur sagen, daß ich Urlaub nehme und für eine Weile nach Brisbane fahre.«
»Warum?«
Sie errötete erneut. »Meine Schwester hat sich verlobt und möchte, daß ich meinen zukünftigen Schwager kennenlerne.«
»Wie schön. Überbring ihr bitte meine Glückwünsche. Ich würde gern mit dir fahren, aber ich kann hier im Augenblick nicht weg.«
»Ich wünschte auch, du könntest mitkommen«, sagte sie zärtlich und aufrichtig. Wie herrlich wäre es, mit ihm in Brisbane zu sein, selbst wenn sie dort eine private Angelegenheit zu regeln hatte. Sie könnte ihn Ruth vorstellen. Vielleicht würde die romantische Gegenwart der Verlobten auch frischen Wind in ihre eigene Beziehung bringen.
Doch es war leider nicht möglich. Clive traf alle Vorbereitungen für sie, buchte eine Einzelkabine auf einem Küstendampfer, ließ ihr Gepäck an Bord bringen und machte sie sogar mit dem Kapitän bekannt.
Dann stand er am Kai und küßte sie vor aller Augen zärtlich zum Abschied.
Ihre zweite Mission erwähnte Emilie ihm gegenüber vorsichtshalber nicht, da sie einen neuen Streit befürchtete. Sie ging jedoch vor ihrer Abreise zur Bank und hob Mals ganzes Geld ab.

Clive dachte nicht gern daran zurück, wie er Emilie behandelt hatte. Er hatte sie angelogen, als er von seinem arbeitsreichen Wochenende erzählte, und auch über seine Beziehung zu Fleur hatte er ihr nicht die volle Wahrheit gesagt. Und mit allergrößter Wahrscheinlichkeit hatte sie seine Lügen durchschaut. Er wünschte, sie hätte ihn angeschrien, ihm Unzuverlässigkeit vorgeworfen, ihn bestraft und damit

von seinen Schuldgefühlen erlöst. Doch Emilie war zu schüchtern und auch zu vernünftig für derartige Auftritte, was er zu seinem Vorteil ausgenutzt hatte. Inzwischen tat es ihm leid; er mußte es unbedingt wiedergutmachen.
Er fragte sich, ob die plötzliche Reise nach Brisbane etwas damit zu tun hatte. Entfernte sie sich absichtlich von ihm? Hoffentlich nicht. Hätte sie ihm mehr Zeit gelassen, wäre es ihm möglich gewesen, sich hier freizumachen, mitzufahren und die Schwester und ihren Verlobten kennenzulernen. Wozu die ganze Eile?
Auch an Fleur dachte er mit gemischten Gefühlen. Er hatte sich einmal von ihr zum Narren machen lassen und müßte ihr deswegen eigentlich noch böse sein. Als er sie jetzt jedoch so unverhofft wiedersah, war ihm die Begegnung gar nicht mal so unangenehm gewesen. Sicher, sie war ein wildes Ding, aber auch sehr sexy, und Sex kam in seinem Leben schon seit längerem zu kurz. Eigentlich hatte er Emilie ebenso schlecht behandelt wie Fleur ihn. Am besten, er vergaß dieses ganze Wochenende so schnell wie möglich.

Diesmal geriet Mal in dem kalten Waschschuppen in Schwierigkeiten – nicht mit den Wärtern, sondern mit Baldy Perry, der ihn mit einem Fausthieb in den Rücken zu Fall brachte.
Baldy war völlig außer sich. Sein Status unter den Gefangenen hatte gelitten, seit man ihn bezüglich Willoughbys widerlegt hatte.
»Wie heißt du?«
Mal versuchte, sich von dem schmutziggrünen Beton aufzurappeln.
»Willoughby, du Idiot«, brüllte er. »Und wer zum Teufel bist du?«
»Ein Kumpel von McPherson«, schnaubte Perry. »Und ich weiß, daß du nicht Willoughby heißt, sondern Turner.«
Es war zwar nicht einzusehen, weshalb sich jemand, der auch nur halbwegs bei Verstand war, fälschlich als Willoughby ausgeben sollte, doch Mal mußte sich gegen diesen Irren anders als mit Logik verteidigen. Das Ergebnis versetzte Perry einen Schock. Er befand sich aufgrund der harten Arbeit in St. Helena, der ständigen Mißhandlungen und der Unterernährung in einem schlechten körperlichen Zustand, doch bisher war er unter seinesgleichen gewesen. Dieser neue Gefangene hingegen war nicht nur jünger als er, sondern auch in Bestform. Mit geballten Fäusten schnellte er vom Boden hoch und

trieb Baldy in eine Ecke, wo er ihn so lange bearbeitete, bis die Wachen mit Peitschen und Knüppeln dazwischengingen.
Am nächsten Morgen trafen sie wieder aufeinander, als die Strafe von sechzig Peitschenhieben pro Mann an ihnen vollzogen werden sollte. Mal war entsetzt über die Schwere der Strafe und sprach Baldy an.
»Es tut mir leid, ich wußte nicht, daß das passieren würde.«
Baldy beachtete ihn nicht. Er schrie auf, als der erste Hieb seinen bloßen Rücken traf, der bereits mit Narben übersät war, doch danach schwieg er eisern, während das Blut an ihm herunterrann.
Dann wurde Mal liegend an dem dreieckigen Gestell festgebunden, doch er verhielt sich nicht so ruhig. Während die Peitsche über seinen Rücken leckte und die Wärter die Hiebe zählten, stieß er wilde Beschimpfungen hervor – gegen seine Peiniger, gegen das Unrecht, das er erlitt, gegen seinen Onkel Silver, gegen die Zeitungen, die ihn zum Mörder abstempelten, gegen jeden, der ihn jemals hintergangen hatte. Seine Schreie boten ihm eine Art Erlösung von den Schmerzen, von den Qualen, die er niemals für möglich gehalten hatte, und von der Angst, die sich seit dem Tag seiner ersten Verhaftung durch Pollock in ihm aufgestaut hatte. Die Uniformierten sahen mit kalten Blicken zu, unterhielten sich und rauchten in gleichgültiger Langeweile.
Irgendwann wurden einige Sträflinge angewiesen, ihn loszubinden und herunterzuheben. Seine Wunden wurden mit Salz bestreut, während sich die Ermahnungen eines aufgeblasenen Gefängnisdirektors über ihn ergossen. Mal spie ihn an.
Die nächsten beiden Wochen verbrachte Willoughby in Dunkelarrest, in einer Einzelzelle, die von einer zweiten umgeben war und Luft, aber kein Licht durchließ. Wasser und Brot wurden einmal am Tag durch einen Schlitz knapp über dem Boden hereingeschoben, gegen sechs Uhr morgens, wie er vermutete. Sie konnten zwar das Licht aussperren, nicht aber die Geräusche von draußen.
Man hörte keine Stimmen, folglich mußte die Zelle weit von den Wohn- und Arbeitsbereichen entfernt sein.
Zunächst lag er mit dem Bauch auf den kalten Steinen, damit sein Rücken heilen konnte, und lauschte den Vogelstimmen. Dieser Ort, eine Hölle für menschliche Gefangene, war ein wahres Vogelparadies. Mal kannte sie alle. Vor der Dämmerung meldeten sich die

Kookaburras, sodann die winzigen Vögel mit ihrem lauten Gezwitscher. Kreischende Möwen hörte man zu jeder Tageszeit, während die Elstern morgens an der Reihe waren. Und so ging es weiter. Er hörte das Krächzen der Krähen, den Gesang der Würger und aller anderen. Am Nachmittag kehrte vorübergehend Stille ein, am Abend schwoll der Lärm wieder an, bevor sich die Vögel zur Nachtruhe begaben. Dann bereitete sich auch Mal auf die Nacht vor.

Er verließ sich auf die Vögel wie auf eine Uhr. Wenn sie geschäftig waren, erhob auch er sich und turnte im Dunkeln, imitierte ihre Lieder und Pfeiftöne. Er knabberte an dem alten Brot und trank sparsam. Als er schließlich aus der Zelle taumelte, verhielt er sich wie ein Vogel, der einen gebrochenen Flügel vortäuscht; in Wirklichkeit war er jedoch in guter Verfassung. Mal wußte, daß er seine fünf Sinne beisammenhaben mußte, um an diesem Ort zu überleben, und dazu gehörte, daß man sparsam mit seinen Kräften umging. Er gab ein erbärmliches Bild ab, als man ihn aus dem blendenden Licht in eine normale Zelle stieß.

Die Shillinge waren gut angelegt, die Informationen erwiesen sich jedoch als enttäuschend. Ein Wärter schrieb Jesse einen Brief, der Willoughbys Aufenthalt im Gefängnis beschrieb.

> *Schon nach einem Tag hatte sich der Gefangene in Schwierigkeiten gebracht. Er fing einen Kampf mit einem Mitgefangenen namens Baldy Perry an, woraufhin beide ausgepeitscht wurden. Der Neuankömmling quiekte während der Prozedur wie ein Schwein, beleidigte dann aber den Gefängnisdirektor und bekam Einzelhaft. Bei seiner Freilassung war er sehr schwach auf den Beinen, stürzte bei der morgendlichen Versammlung mehrmals zu Boden und wurde daraufhin zum leichten Dienst in der Molkerei eingeteilt.*

Dem Stil nach zu urteilen, handelte es sich bei dem Schreiber um einen pensionierten Polizeibeamten.

> *Ich selbst habe weitere Erkundigungen hinsichtlich der Ursache dieses Kampfes eingezogen. Es war nur ein dummer Streit darum, wer McPherson am besten kenne. Sträflinge behaupten stets, mit diesem*

Verbrecher bekannt zu sein. Laut Perry ist Ihr Mann auch unter dem Namen Ned Turner aufgetreten. Ich hoffe, Ihnen mit diesen Informationen gedient zu haben.

Von wegen »gedient«, was soll das alles? fragte sich Jesse ein wenig ratlos. Wieso dieser Streit um McPherson? Kannte Sonny den Outlaw also doch? Hatte er gelogen? Verdammt! Jesse war so enttäuscht, daß er um ein Haar nach Hause gefahren wäre. Hatte Willoughby ihn zum Narren gehalten? Und was war mit diesem anderen Namen, Ned Turner? Er schüttelte den Kopf. Wie hatte er nur auf diesen Schurken, diesen Betrüger hereinfallen können?
Während er über seine nächsten Schritte nachgrübelte, traf die Neuigkeit ein, McPherson sei wieder auf dem Kriegspfad; er habe eine Postkutsche und danach den Besitzer einer großen Farm überfallen. Zeugen waren sicher, daß es sich bei dem Täter um McPherson handelte. Jesse eilte ins Polizeipräsidium, um festzustellen, wo sich diese Vorfälle ereignet hatten.

Der Gefängnisklatsch hatte die wahre Ursache des Kampfes glücklicherweise entstellt, doch Mal wußte, daß er Perry zum Schweigen bringen mußte.
Sobald er konnte, machte er sich auf die Suche nach Perry, um ihm Käse aus der Molkerei zuzustecken. Mittlerweile erinnerte er sich daran, daß Perry der grobe Kerl war, den er mit McPherson in dem Pub in Brisbane getroffen hatte. Er mußte ihn irgendwie auf seine Seite bringen, da er es sich keinesfalls leisten konnte, mit McPherson in Verbindung gebracht zu werden.
Baldy war nicht nachtragend, vor allem dann nicht, wenn man ihm etwas zu essen anbot. Der Käse war in Sekundenschnelle in seinem Bauch verschwunden.
»Ich behaupte noch immer, du bist Ned Turner«, knurrte er.
Mal grinste. »Irgendwann braucht jeder mal einen anderen Namen. Aber verrate mir eins: Wie bist du drauf gekommen?«
»Mir war die ganze Zeit klar, daß du es warst. Weißt du nicht mehr, daß du in Brisbane mit meinem Kumpel McPherson über ein Pferd gestritten hast?«
»Mit *McPherson*?«

»Ja. Und er hat sich von dir die Uhr geben lassen.«
»Jesus, das stimmt! Du warst dabei. Jetzt sag mir nicht, daß der andere Kerl, der meine Uhr und beinahe auch mein Pferd bekommen hat, McPherson war?«
»Klar doch, Kumpel.«
»Allmächtiger Gott! Wenn ich das gewußt hätte, wäre ich nicht so vorlaut gewesen. Das gibt's doch gar nicht!«
Baldy war hocherfreut; er hatte mit dem Namen recht behalten und zudem zweifelsfrei bewiesen, daß er ein Freund McPhersons war, während dieser Trottel nicht mal bemerkt hatte, daß er dem großen Mann begegnet war. Das würde hier die Runde machen und ihm die Zeit bis zur Entlassung versüßen.
Der Junge wirkte beeindruckt. »Hast du viele Dinger mit ihm gedreht?«
»Eine ganze Menge«, prahlte Perry. »Da könnte ich dir Geschichten erzählen. Jim und ich waren dicke Freunde. Haben einen Haufen Geld verdient. Wenn ich hier rauskomme, bin ich ein reicher Mann.«
Mal hätte beinahe laut herausgelacht, da man ihm berichtet hatte, welch unverbesserlicher Lügner Perry doch sei. Niemand hörte ihm zu außer seinem neuen Kumpel, der fest entschlossen war, die Bekanntschaft mit Perry zu vertiefen.
»Du mußt uns bei Gelegenheit miteinander bekannt machen«, sagte Mal zu Baldy, doch der lachte nur.
»Wann denn, bitte schön? Ihr beide werdet baumeln, Kleiner.«
»Ich war nicht dabei, als der Transport überfallen wurde, und McPherson behauptet, er sei gar nicht in die Nähe von Maryborough gekommen. Stand jedenfalls so in der Zeitung.«
Den letzten Satz schob er geistesgegenwärtig hinterher, da er ja schlecht zugeben konnte, daß McPherson es ihm persönlich gesagt hatte. Geschmeichelt, wie er war, fiel Baldy dieser Schnitzer gar nicht auf.
»Vergiß, was in der Zeitung steht. Jim war dabei.« Er sah sich heimlichtuerisch um. »Hab ihn selbst gesehen.«
»Wo?«
»Na, in Maryborough, wo sonst?«
»Ich habe keine Spur von ihm gesehen.«

»Wie denn auch, hättest ihn ja gar nicht erkannt«, gluckste Baldy. »Hör mal, wenn du noch mehr von dem Käse erwischst, dann gib ihn mir, und ich kümmere mich dafür um dich. Hier sitzen ein paar üble Gestalten ein, die an einem hübschen Jungen wie dir Gefallen finden könnten. Du verstehst, was ich meine.«

Mal standen die Haare zu Berge, als er Baldy nachsah, wie der über den Hof davonstapfte. Er war noch immer dabei, das Gehörte zu entwirren, als die Glocke das Ende ihrer Erholungspause verkündete.

Er betrat mit den anderen die Messe, wo er geduldig mit seinem Blechnapf wartete, bis man ihm den üblichen Fraß und das schimmelige Brot aushändigte. Dann stand er inmitten der Sträflinge und schob sich das Essen unter Zuhilfenahme der Finger und des Brotes in den Mund. Er reihte sich in die nächste Schlange ein, um den Napf unter einem Wasserhahn auszuspülen. Das schlechte Essen störte ihn nicht weiter, doch die Unterhaltung mit Baldy hatte ihn verärgert. Für Mal ergaben seine Worte einfach keinen Sinn. Er war froh, als es endlich dunkel war und er sich auf seine Pritsche legen und in Ruhe nachdenken konnte, wobei er die Flüche und das Gemurmel in seiner Umgebung ausblendete.

Baldy konnte McPherson nicht in Maryborough gesehen haben, weil er nicht dort gewesen war.

Andererseits erschien es ihm seltsam, daß er Mals Behauptung, nicht bei dem Überfall am Blackwater Creek dabeigewesen zu sein, so einfach hingenommen hatte, obwohl Mal für ebendieses Verbrechen hier im Gefängnis saß.

Dann hatte er erklärt, Mal habe McPherson gar nicht sehen können, weil er ihn nicht als McPherson kannte; und doch galt er als Komplize des Schotten, und Baldy selbst hatte verkündet, sie würden beide hängen.

Mal erschien es beinahe, als wisse Baldy genau, daß er nicht an dem Verbrechen beteiligt war. Aber woher wollte er dieses Wissen nehmen?

Baldy mußte zu diesem Zeitpunkt in Maryborough gewesen sein. Und er prahlte damit, bei seiner Entlassung ein reicher Mann zu sein. Falls das nicht nur eine weitere Lüge war, so wie auch seine Behauptung, gemeinsam mit McPherson groß abgesahnt zu haben. Mal

hatte sich selbst davon überzeugen können, daß McPherson nicht gerade im Geld schwamm.
Er konnte nicht schlafen, denn die vielen Widersprüche gingen ihm ständig im Kopf herum und ließen ihn nicht zur Ruhe kommen. Baldy hatte akzeptiert, daß Mal McPherson bei ihrer Begegnung in Brisbane nicht erkannt hatte. Warum hätten sie dann bei dem Überfall plötzlich Komplizen sein sollen?
In den nächsten Tagen war Mal damit beschäftigt, Informationen über Baldy Perrys Vergangenheit zu sammeln. Was sich als keine allzu schwere Aufgabe erwies, da der Mann durch und durch unbeliebt war. Er hatte schon zuvor wegen bewaffneten Raubüberfalls gesessen … und diesmal war er hier, weil er in Maryborough einen Mann zusammengeschlagen hatte.
»Hat ihn beinahe zum Krüppel gemacht«, hieß es.
»Meinst du, er könnte einen Menschen töten?« fragte Mal einen älteren Gefangenen.
»Dieser Holzkopf würde alles tun, vorausgesetzt er glaubt, sie erwischen ihn nicht dabei. Wieso fragst du? Hast du Angst vor ihm, Kleiner?«
»Nein«, antwortete Mal fest.
»Ich glaube aber doch. Schließlich hast du ihm die Peitschenhiebe eingetragen.«
Ein Mann räumte zähneknirschend seinen Respekt für Perry ein. »Ich kenne ihn von früher, als wir beide draußen in Westen waren. War immer ein Schweinehund, aber ein guter Schütze. War immer gut, ihn bei der Jagd dabeizuhaben.«
Mal war sich bewußt, daß er vielleicht einer völlig falschen Fährte nachging, daß ihn die pure Verzweiflung Hinweise sehen ließ, wo gar keine waren, und daß er Baldys Lügen und Aufschneidereien mehr Bedeutung beimaß, als sie verdienten.
Dennoch, der Verdacht hatte sich in ihm festgesetzt, und er konnte ihn nicht mehr verdrängen. Er ging Baldy neuerdings lieber aus dem Weg, um sich ihm gegenüber nicht zu verraten. Irgendwann würde ihm eine Frage einfallen, mit der er ihn unwiderruflich mit den Morden in Verbindung bringen könnte. Aber welche? Er zermarterte sich das Hirn, suchte nach einer Falle, die er ihm stellen könnte, doch ihm wollte nichts in den Sinn kommen.

Allmählich wurde die Zeit knapp; Baldy sollte in einem Monat entlassen werden. Mal bat um Erlaubnis, ein Telegramm abzusenden, doch die Wärter lachten ihn nur aus.
»Hau ab, du Bastard. Für wen hältst du dich eigentlich?«
Seine beharrlichen Forderungen trugen ihm mehrfach Prügel ein, doch er gab nicht auf, bis ihn der Gefängnisdirektor, Captain Croft, aus lauter Neugier kommen ließ.
»Was soll dieser Unsinn? Die Gefangenen besitzen nicht das Privileg, Telegramme zu verschicken.«
»Aber es sehr dringend, Sir. Ich wäre Ihnen ungeheuer dankbar.«
»Wer ist denn gestorben?«
»Niemand, Sir. Ich muß nur eine einzige Zeile schreiben.«
»Das will ich auch meinen, schließlich kostet so etwas Geld. Und wie lautet diese alles entscheidende Zeile? Kannst du überhaupt schreiben?«
»Ja, Sir.«
»Dann schreib sie auf.« Er schob Mal Stift und Papier über den Tisch zu.
Er schrieb rasch: *Ich muß Ihnen etwas sagen. Dringend.*
»Verstehe. Und an wen ist es gerichtet? Deine Freundin?«
»Nein, Sir.« Mal schrieb Namen und Adresse dazu, und Croft schaute fassungslos auf das Blatt.
»Warum kannst du es nicht mir sagen, wenn es derart wichtig ist?«
»Ich bitte um Verzeihung, Sir, aber das geht nicht.«
»Willst du jetzt etwa frech werden? Ich verfüge über die nötigen Mittel, um dir deine Unverschämtheit auszutreiben.«
»Nein, Sir, keineswegs. Ich habe meine Lektion gelernt.«
»In diesem Fall kannst du ab sofort die übliche Schwerarbeit antreten. Du bist entlassen. Sag deinem Wärter Bescheid. Und das hier werde ich mir noch durch den Kopf gehen lassen.«
Er starrte auf das Telegramm. Dieser Bursche war wirklich dreist. Aber er hatte den Fall interessiert verfolgt und wußte, daß die Polizei Schwierigkeiten bei den Ermittlungen hatte. Das hier klang, als wolle Willoughby ein Geständnis ablegen. Er würde den Teufel tun und seine Karriere aufs Spiel setzen, indem er der Polizei Steine in den Weg legte. Und selbst wenn der Gefangene nichts Wichtiges zu

sagen hatte, würde Croft kein Risiko eingehen. Am besten, er schob die Verantwortung weiter und ließ den Empfänger zudem die Kosten des Telegramms übernehmen.

Constable Lacey zeigte Pollock das Telegramm und verkniff sich ein »Ich habe es Ihnen ja gesagt«.

Pollock saß an seinem Tisch, über einen Berg von Papieren gebeugt. Nach ihrer Rückkehr von der erfolglosen Suche hatte man ihn dazu verdonnert, alte Akten auszusortieren.

»Sieht aus, als hätte die Belohnung mal wieder jemanden hinter dem Ofen hervorgelockt«, sagte Lacey. »Jemand hat McPherson in Bowen verpfiffen. Er wurde festgenommen.«

»Ich wüßte gern, wie es sich genau abgespielt hat.«

»Das werden wir bald erfahren. Jetzt, wo beide in Haft sind, müßte sich eigentlich etwas bewegen. Willoughby bleibt bei seiner Geschichte, aber möglicherweise verliert McPherson im Gefängnis ein bißchen was von seiner Arroganz. Wohin wird man ihn wohl bringen?«

»Sie sollten jedenfalls gut auf ihn aufpassen, denn er ist schon einmal entwischt. Mit etwas Glück bringen sie ihn zu uns. Jetzt, wo wir eigene Richter und das neue Gerichtsgebäude haben, kann der Prozeß ja hier stattfinden. Andererseits haben die Politiker da auch noch ein Wörtchen mitzureden.«

Pollock verließ unter einem Vorwand die Polizeiwache, um sich bei einer Tasse Tee in Gesellschaft seiner Frau von der unwürdigen Arbeit zu erholen.

»Ich komme mir vor wie ein Narr. Hab die falsche Fährte verfolgt. Dabei hieß es doch, McPherson sei nach Bowen gegangen. Ich wär besser ihm auf den Fersen geblieben.«

»Aber wenigstens hast du doch die Polizei in Bowen verständigt.«

»Nein, das war Lacey. Dafür werden sie ihn befördern, während ich dasitzen und unbezahlte Bußgeldbescheide durchforsten darf. Allmählich glaube ich, ich sollte den Beruf an den Nagel hängen. Von hier wegziehen, eine Farm kaufen oder mir andere Arbeit suchen.«

Sie brachte ihm Scones mit Butter. »Du bist ein guter Polizist und liebst deinen Beruf.«

»Früher war das mal so. Aber jetzt stecke ich in einer Sackgasse, meine Liebe.«
Er aß die Scones, trank seinen Tee und sah aus dem Fenster. Ihr Nachbar, ein Fischer, hängte gerade geflickte Netze auf die Wäscheleine. Ihm fiel wieder das Ruderboot ein, das man auf dem Grund des Flusses gefunden und das nun die Polizei in Gewahrsam hatte. Auch das war eine falsche Fährte gewesen …
Bei seiner Rückkehr wurde er bereits von Lacey erwartet.
»Hier ist ein Telegramm …«
»Das hast du mir bereits gezeigt.«
»Nein, diesmal ist es für Sie persönlich. Anscheinend will Willoughby gestehen.«
Pollock riß ihm das Blatt aus der Hand. »Von wegen! Was hat er nun schon wieder vor?«
»Das sollen Sie ja eben herausfinden.«

Als Pollock darum bat, nach Brisbane fahren zu dürfen, verweigerte ihm sein Vorgesetzter rundweg die Erlaubnis dazu.
»In Brisbane gibt es eine Menge fähiger Polizeibeamter, die diesen Fall bearbeiten können. Ich werde dort mitteilen, daß Willoughby endlich bereit ist zu reden.«
»Das hätte er doch selbst tun können, Sir. Er hat aber ausdrücklich an mich geschrieben. Ich kenne ihn und seinen Fall. Ich halte es für wichtig, daß ich ihn verhöre.«
»Sergeant Pollock, Sie mögen zwar den Fall kennen, haben bisher aber keinerlei Fortschritte bei den Ermittlungen erzielt. Dürfte ich Sie daran erinnern, daß Ihnen dieser Schurke entwischt ist? Erlaubnis verweigert.«
Für Pollock war dies der letzte Strohhalm. Ihm war alles egal. Und diesmal ging es, wie man so schön sagte, um Sydney oder den Busch. Um alles oder nichts.
»In diesem Fall, Sir, werde ich mich über Sie hinwegsetzen und Mr. Kemp als Ihren Vorgesetzten verständigen, daß ich in dringenden Geschäften nach Brisbane reisen muß.«
»Wenn Sie das tun, sind Sie gefeuert!«
»Es steht Ihnen nicht zu, mich zu entlassen, Sir. Mr. Kemp hat in dieser Angelegenheit vielleicht auch etwas zu sagen. Schließlich war

er hier in Maryborough und hat, wenn ich das sagen darf, größeren Einblick in den Fall als Sie.«

»Wie können Sie es wagen, so mit mir zu sprechen? Sie sind wieder Constable, bevor der Tag vorüber ist.«

Pollock schob ein Formular über den Tisch. »Hiermit bitte ich um eine vorübergehende Freistellung von meinen Pflichten in Maryborough. Den Antrag auf Spesen reiche ich nach. Wenn Sie nicht zustimmen, telegrafiere ich an Kemp. Ich werde auf jeden Fall nach Brisbane fahren.«

Sein Vorgesetzter weigerte sich, den Antrag zu unterschreiben, und Pollock schickte Kemp ein Telegramm, ohne jedoch seine Antwort abzuwarten, in der man ihn ohnehin nur wieder an seinen direkten Vorgesetzten verwies.

Als diese Antwort eintraf, war Pollock schon zu Hause und beim Packen.

So sehr sich Emilie auch über die erneuerte und vertiefte Freundschaft zu Clive freute, blieb sie doch fest entschlossen, Mal zu helfen. Es ist meine Pflicht, sagte sie sich mit dem Eifer einer Missionarin, während sie an der Reling des Dampfers stand und den Zurückbleibenden am Kai zum Abschied winkte.

Sie war überrascht und gerührt gewesen, daß so viele gekommen waren, um sich von ihr zu verabschieden, wo sie doch nur für ein paar Wochen verreiste … Clive, Mrs. Mooney und die Kinder der Manningtrees waren da, die der Herr des Hauses in den Wagen gepackt und zum Hafen kutschiert hatte, ebenso Kate und Nellie; nur seine Frau war nicht mitgekommen. Auch Emilies Nachbarn, die Dresslers, hatten sich eingefunden und versprachen, während ihrer Abwesenheit das Cottage zu hüten. Mrs. Dressler schenkte ihr zum Abschied ein Spitzentaschentuch. Emilie war überwältigt von der unerwarteten Anteilnahme und nahm sich vor, ihnen allen aus Brisbane Geschenke mitzubringen. Diese Menschen ersetzten ihr beinahe die Familie, und sie fühlte sich nun gar nicht mehr so allein in diesem fremden Land.

Als der Dampfer auf den Mary River hinaus und um die Biegung flußabwärts fuhr, ging sie unter Deck, um eine Tasse Tee zu trinken. Danach kam sie wieder nach oben und betrachtete die Umgebung, wobei sie sich an ihre erste Fahrt auf diesem Fluß erinnerte. Wie nervös sie damals gewesen war und wie unsicher darüber, was sie hier alles erwarten würde!

Bis zum Nachmittag hatten sie die Flußmündung erreicht und gelangten in die blaue Hervey Bay. Nun änderte sich Emilies bis dahin so frohe Stimmung. Vor ihr lag Fraser Island, wo Mal Zuflucht gesucht hatte. Sie sah den bunten Sand am Fuß der Klippen und konnte ihre Mission nicht länger als bloße Pflicht betrachten. Die Insel erinnerte sie an sein unbekümmertes Grinsen und die kühnen blauen Augen, an ihre Gefühle für ihn. Und ihre ganze Sorge brach sich wieder Bahn.

Mehrere Tage später bog der Dampfer um die Spitze einer weiteren großen Insel, die die Einfahrt zur Moreton Bay an der Mündung des Brisbane River bewachte. Diese Bucht war Emilie vertraut, denn hier waren zwei unglückliche Mädchen aus London durchgesegelt, und eines von ihnen hatte diesen Weg dann noch einmal auf einem Schiff voller Auswanderinnen in Richtung Maryborough genommen. Sie wurde ganz aufgeregt und freute sich auf das Wiedersehen mit Ruth.

Das Wasser in der Bay war kabbelig, so daß viele Passagiere seekrank wurden und nur wenige Menschen an Deck blieben.

Ein Herr, den sie hier an Bord flüchtig kennengelernt hatte, trat zu ihr.

»Keine Probleme mit dem Seegang, Miss?«

Sie lächelte. »Eigentlich nicht. Und ich finde es ratsam, hier oben an der frischen Luft zu bleiben.«

»Gott sei Dank hatten wir eine angenehme Reise.«

»Das ist wahr.«

Er deutete auf die Insel. »Da liegt das Gefängnis.«

Emilie sah überrascht hinüber. »Ich dachte, das sei eine Leprastation.«

»Früher einmal, aber heute ist es ein Hochsicherheitsgefängnis. Da kommen alle bösen Buben hin. Angeblich sitzt auch dieser Willoughby da drinnen. Der in Maryborough den Überfall und die Morde begangen hat ...«

Er sprach weiter und überschüttete sie förmlich mit Informationen. »Diese kleine Inselgruppe war in den alten Zeiten als Green Isles bekannt. Damals lag die Strafkolonie in Dunwich. Dort gab es einen Aborigine unter den Gefangenen, den sie Napoleon riefen, weil er dem echten Bonaparte ähnlich sah. Er verbreitete so viel Angst und Schrecken, daß man ihn auf diese Insel verbannte. Daher auch der Name St. Helena ... Aber er war viel schlauer als Boney. Hat sich ein Kanu gebaut und ist verschwunden. Ich weiß nicht, ob sie ihn jemals wieder eingefangen haben.«

Emilie hörte kaum hin, sondern schaute zu den abweisenden Mauern empor, die so gar nicht zu der kleinen Insel passen wollten. Dort drinnen also sollte Mal sein? Zusammen mit den gefürchtetsten Kriminellen des Landes? Sie durfte gar nicht daran denken und mußte sich mit Tränen in den Augen abwenden.

Die liebe Ruth erwartete sie am Kai, als der Dampfer anlegte.

Emilie eilte die Gangway hinunter und stürzte sich ihrer Schwester geradewegs in die Arme. »Meine Liebe, es ist so schön, dich zu sehen. Es kommt mir vor, als seien Jahre vergangen ...«

Ruth versteifte sich und trat einen Schritt zurück. »Also wirklich, Emilie, bitte keine öffentlichen Gefühlsausbrüche! Beherrsche dich. Natürlich freue ich mich auch, dich zu sehen, aber wir sind doch keine Kinder mehr.« Sie rückte Emilies Hut zurecht und schloß ihr den obersten Mantelknopf. »Schon besser. Du bist ziemlich braungebrannt. Ich habe dich doch vor der Sonne gewarnt. Trägst du etwa keinen Hut?«

Ernüchtert holte Emilie zu einer Erklärung aus. »Das schon, aber ich gehe oft zu Fuß, und der Wind ...«

»Egal, jetzt holen wir erst einmal dein Gepäck. Ich hoffe, du hast nicht zuviel mitgebracht.«

»Nein, nur diesen einen Handkoffer.«

»Gut. Ich habe ein zweites Bett in mein Zimmer stellen lassen, es dürfte also ziemlich eng werden.«

»Ich habe etwas gespart und könnte mir ein eigenes Zimmer nehmen.« Emilie hätte lieber mehr Privatsphäre gehabt, um in Ruhe über viele Dinge nachdenken zu können.

Ruth wirkte gekränkt. »Verstehe. Jetzt, wo du ein ganzes Haus gemietet hast, ist es wohl unter deiner Würde, ein Zimmer mit deiner Schwester zu teilen.«

»Du lieber Himmel, nein. Ich wohne sehr gern mit dir zusammen. Ich wollte dir nur keine Unannehmlichkeiten bereiten.«
»Es ist eine Frage des Geldes. Ich mag keine Verschwendung. Da du, wie du sagst, etwas gespart hast, kannst du ja die Hälfte meiner Wochenmiete übernehmen.«
»Einverstanden«, entgegnete Emilie fügsam. Ruth wirkte größer und hagerer, ihre Gesichtszüge schärfer, als sie sie in Erinnerung hatte.
»Dann komm jetzt. Wir müssen uns beeilen, damit du Mr. Bowles noch vor dem Mittagessen kennenlernen kannst. Ein Glück, daß du an einem Samstag eingetroffen bist, sonst hätte ich dich gar nicht abholen können.«
Nach dem Leben in dem Landstädtchen erschien Emilie Brisbane wie eine Metropole; die Menschen waren elegant gekleidet, die Auslagen der Geschäfte eine wahre Pracht. Sie mußte an sich halten, um nicht einfach stehenzubleiben und zu staunen.
»Ich freue mich so auf die Begegnung mit Mr. Bowles«, sagte sie zu Ruth, während sie sich bemühte, mit ihrer älteren Schwester Schritt zu halten. »Das ist alles sehr aufregend.« Sie warf einen Blick auf Ruths behandschuhte Hand.
»Du hast mir deinen Verlobungsring noch gar nicht gezeigt.«
Ruth sah sie streng an. »So eine alberne Bemerkung! Ich brauche keine Liebespfänder. Wage es nicht, so etwas in Mr. Bowles' Gegenwart zu erwähnen und ihn damit in Verlegenheit zu bringen.«
»Ach so. Nein, natürlich nicht.«
Er stand in einem glänzenden schwarzen Anzug mit weißem Hemd und schmaler Krawatte auf der Veranda. Sein pomadisiertes Haar war streng gescheitelt, das Gesicht lang und bläßlich, und neben der Hakennase prangte ein großes Muttermal. Er begrüßte Ruth herzlich und nickte Emilie zu, als man sie miteinander bekannt machte.
»Es freut mich sehr, Sie kennenzulernen, Miss Tissington.« Er warf einen Blick auf seine Uhr, die er an einer Kette in der Westentasche trug, und steckte sie wieder ein. »Ruth, wir kommen bereits zu spät zum Essen.«
»Es tut mir leid. Laß uns hineingehen.«
Er bot Emilie nicht an, ihren Koffer zu tragen. Also nahm sie ihn

selbst und folgte den beiden ins Haus, wo sie von Mrs. Medlow begrüßt wurden. Die Pensionsinhaberin trat auf Emilie zu.
»Ich freue mich, Sie wiederzusehen, meine Liebe.«
»Mir geht es ebenso«, lächelte Emilie. »Gut sehen Sie aus, Mrs. Medlow.«
»Danke, meine Liebe. Die viele Arbeit hält mich auf Trab. Leben Sie gern da oben im Norden?«
»Es ist sehr schön dort, wenn auch eher ländlich und ganz anders als hier in Brisbane. Aber ich komme zurecht.«
»Schön zu hören …«
Emilie sah das Stirnrunzeln ihrer Schwester, die sie an der Tür zum Speisezimmer erwartete. »Ich muß jetzt gehen. Dürfte ich meinen Koffer erst einmal in Ihr Büro stellen? Ich hole ihn später ab.«
»Keine Sorge, das Mädchen wird ihn auf Ihr Zimmer bringen.«
»Vielen Dank, das ist sehr freundlich.«
Ruth war verärgert. »Mußt du ausgerechnet mit *ihr* so lange reden? Mr. Bowles ist bereits hineingegangen.«
Emilie errötete, und zwar nicht wegen des Tadels, sondern weil sie sich an ihrer beider Verhalten erinnerte, als sie damals in der Pension eingetroffen waren. Sie und Ruth hatten es abgelehnt, irgendwelche Bekanntschaften zu schließen, und waren den Menschen recht überheblich begegnet. Seither hatte sie gelernt, daß alle Menschen Menschen waren, ungeachtet ihrer sozialen Herkunft, und daß man mit Freundlichkeit einfach weiter kam. Die Einsamkeit hatte sie dazu gebracht, die Leute weniger kritisch zu betrachten, doch erst jetzt begriff sie, wie sehr sie sich verändert hatte. Ruth hatte diese Erfahrung offensichtlich nicht gemacht und war immer noch so reserviert wie ehedem. Emilie beschloß, wachsam zu sein; sie wollte Ruth auf gar keinen Fall gegen sich aufbringen.
Beim Essen ließ Mr. Bowles es zu, daß Ruth sein Loblied sang und von seiner bedeutenden Arbeit im Parlament berichtete. Er bot Emilie an, ihr »das Haus« zu zeigen, und sie nahm den Vorschlag erfreut an. Im Gegenzug erwähnte er Ruths hingebungsvolle Arbeit mit den albernen Mädchen im College. Emilie freute sich über die gegenseitige Bewunderung der beiden, konnte sich aber irgendwie nicht für Mr. Bowles erwärmen. Er war so ernsthaft, so hochtrabend, so humorlos. Im Grunde paßten er und Ruth ausgezeichnet zueinander.

Emilie brachte die Landzuteilung zur Sprache, immer noch ganz begeistert von dieser glücklichen Fügung. »Wir hatten solches Glück. Ich kann es gar nicht erwarten, die Grundstücke zu sehen.«

»Wir fahren nächstes Wochenende hin«, erwiderte Ruth.

»Warum nicht gleich morgen?«

»Morgen hat Mr. Bowles zu tun.«

»Aber es ist Sonntag.«

Er grinste. »Mein Minister scheint meine Anwesenheit an jedem Tag der Woche zu verlangen. Manchmal frage ich mich, ob er ohne mich überhaupt zurechtkäme.«

»Ich mich auch«, warf Ruth ein. »Du mußt dich gedulden, Emilie. Mein Grundstück wird ohnehin in einigen Tagen verkauft.«

»So schnell? Wieviel wirst du verlangen?«

»Das können wir getrost Mr. Bowles überlassen. Er versteht etwas vom Geschäft.«

Emilie wandte sich an ihn. »Das glaube ich gern. Aber wieviel hat Ruth zu erwarten? Nur so ungefähr.«

»Meine liebe Emilie, ungefähr gibt es bei mir nicht«, entgegnete er steif. »Ich verlange den augenblicklichen Marktpreis.«

»Und der wäre?«

Ruth mischte sich in die Unterhaltung. »Das ist uns noch nicht bekannt. Aber komm jetzt bitte nicht auf die Idee, Mr. Bowles würde sich dazu herablassen zu feilschen. Ich bin dankbar für jeden Preis, den er erzielt.«

Nachdem Daniel gegangen war, sprachen Emilie, die sich nun bedeutend wohler fühlte, und Ruth in ihrem Zimmer über alte Zeiten. Auch ihre Schwester wirkte nun entspannter, und es gab so viel zu erzählen.

»Ich habe Vater geschrieben«, sagte Ruth, »damit er weiß, wo wir leben und wie wir es getroffen haben. Aber er hat nicht geantwortet.«

»Wahrscheinlich hat er deinen Brief überhaupt nicht zu Gesicht bekommen. *Sie* hat ihn vermutlich verbrannt. Hast du auch geschrieben, daß du verlobt bist?«

»Ja, in einem zweiten Brief. Ich war der Meinung, er habe ein Recht, es zu erfahren.«

»Und noch immer keine Antwort?«
»Es ist noch nicht lang genug her.«
Emilie zuckte die Achseln. »Ich würde nicht darauf wetten, daß eine kommt.«
»Also wirklich, Emilie, was für ein Ausdruck! Wir müssen einfach abwarten. Ich vermisse England«, sagte sie wehmütig. »Ich kann es gar nicht abwarten, dorthin zurückzukehren.«
Emilie schaute sie überrascht an. »Vielleicht hat Mr. Bowles da ja auch noch ein Wörtchen mitzureden.«
»Er weiß es bereits. Sobald wir es uns leisten können, werden wir heimreisen und möglicherweise für immer bleiben.«
»Heim? Für ihn ist es doch ein fremdes Land.«
»Aber er wünscht sich England als Heimat, hat sich immer schon danach gesehnt. Wie steht es denn mit deinem Mr. Hillier? Er ist doch Engländer. Vielleicht bist du sogar noch vor mir wieder zu Hause.«
»Das kann ich nicht sagen, er hat nie von Heimkehr gesprochen.«
»Dann solltest du ihn dazu ermutigen. Dieses Land hier ist so barbarisch.«
Emilie lachte. »Guter Gott, wenn du Brisbane für barbarisch hältst, solltest du mal in den Norden fahren. Maryborough ist eine völlig andere Welt, echtes Pionierland, aber gerade das macht es so interessant. Ich wünschte, du könntest mit mir kommen und es dir ansehen.«
Ruth erschauderte. »Dazu habe ich keine Zeit. Ohnehin wäre ich viel glücklicher, wenn du wieder nach Brisbane ziehen würdest. Ich mache mir Sorgen um dich.«
»Dazu besteht kein Grund, Liebes, ich komme schon zurecht.«
Sie unterhielten sich lange und entschlossen sich dann zu einem Spaziergang im Botanischen Garten. Das Wetter war herrlich. Emilie glänzte mit ihrer Kenntnis der exotischen Pflanzenwelt, und Ruth ließ sich im Gegenzug dazu herab, amüsante Geschichten über ihre Schuldirektorin zu erzählen, die reichlich exzentrisch war. Sie neigte dazu, die Schulversammlung in Französisch abzuhalten, obgleich diese Sprache dort niemand verstand.
»Außer dir«, kicherte Emilie. »Wie ist ihr Französisch denn so?«
»Schauderhaft«, gluckste Ruth, »aber ich verziehe keine Miene. Ich

stehe nur da und nicke und lächle, als sei ich tief beeindruckt, da sie angeblich mit dem Gedanken spielt, mich zu ihrer Stellvertreterin zu ernennen.«

»Wie wunderbar. Aber du konntest schon immer gut Haltung bewahren. Ich würde alles ruinieren, weil ich einfach nicht ernst bleiben kann.«

Jetzt waren sie so glücklich zusammen, daß sie gelegentlich sogar Arm in Arm gingen. Als sie sich schließlich auf eine Bank setzten, weil Ruth sich die Schuhe binden mußte, ergriff Emilie die Gelegenheit, ihre Schwester wegen Mal um Rat zu fragen. Wenn es um Gerechtigkeit ging, konnte man auf Ruth zählen.

»Einen Moment noch, ich möchte dir von einem Freund erzählen, dem furchtbares Unrecht zugefügt wurde.«

»Welchem Freund?«

»Er heißt Mal Willoughby.«

»Du hast ihn noch nie zuvor erwähnt. Welche Art von Unrecht denn?«

»Juristisches Unrecht.«

»Dann sollte er sich einen fähigen Rechtsanwalt nehmen, der ihn vor Gericht vertritt, und keinen Dilettanten.«

»Ich bin so froh, daß du mit mir einer Meinung bist. Also, folgendes ist passiert …«

Ruth war immerhin so höflich, sie nicht zu unterbrechen, doch während Emilie die beklagenswerte Geschichte enthüllte, sah sie ihre Schwester zuerst bleich werden, danach nahm ihr Gesicht einen versteinerten Ausdruck an. Doch Emilie ließ sich dadurch nicht beirren. Sie war überzeugt, wenn Ruth erst die ganze Geschichte gehört hätte, würde sie alles verstehen.

»Und wo ist er jetzt?« fragte Ruth schließlich.

»Im St.-Helena-Gefängnis, auf einer Insel in der Flußmündung. Wir haben es gesehen, als …«

Ruth sprang auf. »Hör auf, hör sofort auf. Ich will nichts mehr davon hören. Ich wußte, ich hätte dich niemals allein fortlassen dürfen. Das ist die entsetzlichste Geschichte, die ich je gehört habe. Morde, Verbrechen. Bist du von Sinnen? In solcher Gesellschaft treibst du dich also herum? Du wirst nicht dorthin zurückkehren. Gleich morgen lasse ich nach deinen Sachen schicken.«

Emilie war tief verletzt. »Ruth, bitte setz dich und hör mir zu. Vermutlich habe ich es nicht richtig erklärt …«
»Du hast genug erklärt. Und was ist mit Mr. Hillier? Was sagt er zu alledem?«
»Er hält Mal ebenfalls für unschuldig. Er war sein Partner auf den Goldfeldern.«
»Mr. Hillier hat auf den Goldfeldern gearbeitet?«
»Dort suchen alle möglichen Leute ihr Glück.«
»Ich jedenfalls pflege keine derartigen Menschen zu kennen. Es ist Zeit, daß wir in die Pension zurückkehren und du endlich Vernunft annimmst. Ich möchte kein Wort mehr darüber hören. Wie kommst du nur auf die Idee, ich wäre bereit, mir derart entsetzliche Dinge anhören?«
Emilie rührte sich nicht von der Stelle, sondern schaute bittend zu ihrer Schwester hoch. »Mr. Bowles kennt sich doch aus im Rechtswesen. Du hast selbst gesagt, mein Freund solle einen fähigen Anwalt engagieren. Vielleicht könnte er mir einen Rat geben, wer für Mr. Willoughby in Frage käme.«
Ruth hielt sich die Ohren zu. »Kein Wort mehr, verstanden? Du darfst das unter gar keinen Umständen Mr. Bowles gegenüber erwähnen. Dein Verhalten ist schlichtweg abstoßend.«
Sie zog ihren Schal enger um die Schultern, als sei der Nachmittag plötzlich kühl geworden, und stolzierte davon. Niedergeschlagen erhob sich Emilie von der Bank. War sie wirklich verrückt gewesen, sich mit Mal einzulassen?
Als sie Ruth eingeholt hatte, hielt diese ihr eine wutentbrannte Gardinenpredigt. Ihr Benehmen sei nicht nur enttäuschend, sondern geradezu peinlich. Besaß sie denn keinerlei Selbstachtung? Es war offensichtlich ein schwerer Fehler gewesen, sie allein in diese wilde Gegend ziehen zu lassen, da sie anscheinend nicht wußte, wie man sich anständig benahm. Ruth nörgelte auf dem ganzen Rückweg zur Pension an ihr herum. Zweifellos wäre sie damit fortgefahren, wären sie nicht auf der Veranda von Mr. Bowles erwartet worden.
Nachdem ihn die Damen begrüßt und sich in Korbsesseln niedergelassen hatten, verkündete Ruth, Emilie werde nicht »an diesen Ort« zurückkehren.

Er wirkte nicht allzu begeistert. »Ich dachte, Sie wären in Maryborough gut untergebracht?«
»Es ist wirklich nicht passend«, antwortete Ruth an Stelle ihrer Schwester. »Ich werde mich hier nach einer angemesseneren Stellung für sie umsehen. Aus eigener Erfahrung weiß ich, wie demütigend es sein kann, sich mit Landpomeranzen abgeben zu müssen. Sie sind einfach nicht der richtige Umgang für uns.«
Emilie kochte vor Wut, während die anderen beiden über Bagatellen plauderten, und horchte erst auf, als die Sprache auf die Grundstücke kam.
»In der kommenden Woche will ich Pläne für unser Haus zeichnen«, sagte Bowles. »Ich habe bereits mit den Handwerkern gesprochen, die für den Anbau am Haus des Ministers verantwortlich waren, und sie würden mir einen guten Preis machen.«
»Wunderbar«, antwortete Ruth. »Ich bin sicher, daß sich Mr. Lilley nur mit dem Besten zufriedengibt.«
Unser Haus? Emilie war nicht in der Stimmung, sich von diesem Mann vereinnahmen zu lassen. Wie kam Mr. Bowles dazu, es auch als sein Haus zu betrachten? Das Haus sollte mit dem Geld aus dem Verkauf von Ruths Grundstück auf Emilies Land gebaut werden. Folglich gehörte es ihnen beiden, nicht ihm. Erst jetzt begriff sie, was dieses Geschäft tatsächlich bedeutete. Wenn er Ruth heiratete, stand es ihm zu … Guter Gott! Als ihr Ehemann würde er volles Verfügungsrecht über Ruths Vermögen besitzen.
Und wo bleibe ich dabei? fragte sie sich. Selbst wenn Ruth der Ansicht war, sie sei verrückt, war sie doch nicht so dumm, sich alles gefallen zu lassen.
Emilie beugte sich vor und mischte sich in das Gespräch. »Wir werden natürlich einen Anwalt brauchen, der die notwendigen Dokumente aufsetzt, bevor das Haus auf meinem Land entsteht, damit die Eigentumsverhältnisse geregelt sind.«
»Du brauchst keinen Anwalt«, fauchte Ruth. Wahrscheinlich argwöhnte sie, Emilie hätte dies nur zur Sprache gebracht, um auf diese hinterlistige Weise an den Namen eines Anwalts für Mal zu gelangen.
Bowles äußerte sich sogar noch entschiedener. »Es ist wirklich nicht nötig. Ich kann den Papierkram ganz gut selbst erledigen. Immerhin

arbeite ich für den Justizminister. Als Damen sollten Sie sich ihre Köpfe nicht über solche Dinge zerbrechen müssen.«
Also habe ich überhaupt kein Mitspracherecht, dachte Emilie. Und wie es aussieht, werde ich das Haus nicht mit meiner Schwester, sondern mit ihnen beiden teilen. Das Haus und das Eigentum daran.
Sie faltete entschlossen die Hände im Schoß. »Ich bin mir noch nicht sicher, ob ich auf meinem Grundstück überhaupt ein Haus errichtet haben möchte.«
Sein blassen Augen blinzelten. »Wie bitte?«
Ruth errötete. »Achte nicht auf sie. Emilie fühlt sich heute nicht recht wohl.«
»Und ob. Und ich hätte gern die Besitzurkunde für mein Grundstück, Mr. Bowles. Ich nehme an, sie befindet sich noch in Ihrem Büro.«
»Mach dich nicht lächerlich«, zischte Ruth. »Wo Mr. Bowles doch so viel für uns getan hat. Du hättest nicht einmal gewußt, daß die Möglichkeit, Land zugeteilt zu bekommen, überhaupt existiert …«
»Das stimmt, und ich bin Ihnen auch sehr dankbar für den guten Rat, aber ich möchte auf diesem Land nicht bauen. Jedenfalls jetzt noch nicht.«
»Ich habe mein Land aber schon verkauft!« schrie Ruth.
»Nein, das hast du noch nicht. Es liegt ganz bei dir. Du kannst aber auch verkaufen und mit dem Erlös irgendwo ein kleineres Grundstück erwerben, auf dem du dein Haus dann errichtest. Ich brauche im Augenblick jedenfalls kein Haus.«
»Emilie, du kannst nicht hier in der Pension leben, das ist auf die Dauer zu teuer! Wir brauchen ein eigenes Haus.«
»Ruth, du vergißt, daß ich hier nur zu Besuch bin. Ich habe nicht vor, aus Maryborough wegzuziehen.«
»Das werden wir ja noch sehen!« Ruth erhob sich. »Daniel, würdest du uns bitte entschuldigen? Ich glaube, Emilie ist nicht ganz bei sich.«
Ruth scheuchte sie auf ihr Zimmer.
»Wie kannst du es wagen! Wie kannst du so mit Mr. Bowles sprechen! Du wirst dich auf der Stelle bei ihm entschuldigen. Ich fürchte, du bist völlig von Sinnen. Und was soll das heißen, du willst kein

Haus? Wir brauchen ein eigenes Heim. Verstehst du denn nicht, welches Glück wir haben? Als wir aus England weggingen, habe ich gefürchtet, wir müßten bis ans Ende unseres Lebens zur Miete wohnen …«

»Also ist dieses Land wohl doch nicht so übel«, konnte Emilie sich nicht verkneifen zu sagen.

»Diese Bemerkung ist selbstgefällig und überaus unpassend. So etwas schickt sich nicht.«

»Mir geht dafür dein Nörgeln auf die Nerven.«

»Verstehe. Du willst mich bestrafen, weil ich Mr. Bowles nicht bitte, deinem kriminellen Freund zu helfen. Aber du kannst sicher sein, daß diese Erpressung nicht funktionieren wird. Denk nicht, du könntest mich zwingen, für solche empörenden Winkelzüge meine gesellschaftlichen Maßstäbe herabzusetzen.«

»Damit hat das gar nichts zu tun. Um diese Angelegenheit werde ich mich selbst kümmern. Ich möchte nicht unfreundlich sein, aber es wäre wohl besser für alle Beteiligten, wenn ihr als Jungverheiratete ein eigenes Heim hättet. Bitte laßt mich einfach aus dem Spiel.«

»Du bist eifersüchtig! Wie konnte ich das nur übersehen. Du bist eifersüchtig, weil ich einen anständigen Mann gefunden habe und du nicht …«

»Ach, hör auf, Ruth. Es läutet zum Tee. Ich gehe jetzt hinunter.«

Sie nahmen ihren Tee schweigend ein. Emilies Entscheidung war gefallen. Eine Zeitlang würde sich das Verhältnis zu Ruth und Mr. Bowles sicher schwierig gestalten, aber das würde sich geben. Mit etwas Glück konnte es sogar sein, daß die beiden irgendwann ihren Standpunkt verstehen lernten. Doch sie fühlte sich einsam in Gesellschaft des streng dreinblickenden Paares und vermißte Clive und die anderen Freunde in Maryborough.

Emilie sah sich in dem ruhigen Speisezimmer um und fragte sich, wer alle diese Gäste sein mochten. Sie wirkten wie anständige, nette Menschen, doch ihre Schwester sprach mit keinem von ihnen. Dann fiel ihr Blick auf den Tisch neben ihrem, und sie erinnerte sich, daß dort damals dieser freundliche Mann mit seiner Frau zu sitzen pflegte. Mr. Kemp hatte er geheißen. Polizeichef Kemp. Vor Mrs. Mooneys Hotel in Maryborough hatten sie sich wiedergetroffen. Sie hatte sich damals kaum getraut, den Mund aufzumachen, da sie fürchtete, Mal damit zu schaden. Doch nun, da er ohnehin im Gefängnis saß, brauchte sie diese Angst nicht mehr zu haben.

Sie wußte noch immer nicht, wie sie einen geeigneten Anwalt für Mal auftreiben sollte. Vielleicht könnte Mr. Kemp ihr dabei behilflich sein? Ihr schauderte zwar bei der Vorstellung, ihn zu fragen, doch es war ihre einzige Chance. Morgen früh würde sie gleich bei ihm vorsprechen.

Pollocks erste Begegnung mit Kemp war nicht gut verlaufen. Das Schiff hatte früh am Morgen angelegt, und der Sergeant war umgehend zum Polizeipräsidium geeilt, wo er bis zum Eintreffen des Polizeichefs draußen vor dem Eingang wartete. Er kannte das alte Holzgebäude gut, denn er hatte seine ersten Jahre als Constable hier verbracht. Man hatte ihm mitgeteilt, Kemp werde um acht Uhr erwartet. Er zündete sich eine Zigarette an und beobachtete die müden Polizisten, die nach der langen Nachtwache nach Hause gingen. Auch daran erinnerte er sich noch gut.

Als er die hochgewachsene, vertraute Gestalt auf der Straße entdeckte, rückte er den Hut zurecht und rieb die Stiefel an seinen Hosenbeinen, bis sie glänzten.

»Guten Morgen, Sir.«

»Jesus, Pollock! Sie haben ja keine Zeit verschwendet. Ist die Sache denn so wichtig? Geben Sie Ihre Papiere ab, dann kommen Sie in mein Büro.«

Pollock wurde blaß. »Ich habe keine Papiere, aber es dürfte auch so in Ordnung sein.«

»Was denn, bitte schön? Sie brauchen eine Bescheinigung, daß man Sie beurlaubt hat. Vielleicht eine zeitweilige Versetzung? Die können Sie dem diensthabenden Beamten aushändigen.«

»Ich hatte keine Zeit, mir eine zu besorgen, Sir.«

Kemp runzelte die Stirn. »Was soll das heißen? Etwa, daß Sie sich unerlaubt vom Dienst entfernt haben?«

»Ja, Sir.« Pollock hatte nicht gedacht, daß Kemp sich so anstellen würde. »Es war unumgänglich.«

»Kommen Sie mir nicht mit solchem Unsinn.«

»Es tut mir leid, Sir.«

»Sie stehen unter Arrest, Sergeant. Melden Sie sich umgehend beim diensthabenden Beamten.«

Kemp war verärgert. Natürlich war er daran interessiert, daß ein Kontakt zwischen Willoughby und Pollock zustande kam, aber er konnte nicht zulassen, daß eine solche Eigenmächtigkeit ungestraft blieb. Auf dem Weg in sein Büro wies er seinen Stellvertreter an, die Sache in die Hand zu nehmen.

Er ließ Pollock bis zum späten Nachmittag warten, damit dieser sich wieder beruhigen konnte, und rief ihn dann zu sich.

»Ihr Vorgesetzter in Maryborough hat sich rundweg geweigert, Sie nach Brisbane fahren zu lassen ...«

»Aber es ist wichtig, Mr. Kemp, das wissen Sie selbst. Und ich habe bereits einen Tag verloren.«

»Es wird nicht der letzte sein. Im übrigen befinden Sie sich von nun an in unbezahltem Urlaub.«

»Da kann ich ebensogut den Dienst quittieren.«

»Das liegt ganz bei Ihnen«, erwiderte Kemp tonlos. »Sie haben dieses Telegramm des Sträflings Willoughby erhalten. Was haben Sie nun vor?«

»Ich brauche die Erlaubnis, ihn auf der Insel aufzusuchen.«

»Wie beruhigend, daß Sie wenigstens mich um Erlaubnis bitten. Nun, Sie können den Gefangenen sehen, nachdem ich die Genehmigung von Captain Croft, dem Gefängnisdirektor, eingeholt habe.«

»Das ist nicht notwendig. Er hätte Willoughby nicht gestattet, mir das Telegramm zu senden, wenn er dessen Bedeutung nicht erkannt hätte. Vermutlich erwartet er sogar, daß ich darauf reagiere.«

»Dennoch benötigen Sie eine schriftliche Genehmigung, bevor Sie Gefangene besuchen dürfen.«

»Aber das wird Tage dauern. Könnten Sie ihm nicht telegrafieren, Sir?«

»Ich werde darüber nachdenken. Kommen Sie morgen um acht Uhr wieder hierher.«

»Und wenn Willoughby inzwischen seine Meinung ändert? Ich bin mir sicher, daß er ein Geständnis ablegen will.«

Kemp lachte. »Ein paar Tage mehr in dem Loch, und er ist vielleicht noch wilder aufs Gestehen als jetzt.«

Es vergingen drei Tage, bis Pollock das Beiboot des Gefängnisses besteigen und den offiziellen, von Kemp unterzeichneten Vordruck übergeben konnte. Mittlerweile war er davon überzeugt, daß sich die gesamte Polizeihierarchie gegen ihn verschworen hatte, weil er einen Mordfall bearbeitete, der weder gelöst noch ungelöst zu den Akten gelegt werden konnte.
Croft, der eine elegante, schwarze Uniform mit Silberknöpfen trug, die offensichtlich selbstentworfen und maßgeschneidert war, hieß ihn auf der Insel willkommen.
»Freut mich Sie zu sehen, alter Knabe. Ich bekomme selten Besuch. Habe ein spezielles Menü für Sie zubereiten lassen, aber erst einmal führe ich Sie herum. Wir kommen ganz gut zurecht, sind praktisch Selbstversorger. Die Gefangenen arbeiten für ihren Unterhalt, und so sollte es auch sein. Lord Blessington, ein Mitglied des Oberhauses, stattete uns vor zwei Monaten einen Besuch ab. Toller Bursche. Er hat uns als Modellgefängnis eingestuft. Obschon die Sträflingstransporte aus dem Mutterland eingestellt wurden, meint er, man solle diese Praxis wieder aufnehmen. In Queensland gibt es Hunderte von Inseln, auf denen man noch ein Dutzend gleichartiger Gefängnisse errichten könnte. Damit blieben die Festlandbewohner unbehelligt, und wir hätten gleichzeitig die ewige Dankbarkeit der Briten sicher, die damit ihre überfüllten Gefängnisse …«
Mann, kann der reden, dachte Pollock, der nur daran interessiert war, Willoughby zu sehen. Leider konnte er es sich nicht leisten, Croft gegen sich aufzubringen.
Man zeigte ihm die Kalköfen, die Zuckerrohrmühle und die Zuckerrohrfelder, auf denen in Segeltuchzeug gekleidete Gefangene arbeiteten. Die ganze Zeit über hoffte er, irgendwo auf Willoughby zu treffen. Die Besichtigungstour wollte einfach kein Ende nehmen, führte ihn von den im Bau befindlichen Deichen durch die hohen Ziegelmauern der Einzäunung zu den Werkstätten, wo Gefangene Stiefel, Segel und Kerzen fertigten. Dahinter lagen die Molkerei und die Schmiede. Kommentarlos ging er an den Fußblöcken und Gestellen vorbei, auf denen die Gefangenen körperlich gezüchtigt wurden und deren Notwendigkeit er akzeptierte. Währenddessen redete Croft wie ein Fremdenführer auf ihn ein, bis Pollock sich schließlich gezwungen sah, selbst die Sprache auf Willoughby zu bringen.

»Ich habe ihn noch nicht entdecken können.«

»Er ist ganz in der Nähe, keine Sorge. Hebt Gruben für meine neuen unterirdischen Wassertanks aus. Wie wäre es mit einem Glas Wein? Ich habe uns eine Flasche kalt gestellt.«

Das Essen war köstlich, zog sich aber endlos hin. Der Direktor bewohnte ein komfortables Haus mit Garten, das er nur zu gern vorführte. Gelegentlich empfand Pollock Mitleid mit dem Mann, der sich so verzweifelt nach Gesellschaft sehnte, dann wieder ärgerte er sich über diese Zeitverschwendung. Inzwischen war Croft bei seinem neuesten Plan angelangt, der die Anpflanzung von Weinreben auf der Insel vorsah.

»Man nennt die Insel das Höllenloch«, vertraute ihm der Gefängnisdirektor nach einigen geleerten Gläsern an. »Aber die Disziplin muß doch unbedingt gewahrt bleiben, nicht wahr?«

Pollock stimmte ihm zu. Für ein Gefängnis sah das hier gar nicht mal so übel aus.

»Schließlich schicken sie die schlimmsten Verbrecher immer zu mir«, fühlte Croft sich bemüßigt hinzuzufügen.

»Sie haben sicher alle Hände voll zu tun, um die Ordnung aufrechtzuerhalten. Aber wenn es Ihnen nichts ausmacht, Sir, würde ich jetzt gern mit Willoughby sprechen. Dieser Fall ist wirklich ein Ärgernis.«

»Das glaube ich gern. Die Zeitungen sind wahrlich nicht zimperlich mit der Polizei umgegangen. Daher auch mein Entschluß, Ihnen zu helfen. Ich lasse den Burschen holen. Mal sehen, was er zu sagen hat.«

Pollock erkannte Willoughby kaum wieder, als man den Gefangenen in das Büro des Direktors führte. Der muskulöse, jugendliche Körper war mager geworden, der blonde Haarschopf fast gänzlich abrasiert. Dafür leuchteten die blauen Augen um so auffälliger in dem tiefgebräunten, mit Abschürfungen übersäten Gesicht.

»Tag, Mr. Pollock«, sagte Willoughby beim Hereinkommen. Seine Ketten klirrten. Wieder fiel dem Sergeant die ruhige, höfliche Stimme auf. Es war lange her, seit derselbe Mann zu seinem Haus in Maryborough geritten kam, um ihm mitzuteilen, daß der Goldtransport am Blackwater Creek auf seinen Begleitschutz wartete.

»Tag, Willoughby. Ich hörte, du willst mit mir reden.«

»Das stimmt, Sir.«
Der Sergeant wandte sich an Croft. »Darf er sich setzen? Ich benötige eine schriftliche Aussage.«
»Sicher doch.« Croft sah den Gefangenen aufmerksam an. »Was also hast du Sergeant Pollock mitzuteilen?«
Willoughby sah den Sergeant an. »Sie kennen mich, Mr. Pollock. Ich sagte, ich will mit Ihnen sprechen. Nicht mit ihm.«
Pollock mußte ein Rülpsen unterdrücken. Er hatte viel zu viel gegessen; Fünf-Gänge-Menüs war er einfach nicht gewöhnt.
»Schon gut«, sagte er. »Der Herr Direktor hat das Recht, anwesend zu sein. Als Zeuge. Du kannst ungehindert sprechen.«
»Zum Teufel damit. Was ich zu sagen habe, geht ihn nichts an.«
Croft hieb mit der Faust auf den Tisch. »Ich wußte es doch. Dieser Abschaum will sich über die Zustände im Gefängnis beschweren.«
Zu Pollocks Erstaunen gab Willoughbys seinen Befehlston auf und versuchte es nunmehr auf die sanfte Tour.
»Sir, bitte verstehen Sie mich nicht falsch. Ich habe nichts gegen Ihr Gefängnis, wenn man einmal davon absieht, daß ich nicht hierhergehöre. Mr. Pollock und ich kennen einander schon lange. Ich muß ihm etwas sagen. Wenn er mir glaubt, geht er damit ein Risiko ein, nicht Sie. Es soll Ihnen doch nicht leid tun, daß Sie dieses Treffen ermöglicht haben.«
Croft mußte das einsehen, sträubte sich aber noch; nach ein paar wenig überzeugenden Einwänden verließ er dann aber doch den Raum.
Der Sergeant lehnte sich gegen die Fensterbank. »Scheint ja zu stimmen, was mir mal jemand über dich erzählt hat, nämlich, daß du die Leute förmlich um den Verstand reden kannst.«
»Ach ja? Und wer hat das gesagt?«
»Clive Hillier.«
»Ist er immer noch mein Freund?«
»Ja.«
»Gut zu wissen. In letzter Zeit scheine ich ja nicht mehr allzu viele Freunde zu haben.«
»Was ist mit deinem Gesicht passiert?«
»Ich sagte, ich würd' nicht über dieses Gefängnis herziehen.«
»Stimmt. Was haben wir also zu bereden?«

»Soll das alles sein?« Pollock war ebenso enttäuscht wie überrascht, nachdem Willoughby ihm sein Gespräch mit einem Gefangenen namens Baldy Perry wiedergegeben hatte. Das war kein Geständnis, das war gar nichts. Diese Sache könnte ihn den Job kosten. Er konnte unmöglich mit diesem Quatsch zu Kemp zurückkehren; in diesem Fall würde ihm nicht nur unbezahlter, sondern auch unbefristeter Urlaub blühen.

»Du hast mich den ganzen weiten Weg herkommen lassen, nur um mir das zu sagen?« knurrte Pollock. »Die Tiraden eines Wahnsinnigen! Ich habe noch nie von Baldy Perry gehört!«

»Er wurde in Maryborough verhaftet. Vielleicht sogar von Ihnen.«

»Nein, da muß ich gerade weg gewesen sein. Und wenn schon? Er behauptet, ein Kumpel von McPherson zu sein, und keiner glaubt es ihm. Nicht mal seine Mitgefangenen, nur ein Trottel wie du. Herrgott, Willoughby, diesmal hast du mich wirklich hereingelegt. Wenn es nach mir geht, wirst du auf dieser Sandbank verrotten, falls sie dich nicht vorher hängen.«

Mal hatte gewußt, daß es nicht einfach sein würde; er selbst hatte lange nachgegrübelt, bis ihm klar wurde, daß Baldy etwas über den Raub wissen mußte. Er ließ Pollock Zeit, sich auszutoben, und fuhr dann fort: »Dürfte ich eine Frage stellen?«

Der Sergeant zuckte die Achseln, als sei er nahe daran, aufzugeben und zu gehen.

»Wieso sollte Perry mir abnehmen, daß ich nichts von McPhersons Aufenthalt in Maryborough wußte, er aber schon. Immerhin gelte ich als McPhersons Komplize.«

»Weil er dumm ist.«

»Mag ja sein.« Mal hatte niemandem gegenüber erwähnt, daß er McPherson kannte, um sich nicht noch tiefer in die Geschichte zu verstricken. »Aber ich sehe es anders. Er wirkte so selbstsicher, Mr. Pollock. Geben Sie mir noch eine Chance. Ich glaube nicht eine Sekunde, daß McPherson vor dem Überfall in Maryborough war. Und Sie auch nicht. Er würde sich niemals in einer größeren Stadt sehen lassen.«

»Was nur beweist, daß Perry lügt.«

»Natürlich, da haben Sie recht. Aber warum sollte er seinen Kumpel völlig ohne Grund anschwärzen? Es sieht doch ganz so aus, als wollte

er dadurch von sich selbst ablenken. Ich vermute jedenfalls, daß Baldy Perry an diesem Überfall beteiligt war.«
»Das klingt ziemlich weit hergeholt.«
»Ist aber eine Überlegung wert. Und dieser Mistkerl weiß so sicher wie das Amen in der Kirche, daß ich nicht dabei war. Ich habe es in seinen Augen gelesen. Aus seiner Stimme herausgehört.«
Pollock seufzte und kratzte sich im Nacken. Die Geschichte war dünn wie Wasser, aber Kemp hatte ihm berichtet, daß McPherson sich mehrerer Überfälle für schuldig erklärt hatte, eine Komplizenschaft an dem Raubmord jedoch nach wie vor bestritt. Er behauptete, er sei zu dieser Zeit in Bundaberg gewesen und könne das auch beweisen. Die Polizei würde ihn nach Süden bringen, um diese Behauptung zu überprüfen. Pollock wußte, daß man geneigt war, ihm zu glauben. Damit blieben nur Willoughby und möglicherweise Carnegie als Verdächtige übrig.
»Wo warst du, nachdem du mich benachrichtigt hattest? Bis wir losgeritten sind, um den Transport zu eskortieren, hattest du doch noch jede Menge Zeit«, wollte er von dem Gefangenen wissen.
»Ich habe mich nur umgesehen. Ich war noch nie in Maryborough gewesen.«
»Vielleicht hast du ja die Zeit genutzt, um auch Baldy Perry zu verständigen.«
»Nein, ich hab ihn doch erst hier kennengelernt.«
»Das sagst du.« Pollock lag noch eine weitere Frage auf der Zunge, doch sie fiel ihm momentan nicht ein. Bis dahin würde er Perry als Verdächtigen betrachten. Immerhin war er zum betreffenden Zeitpunkt in der Stadt gewesen, doch das galt für unzählige andere Männer genauso.
»Na gut, ich lasse Perry holen, dann kannst du ihm deine Theorien vortragen. Würde mich interessieren, was er dazu sagt.«
Mal schüttelte den Kopf. »Das hätte ich auch selbst erledigen können. Aber glauben Sie wirklich, es hätte mir etwas eingetragen?«
»Prügel.«
»Nein, auch das würde nichts bringen. Er wird nicht mit mir und auch nicht mit Ihnen reden, Mr. Pollock. Er ist auf der Hut.«
»Was soll dann das ganze Theater? Du behauptest, er sei verdächtig, willst aber verhindern, daß man ihn verhört. Das führt doch zu

nichts. Ich entscheide, was mit Perry geschieht, nicht du.« Er griff nach seinem Hut. Es war Zeit zum Aufbruch, er konnte die Ruderer nicht länger warten lassen.

Dann fiel es ihm wieder ein. Das Boot. Der deutsche Bootsbauer! Er hatte den Mann beschrieben, der das neue Ruderboot gekauft und absichtlich versenkt hatte. Ungefähr zur Zeit des Überfalls.

Beinahe beiläufig stellte er seine nächste Frage. »Wie sieht dieser Perry eigentlich aus?«

»Ein Schläger. Großer Kerl, man möchte ihm lieber nicht im Dunkeln begegnen. Schwammiges Gesicht, kleine Schweinsäuglein. Kahl wie eine Billardkugel, aber mit Bart. Ein Bursche hier behauptet übrigens, er sei ein guter Schütze. Der Boß kann Ihnen den Mann zeigen, fragen Sie ihn selbst.«

»Nicht nötig«, erwiderte Pollock, obwohl er sich genau das in diesem Moment vornahm.

»Und was passiert jetzt?« fragte Willoughby.

»Was glaubst du denn, was passiert?«

»Perry kommt bald raus. Sie sollten ihn beschatten. Mal gucken, was er so tut. Könnte sein, daß er Sie zu der Beute führt.«

»Du bist ein Träumer, Willoughby. Wir haben wirklich Besseres zu tun, als ehemaligen Sträflingen nachzuschleichen.«

»Dann werden Sie nie herausfinden, was wirklich geschehen ist.«

»O doch. Aber bis dahin bleibst du schön hier und genießt deinen Aufenthalt.«

Willoughby sah aus dem vergitterten Fenster. »Will mir denn niemand glauben?«

Der Sergeant verspürte kein Mitleid. Er hatte kein Geständnis erhalten, sondern nur eine verschwommene Anschuldigung gegen einen Mithäftling. Damit konnte er bei Kemp keinen Blumentopf gewinnen.

»Wohl nicht, sonst wärst du ja nicht hier«, konterte er und rief die Wachen.

Kemp reagierte wenig beeindruckt auf den Bericht des Sergeants. »Ich hatte ein Geständnis erwartet, und Sie kommen mir mit dem klassischen Fall eines Häftlings, der einem anderen die Schuld in die Schuhe schieben will.« Er überflog die Seiten noch einmal. »Genau wie dieser Perry, der McPherson die Schuld zuschiebt, obwohl wir inzwischen wissen, daß sich dieser Schurke zur fraglichen Zeit in Bundaberg aufgehalten hat. Hat einem Farmer das Pferd gestohlen, der den Diebstahl der Polizei meldete und einen Nachbarn beschuldigte, wodurch er eine Art Krieg zwischen ihnen beiden auslöste. Natürlich gibt der Schotte jetzt nur allzu gern zu, das Tier gestohlen zu haben, weil es ihm ein Alibi verschafft. Damit ist McPherson ein für allemal aus dem Schneider. Und da wäre noch etwas …«

»Entschuldigen Sie bitte, Sir, aber Sie haben eben etwas Wichtiges gesagt. Sie sagten, Perry schiebe die Schuld auf McPherson. Ohne Ihnen nahetreten zu wollen, Sir, aber dies ist der gleiche Fehler, der auch Willoughby auffiel, als er mit Perry sprach.«

Kemp runzelte die Stirn. »Fehler?«

»Ja, Sir. Man übersieht es leicht, weil ich das Gespräch in meinem Bericht gekürzt wiedergeben mußte. Sehen Sie, Perry hatte es doch gar nicht nötig, die Schuld auf einen anderen zu schieben, da er nicht zum Kreis der Verdächtigen gehörte.«

»Aber er ist ein Angeber und ein Lügner.«

»Einverstanden. Aber in meinen Augen ist er jetzt auch ein Verdächtiger. Auf ihn paßt die Beschreibung des Mannes, der das Boot gekauft hat. Auch das steht in meinem Bericht.«

Er wartete, während Kemp den Bericht noch einmal durchlas, der auf den ersten Blick so wenig vielversprechend gewirkt hatte.

»Willoughby behauptet, wir würden nichts aus Baldy herausbekommen.«

»Das interessiert mich einen feuchten Kehricht.«

»Dürfte ich an dem Verhör teilnehmen?«

»Ja, das halte ich für sinnvoll. Aber ich möchte der Akte Willoughby noch einen weiteren interessanten Punkt hinzufügen. Gestern war eine junge Dame bei mir, die ich in Maryborough kennengelernt habe.«

»Wie heißt sie?«

»Eine Miss Tissington.«

»Die Gouvernante, die bei den Manningtrees arbeitet?«

»Genau.«

»Was hat sie mit der Sache zu tun?«

»Das werde ich Ihnen verraten. Anscheinend ist sie mit dem jungen

Willoughby befreundet. Und zwar so eng, daß sie eigens nach Brisbane gekommen ist, um ihm einen Anwalt zu besorgen.«

»Guter Gott!«

»Sie ist ein sehr nettes Mädchen und ziemlich schüchtern. Sie hat mich um Rat gebeten, da sie einen passenden Gentleman für seine Verteidigung sucht, wie sie sich ausdrückte. Natürlich wollte ich erfahren, inwieweit sie über Willoughby informiert ist, was sich allerdings zunächst recht schwierig gestaltete. Miss Tissington hatte nicht mit einer Befragung gerechnet und brach in Tränen aus, aber bei einer Tasse Tee rückte sie dann mit einigen nicht uninteressanten Details heraus. Sie ist ihm früher einmal zufällig in Brisbane begegnet, und als sie in Maryborough die Straße entlangging, wer kam ihr da wohl entgegen? Unser Freund Mal. Freute sich sehr, sie zu sehen. Und nun raten Sie mal, an welchem Tag das geschah.«

»Keine Ahnung.«

»Am Tag des Überfalls, Sergeant. Und zwar morgens! Er brachte sie nach Hause, blieb noch am Tor stehen und plauderte mit der Dame. Alles so, wie sich's gehört. Dann erklärte er ihr, er müsse sich beeilen ...«

»Weil er sich mit mir treffen sollte?«

»Genau. Doch bevor er ging, verabredeten sie sich zu einem Rendezvous. Er wollte sie am kommenden Abend wieder am Tor abholen und sich gemeinsam mit ihr die Stadt anschauen.«

»Das ist doch nicht zu fassen! Dieser Trottel hat sich lediglich mit seinem Mädchen getroffen und wollte nicht damit herausrücken. Sagte zu mir, er sei nur durch die Stadt geritten.«

»Mir scheint, er wollte sie nicht in die nachfolgenden Ereignisse hineinziehen.«

»Also wartete die Dame am nächsten Abend vor dem Tor, und er tauchte nicht auf, weil er bereits auf der Flucht war ...«

»Aber nein, er war dort. Ich glaube, Willoughby hält sehr viel von Miss Tissington. Er kam, während Sie und Ihre Männer bereits die ganze Gegend nach ihm absuchten. Dabei befand er sich praktisch vor Ihrer Nase.«

Pollock stöhnte. Allmählich begann er diesen Willoughby richtiggehend zu hassen.

»Auch diese Begegnung ist nicht ganz ohne Bedeutung. Er war traurig, daß er aufgrund der veränderten Umstände seine Werbung nicht fortsetzen konnte, erzählte ihr aber die ganze Geschichte. Er wirkte sehr aufgebracht und erklärte, er sei unschuldig, müsse aber vor der Polizei fliehen und sei gekommen, um sich von ihr zu verabschieden. Dann ist er verschwunden. Miss Tissington glaubt ihm und beharrt auf seiner Unschuld. Sie zeigte sich sehr empört über die ungerechte Behandlung, die ihm ihrer Meinung nach widerfährt.«

Kemp lehnte sich grinsend zurück. »Da haben Sie Ihre Geschichte. Für die fehlende Stunde hat Willoughby ein Alibi. Er ist sogar noch einmal in die Stadt zurückgekehrt, nur um sich von seinem Mädchen zu verabschieden.«

»Ich weiß nicht, ob sie noch sein Mädchen ist«, bemerkte Pollock. »Sie trifft sich jetzt mit Clive Hillier, der ebenfalls mit Willoughby befreundet ist. Was weiß sie sonst noch?«

»Nichts. Nur das, was in der Zeitung stand.«

»Sehr weit bringt uns das auch nicht«, meinte Pollock resigniert.

Kemp nickte zustimmend.

Emilie saß mit gesenktem Blick auf dem langen Flur, die behandschuhten Hände im Schoß gefaltet. Sie wagte nicht hochzuschauen. Polizisten eilten an ihr vorbei, und sie war schon von so vielen angesprochen worden, daß sie kein Wort mehr herausbrachte. Weggehen konnte sie auch nicht, da man sie angewiesen hatte, hier auf Mr. Kemp zu warten.

Die Umgebung war trist und schäbig. Braunes Linoleum, braune Sitzbänke, beige getünchte Wände mit brauner Bordüre. Sogar die Stiefel der Polizisten waren braun und paßten ganz und gar nicht zu ihren schwarzen Uniformen. Immerhin harmonierte die Farbe gut mit ihrer düsteren Stimmung, denn sie sorgte sich, Kemp vielleicht zuviel erzählt zu haben. Sie hatte nur seinen Rat gesucht und nicht damit gerechnet, vor ihm in Tränen auszubrechen. Doch Mr. Kemp war sehr nett zu ihr gewesen; er verstand, wie schwer es ihr gefallen sein mußte, überhaupt herzukommen.

Und dann war es nur so aus ihr herausgesprudelt. Wie sie Mal kennengelernt und ihn in Maryborough wiedergesehen hatte. Sie hatte seine Fragen wahrheitsgemäß beantwortet und dadurch wieder ein wenig Selbstvertrauen gewonnen, denn er nickte nur freundlich,

ohne sie oder Mal zu kritisieren. Es war wie eine gewöhnliche Unterhaltung auf gesellschaftlicher Ebene. Ihm konnte sie die Lage viel besser erklären als Ruth, da er sich nicht schockiert zeigte, daß sie als Gouvernante mit einem Mann wie Mal befreundet war. Sie wußte auch, worüber sie Stillschweigen zu bewahren hatte, und ließ unerwähnt, daß Mal ihr sein Geld anvertraut hatte. Sie wollte nicht riskieren, daß man es ihr wegnahm.
Als sie erzählte, daß Mal sich verabschiedet habe, weil er verfolgt wurde, wollte Mr. Kemp wissen, weshalb sie der Polizei nichts davon gesagt habe. Diese Frage hatte sie erschreckt. Ihr fiel ein, daß sie um die Polizeiwache einen großen Bogen gemacht hatte.
»Ich hatte solche Angst«, antwortete sie wahrheitsgemäß. »Ich wußte nicht, was mich erwarten würde. In solchen Dingen besitze ich keine Erfahrung.«
»Natürlich nicht, meine Liebe. Aber er blieb nicht in der Nähe des Anwesens der Manningtrees, oder?«
»Du lieber Himmel, nein. Er ist verschwunden. Ich hatte keine Ahnung, wo er sich aufhielt. Und dann las ich irgendwann, daß man ihn verhaftet hatte. Ich hoffe, ich habe nichts Unrechtes getan.«
»Nein, sicherlich nicht. Aber es wäre für die Polizei von Nutzen gewesen, zu wissen, daß er sich in der Umgebung aufhielt.«
Emilie sah ihn an. »Dieser Mann ist unschuldig. Ich wäre nie auf die Idee gekommen, ihm noch mehr Schwierigkeiten zu bereiten. Und mir ist auch nicht klar, weshalb er überhaupt im Gefängnis sitzt.«
»Abwarten.« Kemp schrieb einen Namen und eine Adresse auf und gab ihr den Zettel. »Wegen Mr. Willoughby sollten Sie sich mit diesem Herrn in Verbindung setzen. Er könnte Ihnen behilflich sein.«

Kemps Stimme riß sie aus ihren Gedanken. »Miss Tissington, wieder da? Wie komme ich zu der Ehre?«
Sie sprang auf. »Oh, Mr. Kemp, tut mir leid, daß ich Sie noch einmal behellige, aber ich habe in Mr. Harveys Büro vorgesprochen und hörte, er sei krank. Vermutlich für längere Zeit. Könnten Sie mir vielleicht einen anderen Herrn empfehlen?«
Ein Reporter bemerkte Kemps Interesse an der gutaussehenden Dame und sah zu, wie der Polizeichef sie in sein Büro führte. Jesse

Fields war kurz davor gewesen, nach Chinchilla zurückzukehren, als er in einem Pub den Herausgeber des *Brisbane Courier* traf. Die Männer hatten sich angefreundet, da sie sich beide für Politik und Verbrechen interessierten, und am Ende eines ausgedehnten Gelages taumelte Jesse in bester Laune in sein Hotel zurück.
Er hatte eine Stelle bei dem angesehenen Blatt ergattert! Nun hieß es Lebewohl, Chinchilla.
Da er sich mit Willoughbys Fall auskannte, übertrug man ihm die weiteren diesbezüglichen Recherchen.
»Bleib dran«, hatte der Herausgeber zu ihm gesagt, »der alte Walt White aus Maryborough behauptet, die Polizei habe den Fall völlig vermasselt. Kommen nicht zu Potte, obwohl sie Willoughby gefaßt haben. Er kann nicht allein gewesen sein bei dem Überfall. Wenn du etwas hörst, leitest du es an Walt weiter. Halt ihn bei Laune, dann haben wir beide Städte in der Hand.«
McPherson wurde verhaftet und gestand eine Reihe von Verbrechen ein, doch es galt als erwiesen, daß er sich zum Zeitpunkt des Überfalls in Bundaberg aufgehalten hatte. Sergeant Pollock war aus Maryborough nach Brisbane gekommen, und man erzählte sich, daß er an demselben Fall arbeitete. Aber inwiefern?
Jesse sprach Pollock darauf an und erfuhr, daß der Sergeant angeblich nur Urlaub in der Stadt mache.
»Schöner Urlaub, den man auf der Polizeiwache verbringt«, lästerte der Reporter, doch Pollock wollte nicht mit der Sprache heraus.
»Irgend etwas geht da vor«, sagte Jesse zu seinem Herausgeber. »Ich weiß, er schreibt Berichte an Kemp. Aber worüber? Ich könnte ein paar Shilling zusätzlich gebrauchen, um ein paar Leute zum Reden zu bringen.«

Da er wußte, daß die Presse ihm wegen des Falles noch immer hart auf den Fersen war, ordnete Kemp an, Perry klammheimlich der Polizei in Brisbane zu überstellen. Zwei Beamte seines Vertrauens brachten den Mann gefesselt und mit Kapuze über dem Kopf flußaufwärts, gingen mit ihm außerhalb der Stadt an Land und lieferten ihn in der Polizeikaserne ab, wo man ihn in eine Zelle sperrte. Kemp war nach wie vor davon überzeugt, daß Willoughby Perry nur ins Spiel gebracht hatte, um von sich selbst abzulenken, und konnte es

sich keinesfalls leisten, daß die Presse schrieb, man habe schon wieder den falschen Mann beschuldigt.
Aufgebrachte Bürger, die den wilden Schotten verehrten, liefen bereits Sturm, weil man McPherson fälschlich verdächtigt hatte. Reporter drängten sich sensationslüstern vor den Polizeiwachen und gierten nach einer Chance, mit McPherson zu sprechen, der seine Rolle als Justizopfer sichtlich genoß. Seine Reise nach Süden durch die Küstenorte in Richtung Brisbane, wo man ihn für seine tatsächlichen Verbrechen zur Rechenschaft ziehen würde, gestaltete sich zu einem Triumphzug.
Berichte über diese Verehrung brachten Kemp in Rage. Der Mann war ein verdammter Krimineller, auch wenn er an diesem Verbrechen ausnahmsweise einmal nicht beteiligt gewesen war. Wohin war es nur mit der Welt gekommen?
Selbst der Justizminister wollte sich mit McPherson treffen und hatte bei einem offiziellen Dinner darum ersucht.
»Warum um Himmels willen?« hatte Kemp Lilley gefragt.
»Ich habe sein Foto in der Zeitung gesehen. Ich glaube, er war der Mann, der mich letztes Jahr vor diesem Mob im Park gerettet hat.«
»McPherson? Das kann ich mir kaum vorstellen, Sir.«
»Dennoch möchte ich den Burschen gerne kennenlernen. Würden Sie das bitte für mich arrangieren, Kemp?«
Die Welt stand tatsächlich kopf. McPherson erregte mehr Aufsehen in der Presse als eine Operndiva, und Sergeant Pollock lief ihm noch immer zwischen den Füßen herum und zerbrach sich den Kopf über Perrys dumme Bemerkungen.
»Sir, er hat mehreren Gefangenen erzählt, er sei ein reicher Mann!«
»Dann fragen Sie ihn doch nach seinen Reichtümern.«
»Habe ich. Er behauptet, er habe die anderen damit nur aufziehen wollen. Aber je länger ich darüber nachdenke, desto eher glaube ich, daß Willoughby recht hat. Perry steckt in der Sache drin.«
»Sie können einen Mann nicht aufgrund von vagen Vermutungen anklagen.«
»Wir müssen nur dranbleiben, irgendwann verrät er sich«, erwiderte Pollock.
»Wie Sie meinen«, sagte Kemp müde. Er hatte ein unerfreuliches Wochenende vor sich, an dem ihn ein offizielles Essen am Samstag,

eine Polizeiparade am Sonntagmorgen und später am Tag noch ein Nachmittagstee erwarteten. Letzteren hatte die Damenhilfsgemeinschaft für weibliche Gefangene organisiert. Mrs. Kemp liebte diese gesellschaftlichen Anlässe, doch Kemp hätte lieber zu Hause im Garten gearbeitet.

Und nun also noch Miss Tissington, hübsch wie immer in ihrem marineblauen Kostüm und dem kecken Strohhut auf den dunklen Locken. Ihr süßes Gesicht und das unschuldige Lächeln vermochten vorübergehend seine düstere Stimmung zu vertreiben. Kein Wunder, daß sich der junge Willoughby auf den ersten Blick in sie verliebt hatte. Im Grunde war es ausgesprochen mutig von ihm gewesen, ein solches Risiko auf sich zu nehmen, nur um sie noch einmal zu sehen.

Er nannte einen weiteren Anwalt und gab ihr dessen Adresse. »Ich bin sicher, meine Frau würde Sie gern wiedersehen. Sie müssen uns unbedingt besuchen, bevor Sie nach Hause fahren.«

»Vielen Dank, Mr. Kemp, sehr gern.«

»Gut. Ich werde meine Frau bitten, Ihnen eine Einladung zu schicken. Nun, sollte es noch irgendwelche Probleme geben, können Sie mich jederzeit hier oder zu Hause aufsuchen.«

Emilie nickte nachdenklich, als wolle sie noch etwas sagen, schwieg aber. Ein sanftes Lächeln erschien auf ihrem Gesicht.

»Das ist sehr freundlich von Ihnen.« Ihre Stimme klang besorgt und rührte sein Herz. Hätte seine Tochter überlebt, wäre sie vielleicht ein ebenso reizendes Mädchen wie Miss Tissington geworden.

Jesse verbarg sich geschickt, als Kemp aus seinem Büro trat. Er hörte, wie der Polizeichef das Mädchen begrüßte, bevor er die Tür hinter ihnen schloß. Die Stimme überraschte ihn. Sie klang englisch, vermutlich war die Dame noch nicht lange im Land. Was suchte sie hier, warum hatte sie so geduldig auf Kemp gewartet?

»Mann, die sieht aber gut aus«, rief er einem vorübergehenden Polizisten zu. »Ein einheimisches Mädchen, hoffe ich.«

Der Mann grinste. »Pech gehabt, Jesse. Sie kommt aus Maryborough.«

»Eine Freundin vom Boß?«

»Mag schon sein.«

Hier war nichts mehr in Erfahrung zu bringen. Jesse hatte gehofft, ihren Namen herauszubekommen, doch daß sie aus Maryborough stammte, war weitaus aufschlußreicher. Er glaubte nicht an Zufälle. Er nahm den Seitenausgang, wo er den Schreibtisch eines ihm wohlgesinnten Beamten passieren mußte.

»Wie wär's mit einem Drink, um sechs im *Pig and Whistle?*« fragte er.

»Gute Idee.«

Jesse sah sich um. Es war niemand in der Nähe. »Wer ist dieses Mädchen aus Maryborough?« fragte er augenzwinkernd. »Ich wüßte gern mehr über sie.«

Der Polizeibeamte grinste. »Darauf möchte ich wetten.« Dann wandte er sich wieder seinen Stempeln zu, und Jesse verließ das Gebäude.

»Sie ist was?« rief er voller Erstaunen.

Senior Sergeant Ellis trank sein Pint und schob den Krug zum Nachfüllen über die Theke.

»Wußt ich's doch, daß Ihnen das gefallen würde. Sie ist Willoughbys Freundin. Es heißt, sie wolle sich hier für ihn einsetzen. Ihr Name ist Tissington, eine Gouvernante. Kein schlechter Fang für einen Burschen wie Willoughby, was?«

»Das können Sie laut sagen.«

»Ich könnte auch noch mehr sagen, aber das wird Sie etwas kosten, Jesse. Und kein Wort darüber, woher Sie Ihr Wissen haben.«

»Gut. Fünf Mäuse.«

»Kemp ist nicht sonderlich zufrieden mit Pollock. Sieht aus, als hätte das Landei noch mehr Schaden angerichtet, als bisher bekannt war. Er hat Willoughby nicht nur fliehen lassen, der junge Sonny ist sogar nach Maryborough geritten, um seine Liebste zu besuchen, während die Polizei den ganzen Busch nach ihm abgegrast hat.«

»Ach, kommen Sie!«

»Es ist wahr«, sagte Ellis lachend. »Wir haben es schriftlich. Ein Kollege von mir hat die Aussage mit eigenen Augen gesehen. Dieser Sonny ist zweifellos ein gerissener Bursche. Wenn ihn sein Onkel nicht verraten hätte, wäre er immer noch auf freiem Fuß.«

»Was sagt Pollock dazu?«

»Gar nichts. Und seine Akten sind plötzlich in Kemps Büro, säuberlich hinter Schloß und Riegel.«
»Ich dachte, er hätte Urlaub.«
»Hat er auch. Gezwungenermaßen. Ist ohne Erlaubnis seines Vorgesetzen aus Maryborough abgehauen. Arbeitet hier ohne Bezahlung und hat noch Glück, nicht selber in einer Zelle zu sitzen. Aber Kemp braucht ihn. Er hat ihn nach St. Helena fahren lassen, um es noch mal bei Willoughby zu versuchen.«
»Und was ist dabei herausgekommen?«
»Nichts, so wie es aussieht.«
»Warum sind dann seine Akten weggeschlossen?«
»Gute Frage. Irgendwas geht da vor.«
Kurze Zeit später saß Jesse an seinem Schreibtisch, um die überraschende Wendung, die dieser Fall genommen hatte, in einem Artikel niederzuschreiben. Der Herausgeber war entzückt ob der Neuigkeit.
»Willoughbys Liebste, was? Gut gemacht, Jesse. Also hat Sonny die Polizei an der Nase herumgeführt und das Mädchen in aller Seelenruhe besucht. Der alte Walt White wird begeistert sein von der Story. Schick sie ihm, sobald sie fertig ist, ich besorge derweil einen Fotografen. Ich will ein Bild von ihr. Wo wohnt sie eigentlich?«
»Das weiß ich nicht.«
»Egal, wir werden sie schon aufstöbern. Und du bleibst an der Geschichte dran.«

12. Kapitel

»Warum tut sie das?« wollte Daniel ungehalten zu wissen.
»Aus purer Bosheit«, antwortete Ruth.
»Das begreife ich nicht. Ich dachte, ihr würdet euch gut verstehen.«
»Tun wir auch, jedenfalls war es einmal so. Aber dieser Ort hat sie auf seltsame Ideen gebracht.«
»Was für seltsame Ideen? Laß mich nur mit ihr reden.«
»Nein, sie ist so stur, daß es nichts nützen würde. Ich habe sie die ganze Woche bekniet, aber sie hört nicht auf mich. Sie besteht darauf, daß sie die Besitzurkunden für ihr Grundstück erhält. Hast du sie mitgebracht?«
»Nein, ich will erst eine vernünftige Erklärung für ihr Verhalten hören.«
»Vielleicht besänftigt es sie ja schon, wenn sie einen kurzen Blick darauf werfen kann, Daniel.«
»Mag sein, daß du recht hast«, stimmte er zu. »Ich habe übrigens den Kaufvertrag für dein Land hier. Du mußt ihn nur noch unterzeichnen, und alle Sorgen sind vergessen. Du hast dann vierzig Pfund mehr auf der Bank. Das sollte reichen, um das Haus zu bauen und einzurichten.«
Ruth war enttäuscht. »Nur vierzig Pfund? Ich dachte, ich bekomme mindestens drei Pfund pro Morgen.«
»Dachte ich auch, aber ein Teil des Grundstücks scheint Sumpfland zu sein, weder für die Viehzucht noch für den Hausbau geeignet. Na ja, man kann wohl nicht erwarten, erstklassiges Land geschenkt zu bekommen. Brisbane ist stellenweise ja auch sehr sumpfig, da es am Fluß liegt. Das kann man schon daran sehen, daß uns in der Dämmerung immer diese lästigen Moskitos plagen.«
»Trotzdem, ein bißchen mehr …«
»Und dann sind da noch die Provision des Maklers und die Stempelsteuer einzuberechnen, da kommt einiges zusammen. Ich glaube, unter dem Strich kommst du ganz gut weg. Wenn du jedoch nicht unterschreiben möchtest, kann ich mich auch nach einem anderen Makler umsehen …«

»O nein, Daniel, du hast bestimmt dein Bestes getan …«
»Ja. Und ein anderer Makler würde den Preis womöglich noch weiter drücken.«
Er eilte aus dem Salon, um sich Feder und Tinte von Mrs. Medlow zu leihen.
Es gab überhaupt keinen Makler. Daniel war der Ansicht, ihm selbst stünde dessen Honorar durchaus zu sowie ein kleiner Aufschlag, da er so viel Zeit und Mühe investiert hatte. Er hatte tatsächlich drei Pfund pro Morgen bekommen, und das Geld war bei ihm gut aufgehoben. Wenn sie heirateten, würde es ohnehin ihnen beiden gehören.
Ruth unterzeichnete den Vertrag mit einem Seufzer der Erleichterung. Sie brauchte dringend Geld, um die Miete zu bezahlen und neue Kleider zu kaufen. Allmählich sah man die ausgebesserten Stellen, und ihre Wäsche war ebenfalls fadenscheinig. Wenn sie umsichtig einkaufte, würde sie nur einen Bruchteil der kostbaren vierzig Pfund verbrauchen, aber es tat dennoch gut zu wissen, daß sie nicht mehr jeden Penny zweimal umdrehen mußte. Sie konnte sogar wieder ein paar Pfund an die Auswanderungsgesellschaft überweisen.
»Vielen Dank, Daniel«, sagte sie und überreichte ihm den unterschriebenen Vertrag. »Du bist ein echter Freund.«
Er lächelte. »Gib das Geld jetzt nur nicht mit vollen Händen aus.«
»Daran würde ich nicht im Traum denken. Aber was ist mit Emilie? Wir wollten ihr doch morgen die Grundstücke zeigen.«
»Warum sollten wir uns die Mühe machen, wenn sie so schlecht gelaunt ist?«
»Ich dachte, wenn wir ein wenig netter zu ihr sind – sie ist ja so kindisch – und ihr ein Mitspracherecht beim Hausbau geben, ändert sie vielleicht ihre Meinung.«
»Wenn du darauf bestehst, laß uns mit ihr hinfahren. Immerhin haben wir es versprochen. Dennoch solltest du dir nicht alles gefallen lassen, Ruth, und ihr energischer entgegentreten. Ihr mangelt es, ganz im Gegensatz zu dir, offensichtlich an gesundem Menschenverstand.«

Sie hatten die ganze Woche über kaum miteinander gesprochen. Ruth wußte nicht, wie Emilie ihre Tage verbrachte, und war zu wütend gewesen, um sie danach zu fragen. Nun wollte sie es auf einem anderen Weg versuchen. Sie würde nett zu ihr sein, auch wenn sie es als Unterwürfigkeit empfand.

»Ich habe das Grundstück verkauft«, verkündete sie. »Und habe nach Abzug der Maklergebühr und Stempelsteuer einen recht guten Preis erzielt.«

»Das freut mich für dich.«

»Dennoch würden wir dir gern die Gegend zeigen. Du möchtest deinen Grund und Boden doch sicher sehen, oder?«

»Natürlich, ich freue mich schon darauf.«

»Gut, dann machen wir einen Ausflug. Mr. Bowles hat gesagt, wir fahren um zehn Uhr morgens mit dem Omnibus dorthin. Es ist ein Pferde-Omnibus, wie es sie in London gibt, und die Fahrt ist sehr angenehm. Es geht durch Fortitude Valley und am Fluß entlang, bevor wir ins Landesinnere Richtung Eagle Farm abbiegen.«

»Ich habe in der Zeitung gelesen, daß der Rennclub von Brisbane da draußen eine Rennbahn baut.«

»Aber doch wohl sicher nicht in der Nähe unseres Landes. Andererseits würde dies eine ungeheure Aufwertung der gesamten Umgebung bedeuten.«

»Was aber nicht heißt, daß ich sofort dort bauen will.«

»Emilie, es hat uns so viel Mühe gekostet, das Land zu finden, sieh es dir jetzt doch wenigstens an. Ich finde es so aufregend …«

Immerhin war zwischen ihnen nicht mehr der Name dieses Verbrechers gefallen.

Sergeant Pollock beschloß, mit Kemps Erlaubnis bei Carnegie vorzusprechen, der mittlerweile mit seinem Bruder an den Hängen von Paddington lebte. Akazien mit schweren Blütentrauben wölbten sich von beiden Seiten über die schmale Straße, umsummt von Bienenschwärmen. Pollock, der Angst vor Bienen hatte, schlug einen weiten Bogen um die duftenden Bäume.

Auf gerodeten Flächen an den dicht bewaldeten Hängen wurden große Holzhäuser errichtet, bisher allerdings recht planlos, wie ihm schien. Er landete in mehreren Sackgassen, bevor ihm eine Frau den

Weg zum Haus von John Carnegie, einem Viehzüchter im Ruhestand, zeigen konnte.
Der Bruder empfing ihn herzlich. Er war redselig und bereit zu einem ausführlichen Schwatz über den heimtückischen Goldraub, der ihn natürlich besonders interessierte, da sein Bruder unter den Opfern gewesen war.
»Allyn hat es schlimm getroffen«, sagte er. »Verdammte Schande. Und dann noch der Herzanfall. Na ja, kein Wunder, nach allem, was er durchgemacht hat. Und nicht genug damit, hat ihn jetzt auch noch seine Frau verlassen.«
Offensichtlich kannte John Carnegie nur Allyns Version der Geschichte, den angeblichen Herzanfall eingeschlossen, doch Pollock hatte nicht vor, ihn aufzuklären.
»Hatten Sie Probleme, das Haus zu finden?«
»Nein, Sir«, erwiderte der Sergeant, um die Sache abzukürzen. »Ich wüßte gern, ob Ihr Bruder zu Hause ist.«
»Ja, natürlich. Kommen Sie herein, ich hole ihn.«
Er schob ihn ins Wohnzimmer, einen bequemen Raum mit Familienporträts an den Wänden und soliden Zedernmöbeln.
»Meine verstorbene Frau«, sagte Mr. Carnegie und deutete auf die Fotografie einer rundlichen Frau, die über dem Kaminsims prangte.
»Bezaubernde Frau, ist vor beinahe drei Jahren von mir gegangen. Hatte es mit dem Herzen, aber kein Wort der Klage kam ihr je über die Lippen. Am Ende war ihr Herz einfach zu schwach. Auf der Farm züchteten wir Schafe, war ein gutes Geschäft, aber nachdem sie von mir gegangen war, verlor ich die Freude daran und habe die Farm meinem Sohn überschrieben …«
Carnegie war in die Tür getreten. »John«, sagte er streng, »ich glaube, der Besuch möchte zu mir.«
»Ja, ich wollte dich gerade holen. Sollen wir das Mädchen bitten, uns den Morgentee zu servieren?«
»Nein, danke. Ich glaube nicht, daß Sergeant Pollock so viel Zeit mitgebracht hat.«
»Wirklich nicht?«
Pollock kam ihm zuvor. Der Bruder war ein netter Bursche, den er nicht unnötig kränken wollte. »Es ist alles bestens, Mr. Carnegie,

vielen Dank. Ich wollte nur sehen, wie sich Ihr Bruder hier eingelebt hat.«

»Wie nett«, murmelte dieser und wollte sich setzen, doch Allyn führte ihn zur Tür. »Du kannst uns jetzt allein lassen, John. Ich muß unter vier Augen mit Mr. Pollock sprechen.«

Nachdem er die Tür fest geschlossen hatte, wandte er sich zu dem Polizisten um. »Was zum Teufel haben Sie hier zu suchen? Habe ich noch nicht genug gelitten, ohne daß Sie auch noch meine Familie behelligen?«

»Ich werde nicht lange bleiben. Dürfte ich mich setzen?«

»Bitte.« Carnegie blieb am offenen Kamin stehen. »Was wollen Sie hier?«

»Ich möchte Ihnen mitteilen, daß McPherson verhaftet wurde.«

»Ach ja?«

»Das macht es leider erforderlich, Sie noch einmal zu dem Überfall zu befragen. Es wurde nämlich zweifelsfrei nachgewiesen, daß er sich an jenem Tag in Bundaberg aufhielt und keineswegs in Blackwater Creek. Dennoch behaupten Sie, er sei dort gewesen.«

»Offensichtlich muß es jemand gewesen sein, der ihm sehr ähnlich sah.«

»Und genau da liegt mein Problem. Es gibt nicht gerade viele Männer, die wie McPherson aussehen. Der rote Bart ist ziemlich auffällig.«

»Sie sagen es, Sergeant, *Ihr* Problem. Nicht meins.«

»Ich dachte, Sie könnten sich die Personenbeschreibung noch einmal durch den Kopf gehen lassen. Mag sein, daß Ihnen da ein Fehler unterlaufen ist. Durchaus verständlich unter diesen furchtbaren Umständen ...«

»Ich mache keine Fehler. Ich habe Ihnen die Beschreibung gegeben. Wenn es nicht dieser Kerl war, dann eben jemand, der so aussah wie er.«

»Und Sie haben eindeutig gehört, wie die Angreifer weggeritten sind?«

»Natürlich.«

»Ich dachte, vielleicht sei nur Willoughby davongeritten.«

»Und die anderen sind dageblieben? Reden Sie keinen Quatsch. Ich habe gehört, wie mehrere Pferde davongaloppierten.«

Danach stellte Pollock noch einmal die altbekannten Fragen, bis sich Carnegie schließlich weigerte, darauf zu antworten.
Auf dem Rückweg in die Stadt überlegte der Sergeant, was er sich eigentlich von dieser Unterhaltung versprochen hatte. Er hatte Carnegie fragen wollen, ob er einen Mann namens Baldy Perry kenne, dann aber entschieden, daß das warten konnte, bis Perrys Verhöre abgeschlossen waren. Vielleicht würden sie danach über neue Erkenntnisse verfügen. Vielleicht aber auch nicht.

Willoughby hatte Hunger, sein Magen knurrte wie ein gereiztes Tier. An diesem Ort war er ständig hungrig. Die schwere Arbeit in den Gruben wurde dadurch noch mühseliger. Seine Arme waren beinahe zu schwach, die Hacke zu schwingen, und er bekam ständig Krämpfe in den Beinen. Obschon die Gefangenen Nahrungsmittel in ausreichender Menge anbauten, bekamen sie selbst nur wenig davon zu sehen. Er schaute sehnsüchtig zum Busch hinüber, dessen Ausläufer an das Gelände grenzten. Dort konnte ein Mann überleben. Das Meer wimmelte von Fischen, im Busch gab es genügend Wurzeln und Früchte. Leider war die Insel viel zu klein, um sich hier nach einem Ausbruch über längere Zeit versteckt halten zu können. Wenn Mal nicht gerade an Essen dachte, träumte er davon, ein Floß zu bauen und ans Festland zu paddeln, doch die Wärter behielten die Männer so aufmerksam im Auge, daß auch dies nicht zu bewerkstelligen war.
Er hatte nichts mehr von Pollock gehört, aus dieser Richtung war also keine Hilfe zu erwarten. Dennoch gab es einen Silberstreif am Horizont, denn im Gefängnis hatte sich die Kunde von McPhersons Verhaftung verbreitet. Die Wärter berichteten, er habe so viele Vergehen eingestanden, daß man ihn in Null Komma nichts verurteilt und nach St. Helena überstellt haben werde.
»Jetzt stehst du ganz allein da, Willoughby«, höhnte ein Wärter. »Jimmy McPherson hat mit den Morden nichts zu tun, das ist erwiesen. Du solltest deine Zeit hier richtig genießen, bevor du aus dem Gerichtssaal direkt aufs Schafott geführt wirst.«
McPherson ... Mal mußte unbedingt mit ihm sprechen. Er war ein harter Brocken, konnte ihm aber von Nutzen sein. Nun, da er nicht mehr unter Mordverdacht stand, würde ihn vielleicht der Verbleib

des Goldes interessieren. Wenn es Mal gelingen würde, ihn auf Perry anzusetzen, könnte der Schotte vielleicht wertvolle Informationen aus ihm herausholen. Oder, und das wäre dann der letzte Ausweg, McPherson und er könnten gemeinsam die Wahrheit aus Perry herausprügeln. Mal hatte nichts mehr zu verlieren, der gerissene Buschräuber hingegen viel zu gewinnen. Er grinste, als Perry stolz verkündete, sein Kumpel McPherson werde bald zu ihnen stoßen.

Als sie sich wenige Tage später zum Sonntagsgottesdienst versammelten, bemerkte Mal jedoch, daß Baldy fehlte.

»Wo ist Perry?« fragte er einen Wärter.

»Weg. Hat seine Zeit abgesessen. Sie haben ihn gestern flußaufwärts gebracht.«

Mal war fassungslos. »Diese verdammten Narren!«

Der Wärter zuckte zusammen. »Willst du mir etwa dumm kommen?«

»Nein, nein.«

»Dann halt die Klappe und geh weiter.« Bei diesen Worten sauste der Knüppel auf Mals Schulter nieder.

Während der Laienprediger, der gleichzeitig die Molkerei leitete, vor sich hin schwadronierte, saß Mal mit gesenktem Kopf da, wie es die Regeln verlangten. Es galt als Vergehen, wenn ein Sträfling im Hause Gottes den Kopf hob, und wurde mit Peitschenhieben geahndet. Er lauschte der Stimme, nicht der Botschaft, und grübelte zugleich darüber nach, wie er ein Floß bauen könnte. Dabei mußte er sich zwingen, nicht an Emilie zu denken. Inzwischen hatte sie ihn sicherlich aufgegeben, mit gutem Grund. Im Augenblick hatte sich einfach alles gegen ihn verschworen.

Emilie hatte ihn keineswegs vergessen, hütete sich jedoch, ihn Ruth gegenüber zu erwähnen. Am Montag wollte sie den zweiten Anwalt aufsuchen, den Mr. Kemp ihr empfohlen hatte.

Als sie sich am Samstagmorgen ankleideten, war ihre Schwester bester Laune und bot Emilie sogar ihren Strohhut an, der mit dunkelgrünem Stoff gefüttert war, um die Sonnenstrahlen abzuhalten.

»Das wird ein herrlicher Tag. Und wenn wir zurückkommen, zeigen wir dir vielleicht noch das Parlamentsgebäude. Ich möchte, daß du diese Stadt näher kennenlernst und auch die Möglichkeiten, die sie bietet. Du gehörst einfach nicht an jenen schrecklichen Ort …«

»Es läutet zum Frühstück«, warf Emilie ein, dankbar für die willkommene Unterbrechung. »Hast du irgendwo meine Handschuhe gesehen?«

»In der oberen Schublade.«

Es klopfte.

»Wer kann das sein?« Unwillig öffnete Ruth die Tür. Daniel stürmte an ihr vorbei ins Zimmer.

Emilie sah ihn nur überrascht an, doch Ruth war ehrlich schockiert.

»Also wirklich, Daniel, das ist unser Schlafzimmer!«

Er beachtete sie gar nicht, sondern trat vor Emilie hin. »Wer sind Sie? Welchen Umgang pflegen Sie?«

»Du solltest nicht in diesem Zimmer sein«, warf Ruth ein. »Bitte, Daniel, sprich leiser. Was sollen die Leute bloß denken?«

»Die Leute?« brüllte er, bleich vor Wut. »Die denken sich schon jetzt eine ganze Menge. Sie ist bereits entehrt.« Er schleuderte ihr die Morgenzeitung entgegen. »Hast du das gelesen?«

»Was denn?« Ruth nahm die Zeitung zur Hand und starrte auf die Titelseite, die von neuen Goldvorkommen im Norden und Plänen für die Errichtung einer Straßenbahnlinie in Brisbane berichtete. »Ich verstehe nicht …«

»Dritte Seite«, preßte er zwischen zusammengebissenen Zähnen hervor. Ruth versuchte weiterzublättern, stellte sich aber vor lauter Nervosität recht ungeschickt dabei an. Er entriß ihr die Zeitung, warf sie aufs Bett und rammte den Finger in das dünne Papier.

Ruth begann zu lesen. »*Sonnys Freundin besucht die Stadt*. Wer ist Sonny, Daniel?«

»Willoughby, der Verbrecher«, fauchte er und starrte Emilie an, die entsetzt ans Fenster zurückgewichen war. Sie betete, hoffte, daß ihr Name nicht erwähnt wurde …

Ruth las rasch den Artikel durch und schüttelte den Kopf. »Eine Miss Tissington, die behauptet, Sonny Willoughby sei unschuldig … die angeblich unter den Augen der Polizei von Sonny besucht wurde.« Sie wandte sich zu ihrer Schwester. »Was hast du nur angerichtet? Dummes Ding. Du hattest mir versprochen, dir diese Sache aus dem Kopf zu schlagen.«

»Ich habe gar nichts versprochen.«
Nun fiel Daniel über seine Verlobte her. »Du hast davon gewußt? Du hast gewußt, mit welchen Leuten sie sich abgibt?«
»Nein, ich meine, ich habe ihr gesagt, daß ich nichts davon hören möchte. Daniel, ich wollte sie aufhalten.«
»Warum hast du mir nichts darüber erzählt? Ich hätte sie auf der Stelle nach Hause geschickt. Der Mann ist ein Krimineller, ein Mörder, und nun wird dein Name im Zusammenhang mit ihm erwähnt. Der Name meiner Verlobten!«
»Nicht mein Name ...«
»Ach, komm schon. Jetzt muß ich zu allen meinen Freunden hingehen und Gott weiß wem erklären, daß es sich nicht um meine Miss Tissington handelt, sondern um deren Schwester. Meinst du etwa, die Leute machen da einen Unterschied? Wie konntest du mir das nur antun? Sie ist deine Schwester. Ihr Name steht in der Zeitung! Glaube ja nicht, daß wir heute noch irgendwohin fahren. Ich möchte nicht mit ihr gesehen werden.«
Als er die Tür hinter sich zugeschlagen hatte, setzte Ruth die Strafpredigt fort. Emilie krümmte sich unter dem Schwall der Vorhaltungen. Sie war ebenso entsetzt wie die beiden. Wie hatte Mr. Kemp ihr das antun können? Er hatte einen so netten Eindruck gemacht, sie hatte ihm vertraut, und nun stand ihr Name in der Zeitung. Die Wunde saß tief. Irgendwann brach Ruth in Tränen aus, und auch Emilie weinte still vor sich hin.
Keine von ihnen ging hinunter zum Frühstück. Sie wußten einfach nicht weiter und schämten sich zu sehr, um sich in der Öffentlichkeit sehen zu lassen.
Stunden später hielt es Emilie nicht länger im Zimmer aus. Sie wusch sich das Gesicht mit kaltem Wasser, um die Tränenspuren zu beseitigen.
»Wir können nicht den Rest unseres Lebens in diesem Zimmer verbringen. Möchtest du spazierengehen? Wir könnten irgendwo Tee und Kuchen besorgen.«
Ruth fuhr empört hoch. »Mit dir gehe ich nirgendwo hin. Ich will nicht mit dir gesehen werden. Je früher du nach Hause fährst, desto besser.«
»Es tut mir so leid, Ruth, aber ich konnte nicht ahnen, daß es soweit

kommen würde. Ich bin nur zu Polizeichef Kemp gegangen, weil du mir verboten hast, Mr. Bowles nach einem Anwalt zu fragen.«
»Verstehe, jetzt bin ich also schuld an allem.«
»Nein, das wollte ich damit nicht sagen. Mr. Kemp hat hier einmal mit seiner Frau gewohnt, vielleicht erinnerst du dich. Er ist Polizist, in sehr hoher Position. Polizeichef ...«
»Du bist zur Polizei gegangen? Zuerst die Kriminellen, dann die Polizei. Und nun auch noch die Zeitungen. Noch nie im Leben habe ich mich so geschämt. Und der arme Daniel. Für mich ist es ja schon schlimm genug, aber für Daniel ... in seiner Position! Er hat nichts von alledem gewußt und darf sich jetzt mit deinen Problemen herumschlagen. Bestimmt ist er am Boden zerstört.«
»Ach, dieser verdammte Daniel, ich habe ihm ohnehin nicht über den Weg getraut.«
»Paß auf, was du sagst. Wage es nicht, meinen Verlobten zu kritisieren, das steht dir überhaupt nicht zu. Daniel ist ein guter Mensch, der nur unser Bestes will ...«
»Den Teufel tut er ...« schrie Emilie. Durch den Umgang mit Kate und Nellie hatte sie zahlreiche Kraftausdrücke aufgeschnappt, und auch die Manningtrees hatten das Ihre dazu beigetragen, ihren Wortschatz in diese Richtung zu erweitern. »Wenn du mich fragst, ist er ein verfluchter Schwindler. Er ist hinter deinem Geld her und will damit auf meinem Grundstück ein Haus bauen. Ein Haus, das er dann sein eigen nennen kann. Und was steuert er dazu bei? Nichts, soweit ich sehen kann.«
Ruth schoß hoch. »Raus!« rief sie mit gellender Stimme. »Verschwinde, ich kann dein vulgäres Gerede nicht mehr hören! Und komm ja nicht wieder, bevor du nicht bereit bist, dich zu entschuldigen!«
»Ich habe mich bereits entschuldigt, Ruth. Um nichts in der Welt wollte ich dich kränken. Aber ich konnte nicht ahnen, daß so etwas passieren würde.«
»Raus.«

Mrs. Medlow mußte gelauscht haben, denn sie schoß auf Emilie zu, sobald diese auf den Flur hinaustrat.
»Haben Sie einen Moment Zeit, Miss Tissington?«

Emilies Herz schlug bis zum Hals. Noch mehr Ärger. Und eine passende Ausrede, warum sie es gerade jetzt eilig hatte, wollte ihr partout nicht einfallen. Also ließ sie sich willenlos ins Wohnzimmer der Pensionswirtin führen.

Doch es sollte gar nicht so schlimm kommen. Mrs. Medlow teilte ihr augenzwinkernd mit, sie habe die Zeitung gelesen.

»Es tut mir so leid«, setzte Emilie an. »Ich wußte nicht, daß sich irgend jemand für mich interessieren würde. Ich verstehe nicht, weshalb sie meinen Namen überhaupt erwähnt haben.«

»Aber Sie sind doch von allgemeinem Interesse, meine Liebe. Ist es tatsächlich wahr, daß Sie Sonny Willoughby kennen?«

Emilie schlug die Augen nieder. »Hm … ja.«

»Wie aufregend! Meine Freunde und ich stehen förmlich kopf. Sie sind eine Berühmtheit. Aber sagen Sie mir eins: Wie ist er denn so? Ich habe hier irgendwo ein Foto von ihm, das ich aus der Zeitung ausgeschnitten habe. Er sieht so gut aus. Kommen Sie, setzen Sie sich, ich will alles hören. Ich bin ganz wild darauf. In der Zeitung steht, er sei sehr ritterlich.«

Zu ihrer Überraschung brach Emilie in Tränen aus, doch Mrs. Medlow war für alle Fälle gerüstet. Das war der herrlichste Klatsch, der ihr je untergekommen war, und dazu noch unter ihrem eigenen Dach! Sie wollte alles haarklein erfahren. Da die Damen Tissington ihr Frühstück verpaßt hatten, ließ sie Tee und Scones kommen, während sie das Mädchen tröstete, das ihr anbot, sie Emilie zu nennen. Sie trocknete ihre Tränen, umarmte sie kurz und hörte als Belohnung aus erster Hand die Geschichte von einem netten jungen Mann namens Mal Willoughby, der sanft, freundlich und vor allem unschuldig war. Die wahre Geschichte des berühmten Verbrechers. Wie unglaublich aufregend!

Neuigkeiten verbreiten sich schnell, selbst in den Straßen eines wilden, ungezähmten Ortes wie Maryborough, wo die Gesetzlosigkeit proportional zum Wachstum der Stadt zunahm, wo Nationalitäten aufeinanderprallten und Bauern auf hartgesottene Seeleute und Hafenarbeiter stießen. In den Nächten herrschten zügellose Fröhlichkeit und vorübergehender Waffenstillstand, bis die Kämpfe erneut aufflammten. Walt White fand hier viel Stoff für seinen Lokalteil und teilte weitere Schläge gegen die angeblich so unfähige Polizei aus. Die Geschichte der Gouvernante war jedoch etwas anderes – gewaltlos, ein neuer Aspekt der Willoughby-Legende und vor allem ein eindeutiger Beweis dafür, daß die örtliche Polizei vor lauter Bäumen den Wald nicht sah. Er genoß die Nachricht, summte vor sich hin, während er den Artikel verfaßte, und führte sogar ein Tänzchen auf, als er ihn auf der Titelseite seines *Chronicle* prangen sah.

Dort gehörte er auch hin, nicht auf Seite drei wie im *Courier*. Damit kehrte die Geschichte dahin zurück, wo sie ihren Anfang genommen hatte: nach Maryborough. Er mußte kaum etwas an dem Text ändern, den ihm Jesse Fields geschickt hatte. Während dieser schrieb, daß Sonny Miss Tissington besucht habe, formulierte Walt es jedoch so um, daß man meinen konnte, Miss Tissington habe den Verbrecher bei sich empfangen. Im Prinzip lief es zwar auf das gleiche hinaus, klang aber seiner Ansicht nach besser.

»Bei Gott«, murmelte er, »diese Gouvernante. Stille Wasser sind eben tief.«

Mrs. Mooney las den Artikel und schüttelte den Kopf. »Das ist ja nicht zu fassen. Emilie soll seine Freundin sein? Ich glaube nicht ein Wort davon. Empfängt Willoughby bei sich? So ein Unsinn. Man kann nur hoffen, daß Walt bald kapiert, über was es sich zu schreiben lohnt. Zum Beispiel über das Feuer in Barneys Stallungen gestern abend, bei dem die halbe Straße abgebrannt ist.«

Keine ihrer Angestellten wagte es, Mrs. Mooney zu widersprechen, doch sobald sie außer Hörweite war, ging das Gerede los. Wenn es in der Zeitung stand, mußte es wahr sein.

Clive las es ebenfalls mit einem Kopfschütteln. »Guter Gott, Emilie. Was hast du nun wieder angestellt? Mit wem hast du da unten nur geredet?«

Er zündete sich einen Stumpen an und las die Seite noch einmal durch. Es beunruhigte ihn nicht, daß sie angeblich Mals Freundin war, das war nur haltloses Zeitungsgeschwätz. Auch daß sie ihn bei sich empfangen hatte, erschien ihm äußerst unwahrscheinlich. Doch in dem Artikel stand ebenfalls, sie halte sich in Brisbane auf, um ihm zu helfen, und das wiederum klang ganz und gar nach ihr. Dieses törichte Mädchen. Wie sie ihm helfen wollte, wurde nicht erwähnt. Clive fragte sich, ob ihre Schwester damit einverstanden war, daß sie mit der Presse gesprochen hatte. Dann wäre sie ebenso naiv wie Emilie …

Einer der Büroangestellten steckte seinen Kopf zur Tür herein. »Clive, haben Sie schon die Zeitung gelesen? Sieht so aus, als bekämen Sie Konkurrenz. Und zwar von niemand geringerem als Sonny Willoughby.«

»Wir sind beide mit ihm befreundet. Und übrigens, ich erwarte, daß diese Rechnungen geprüft werden und in fünf Minuten wieder auf meinem Schreibtisch liegen!«

Clive zog an dem Stumpen und sah aus dem Fenster. Ein Segelschiff legte gerade ab. Er wünschte, er wäre mit Emilie nach Brisbane gefahren. Hätte er nicht wegen Fleur zeitweilig den Kopf verloren, hätte sie ihn womöglich zum Mitkommen eingeladen, doch so hatte sie sich empfindlich und distanziert gezeigt. Vielleicht hatte sie schon die ganze Zeit über diesen verrückten Plan gehegt, Mal zu helfen, und den Besuch bei der Schwester nur als Vorwand benutzt. Mal war nicht dumm, er hätte sich selbst einen Anwalt besorgt, wenn er das nötige Geld gehabt hätte. Strafverteidiger waren teuer, sie berechneten angeblich bis zu zwei Pfund pro Tag.

Er vermißte Emilie mehr, als er erwartet hatte. Es hatte Zeit gebraucht, bis er den wahren Menschen hinter dem züchtigen, ein wenig steifen Äußeren entdeckte, die warme, empfindsame Frau, die treuer zu ihren Freunden hielt, als ihr selbst guttat.

Er mußte sie bei Gelegenheit offen fragen, was sie wirklich für Mal Willoughby empfand.

Mal hatte sich Hals über Kopf in sie verliebt, doch er himmelte sie aus der Ferne an. Sie waren einander nur selten begegnet. Oder etwa nicht? Er war verwirrt. Hatten sie sich wirklich in Maryborough getroffen? War Mal vor dem Cottage aufgetaucht?

Aber selbst wenn, Clive kannte Emilie gut genug, um zu wissen, daß sie niemandem ein Sterbenswörtchen verraten hätte, um Mals Flucht nicht zu gefährden. Nicht einmal mir, dachte er unglücklich.

Bezüglich ihrer tatsächlichen Beziehung zu Mal tappte er jedoch völlig im Dunkeln; Emilie allein würde ihn darüber aufklären können. Er verspürte Eifersucht bei dem Gedanken an die beiden, war niedergeschlagen, verfluchte die elende Zeitung, die all das aufgerührt hatte. Er wünschte, Pollock wäre in der Stadt, damit er her-

ausfinden könnte, was wirklich vor sich ging, denn auf Walts Geschwätz konnte er nichts geben.
In dieser Woche hatte er Gespräche mit der Bank geführt, die recht befriedigend verlaufen waren. Er plante, ein Darlehen zur Eröffnung eines Bekleidungsgeschäftes aufzunehmen, und es sah ganz danach aus, als würde er dieses Vorhaben bald in die Tat umsetzen können. Da zur Zeit einige neue Geschäftshäuser in der Stadt errichtet wurden, würde er keine Probleme haben, ein Ladenlokal zu mieten. Sobald er die Genehmigung erhalten und die erforderlichen Dokumente unterzeichnet hätte, könnte er nach Brisbane fahren, um Ware einzukaufen. Und um Emilie in ihrer Pension aufzusuchen und herauszufinden, was sie eigentlich vorhatte. Es mußte noch diese Woche geschehen, sonst wäre sie bereits auf der Heimreise.
Vielleicht sollte er einfach hier warten, sie könnten einander sonst verpassen.
»Verdammt!« rief er schließlich und drückte mit einer energischen Bewegung den Stumpen aus. »Wieso konnte sie nicht zuerst mit mir darüber sprechen? Zum Teufel mit Mal und seinen Schwierigkeiten.«

In der Küche beugten sich Kate und Nellie eifrig über die Kochtöpfe, da die Missus auf dem Kriegspfad war. Sie gab an diesem Tag ein Essen für ihre Freundinnen, darunter auch die Frau des Bürgermeisters, und alles mußte mehr als perfekt sein.
Mrs. Manningtree stürmte in die Küche, wobei sie eine Zeitung schwenkte und Kate anschrie: »Hast du davon gewußt? Wenn ja, dann schwöre ich, daß dies deine letzte Woche in diesem Haus ist!«
»Ich verstehe nicht, Missus.«
»Das hier! Das hier! Dieses elende Ding. Die Gouvernante. Hat sich direkt vor meiner Nase mit Kriminellen getroffen. Vor meinem eigenen Haus! Und das ausgerechnet heute!«
»Was ist heute?« fragte Kate nervös.
»Da!« Sie warf die Zeitung auf den Tisch. »Sieh dir das an. Auf der Titelseite!«
Kate wischte sich die Hände an der Schürze ab und überflog die Seite. »Oh, mein Gott!«
»Hast du davon gewußt? Ich will die Wahrheit wissen.«

»Nein, Madam. Ich weiß gar nichts darüber.«
Nellie spähte ihr über die Schulter. »Ich auch nicht.«
Ihre Herrin wütete weiter. »Diese verdammte Heuchlerin. Ich habe schon immer gesagt, sie ist zu gut, um wahr zu sein. Schleicht sich hinter meinem Rücken zu diesem Mörder. Wir hätten alle tot in unseren Betten enden können. Na ja, hier ist sie jedenfalls erledigt, das steht fest. Kein Wunder, daß sie in dieses Cottage gezogen ist, das perfekte Liebesnest. Und die ganze Zeit über predigt sie meinen Kindern gutes Benehmen. Vermutlich hat dieser Schurke die ganze Zeit über bei ihr gewohnt. Aber hört mein Ehemann auf mich? Nein. Nettes kleines Ding, sagt er. Von wegen! Und so etwas hat unter unserem Dach gelebt. Eine Unverschämtheit!«
Die Missus stürmte hinaus. Kate sagte zu Nellie: »Herr im Himmel, was für ein Theater!«

Am Sonntagmorgen bezahlte Mr. Bowles seine Miete und teilte Mrs. Medlow mit, er werde das *Belleview* verlassen.
Da sie den Grund ahnte, zeigte sie sich unnachgiebig. »Bei Dauergästen gibt es eine Kündigungsfrist«, verkündete sie. »Eine Woche im voraus oder die entsprechende Miete.«
»Ich bezahle Ihnen zwei Tage.«
Mrs. Medlow gab sich damit zufrieden. »Dürfte ich Ihre neue Adresse erfahren, damit ich Ihnen die Post nachschicken kann?«
»Ich komme sie abholen. Lassen Sie mein Gepäck herunterbringen.«
Sie fragte sich, ob seine Verlobte wußte, daß er auszog. Miss Ruth verhielt sich auf eine sehr englische Weise distanziert, war aber kein schlechter Mensch und darüber hinaus ein sehr angenehmer Gast, der pünktlich seine Miete zahlte und niemals Ärger bereitete. Und Emilie war einfach zauberhaft, wie sie so voller Unschuld für Sonny Willoughby eintrat. Bestimmt war ihr gar nicht bewußt, welches Aufsehen sie damit erregt hatte.
Was Mrs. Medlow betraf, war Mr. Bowles mit seinen stinkenden Socken und schmutzigen Bettlaken kein großer Verlust, selbst wenn er einer noch so hochtrabenden Arbeit nachging. Frauen erwiesen sich meist als die besseren Gäste, weil sie sauberer waren; alleinstehende Herren konnten überaus unappetitlich sein.

Miss Ruth war offensichtlich unpäßlich, da Emilie ihr die Mahlzeiten aufs Zimmer brachte. Mrs. Medlow paßte die jüngere Schwester ab und winkte sie zu sich.
»Wissen Sie, daß Mr. Bowles ausgezogen ist?«
Emilie schüttelte den Kopf. »O nein!«
Damit stand fest, daß er auch seiner Verlobten nichts davon gesagt hatte.
»Ist ohne ihn auch besser dran«, meinte Mrs. Medlow. »Ich habe ihn im übrigen nie gemocht. Ein Speichellecker, wie er im Buche steht.«
Emilie brachte Ruth die Neuigkeit schonend bei, doch diese zeigte sich nicht weiter überrascht. »Das war sehr vernünftig von ihm. Er darf nicht mit Skandalen in Verbindung gebracht werden, nicht in seiner Position. Und deine Gegenwart in meinem Zimmer hätte ihn peinlich berührt. Wie sollte er mir seine Beweggründe erklären, wenn du dabei sitzt? Das wäre ja wohl ein wenig viel verlangt. Du verlangst einfach zuviel von deinen Mitmenschen, Emilie.«

Der Rechtsanwalt Robert Lanfield war eine eindrucksvolle Erscheinung mit der weißen Mähne, dem buschigen Backenbart und den wachen grünen Augen, die Emilie so intensiv fixierten, daß sie sich kaum zu rühren wagte. Er sprach kurz und knapp, und eingeschüchtert trug sie ihm ihre Geschichte beinahe flüsternd vor.
»Sprechen Sie lauter, Miss. Sind Sie mit diesem Mr. Willoughby verwandt?«
»Nein, Sir, er ist nur ein Freund.«
»Nun, Ihr Freund sitzt ganz schön in der Klemme. Soll ich ihn vertreten?«
»Ja, Sir, er ist nämlich unschuldig.«
Lanfield ging nicht auf diese Bemerkung ein. »Sollte ich den Fall übernehmen, muß ich einen gerichtlich zugelassenen Strafverteidiger bestellen. Sind Sie sich dessen bewußt?«
Emilie nickte. Hauptsache, er übernahm den Fall und rettete Mal.
»Und Sie handeln nach Mr. Willoughbys Anweisung?«
»Nein, Sir, er weiß gar nicht, daß ich hier bin. Ich dachte, Sie könnten sich mit ihm treffen.«
»Er sitzt im Gefängnis von St. Helena, und ich bin ein vielbeschäf-

tigter Mann, Miss Tissington. Ein Besuch auf der Insel würde mich einen vollen Tag kosten.«
Emilie war überrascht. »Aber Sie müssen doch mit ihm sprechen, Mr. Lanfield. Dann werden Sie selbst begreifen, daß er unschuldig ist, daß ihm schweres Unrecht widerfahren ist. Er dürfte eigentlich gar nicht im Gefängnis sitzen.«
Der Anwalt seufzte. »Schön, schön. Aber ich kann ihn nicht aufsuchen, bevor ich nicht genau weiß, daß der Bursche meine Dienste auch in Anspruch nehmen möchte ...«
Bei diesen Worten fühlte sich Emilie seltsam getröstet, als könne sie die Last endlich mit jemandem teilen. »Mr. Lanfield, das will er ganz sicher. Ich bin Ihnen ja so dankbar. Wenn Sie wüßten, welche Erleichterung dies für mich bedeutet. Ich habe mir solche Sorgen gemacht ...«
»Wir werden sehen. Ich schreibe an Mr. Willoughby und warte seine Antwort ab, bevor ich weitere Schritte unternehme. Ich werde Sie beizeiten darüber informieren, welche Entwicklung die Dinge genommen haben.«
»Vielen Dank, Mr. Lanfield. Ich wüßte allerdings gern, wann ich ungefähr damit rechnen kann, da ich am Ende der Woche nach Maryborough zurückkehren muß.«
Er lehnte sich zurück. »Lassen Sie mich überlegen. Mein Sekretär muß sich nach den Transportmöglichkeiten auf die Insel erkundigen. Er könnte möglicherweise einen Kurier schicken, der den Brief persönlich übergibt und die Antwort noch am selben Tag zurückbringt. Er wird sein Bestes tun, mehr kann ich dazu jetzt nicht sagen. Sie erhalten so bald wie möglich Bescheid.«
Dann erhob er sich in seiner unvermittelten Art und schob sie mit einem höflichen »Ich wünsche Ihnen einen guten Tag, Miss Tissington« zur Tür hinaus.
Emilie bedankte sich noch einmal und ging durch das Vorzimmer, in dem der Sekretär über seinen Papieren saß. Sie zögerte und überlegte, ob sie eine Bezahlung anbieten solle, doch er nickte nur kurz und wandte sich wieder seiner Arbeit zu. Emilie schlich auf Zehenspitzen hinaus, froh, diese düstere Umgebung verlassen zu können.
Sie schlenderte gemächlich zurück zur Pension, wo ein fremder Mann vor der Tür wartete.

Bevor sie einen klaren Gedanken fassen konnte, rief er ihr zu: »Schauen Sie mal hier rüber, Miss Tissington.«
Entsetzt sah sie sich einer Kamera gegenüber. Es blitzte, dampfte, dann tauchte der Kopf des Fotografen wieder auf. »Vielen Dank, Miss.«
»Was soll das?« schrie sie empört.
Er packte Kamera und Stativ zusammen. »Keine Sorge, Schätzchen, Sie werden gut aussehen auf dem Foto.« Mit diesen Worten verschwand er durchs Tor.
Erst jetzt begriff sie, was geschehen war, und eilte auf ihr Zimmer. »O Gott, sie werden doch wohl nicht mein Bild in die Zeitung bringen? Das ist so töricht, und sinnlos außerdem.«
Unglücklich setzte sie sich auf die Bettkante und dachte besorgt, was Ruth wohl dazu sagen würde. Sie durfte gar nicht daran denken, welchen Streit ein Zeitungsfoto zwischen ihnen auslösen würde. Hoffentlich bekam Ruth deswegen keine Probleme in ihrem College, wie sie zu befürchten schien. Emilie machte sich auch Gedanken wegen Ruths Bemerkung, sie verlange zuviel von anderen Menschen. Dabei hatte sie doch nur einen Rechtsbeistand für Mal gesucht, ohne daß gleich die ganze Welt davon erfahren sollte.
Später an diesem Tag erlitt Emilie jedoch einen weitaus schlimmeren Schock.
Mrs. Manningtree hatte ihr ein Telegramm geschickt, in dem sie ihr mitteilte, daß sie aufgrund ihres »unziemlichen Verhaltens« fortan auf ihre Dienste verzichte.
»Schlechte Neuigkeiten?« fragte Mrs. Medlow, nachdem sie es ihr ausgehändigt hatte.
»Nein.« Emilie rang sich ein Lächeln ab. »Nur eine Bitte von einer Freundin.«
»Haben Sie einen Rechtsanwalt gefunden?«
»Ja, ich bin erleichtert, daß ich die Verantwortung nun einem Fachmann übergeben kann.«
»Das freut mich zu hören, meine Liebe.«
Emilie floh aus dem Haus. Sie machte einen Spaziergang, um den Schock ihrer Entlassung zu verdauen. Immerhin besaß sie bereits die Rückfahrkarte nach Maryborough und mußte für das Cottage keine Miete aufbringen, doch was kam danach? Sie schüttelte energisch

den Kopf, um all die Befürchtungen zu vertreiben. Nach ihrer Ankunft mußte sie sich zuallererst nach einer neuen Stelle umsehen. Doch wie diese beschaffen sein sollte, war ihr noch gänzlich unklar. Ruth gegenüber erwähnte sie das Telegramm lieber nicht.

»Alles in Ordnung im College?« fragte sie statt dessen, als Ruth von der Arbeit kam.

»Wegen deines Verhaltens, meinst du? Man fragte mich, ob ich die in der Zeitung erwähnte Miss Tissington sei, und ich konnte ruhigen Gewissens antworten: ›Ganz gewiß nicht.‹ Sonst hat niemand etwas gesagt. Ich hoffe, die Sache ist damit erledigt. Allerdings wüßte ich gern, wie lange du noch zu bleiben gedenkst.«

»Bis nächsten Sonntag.« Das hatte sie ohnehin vorgehabt, also konnte sie ruhig dabei bleiben. Und sie wollte ja noch das Ergebnis von Mr. Lanfields Bemühungen erfahren. Sie hatte ihn auch gefragt, ob sie selbst Mr. Willoughby besuchen könne, doch er hatte entschieden verneint.

»Auf keinen Fall. Besucher sind dort nicht zugelassen, und junge Damen schon gar nicht.«

»He, Willoughby, du sollst zum Boß kommen. Rauf mit dir.«

Mal kletterte aus der Kalkgrube und wischte sich die Hände an seinem groben Baumwollhemd ab. »Was ist los?«

»Woher soll ich das wissen? Vielleicht will er dich zum Essen einladen.«

Der Wärter trottete hinter ihm her, vorbei an den Zellenblocks in Richtung des Verwaltungsbüros. Mal haßte es, wie ein Stück Vieh umhergetrieben zu werden. Nie war man allein, außer in der Einzelhaft. Er sehnte sich nach der Einsamkeit des Buschs, nach den frischen, sauberen Gerüchen der Natur. Dann fiel ihm ein, daß Pollock ihn vielleicht noch einmal sprechen wollte, was kein schlechtes Zeichen wäre. Er blieb an einer Pumpe stehen.

»Darf ich mich waschen?« fragte er, da er sich plötzlich für den Gestank seines Körpers schämte, doch der Wärter schubste ihn weiter. Man konnte den Direktor nicht warten lassen.

Croft saß vor dem Gebäude und genoß die wärmenden Sonnenstrahlen. Auf einem Tisch neben ihm lag eine Zeitung ausgebreitet, doch von einem Besucher war nichts zu sehen.

Der Direktor schaute hoch. »Ah, Willoughby, da bist du ja. Man hat dir eine juristische Vertretung durch einen Mr. Robert Lanfield angeboten. Er möchte wissen, ob du seine Dienste als Anwalt in Anspruch nehmen willst.«
»Wie komme ich dazu?«
»Beantworte meine Frage«, knurrte Croft.
»Ja, sicher, Sir. Aber wer ist dieser Herr?«
»Mr. Lanfield erfreut sich eines ausgezeichneten Rufs. Ich bin sogar persönlich mit ihm bekannt. Du hast Glück, daß ihn dein Fall interessiert, an deiner Stelle würde ich das Angebot unbesehen annehmen.«
»Ich verstehe, Sir. Trotzdem wüßte ich gern, wie er dazu kommt.«
Croft lachte und schlug eine Seite des *Brisbane Courier* auf. Dann deutete er auf eine Fotografie. »Kennst du das Mädchen?«
Mal starrte fassungslos auf die Zeitung. Es war Emilie.
Die Überschrift sprach eine deutliche Sprache. *Sonny Willoughbys Freundin.* Er errötete. Wie peinlich mußte ihr diese Bloßstellung sein. Sie wirkte irgendwie erschrocken auf dem Bild.
»Nun?«
»Ja, Sir, ich bin mit ihr befreundet.«
»Es heißt, sie sei Gouvernante.«
»Ja, Sir.«
»Nun, da hast du's. Deine Gouvernante hat Mr. Lanfield in deinem Namen engagiert. Du kannst gehen.«
»Entschuldigen Sie, Sir, aber was geschieht jetzt?«
»Du wartest ab, bis Mr. Lanfield Zeit für dich hat. Auch andere Gefangene haben schwebende Verfahren, doch nur wenige werden so ausgezeichnet vertreten wie du. Man wird dir seine Ankunft rechtzeitig mitteilen. Dann kannst du dich waschen und die Haare schneiden lassen. Wegtreten.«
Mal zögerte. »Dürfte ich wohl das Foto haben?«
»Ich sagte wegtreten.«
Der Wärter stieß ihn zur Seite, doch Mal schüttelte ihn ab und stürmte davon. Emilie wollte ihm helfen! Also hatte sie ihn doch nicht vergessen. Aber dieser Rechtsverdreher mußte bezahlt werden. Wo wollte sie das Geld dazu hernehmen? Und konnte der Mann mehr als nur reden? Mal hatte keine Erfahrung mit Anwälten und hielt nicht viel von diesem Berufsstand.

Doch an diesem Abend schöpfte er neue Hoffnung. Falls dieser Lanfield ein fähiger Anwalt war, würde er ihn vielleicht freibekommen. In diesem Fall, so schwor sich Mal, würde er jede Arbeit annehmen, um das Honorar bezahlen zu können. Verlor er den Fall, würde der Anwalt ebenso verlieren wie sein Mandant. Bei einem toten Mann war kein Geld zu holen.
Wie mutig von Emilie, einen solchen Schritt zu unternehmen, ihm diese Hilfe zu gewähren. Mal wußte, wie schüchtern sie war und welche Überwindung es sie gekostet haben mußte. Er war schier überwältigt. Niemand auf der ganzen Welt hatte sich um ihn gekümmert, nicht einmal seine eigene Schwester, die ihm nach seiner Verhaftung lediglich einen vorsichtig formulierten Brief geschrieben hatte, in dem sie ihm Glück wünschte. Dafür konnte er sich viel kaufen.
Mal weigerte sich, seinen Mitgefangenen zu erzählen, weshalb man ihn zum großen Boß bestellt hatte; Emilies Name sollte an diesem Ort nicht fallen. Damit würde er ihn nur beschmutzen. Und so begann eine neue Zeit des Wartens.

Baldy Perry war wütend. Er hatte gedacht, man werde ihn entlassen, doch nun hockte er mutterseelenallein in einer kalten Zelle unter der Polizeikaserne.
Man hatte ihm gesagt, ihnen sei ein Fehler unterlaufen, und nun werde er den Rest seiner Strafe eben hier absitzen. Doch das kaufte er ihnen nicht ab. Zugegeben, es war besser als die harte Arbeit auf der Insel, auch das Essen war annehmbar, doch er behielt dennoch sein Mißtrauen bei. Immerhin hatten sie ihn mit einer Kapuze über dem Kopf transportiert und vom Boot aus in einer verschlossenen Kutsche zur Kaserne gefahren. Irgend etwas stimmte hier nicht, und er ahnte auch, woher der Wind wehte. Aber wie waren sie auf ihn gekommen? Durch Carnegie? Sicher würde der es ihm heimzahlen wollen, weil er das Gold nicht abgeliefert hatte, doch andererseits konnte er nicht allzuviel verraten, ohne sich selbst zu belasten. Am besten war es wohl, seine Zeit hier abzusitzen, bis sie ihn entließen. Dann könnte er das Gold holen. Er wäre ein reicher Mann, denn er würde alles für sich behalten. Sollten die Spinner auf der Insel doch ruhig über ihn lachen, er wußte es besser!

Am nächsten Tag war der Spaß vorbei. Pollock und einige seiner Kollegen aus Brisbane nahmen die Verhöre auf.

Um Zeit zu schinden, beklagte Baldy sich über alles mögliche und wies darauf hin, daß er seine Strafe praktisch abgesessen habe und freizulassen sei.

»Was hast du vor nach deiner Entlassung?« fragte man ihn.

»Was denn schon? Ich geh zum Hafen, um mir einen Job zu suchen, damit ich mir ein paar Gläser Schnaps leisten kann.«

Immer wieder ritten sie auf dem Überfall herum. Die Frage, wo er sich zum betreffenden Zeitpunkt aufgehalten hatte, war vorauszusehen gewesen und traf ihn daher nicht unvorbereitet.

»Weiß nicht. Hab gearbeitet. Was war das für ein Tag?«

»Sonntag.«

»Ein verdammter Sonntag. Dann war ich wohl nicht bei der Arbeit. Hab wahrscheinlich meinen Rausch ausgeschlafen und bin dann wieder zurück ins Pub.«

Er war froh, daß es ein Sonntag gewesen war, sonst wären sie ihm womöglich über die Anwesenheitslisten seines Arbeitgebers auf die Spur gekommen.

»Angelst du gern?«

»Ich? Nein. Reine Zeitverschwendung. Trinken ist besser.«

»Hattest du je ein Boot? Ein Ruderboot?«

»Was soll ich mit einem Boot?«

»Über den Fluß fahren, zum Beispiel.«

Eine nützliche Erinnerung stahl sich in sein Gedächtnis. »Auf dem verfluchten Fluß? Der ist voller Krokodile.«

»Kennst du einen Mr. Carnegie?«

»Den, der bei dem Überfall angeschossen wurde? Nein, hab nur von ihm gehört.«

»Warst du je auf den Goldfeldern von Gympie?«

»Klar, so wie alle anderen auch. Hat nichts gebracht. Bin lieber nach Maryborough gekommen, um mir eine bezahlte Arbeit zu suchen.«

»Kennst du Mal Willoughby?«

»Ja, bin ihm im Gefängnis begegnet. Er wird für den Überfall baumeln.«

»Kanntest du ihn vorher schon?«

»Ja, da fällt mir ein, ich hab ihn mal zusammen mit McPherson in Brisbane getroffen.«
»Er war mit McPherson unterwegs?«
»Nein, ich. Jimmy ist ein Kumpel von mir. Willoughby hat sich mit ihm wegen eines Pferdes gestritten. Nannte sich damals übrigens Ned Turner.«
»Aus welchem Grund?«
»Weil er ein geborener Lügner ist, würde ich sagen. Ein Heimlichtuer. Hundertprozentig schuldig, wenn Sie mich fragen.«
Irgendwann verloren die Polizisten die Geduld und prügelten Perry windelweich, doch er gab nicht mehr von sich als gotteslästerliche Flüche.

Zwei Tage später trafen Pollock, die beiden Polizisten aus Brisbane und Kemp zu einer Besprechung zusammen. Inspektor Greaves war dafür, Perry für die letzten paar Wochen, die er noch abzusitzen hatte, auf die Insel zurückzuschicken.
»Er ist ein übler Kerl, kein Zweifel. Es ist seine dritte Verurteilung wegen Körperverletzung, aber mit diesem Überfall kann er nichts zu tun haben. Wir bekommen einfach nichts aus ihm heraus. Nur weil er sich zu der Zeit in der Stadt aufgehalten hat, ist er noch lange nicht schuldig. Damals trieb sich ein Dutzend berüchtigter Krimineller in der Gegend herum. Er ist einfach nicht der Richtige.«
»Und ob«, beharrte Pollock. »Davon bin ich fest überzeugt. Er hatte sich die Antworten schön zurechtgelegt, aber mich interessiert mehr, was er *nicht* gesagt hat.«
»Und das wäre?«
»Der Mann ist ein Jammerlappen. Er hat sich über alles beschwert, nur nicht darüber, daß man ihn überhaupt verhört. Sobald er mich sah, wußte er, wie der Hase läuft. Er antwortete, grinste, bis er ein paar Schläge einstecken mußte. Seine Antworten zu den Fragen nach dem Überfall waren mir zu glatt, zu vorgefertigt …«
Greaves unterbrach ihn. »Wir können einen Mann nicht wegen etwas anklagen, was er nicht gesagt hat.«
»Aber da ist etwas, oder? Man kann es förmlich riechen. Er hatte an dem Sonntag frei. Also hätte er das Boot kaufen und nach dem Über-

fall versenken können. Er hätte ein Pferd am anderen Flußufer haben können, das ihn in die Stadt brachte. Ich sage, seine Haltung verrät ihn, seine fehlende Empörung über die Anschuldigungen …«
Kemp blätterte seufzend in der Akte. »Sie klingen schon wie Willoughby.«
Der Sergeant nickte. »Da haben Sie recht. Aber Willoughby hat Lunte gerochen, und mir geht es genauso. Je mehr ich über den Jungen nachdenke, desto mehr bin ich davon überzeugt, daß er als Sündenbock mißbraucht wird.«
»Wollen Sie uns jetzt weismachen, Willoughby sei irgendein harmloser Bauernbursche? Die Schausteller im ganzen Land kennen ihn als Schwindler …«
»Das stimmt, und als Scharfschützen obendrein«, fügte der andere Polizist hinzu.
»Das ist nicht wahr«, erwiderte Pollock müde. »Ich habe es bei den Leuten von den Landwirtschaftsausstellungen überprüft. Sie haben mich ausgelacht. Sonny kann nicht mal aus einem Meter Entfernung sein Ziel treffen. Es war nur ein Trick, um die Leute anzulocken. Sie gaben ihm einen Preis, weil er angeblich das Wettschießen gewonnen hatte, und ermunterten damit das Publikum, es selbst einmal zu versuchen. Baldy hingegen ist ein guter Schütze. Und das ist erwiesen.«
Kemp mischte sich ein. »Genug geredet, ich habe Wichtigeres zu tun. Behalten Sie Perry in der Kaserne und verhören Sie ihn weiter. Ändern Sie die Taktik. Sagen Sie ihm, wir hätten ihn überführt und wollten ihn anklagen. Kann nicht schaden.«
»Was ist mit Carnegie?« wollte Pollock wissen. »Wenn ich nun zu ihm gehe und ihm sage, daß wir Perry verhaftet haben?«
»Dann zuckt er bloß die Achseln«, gab Kemp zurück. »Lassen Sie ihn in Ruhe.«
»Noch eins. Könnten Sie die Staatsanwaltschaft bitten, das Verfahren gegen Willoughby auszusetzen, bis wir mit Perry fertig sind? Allein hat er die Sache auf gar keinen Fall durchgezogen. Das mußte sogar Carnegie zugeben …«
Kemp nickte. »Akzeptiert. Die Staatsanwaltschaft ist ohnehin überlastet, und Willoughby läuft uns nicht davon. Aber Sie sollten deren Geduld nicht überstrapazieren, Sergeant.«

Auch diese Taktik fruchtete nicht. Perry grinste nur weiter hämisch. »Ihr habt nichts gegen mich in der Hand, sonst hättet ihr mich längst angeklagt. Ich kann euch die Namen von einem Dutzend Ganoven nennen, die sich zu der Zeit in der Gegend herumgetrieben haben, aber ausgerechnet mich habt ihr euch ausgeguckt. Na ja, damit seid ihr jedenfalls an den Falschen geraten. Ich hatte nichts damit zu tun, also steckt euch die Fragen in den Hintern. Mir steht ein richtiges Gefängnis zu, mit Hofgang und allem. Ihr habt kein Recht, mich hier festzuhalten. Ich will euren Boß sprechen.«

Die nachfolgenden Tage waren die schlimmsten in Emilies Leben. Ihr Foto erschien in der Zeitung, und Ruth war so entsetzt, daß sie sich die ganze Nacht erbrechen mußte, während ihre Schwester sie verzweifelt zu trösten versuchte. Einige Leute in der Pension schnitten Emilie, andere waren auffallend bemüht, ihre Bekanntschaft zu machen. Durch diese ungewollte Aufmerksamkeit und Ruths ständige Vorwürfe verlor sie allmählich ihr Selbstvertrauen. Sie wußte nicht, was sie als nächstes tun sollte. Sie schrieb an Mrs. Manningtree und drückte ihr Bedauern darüber aus, daß ihre Handlungen der Familie Ungemach bereitet hatten, wies aber jegliche Schuld von sich. Dann schrieb sie einen ziemlich wirren Brief an Clive, traute sich nicht, ihn abzuschicken, und warf ihn in den Papierkorb. Statt dessen sandte sie ihm eine kurze Nachricht, daß sie doch nicht so bald wie erwartet zurückkehren werde. Ihr war nämlich klargeworden, daß jeder in Maryborough von ihrer Entlassung erfahren würde, und sie schämte sich in Grund und Boden. Sicher hatte man sie auch in der dortigen Zeitung erwähnt.
Sie war einfach noch nicht in der Lage, den Leuten gegenüberzutreten. Nicht einmal Clive, der sie bestimmt verstehen würde. Aber würde er das wirklich? Wenn er nun auch gelesen hatte, daß man sie als Mals Freundin bezeichnete. Verlangte sie vielleicht zuviel von ihm? Sie wollte Mal schreiben und ihm von ihren Bemühungen berichten, wagte aber nicht, sich nach der genauen Adresse zu erkundigen. Außerdem würde man im Gefängnis wahrscheinlich den Brief öffnen und seinen Inhalt bekannt machen. Als sie vor Sorge schließlich weder ein noch aus wußte, überbrachte ihr Mr. Lanfields Sekretär die Nachricht, Mr. Willoughby habe das Angebot angenommen

und der Anwalt werde den Angeklagten so bald wie möglich aufsuchen. Das machte ihr wieder Mut. Sie ging zum Hafen und gab ihre Schiffsfahrkarte zurück. Auf dem Heimweg kam sie an einer Pension in der Charlotte Street vorbei, die einen guten Eindruck auf sie machte. Also ging sie hinein und mietete ein Zimmer. Das Zusammenleben mit Ruth war einfach unerträglich geworden, jede Unterhaltung endete im Streit.

Mrs. Medlow ließ sie nur ungern ziehen, doch Ruth reagierte erleichtert.

»Ich weiß zwar nicht, weshalb du nicht nach Maryborough zurückkehren willst, aber das möchte ich auch lieber nicht erfahren. Ich hoffe, deine Arbeitgeber haben nichts gegen den verlängerten Urlaub einzuwenden.«

»Wie sich die Zeiten doch ändern. Es ist noch nicht lange her, da sollte ich ihnen kündigen und mir eine Stelle in Brisbane suchen.«

»Werde jetzt bitte nicht frech, Emilie. Du weißt ganz genau, oder solltest es jedenfalls wissen, daß kein achtbarer Arbeitgeber in dieser Stadt deine Bewerbung auch nur in Betracht ziehen würde. Und ich kann es mir nicht leisten, dich auch noch zu versorgen.«

Emilie wußte, daß sie recht hatte und überdies keine Empfehlung von Mrs. Manningtree erwarten konnte, doch sie war die endlosen Beschuldigungen leid.

»Da fällt mir etwas ein, Ruth. Hat Mr. Bowles dir eigentlich die Besitzurkunde für mein Land inzwischen gegeben? Ich hätte sie gern bei meinen Papieren.«

Ruth zuckte zusammen. »Ich habe ihn nicht gesehen.«

»Und was ist mit dem Geld für dein Land? Du hast den Vertrag doch schon vor einer Woche unterzeichnet.«

»Das geht nur mich etwas an. Mr. Bowles wird es mir zu gegebener Zeit aushändigen.«

»Natürlich. Aber wenn du ihn sehen solltest, erinnere ihn bitte daran, daß ich die Urkunde gern vor meiner Abreise hätte.«

Sie war mit Packen fertig. »Ruth, ich möchte nicht im Streit von hier weggehen. Ich wohne nur einen Block entfernt. Alles wird gut, glaub mir.«

»Hoffentlich«, erwiderte Ruth, begleitete Emilie aber nicht bis zur Haustür.

13. Kapitel

Robert Lanfield hatte schon früher Sträflinge auf der Insel besucht und saß überdies im staatlichen Gefängnisausschuß. Er bedauerte, daß die malerische Insel ein so häßliches Gefängnis beherbergte, doch irgendwo mußten die Schwerkriminellen schließlich in sicherem Gewahrsam gehalten werden.
Sein Sekretär hatte ihm genügend Informationen über den Fall Willoughby und die gegen ihn erhobenen Anklagen besorgt, daß er auf die Aussage des Gefangenen vorbereitet war und sich diese unvoreingenommen anhören konnte. Je nachdem, wie Willoughby sich verhalten würde, konnte er noch immer ablehnen, seine Verteidigung zu übernehmen – wenn auch nur ungern, denn hier handelte es sich um einen bedeutenden Fall. Drei Morde und ein verschwundener Goldtransport waren selbst für australische Maßstäbe kein Pappenstiel, und landesweite Aufmerksamkeit wäre ihm sicher. Außerdem kannte er einen Anwalt der Krone, der ganz begierig darauf war, Willoughby vor Gericht zu vertreten.
Die polizeilichen Vorwürfe gegen den Burschen standen auf tönernen Füßen, da bisher keine Komplizen ausfindig gemacht worden waren. Wenn überhaupt, dann wollte er den Fall am liebsten so schnell wie möglich verhandeln, doch die Anklage dachte da anscheinend anders. Lanfield deutete dies als Zeichen dafür, daß sie nichts Konkretes gegen Willoughby in der Hand hatten, was ihm wiederum nur recht sein konnte. Dem Gefangenen natürlich nicht minder.
Gefängnisdirektor Croft ließ ihm Tee servieren und bot ihm eine Führung durch das Gefängnis an, doch Lanfield wies höflich, aber bestimmt darauf hin, daß seine Zeit knapp bemessen sei. Er erkundigte sich nach dem Gefangenen, woraufhin er von dessen Dreistigkeit und fehlender Reue erfuhr. Im Augenblick bereite er jedoch keinerlei Schwierigkeiten.
»Dafür sorgen wir schon«, fügte Croft hinzu. Lanfield nickte. Für den Direktor war der junge Mann praktisch schon verurteilt, während er eigentlich gar nicht hierher, sondern in Untersuchungshaft gehörte. Man hatte ihn nur auf die Insel gebracht, weil er der Polizei

einmal entwischt war und sie monatelang an der Nase herumgeführt hatte. Vermutlich würde man sich mit seiner Überstellung nach Brisbane nicht einverstanden erklären, doch es war einen Versuch wert und würde seine eigene Arbeit erleichtern.

Sonderlich beeindruckt war er nicht von dem Gefangenen, obschon dieser trotz seines kahlrasierten Schädels zweifellos gut aussah. Seine Haut war sonnengebräunt, die blauen Augen blickten ehrlich, sein Auftreten wirkte zuvorkommend, doch Robert Lanfield mit seinen dreißig Jahren Berufserfahrung ließ sich von alledem nicht täuschen. Er war schon so vielen Schurken begegnet, die ihr gutes Aussehen als Teil ihres Handwerkszeugs einsetzten und deren Lächeln Butter zum Schmelzen gebracht hätte. Das alles konnte auch bloß Fassade sein. Er wollte herausfinden, was für ein Mensch sich wirklich hinter dem freundlichen Grinsen verbarg.

Andererseits ließen sich die Geschworenen oft von Äußerlichkeiten beeinflussen. Lanfield würde Croft bitten, dem Gefangenen zu gestatten, sich die Haare wachsen zu lassen.

Gewöhnlich baten Gefangene, die sich in Untersuchungshaft befanden, darum, daß man ihnen die Handschellen abnahm, doch Willoughby kannte dieses Privileg entweder nicht oder legte keinen Wert darauf. Sobald Lanfield sich vorgestellt und seinem Mandanten einen Platz angeboten hatte, erkundigte sich dieser nach Miss Tissington.

Lanfield erklärte kurz, wie die Bekanntschaft mit ihr zustande gekommen war, doch Willoughby gab sich nicht damit zufrieden. »Mit Verlaub, Sir, aber ich muß etwas über die finanzielle Seite der Sache wissen. Sie erwarten doch keine Bezahlung von ihr, oder?«

Lanfield seufzte. »Wie mir mein Sekretär mitteilte, hat die Dame vor einigen Tagen erklärt, die Kosten übernehmen zu wollen.«

»Das geht nicht, sie kann es sich nicht leisten.«

»Dann müssen Sie eben einspringen.«

»Aber ich habe kein Geld. Können Sie es mir stunden?«

»Mr. Willoughby, die Dame kann es Ihnen ja stunden. Können wir jetzt weitermachen? Ich muß alles über Sie erfahren, vor allem die Einzelheiten Ihrer Beteiligung an dem Überfall.«

»Ich war nicht beteiligt.«

Der Anwalt nickte. Ein guter Anfang. Er hatte das Wort absichtlich verwendet, um Willoughbys Reaktion zu testen. Er besaß ein gutes Gespür für die gedanklichen Vorgänge hinter den gesprochenen Worten.

»Ob es Ihnen gefällt oder nicht, Mr. Willoughby, Sie sind in den Fall verwickelt, und ich habe die Pflicht, dafür zu sorgen, daß Ihnen dies nicht als Schuld ausgelegt wird. Wo wurden Sie geboren?«

»Was hat das damit zu tun?«

»Bitte haben Sie etwas Geduld.«

Man erzählte sich, Lanfield sei ein harter, unsensibler Mann, worauf er geantwortet hätte, daß es ihm lediglich an Sentimentalität fehle. Diesen Wesenszug betrachtete er als weibisch und unpassend für seinen Berufsstand, und er setzte ihn nur ein, wenn er bewußt an die Gefühle der Geschworenen appellieren wollte. Ungerührt hörte er sich die Geschichte des jungen Mannes an, die ihm nicht schlimmer erschien als die anderer Menschen auch, die in Armut aufgewachsen waren; doch seltsamerweise wirkte Willoughby ebenso unbeteiligt. Vielleicht käme man mit ihm weiter, wenn man ihn aus dieser Gleichgültigkeit aufrütteln könnte.

»Sie mochten Ihren Vater nicht?«

»Doch.«

»Aber er war ein Trinker. Und hat Sie ziemlich unfair behandelt.«

»In welcher Hinsicht?«

Lanfield war erstaunt. Anscheinend war sich der Bursche dessen gar nicht bewußt. Er ließ das Thema fallen und ging zum nächsten über.

»Es heißt, Sie seien ein Dieb gewesen.«

»Kann schon sein, wenn Sie es so ausdrücken wollen. Aber ich fand nichts Schlimmes dabei, eine Uhr hier oder eine Brieftasche dort mitgehen zu lassen, wenn ich eine Pechsträhne hatte.«

»Und Sie erwarten, daß ich Ihnen da beipflichte?«

»Warum nicht? Ich bin selbst des öfteren ausgeraubt worden.«

»Weil Sie sich in schlechter Gesellschaft bewegten.«

»Vermutlich.«

»Und es ist eine Tatsache, daß kleine Vergehen zu großen Verbrechen führen.«

»Klar doch.«

»So wie in Ihrem Fall.«

»Nein. Ich hätte mich nie getraut, ein schweres Verbrechen zu begehen.«
Lanfield befragte ihn zu seinem Leben auf den Goldfeldern und erfuhr zu seiner Überraschung, daß der Beschuldigte und sein Partner Gold im Wert von ungefähr vierhundert Pfund pro Mann gefunden hatten.
»Ich war wie im Rausch. So viel Geld hatte ich noch nie besessen. Warum also sollte ich jemanden ausrauben? Deshalb habe ich doch den Job überhaupt übernommen. Auf dem Weg nach Norden wurde ich selbst überfallen und wußte, daß diese Straßen für einen einzelnen Mann mit einem Vermögen in der Tasche ungeheuer gefährlich sein können. Ich fand es sinnvoll, mit dem Goldtransport nach Maryborough zu reiten und dafür auch noch bezahlt zu werden.«
»Aber am nächsten Tag verhaftete man Sie. Was haben Sie mit dem Geld gemacht?«
Zum ersten Mal blickten die blauen Augen nicht mehr ganz so selbstsicher, was dem Anwalt natürlich nicht entging.
»Ich habe es weggeworfen. Warum sollte ich es der Polizei überlassen? Sie hätte es nur in die eigene Tasche gesteckt.«
Lanfield wußte, daß er log, ließ es aber dabei bewenden. »Erzählen Sie mir von diesem Carnegie.«
Lanfield selbst hatte ihn einmal bei einer Gesellschaft kennengelernt und hielt nicht viel von ihm. Er beugte sich über seine Notizen, während Willougby ausführlich antwortete.
»Sie wollen damit sagen, daß Mr. Carnegie Sie überredet hat, diesen Job zu übernehmen, und Sie danach als einen der Verbrecher identifizierte, um seine eigene Beteiligung zu vertuschen?«
»Es sieht ganz danach aus.«
»Klingt unwahrscheinlich. Mr. Carnegie war Goldkommissar, ein Mann von ausgezeichnetem Ruf. Da steht Aussage gegen Aussage.«
»Zählt mein Wort denn gar nichts?«
»Sie sagen es. Sie müssen schon ein bißchen mehr vorbringen als das, Mr. Willoughby. Welches Arrangement haben Sie mit Miss Tissington getroffen?«
»Was meinen Sie damit?«
»Sie haben sie nach Ihrer Flucht besucht.«
»Das ist nicht wahr, ich habe am Tor auf sie gewartet. Weshalb hat

sie es überhaupt erwähnt? Ich wollte nicht, daß sie in die Sache hineingezogen wird.«

»Weil sie sich Sorgen um Sie macht.«

»Aber weshalb hat sie mit der Zeitung gesprochen?«

»Anscheinend hat sie das gar nicht. Sie erkundigte sich lediglich bei einem Freund, Polizeichef Kemp, nach einem zuverlässigen Anwalt. Er gab ihr meinen Namen. Vermutlich hat jemand aus dem Präsidium dies durchsickern lassen.«

»Ist sie wütend darüber?«

»Ich denke schon. Aber ich muß alles über dieses Arrangement wissen.«

»Welches verdammte Arrangement?«

»Drücken wir es so aus: Sie werden beschuldigt, die Goldkutsche ausgeraubt zu haben. Sie fliehen. Sie gehen ein unglaubliches Risiko ein, indem Sie sich mit einer befreundeten Dame in Maryborough treffen, während Ihnen die Polizei auf den Fersen ist. Man könnte sich fragen, ob Sie ihr bei dieser Gelegenheit das Gold zur Aufbewahrung gegeben haben.«

Willoughby explodierte. Er sprang so unvermittelt auf, daß sein Stuhl nach hinten flog, und schlug mit den gefesselten Fäusten auf den Tisch. »Sagen Sie das nie wieder! Sie ist zehnmal mehr wert als wir beide zusammen, Sie Mistkerl. Sie würde nicht im Traum daran denken …«

Als die Wärter vor der Tür den Lärm hörten, stürmten sie herein und ergriffen Willoughby; doch der Anwalt blieb gelassen.

»Schon gut, Sie können uns jetzt wieder allein lassen.«

Als Ruhe eingekehrt war, sprach Lanfield weiter.

»Das war nur eine Annahme, Mr. Willoughby. Eine Annahme, wie sie der Staatsanwalt vorbringen könnte, also seien Sie gewarnt.«

»Nein, ich dulde das nicht. Ich habe sie nur aufgesucht, um mich bei ihr zu entschuldigen. Ich wollte ihr sagen, daß ich in Schwierigkeiten bin, daß ich unsere Verabredung nicht einhalten kann. Oh, Jesus Christus, was habe ich ihr angetan? Vergessen Sie die Verteidigung, ich erkläre mich für schuldig.«

»Das macht alles nur noch schlimmer. Das Gold ist nämlich nach wie vor verschwunden. Und nun setzen Sie sich wieder.«

Willoughbys Reaktion bedeutete einen echten Durchbruch. Er war einfach zu unbekümmert gewesen, als er die Fragen in seiner jungenhaften Art beantwortete, die ihm jahrelang gute Dienste geleistet hatte. Es war eine Schutzhaltung, nur so hatte er das Leben mit einem betrunkenen Vater und ohne Zuhause überleben können. Doch die Staatsanwaltschaft konnte diese Fassade problemlos niederreißen und den unsicheren, möglicherweise moralisch ungefestigten und zu Gewalttätigkeit neigenden jungen Mann dahinter bloßstellen.

Lanfield fragte ihn danach. »Sind Sie gewalttätig?«

»Nein.«

»Nicht einmal, um sich in einer gefährlichen Situation zu verteidigen?«

»Das kann schon mal vorkommen.«

»Wie äußert sich das? Benutzen Sie Schußwaffen?«

»Nein. Ich trage nie eine Schußwaffe bei mir.«

»Setzen Sie Ihre Fäuste ein?«

»Nein, ich habe eine Viehpeitsche.«

»Ach so. Und damit verstehen Sie umzugehen?«

»Ja.« Die Stimme klang jetzt unwillig und distanziert. Lanfield hatte mit eigenen Augen gesehen, welchen Schaden eine Peitsche in der Hand eines geübten Mannes anrichten konnte. Dieser Bursche war keineswegs so sanft, wie er selber von sich glauben wollte.

»Erzählen Sie mir von Baldy Perry.«

»Sie würden es genausowenig verstehen wie Sergeant Pollock. Es war nicht so sehr, was er sagte, sondern was er nicht sagte, das mich stutzig gemacht hat.«

Lanfield spürte, daß Willougby ein wenig Zuspruch nötig hatte. »Sie wären überrascht, wie sehr es mich interessiert. Sie scheinen in einer Art Traumwelt zu leben. Selbst Ihre Beziehung zu dieser jungen Dame beschränkt sich in Wirklichkeit auf einige wenige Zusammenkünfte …«

»Das stimmt.«

»Sie akzeptieren Carnegies Anweisung, das Lager zu verlassen und in die Stadt zu reiten, ohne Widerspruch …«

»Genau wie die anderen.«

»Sie verschwinden an jenem Sonntagmorgen für eine Stunde, ohne Pollock einen Grund zu nennen, und dann führen Sie die Polizeieskorte zum Transport …«

»Woher sollte ich wissen, daß es dort einen Überfall gegeben hatte?«

»Sie hören den Gefangenen Perry schwadronieren, und auf einmal horchen Sie auf. Mir scheint, da haben Sie zum ersten Mal zu denken begonnen, wenn auch nur aufgrund einer zufälligen Begegnung. Ich muß jetzt gehen. Ich würde vorschlagen, Sie nehmen das Leben in Zukunft ein wenig ernster. Fangen wir mit meiner Rechnung an. Da Miss Tissington sich bereit erklärt hat, Ihre Auslagen zu übernehmen, stelle ich Ihnen einen Schuldschein aus, mit dem Sie wiederum in Miss Tissingtons Schuld stehen. Bitte unterzeichnen Sie hier.«

Willoughby tat, wie ihm geheißen. »Ich habe ihr einen Brief geschrieben. Können Sie ihn mitnehmen?«

»Nein, das verstößt gegen die Vorschriften. Aber ich werde sie von Ihnen grüßen, wenn Sie das wünschen.«

»Vielen Dank, Mr. Lanfield.«

Der Anwalt räumte seine Papiere zusammen. »Es wäre hilfreich, wenn Sie noch ein wenig über Mr. Perry und Mr. Carnegie nachdächten.« Er runzelte die Stirn. »Und darüber, wer das Gold haben könnte. Sie waren auf den Goldfeldern. Fällt Ihnen nicht irgend jemand ein, mit dem Carnegie unter einer Decke stecken könnte?«

»Nein.«

»Nun, falls Sie doch noch eine Idee haben sollten, können Sie mir über Mr. Croft eine Nachricht zukommen lassen. Viel Glück, Mr. Willoughby, ich werde mein Bestes für Sie tun.«

Auf der Rückfahrt grübelte Lanfield über Carnegie nach. Er war ein bekannter Spieler. Sollte er tatsächlich an dem Verbrechen beteiligt gewesen sein, wäre er nicht der erste, wobei die früheren Vorkommnisse meist sehr schlecht geplant waren. Im Norden regierten Faust und Feuerwaffe, und nur wenige Täter wurden je gefaßt, doch Goldkommissar Griffen konnte verhaftet und überführt werden.

Vor einigen Jahren war Griffen, ein zwanghafter Spieler, zum Verbrecher geworden. Er begleitete einen Transport von über siebentausend Pfund in Gold und Banknoten aus Rockhampton. Zwei Soldaten waren ihm als Begleitschutz zugeteilt. Unterwegs schlugen sie ihr Lager auf, und Griffen erschoß beide Männer im Schlaf. Später gestand er sowohl die Morde als auch den Raub und wurde zum Tode verurteilt. Seine Geschichte, die Männer hätten sich im Busch verirrt und seien wahrscheinlich in eine Falle gelockt worden,

war von vornherein nicht glaubwürdig erschienen. Schließlich brach er zusammen und führte die Polizei zum Versteck der Beute.
Ein Präzedenzfall, dachte Lanfield. Ein Verbrechen, das ein anderer Mann vielleicht zum Vorbild genommen und perfektioniert hatte, indem er sich einen Komplizen besorgte und mehr Aufmerksamkeit auf die Details verwendete. Zweifellos kannten Kemp und seine Beamten den Fall Griffen, was sie jedoch nicht zwingend zu Carnegie führte. In diesen wilden Zeiten gab es zahlreiche Goldkommissare und eine Fülle von Transporten. Der Norden von Queensland war auch in diesem Sinne eine echte Schatztruhe.
Hatte Carnegie dieses Verbrechen geplant?
Nach Willoughbys Ansicht ja. Doch damit lenkte er gleichzeitig von sich als Täter ab. In Wahrheit hatte Lanfield nichts Brauchbares in der Hand.
Hätte Carnegie so etwas allein versucht?
Vermutlich nicht. Er hätte einen Kriminellen als Partner gewählt. Perry vielleicht? Aber wie sollte Lanfield eine mögliche Verbindung zwischen den beiden nachweisen? Willougby behauptete, Perry sei inzwischen auf freiem Fuß. Er mußte ihn unbedingt ausfindig machen.

Miss Tissington war ein nettes Mädchen, hatte sich aber sehr töricht verhalten, als sie sich in diese Sache einmischte. Was hatten sich ihre Eltern nur dabei gedacht? Als sie vor dem Schreibtisch des Anwalts Platz nahm, bemerkte er eine freudige Erwartung in ihrem Gesicht, die er jedoch bald enttäuschen mußte. Er beantwortete geduldig ihre Fragen nach Willoughby, um ihre Besorgnis zu zerstreuen. Ja, er war in guter Verfassung und sandte seine besten Wünsche, aber …
»Wie haben Sie diesen Herrn überhaupt kennengelernt, Miss?«
Ihre Antwort entsetzte ihn. Sie waren einander nicht einmal vorgestellt worden! Er hatte sie wie ein gewöhnliches Ding auf der Straße aufgelesen.
Lanfield rückte seine Brille zurecht und blickte Emilie streng an. »Weiß Ihr Vater davon?«
Errötend erläuterte sie ihm ihre familiäre Situation.
»Aha. Und ist Ihre Schwester mit der Bekanntschaft einverstanden?«
»Sie wußte damals nichts davon.«

»Sagen Sie mir bitte, weshalb Sie an einem Burschen Gefallen fanden, der ein halber Vagabund war.«
»Sind diese Fragen wirklich nötig, Mr. Lanfield?«
»Und ob sie das sind.«
Sie schüttelte unbehaglich den Kopf. »Ich weiß nicht, er war eben nett zu mir. So fröhlich. Als ich ihn in Maryborough auf der Straße traf, wirkte er so erfreut, mich zu sehen, daß es mir förmlich den Atem nahm. Und ...«
Er sah die Tränen in ihren Augen und unterbrach sie. »Sie werden doch nicht etwa weinen, oder? Wir sind hier, um unsere Pflicht gegenüber Mr. Willoughby zu tun.«
Emilie schluckte. »Ich war unglücklich. Die Dame des Hauses, in dem ich unterrichtete, war schwierig. Ich hatte keine Freunde. Ich fühlte mich einsam, und er war sehr freundlich zu mir.«
Lanfield nickte. »War er Ihr Liebhaber?«
»Nein! Ich hatte ihn erst dreimal gesehen, als er zu mir kam und von seinen Problemen berichtete. Ganz gewiß nicht!«
»Wann war das vierte Mal?«
»In meinem Haus, als ...« Sie hielt abrupt inne.
»Sprechen Sie weiter.«
»Als er vor der Polizei auf der Flucht war, hat Mal mich aufgesucht. Er machte sich Sorgen um mich.«
»Um Sie, nicht um sich selbst?«
»Nicht wirklich. Er ist auch nicht lange geblieben. Er sagte, er habe irgendwo zu tun.«
»Und Sie haben auch bei dieser Gelegenheit nicht die Polizei verständigt?«
»Nein. Bitte, Mr. Lanfield, ich habe diesen Besuch bisher niemandem gegenüber erwähnt.«
»Auch gut. Dann erwähnen Sie ihn bitte nie wieder. Hat Mr. Willoughby Ihnen irgend etwas gegeben?«
»Was meinen Sie damit?«
»Hat er Ihnen Geld gegeben? Ich möchte die Wahrheit hören.«
Sie zuckte zusammen. »Ich sage die Wahrheit und verstehe nicht, was das mit diesem Fall zu tun haben soll.«
»Miss Tissington, eine große Menge an Gold und Banknoten ist verschwunden. Bisher sind Sie nach Wissen der Polizei die einzige

Person, mit der er nach dem Überfall zusammengetroffen ist. Er ist ein Risiko eingegangen, um Sie zu besuchen. Sie haben klargestellt, daß er darauf vertraut hat, Sie würden nicht zur Polizei gehen. In diesem Fall könnte man zu der Vermutung gelangen, daß er Ihnen auch die Beute anvertraut hat.«

Der Schock ließ sie erstarren. »Nein! Wer könnte so etwas annehmen? Nein. Er hat das Geld nicht gestohlen und mir folglich auch nichts davon gegeben.«

Nun brach sie doch in Tränen aus. »Wie kann man so etwas nur denken?« schluchzte sie. »Mir war gar nicht bewußt, daß ich etwas Falsches tat, als ich Mals Besuch am Tor nicht meldete.«

»Nun mal langsam. Mag sein, daß Sie entsetzt und aufgebracht waren, als Sie von seinen Schwierigkeiten erfuhren, aber zumindest im nachhinein muß es Ihnen doch bewußt geworden sein. Sie sind eine gebildete Dame; Sie hätten wissen müssen, daß es Ihre Pflicht gewesen wäre, die Polizei davon zu unterrichten. Dennoch haben Sie nichts dergleichen getan. Hat er Ihnen irgend etwas gegeben? Irgendwelches Geld, Miss Tissington?«

Sie zitterte unkontrolliert, und er goß ihr ein Glas Wasser ein, das sie halb über ihren Rock verschüttete. Noch immer weinend, stöberte sie in ihrer Tasche – nach einem zweiten Taschentuch, wie Lanfield annahm. Statt dessen zog sie ein Bündel Banknoten heraus und warf es vor ihn auf den Tisch.

»Hier, nehmen Sie es! Mals Geld. Es gehört ihm. Er hat es auf den Goldfeldern verdient und mir gegeben, weil die Polizei es ihm sonst weggenommen hätte. Er sagte, lieber solle ich es bekommen.« Weinend ließ sie sich zurücksinken. »Es war mir peinlich. Ich wollte es nicht annehmen, aber er bestand darauf, daß es nun mir gehöre. Es ist kein gestohlenes Geld! Ich habe es mitgebracht, um damit seine Verteidigung zu bezahlen. Um Sie zu bezahlen, Mr. Lanfield.«

Erfreut verschränkte der Anwalt die Hände hinter dem Kopf. Also hatte Willoughby es doch nicht weggeworfen. Im Grunde war seine Entscheidung recht vernünftig gewesen, vielleicht bestand ja noch Hoffnung für diesen Narren. Dennoch hätte er das Mädchen niemals in die Sache hineinziehen dürfen. Und Miss Tissington hätte sich nie in die Nähe der Polizei wagen sollen, so nett Kemp auch sein mochte. Was Willoughby betraf, so hatte man vermutlich tatsächlich den Falschen beschuldigt. Oder absichtlich hereingelegt, wie er selbst glaubte. Lanfield neigte auch zu der Annahme, daß Willoughbys Flucht in seiner damaligen Situation gar kein schlechter Schachzug gewesen war. Er hatte guten Grund gehabt, in Maryborough um sein Leben zu fürchten, hätte sich aber besser irgendwo anders der Polizei gestellt.

»Haben Sie noch mit jemand anderem über Ihre Freundschaft zu Mr. Willoughby gesprochen?«

»Ja, mit Mr. Clive Hillier. Die beiden sind befreundet und haben zusammen nach Gold gesucht.« Sie schaute ihn trotzig an. »Clive hält Mal für unschuldig.«

»Weiß er von dem Geld? Oder daß Mr. Willoughby Sie besucht hat, während er auf der Flucht war?«

»Nein.«

»Freut mich zu hören. Er könnte als Leumundszeuge für Mr. Willoughby auftreten?«

Emilie nickte matt. »Ja. Darf ich jetzt gehen?«

»Selbstverständlich. Sie waren mir eine große Hilfe, Miss Tissington. Ich weiß, daß solche Fragen quälend sein können, aber Sie haben sich tapfer geschlagen. Es gibt nichts, wofür Sie sich schämen müßten.« Er ging um den Schreibtisch herum und gab ihr die zusammengerollten Banknoten zurück.

»Wenn Sie möchten, können Sie meinem Sekretär zehn Pfund für meine bisherigen Dienste geben. Ich muß einen Strafverteidiger mit der Vertretung des Falles vor Gericht betrauen, was einiges mehr kosten dürfte. Nur, damit Sie darauf vorbereitet sind.«

Dann lächelte Lanfield. »Anscheinend hat Mr. Willoughby indirekt für seine eigene Verteidigung Vorsorge getroffen. Sein Glück, eine Freundin wie Sie zu haben.«

Dem dämlichen Polizisten aus Maryborough hatte Allyn Carnegie mit der Verachtung, die dieser verdiente, begegnen können, doch der Herr im Frack, der nun in seinem Salon saß, war von anderem Kaliber. Sobald Carnegie Robert Lanfield aus seinem Gig steigen sah, wußte er, daß ihm Unheil bevorstand. Dieser Mann kam nicht wegen seiner Schulden, denn ein Anwalt von Lanfields Ruf erledigte keine Botengänge für irgendwelche Gläubiger. Carnegie setzte einen

schlurfenden Gang auf und hielt seine Schultern absichtlich gebeugt, als er vor Lanfields Augen zu seinem Lehnstuhl zurückging.
»Das Herz will nicht mehr so recht, seit ich angeschossen wurde. Möchten Sie Tee? Oder lieber einen Brandy?«
»Nein danke, Mr. Carnegie. Es tut mir leid zu hören, daß es Ihnen nicht gutgeht. Ich wollte mit Ihnen über eben diese leidige Angelegenheit sprechen. Zunächst muß ich Sie jedoch darüber informieren, daß ich im Namen von Mr. Mallachi Willoughby handle ...«
»Dann habe ich Ihnen nichts zu sagen.«
»Von Ihnen hätte ich eine andere Haltung erwartet, Sir. Ich hätte gedacht, Sie seien bemüht, mir zu helfen, da Sie immerhin eines der Opfer dieses heimtückischen Überfalls waren. Mir ist bewußt, daß Sie nicht gern über die furchtbaren Ereignisse sprechen, aber ich würde es begrüßen, wenn Sie mir Ihre Sicht der Dinge schilderten.«
Lanfields buschiger Backenbart vermochte den entschlossenen Zug um seinen Mund nicht gänzlich zu verbergen, und seine grünen Augen blickten kalt. Allyn bekam es mit der Angst und entschied, daß man diesen Mann besser zum Freund als zum Gegner hatte. Immerhin konnte er seine Geschichte inzwischen im Schlaf herunterbeten.
»Ich habe das alles so satt«, murmelte er. »Immer wieder die gleiche Leier. Sie erwarten sicher kein Leumundszeugnis von mir für den Mann, den Sie verteidigen. Er ist ein Mörder. Ich meine, es wäre ja lachhaft, wenn ich für ihn sprechen sollte.«
»Das sollen Sie auch gar nicht. Ich benötige einfach nur Ihre Sicht der Geschehnisse, da Willoughby behauptet, nicht dabeigewesen zu sein.«
»Von mir aus kann er lügen, bis er schwarz wird. Er war da, das versichere ich Ihnen. Er ist mit ihnen zurückgekommen.«
»Mit ihnen?«
»Wer immer seine Komplizen auch gewesen sein mögen.«
Schließlich bekam Lanfield Carnegies Geschichte zu hören und hütete sich, den Mann zu unterbrechen, da er offensichtlich bereits eine gewisse Routine im Erzählen entwickelt hatte.
»Sie haben sich bei McPherson geirrt. Wäre es nicht möglich, daß Sie sich auch in Willoughbys Fall geirrt haben?«

»Vollkommen unmöglich. Ich kannte ihn. Ich hatte ihn ja selbst eingestellt.«
»Es heißt, ihr Stellvertreter Taylor, der erschossen wurde, habe Mr. Willoughby auf Ihre Empfehlung hin eingestellt.«
»Das ist richtig.«
Lanfield sah ihn über seine Brille hinweg eindringlich an. »Und Mr. Taylor war als unerbittlich bekannt, als ausgesprochen guter Menschenkenner.«
Er war bei genauem Lesen der Polizeiakten und Zeitungsausschnitte auf diese höchst aufschlußreiche Information gestoßen, die von zuverlässigen Bürgern Maryboroughs stammte. Es war ihm interessant erschienen, zumal Willoughby den Eindruck gewonnen hatte, Carnegie und Taylor hätten nicht auf allzu gutem Fuß miteinander gestanden.
Carnegie sank in gespielter Trauer in sich zusammen. »Seine Fehleinschätzung hat den armen Taylor das Leben gekostet.«
»Sieht ganz so aus.« Lanfield beendete das Gespräch sehr abrupt. »Ich weiß Ihre Kooperation zu schätzen, Mr. Carnegie. Ich hatte gehofft, Ihnen wären inzwischen Zweifel bezüglich der Beteiligung meines Mandanten an dem Überfall gekommen.«
»Wie denn? Ich war zwar verletzt, habe ihn aber eindeutig erkannt.«
»Natürlich. Es war sehr freundlich von Ihnen, mir Ihre Zeit zu opfern. Ich muß den Fall so gut wie möglich für den Kronanwalt vorbereiten.«
Carnegie erbleichte. »Was für ein Kronanwalt?«
»Der Herr, dem Sie vor Gericht begegnen werden«, antwortete Lanfield mit sadistischer Freude. »Mr. Willoughby wird von einem Anwalt der Krone verteidigt werden, ich bin nur ein kleines Rädchen im Getriebe. Mr. Carnegie, hier ist meine Karte. Ich sehe, Sie sind ein vernünftiger Mann. Sollte Ihnen doch noch einfallen, daß Sie sich in Mr. Willougbys Fall geirrt haben könnten, kommen Sie bitte zu mir. Es ist noch nicht zu spät für die Wahrheit.«
»Die habe ich bereits gesagt«, erwiderte Carnegie nervös.
»Sicher. Haben Sie übrigens einmal von dem Fall Griffen gehört?«
»Nein. Worum ging es dabei?«
Lanfield gratulierte sich insgeheim zu diesem Einfall. Genau auf diese Antwort hatte er gehofft. Es gab nicht einen einzigen Gold-

kommissar in Australien, der nicht von Griffen gehört hatte, und Carnegie hatte sich damit als Lügner entlarvt.

»Ach, nur eine alte Geschichte«, winkte er ab. »Hat für diesen Fall wohl keine Relevanz.«

Er bestieg seinen Gig und fuhr den steilen Hang hinunter zum Fluß und von dort aus in die Stadt.

»Auge um Auge«, sagte er zu sich, als spreche er bereits mit dem Staatsanwalt. »Wenn ihr meine junge Dame aushorcht, halte ich es ebenso mit eurem Mann. Das Gericht wird ihr nichts schenken, aber es ist ein Kinderspiel gegen das, was mein Kronanwalt mit eurem Zeugen veranstalten wird.«

Lanfields Glaube an Willoughbys Unschuld verstärkte sich zusehends. Er hatte allerdings keine Ahnung, wer das Verbrechen begangen haben könnte. Möglicherweise steckte Carnegie mit drin, doch es war Sache der Polizei, das herauszufinden. Seine Aufgabe bestand allein darin, Willoughby zum Freispruch zu verhelfen.

Er fuhr bis zum Kai und bog in die Queen Street ab, wo er den Kronanwalt Allenby in seinem Club treffen wollte. Allenby war überaus ehrgeizig, und dieser Fall war nicht nur zu gewinnen, ihm war auch breites Interesse in der Öffentlichkeit gewiß. Aufgrund der Zeitungsfotos und seines jugendlich klingenden Spitznamens Sonny stand Willoughby im Mittelpunkt törichter Schwärmereien. Und als dann noch bekannt wurde, daß ihn sein eigener Onkel, dem er vertraute, wegen der Belohnung angezeigt hatte, flogen ihm noch mehr Herzen zu. Im Grunde hatte der Onkel gar nichts Besseres für Mal tun können.

Lanfield konnte noch immer nicht fassen, daß Miss Tissington durch seine Tür spaziert war und ihm zu diesem Fall verholfen hatte. Allenby würde sich die Finger danach lecken. Er mußte jedoch mit ihm über das Mädchen sprechen, da er es für geboten hielt, sie nach Maryborough zurückzuschicken, wo sie außer Reichweite wäre.

Er machte sich Sorgen um sie. Sie würde eine gute Leumundszeugin abgeben, wenn sie im Zeugenstand nicht gerade vor lauter Nervosität in Ohnmacht fiel. Willoughby selbst wäre ebenfalls ein geeigneter Kandidat, denn wo konnte er seine gewinnende Art besser in Szene setzen als vor Gericht? Wären doch nur auch Frauen als Geschworene zugelassen!

Lanfield sehnte sich nach dem Wochenende. Die Hektik schadete seiner Leber, und er hatte seiner Familie versprochen, am Samstagmorgen mit ihr ins Strandhaus in Sandgate zu fahren, solange seine Frau keine Gäste dorthin einlud. Ihm war nicht nach fremder Gesellschaft zumute. Manchmal erschien ihm das Leben als Strandläufer richtig verlockend, vorausgesetzt, man hatte nicht Frau und drei Töchter zu versorgen. Dieser Gedanke riß ihn abrupt aus seinen Wunschträumen in die Wirklichkeit zurück.
Lanfield hatte auch mit Kemp gesprochen, einem zuvorkommenden Mann, der sich jedoch nicht in die Karten sehen ließ. Er schien keine feste Meinung über Willoughby oder Carnegie zu haben und erwähnte Miss Tissington mit keinem Wort. Vielleicht würde die Polizei sie in Ruhe lassen, doch diese Hoffnung war mehr als trügerisch. Man verwies ihn sodann an Sergeant Pollock, der noch ein Hühnchen mit Mal zu rupfen hatte, da Willoughby ihm entkommen war und er noch immer unter den Folgen dieses Mißgeschicks zu leiden hatte.
Im Gegensatz zu Kemp, der die Unterhaltung immer wieder in anderes Fahrwasser gelenkt hatte, biß sich der Sergeant an dem Thema fest wie ein Hund an einem Knochen. Er war entschlossen, den Fall zu lösen, was Lanfield für bewundernswert hielt, solange sich dies nicht zu Willoughbys Nachteil auswirkte.
Pollock sprach offen über seinen Verdacht, Carnegie habe den Überfall geplant, was jedoch nicht heißen solle, daß Willoughby unschuldig sei. Allenby würde sich Pollocks Ansichten begierig anhören; er wollte vor Gericht einen Triumph erzielen und freute sich vermutlich schon darauf, Carnegies Geschichte in der Luft zu zerreißen.
Dann erfuhr Lanfield die gute Neuigkeit, daß sich der Kriminelle Perry noch in Polizeigewahrsam befand.
»Also glauben Sie Willoughby in diesem Punkt?«
»Es liegt im Bereich des Möglichen.«
»Dürfte ich Perry sprechen?«
»Nicht ohne Kemps Erlaubnis. Ich persönlich halte es aber für keine gute Idee. Wir haben ihn ausführlich verhört, bisher konnten wir ihn aber nicht knacken.«
»Mir scheint, Sergeant, daß mein Besuch bei Perry Sie vor keine all-

zu großen Probleme stellen sollte, da Sie ihn ja noch unter Verschluß halten.«

Allmählich wurde Pollock nachgiebiger. »Schauen Sie, Mr. Lanfield, ich bin ehrlich davon überzeugt, daß Perry daran beteiligt war. Allerdings sind die anderen Beamten nicht meiner Ansicht, was die Sache ein wenig heikel macht. Wenn Sie sich zu sehr danach drängen, ihn aufzusuchen, könnte ich ihn verlieren. Ich muß den Druck auf ihn unbedingt aufrechterhalten.«

»Gut. Immerhin verfolgen wir das gleiche Ziel, Sergeant. Die Männer, die hinter diesem Verbrechen stehen, müssen ihrer gerechten Strafe zugeführt werden. Daher sage ich Ihnen auch offen und ehrlich, daß ich Carnegie für einen Lügner halte.«

»Sie haben mit ihm gesprochen?«

»Das ist ja nicht verboten.«

»Was hat er denn gesagt?«

»Alles das, was man von ihm erwarten würde.«

»Wie? Ich meine, hat er sich irgendwie verraten? Ich habe mir den Kopf zerbrochen ...«

»Sagen wir, ich habe eine eindeutige Lüge aus seinem Mund vernommen. Andererseits konnte ich bei Willoughby keine Unwahrheit feststellen.« Abgesehen von der Geschichte mit dem Geld, das er angeblich weggeworfen hatte, gestand er sich im stillen ein. »Die Staatsanwaltschaft sollte sich vorsehen. Willoughby ist unschuldig. Und was haben sie ohne Carnegie schon gegen ihn in der Hand?«

Lanfield glaubte an das Gesetz und hatte deshalb von Kemp verlangt, Willoughby aus der Sträflingssiedlung nach Brisbane verlegen zu lassen. Kemp wollte sich die Sache durch den Kopf gehen lassen.

Sollte er ablehnen, stand immer noch der Weg zu Justizminister Lilley offen, und sei es nur, um sich über den erschwerten Zugang zu seinem Klienten zu beklagen. Die Reise auf die Insel kostete ihn schließlich jedesmal einen ganzen Tag. Der Anwalt runzelte die Stirn und ließ seinen Sekretär zu sich kommen.

Mr. Lanfields Sekretär sprach in Emilies neuer Pension vor und überbrachte die Nachricht, sie könne nun nach Maryborough zurückkehren.

»Was soll das heißen?« fragte sie besorgt. »Mr. Lanfield arbeitet doch weiter an dem Fall, oder nicht?«
»Selbstverständlich. Er hat alles im Griff.«
»Ich dachte, ich sollte besser hierbleiben für den Fall, daß er mich noch braucht.«
»Das ist absolut nicht erforderlich, Miss.«
Emilie schaute ihn eindringlich an. »Weshalb interessiert es Mr. Lanfield so sehr, wo ich mich aufhalte?«
Der Sekretär hüstelte. »Ich habe nur meine Botschaft zu überbringen, Miss.«
»Nein, es steckt mehr dahinter. Er will, daß ich abreise. Störe ich irgendwie? Ich habe wirklich nicht vor, mich einzumischen.«
Der Sekretär war ein ernsthafter junger Mann, der sich gern als zukünftigen Lanfield sah und bereits das entschlossene Vorstrecken des Kinns und den eindringlichen Blick übte. Er hatte die Akten gelesen und fand die Verbindung zwischen dem Angeklagten und der jungen Dame überaus romantisch. Sonny Willoughby wirkte so gar nicht wie ein Verbrecher, sondern eher wie ein Ritter, der in Miss Tissington eine echte Freundin gefunden hatte. Sie gefiel ihm außerordentlich; gegen eine solche Freundin hätte auch er nichts einzuwenden.
»Du lieber Himmel, nein, Miss Tissington. So ist es ganz und gar nicht.« Er warf einen Blick über die Schulter, als wolle er sichergehen, daß ihn niemand belauschte. »Ich denke, es ist das Beste für Sie. Sie müssen Mr. Lanfield vertrauen, er will Sie lediglich schützen. Das Gericht, Sie wissen schon. Es ist kein angenehmer Ort für eine Dame, wenn ich das so sagen darf.«
Bei der ganzen fürchterlichen Geschichte war Emilie nicht ein Mal der Gedanke gekommen, sie müsse selbst vor Gericht erscheinen. Ihr wurde schwindlig, und sie konnte die nächsten Worte nur flüstern.
»Meint er, man könnte mich vorladen?«
Der Sekretär nickte unglücklich. »Natürlich nicht auf Mr. Lanfields Wunsch, sondern auf den der Gegenseite.«
»Du lieber Gott! Was habe ich nur getan?« Sie umklammerte seinen Arm.
»Geht es Ihnen gut, Miss?«

Emilies Seufzer klang beinahe wie ein Schluchzen. »Vielen Dank, Sie waren sehr freundlich. Wenn Sie mich nun bitte entschuldigen. Ich lasse Ihnen meine Anschrift in Maryborough noch zukommen, im Moment fühle ich mich nicht dazu in der Lage, sie Ihnen aufzuschreiben.«

Sie floh durch den Gang und über den Hof in ihr Zimmer, das luftiger und geräumiger war als ihre Unterkunft im *Belleview*. Ihr stand sogar ein eigener Balkon zur Verfügung, auf dem sie abends sitzen und in Ruhe den Tag überdenken konnte. Doch heute fühlte sie sich hier einfach nur einsam und vermißte ihre tote Mutter.

Emilie suchte Zuflucht in Haßgedanken. Sie haßte die Frau, die ihren Vater geheiratet hatte. Sie haßte ihn wegen seiner Gleichgültigkeit. Sie haßte Ruth wegen ihrer dünkelhaften Selbstsucht. Doch am meisten von allen haßte sie Mal Willoughby. Ihm verdankte sie diese zahllosen Demütigungen. Durch ihn hatte sie ihre Stelle verloren und war selbst in einer Stadt, die moralische Werte nicht allzu hoch hielt, zum Gegenstand des Klatsches geworden. Er hatte sie ihrer Schwester entfremdet. Und all das nur, weil er verrückt war, ein Mensch, dem sie besser nie begegnet wäre …

Gott, wie sehr sie ihn haßte. Emilie begann zu weinen. Sie wollte nichts mehr von ihm oder seinem Geld wissen. Morgen würde sie es Lanfield noch einmal geben und diesmal nicht mehr zurücknehmen. Sie wollte Mal nie wiedersehen und zitterte vor Angst bei dem Gedanken, man könne sie in den Zeugenstand zerren, wo alle Welt sie ungehindert anstarren würde. Etwas Schlimmeres konnte man sich gar nicht vorstellen. Sie würde Willoughby niemals verzeihen, nicht, solange sie lebte. Sie schmiedete wilde Fluchtpläne, dachte an ein Schiff, das sie nicht nach Maryborough, sondern gleich bis nach London bringen würde. Emilie sehnte sich verzweifelt nach ihrer Heimat und wollte nur weg von diesem verhaßten Ort.

Ruth fand Emilie ungewöhnlich still, wenn nicht sogar zerknirscht, als diese zu ihr kam, um ihr mitzuteilen, daß sie das nächste verfügbare Schiff zurück nach Maryborough zu nehmen gedenke. Überrascht war Ruth hingegen nicht, denn es wurde allmählich Zeit, daß Emilie sich ihrer Verantwortung stellte.

»Ich hoffe, du wirst von nun an mehr Sorgfalt auf die Wahl deines Umgangs verwenden.«
»Ganz bestimmt. Hast du etwas von Vater gehört?«
»Nein. Anscheinend ist er nicht geneigt, mir zu schreiben.«
»Und was ist mit Mr. Bowles?«
»Was sollte mit ihm sein?«
»Hast du von ihm gehört?«
»Du mußt wissen, er ist ein vielbeschäftigter Mann ...«
»Zu beschäftigt, um seine Verlobte zu besuchen? Tut mir leid, Ruth, aber ich muß nun wirklich die Besitzurkunde für mein Land haben. Ich möchte sie mit nach Hause nehmen.«
»Dann geh doch hin und frag ihn selbst danach«, fauchte Ruth. »Du kannst nicht von mir erwarten, daß ich ihm hinterherlaufe.«
Dann brach sie unvermittelt in Tränen aus, und Emilie nahm sie in den Arm. »Was ist denn, Liebes? Was ist passiert?«
Ruth zog einen Brief aus der Tasche und streckte ihn ihrer Schwester entgegen. »Da! Bist du jetzt zufrieden? Es tut mir leid, daß du überhaupt gekommen bist. Du hast alles zerstört.«
Emilie erahnte den Inhalt schon, bevor sie den ohnehin nur wenige Worte umfassenden Brief gelesen hatte. Bowles hatte die Verlobung aufgrund »gesellschaftlicher Differenzen« gelöst und wünschte Ruth für die Zukunft alles Gute.
Emilie schwieg. Was sollte sie auch sagen? Offensichtlich trug sie die Schuld an diesem Bruch, weil sie mit ihren Skandalen ins Leben der Verlobten eingedrungen war, doch es steckte mehr dahinter. Sie wollte Ruth nicht weiter gegen sich aufbringen, indem sie andeutete, daß der Verlust eines für ihn kostenlosen Hauses vielleicht mehr mit Daniels Entscheidung zu tun hatte als ihre eigene Verbindung zu Mal Willoughby. Sie seufzte. Sie mußte die Schuld auf sich nehmen, um es Ruth für den Augenblick leichter zu machen, diesen Schlag zu verwinden.
»Du wirst darüber hinwegkommen«, sagte sie schließlich, doch Ruth wollte keinen Trost.
»Natürlich werde ich das. Er besaß nicht einmal den Anstand, es mir persönlich zu sagen. Die Demütigung hingegen ist eine andere Sache. Jeder weiß, daß ich verlobt bin. Wie soll ich das nun erklären? Was werden die Leute von mir denken?« Sie sank auf einen Stuhl.

»Ich habe sogar an Vater geschrieben, daß ich heiraten werde. Seine Frau wird erfahren, daß man mich hat sitzenlassen … ausgerechnet diese Frau!«

»Sie muß es ja nicht erfahren. Schreib einfach, du hättest deine Meinung geändert.«

»Du verlangst von mir, daß ich lüge?«

»Warum nicht? Es ist besser so, Ruth. Denk doch zur Abwechslung einmal an dich. Dir fehlt es nicht an Geld. Alles wird gut, du wirst schon sehen.«

»Aber *er* hat mein Geld!« schrie Ruth.

»Er wird es dir geben.«

»Und ich muß ihm gegenübertreten, um es zu bekommen. Oh, mein Gott! Was soll ich noch alles erdulden?«

»Nichts«, erwiderte Emilie entschlossen. »Gar nichts. Wenn dir heute nicht danach ist, den Leuten hier ins Gesicht zu sehen, kannst du in meiner Pension zu Abend essen. Ich lade dich ein …«

»Auch darüber habe ich mir schon Gedanken gemacht. Wie kannst du dir hier ein eigenes Zimmer leisten und gleichzeitig die Miete für das Haus in Maryborough bezahlen? Es ist mir ein Rätsel. Auch deine Kleider sehen ziemlich neu aus.«

»Ich weiß«, erwiderte Emilie beschwichtigend. »Es ist eine lange Geschichte. Ich werde dir später alles erklären. Im Augenblick müssen wir aber über uns nachdenken. Und nun nimm deinen Hut, und laß uns in die Charlotte Street gehen. Das Essen dort ist ausgezeichnet.«

Zum Glück verzichtete Ruth auf weitere Einwände, und Emilie erinnerte sich lächelnd an ihre letzte Begegnung mit Mr. Lanfield.

»Ich bin keine Bank«, hatte er an diesem Morgen zu ihr gesagt. »Sie können hier kein Geld für Mr. Willoughby hinterlegen. Er hat es Ihnen geschenkt, also gehört es Ihnen. Sie sollten mit Anwaltskosten in Höhe von einhundert Pfund rechnen, wenn es hart auf hart kommt, und die Rechnung geht an Sie. Ansonsten interessieren mich Ihre Finanzen nicht, Miss Tissington. Es war mir eine Freude, Sie kennenzulernen, doch nun sollten Sie sich auf den Weg machen. Und bitte sprechen Sie nach Ihrer Heimkehr nicht mit der Polizei über diesen Fall.«

Sie mochte Mr. Lanfield. Er wirkte so dominant, daß er sie zuerst verschreckt hatte, doch mittlerweile hatte sie erkannt, daß er es gut mit ihr meinte. Und er verströmte so viel Zuversicht. Sie hoffte, daß einiges davon auf sie abgefärbt haben würde, wenn sie morgen Mr. Bowles zur Rede stellte.

Der Torwächter am Seiteneingang des Parlaments verwies sie an einen Pförtner, dessen Loge sich an der Rückseite des eindrucksvollen Sandsteingebäudes befand. Dieser konsultierte seine Mitarbeiterliste und beauftragte einen Ordner, Dan Bowles zu holen. Emilie mußte draußen warten, enttäuscht, daß ihr ein Blick in das Innere des Hauses verwehrt blieb.

Schließlich kam Bowles herausgeeilt.

»Was wollen Sie hier?« zischte er und zog sie hinter eine hohe Hecke.

»Ich reise in Kürze ab, Mr. Bowles, und hätte gern die Besitzurkunde für mein Land. Und das Geld, das meiner Schwester für den Verkauf ihres Grundstücks zusteht.«

»Es ist unverzeihlich, daß Sie hier so einfach auftauchen, Miss Tissington!«

Emilie blieb standhaft, indem sie Mr. Lanfield und seine Autorität nachzuahmen suchte. »Ich für meinen Teil finde es unverzeihlich, daß Sie mir keine andere Wahl lassen, als Sie hier aufzusuchen. Bitte kommen Sie meiner Aufforderung endlich nach.«

»Ich habe die Urkunde nicht hier. Sagen Sie Ihrer Schwester, ich werde ihr das Geld schicken.«

»Nein. Sie werden beides holen, und zwar noch heute. Ich komme um fünf Uhr wieder her, und Sie werden mir Urkunde und Geld übergeben ...«

»Ach, lassen Sie mich doch in Ruhe«, sagte er mit einer wegwerfenden Handbewegung und wandte sich zur Tür; doch Emilie rief ihm nach: »Wenn nicht, sehe ich mich gezwungen, rechtliche Schritte gegen Sie einzuleiten.«

Bowles blieb unvermittelt stehen. Beim Ton ihrer Stimme sah sogar der Pförtner interessiert auf. Bowles fuhr sie an: »Schluß jetzt mit diesem Unsinn, Sie schreckliche Person.«

»Nun gut, dann brauche ich ja nicht länger zu warten. Sie hören dann von Mr. Robert Lanfield, vielleicht schon heute nachmittag.«

Er wurde blaß, seine Stimme klang auf einmal versöhnlich. »Es kommt mir sehr ungelegen ...«
»Mir auch. Sie werden also um fünf Uhr kommen?«
Er zuckte die Achseln. »Wie Sie wünschen.«
»Gut. Ich benötige außerdem eine Kopie des Vertrages, den meine Schwester unterzeichnet hat. Seien Sie pünktlich, Mr. Bowles.«
Nach dieser Leistung rannte Emilie beinahe zum Tor, um dahinter erleichtert Luft zu schöpfen. Es hatte tatsächlich gewirkt.
Bowles war außer sich. Ihre Besitzurkunde und Ruths Geld zu holen stellte kein Problem dar, doch der Vertrag wies natürlich die Differenz zwischen dem Kaufpreis und den versprochenen vierzig Pfund aus. Er mußte wohl oder übel zur Bank gehen und den fehlenden Betrag von seinem mageren Sparkonto abheben. Dieses verfluchte Mädchen hatte alles ruiniert. Wer außer ihm würde die frigide Schwester denn sonst noch heiraten wollen? Die beiden waren hochnäsiger, als ihnen guttat.
Um vier Uhr übergab er dem Pförtner einen versiegelten Umschlag, den dieser Miss Tissington aushändigen sollte. Aus Angst, Emilie werde tatsächlich einen Anwalt einschalten, hatte er den korrekten Betrag in den Umschlag gesteckt. Sie würden möglicherweise bemerken, daß der Verkauf ohne Makler zustande gekommen war, doch das war nicht weiter tragisch. Zur Not konnte er immer noch behaupten, Ruth hätte seine Äußerungen falsch im Gedächtnis behalten. Damit war die Sache für ihn erledigt.

Dasselbe Beiboot, mit dem Mal von St. Helena ins Gefängnis von Brisbane gebracht worden war, kehrte nun mit einem weiteren Trupp angeketteter Sträflinge zurück, worunter sich auch der berühmt-berüchtigte »wilde Schotte« befand. Sein Ruf war ihm natürlich auch hierher vorausgeeilt und trug ihm von seiten der Wärter einen besseren Empfang als Baldy Perry und Konsorten ein; der Gefängnisdirektor hingegen ließ sich nicht so leicht beeindrucken. McPherson war zu fünf Jahren auf der Insel verurteilt worden und wurde umgehend zur Schwerstarbeit eingeteilt.
»Damit er sich akklimatisiert«, meinte Croft mit einem Grinsen.
Vier Wochen Steinebrechen für einen Deich, und das unter brütender Sonne, waren zuviel für McPherson. Die Hölle auf Erden. Schon

bald lehnte er sich dagegen auf. Zuerst stahl er einen Tomahawk, indem er ihn sich unter seinem Wams um die Taille band. Damit hackte er dann ein Loch in die Rückwand der Holzlatrine und stürmte davon in den Busch.
Er kämpfte sich durch das dichte Unterholz, bis er weit genug entfernt war, um sich nach einem passenden Baumstamm umzusehen: nicht zu dick, aber solide genug, um einen Mann darauf ans Festland zu transportieren. Zur Hölle mit den Haien; er würde es einfach riskieren. Er wußte, am anderen Ende der Bucht lag eine Walfangstation, und wenn die Haie klug waren, würden sie sich dort nach Eßbarem umschauen.
Doch für Crofts Männer waren diese Ausbruchsversuche nichts Neues. Sobald der Alarm ertönte, durchkämmten sie den Busch. McPherson wurde erwischt, als er den entrindeten Baumstamm zum Ufer zerrte. Zuerst peitschte man ihn aus, dann bekam er Einzelhaft. Es war sein erster und einziger Fluchtversuch.

Im Sturm durchpflügte Emilies Schiff die Moreton Bay. Man empfahl den Passagieren dringend, unter Deck zu bleiben. Emilie war erleichtert. Sie hätte es nicht ertragen, die Insel noch einmal zu sehen oder auch nur an Mal zu denken, bevor sie sich nicht von dem Trauma ihres Aufenthalts in Brisbane erholt hätte.
Die Passagiere bildeten eine fröhliche Gemeinschaft, und sie freundete sich mit einem Missionarsehepaar an, das auf der Rückreise nach Fraser Island war. Die beiden zeigten sich interessiert, sehr interessiert sogar, als sie hörten, daß sie Gouvernante und auf Stellensuche war. Die kleine Missionssiedlung war gegründet worden, um die Aborigines zu Gott zu führen, und sie hatten bereits einige Erfolge erzielt, suchten aber händeringend nach einer weiteren Lehrkraft für den Englischunterricht.
Voller Begeisterung beschrieben sie ihr die Schönheiten der Insel mit ihrem Regenwald, den prachtvollen blauen Seen und herrlichen Stränden.
Emilie rutschte heraus, daß ein Freund von ihr dort gewesen sei und ebenfalls die Schönheit der Insel gerühmt habe.
»Kennen Sie einen Ort namens Feuerbucht? Ich glaube, er liegt an der meerzugewandten Seite.«

Die Frau schüttelte den Kopf, doch der Ehemann nickte. »Es gibt da eine Bucht, die diesen Namen tragen könnte. Dort wachsen die Orchideen geradezu in verschwenderischer Fülle, weil der Regenwald so nahe ist. Sie sollten über unser Angebot nachdenken, Miss Tissington. Das Leben auf der Insel ist wahrhaft idyllisch, und niemand braucht sich wegen der Eingeborenen zu sorgen. Sie fügen uns kein Leid zu, es sind fröhliche Menschen. Viel neugieriger auf uns als auf Gottes Wort, aber alles braucht seine Zeit.«
Emilie dachte tatsächlich darüber nach. Es klang nach einem friedvollen Leben, einer willkommenen Zuflucht nach den harten Zeiten, die sie durchgemacht hatte, und angesichts der ungewissen Zukunft, der sie sich nun gegenübersah.

Im Hafen lagen mehrere Schiffe, und die Kais wirkten überfüllt und unübersichtlich, doch Clive kannte sich inzwischen aus. In seinem weißen Anzug und dem schicken Tropenhelm, den er sich neuerdings stehen ließ, war er leicht zu erkennen. Er grinste. Hier machte die Kopfbedeckung den Menschen. Die armen Frauen trugen Tücher oder Schals um den Kopf, die bessergestellten Hüte; Arbeiter und Seeleute hatten verschwitzte Stirnbänder, die Pflanzer flache Strohhüte, während die Landbewohner, Bosse und Viehhüter gleichermaßen, breitkrempige Exemplare aus ungegerbtem Leder bevorzugten. Einwanderer und Goldgräber begnügten sich mit verbeulten Filzhüten, und die wenigen Bankangestellten, Anwälte und ihresgleichen trugen Zylinder zur Schau. Clive achtete nun verstärkt auf solche Modeerscheinungen, da sein Traum allmählich Gestalt annahm. Sein Darlehen war bewilligt worden, und er hatte sich ein im Bau befindliches Ladenlokal in der Kent Street reservieren lassen, das niemand anderem als dem geheimnisvollen Herrn Xiu gehörte.
Auf sein Erstaunen hin teilte der Makler ihm mit, daß Herr Xiu in unzählige Geschäftszweige investiere, doch nur selten in die Stadt komme.
»Sie brauchen gar nicht mit ihm persönlich zu verhandeln, Mr. Hillier. Ich bin sehr gut in der Lage, Ihre Anfrage zu bearbeiten«, erklärte er hochtrabend.
»Aber Sie werden ihm doch Grüße von mir bestellen können. Herr Xiu ist mir nämlich persönlich bekannt.«

»Tatsächlich?«
»Sagen Sie ihm bitte, daß es mich freuen würde, ihn bei seinem nächsten Aufenthalt in der Stadt zum Essen einzuladen.«
»Gern, Mr. Hillier, sicher doch.«
Clive hatte keine Ahnung, ob Xiu sich dazu herablassen würde, an einem öffentlichen Ort zu speisen, oder ob in den Hotels Chinesen überhaupt bedient wurden; doch zur Not könnte er auch ein privates Zimmer organisieren. Der Bursche faszinierte ihn, und aufgrund seiner hiesigen Investitionstätigkeit bildete er für einen angehenden Geschäftsmann sicherlich einen wertvollen Kontakt.
Clive eilte mit seinem Klemmbrett durch die Menge, den Stift hinter dem Ohr, ein Stück Kreide in der Hand, um Kisten und Fässer mit Alkohol zu kennzeichnen. Dann sah er sie. Emilie! Sie versuchte sich gerade durch Menschentrauben und Gepäckberge zu zwängen.
Er rannte hinter ihr her und rief ihren Namen, bis sie sich umsah. Sie schenkte ihm kein Lächeln, schien sich nicht über seinen Anblick zu freuen, nickte ihm nur zu. Immerhin blieb sie stehen.
Sie ist wirklich reizend, dachte er beim Näherkommen, und dieser hübsche Hut auf dem dunklen Haar. Er konnte einfach nicht widerstehen, umarmte und küßte sie.
»Meine Liebe, ich bin so froh, daß du wieder zu Hause bist! Ich habe mir Sorgen gemacht. Hast du meinen Brief erhalten?«
»Nein.«
»Du warst so lange weg, daß ich dich fragen wollte, ob ich nachkommen soll. Geht es dir auch gut?«
»Ja, Clive, es ist alles in Ordnung.«
»Hört sich aber nicht so an.«
»Wohl nicht«, erwiderte sie bitter. »Macht es dir etwas aus, wenn ich jetzt gehe? Ich möchte hier nicht herumstehen.«
»Ja, es macht mir etwas aus.« Er führte sie in den Schutz des Zollschuppens. »Warte einen Moment, ich bringe dich nach Hause.«
»Das ist nicht nötig, ich kann zu Fuß gehen.«
»Emilie, es ist schon spät. Du hast nichts zu essen im Haus. Tu, was ich dir sage, und warte auf mich. Es dauert nicht lange.«

Sie weigerte sich, aus dem Gig auszusteigen, also kaufte er für sie ein. Er nahm noch eine Flasche deutschen Wein und eine jener dicken deutschen Würste mit, an denen er in letzter Zeit Geschmack gefunden hatte.

Clive schloß die Tür zum Cottage auf und stellte ihre Reisetasche im Schlafzimmer ab. Unterdessen stand Emilie irgendwie verloren herum. Er goß zwei Gläser Wein ein, gab ihr eins und bedeutete ihr, sich an den Tisch zu setzen.

»Nun erzähl mir alles.«

»Du weißt, daß ich entlassen wurde?« fragte sie, immer noch wie betäubt.

»Ja. Ich habe mit Bert Manningtree gesprochen und ihm die Leviten gelesen, aber er erklärte, seine Frau habe die Entscheidung getroffen. Er hatte keine Ahnung davon und würde dich jederzeit zurücknehmen ...«

»Ich würde dort nicht mehr arbeiten wollen. Nicht nach dem, was passiert ist.«

»Emilie, du hast erst einmal Ruhe nötig. Aber ich kann einfach nicht verstehen, wie du in diese Sache hineingeraten bist. Ich meine, Mitgefühl ist eine Sache ...«

»Ich schuldete Mal etwas«, flüsterte sie.

»Wie meinst du das?«

»Zum Beispiel dieses Haus.«

»Was?«

»Du erinnerst dich doch, daß Mal die Goldfelder mit viel Geld in der Tasche verlassen hat. Ungefähr vierhundert Pfund.«

»Ja, sicher.«

»Nun ... er hat es mir gegeben.«

»Wieso?«

»Clive, ich bin müde. Ich habe es satt, alles wieder und wieder erklären zu müssen. Ich fühle mich dem im Augenblick einfach nicht gewachsen. Du meinst es gut mit mir, aber ich würde heute abend wirklich gern allein sein.«

Er seufzte. »Na gut, aber du darfst dich hier nicht verkriechen. Du hast dir nichts zuschulden kommen lassen. Kopf hoch, ich komme morgen wieder.«

In den nächsten Tagen holte er nach und nach die Ereignisse aus ihr

heraus, denen sie ihre nervöse Erschöpfung verdankte. Er wünschte, sie hätte ihn um Rat gefragt, bevor sie ihre Mission für Mal antrat, doch er sprach es nicht aus. Obwohl ihre Naivität sie ans Licht der Öffentlichkeit gezerrt hatte, hatte sie noch Glück gehabt, daß Kemp ihr freundlich gesinnt war. Da sie Mal getroffen hatte, als er sich bereits auf der Flucht befand, hätte man sie durchaus wegen Verschweigens wichtiger Informationen, die zur Ergreifung eines mutmaßlichen Täters benötigt wurden, belangen können. Sie schien noch immer nicht zu begreifen, welches Risiko sie eingegangen war, als sie auszog, Mals Unschuld zu beweisen.
War sie verliebt in ihn? Schwer zu sagen. Sie war nach wie vor um ihn besorgt, doch Clive vermeinte, auch einen Hauch von Ärger in ihrer Stimme gehört zu haben, als sie über die mit Mal verbundenen Probleme sprach.
Clive wollte Emilie fragen, ob Mal sie je im Cottage besucht habe, doch er traute sich nicht. Sie würde sicher nicht lügen, und wenn er tatsächlich dagewesen war, wollte Clive es gar nicht wissen. Er empfand sehr viel für Emilie, mußte sich aber behutsam vorwagen; im Moment war sie tief erschüttert und hatte Freundschaft und Unterstützung nötig, keine flammenden Liebesbezeugungen.
Dann erfuhr er von ihren familiären Schwierigkeiten. Die Schwester war außer sich gewesen, weil sie sich mit einem Gesetzesbrecher eingelassen hatte. Clive mußte sich ein Lachen verkneifen. Unter diesen Umständen hätte ihm seine eigene Schwester vermutlich ebenfalls die Tür gewiesen. Die Geschichte mit Ruths nunmehr ehemaligem Verlobten war jedoch eine andere Sache.
»Nach allem, was ich über diesen Burschen gehört habe, will er mir gar nicht gefallen.«
»Du würdest ihn hassen, ein furchtbarer Mensch. Ruth ist ohne ihn besser dran. Ich glaube nicht, daß sie ihn je geliebt hat, es schien wohl einfach ein praktisches Arrangement zu sein.«
»Für beide Seiten.«
Jetzt lächelte sie. »Immerhin habe ich die Besitzurkunde für mein Land bekommen und Ruth ihr Geld. Sogar mehr, als sie erwartet hatte. Dieser schreckliche Kerl hat versucht, sie um einen Teil davon zu betrügen.«
Clive fragte sich, ob das alles war. Die beiden Damen hatten Bowles

mit der Überweisung einer Rückzahlungsrate an die Auswanderungsgesellschaft betraut, die angeblich mit der Diplomatenpost nach London gehen sollte. Er bezweifelte, daß die einfachen Angestellten des Parlaments Zugang zu der offiziellen Posttasche hatten, und wenn, dann bestimmt nicht für private Zwecke. Es würde ihn gar nicht überraschen, wenn sich dieses Geld noch immer in Mr. Bowles' Besitz befand. Aber es hatte keinen Sinn, Emilie augenblicklich mit solchen Vermutungen zu behelligen. Die Zeit würde die Wahrheit schon ans Licht bringen, und dann wäre sie eher in der Lage, sich mit der Angelegenheit zu befassen. Falls sich herausstellen sollte, daß die Summe nicht bei der Gesellschaft eingetroffen war, würde man sicher Mr. Lanfield, einen nach Emilies Beschreibung sehr fähigen Mann, mit der Angelegenheit betrauen können.

Allmählich wagte sich Emilie, ermutigt durch ihre Nachbarn, Mrs. Mooney und natürlich Clive, aus ihrer Isolation heraus. Er unternahm lange Spaziergänge mit ihr auf den Landstraßen jenseits der Stadt, denn noch immer hatte sie Angst davor, in den belebteren Straßen angestarrt zu werden. Clives Freundlichkeit überwältigte sie, und sie betrachtete ihr vorheriges Verhalten als unangebracht und seiner unwürdig. Sie hatte nicht das Recht gehabt, ihn wegen dieser Fleur zu verurteilen. Sie hätte ihm keinen Vorwurf machen können, wenn er im Gegenzug ebenso reagiert hätte wie ihre Schwester, Mrs. Manningtree und zahlreiche andere Bürger der Stadt. Er war eifersüchtig auf Mal gewesen, und sie hatte ihm genügend Anlaß dazu gegeben. Man konnte kaum von einem Gentleman erwarten, daß er all das hinnahm; und doch stand Clive unbeirrt zu ihr.
Die Missionare von Fraser Island schrieben ihr einen reizenden Brief und baten sie erneut, die Stelle als Englischlehrerin für die Eingeborenen anzunehmen. Diese Aufgabe sei erhebend und ein großer Dienst am Herrn. Obwohl sie es bisher niemandem gegenüber erwähnt hatte, zog sie das Angebot ernsthaft in Erwägung. Die Stelle wäre eine echte Herausforderung, die ihre lähmenden Minderwertigkeitsgefühle vertreiben würde. Und hatte Mal nicht erzählt, die Insel sei unglaublich schön?
Schon wieder Mal. Die irrationale Wut auf ihn hatte sie inzwischen überwunden, aber die Angst war geblieben. Sie konnte nur für ihn

beten. Die Zeitungen schienen das Interesse an dem Fall verloren zu haben, doch die Geschichte konnte jeden Tag erneut ins Licht der Öffentlichkeit rücken, darauf mußte sie gefaßt sein.

Dann kam Mr. Manningtree zu Besuch und brachte die Kinder mit. Sie rannten ihr entgegen und warfen sich in ihre Arme. Emilie weinte, während der Vater mit strahlendem Gesicht daneben stand.

Sie schenkten Emilie selbstgefertigte Zeichnungen und brachten eine Brombeertorte von Kate sowie eine Ananas mit rosa Schleife von Nellie mit.

Als sich die Aufregung gelegt hatte und die Kinder davongestürmt waren, um den Garten zu erkunden, wollte Mr. Manningtree in seiner unverblümten Art wissen, was sie denn jetzt so mache.

»Nicht viel«, erwiderte sie verschämt.

»Das hörte ich. Ich sehe Sie nie in der Stadt. Wollen Sie zur Einsiedlerin werden?«

»O nein.« Emilie wandte nervös den Blick ab. »Ich gehe nur nicht viel aus.«

»Wieso nicht? Ich kann leider nichts gegen Ihre Entlassung unternehmen. Meine Frau hat schon ein anderes Mädchen eingestellt, Tochter eines Pflanzers, aber die Kleine hat keine Ahnung. Kann nicht mal Klavier spielen. Doch zurück zum Thema: Nach dem, was ich gelesen habe, hielten Sie es für richtig, dem Burschen zu helfen.«

»Ja, Mr. Manningtree. Und ich glaube nach wie vor an seine Unschuld.«

Er nickte. »Wenn er unschuldig ist, hat man ihm übel mitgespielt, das gebe ich zu. Aber was ist mit Ihnen? Wollen Sie sich hier einschließen und selbst bemitleiden?«

»Wie bitte?«

»Tun Sie doch, oder? Sie haben Angst, sich draußen zu zeigen. Hätte Sie für mutiger gehalten. Sie nehmen es zu wichtig. Sind weder die erste noch die letzte, die meine Missus rausgeworfen hat. Lassen Sie sich davon nicht unterkriegen.«

»Es war nicht gerade ein angenehmes Erlebnis, Mr. Manningtree, aber die Zeitungsberichte empfand ich als weitaus schlimmer.« Emilie fühlte ein Schluchzen in ihrer Kehle aufsteigen. »Es ist wirklich schwer für mich.«

»Na und? Ich hatte Sie immer für eine Frau gehalten, die weiß, worauf es ankommt. Bei Ihrer Bildung und so.«
»Ich verstehe nicht.«
»Dann sollten Sie mal drüber nachdenken. Die Leute hier erleben echte Tragödien und kommen doch wieder auf die Beine. Pionierarbeit ist kein Zuckerlecken: Kinder sterben, man kämpft gegen alle Hindernisse, die einem dieses verdammte Land in den Weg stellt ... Ich kann nicht so gut reden wie Sie, aber Sie sind lang genug hier, um zu wissen, daß man in dieser Gegend nichts geschenkt bekommt.« Er sah zu den Kindern hinüber, die durchs Gebüsch tobten.
»Wir haben unser erstes Kind verloren«, sagte er leise. »Kein Arzt da. Ich dachte, meine Missus dreht durch. Es war erst ein Jahr alt. Ein kleiner Schatz ...«
»Das tut mir sehr leid.«
»Na ja, ich meine nur, Sie sollten sich umsehen, was so alles passiert. Aber da ist noch was. Ich hab dem Stadtrat ein Grundstück an der March Street geschenkt, damit sie eine Schule darauf bauen. Und jetzt kommen sie damit endlich in die Gänge. Es ist eine Schule mit nur einem Raum, ich habe die Pläne gesehen, aber für mehr reicht es im Moment nicht. Sie sollten sich schnellstens um die Stelle als Lehrerin dort bewerben.«
Dann schaute er sich um.
»Verdammt, das ist ein hübsches Fleckchen hier, mit der Aussicht und allem. Der alte Paddy wußte, worauf es ankommt. Prima Bursche. Ich bringe jetzt besser die Kinder nach Hause.«
Emilie hakte ihn unter. »Wissen Sie noch, wie Sie mich an meinem ersten Tag vom Schiff abgeholt haben? Ich hatte damals schreckliche Angst vor Ihnen. Mir war gar nicht bewußt, was für ein netter Mann Sie sind, Mr. Manningtree. Ich muß Ihnen furchtbar steif und unnahbar erschienen sein.«
»Ein bißchen schon«, gestand er. »Los, Kinder! Wir müssen fahren, sonst kommen wir zu spät zum Abendessen.«

Zu Clives Überraschung erklärte Emilie sich bereit, allein und zu Fuß in die Stadt zu kommen, um mit ihm in Mrs. Mooneys Hotel zu Mittag zu essen. Leicht fiel es ihr nicht. An jeder Ecke mußte sie gegen den Drang ankämpfen, einfach wieder umzukehren. Sie versuchte sich statt dessen auf das Wetter zu konzentrieren. Trotz der frühen Stunde war es bereits recht heiß. Dabei fiel ihr Ruth ein, die sich ihr gegenüber über das Wetter beklagt hatte.

»Wenn es nicht gerade heiß ist, ist es brütend heiß. Warum kann es nicht ab und zu mal hageln oder schneien?«

»Früher hast du den Winter gehaßt, weil es in unserem Haus so kalt war …«

In der Stadt angekommen, hätte Emilie nicht sagen können, ob man sie angaffte, denn sie trug ihre Strohhaube, die nicht nur gut zu ihrem Sommerkleid paßte, sondern deren an der Seite herunterhängende Bänder ihr auch als eine Art Scheuklappen dienten. Sie dachte über Mr. Manningtrees Tadel nach. Obschon sie den Vorwurf des Selbstmitleids als ungerechtfertigt empfand, hatte seine Bemerkung sie doch genügend aufgerüttelt, um nun diesen Gang in die Stadt zu wagen. Ihr war, als finge sie ganz von vorn an, als sie mit der gleichen Schüchternheit wie kurz nach ihrer Ankunft hier durch die Hauptstraße von Maryborough schlich.

Vielleicht muß ich tatsächlich neu anfangen, dachte sie, doch dann tauchte Clive vor dem Hotel auf, und sie war so erleichtert, daß sie beinahe auf ihn zurannte. Der liebe Clive. Er sah so gut aus, so selbstsicher. Als er sie erblickte, wirkte er derart erfreut, daß Emilie errötete; sie fürchtete, er könne sie auf offener Straße küssen. Natürlich ließ er sich dann doch nicht dazu hinreißen, aber als er ihren Arm ergriff, war auch Emilie von stiller Freude erfüllt. Sie fühlte sich wohl in Clives Nähe.

Mrs. Mooney gesellte sich beim Mittagessen zu ihnen, und sie plauderten ungezwungen miteinander. Deutsche Freunde hatten sie auf die Idee gebracht, Tische und Stühle im Garten aufzustellen, um die Gäste auch an der frischen Luft bewirten zu können.

»Sie waren ganz entsetzt, als ich sagte, ich müsse eine Art Dach anbringen, das von seitlichen Pfosten gehalten wird«, berichtete sie lachend. »Sie erklärten, ich verstünde den Sinn des Ganzen nicht, aber es geht nun einmal nicht ohne Dach. Darunter ist es immer noch warm genug, und es schützt vor unseren sintflutartigen Regenfällen.«

Clive und Emilie hielten die Idee für großartig. Nach dem Essen wollte er den Damen das gemietete Ladenlokal zeigen und sich ihre

Einrichtungsvorschläge anhören, bevor er einen Zimmermann kommen ließ. Auch hatte er die ersten Kataloge mit Herrenbekleidung von einem Warenhaus in Sydney erhalten, dessen Vertreter sich in Kürze bei ihm vorstellen wollte.

»Ich dachte, du wolltest deine Ware selbst in Brisbane kaufen«, sagte Emilie.

»Hatte ich auch vor, bis ich mich mit Mr. Xiu unterhalten habe.«

»Wer ist Mr. Xiu?«

»Ein chinesischer Herr, ein wahrer Quell der Weisheit. Er hat entsprechende Erkundigungen eingezogen und konnte mir mitteilen, daß die Großhändler in Sydney preisgünstiger und zuverlässiger liefern.«

»Das war aber sehr nett von ihm.«

Mrs. Mooney nickte. »Und sehr klug. Es kann ja nicht in seinem Interesse liegen, daß seine Mieter bankrott gehen. Aber Clive wird es schon schaffen, mein Wort darauf. Wir können ein anständiges Geschäft dieser Art hier gut gebrauchen.«

Während ihres Gesprächs nahm Emilie vorsichtig die anderen Gäste in Augenschein; doch entgegen ihren Befürchtungen warf ihr niemand merkwürdige Blicke zu oder legte ein unziemliches Interesse für sie an den Tag. Sie begann sich zu entspannen. Das Schlimmste schien vorüber.

»Wie ich höre, wird endlich auch eine Schule bei uns gebaut«, sagte Mrs. Mooney. »Und ein Vögelchen hat mir zugezwitschert, daß Sie vielleicht unsere erste Lehrerin sein werden.«

»Ach, nein, wirklich nicht. Ich bin sicher, daß man jemanden mit besseren Qualifikationen benötigt, als ich vorzuweisen habe. Wie gefällt es Ihrer Tochter eigentlich im Internat?«

Fürs erste gelang es ihr damit, von dem Thema abzulenken, doch auf dem Rückweg zum Cottage fragte Clive neugierig: »Wußtest du schon von der Sache mit der Schule?«

»Ja, von Mr. Manningtree. Er will, daß ich mich um die Stelle bewerbe, aber ich denke nicht im Traum daran. Ich müßte meine Bewerbung dem Stadtrat einreichen, und nach all den unerfreulichen Ereignissen wird man mich bestimmt nicht einmal in Betracht ziehen.«

»Da wäre ich mir nicht so sicher. Ich jedenfalls halte dich sehr wohl für qualifiziert.«

Emilie blieb stehen und sah ihn an. »Clive, sei ehrlich. Ich kann mich nicht bewerben. Du weißt, daß mir mein Ruf immer vorauseilen würde. Wäre ich selbst Mitglied des Stadtrats und müßte über diese Frage objektiv urteilen, würde ich mich auch nicht einstellen. Ich habe nicht vor, mir eine Absage einzuhandeln. Vergessen wir also die Schule.«

»Natürlich, nur zu gern. Ich erwarte ja auch nicht, daß meine Frau arbeitet.«

Emilie starrte ihn an. »Wie bitte?«

»Himmel, das ist mir nur so herausgerutscht! Jetzt habe ich alles verdorben. Ich wollte warten, bis du dich erholt hast ...«

»Deine Frau?«

Er zuckte reuevoll die Achseln. »Ja, das habe ich gesagt. Und es auch so gemeint, obwohl ich dir den Antrag eigentlich in einer romantischeren Umgebung machen wollte, nicht an irgendeiner profanen Straßenecke. Ich liebe dich, Emilie, und bitte dich hiermit, meine Frau zu werden.«

Emilie war so verblüfft, daß sie kein Wort herausbrachte und sich dadurch reichlich töricht vorkam.

Clive ergriff ihren Arm und führte sie die Straße hinunter. »Ich hätte dich nicht so damit überfallen dürfen. Du brauchst nichts zu sagen, weder jetzt noch nächste Woche.« Er lächelte. »Wir können den Antrag vorerst ruhen lassen, wenn es dir lieber ist.«

»Ja, vielen Dank«, erwiderte sie ruhig, »es kam ziemlich überraschend. Ich ... irgendwie ... hatte ich nicht an Heirat gedacht. Vermutlich war ich zu sehr mit meinen eigenen Sorgen beschäftigt.«

»Ist es wegen Mal?«

Emilie erschauderte. »Mal? Ich weiß nicht recht. Ich kann einfach nicht aufhören, an ihn zu denken. Er ist unschuldig. Das alles ist so grausam.«

»Wir sprechen ein anderes Mal darüber, Em. Aber vergiß nie, daß ich dich liebe. Ich glaube, wir könnten sehr glücklich miteinander werden, aber das mußt du selbst entscheiden.«

Sie war froh, daß er beide Themen nicht weiter verfolgte. Er küßte sie auf die Wange, nachdem er sie bis zur Tür gebracht hatte, und ging davon. Sie war enttäuscht. Und zwar von sich selbst. Einen Heiratsantrag erhielt man schließlich nicht alle Tage, doch anstatt ein wenig Gefühl zu zeigen, hatte sie völlig verwirrt reagiert. Hoffent-

lich hatte sie Clive damit nicht gekränkt. Und was hatte sie über Mal gesagt? Nicht einmal daran erinnerte sie sich mehr genau. Sie konnte sich ja selbst kaum ihre Gefühle für ihn erklären. Sein nächtlicher Besuch im Cottage war so romantisch gewesen.
Sie trat ans Fenster und sah auf den Fluß hinaus. Zwischen den Lebenswegen, die die beiden Männer einschlagen würden, lagen Welten, genau wie zwischen Freundschaft und Liebe. Letztendlich mußte sich Emilie eingestehen, daß sie sowohl Mal als auch Clive liebte, doch sie fragte sich, ob ihre Gefühle für Mal nicht nur auf Loyalität beruhten. Eigentlich kannte sie ihn ja kaum. Wenn sie ihn nur wiedersehen, mit ihm sprechen könnte ...
Dann kam ihr ein unbehaglicher Gedanke. Wenn nun Mal das Interesse an ihr verloren hatte? Er mochte dankbar für ihre Hilfe sein, doch waren während der schrecklichen Zeit im Gefängnis seine Gefühle für sie vielleicht erkaltet. Emilie seufzte. Was würde Ruth von Clives Antrag halten? Vermutlich nicht allzu viel.
Sie nahm die Haube ab, ließ sie auf den Tisch fallen und wanderte unruhig im Haus umher. Es machte keinen Spaß, wenn man den ganzen Tag nichts zu tun hatte und niemanden, mit dem man reden konnte. Sie mußte sich dringend eine Beschäftigung suchen. Plötzlich vermißte sie ihr Zuhause in Brackham, das Familienleben in der Zeit bis zur Wiederverheiratung ihres Vaters, das Dorf, die vielen Bekannten dort ... in Brackham gab es immer etwas zu tun, und wenn es nur ein Besuch in Mrs. Colletts Leihbücherei war. Hier gab es weder eine Bücherei noch eine Buchhandlung, nur den Metzger, den Bäcker und den Kerzenzieher. Wie mochte dieser Ort vor zwanzig Jahren ausgesehen haben, als die ersten Siedler kamen?
Vermutlich war es die Hölle auf Erden gewesen, dachte sie mit einem Schaudern. Laut Mr. Manningtree lebten die meisten jener ersten Siedler nach wie vor in Maryborough. Es wäre interessant, ihre Erfahrungen mit den feindseligen Aborigines und dem Bau einer Siedlung mitten im dichten Dschungel ohne jeden Nachschub von außen für die Nachwelt festzuhalten. Warum nahmen so viele Einwanderer diese unglaublichen Gefahren auf sich? Es wäre faszinierend, ihre Erlebnisse aus erster Hand zu hören. Vielleicht könnte Mr. Manningtree sie mit einigen von ihnen bekannt machen. Wenigstens hätte sie dann wieder eine Aufgabe.

14. Kapitel

Quentin Allenby, Anwalt der Krone, erstickte Lanfields Hoffnungen im Keim. »Sehen Sie das denn nicht ein, alter Knabe? Unser Mandant ist noch lange nicht aus dem Schneider. Carnegie könnte durchaus der einzige Mensch auf Gottes Erde sein, der nicht weiß, daß Goldkommissar Griffen seine eigenen Vorreiter erschossen hat. Oder es ist ihm entfallen, was ihn noch lange nicht zum Mörder macht. Sie dürfen nicht vergessen, daß er eines der Opfer dieses Überfalls war. Es könnte ihm problemlos gelingen, diverse Leumundszeugen zu beschaffen, die den Richter und die Geschworenen gleichermaßen beeindrucken. Immerhin steht nicht er vor Gericht.«

Lanfield nickte. »Das ist mir klar, aber ich hatte gehofft, Sie könnten seine Geschichte zerpflücken und ein paar Ungereimtheiten zutage fördern. Er wirkt jetzt schon reichlich nervös ...«

»Nervosität ist nicht das Vorrecht der wirklich Schuldigen; viele Unschuldige können unter der Last einer Anklage zusammenbrechen.«

»Auch das ist mir bewußt«, erwiderte Lanfield gereizt. »Aber Sie können ihm doch sicher eine Falle stellen ...«

»In welcher Hinsicht? Ihrem Bericht nach beharrt er nach wie vor darauf, daß Willoughby an dem Überfall beteiligt war. Es dürfte so gut wie unmöglich sein, ihn in diesem Punkt zu widerlegen. Die Polizei leidet noch immer unter ihren Mißerfolgen und braucht daher dringend eine Verurteilung. Und man hat sich dabei nun einmal für Willoughby entschieden. Sie werden ihn als Dieb hinstellen, als Betrüger, als Desperado, der selbst nach diesem heimtückischen Verbrechen keinerlei Anzeichen von Reue an den Tag legt.«

Obschon Allenby behauptete, es ginge ihm mit seinen Einwänden erst einmal darum, den schlimmstmöglichen Fall anzunehmen, um seine eigene Argumentation dann entsprechend aufzubauen, kam es Lanfield so vor, als bereue der Strafverteidiger bereits, diesen Fall übernommen zu haben. Bisher war er sicher gewesen, daß man Willoughby entlasten könne, indem Carnegie zumindest ein Irrtum nachgewiesen wurde. Mehr brauchten sie gar nicht. Die Vorwürfe der Polizei waren anfangs nicht sonderlich hieb- und stichfest gewesen, doch allmählich begann ihm die Anklage recht wasserdicht zu erscheinen.

Auf dem Rückweg in sein Büro ließ er Allenbys abschließende Bemerkungen noch einmal Revue passieren.

»Da sich Ihr Verdacht gegenüber Carnegie offensichtlich nicht auf ein Verdachtsmoment beschränkt, werde ich seine Aussagen noch einmal genauestens durchgehen. Er ist ein Bankrotteur. Durch den Verkauf seines Hauses konnte er nur die drängendsten Schulden begleichen. Andererseits gelten Spielschulden in unserer Gesellschaft als Kavaliersdelikt, und vor Gericht steht ohnehin ein anderer. Was den Gentleman als solchen betrifft, bleiben meiner Ansicht nach nur zwei Möglichkeiten: Entweder er ist unschuldig und hat als Opfer das gute Recht, gemeine Verdächtigungen zurückzuweisen, oder aber er ist viel schlauer, als man meinen könnte. Sie verstehen mein Dilemma?«

Zu Lanfields Überraschung erwartete ihn Sergeant Pollock in der Eingangshalle. »Was kann ich für Sie tun, Sir?«

»Ich muß dringend mit Ihnen sprechen, Mr. Lanfield. Meine Heimkehr steht kurz bevor, aber ich habe meine Arbeit hier noch nicht abgeschlossen.«

»Das müssen Sie mit Ihren Vorgesetzen regeln. Aber kommen Sie doch bitte herein.«

Er legte Zylinder und Stock an der Garderobe ab und führte den Sergeant in sein Büro, wobei er einen ungeduldigen Blick auf den Aktenstapel warf, den sein Sekretär ihm auf den Schreibtisch gelegt hatte. Er setzte sich und bedeutete Pollock, ebenfalls Platz zu nehmen. Dann sah er ihn fragend an.

Pollock beugte sich vor. »Mr. Lanfield, möglicherweise wird der Prozeß gegen Willoughby nächste Woche eröffnet.«

»Ich hörte davon. Wir sind bereit.«

»Freut mich, aber können Sie ihn auch gewinnen?«

»Wir sind guten Mutes.«

Der Sergeant schüttelte den Kopf. »Ich wünschte, ich könnte dasselbe von mir sagen. Carnegie ist der Schlüssel zu allem, aber Sie werden nicht mehr aus ihm herausbekommen als ich. Rufen Sie Baldy Perry in den Zeugenstand?«

»Sie wissen, daß das nicht möglich ist. Er hat nichts mit dem Fall zu tun.«

»Ich glaube aber doch.«

»Was soll ich denn mit ihm anfangen? Ihn als Zeugen der Verteidigung aufrufen? Das ist doch lächerlich. Man hat mir nicht gestattet, mit ihm zu sprechen, damit ich nicht Ihre winzige Chance, ihn mit dem Verbrechen in Verbindung zu bringen, zunichte mache. Und jetzt schlagen ausgerechnet Sie vor, daß ich ihn vorlade?«

Pollock zuckte die Achseln. »Nein, nicht wirklich. Ich bin nur mit meinem Latein am Ende. Wenn Sie für Willoughby einen Freispruch erwirken, bleibt der Fall ungeklärt ...«

»Das ist leider Ihr Problem.«

»Und wenn nicht, könnte das zu einem Justizmord führen.«

»Halten Sie Willoughby denn für unschuldig?«

»Schon möglich. Wie dem auch sei, er kann den Überfall nicht allein verübt haben, so viel steht fest. Also geht die Suche weiter.« Pollock zog einen abgenutzten Tabakbeutel hervor und drehte sich geschickt eine Zigarette, die er in der hohlen Hand anzündete, als sei er noch im Busch und nicht in einem windgeschützten Raum.

»Schauen Sie, Mr. Lanfield, eines haben wir noch nicht versucht. Ich habe Carnegie im Auge behalten ...«

»Sind Sie ihm gefolgt?«

»Nicht ständig. Ich wollte nicht, daß er mich sieht. Ein Bursche von der Chester-Agentur wurde zusätzlich auf ihn angesetzt.«

Lanfield wirkte verblüfft. »Die Polizei leistet sich einen Privatdetektiv?«

»Nein, ich«, gab Pollock heftig zurück. »Ich sagte doch, ich bin mit meinem Latein am Ende, mein Job steht auf dem Spiel. Das Gold und das Bargeld könnten noch immer irgendwo da draußen versteckt sein.«

»Und Sie dachten, er würde Sie hinführen? Sie müssen wirklich verzweifelt sein.«

»Ich wußte selbst nicht, wonach ich suchte, worauf ich wartete. Vielleicht darauf, daß Carnegie einen zwielichtigen Juwelier aufsucht, ich weiß es nicht. Oder daß er sich mit einer ungewöhnlichen Person trifft, die nicht zu ihm paßt.«

»Und was haben Sie herausgefunden?«

»Nichts. Nur, daß er jeden Donnerstag in seinem Club zu Mittag ißt und sonntags in die Kirche geht. Die anglikanische Kirche in Paddington. Die übrige Zeit verbringt er mit seinem Bruder zu Hause. Sie lassen alle Vorräte anliefern. Absolut nichts Verdächtiges.«
Der Anwalt war enttäuscht, ließ sich jedoch nichts anmerken.
»Ich verstehe nicht, was ich mit alledem zu tun habe.«
»Es gibt noch eine letzte Chance. Ich möchte Sie um einen Gefallen bitten; es handelt sich um einen ungewöhnlichen Gefallen, aber Ihre Mitarbeit wäre unverzichtbar.«
»Was soll ich tun?«
»Ich glaube, Sie beide sind Mitglieder desselben Clubs. Wenn Sie ihm donnerstags beiläufig begegnen und ihm eine wichtige Information zuspielen könnten …«
»Ach, ich gehe donnerstags nie dorthin. Viel zu voll, lauter Rentner und schlechte Bedienung obendrein.«
»Bitte, Sir, nur dieses eine Mal. Ich möchte, daß Sie ihm sagen, daß die Polizei einen Mann verhaftet hat, der mit seinem Reichtum prahlt …«
»Meinen Sie etwa diesen Perry?«
»Ja, aber nennen Sie um Gottes willen nicht seinen Namen. Sagen Sie einfach, er sei ein Krimineller, der nie viel Geld in der Tasche hatte, doch plötzlich sei er reich, und die Polizei verdächtige ihn deswegen. Sie halte ihn für den zweiten Mann bei dem Überfall …«
»Sind Sie von Sinnen, Pollock? Das ist nicht ungewöhnlich, sondern unerhört. Sie erwarten von mir, daß ich in meinem eigenen Club Theater spiele? Nein, nein und nochmals nein.«
Pollock erwies sich als äußerst beharrlich. Energisch brachte er einige starke Argumente vor, doch Lanfield blieb bei seiner Weigerung.
»Jesus!« sagte Pollock schließlich. »Es ist doch nicht zuviel verlangt. Nur ein paar Worte. Eine Neuigkeit. Bringen Sie es ihm freundlich bei. Sie brauchen gar kein Theater zu spielen, es ist doch alles wahr. Nur der Name darf nicht fallen. Wenn er danach fragt, antworten Sie, er sei Ihnen nicht bekannt. Die Geschichte sei Ihnen einfach zu Ohren gekommen.«
»Und dann?« fragte Lanfield.
»Achten Sie auf seine Reaktion. Er wird interessiert wirken, das ist mal sicher. Vielleicht auch verängstigt. Es kann sogar sein, daß er

glaubt, wir hätten eventuell *seinen* Komplizen erwischt und der würde nun auspacken. Und ich werde draußen warten, um zu sehen, wohin er danach geht. Man kann ja nie wissen.«
»Höchst unwahrscheinlich!«
»Aber Sie werden es tun?«
»Weiß Kemp davon? Oder sonstjemand?«
»Nein, nur Sie und ich.«
»So sollte es auch bleiben. Falls sich die Möglichkeit bietet, werde ich eine Bemerkung in dieser Richtung fallenlassen. Versprechen kann ich aber nichts.«
Sofort stand Pollock auf, als wolle er gehen, bevor der Anwalt es sich wieder anders überlegte. »Tun Sie Ihr Bestes«, sagte er fest. »Ich bin Ihnen zu Dank verpflichtet, Mr. Lanfield. Wir müssen irgendwie die Wahrheit aus Carnegie herausholen; ich schätze, er steckt bis zum Hals in der Sache drin.«

Gelegentliches Gelächter aus dem Raucherzimmer des Clubs in der Edward Street übertönte das in den Clubregeln festgeschriebene gedämpfte Stimmengewirr und löste bei einigen Mitgliedern Stirnrunzeln und gereiztes Zeitungsgeraschel aus. Ein ganz normaler Tag also, dachte Robert Lanfield, als er sich ans Fenster setzte und so tat, als sei er in seine Börsenzeitung vertieft. Er hoffte, Carnegie werde an diesem Donnerstag ausnahmsweise einmal nicht auftauchen und ihn so davor bewahren, sich zum Narren zu machen. Ein Diener brachte ihm ein Glas Sherry.
»Bleiben Sie zum Essen, Sir? Heute ist eigentlich nicht Ihr Tag. Soll ich Ihnen einen Tisch reservieren?«
»Danke, nein.« Er holte einen Stift hervor und schrieb sinnlose Notizen über Goldaktien in sein dünnes Notizbuch. Dann seufzte er und spielte mit dem Gedanken an Aufbruch. Just in diesem Augenblick trat Carnegie durch die Tür, wie Pollock prophezeit hatte, und schien geradewegs auf den Anwalt zuzusteuern. Einen schrecklichen Moment lang glaubte Lanfield, er wolle sich zu ihm gesellen, doch Carnegie hatte hinter ihm einen Bekannten entdeckt und wollte schon an ihm vorbeigehen, als der Anwalt ihn ansprach. Er erhob sich und vertrat dem ehemaligen Goldkommissar mit einem überraschten Gruß den Weg, wobei er sich wie ein Idiot vorkam.

»Carnegie, so etwas aber auch. Schön, Sie hier zu sehen. Geht es Ihnen besser?«
»Ein wenig.«
Lanfield zögerte, bevor er beiseite trat, noch immer unentschlossen, ob er diese Farce durchziehen sollte oder nicht. Dann jedoch gewann seine Neugier die Oberhand.
»Einen Moment noch. Mir ist soeben etwas zu Ohren gekommen, das Sie interessieren könnte.«
»Und das wäre?« fragte Carnegie wenig begeistert.
»Das muß ich Ihnen wirklich erzählen! Aufregende Sache«, verkündete Lanfield, der allmählich in seine Rolle fand. »Die Polizei glaubt, daß sie einen weiteren Verbrecher gefaßt hat. Einen Ihrer Angreifer.«
»Wen?« fragte Carnegie kühl.
»Der Name ist mir leider entfallen. Anscheinend ein Krimineller, der Verdacht erregt hat, weil er damit prahlte, reich zu sein. Ganz typisch für diese Burschen, keinen Funken Verstand im Hirn. Kann die Herkunft dieses plötzlichen Reichtums natürlich nicht erklären …«
Carnegies ohnehin blasse Haut verfärbte sich jetzt grünlich.
»… kein nennenswertes Einkommen, aber stinkreich! Es heißt, er habe sich auch zum fraglichen Zeitpunkt in Maryborough aufgehalten.«
»Und Sie wissen nicht, wie er heißt?« krächzte Carnegie.
»Kann mich einfach nicht erinnern. Hatte den Namen noch nie zuvor gehört. Aber Sie werden die beiden noch hängen sehen, glauben Sie mir. Ich dachte, Sie sollten das wissen …«
»Man wird mich wohl zu gegebener Zeit davon in Kenntnis setzen.«
Carnegie ging davon, auf einen Herrn zu, der am anderen Ende des Raumes saß.
»Reine Zeitverschwendung«, murmelte Lanfield, als er sein Notizbuch in die Westentasche steckte und seiner Wege ging.

Später am Tag kam Pollock zu ihm, um ihre Beobachtungen auszutauschen. »Nichts Auffälliges. Er blieb bis drei und ist dann schnurstracks nach Hause gegangen.«
»War von vornherein eine Schnapsidee«, knurrte Lanfield. »Ich

kann Ihnen nur sagen, daß er ziemlich grün aussah, als er die Nachricht erfuhr und sich nach dem Namen erkundigte. Ansonsten zeigte er keine Reaktion. Pollock, das alles bleibt aber unter uns, sonst mache ich mich vollends lächerlich.«

Doch Pollock wirkte weder beunruhigt noch enttäuscht.

»Sie haben es ihm gesagt. Das war der Anfang.«

»Was soll das heißen?«

»Wir müssen jetzt dranbleiben«, erklärte Pollock grinsend. »Sonst war Ihre gute Arbeit völlig umsonst.«

Lanfield hörte erstaunt zu, als der Sergeant ihm die nächsten Schritte darlegte. »Unmöglich! Völlig unmöglich!«

»Nein, wir müssen es tun. Sie müssen es für Willoughby tun, und ich *muß* einfach etwas unternehmen!«

»Kemp würde es nie gestatten.«

»Kemp klebt nach außen hin immer an den Vorschriften, doch andererseits stammt er aus Sydney. Ich schätze, er weiß, wie sich Vorschriften beugen lassen, wenn es einem guten Zweck dient. Er hätte mich entlassen können, hat es aber nicht getan. Er ist gerecht. Ich weiß, daß er Carnegie nicht über den Weg traut.«

»Was soll ich denn dabei? Bei dieser Eskapade gibt es keine Rolle für mich.«

»Und ob. Ihre Aufgabe wäre es, Kemp zu überreden. Ich bin ja nur ein unbedeutender Buschpolizist.«

»Ich würde nicht im Traum mit einem solchen Plan in der Tasche bei Kemp vorsprechen.«

»Dann muß Willoughby hängen. Also, ich für meinen Teil möchte den Mann nicht auf dem Gewissen haben.«

»Das ist noch gar nicht raus. Und überhaupt, was ist, wenn Ihre kleine Scharade nicht funktioniert?«

»Dann steht Ihnen ein harter Kampf bevor, das können Sie mir glauben. Ich habe heute morgen erfahren, daß Lilley eine Verurteilung wünscht, und zwar schnellstens. Unser Justizminister bezieht nämlich zur Zeit gewaltige Dresche von der Presse.«

Lanfield hatte Kemp auf einen Drink in seinen Club eingeladen. Der Polizeichef hatte aus Neugier angenommen, wollte sich aber nicht im Club mit ihm treffen, da er Pubs vorzog. Er stand in Zivilkleidung an der Theke des River Inn, als der Anwalt hereinkam. Dieser sah sich nach einem Haken für seinen Zylinder um, fand an einem Ort wie diesem aber keine derartige Vorrichtung. Lanfield wirkte in der lärmenden Bar, die hauptsächlich ein Treffpunkt für Arbeiter war, reichlich fehl am Platz. Kemp lächelte in sich hinein. Er hatte sich gefragt, ob Allenby den Anwalt zu diesem Treffen überredet hatte, um die Aussichten eines Schuldeingeständnisses zu prüfen, bevor er mit der Staatsanwaltschaft darüber sprach. Suchte er Rat, oder wollte er Informationen? Kemp war nicht recht zufrieden mit dem Fall Willoughby, obwohl sein Freund Lilley behauptete, die Anklage sei absolut wasserdicht. Und da war noch etwas. Als auf sein Image bedachter Politiker hatte sich Lilley mit McPherson fotografieren lassen wollen, doch Kemp hatte die Bitte vergessen. Als Lilley ihn daran erinnerte, war der berühmte Schotte längst auf der Gefängnisinsel, was den Minister nicht sonderlich freute.

Kemp schüttelte die unangenehme Erinnerung an diese Szene ab und begrüßte Lanfield. »Was trinken Sie?«

»Brandy mit Soda, bitte. Danke, daß Sie sich zu einem Treffen bereit erklärt haben, Kemp.«

»Es ist mir ein Vergnügen. Ich mag dieses Pub, man bekommt hier ein ausgezeichnetes Ale.«

Sie unterhielten sich über den milden, sonnigen Winter in Brisbane, das gemeinsame Interesse an der Gartenarbeit, die exotischen Pflanzen im Botanischen Garten, und Kemp beobachtete, wie sich sein distanziertes Gegenüber nach ein paar Drinks zunehmend entspannte. Offensichtlich hatte Lanfield etwas zu sagen, mußte aber erst noch den nötigen Anlauf nehmen.

Es war Freitagabend, kurz vor Sonnenuntergang, und Mrs. Kemp würde ihn zu Hause sicher schon erwarten; doch erst wollte er wissen, was diesem Mann auf der Seele brannte – falls er sich jemals entschließen sollte, es herauszulassen.

Irgendwann rückte der Anwalt dann doch mit seinem Anliegen heraus. »Ich möchte etwas mit Ihnen besprechen, Kemp. Es ist ziemlich ungewöhnlich, und es würde mich nicht weiter überraschen, wenn Sie es kategorisch ablehnten, aber ich bitte Sie, mich wenigstens anzuhören.«

»Nur zu.«

Lanfield legte ihm seinen Verdacht gegen den ehemaligen Goldkommissar dar, doch Kemp schüttelte den Kopf.
»Tut mir leid, aber ich habe in dieser Richtung bereits ermittelt, habe dabei das Unterste zuoberst gekehrt. Mehr kann ich nicht tun.«
Lanfield nickte. »Ja, mein Strafverteidiger Allenby glaubt, daß Carnegie die Polizei in jeder Hinsicht an der Nase herumgeführt hat.«
Kemp, der gerade zu seinem Alekrug gegriffen hatte, zuckte bei dieser Bemerkung zusammen. »So würde ich es nicht ausdrücken! Uns ist durchaus bewußt, daß Carnegie Dreck am Stecken haben könnte.«
»Sicher«, erwiderte der Anwalt beschwichtigend. »Aber Sie kennen ja Allenby. Er ist ziemlich aufgebracht, weil sich die Polizei in Carnegies Fall zu keiner Entscheidung durchringen kann. Wir alle hängen deshalb in der Luft.«
»Ganz und gar nicht. Nachdem Willoughby überführt worden ist, werden wir die ganze Geschichte erfahren. Er wird nicht allein hängen wollen, darauf gebe ich Ihnen mein Wort.«
»Aber Willoughby wird nicht überführt, dafür werden wir schon sorgen. Womit die Polizei in den Augen der Öffentlichkeit noch schlechter dastehen dürfte als sonst.«
Kemp runzelte die Stirn. »Worauf wollen Sie hinaus? Das ist ein schwerwiegender Fall, ein entsetzliches Verbrechen, aber wir sind ab jetzt nur noch Randfiguren. Nun muß die Justizmaschinerie in Gang gesetzt werden und ihre Arbeit tun. Die Krone gegen Willoughby.«
»Und Carnegie?«
»Zum Teufel mit Carnegie! Seine Aussage wird angehört werden, Schluß, aus.«
»Ich bin enttäuscht, wie leicht Sie aufgeben, Kemp. Nach allem, was Lilley erzählte, hatte ich Großes von Ihnen erwartet.«
»Was kann ich denn sonst tun?«
»Eine Sache wäre da noch.«
»Welche?«
Lanfield schilderte ihm Pollocks Plan, wobei er sich bemühte, ebenso überzeugend zu klingen wie der Sergeant, obgleich seine Hoffnungen eher gering waren. Ihm fehlte es einfach an Pollocks Mut der Verzweiflung.
Kemp sah ihn fassungslos an. »Wie bitte? Ich soll *was* tun?«

Lanfield legte noch einmal die Idee und die damit verbundenen Chancen dar.
»Mehr ist es auch nicht«, antwortete Kemp, »ein verdammtes Glücksspiel. Ein Jahrmarkttrick. Auf wessen Mist ist das gewachsen? Auf Willoughbys? Klingt jedenfalls ganz nach ihm.«
»Nein, nein. Ich habe zwar heute morgen mit ihm gesprochen und war erleichtert, ihn wieder hier in unserem Gefängnis zu wissen, wo ich keine vollen Tagesreisen mehr für meine Besuche einplanen muß ... aber nein, er hat nicht das Geringste damit zu tun. Wir wollten es mal mit einem etwas anderen Ansatz versuchen, da niemand von uns bisher etwas auch nur annähernd Brauchbares aus Carnegie herausholen konnte.«
Kemp ging davon aus, daß mit »wir« Lanfield und Allenby gemeint waren, und war fasziniert von ihrer Kühnheit.
Der Anwalt fuhr unterdessen fort: »Was haben Sie denn schon zu verlieren? Nichts. Höchstens ein paar Stunden von Ihrer Zeit. Und falls es nicht funktioniert, wird niemand je davon erfahren. Kemp, ich bin auch nicht sonderlich erbaut von diesem Plan, aber es könnte ein interessantes Experiment werden ...«
Der Polizeichef beobachtete, wie sich der Himmel blutrot färbte, als die Sonne hinter den Hügeln versank. Laternen wurden angezündet und schaukelten an den Deckenbalken des Pubs. Draußen auf dem Fluß funkelten die Lichter der Fähre. Dann dachte er an Carnegie, dem er zahlreiche schlaflose Nächte verdankte, und fing an zu lachen. Köpfe wandten sich um, Leute grinsten ihn an, sein Lachen mußte wohl ansteckend gewirkt haben.
»Was soll's!« sagte er. »Es ist total verrückt, aber warum sollen wir es nicht versuchen? Aber, Lanfield, falls die Sache schiefgeht, kein Wort darüber. Das alles bleibt unter uns.«
Das war ganz in Lanfields Sinn. »Glauben Sie mir, ich möchte auch nie wieder davon hören.«
»Wie wäre es mit Sonntag in der Kirche?«
»Ich bin am Wochenende weg, aber es erscheint mir ohnehin ein wenig zu früh. Wir hatten an kommenden Donnerstag im Club gedacht.«
»Na, Sie haben ja bereits alles genauestens geplant.«
»Ja, aber dennoch ist und bleibt es ein Experiment.«

»Gut, also Donnerstag.« Kemp vermutete, daß Allenby den zögernden Lanfield zu dieser Sache gedrängt hatte, denn der Kronanwalt war für seine radikalen Ideen bekannt. Und für sein schauspielerisches Talent vor Gericht. Es würde interessant sein zu sehen, wie sie die Sache in Szene setzten.
»Wahrscheinlich führt es zu nichts«, bemerkte er später seiner Frau gegenüber. »Ich weiß nicht, wie ich mich darauf einlassen konnte. Aber bete zu Gott, daß sich etwas bewegt. Wir müssen in Carnegies Fall endlich zu einer Entscheidung kommen.«
»Das stimmt. Wenn der arme Mann unschuldig ist, müßt ihr ihn endlich in Frieden lassen. Er hat schon genug gelitten.«

Die Alpträume waren wieder da. Allyn hatte geglaubt, sie seien für immer verschwunden, nachdem er in das ruhige Haus seines Bruders gezogen war. Als seine Frau noch lebte, hatte sich John kategorisch geweigert, ihm Geld zu leihen, doch seither ging es mit seinem Geisteszustand ständig bergab. Bei seiner Rückkehr aus dem Norden hatte Allyn mit Entsetzen feststellen müssen, daß John verwirrt und desorientiert durch sein eigenes Haus irrte, und den Vorschlag des Pastors, in einer Geste der Bruderliebe zu ihm zu ziehen, nur zu gern angenommen. Er würde sich um ihn kümmern, sobald er sein eigenes Haus verkauft hätte.
Der Pastor wußte jedoch nicht, wie dringend auch Allyn diese Zuflucht benötigte, obschon ihm die Trennung des Ehepaars zu Ohren gekommen war. Dieses Thema kam allerdings nie zwischen ihnen zur Sprache.
Dann folgte ein weiterer Schock. Allyn entdeckte, daß sein Bruder bei weitem nicht so wohlhabend war, wie er angenommen hatte, und gab daran seinem Neffen die Schuld. Er war davon überzeugt, daß Johns Sohn seinen Vater bei der Übernahme der großen Viehfarm um ein Vermögen betrogen hatte, äußerte jedoch keinen Vorwurf gegen den jungen Mann. Er konnte es sich nicht leisten, mit seinem Neffen in Streit zu geraten, sonst würde dieser womöglich auch noch dieses Haus mit dem halben Morgen Land, der dazugehörte, verkaufen und seinen Vater mit nach Westen nehmen. Dann stünde Allyn erneut auf der Straße. Er und John mußten wohl oder übel zusammenleben, und inzwischen genoß er sogar das Leben als Pensio-

när. Nach all den furchtbaren Erlebnissen hatte er sich die Ruhe verdient und verlor nach und nach jegliches Interesse am gesellschaftlichen Leben und dem Glücksspiel. Nur den wöchentlichen Besuch im Club hatte er beibehalten, um einerseits den Schein zu wahren und andererseits den Kontakt zu alten Freunden nicht ganz zu verlieren.

Sobald sie Willoughby gefaßt hatten, wurde ihm klar, daß er vor Gericht erscheinen müßte, was ihm einiges Kopfzerbrechen bereitete. Doch in dieser friedlichen Umgebung hatte er neue Kraft schöpfen und sich selbst davon überzeugen können, daß er einfach nur bei seiner Aussage bleiben mußte, um als freier Mann den Gerichtssaal zu verlassen. Schlimmer als die endlosen Verhöre in Maryborough konnte auch dieser Prozeß nicht werden. Schließlich war er damals krank vor Sorge gewesen und hatte zudem noch unter seiner Verletzung gelitten.

Nachdem er die Befürchtungen, die Pollocks Besuch in ihm geweckt hatte, überwunden hatte, war er sogar noch selbstbewußter, denn der Landpolizist hatte nichts aus ihm herausbekommen. Die Befragung hatte sich als reine Zeitverschwendung erwiesen, da er diesem Trottel haushoch überlegen war.

Dann kam Lanfield, der in Willoughbys Namen herumschnüffelte und darauf hoffte, er, Carnegie, würde einen Fehler machen. Die Tatsache, daß er McPherson fälschlich identifiziert hatte, ließ sich ohne weiteres erklären: Er kannte den Gesetzlosen ja nicht persönlich. Bei Willoughby hingegen hatte er festen Boden unter den Füßen. Manchmal gratulierte er sich geradezu zu seiner brillanten Idee, den jungen Mann zu beschuldigen. Er hielt sie für einen wahren Geniestreich, der durch Willoughbys Verhaftung nur bestätigt worden war. Der Polizei, die ihn sonst mit weiteren Verhören gequält hätte, hatte er den dringend benötigten Sündenbock geliefert. Beunruhigend fand er hingegen Lanfields Bemerkung über den Fall Griffen. Natürlich kannte er die Geschichte, schließlich hatte sie ihn zu seinem eigenen Vorhaben inspiriert. Griffen war jedoch ein Narr gewesen, der eine schwachsinnige Geschichte von verirrten Vorreitern erfunden und dafür den Tod am Galgen seiner Meinung nach durchaus verdient hatte.

Allyn hätte zugeben sollen, daß er den Fall kannte. Jeder kannte ihn.

Doch wen störte es? Auch Lanfield hatte ihm nichts nachweisen können. Dann aber kam es zu der Begegnung mit dem Anwalt im Club.
Lanfield hatte offenbar geglaubt, ihm gute Neuigkeiten zu überbringen, während Allyn beinahe in Ohnmacht gefallen wäre. Ihm war es nur deshalb gelungen, sich nicht zu verraten, weil er nun schon so große Übung darin besaß, auch unter widrigen Umständen das Gesicht zu wahren. Sein Herz hatte bis zum Hals geklopft, der Mund war staubtrocken gewesen, und doch hatte er ruhig davongehen und sich zu seinen Freunden gesellen können, als sei nichts geschehen. Eine wahre Meisterleistung an Selbstbeherrschung. Er hatte gelassen sein Mittagessen eingenommen, obwohl sein Magen sich verkrampfte, hatte in die Klagen seiner Freunde über die Einführung eines neumodischen Telefonsystems eingestimmt, sich bis zum Dessert vorgekämpft und erst dann, zu seiner üblichen Zeit, hatte er den Club verlassen.
Er holte Hut und Stock, trat auf die Straße hinaus, ging schnellen Schrittes nach links und bog in eine Gasse ein, die zu den Stallungen führte. Auf halbem Weg geriet er auf dem Kopfsteinpflaster ins Stolpern und lehnte sich gegen die Wand, wobei er einen Brechreiz unterdrücken mußte.
Doch er schaffte es bis nach Hause. Seinem Magen ging es besser, dafür wurde er von wiederkehrenden Angstanfällen heimgesucht.
Wen hatte die Polizei nur verhaftet? Typisch, daß dieser Idiot den Namen vergessen hatte. Was hatte er doch gleich gesagt? Der Mann sei nicht bekannt. Mit anderen Worten, er stand nicht auf den Suchlisten. Könnte Perry sein. Ein Prahlhans, der sich mit seinem Reichtum brüstete, dessen Herkunft aber nicht erklären konnte. Klang ganz nach ihm. Er besaß das ganze Gold und Geld aus dem Überfall und war dumm genug, damit anzugeben. Vermutlich gab er es mit vollen Händen aus.
Der Verhaftete konnte allerdings auch jeder x-beliebige Kerl sein, ein einfacher Dieb, der seine Raubzüge natürlich nicht eingestehen wollte. Allyn redete sich ein, es gebe keinen Grund zur Besorgnis, er mache aus einer Mücke einen Elefanten und ängstige sich wegen der Verhaftung eines ganz gewöhnlichen Diebes. In dieser Nacht träumte er, die toten Männer befänden sich in seinem Zimmer. Sie standen

murmelnd herum, ihre Stimmen klangen wie fernes Donnergrollen. Fremde kamen hinzu, und Taylor nahm den Hut ab, um Geld zu sammeln, doch Allyn hatte keins. Er wollte es ihnen erklären, aber die bedrohliche Stimmung im Raum war so stark, daß er sie anschrie, sie sollten verschwinden. Nur verschwinden.

John erwachte von seinen Schreien und kam ins Zimmer gestolpert, um zu fragen, ob Allyn auch etwas gehört habe.

»Nein, leg dich wieder hin.«

Tagelang hatte er die Zeitungen vergeblich nach einem Hinweis auf diese Verhaftung durchkämmt und wußte nicht, ob dies ein gutes oder schlechtes Zeichen war. Lanfield hatte behauptet, der Bursche sei aus Maryborough oder habe sich zumindest dort aufgehalten. Er hatte sich die Unterhaltung so oft durch den Kopf gehen lassen, daß ihm der genaue Wortlaut abhanden gekommen war. Wie auch immer, es konnte Perry sein. Wie er den Kerl haßte. Er sah ihn im Geiste gierig grinsend mit der Beute, weil er Allyn Carnegie ausgebootet hatte, sah ihn in Kaschemmen und Freudenhäusern prahlen und Tausende von Pfund verschleudern. Allyn betete, ein Blitzschlag des Herrn möge Perry treffen. Er war ein Mörder, selbst die Hölle war noch zu gut für ihn.

Aber er war auch ein Feigling; ein Raufbold und ein Feigling. Wenn ihn die Polizei nun doch gefaßt hatte? Womit hatte er sonst noch ihre Aufmerksamkeit auf sich gelenkt? Was hatte er ausgesagt? Und was würde er antworten, wenn man ihn der Morde bezichtigte? O Gott, was würde er tun, um seine Haut zu retten?

Tagsüber unternahm Allyn lange Spaziergänge, um seine Ängste niederzuringen, nachts litt er erneut unter Alpträumen. Er kämpfte mit Brandy dagegen an, erwachte dafür aber mit heftigen Kopfschmerzen und noch größerer Furcht. Er rechnete ständig damit, einen Uniformierten auf das Haus zureiten zu sehen, doch niemand kam, um ihn zu verhaften.

Ihm war klar, daß es von entscheidender Bedeutung war, den Schein zu wahren, und ging daher am Sonntagmorgen wie üblich mit seinem Bruder in die Kirche. Er plauderte mit dem Pastor und versprach sogar, an der Gartenparty teilzunehmen, die am kommenden Samstag stattfinden sollte, »falls John danach ist«.

Allyn wußte nicht, ob es am Einfluß des Gotteshauses oder der stillen

Heiterkeit der Menschen um ihn herum lag, doch auf dem Heimweg überfiel ihn eine tiefe Traurigkeit. Keine echte Reue, denn er empfand nichts für die Männer, die ihr Leben verloren hatten, doch er bedauerte das ganze Abenteuer aus tiefstem Herzen. Es tat ihm leid, daß er sich je auf ein derart riskantes Unterfangen eingelassen hatte. Sogar der Bankrott und die unvermeidliche Schande wären besser gewesen als diese Höllenqualen, die er seinem vermeintlich perfekten Verbrechen verdankte. Es blieb ein bitterer Nachgeschmack. Sein Partner hatte ihn bestohlen, er selbst hatte keinerlei Nutzen davon gehabt. Die Schmerzen, der unbrauchbare Arm, die endlose Angst ... alles umsonst. Sein Herz wollte vor Selbstmitleid schier zerspringen.

Noch immer nichts in der Zeitung. Am Donnerstagmorgen kleidete er sich sorgfältig, kämmte sein langes Haar in der Art eines Landedelmanns zurück, steckte Johns goldene Uhr mit der Kette in die Westentasche, zupfte die weiße Seidenkrawatte zurecht und wies das Hausmädchen an, seinen dunklen Gehrock zu bürsten, so daß kein Härchen oder Fussel den schimmernden Stoff verunzierte. Und er nahm den Buggy, anstatt zu reiten. Dieser Tag war wichtig; er mußte anständig aussehen und gelassen wirken. Er hoffte, an diesem Tag Lanfield noch einmal zu begegnen und beiläufig nach Neuigkeiten über den Verhafteten fragen zu können. Und in aller Unschuld einfließen zu lassen: »Wie war doch gleich sein Name?«

Er probte die Unterhaltung im Geiste wieder und wieder, während er die steilen Hänge hinabfuhr, vorbei an der Polizeikaserne, und dann am Fluß entlang auf die Roma Street zuhielt. Er unterdrückte einen Schauder, als er das Polizeipräsidium passierte. Würde er diese Angst je verlieren? Schließlich bog er in die Edward Street ein und fuhr den Buggy in den Stall. Stallburschen übernahmen die Zügel, als sie das Clubmitglied erkannten, und ließen ihn aussteigen. Carnegie rückte den Hut gerade, zog den Gehrock glatt und schritt mit seinem Stock in der Hand durch die Gasse. Heute würde er herausfinden, was genau da vor sich ging, und die nötigen Vorbereitungen treffen. Er mußte es einfach erfahren. Die vergangene Woche hatte ihn an den Rand eines Nervenzusammenbruchs gebracht; er fuhr beim geringsten Geräusch zusammen und hatte ein Zucken im linken Auge entwickelt. Es konnte nicht Perry sein, unmöglich, doch schon der bloße Gedanke an den Mann empörte ihn. Perry hatte ihn ausgetrickst; dieser Dummkopf hatte Erfolg gehabt, wo die Polizei versagt hatte.

»Wozu soll das gut sein?« hatte Perry gefragt, als Pollock und der Boß seine Zelle betreten und die Kleider auf seine Pritsche geworfen hatten.
»Das ist Polizeichef Kemp«, antwortete der Sergeant. »Du wirst genau das tun, was man dir sagt.«
Perry starrte die beiden Männer an. »Das ist Straßenkleidung. Bin ich etwa frei?«
Kemp nickte. »Könnte sein. Pollock, machen Sie ihn sauber und bringen ihn danach wieder her.«
Der Gefangene wehrte sich, als man ihm den Kopf unter kaltem Wasser wusch, während ihn ein Constable unsanft mit Seife abschrubbte. »He, paß auf, ich krieg' Seife in die Augen. Was soll das eigentlich?«
Er erhielt keine Antwort, nur ein rauhes Handtuch zum Abtrocknen. Dann führten sie ihn durch den kalten Flur zu seiner Zelle zurück, wo Kemp ihn wieder in Empfang nahm.
»Zieh dich an.«
Perry konnte sich die Sache nicht erklären. Gefangene auf Freigang bekamen nie so schicke Klamotten, aber er hütete sich, sie darauf aufmerksam zu machen. Vielleicht sahen die Uniformierten den Unterschied ja nicht. Die Hosen paßten gut, da Baldys Bierbauch durch den Aufenthalt auf der Insel verschwunden war. Das gestreifte Hemd trug sich angenehm, selbst wenn es, wie er vermutete, einem Mann gehört hatte, der inzwischen nicht mehr unter den Lebenden weilte. Dazu bekam er noch eine rote Weste mit eingewirkten Goldfäden und ein elegantes Jackett, das zu den Hosen paßte. Es spannte nur ein wenig über seinen breiten Schultern.
»Hier, das kannst du auch noch haben.« Pollock warf ihm eine gepunktete Fliege und polierte Stiefel zu.
Baldy stolzierte wie ein Pfau umher. Er sah jetzt mindestens so schick aus wie die tollen Burschen auf den Jahrmärkten.
»Kann ich jetzt gehen?«
Kemp stand mit säuerlicher Miene in der Tür. »Du hast deine Zeit

noch nicht abgesessen, könntest aber Glück haben. Wir haben einen Job für dich. Wenn du Mist baust, wanderst du zurück auf die Insel. Du kannst das hier als Bewährungsprobe betrachten.«

»Klar, hab ich kapiert. Wenn ich keinen Mist baue, kann ich die Klamotten behalten.«

»Ja«, erwiderte Kemp und verdrehte die Augen. Baldy bemerkte seinen Unmut, doch ein Mann hatte schließlich seine Rechte und konnte nicht in Sträflingskleidung aus dem Knast marschieren.

»Was für einen Job denn?« fragte er, plötzlich mißtrauisch geworden.

»Zur Abwechslung mal was Legales«, knurrte Kemp. »Bringen Sie ihn raus, Sergeant, ohne Handschellen. Wenn er zu fliehen versucht, erschießen Sie ihn.«

»Was?« schrie Baldy empört. »Ich bin ja ganz ruhig, ihr braucht mich nicht zu erschießen. Laßt mich einfach nur diesen Job machen.«

Mit kahlem Kopf und dichtem Schnurrbart, sauber geschrubbt und mit schrillem Schick gekleidet, führte man Perry über die kalte Steintreppe und durch einen alten Torbogen in der Kasernenmauer nach draußen. Begierig sog er die Luft der Freiheit ein.

Ein Fahrer erwartete sie bereits mit einem Buggy und übergab Pollock einen Pistolengürtel samt Waffe. Baldy sah mißtrauisch zu, wie der Polizist den Gürtel umschnallte und die Pistole prüfte. Hoffentlich würde keine Kugel daraus den besten Anzug ruinieren, den er je besessen hatte.

Während Baldy im Buggy wartete, nahm Kemp den Sergeant beiseite. »Verlieren Sie ihn nicht«, wies er ihn mit gepreßter Stimme an.

Er sah den beiden kopfschüttelnd nach, noch immer besorgt wegen der bevorstehenden Scharade, deren Aussichten auf Erfolg äußerst zweifelhaft waren; doch er hatte nun einmal zugestimmt. Kein Theater ohne Kasper, dachte er grinsend, als er in die Kaserne zurückkehrte und das Tor hinter sich verriegelte. Baldy war die Rolle wie auf den Leib geschrieben, dafür hatte Pollock schon gesorgt. Auf dem Weg zum Stall mußte er sogar ein Lachen unterdrücken.

Sein Pferd stand bereit, ebenso die drei berittenen Polizisten, die ihre Order schon von ihm erhalten hatten. Dann zog er die Uhr aus der Tasche …

»Gut, wir haben jede Menge Zeit. Denken Sie daran, ich will Sie ohne Pferde dort sehen, einen an jeder Seite. Und Sie, Forrest, geben Pollock das Zeichen, wenn es Zeit zum Aufbruch ist. Keine Polizeipfeife. Denken Sie an die verabredeten Signale, und bleiben Sie vor allem unsichtbar. Wir haben nur diese eine Chance, also verpatzen Sie sie nicht.« Er schwang sich aufs Pferd und wandte sich zu den Männern um. »Behalten Sie Perry im Auge. Lassen Sie ihn um Gottes willen nicht entwischen.«
Und um meinetwillen, fügte er im stillen hinzu, als sich die schweren Tore der Kaserne für sie öffneten. Dann hätte er nämlich einen echten Erklärungsnotstand.

Sie standen in der geschäftigen Edward Street neben dem Buggy, ganz in der Nähe des Clubs. Baldy Perry kannte das Gebäude nicht.
»Was machen wir hier?« fragte er.
»Ich bin mir nicht sicher, ob das der richtige Ort ist«, sagte Pollock, um Zeit zu schinden, doch da ritt auch schon sein Mann von der Chester-Agentur vorbei und nickte ihm heimlich zu. Carnegie war unterwegs. Eine Welle der Erleichterung durchflutete den Sergeant. Er hatte befürchtet, der ehemalige Goldkommissar könne seine Meinung bezüglich des Clubbesuchs geändert und damit den ganzen schönen Plan zunichte gemacht haben.
Er zündete sich einen Stumpen an und sah zu Perry hinüber. »Auch einen?«
»Da sag ich nicht nein, Sergeant.« Perry seufzte zufrieden, als er einen Zug aus diesem unerwarteten Geschenk nahm.
Dann hörte Pollock den leisen Pfiff und machte sich bereit. Er mußte dieser Sache unbedingt zum Erfolg verhelfen. Er ging mit Perry die Straße entlang, am Club vorbei und in die Seitengasse.
»Oh, Jesus«, sagte er plötzlich, »ich wußte, wir sind hier falsch. Du gehst am besten durch diese Gasse zu den Stallungen, und keine Tricks, verstanden? Ich bin gleich wieder hinter dir. Ich gehe nur eben zurück und sage Jack, er soll den Buggy zur Hinterseite bringen.«
»Was?«
»Na los!«

»Okay.«
Baldy sog noch immer genüßlich an seiner Zigarre, während er durch die Gasse schlenderte. Worum es bei diesem Job ging, interessierte ihn nicht. Hauptsache, er war frei.
Vielleicht hatten sie einen Job in den Stallungen für ihn. Den würde er so lange wie nötig machen und danach auf Umwegen nach Maryborough zurückkehren, um etwas zu holen, das dort schon lange auf ihn wartete. Er atmete den Duft der Zigarre ein. Davon würde er sich demnächst gleich hundert auf einmal kaufen.
Aus dem Dämmerlicht der Gasse sah er einen Herrn auf sich zukommen, dessen dunkler Zylinder sich vor dem Licht abzeichnete. Ein echter Gentleman. Aus alter Gewohnheit sah er sich rasch um, doch Pollock hatte ihn noch nicht wieder eingeholt. Er warf den Rest der Zigarre weg und ging jetzt in der Mitte der Gasse weiter. Auch er war ein Gentleman, das bewies seine Kleidung, und er würde nicht für diesen Burschen dort beiseite treten.
Als sie nur noch wenige Meter voneinander entfernt waren, erkannte er Carnegie. Gott im Himmel! Und gleich würde Pollock wieder zu ihm stoßen. Er wagte nicht, sich noch einmal umzusehen, sondern senkte den Kopf, damit der andere sein Gesicht nicht erkannte. Er mußte einfach ruhig weitergehen …
Allyn hatte die große Gestalt auf sich zukommen sehen und war ein wenig nervös geworden; in dieser Gasse waren Gentlemen schon überfallen worden, wenn auch nur selten am hellichten Tag. Außerdem war der Mann schick angezogen und wirkte nicht wie ein Straßenräuber. Irgendwie kam ihm die Erscheinung vertraut vor. Carnegie ging erhobenen Hauptes weiter und behielt den Mann dabei im Auge. Aus irgendeinem Grund machte er ihm angst. Er umklammerte seinen Stock fester, bereit, ihn notfalls als Waffe einzusetzen.
Dann sah er genauer hin und erkannte Perry, der erschrocken sein Gesicht abzuwenden suchte. Doch alles paßte zusammen – die Gestalt, die neumodische, auffallende Kleidung – Allyn wußte Bescheid. Und sah rot. Das ganze Leid, die Enttäuschung und Angst brachen sich Bahn, als er Perry mit seinem Stock attackierte und den Kerl anschrie: »Du Schwein! Du Dreckstück! Dachtest wohl, ich würde dich nie finden! Ich bringe dich um, du Bastard …«

Perry schob ihn weg. »Nein! Nein! Geh weiter, du Idiot. Ich kenn' dich nicht. Hau ab.«

In seinem Zorn bemerkte Carnegie gar nicht die ungewöhnliche Reaktion des Mannes, der ihn normalerweise mit einem Schlag niedergestreckt hätte. Er glaubte, Perry wolle fliehen, also packte er ihn am Hemd und schrie ihm Obszönitäten ins Gesicht. Der Stock fiel ihm aus der Hand, doch es war ihm egal; er warf sich auf Perry, trat und boxte, riß an dessen Kragen, als wolle er ihn strangulieren, ließ nicht ab von ihm, während sich Perry verzweifelt wehrte …

»Hau ab, du Trottel!«

Plötzlich waren Polizisten da, um Perry zu retten, was Carnegie nur noch mehr in Rage brachte. »Dieser Mann hat mich angegriffen«, brüllte er mit schriller Stimme, während es um ihn herum ganz still wurde. Perry erhob sich und schüttelte den Kopf.

»Du bist verrückt, Carnegie«, sagte er, »total durchgedreht.«

In der Mitte der Gasse öffnete sich die Tür des Dienstboteneingangs zum Club, und Carnegie sah blinzelnd, wie eine weitere vertraute Gestalt heraustrat. Kemp. Was hatte der hier zu suchen?

»Der Kerl hat mich angegriffen!« schrie er.

»Stimmt das?« erkundigte sich Kemp bei Perry.

»Klar hab ich ihn angegriffen. Er hat mich beleidigt.«

Carnegie schnaubte, sein Gesicht war rot angelaufen, der Anzug verrutscht, Hut und Stock lagen am Boden. Während er sich danach umsah, erfaßte er plötzlich die Tragweite der Situation. Nun begriff er auch, weshalb Perry beschwichtigend auf ihn eingeredet hatte, anstatt sich zu wehren.

Die Polizisten warteten. Kemp schien die Ruhe selbst. Er hob den Stock auf und gab ihn Carnegie zurück. Ein hochgewachsener Polizist eilte durch die Gasse auf die Gruppe zu. Pollock! Allyn sah ihn verblüfft an.

»Ich glaube, die Herren kennen einander«, sagte Kemp schließlich.

»Ich kenn' ihn nicht«, erwiderte Perry, und Carnegie, der sich inzwischen gefangen hatte, nickte eifrig.

»Hab ihn nie zuvor gesehen.«

Ein Polizist mischte sich ein. »Er hat ihn Carnegie genannt.«

Der andere Polizist fügte hinzu: »Ich kam aus den Stallungen und habe gesehen, wie Carnegie Perry angriff.«
»Das ist nicht wahr«, rief Carnegie.
»Doch«, entgegnete der Polizist.
»Schon gut«, sagte Kemp müde. »Ich habe alles gehört. Ihr bringt Perry ins Gefängnis. Und Sie, Mr. Carnegie, werden mit uns kommen. Sie haben einiges zu erklären.«
»Weshalb? Das werde ich nicht tun! Wie können Sie es wagen!«
Aber Kemp wagte es. Ohne auf Carnegies Proteste zu achten, wies er Pollock an, den ehemaligen Kommissar ins Präsidium zu bringen. Der Sergeant war tatsächlich sprachlos angesichts seines Erfolges, er schien es kaum fassen zu können.
Kemp ging in die Stallungen, um sein Pferd zu holen, und dachte dabei an Pollocks Reaktion.
Ich will doch verdammt sein, aber der Kerl hat nicht geglaubt, daß es funktioniert. Es war einfach seine letzte Chance, und mich hat er ohne Rücksicht auf Verluste mit hineingezogen.
Kemp vermutete schon länger, daß die Idee nicht in Lanfields Kopf entstanden war. Aber wie auch immer, sie war gut gewesen, denn die Nerven des Ex-Kommissars waren so angegriffen, daß sie einem plötzlichen Schock nicht standhielten. Kemp hätte ihn ohnehin nicht mehr aus den Augen gelassen.
Diesmal haben wir die Richtigen erwischt, dachte er, und der Verdienst gebührt dem Sergeant.

Baldy mußte den guten Anzug abgeben und wieder in die Sträflingskleidung steigen. Im Gefängnis stritt er energisch alles ab, verstrickte sich dabei jedoch in Widersprüche und konnte letztlich nicht mehr behaupten, daß er Carnegie nicht kannte. Dank diesem Wahnsinnigen begannen die Verhöre nun wieder von vorn. Baldy wußte inzwischen, daß man ihn in eine Falle gelockt hatte. Wenn Carnegie nur genügend Verstand besessen hätte und weitergegangen wäre, wäre er binnen einer Woche ein freier Mann gewesen.
Er legte sich eine Geschichte zurecht. Mit dem Überfall hatte er nichts zu tun, sondern kannte Carnegie nur flüchtig von den Goldfeldern. Dort hatte er auch seinen Namen aufgeschnappt. Und er hatte ihn in der Gasse überfallen wollen. Er schien eine lohnende

Beute abzugeben. Nur für die Tatsache, daß er dies ausgerechnet unter den Augen der Polizei versucht hatte, fiel ihm keine passende Erklärung ein.
Baldy, der Überlebende zahlloser Verhöre und Mißhandlungen, war noch immer eine harte Nuß. Pollock stand kurz davor, den deutschen Bootsbauer aus Maryborough kommen zu lassen.
Carnegie hingegen wirkte bestürzt und gedemütigt und verlangte, daß sein Anwalt bei allen Verhören zugegen sei. Man erfüllte seine Bitte, behielt ihn aber für weitere Befragungen im Präsidium.
So geschah es, daß Jesse Fields auf die größte Story seiner Laufbahn stieß. Die Schlagzeile des *Courier* lautete: *Ehemaliger Goldkommissar verhaftet und verhört.* Die Stadt geriet in Aufruhr. Plötzlich waren der Überfall und die Morde von Blackwater Creek wieder in aller Munde.
Mal saß im selben Gefängnis, wurde aber unvermittelt in einen anderen Block verlegt, als man Baldy einlieferte. Sobald er in der Zeitung von der Geschichte las, bat er seinen Anwalt zu sich.
»Im Augenblick können wir nichts tun«, sagte Lanfield. »Wir müssen abwarten, was bei den Verhören herauskommt.«
»Aber ich will mit Carnegie sprechen. Ich werde ihn schon zum Reden bringen.«
»Das ist unmöglich. Am besten, Sie verhalten sich still. Ich habe einen Aufschub Ihrer Verhandlung beantragt, der vermutlich auch bewilligt wird.«
»Und ich muß hier sitzen, obwohl ich unschuldig bin. Ich habe nichts Schlimmes getan, aber mein Leben ist zerstört. Das ist nicht gerecht.«
Er erkundigte sich nach Emilie. »Sind Sie sicher, daß sie nach Hause gefahren ist?«
»Ja. Das habe ich Ihnen bereits letzte Woche gesagt.«
»Hätte sie doch nur gewartet.«
»Mr. Willoughby, die junge Dame hat sich als gute Freundin erwiesen. Ich glaube, Sie können gar nicht ermessen, wie unerträglich es für sie war, fotografiert und in der Zeitung erwähnt zu werden. Sich den ganzen Klatsch anhören zu müssen, der von ihrer Verbindung zu Ihnen herrührt.«
»Doch, und es tut mir aufrichtig leid.«

»Nein, mit Verlaub, das wissen Sie nicht. Junge Damen ihrer Klasse empfinden öffentliches Aufsehen jeglicher Art als kompromittierend, ganz zu schweigen von der Schmutzkampagne, die Sie ihr eingetragen haben. Ihre Wertvorstellungen sind meilenweit von den Ihren entfernt. Sie hat Ihnen Ihre Freundlichkeit vergolten, indem sie Ihre gesamten Anwaltskosten übernommen hat. Dabei sollten Sie es belassen.«

»Was meinen Sie damit?«

»Gott im Himmel, Sie sollten sie in Ruhe lassen. Muß ich noch deutlicher werden?«

»Mögen Sie sie?«

»Ja. Es sieht ganz so aus, als könnten Sie einer Anklage entgehen, doch was auch geschieht, Sie sollten sich Miss Tissington nicht länger aufdrängen.«

»Meinen Sie, ich sei ein so hoffnungsloser Fall?«

Lanfield rieb sich das Ohr und sah seinen Mandanten prüfend an. »Sie sind, wofür Sie sich entscheiden. Miss Tissington ist auch, wofür sie sich entscheidet. Sie passen nicht zu ihr und würden ihr einen großen Gefallen tun, wenn Sie dies akzeptierten.«

Mal hatte jede Menge Zeit, über diesen unerwünschten Rat nachzudenken. Er hatte von seiner Freilassung geträumt, von dem Wiedersehen mit Emilie, und verstand nun allmählich, daß all dies nur Wunschträume gewesen waren. Dennoch liebte er sie. Sie war seine ganze Welt. Was blieb ihm denn noch übrig? Er hatte ihr einen langen Brief geschrieben, sich darin für die Unannehmlichkeiten entschuldigt, die er ihr bereitet hatte, ihr gedankt und mit dem Mut, den ihm die Schreibfeder verlieh, seine Liebe erklärt. Alles werde gut, wenn sie nur wieder vereint seien. Doch wie konnte er diesen Brief jetzt noch abschicken? Er träumte von ihrer Lieblichkeit und Unschuld und mußte sich selbst nun als das sehen, was er war: ein Vagabund und ihrer nicht wert.

Als Pollock ihn mit weiteren Fragen bestürmte, die alle dazu dienen sollten, Carnegie festzunageln, wirkte Mal gleichgültig und wie betäubt. Ihm war alles egal.

Der Sergeant war überrascht. »Was ist los? Du kannst jetzt endlich deine Unschuld beweisen.«

»Was interessiert Sie das? Ihr wolltet mich hängen, ihr Schweine.«

»Ich habe nur meine Arbeit getan. Ich wollte dich beschützen, und du bist mir entwischt. Aber dein Freund Hillier hat zu dir gehalten. Er hat mir ganz schön zugesetzt.«
»Und wo ist er jetzt?«
»In Maryborough. Arbeitet als Leiter des Zollverschlußlagers.«
Später kam Mal angesichts dieser Neuigkeit eine Idee. Wenn er schon nicht an Emilie schreiben konnte, dann wenigstens an Clive. Er würde ihn fragen, wo sie war … wie es ihr ging … immerhin lebten sie in derselben Stadt.
Brav reihte Mal sich mit seinen vier Zellengenossen auf, als das Gittertor geöffnet wurde, schlurfte hinaus und schloß sich der langen Reihe der Gefangenen an, die auf dem Weg zum Essen waren. Seine Sorgen bedrückten ihn mehr als diese trostlose Umgebung.

Carnegies Anwalt war ein kleiner, pummeliger Mann mit fleischigen Händen, die er wiederholt auf Kemps Schreibtisch niedersausen ließ, während er sich darüber entrüstete, daß ein so angesehener Herr wie sein Klient wie ein gemeiner Verbrecher von der Straße weg festgenommen worden war. Er drohte die Polizei wegen Freiheitsberaubung zu verklagen und erklärte Kemp, dem Neuankömmling in der Stadt, daß man Gentlemen in Brisbane nicht auf diese Weise zu behandeln pflege. Er erwähnte einflußreiche Freunde, die den unerhörten Umgang mit einem Herrn von Carnegies Kaliber nicht dulden würden. Seine Tirade dauerte so lange, daß selbst Carnegie, der niedergeschlagen daneben saß, irgendwann die Geduld verlor. Dies alles führte doch zu nichts.
Schließlich bot Kemp dem Anwalt in aller Seelenruhe einen Platz an.
»Zunächst einmal, Sir, wurde Ihr Mandant keineswegs verhaftet, wie er zu glauben scheint; man hat ihn lediglich zu Befragungszwecken aufs Polizeirevier mitgenommen. Sie hatten inzwischen Gelegenheit, mit ihm zu sprechen, und sollten daher wissen, daß es sich um eine schwerwiegende Angelegenheit handelt.«
»Er weiß von gar nichts«, warf Carnegie ein, »und ich habe auch keine Ahnung, weshalb ich hier bin.«
»Ach nein? Das überrascht mich aber. Damit jeder begreift, worum es hier geht, noch einmal zum Mitschreiben: Sie, Mr. Carnegie, wer-

den hier festgehalten wegen des Verdachts der Beteiligung an dem Raubüberfall und den Morden am Blackwater Creek in der Nähe von Maryborough.«
Der Anwalt wiegte sich fassungslos hin und her. »Unerhört! Das kann nicht wahr sein.« Er drehte sich zu Carnegie herum. »Allyn, das ist einfach nicht zu glauben! Unerhört!« Er geriet ins Stottern, und Kemp vermutete, daß ihm bereits jetzt die Argumente ausgingen.
»Natürlich ist es unerhört«, fauchte Carnegie. »Ich möchte dieses Gebäude auf der Stelle verlassen.«
»Alles zu seiner Zeit«, entgegnete Kemp. »Wir haben einen Mann verhaftet, einen einschlägigen Kriminellen, den wir ebenfalls der Teilnahme an diesen Verbrechen verdächtigen, und haben Grund zu der Annahme, daß Sie mit ihm bekannt sind, Mr. Carnegie.«
»Das ist eine glatte Lüge!«
»Das entspricht einfach nicht den Tatsachen!« erklang das Echo des Anwalts.
»Das werden wir ja sehen. Zwei meiner Beamten warten draußen darauf, Ihren Mandanten befragen zu können, Sir. Ein Inspektor und ein Sergeant aus Maryborough, der Mr. Carnegie persönlich bekannt sein dürfte.«
»Ich weigere mich, verhört zu werden, und werde ganz sicher nicht mit Pollock sprechen. Das ist reine Schikane; ich habe dies schon viel zu lange geduldet.« Carnegie erhob sich. »Ich werde jetzt gehen!«
Kemp beachtete ihn überhaupt nicht, sondern verließ das Büro und erteilte dem Inspektor und Pollock entsprechende Anweisungen. »Die Zeit der Samthandschuhe ist vorbei. Schlagen Sie ihm die Argumente um die Ohren. Perrys Geschichte ist löchrig wie ein Sieb. Erzählen Sie Carnegie die Geschichte des Überfalls bis zu Perrys Flucht im Boot, als hätte er es bereits eingestanden. Erwähnen Sie den Fall Griffen, das wird dem Anwalt angst machen.« Seine Stimme klang unerbittlich. »Die Leute reden immer nur vom großen Goldraub, dabei wird aber gern vergessen, daß drei Menschen ihr Leben lassen mußten. Mein Instinkt sagt mir, daß die beiden unter einer Decke stecken; nun ist es an Ihnen, das zu beweisen.«
Er wandte sich an den Inspektor. »Carnegie ist aalglatt; lassen Sie

Pollock die Führung übernehmen, aber notieren Sie jedes einzelne Wort. Machen Sie den Mistkerl fertig. Mir ist egal, wie lange es dauert.«

Allyn war bemüht, den Sturm, der um ihn herum aufzog, abzuwenden. Die Bedrohung hing greifbar im Raum, schlimmer als jeder Alptraum, und er flehte seinen Anwalt an, diesen Anklagen und Lügen ein Ende zu setzen. Doch dem Anwalt fiel nichts Besseres ein, als ihm Trost zuzusprechen. Dies seien keine Anklagepunkte, sondern bloße Fragen. Allyn brüllte, das Gegenteil sei der Fall.
»Siehst du denn nicht, was hier passiert, du Trottel? Man will mich reinlegen. Sie haben zwei Verbrecher dingfest gemacht, Perry und Willoughby; die haben es getan! Ich war ein Opfer, ich wurde angeschossen!«
»Also geben Sie zu, daß Perry einer der Verbrecher war?« fragte der Inspektor ruhig.
»Das habe ich nicht gesagt. Woher soll ich das wissen?«
Die Fragen kamen wie Wellen über ihn und verursachten ihm Übelkeit. Sie ritten unablässig auf dem herum, was Perry ihnen erzählt hatte, bestanden darauf, daß er Perry kannte, dies sei bewiesen, warum also log er sie diesbezüglich an? Und Perry sei mit ihm auf den Goldfeldern gewesen.
»Nicht mit mir«, winselte Carnegie. »Niemals. Ich habe ihn nie zuvor gesehen. Das ist abscheulich. Mir geht es nicht gut. Ich brauche einen Arzt.«
Sie ließen Tee und Kekse kommen und entzündeten das Licht. Vor seinen Augen schienen die beiden Gesichter hinter dem Schreibtisch grotesk anzuschwellen und wieder zu schrumpfen, so daß Allyn sich abwenden mußte. Er wünschte, er würde in Ohnmacht fallen oder wenigstens eine Ohnmacht vortäuschen können, doch nicht einmal dazu reichte seine Energie mehr. Er blieb wie gelähmt auf seinem Stuhl sitzen.
Pollock lehnte sich zurück. »Wie können Sie behaupten, Willoughby sei dort gewesen, wenn selbst Perry zugibt, daß es nicht stimmt?«
»Perry muß sich irren. Er weiß, daß Willoughby dort war.«
Allyn hörte, wie sein Anwalt hörbar die Luft einsog. Dann legte er

die fetten Hände mit dem häßlichen, protzigen Rubinring auf den Schreibtisch. »Ich glaube, das reicht für heute.«
Doch Pollock ließ sich nicht beirren. »Wenn wir dieses Verhör nicht abschließen, müssen wir Ihren Mandanten heute nacht hierbehalten.« Er sah Allyn an. »In einer Zelle.«
Allyn vergrub das Gesicht in den Händen, während die beiden Männer darüber diskutierten, bis sich der Inspektor einmischte. »Eines würde mich noch interessieren. Das Gold. Perry ist ein reicher Mann, das sagt er selbst. Er lacht über uns und erklärt, er könne sich die besten Anwälte leisten. Was halten Sie davon, Mr. Carnegie?«
»Was hat das alles mit mir zu tun?«
»Bedauere, nach Perrys Aussage eine ganze Menge. Der Fall ist verwickelt. Perry behauptet, Willoughby sei nicht dort gewesen. Er muß aber einen Partner gehabt haben und hat in diesem Zusammenhang Ihren Namen genannt. Sie wiederum haben uns vorgeführt, daß Sie ihn ebenfalls kennen. Warum haben Sie ihn angegriffen, Mr. Carnegie?«
»Das habe ich nicht. Sie haben gehört, was Perry gesagt hat.«
»Es gibt Zeugen …«, erwiderte der Inspektor trocken.
Die Fragen nahmen kein Ende. Allyn spürte, wie er allmählich die Fassung verlor. Er heulte vor Wut, stieß schluchzend hervor, daß Perry ein reicher Mann sei, daß er aus purer Gier alles ruiniert habe. Daß Perry ihn vor Gericht zerren wolle. Er krümmte sich zusammen. Weinte. Sein Anwalt, der mehr Interesse als Mißbilligung erkennen ließ, unternahm nur halbherzige Versuche, die Polizisten zu stoppen. Diese nahmen seinen Mandanten weiter unbarmherzig in die Mangel, beschworen die Toten herauf, beschworen Taylor mit seiner Frau und den drei Kindern herauf, einen guten, anständigen Mann. Allyn hatte wieder seinen Alptraum mit den murmelnden Männern in seinem Zimmer vor Augen und begriff nun, daß die Unbekannten ihre Kinder gewesen waren. Er hatte gelesen, daß die Toten insgesamt neun Kinder hinterließen. Bei dem Begräbnis hatten sie neben den Witwen gestanden …
»Ich habe sie nicht erschossen«, wimmerte er. »Das müssen Sie mir glauben. Ich habe sie nicht erschossen, Perry war's. Dann hat er auf mich geschossen. Er hat das Gold.« Er packte seinen Anwalt am Arm. »Sag ihnen doch, daß ich gar nichts habe. Du weißt es doch. Er

ist mein Vetter, er weiß, daß ich mittellos bin … Ich hatte nichts damit zu tun. Wie könnte ich?«
Die beiden Polizisten sahen schweigend zu, wie der weinende Mann in den Armen seines Anwalts zusammenbrach und nicht aufhören konnte, an seinen Vetter zu appellieren, er möge alles erklären, das alles sei falsch, er sei Opfer und nicht Täter gewesen.

Es folgten verwirrende Tage für den Anwalt George Carnegie. Er besaß weder das Können noch den Mumm für einen derartigen Fall und war überdies nicht auf die Skrupellosigkeit der Reporter gefaßt. Zu seinem Entsetzen wurde der gute Name seiner Familie in den Schmutz gezogen. George war wütend, daß Allyn ihn in diese Lage gebracht hatte. Wenn er den wahren Grund geahnt hätte, warum sein Vetter in Polizeigewahrsam war, hätte er sich eiligst eine passende Entschuldigung zurechtgelegt, um sich zu drücken. Leider hatten alle anderen Anwälte, die er auf Allyns Vertretung ansprach, klugerweise sogleich die Flucht ergriffen.
Schließlich beschloß er, die schwerwiegenden Vorwürfe mit John Carnegie zu besprechen und bei dieser Gelegenheit auch die delikate finanzielle Seite der Sache nicht unerwähnt zu lassen. Schließlich hielt Allyns Bruder die Hand auf dem Geld. Als er die beiden Männer auf der Veranda erblickte, verließ ihn jedoch der Mut. Er hatte gehofft, allein mit John sprechen zu können, doch nun fand er Pastor Trimble und Johns Sohn Tom vor, der nicht gerade für seine Großzügigkeit bekannt war.
Tom brauchte nicht lange, um den Höflichkeitsfloskeln ein Ende zu machen und zum Thema zu kommen.
»Erstens: Mein Vater glaubt, daß Allyn nur ein gerichtliches Verfahren wegen Bankrotts am Hals hat, und dabei sollten wir es belassen. Ich will nicht, daß in seiner Gegenwart über diese Vorwürfe gesprochen wird.«
»Gut.« George nickte.
»Und man darf unter gar keinen Umständen erwarten, daß er auch nur einen Teil der Anwaltskosten meines Onkels übernimmt.«
George zappelte unbehaglich auf seinem Stuhl hin und her. Wen aus der Familie konnte er deswegen sonst noch ansprechen?
»Trotzdem bin ich froh, daß du gekommen bist. Erkläre uns doch

bitte mal, was zum Teufel eigentlich vorgeht. Ist etwas Wahres dran an diesen unerhörten Vorwürfen? In meinen Ohren klingt das alles völlig verrückt.«

George tat sein Bestes, umriß den Fall, die Schwierigkeiten, die sich daraus ergaben, und die unglücklichen Eingeständnisse Allyns, wobei er sich ständig gegen Toms wütende Kritik an seiner eigenen Leistung zur Wehr setzen mußte. Dieser Grünschnabel hatte gut reden. Irgendwann stieß er hervor, daß Allyn ihm den Fall förmlich aufgedrängt habe.

»Es hat keinen Sinn, mir die Schuld zuzuschieben«, knurrte er. »Ich hatte keine Ahnung, was man ihm überhaupt vorwirft. Ich war entsetzt, als ich die Wahrheit erfuhr. Normalerweise übernehme ich überhaupt keine Kriminalfälle.«

»Bekommst du ihn frei? Das Ganze ist doch offensichtlich ein Komplott gegen ihn. Immerhin ist er ein Carnegie! Ein solcher Skandal würde auf Generationen hinaus Schande über die Familie bringen.«

»Dann muß mir die Familie aber auch helfen. Wenn du nicht willst, daß er wegen Mordes hinter Gitter kommt, müssen wir eine entsprechende Geldsumme aufbringen, um einen Strafverteidiger, am besten einen aus Sydney, zu beauftragen. Du kannst nicht von mir verlangen, daß ich diese Last allein trage.«

»Mußt du aber. Zur Hölle mit den Strafverteidigern. Du kennst doch Onkel Allyn, er würde sich nie auf eine so schreckliche Sache einlassen.«

George schwieg. Er lehnte Toms Haltung entschieden ab, da er wußte, daß Allyn sich all dies selbst zuzuschreiben hatte. Seine Antworten auf die Fragen der Polizei hatten ihn schwer belastet, und er befürchtete einen langwierigen Prozeß, an dessen Ende der gute Name der Familie vollends ruiniert wäre.

Der Pastor mischte sich mit sanfter Stimme ins Gespräch. »Dürfte ich auch etwas dazu sagen?«

»Natürlich«, erwiderte George. Immerhin hatte Trimble ihn auch ausreden lassen.

»Würden Sie sagen, daß Allyn schuldig ist?«

»Ganz sicher nicht«, gab Tom schnippisch zurück.

George schaute hinaus auf die hohen Gummibäume, die das Tor

flankierten, und hörte den Pfiff eines Kurrawong, dem ein anderer Vogel antwortete.
»Es steht mir nicht zu, diese Frage zu beantworten.«
»Wir alle suchen die Wahrheit im Herrn, George. Es gibt keinen anderen Weg. Ich muß Sie fragen, ob Sie einen schuldigen oder einen unschuldigen Mann verteidigen. Darüber sollten Sie sich im klaren sein.«
»Welchen Unterschied macht das schon? Mir bleibt keine andere Wahl, sehen Sie das nicht ein?«
»Dann sollten wir niederknien und den Herrn um Erkenntnis bitten.«
Weder George noch Tom war nach Beten zumute, doch Pastor Trimble zwang sie auf die Knie zum Vaterunser, gefolgt von einem leidenschaftlichen Appell an Gott, er möge ihnen die Wahrheit enthüllen. Seine Stimme steigerte sich zu einem Schrei, bevor er die Aufmerksamkeit der Herrn auf George lenkte.
»Laß deinen Diener sprechen! Sprich, George, im Namen Jesu! Nur die Wahrheit wird dir Trost spenden. Du wirst es nicht wagen, den Herrn zu belügen. Du sollst nicht töten, spricht der Herr, und wer wagt es, ihm zu widersprechen? Du sollst nicht stehlen, spricht der Herr, er spricht zu dir, George. Hat sein Diener Allyn diese Gebote gebrochen?«
»Gott steh uns bei, das hat er«, stieß George hervor. »Was sollen wir nur tun?«
»Amen«, sagte Pastor Trimble triumphierend und erhob sich.
Die anderen beiden Männer standen ebenfalls auf. Tom griff nach seinem Tabakbeutel, der auf einer Bank lag. »Verdammte Schande. Was sollen wir jetzt machen?«
Der Pastor wußte Rat. »Es gibt nur eine Möglichkeit. Allyn muß vor Gott und seinen Anklägern ein Geständnis ablegen. Er muß um Vergebung bitten, solange noch Zeit ist. Ich weiß, daß George diese Antwort nicht leichtgefallen ist.«
»Dennoch muß er ihn verteidigen«, beharrte Tom, doch Pastor Trimble war anderer Meinung.
»Der Herr ist der Richter. George darf keine Tricks anwenden. Zu viele Gerichte bieten Sündern Schutz. Kriminelle lügen, leisten Meineide, um die Freiheit wiederzuerlangen, bezahlen Anwälte, da-

mit diese ihnen helfen, Gottes Wahrheit in ihrem Sinne zu beugen. Viele Männer Ihres Berufsstandes opfern ihre Frömmigkeit auf dem Altar der Täuschung, George. Sie dürfen nicht selbst zum Sünder werden, auch dann nicht, wenn Sie damit Ihren Vetter retten können.« Er senkte den Kopf. »Des Herrn Wille geschehe.«
»Meinen Sie, er soll sich für schuldig erklären?« fragte George leise und sah nervös zu Tom hinüber.
»Wenn er schuldig ist, ja. Es gibt keinen anderen Weg.«
Tom hörte aufmerksam zu. »Dann wäre dieses Theater schnell vorbei, nicht wahr?«
»Aber man würde ihn hängen«, gab George zu bedenken.
Tom zuckte die Achseln. »Wenn es stimmt, was du sagst, haben sie ihn in der Hand. Sie werden den Bastard ohnehin hängen. Bitte um Entschuldigung für diesen Ausdruck, Herr Pastor.«
Trimble nickte milde. »George, wir sollten gemeinsam zu Allyn gehen und mit ihm beten. Das wird ihm Gottvertrauen schenken, und das ist es, was der arme Mann jetzt braucht. Er muß die Wahrheit sagen, ohne Einschränkungen, ohne Zuflucht zu juristischen Haarspaltereien, um der Liebe Gottes willen. Denn unser Herr wird einen reuigen Sünder nicht im Stich lassen. Wir alle sind in Gottes Hand.«

Im Polizeipräsidium kursierte das Gerücht, Carnegie habe gestanden, Baldy Perry als Komplizen für den bewußten Überfall angeheuert zu haben, der noch kaltblütiger geplant war als Griffens Verbrechen. Man sprach anerkennend von der Beharrlichkeit und der Entschlossenheit des Buschpolizisten Pollock, der sogar seine Stelle aufs Spiel gesetzt hatte, um das Verbrechen aufzuklären. Vermutlich war er jetzt reif für eine Beförderung. Man lachte genüßlich über die von Kemp arrangierte Begegnung zwischen Perry und Carnegie. Die berittenen Polizisten, die das Ganze beobachtet hatten, beschworen, genauso habe es sich abgespielt.
»Dann war das Spiel aus«, berichteten sie. »Bei Gott, mir kam der Chef ja immer ein wenig langsam und allzu penibel vor, aber er hat was auf dem Kasten. Auf diesen Coup kann er sich wirklich was einbilden.«
Und Willoughby? Sein Anwalt belagerte ständig das Präsidium, um

eine Aufhebung der Vorwürfe gegen seinen Mandanten zu erwirken. Es galt als sicher, daß Kemp dem zustimmen würde, sobald er die Geständnisse der wahren Täter unterzeichnet vorliegen hätte.
Die berittene Polizei hatte Mitleid mit Sonny und sandte ein Telegramm an Sergeant Moloney in Chinchilla, der Willoughby damals nach Brisbane überführt hatte.
Kemp kämpfte sich durch einen Berg von Arbeit, die während der letzten hektischen Tage liegengeblieben war. Ein plötzlicher Windstoß fegte die Papiere durcheinander, und er erhob sich von seinem Drehstuhl, um das Fenster zu schließen. Dabei warf er einen Blick nach draußen, wo die Dunkelheit in diesem Augenblick wie durch Geisterhand von Gaslaternen erhellt wurde, und bemerkte seufzend eine hochgewachsene, schlanke Gestalt, die über die Straße auf das Gebäude zukam. Hoffentlich hatte Pollock diesmal etwas Greifbares für ihn. Anscheinend hatte Carnegie plötzlich seinen Glauben wiederentdeckt, war geständig geworden und hatte das gesamte Komplott enthüllt. Perry hatte ebenfalls gestanden, doch die Frage nach dem Verbleib des Goldes war nach wie vor ungeklärt.
Kemp stand noch immer am Fenster, als der Sergeant ins Zimmer trat. »Und?«
»So weit, so schlecht. Perry behauptet, er habe sich genau an die Anweisungen gehalten. Sie haben das Gold in Säcke gepackt. Carnegie half ihm, die Säcke ins Boot zu bringen. Er ruderte mit der Beute über den Fluß, wie ich vermutet hatte, und ging zu seinem Pferd.«
»Nachdem er auf Carnegie geschossen hatte?«
»Ja. Der alte Baldy ist ganz schön sauer auf Carnegie. Wünscht sich, er hätte ihn damals erschossen und sich allein mit der Beute vom Acker gemacht. Die Morde hingegen bereut er nicht. Bei Carnegie hat er wohl Mist gebaut, eigentlich sollte er ihm nur eine Fleischwunde verpassen und nicht gleich den ganzen Arm zertrümmern.«
Kemp lächelte grimmig. »Klingt, als sei ihm da ein wenig die Hand ausgerutscht.«
»Ja. Auch deshalb ist Carnegie so aufgebracht. Jedenfalls wollte er nicht mit der Beute gesehen werden und wies Baldy deshalb an, sie heimlich in die Stadt zu bringen. Was er seiner Aussage nach auch getan hat. Er ritt am anderen Flußufer entlang und nahm die Fähre, ohne irgendwelches Aufsehen zu erregen.«

»Gut. Was geschah dann?«
»Er gibt an, die Beute wie abgesprochen unter Carnegies Haus vergraben zu haben.«
»Allmächtiger Gott! Haben Sie schon die Suche danach eingeleitet?«
»Ja, ich habe ein Telegramm an die Wache geschickt. Die graben bestimmt schon bei Lampenlicht sein Grundstück um. Baldy jedenfalls behauptet, er habe für ein paar Wochen untertauchen sollen, bis sich der erste Aufruhr gelegt hätte. Dann sollte er, wiederum mitten in der Nacht, zu Carnegies Haus zurückkehren, damit sie die Beute aufteilen konnten. Doch er hat es nicht geschafft. Er suchte sich wieder Arbeit im Hafen und landete nach einer Kneipenschlägerei im Gefängnis.«
»Das heißt, Carnegie hat das Gold.«
»Sollte man meinen. Er hatte Perry angewiesen, unter gar keinen Umständen vor dem geplanten nächtlichen Treffen Kontakt zu ihm aufzunehmen, so daß Baldy seinen Partner nicht über seinen neuen Aufenthaltsort informieren konnte. Er dachte, die Beute sei sicher; er müsse nur seine Strafe absitzen und sich dann bei seinem Komplizen wieder melden.«
»Und Carnegie konnte sich nicht erlauben, nicht mit ihm zu teilen.«
Pollock lachte. »Nicht bei einem wie Perry. Das wäre tödlich gewesen. Kein Wunder, daß Baldy im Gefängnis so laut getönt hat, er sei ein reicher Mann.« Er lehnte sich gegen die Fensterbank, während sich Kemp wieder an den Schreibtisch setzte. »Aber wir haben noch ein Problem. Carnegie meint, er habe von den Säcken nie etwas gesehen, da Perry seine Abmachung nicht eingehalten habe. Er habe endlos auf ihn gewartet, doch er sei nicht aufgetaucht. Angeblich hat Baldy ihn betrogen.«
»Abwarten. Hoffentlich ist die Beute noch da. Carnegie könnte sie ebensogut weggeschafft haben.«
Der Sergeant nickte. »Baldys Geschichte klingt ziemlich plausibel. Außerdem hat er nichts mehr zu verlieren. Er weiß, er wird hängen. Aber dieser verdammte Carnegie scheint zu glauben, daß ihn ein Geständnis retten könne. Das und die Tatsache, daß er niemanden getötet hat.«

»Wie kommt er denn auf diese Idee?«
»Gottvertrauen. Er behauptet, er habe die Beute nie gesehen, also könne man ihn auch nicht des Raubes beschuldigen.«
Kemp runzelte die Stirn. »Ein verdammt guter Grund, die Beute versteckt zu halten und so zu tun, als wüßte er nichts darüber.«
»Glaubte er zumindest. Er wollte in aller Ruhe abwarten, bis wir aufgehört hätten, ihn mit unseren Fragen zu belästigen.«
»Und Willoughby? In seinem Fall hat Carnegie eindeutig gelogen. Er verwickelt sich in Widersprüche; bei manchen Verhören erwähnt er ihn, dann wieder nicht. Erstaunlicherweise hat Baldy den Jungen in Schutz genommen. Sagte, er habe nichts damit zu tun.«
»Er erklärt, Willoughby habe als Ablenkungsmanöver gedient, um die Polizei beschäftigt zu halten.«
»Aber da ist noch etwas. Als Baldy auf der Lauer lag, hörte er jemanden bei Morgengrauen davonreiten. Das muß Willoughby gewesen sein. Er war froh, es nun nur noch mit zwei Männern aufnehmen zu müssen ...«
»Zwei?«
»Ich wußte, das würde Ihnen gefallen: Er hat nämlich nur die Vorreiter getötet. Carnegie selbst hingegen schoß Taylor in den Rücken.«
»Dieses verlogene Schwein!«
Pollock verzog das Gesicht. »Das wird Gott aber gar nicht gefallen, Mr. Carnegie.«

Am folgenden Nachmittag teilte die Polizei von Maryborough Kemp mit, daß man jeden Zoll Land unter und um Carnegies Haus umgegraben und auch das Haus selbst minutiös durchsucht habe, ohne etwas zu finden. Der Polizeichef geriet dermaßen außer sich, daß er seinen Stellvertreter zu Carnegie schickte.
»Verschwenden Sie keine Zeit mit ihm. Sagen Sie ihm, wir wüßten, daß er Taylor erschossen hat und sich im Besitz des gestohlenen Goldes und Bargeldes befindet. Er muß begreifen, daß ihn die Todesstrafe erwartet und er ebensogut sein Gewissen durch ein Geständnis erleichtern kann. Die Beute muß an die rechtmäßigen Besitzer zurückgegeben werden.«
Der Stellvertreter kehrte mit leeren Händen zurück. »Er behauptet

nach wie vor, er habe niemanden erschossen und wisse nichts über den Verbleib der Beute.«
»Gut, belassen wir es für den Augenblick dabei. Wenn der Tag der Abrechnung kommt, wird er schon singen. Er hat wohl noch nicht ganz begriffen, daß er am Galgen enden wird.«
Doch es sollte keine weiteren Verhöre, Demütigungen und Ängste für Allyn Carnegie geben. Keine Gefängniszellen mehr. Als sich die Eisentüren in der Morgendämmerung klirrend öffneten, fand man ihn tot in seiner Zelle. Er hatte sich mit einem Seil aus Matratzenstoff an einem Schließbalken des Fensters erhängt. Allyn Carnegie hatte sich entschlossen, lieber vor den Herrn als vor einen weltlichen Richter zu treten.

Alle saßen sie im selben Gefängnis. Als Baldy davon erfuhr, lachte er sich halbtot und sprach sogar Willoughby beim Hofgang darauf an.
»Hast du gewußt, daß mir der Mistkerl den Mord an Taylor in die Schuhe schieben wollte? Dabei war ich es gar nicht.«
»Na und?« erwiderte Mal zornig. »Du hast dafür die beiden anderen erschossen. Und wolltest mich in die Sache hineinziehen.«
»Das war nicht ich, sondern Carnegie. Ich hab nie gesagt, du wärst dabeigewesen. Hab dir sogar einen Gefallen getan. Dafür solltest du mir eigentlich dankbar sein. Hab ihnen nämlich erzählt, daß du nur der Sündenbock warst. Die Idee war auf Carnegies Mist gewachsen. Du bist schon so gut wie frei, Kumpel.«
»Und warum sitze ich dann immer noch hier? Perry, du lügst. Warum solltest du das auch für mich tun?«
»Weil ich auch einen Gefallen von dir will. Ich hab jetzt was bei dir gut. Jimmy McPherson ist auf der Insel, hat fünf Jahre bekommen.« Er nahm Mal beiseite und flüsterte ihm zu: »Wenn ich tot bin, läßt du ihm eine Nachricht zukommen. Du sagst ihm, ich wär als reicher Mann gestorben. Ich hätte es weiter gebracht als er.«
»Wovon redest du da?«
»Das geht dich nichts an«, knurrte Perry. »Sorg du nur dafür, daß er die Nachricht bekommt. Und bevor du gehst, beschaffst du mir noch ein bißchen Tabak.«

Mal erschien der Tag endlos, während er grübelnd darauf wartete, ob er nun rehabilitiert war oder nicht; in der Nacht quälten ihn Ungeduld und Zorn. Er trat gegen die Zellentür und brüllte den Wärtern zu, sie sollten ihn hinauslassen. Sie beachteten ihn nicht und überließen es seinen Mitgefangenen, ihm mit Prügel zu drohen, falls er nicht endlich den Mund hielt.

Den ganzen nächsten Tag über hatte Lanfield im Gericht zu tun, doch er hatte Willoughby nicht vergessen und schickte seinen Sekretär zu ihm.

»Mr. Lanfield will nicht, daß Sie auch nur eine Minute länger als unbedingt notwendig im Gefängnis bleiben«, erklärte dieser. »Die Polizei hat die Vorwürfe gegen Sie fallenlassen, Sie sind ein freier Mann.«

»Ist es vorbei?« fragte Mal atemlos, als ein lächelnder Wärter die Tür aufschloß. »Ist es wirklich vorbei?«

»Ja, Sir.«

»Dem Himmel sei Dank! Und danken Sie auch Ihrem Boß in meinem Namen.« Er tanzte beinahe neben dem Sekretär die Flure entlang, durch mehrere Tore und hinaus auf den Hof. Dann fiel ihm etwas ein.

»Könnten Sie mir ein bißchen Tabak besorgen? Ich habe es einem Häftling versprochen …«

»Sicher. Mr. Lanfield hat mich angewiesen, mich um Sie zu kümmern. Leider müssen Sie eine Weile warten, bis ich den Papierkram erledigt habe, aber ich bringe den Tabak auf jeden Fall mit.«

Der Hof war klein und kahl mit seinen hohen Steinmauern und den beiden vergitterten Toren an gegenüberliegenden Seiten. Über sich jedoch entdeckte Mal ein Stückchen blauen Himmel und seufzte. Ein wirklich herrlicher Tag.

Der Sekretär machte noch einmal kehrt. »Mr. Willoughby, Sie müssen verzeihen, aber in der Aufregung über Ihre Freilassung habe ich völlig vergessen, Ihnen diesen Brief auszuhändigen.«

Mal nahm ihn entgegen und warf einen Blick auf die ordentliche Handschrift. Er konnte nur von Emilie stammen. Behutsam öffnete er ihn, voller Angst, er könne ihn mit seinen klobigen Fingern zerreißen … aber nein, der Brief war von Clive. Eine Antwort auf sein

eigenes Schreiben. Er überflog das Ende der Seite, um zu sehen, ob Emilie einen Gruß daruntergesetzt hatte, doch da stand nichts. Dennoch, es war nett, daß Clive ihm schrieb.
Er sei froh, daß es ihm gutgehe und er die Dienste von Mr. Lanfield in Anspruch genommen habe. Schon bald nach seiner Freilassung würden sie sich wiedersehen. Clive beabsichtige in Kürze seine augenblickliche Stellung im Zollager aufzugeben und in Maryborough ein Geschäft zu eröffnen ... Mal überschlug die näheren Erläuterungen zu dieser Unternehmung, da er weiter unten Emilies Namen erspäht hatte.

Emilie sendet ihre besten Grüße. Wir können voller Stolz von uns behaupten, keinen Augenblick an Deiner Unschuld gezweifelt zu haben.

Dieses »wir« ließ Mal mißtrauisch aufhorchen.

Du hast Dich nach Emilie erkundigt. Es geht ihr schon viel besser, aber sie war natürlich sehr aufgebracht wegen der Belästigungen durch die Presse. Dennoch besteht sie darauf, daß es nicht Deine Schuld war. Sie ist ein tapferes Mädchen, und ich bin sicher, sie wäre selbst dann nach Brisbane gefahren, um Dir zu helfen, wenn sie sich über alle Konsequenzen, die dies für sie persönlich haben würde, im klaren gewesen wäre.

Mal nickte. Sie war ein tapferes, bezauberndes Mädchen, das brauchte Clive ihm nicht erst zu sagen.

Sie hat eine Weile deswegen sehr gelitten. Ihre Schwester hat sie verstoßen. Auch in Maryborough war sie Gegenstand des Klatsches und verlor dadurch ihre Stelle als Gouvernante. Das alles ist sicher ungerecht, doch man kann wohl nicht erwarten, daß hier anders mit sogenannten Skandalen umgegangen wird als anderswo.

»O Gott, es tut mir so leid«, stöhnte Mal. »Die arme Emilie.« Dann las er weiter.

Doch nun hat sich alles wieder beruhigt, nachdem die Nachricht über die Verhaftung Carnegies und seines Komplizen bis zu uns vorgedrungen ist. Du wirst gewiß bald entlassen werden.
Ich muß Dir mitteilen, daß ich Emilie um ihre Hand gebeten habe. Mir ist durchaus bewußt, daß das Cottage eigentlich Dir gehört, und ich möchte Dir den Kaufpreis gern zurückerstatten …

Mal zerknüllte den Brief. Clive wollte Emilie heiraten? Niemals! »Sie ist mein Mädchen!« schrie er entsetzt auf. Wie konnte es nur so weit kommen? Dann fiel ihm ein, daß er selbst Clive gebeten hatte, Emilie aufzusuchen. Verdammt, mit der Erfüllung dieser Bitte hatte er es aber sehr genau genommen!
»Das werden wir ja noch sehen«, schwor er bei sich. In diesem Augenblick kehrte der Sekretär zurück.
»Haben Sie den Tabak?«
»Ja. Hoffentlich habe ich die richtige Sorte erwischt.«
Mal zuckte die Achseln. Wen interessierte in Perrys Lage noch die Sorte? Er hämmerte gegen das Tor. »Laßt mich rein, ich hab noch was vergessen!«
Die Wache schaute den Sekretär fragend an. Als dieser nickte, murmelte er: »Schon in Ordnung, Sonny, aber beeil dich. Sei froh, daß du hier nichts mehr zu suchen hast.«
Mal rannte durch den verlassenen Zellenblock, schaute zu den vergitterten Türen mit den langen, geländergesäumten Gängen empor und überraschte den Wärter im Hof.
»Du kannst dich wohl gar nicht von uns trennen, was?« fragte dieser lachend.
»Ich habe einem Burschen Tabak versprochen«, erwiderte Mal.
»Gib ihn mir, ich sorge dafür, daß er ihn bekommt.«
Mal zwinkerte ihm ironisch zu. »Ach, kommen Sie, lassen Sie es mich selber machen. Ich denke schon wie ein verdammter Sträfling, trau keinem Wärter mehr über den Weg.«
»Na gut. Fünf Minuten, mehr nicht. Sonst behalten wir dich am Ende da.«
Er rannte durch die Grüppchen der Gefangenen im großen Hof, die ziellos umherschlenderten, und machte schon bald Perrys kräftige Gestalt aus, die an einer Mauer lehnte. Er war allein, und Mal fiel

schaudernd ein, daß andere Sträflinge jene zu meiden pflegten, die auf ihre Hinrichtung warteten. Sie galten als Unglücksboten, doch in Wahrheit ging es vermutlich darum, daß die meisten einfach nicht wußten, wie sie sich den Todgeweihten gegenüber verhalten sollten.

»Hier ist dein Tabak«, keuchte er, überrascht, daß ihn der kurze Lauf so angestrengt hatte. Vermutlich mußte er nach dem langen Monat mangelnder Bewegung in diesem Gefängnis erst wieder in Form kommen.

»Nett von dir«, sagte Baldy. »Du denkst doch an meine Nachricht, oder?«

»Klar. Aber du kennst McPherson, er wird Beweise haben wollen.«

»Sicher«, höhnte Baldy. »Aber da kann er lange warten, genau wie alle anderen. Es gehört mir und den Krokodilen. Niemand wird es je finden. Er soll nur wissen, daß ich als reicher Mann gestorben bin. Ich wußte immer, ich würde ihn letztendlich übertreffen.«

»Wie du willst.«

»Und hör mir zu, Kleiner, du brauchst der Polizei gegenüber gar nicht erst die Klappe aufzureißen, denn es würde dir gar nichts nützen. Dieser ganze verdammte Heckmeck ist zusammen mit Carnegie gestorben.«

»Ich wünsche dir jedenfalls Glück, Baldy.«

»Nenn mich nicht so. Ich heiße Angus.«

Mal rannte zurück zu dem Sekretär, der ihm mitteilte, daß er am Eingang seine Entlassungspapiere unterzeichnen müsse. Danach wollte ihn der Sekretär zum Hintereingang des Gebäudes führen, doch Mal weigerte sich.

»Ich habe nichts Schlimmes getan. Diese Schweine haben mir ein Jahr meines Lebens gestohlen, und ich bekomme keine Entschädigung. Ich habe das Recht, zum Vordereingang hinauszugehen.«

»Haben Sie Verständnis, wir wollen doch nur Zeit sparen«, bat der Sekretär.

Mal gab nach, und schon bald stand er draußen im Sonnenlicht. Er war frei! Er wünschte, er könnte Zufriedenheit darüber empfinden, doch dem war nicht so. Er runzelte die Stirn, als ein Polizist auf ihn zutrat. Was wollten sie denn nun schon wieder von ihm?

»Kennen Sie mich denn nicht mehr?« fragte der Mann.
»Ach ja, Moloney aus Chinchilla. Ich wollte Sie besuchen …«
»Nicht nötig, schauen Sie mal dorthin.«
Weitere berittene Polizisten versammelten sich um ihn und klatschten Beifall, während man sein Pferd Striker mit geflochtener Mähne und gestriegeltem Fell, neuem Sattel und Zaumzeug vorführte.
»Oh, Jesus!« Mal mußte schlucken, als das Tier auf ihn zukam, ihn mit der Nase anstieß und leise schnaubte.
»Ich habe doch gesagt, ich würde mich um ihn kümmern«, sagte Moloney. »Die Jungs haben mir mitgeteilt, daß Ihre Freilassung bevorsteht.«
Mal streichelte kopfschüttelnd sein Pferd. »Allmächtiger Gott, Striker! Ich hätte nicht geglaubt, daß ich dich je wiedersehe. Danke, Freunde. Für Polizisten seid ihr ein wirklich anständiger Haufen.«
Nachdem die kleine Zeremonie vorüber war, zerstreuten sich die Männer, nur Moloney blieb noch kurz stehen. »Alles in Ordnung, Sonny?«
»Sicher«, erwiderte er knapp. »Wenn man mal von den Narben auf meinem Rücken absieht, die ich der Insel verdanke.«
»Es tut mir leid. Ich habe nur meine Arbeit getan, als ich Sie herbrachte. Nehmen Sie es mir übel?«
»Nein.«
»Sollten Sie je nach Chinchilla kommen, würde ich mich über einen Besuch freuen.«
»Ich glaube nicht, daß ich es riskieren kann«, grinste Mal. »Vermutlich würden Sie meinen Onkel sonst irgendwo von einem Haken baumelnd vorfinden.«
Dann waren Mal und der Sekretär wieder allein.
»Das war eine rührende Szene. Und so ein prächtiges Pferd.« Der Sekretär zog einen Fünfpfundschein hervor. »Mr. Lanfield bat mich, Ihnen dies hier auszuhändigen. Sie können das Gefängnis nicht ohne einen Penny in der Tasche verlassen.«
Mal sah auf das Geld herunter. »Wem gehört es? Lanfield oder Miss Tissington?«
»Du lieber Himmel, woher soll ich das wissen? Er wird es vermutlich auf die Rechnung setzen.«
»Die Rechnung, die von Miss Tissington bezahlt wird?«

»Ich denke schon.«
»Dann will ich es nicht.«
»Aber Sie müssen etwas Geld haben, Mr. Willoughby.«
»Ich will es nicht.«
Um das Problem vorerst zu lösen, wühlte der Sekretär in seiner Tasche. »Hier sind neun Shilling, bitte nehmen Sie sie.«
»Bekommen Sie es von Ihrem Boß zurück?«
»Selbstverständlich, Sir. Tagesspesen, das gilt auch für den Tabak.«
»Gut. Sorgen Sie nur dafür, daß Miss Tissington es nicht bezahlen muß. Das alles hat sie schon zu viel gekostet.«
Sie schüttelten einander die Hand. Der junge Sekretär sah zu, wie der berühmte Sonny Willoughby als freier Mann zum Tor hinausritt. Dann korrigierte er sich. Der ehemals berühmte Sonny Willoughby. Denn die Öffentlichkeit hatte ein kurzes Gedächtnis. Und niemand würde im Detail wissen wollen, wieviel ein Unschuldiger zu erleiden gehabt hatte. Daß man ihn gejagt und auf der gefürchteten Insel St. Helena eingekerkert hatte. Es würde bald niemanden mehr interessieren.

Zunächst hatte er vorgehabt, geradewegs nach Maryborough zu reiten, das nur wenige hundert Meilen nördlich lag, doch dann genoß Mal seine Freiheit so sehr, daß er rasch wieder in die alten Verhaltensweisen verfiel. Er konnte keinem Jahrmarkt widerstehen, und nach nur einem Tag auf der Küstenstraße wanderte er zwischen Zelten und Buden umher, wo ihn alte Bekannte herzlich begrüßten. Er wußte, daß er eigentlich keine Zeit zu verlieren hatte, denn Clive hatte nur erwähnt, daß er Emilie um ihre Hand gebeten habe. Von ihrem Einverständnis war nicht die Rede gewesen. Er mußte unbedingt persönlich mit ihr sprechen, fürchtete aber andererseits diese Begegnung und die mögliche Erkenntnis, daß sie Clive bereits ihr Jawort gegeben hatte. Wie hatte er nur glauben können, daß eine Dame wie Emilie einen Kerl wie ihn jemals als Ehemann in Betracht ziehen würde?
Mal hatte sein Selbstvertrauen eingebüßt. Die Demütigungen in den Gefängnissen hatten Spuren hinterlassen, und es würde lange dauern, bis er sich von den zahlreichen Erniedrigungen erholt hätte. Und dann hatte Lanfield ihm den Todesstoß versetzt, als er ihn

darauf hinwies, daß Emilie zu gut für ihn sei. In seiner Arroganz hatte Clive im Grunde das gleiche getan, indem er gar nicht erst in Erwägung zog, daß Emilie tiefere Gefühle für Mal hegen könnte. Nicht im Traum wäre ihm eingefallen, daß sein Freund ihm ernsthaft Konkurrenz machen könnte. Es waren eben die Dinge, die *nicht* in dem Brief standen, die Mal ärgerten und deprimierten. Nur die kühle Mitteilung über seinen Heiratsantrag, so als zähle Mal überhaupt nicht. Und vielleicht tat er das in Emilies Augen auch nicht. Der Gedanke an ihre Schwierigkeiten bedrückte ihn nur noch mehr. Er wünschte, Clive hätte nicht geschrieben, daß sie ihre Stelle verloren und so unter dem öffentlichen Aufsehen gelitten hatte. Mal wußte, daß er die Schuld daran trug. Eines Tages würde er sich dafür bei ihr entschuldigen und alles wiedergutmachen.

Als die Budenbesitzer, Schausteller und die unvermeidlichen hellseherischen Zigeunerinnen weiterzogen, schloß Mal sich ihnen an. Immerhin ging es Richtung Norden. Auf den ersten Blick war er der gleiche unbekümmerte Kerl wie früher, doch viel von seiner Sorglosigkeit war verlorengegangen. Er brauchte die Zuversicht dieser Menschen, die Tatsache, daß sie ihn nahmen, wie er war, ihre Fröhlichkeit. Ihr Lachen wirkte wie Medizin, und er fand großen Trost darin, abends mit ihnen am Lagerfeuer zu sitzen und ihren wilden Geschichten zu lauschen.

Sie machten einen Umweg ins Landesinnere, wo sie einige kleinere Städtchen besuchten, und kehrten dann an die Küste zurück. Mal blieb die ganze Zeit über bei ihnen und half mit, die Tiere zu versorgen und das Lager auf- und abzubauen. Gelegentlich nahm er ein bißchen Geld dafür an. Er arbeitete gern als Lockvogel, der Preise gewann und sie später zurückgab, um das Publikum zum Mitmachen zu animieren, und spielte mit gezinkten Karten, obwohl er es gar nicht nötig hatte, weil er die ungeübten jungen Burschen, die da gegen ihn antraten, auch ohne Tricks besiegt hätte.

Mal hatte kein Mitleid mit diesen Gecken in ihren Tweedmänteln, Kordhosen und teuren Stiefeln, die ihre Damen am Arm führten, verspürte vielmehr einen gewissen Neid. *Sie* hatte man nicht quer durchs ganze Land gejagt, ins Gefängnis geworfen, ausgepeitscht oder angekettet und ohne eine Entschuldigung irgendwann wieder freigelassen.

Die Mädchen, die sich um ihn scharten, lenkten ihn gelegentlich von seiner Freudlosigkeit ab. Sein blondes Haar war nachgewachsen und zog zusammen mit den himmelblauen Augen ledige und verheiratete Frauen gleichermaßen an. Manche erkannten den berühmten Sonny Willoughby, den seine Freunde als »zusätzliche Jahrmarktattraktion« bezeichneten. Einer wollte Sonnys Ruhm sogar als Werbung für seinen Flohzirkus nutzen, doch das duldete Mal nicht.
Die Zigeunerinnen behaupteten, er sei durch seine Leiden »männlicher« geworden, und warnten ihn vor dem Umgang mit schlechten Frauen. Mit manchen verbrachte er einige Stunden in seinem Zelt, wo ihre Körper ihm Trost spendeten. Dennoch bemitleidete er die Frauen ebenso wie sich selbst. Früher hätte er ihnen auf den Hintern geklopft und wäre Arm in Arm mit ihnen aus dem Zelt spaziert, doch nun wirkte er launisch, verwirrt und wenig unterhaltsam. Seine fröhliche Spontaneität war dahin.
Allora, die Matriarchin der Zigeuner, die trotz ihres fortgeschrittenen Alters noch ihr langes, pechschwarzes Haar zur Schau trug, machte sich Sorgen um ihn. Sie sagte, sein Leben stünde unter einander entgegengesetzten Sternen, die nicht miteinander sprechen könnten, ihn alle auf ihre jeweilige Seite zu ziehen suchten. Sie sehe eine elegante Dame, die Würze seines Lebens, seine einzige Freude. Dann murmelte sie etwas von den Farben des Regenbogens und seinem Zigeunerblut.
Wie gewöhnlich konnte sich Mal keinen Reim darauf machen; er zahlte seinen Penny und küßte sie auf die Wange.
»Du gehst weg«, sagte sie wissend.
Mal nickte. »Ja, ich muß los.«
»Von einer grausamen auf eine freundliche Insel?«
»Ich denke schon. Ich muß über vieles nachdenken.«
»Du wirst tun, was du tun willst«, sagte sie und gab ihm den Penny zurück. »Ich kann dir nicht helfen, mein Junge. Denk manchmal an uns.«

15. Kapitel

Tagelang waren im *Chronicle* aufreizend unklare Artikel über »neue Entwickungen« im Blackwater-Fall zu lesen gewesen. Walt White hatte nicht viel in Erfahrung bringen können und war davon ausgegangen, daß Andeutungen die Neugier seiner Leser ebenso entfachen würden wie seine eigene.

Als er endlich von Jesse erfuhr, daß zwei Männer ins Verhör genommen wurden, konnte er seine Ungeduld nicht länger zügeln. Voller Zorn schickte er ein Telegramm folgenden Wortlauts an den Reporter in Brisbane: »Reicht nicht. Wer?«

Als die Antwort kam, starrte er fassungslos auf das Blatt in seinen Händen. »Angus Perry und Allyn Carnegie.«

Dieser Perry interessierte ihn nicht die Bohne, aber Carnegie! Das war eine echte Sensation! Eine Nachricht für die Titelseite. Er geriet wie üblich in Hektik, schrie den Mitarbeitern Anweisungen zu, durchforstete sein Archiv nach Informationen über Carnegie und griff dann höchstpersönlich zur Feder. Hatte er nicht schon immer behauptet, der ehemalige Goldkommissar sei in den Fall verwickelt? Er wußte es selbst nicht mehr genau. Dennoch, seine Feder flog nur so über das Papier.

Nach beinahe einer Woche qualvollen Wartens konnte er endlich hinausposaunen, daß man Carnegie anklagen würde! Und zwar zusammen mit einem Schurken namens Angus Perry, um den er sich später kümmern wollte. Doch was war mit Sonny Willoughby? Die Geschichte gehörte eigentlich nach Maryborough, und Walt haßte es, daß man ihm die Wahrheit nur häppchenweise servierte. Er belagerte die Polizeiwache und verlangte zusätzliche Informationen, erfuhr aber nur von der Vermutung, daß Carnegie der Kopf hinter dem Überfall sei. Für Walt war dies mehr als nur Theorie, und er präsentierte sie mit einem Aufschrei der Empörung über einen Mann, der das in ihn gesetzte Vertrauen so schmählich mißbraucht hatte, seinen Lesern als Tatsache. Am folgenden Tag verlangte er auf der Titelseite, die Polizei solle endlich über den Verbleib des Goldes Auskunft geben. Wollte man den Bürgern etwa »ihr« Gold vorenthalten?

Er war so sehr mit seinen Artikeln und den täglichen Berichten von Jesse beschäftigt, daß er Willoughby darüber beinahe vergaß. Dann jedoch stieß er auf eine beiläufige Notiz.
»Anklage gegen Willoughby fallengelassen. Heute morgen entlassen.«
Walt nickte nachdenklich. Niemand interessierte sich jetzt noch für Willoughby, aber die Sache war trotzdem nicht ohne Reiz. Er machte sich auf die Suche nach Miss Tissington.
Als sie ihm die Tür öffnete, wünschte er ihr einen guten Tag und stellte sich vor, doch sie unterbrach ihn sofort.
»Ich weiß, wer Sie sind, Mr. White. Was kann ich für Sie tun?«
»Ich würde gern ein wenig mit Ihnen plaudern. Über die neuesten Enthüllungen im Fall Blackwater.«
»Das lehne ich ab, Sir. Ich habe dazu nichts zu sagen.«
Sie sah hübsch aus mit dem dunklen Haar, der hellen Haut und den tiefblauen Augen, wenn ihre feindselige Haltung das positive Bild auch ein wenig beeinträchtigte. Aber so leicht ließ sich ein Walt White nicht abschütteln.
»Meine Liebe, ich habe interessante Neuigkeiten für Sie.«
»Dann sagen Sie sie mir hier und jetzt«, erwiderte sie, ohne einen Schritt von der Tür zurückzuweichen.
»Leider ist es hier draußen sehr heiß. Dürfte ich Sie wenigstens um ein Glas Wasser bitten?«
Walt verbarg ein Lächeln, als sie ihn schließlich doch eintreten ließ und ihm etwas zu trinken holte.
Er nahm das Glas mit geheuchelter Dankbarkeit entgegen und schaute sich um. »Auf mein Wort, ein gemütliches Zimmer. Ganz anders als zu Paddys Zeiten. Es geht doch nichts über die Hand einer Frau. Da fällt mir ein, genau das könnte meine Zeitung auch vertragen. Etwas Weibliches. Der *Chronicle* würde durch den Standpunkt einer Frau sicher gewinnen.«
»Wollten Sie darüber mit mir sprechen, Mr. White?«
»Keine schlechte Idee, meine Liebe, ich muß schon sagen. Ein gebildete junge Dame wie Sie könnte genau die Richtige für den *Chronicle* sein. Haushaltsfragen, geschmackvolle Einrichtung und Mode, so in der Art … Aber darüber können wir uns ein anderes Mal unterhalten. Bitte erinnern Sie mich gelegentlich daran. Darf ich Platz

nehmen?« Sie konnte es ihm kaum verweigern, blieb selbst jedoch stehen, als er sich auf dem Sofa niederließ.
»Nun, Miss Tissington, es wird Sie sicher interessieren zu erfahren, daß man Mr. Willoughby freigelassen hat. Alle Anklagen gegen ihn wurden fallengelassen. Morgen wird der *Chronicle* darüber berichten.«
Die Kleine hatte inzwischen offensichtlich Erfahrung mit Zeitungsreportern gesammelt. Ihr Gesichtsausdruck blieb unverändert kühl.
»Das freut mich zu hören.«
»Sollte es auch. Sie haben sich als gute Menschenkennerin erwiesen, indem Sie unbeirrt an seine Unschuld glaubten. Es muß eine große Erleichterung für Sie sein.«
»Ich habe in dieser Angelegenheit nichts mehr zu sagen, Mr. White.«
»Meinen Sie denn nicht auch, daß die Polizei ihn grausam behandelt hat? Ein Unschuldiger, den man durchs ganze Land gehetzt hat. Der auf St. Helena eingekerkert wurde.«
»Würden Sie mich nun bitte entschuldigen, Mr. White? Ich habe zu tun.«
Er erhob sich achselzuckend. »Natürlich. Ich wollte nicht stören. Ich dachte nur, Sie wüßten es gern.«
Sie öffnete ihm die Haustür. »Vielen Dank.«
»Wird er hierher zurückkehren? Ich würde ihn gern befragen. Seine Sicht der Dinge dürfte von größtem öffentlichen Interesse sein.«
»Das weiß ich nicht.«
Na gut, dachte er bei sich, ich werde schon etwas daraus machen, der Weg hierher soll nicht ganz vergeblich gewesen sein. »Miss Tissington zeigte sich erfreut über die gute Neuigkeit«, und so weiter und so fort …
Auf der Schwelle wandte er sich noch einmal um. »Das mit der Kolumne war übrigens ernst gemeint. Hätten Sie Lust, ein bißchen was für mich zu schreiben, Miss Tissington? Selbstverständlich gegen Bezahlung.«
Sie wirkte erleichtert angesichts des Themenwechsels und gestattete sich ein kurzes Nicken. »Ich werde darüber nachdenken, Mr. White.«

»Gut. Schauen Sie einfach in meinem Büro vorbei, dann können wir darüber sprechen. Aber warten Sie nicht zu lange.«
Endlich erschien ein Lächeln auf ihrem Gesicht. »Vielen Dank.«
Als er in seinem Büro ankam, hatte er den Entschluß gefaßt, ihr eine schonende Behandlung angedeihen zu lassen. Er wollte sie nicht vor den Kopf stoßen, da sie als Zuträgerin des *Chronicle* von weitaus größerem Nutzen sein konnte denn als Lieferantin einer flüchtigen Nachricht, die bald vergessen wäre.
»Ja«, sagte er zu sich, »wer könnte besser für unsere Damen schreiben als eine gebildete junge Engländerin?«
Völlig erschöpft ließ sich Emilie auf einen Stuhl sinken. Es war vorbei. Sie hatte sich oft die Freude ausgemalt, die sie empfinden würde, wenn der Tag von Mals Freilassung endlich gekommen wäre, doch nun verspürte sie nichts als Erleichterung. Sie freute sich für Mal, aber die endlose und unklare Berichterstattung, die vielen Annahmen und bloßen Vermutungen, die aufgestellt worden waren, bis man endlich gegen die beiden schuldigen Männer Anklage erhob, hatten sich quälend in die Länge gezogen. Und selbst dann hatte kein Wort über Mal in der Zeitung gestanden. Bis Mr. White plötzlich und unerwartet mit der guten Neuigkeit vor ihrer Tür aufgetaucht war.
Sie hatte sofort begriffen, daß er sie wieder in die Geschichte hineinziehen wollte. Er war nicht aus Menschenfreundlichkeit gekommen, und im nachhinein mißbilligte sie sein Eindringen zutiefst. Da er ihr die gute Nachricht überbrachte, mußte sie ihre Gefühle jedoch im Zaum halten aus Angst, er könne darüber in unpassender Weise berichten.
Wohin mochte Mal gegangen sein? Und wie fühlte er sich in diesem Augenblick? Sie wäre nicht überrascht gewesen, wenn er das Gefängnis als zorniger, gekränkter Mann verlassen hätte. Es wäre sein gutes Recht. Andererseits würde ihm sein von Grund auf fröhliches Wesen helfen, die schlimmen Erfahrungen zu überwinden. Wenn jemand dazu in der Lage war, dann Mal. Sie sah noch immer sein breites Grinsen vor sich, sein Gesicht, das so voller Leben und Selbstvertrauen war, und wünschte, sie könnte ihm schreiben. Vielleicht würde er ja nach Maryborough kommen, nun, da er ein freier Mann war. Sie konnte es kaum erwarten, ihn wiederzusehen.

Farmer hatten weiter unten an der Straße eine kleine Molkereigenossenschaft gegründet. Emilie beschloß, einen kurzen Spaziergang dorthin zu unternehmen, um Butter, Käse und den angeblich so hervorragenden Speck einzukaufen, den es dort gab. Das würde ihr einen klaren Kopf verschaffen und vielleicht dazu verhelfen, sich so glücklich zu fühlen, wie sie eigentlich sein sollte. Mal war frei. Sie und Clive kamen inzwischen sehr gut miteinander aus, und ihr war, als habe sie ihn schon immer gekannt. Es gab so viele Gemeinsamkeiten zwischen ihnen, da sie beide als Einwanderer in dieses Land gekommen waren. Und dann war da noch Mr. Whites Angebot zu bedenken, das ihr sehr verlockend erschien. Emilie entschied sich, es anzunehmen.

Als sie von der Molkerei zurückkehrte, wartete Clive bereits auf sie. Er war aufgeregt, denn die Nachricht hatte sich dank einer undichten Stelle im Telegrafenamt wie ein Lauffeuer in der Stadt verbreitet.
»Ich weiß es schon«, sagte Emilie. »Mal ist frei. Mr. White hat es mir erzählt.«
»Verdammt, ich wollte derjenige sein, der dir die gute Neuigkeit überbringt. Der arme Mal, das muß eine schreckliche Zeit für ihn gewesen sein. Was mag er jetzt wohl vorhaben?«
»Ich hoffe, er kommt her, Clive. Nach allem, was er durchgemacht hat, braucht er dringend Freunde.«
Clives Gesicht verdüsterte sich. »Du kennst ihn nicht richtig, Emilie. Er hat eine Menge Freunde, wo er auch hinkommt. Vergiß nicht, er war mein Partner auf den Goldfeldern. Er ist ein netter Bursche, zieht die Menschen förmlich an mit seinem Charme. Oder hat es einen besonderen Grund, daß du ihn wiedersehen möchtest?«
»Ich will wissen, ob es ihm gutgeht. Er soll nicht glauben, ich hätte ihn vergessen.«
»Das wird er auch nicht. Ich habe in dem Brief, den ich ihm über seinen Anwalt geschickt habe, auch deine Grüße übermittelt. Erwartest du, daß er herkommt, um sich für deine Hilfe zu bedanken?«
Emilie wandte sich ab. »Seinen Dank brauche ich nicht. Du weißt selbst, daß es eigentlich sein Geld war, mit dem ich den Anwalt bezahlt habe.«
»Dessen bin ich mir durchaus bewußt«, entgegnete Clive zähne-

knirschend. »Aber du willst ihn zurückhaben, nicht wahr? Du hoffst, seine Dankbarkeit werde ihn dir zurückbringen. Ich bin dieses ganze Theater allmählich leid. Mal hat von Anfang an zwischen uns gestanden ...«

»Das ist nicht wahr. Er ist unser Freund, deshalb sollten wir uns um ihn kümmern.«

»O nein, er ist mehr als das. Er war verrückt nach dir, das wissen wir doch beide sehr genau. Wahrscheinlich empfindet er immer noch so, und dir gefällt das durchaus. Mal hat im Grunde nie zu dir gepaßt, aber das willst du dir einfach nicht eingestehen. Seine Aufmerksamkeiten, seine romantische Natur haben dir geschmeichelt! Bist du nun in ihn verliebt oder nicht? Es wird allmählich Zeit, daß wir offen darüber sprechen.«

Emilie wünschte, Clive würde endlich damit aufhören. Sie wußte schon lange, daß ihre Zuneigung zu Mal hauptsächlich auf seinem anziehenden Wesen und ihrer eigenen Loyalität beruhte. Sie seufzte. »Nein, das bin ich nicht. Und ich wünschte, du würdest mich nicht ständig damit quälen. Du weißt, ich liebe nur dich.«

Clive war überglücklich. Er nahm sie in die Arme und schwang sie im Kreis herum. »Dann gibt es dazu nichts mehr zu sagen! Willst du mich heiraten, Miss Tissington?«

»Ja.«

»Phantastisch! Wunderbar! Einfach herrlich!« Er küßte sie. »Komm, wir setzen gleich den Termin fest. Wann soll es losgehen?«

Doch Emilie hielt ihn zurück. »Das werden wir tun, Clive, und zwar sehr bald. Doch ich habe eine Bitte. Ich möchte dich nicht ärgern, indem ich Mal noch einmal erwähne, aber es wäre nett, wenn wir es ihn auf irgendeinem Weg wissen lassen könnten.« Sie machte sich Sorgen, Mal werde aus heiterem Himmel bei ihr auftauchen und sie als Frau seines Freundes vorfinden.

»Er weiß es bereits«, erwiderte Clive gleichgültig. »Ich habe ihm geschrieben, daß ich um deine Hand angehalten habe.«

Emilie war entsetzt. »Das hast du ihm geschrieben, während er im Gefängnis war? Clive, wie konntest du nur so grausam sein?«

»Er sollte meine Gefühle kennen, das war sein gutes Recht. Wäre es dir lieber gewesen, wenn er geglaubt hätte, daß du hier sitzt und auf

ihn wartest? Er hätte ohnehin zwischen den Zeilen gelesen, daß wir mehr als bloße Bekannte sind. Es war besser so.«
Emilie schüttelte den Kopf. »O Gott, ich weiß nicht, was ich davon halten soll. Vielleicht sollte ich hoffen, daß seine Gefühle für mich mittlerweile erkaltet sind. Oder klingt das vermessen?«
»Nein, nur allzu vernünftig«, sagte Clive lächelnd. »Mir jedenfalls würde es sehr schwer fallen, dich zu vergessen. Emilie, heute ist unser großer Tag, und den sollten wir uns durch nichts verderben lassen.«

Die Wege des Herrn sind unergründlich. Als der Brief eintraf, fiel Ruth neben ihrem Bett auf die Knie, dankte ihm und versicherte, sie habe immer schon ihr Leben in seine Hände gelegt. Sie betete für die Tote und entschuldigte sich beim Herrn sogar für ihre scheinbare Grausamkeit, erklärte jedoch, man müsse sie im Licht der anderen Neuigkeit sehen, im Licht der Konsequenzen, die dieses traurige Ereignis für das Leben der beiden so weit voneinander entfernt lebenden Schwestern haben würde.
Nach Emilies Abreise hatte Ruth es im College nicht leicht gehabt. Eine neue Direktorin, die sich einer in London mit Auszeichnung abgeschlossenen Lehrerinnenausbildung rühmen konnte, hatte die Leitung übernommen. Sie war entsetzt, als sie erfuhr, daß einige Lehrkräfte, darunter auch Ruth, überhaupt keine reguläre Ausbildung genossen hatten, während in Sydney derartige Lehrgänge bereits seit 1850 abgehalten wurden.
So erhielt Ruth ihre Kündigung. Die Regierung von Neusüdwales hatte nun in Sydney einen Ausbildungsgang für Lehrerinnen eingerichtet und ein entsprechendes Verzeichnis der Fachkräfte angelegt.
»Leider kann ich Sie nicht weiterbeschäftigen, Miss Tissington. Ich benötige ausgebildete Lehrkräfte. Allerdings sind Sie noch jung; Sie sollten nach Sydney fahren und diesen Kurs absolvieren. Die Ausbildung für die unteren Klassen dauert nur ein Jahr, und ich bin sicher, daß Sie mit Glanz und Gloria bestehen werden.«
»Aber ich unterrichte bereits ältere Mädchen in Französisch, Literatur und Musik. Sie wissen, daß ich diese Fächer beherrsche.«
»Sicher, und diese Mädchen können sich glücklich schätzen, bei Ihnen gelernt zu haben. Aber Brisbane wird allmählich zu einer

Großstadt, und wir müssen mit der allgemeinen Entwicklung Schritt halten. Unser Schulgeld ist hoch, wie Sie selbst wissen. Dafür muß ich den Schülerinnen auch die besten verfügbaren Lehrkräfte bieten. Jede Lehrerin in diesem College wird das Diplom einer anerkannten Akademie vorweisen können. Es wird Sie bestimmt freuen, wenn ich Ihnen sage, daß ich dieses Angebot nur Ihnen mache, Miss Tissington: Sollten Sie mit einem Lehrdiplom hierher zurückkehren, besorge ich Ihnen unverzüglich eine Stelle.«

»Aber ich kann es mir nicht leisten, ohne Einkommen ein Jahr in Sydney zu leben. Und es sind sicherlich auch Gebühren zu zahlen …«

»Davon gehe ich aus. Miss Tissington, falls Sie an einer derartigen Ausbildung nicht interessiert sind, sollten Sie wieder eine Stelle als Gouvernante annehmen. Die Familien draußen im Westen wären dankbar für Ihre Dienste, und ich stelle Ihnen selbstverständlich die besten Referenzen aus. Aber das alles hat keine Eile. Ihre Kündigung tritt erst in Kraft, wenn ich genügend neue Lehrkräfte gefunden habe …«

Ruth war gekränkt. Sie sah nicht ein, weshalb unerfahrene Mädchen, die es in »ihren« Fächern nicht mit ihr aufnehmen konnten, bessere Lehrerinnen abgeben sollten als sie. Lehrerausbildungsanstalten! Dort erhielt man keine Bildung, sondern bekam nur beigebracht, wie man sich im Klassenzimmer zu benehmen hatte. Sie brauchte keine Woche, um das zu lernen.

Ruth hatte von der Direktorin eine Broschüre erhalten, in der der Lehrplan des Kurses erläutert wurde. Zu ihrem Entsetzen las sie, daß darin Männer und Frauen, von denen niemand älter als dreißig war, gemeinsam unterrichtet wurden. Nach dem Verkauf ihres Grundstücks könnte sie sich das Jahr in Sydney eventuell leisten, doch schon der Gedanke an die fremde Stadt, in der sie womöglich ein Schreibpult mit einem Mann teilen müßte, versetzte sie in Panik. Und die Vorstellung, wieder in den Westen zu gehen und bei einer halbwilden Familie im Busch zu leben, verursachte ihr Übelkeit. Sie mußte Emilie vor dieser neuen Regelung warnen, obschon es vermutlich noch eine Weile dauern würde, bis derartige Neuerungen den traurigen Außenposten der Zivilisation namens Maryborough erreicht hätten.

Was nun? Vor lauter Panik unternahm sie gar nichts. Sie bewarb sich weder für den Lehrgang in Sydney, noch erbat sie Referenzen von der Direktorin, um sich eine andere Zukunftsperspektive zu sichern.
Ruth war am Ende ihrer finanziellen Mittel angelangt. Ihre Schulden bei der Auswanderungsgesellschaft hatte sie beglichen, einschließlich der letzten Rate, die Emilie ihr gegeben hatte. Sie wollte lieber gar nicht wissen, wie es ihrer Schwester gelungen war, das Geld aufzubringen, ohne ihr Land zu verkaufen, wobei sie jedoch tief im Inneren von Emilies gutem Charakter überzeugt war. Leider war sie aber auch allzu romantisch und töricht in ihrer Bereitschaft, sich ständig in irgendwelche Abenteuer zu stürzen.
Dennoch, mehr konnte nicht dahinterstecken, wenn sie einem Taugenichts, dem man übel mitgespielt hatte, zu Hilfe eilte. Ruth hatte in der öffentlichen Bibliothek die Zeitungen studiert und die archivierten Artikel über den berühmten Sonny Willoughby gelesen. Er sah gut aus, wenn auch auf eine anrüchige Art; ihr Vater hätte einen solchen Burschen von seiner Schwelle gewiesen. Emilie hingegen hatte in dieser unzivilisierten Umgebung jedes Gefühl für Anstand verloren. Je eher man sie aus dieser Gegend rettete, desto besser.
Ruth war davon überzeugt, daß der Herr seine Hand im Spiel gehabt hatte, als ein freundlicher Nachbar zu Hause zur Feder griff und sie über den Tod ihrer Stiefmutter in Kenntnis setzte. Gemeinsam mit fünf anderen armen Seelen aus dem Dorf war sie von den Pocken dahingerafft worden.
Auch nach mehrmaligem Lesen des Briefes konnte sie beim besten Willen kein Mitleid für die Frau aufbringen, sorgte sich aber doch sehr um ihren Vater. Anscheinend hatte er die Krankheit überlebt, war aber sehr geschwächt und ohne einen Menschen, der sich um ihn kümmerte. Angeblich hatte er verlauten lassen, wie schmerzlich er seine Töchter vermisse …
Auch Ruth vermißte ihn. Sie gab der Stiefmutter die Schuld an der Kluft, die sich zwischen ihnen aufgetan hatte, und für all das Leid, das dies mit sich gebracht hatte.
Der Nachbar berichtete weiter:

Der arme Mann ist Invalide und wird dies nach Ansicht des Arztes auch bleiben. Die verstorbene Mrs. Tissington stellte Meg Glover als Hausmädchen ein. Sie arbeitet noch immer dort, ist aber nicht gerade die geeignetste Person …

»Meg Glover!« knurrte Ruth. Was hatte sich ihre Stiefmutter nur dabei gedacht, diese heruntergekommene Schlampe einzustellen? Sie war fett, faul und alles andere als ehrlich, das war allgemein bekannt. Aber vermutlich hatte sich kein anderer gefunden, der bereit gewesen wäre, für die neue Mrs. Tissington zu arbeiten, wo sie doch selbst so eine Hexe war, dachte Ruth mit einem Anflug von Boshaftigkeit.

… den Haushalt in Ihrem Sinne zu führen. Obschon wir uns nicht einmischen wollen, macht es uns traurig zu sehen, in welcher Lage sich Mr. Tissington, dieser freundliche und angesehene Gentleman, befindet. Leider sehe ich keinen anderen Weg, als Ihnen diese traurigen Neuigkeiten zu übermitteln. Ich wüßte gern, ob es Ihnen möglich ist, bessere Vorkehrungen für die Pflege Ihres Vaters zu treffen. Es würde ihn so glücklich machen, Sie oder Emilie wiederzusehen.

Trotz der traurigen Nachricht war Ruth außer sich vor Freude. Nun hatten sie einen echten Grund statt eines bloßen Vorwands für ihre Heimkehr vorzuweisen. Endlich konnten sie dieses furchtbare Land verlassen und nach Hause zurückkehren. Gleichzeitig bot dies die Gelegenheit, Emilie aus der unerfreulichen Gesellschaft zu befreien, in die sie sich begeben hatte. Sie würden als Berühmtheiten, als weitgereiste Damen nach Brackham zurückkehren. Wenn es ihnen auch noch gelänge, Emilies Grundstück zu verkaufen, könnten sie sogar erster Klasse nach London zurückfahren, wie es alle anständigen Leute taten. Ruth überlegte bereits, wie sie am besten herausfinden könnte, welches Schiff für sie das geeignetste war.
Zum ersten Mal im Leben war Ruth wirklich aufgeregt. Sie freute sich auf die angenehme Reise und die triumphale Heimkehr. Sie würden Freunde einladen und von ihren Erlebnissen berichten. Vielleicht könnte sie sogar ein paar Artikel für die Lokalzeitung ver-

fassen, in denen sie natürlich eine etwas geschönte Version ihrer Erfahrungen präsentieren würde. So brauchte beispielsweise niemand zu wissen, welch zweifelhaften Ruf sich ihre Schwester Emilie hier erworben hatte.

Selbstverständlich dachte sie an diesem Abend, wenn auch nur kurz, an ihren Vater, bevor sie daran ging, Emilie von ihrer bevorstehenden Heimkehr nach England auf dem ersten ihnen angemessenen Schiff zu unterrichten.

Als gehorsame Tochter sorgte Ruth sich um ihren Vater, obgleich er selbst die Schuld an seiner Misere trug. Er war so verrückt gewesen nach dieser abscheulichen Frau, daß er sich auf ihre Seite gestellt und dafür den Bruch mit seinen eigenen Kindern riskiert hatte. Er war ein anderer Mensch geworden. Manchmal hatte Ruth die beiden heimlich im Schlafzimmer belauscht, das sich gleich neben dem ihren befand, und war vor Scham errötet bei der Vorstellung, was dieses endlose Quietschen und Rumpeln zu bedeuten hatte. Sie war sicher gewesen, daß ihm der Trieb den Kopf verdreht hatte, und das in einem Alter, wo ein solches Verhalten schlichtweg unwürdig wirkte; doch das konnte sie ihrer jüngeren Schwester gegenüber natürlich keinesfalls ansprechen. Diese Frau hatte den alten Narren nach allen Regeln der Kunst verführt, sein ganzes Leben, sein schönes Heim mit Beschlag belegt und seine Töchter vertrieben.

Nun, alter Mann, jetzt bist du auf uns angewiesen, dachte sie bei sich. Nun erntest du, was du gesät hast. Sie ist weg, und du bist allein.

In ihrem Brief an Emilie machte sie deutlich, wie glücklich sich ihr Vater schätzen konnte, daß seine Töchter nicht nachtragend waren. Sie hoffte, er fühle sich gut genug, um Gott für die Heimkehr seiner Kinder zu danken.

Die Stadt entwickelte sich rasend schnell. Die Kais wurden verlängert, damit mehr Schiffe anlegen konnten, und es trafen mehr und mehr arbeitswillige Immigranten ein. Die Schiffsbauer besaßen ihr eigenes angestammtes Gebiet am Mary River, der Lebensquelle der gesamten Stadt. In der Wharf Street und den umliegenden Straßen schossen neue Hotels und Geschäfte aus dem Boden. Schon bald gab es keine unbebauten Grundstücke mehr. Als Emilie auf dem Weg zu Clives Geschäft um sich schaute, spürte sie, daß auch ihr Leben

allmählich festere Formen annahm. Es war ein angenehmes Gefühl, Teil dieser wachsenden Stadt zu sein, als Einheimische akzeptiert und auf der Straße von Bekannten begrüßt zu werden.
Seit neuestem trug sie einen Verlobungsring mit einem kleinen, in Gold gefaßten Saphir. »Wie reizend«, sagten die Leute mit einem Blick auf ihre Hand.
Obwohl sie ihre Verlobung im *Chronicle* nicht angezeigt hatten, berichtete der Herausgeber von der bevorstehenden Eheschließung zwischen dem dynamischen jungen Geschäftsmann und »unserer« Miss Tissington, die eine wöchentliche Kolumne in der Zeitung hatte. Bisher waren zwei erschienen, von denen sich eine mit Küchentips, die von ihrer kochbegeisterten Nachbarin Mrs. Dressler stammten, und die andere mit Ratschlägen für Einwanderinnen befaßte, die in ihrer neuen Umgebung heimisch zu werden suchten. Zunächst war Emilie etwas verwirrt gewesen, als sie zahlreiche Damen, die von ihrer Verlobung gelesen hatten, auf der Straße darauf ansprachen, ihr Glück wünschten und den Ring sehen wollten, doch inzwischen war sie in der Lage, sich recht schnell an derartige Verhaltensweisen zu gewöhnen und keine Beleidigung darin zu sehen.
Sie wunderte sich, wieviel sie und Clive derzeit zu tun hatten, ganz so, als habe die Verlobung ihren Lebensrhythmus beschleunigt. Seine Geschäftsgründung war nicht so einfach wie erwartet vonstatten gegangen. Die aus den Katalogen bestellte Ware hatte seinen Ansprüchen nicht genügt, und er beklagte sich über die schäbigen Klamotten, die man den Hinterwäldlern von Maryborough glaubte anbieten zu können. Darum entschloß er sich zu einer Reise nach Brisbane, wo er die nötigen Einkäufe selbst zu tätigen gedachte. Außerdem erschien ihm der Laden, in dem der Zimmermann gerade lautstark die Regale einpaßte, ohnehin zu klein, und zu allem Übel zog nebenan auch noch ein Stiefelmacher ein, so daß Gerüche nach Leder und Leim die ruhige Atmosphäre seines Ladens zu stören drohten.
Emilie mußte lachen. Sie wußte, Clive würde seine Probleme schon lösen und angesichts des Interesses, das seine Pläne bereits erregt hatten, ein erfolgreicher Geschäftsmann werden. Zuvor mußte sie ihn aber noch davon überzeugen, daß die hochtrabenden Namen, die er sich für seinen Laden überlegt hatte, nicht nach Maryborough

paßten. Die Stadt war einfach noch nicht reif für den »Elite-Herrenausstatter«. Ein einfaches »Herrenbekleidung« würde zunächst vollkommen genügen, die Kunden nicht abschrecken und immer noch vornehmer wirken als die Geschäfte, die ihre Waren wie auf dem Markt vor der Tür zwischen Sätteln und Stiefeln anboten.
Auch sie hatte mit ihrer Arbeit für die Zeitung und den Umbauplänen ausreichend zu tun. Sie hatten beschlossen, das Cottage zu erweitern, bevor sie als Verheiratete darin einzogen. Es bedurfte einer richtigen Küche und zusätzlicher Verbesserungen, um zu zweit darin wohnen zu können. Emilie wünschte, sie würde sich nicht so schuldig dabei fühlen, denn sie betrachtete Mal nach wie vor als den eigentlichen Besitzer. Doch wo mochte er stecken? Seine Freilassung lag Wochen zurück, und sie hatte immer noch nichts von ihm gehört. Sie wollte ihm persönlich von ihrer bevorstehenden Heirat erzählen und hören, wie es ihm ging.
Clive war nicht im Geschäft. Daher plauderte Emilie mit dem Zimmermann, der ihr versprach, unmittelbar nach diesem Auftrag den Umbau des Cottage in Angriff zu nehmen. Dann schaute sie beim Tuchhändler herein und überlegte, was sie als verheiratete Frau wohl so alles an Leinenwäsche benötigen würde. In England besaßen die meisten Mädchen in ihrem Alter eine Aussteuertruhe, gefüllt mit handgenähten Kostbarkeiten, doch die Weltenbummlerin Emilie Tissington hatte keine Zeit gehabt, sich etwas Derartiges zuzulegen. Sie kaufte nur einige weiße Handtücher und verließ das Geschäft.
Auch über das Brautkleid mußte sie noch nachdenken. Emilie wartete noch immer ungeduldig auf die Nachricht der Schneiderin, die in Brisbane Berge von weißer Seide und Spitze bestellt hatte. Sie seufzte. Ihr Brautkleid. Sie hatte immer geglaubt, einmal in der historischen Kirche von Brackham vor den Altar zu treten. Und nun würde sie also in einer winzigen Holzkirche inmitten einer baumlosen Koppel die Ehe schließen.
Anschließend ging es zum Postamt. Sie hatte Ruth von ihrer Verlobung berichtet und vorgeschlagen, einen Termin während der Schulferien im Sommer auszuwählen, damit Ruth nach Maryborough kommen und ihre Brautjungfer werden könne. Emilie fiel ein, daß ihre Schwester nicht sonderlich begeistert gewesen war, als sie

zum ersten Mal von Clive hörte, doch nun war alles anders. Sie würde ihn bestimmt mögen.
Ihre Gedanken wanderten zurück zu Mal, und plötzlich kam ihr eine Idee, wo er sich aufhalten könnte. Fraser Island. Er hatte diesen Ort geliebt, vor allem seine Feuerbucht. Vielleicht war er dorthin zurückgekehrt; es dürfte nicht schwer sein, das herauszufinden. Sie würde einfach an die Missionare schreiben …
Auf dem Postamt fand sie einen Brief von Ruth vor. Emilie steckte ihn in die Tasche, obwohl sie es kaum erwarten konnte, ihn zu lesen. Wie überrascht mußte ihre Schwester gewesen sein, als sie von der Verlobung und bevorstehenden Hochzeit las! Und von der Einladung nach Maryborough. Von Neugier getrieben, setzte sich Emilie auf eine Bank am Ufer des Mary River in der Nähe der Kerzenzieherwerkstatt und öffnete den Umschlag.
Er enthielt zwei Briefe, die sorgsam ineinandergefaltet waren.
Der erste bestand aus einer einzigen Seite.

> *Liebe Emilie,*
> *ich hatte Dir gerade den beiliegenden Brief geschrieben, als ich den Deinen vom fünften des Monats erhielt. Daher also diese Ergänzung. Wie Du ganz richtig sagst, hat mich die Nachricht von Deiner Verlobung sehr überrascht, doch angesichts Deines unbeherrschten Verhaltens in der letzten Zeit ist es eigentlich nicht weiter verwunderlich. Du rechnest doch nicht ernsthaft mit meiner Zustimmung? Ich kenne diesen Burschen nicht und lege auch keinen Wert darauf, ihn kennenzulernen. Ich kann mich des Eindrucks nicht erwehren, daß Du einen Sonnenstich erlitten hast, da Du Dich nach Deiner letzten Eskapade so schnell ins nächste Abenteuer stürzt. Zum Glück kann ich Dir einen angemessenen Grund bieten, um Dich aus dieser mißlichen Lage zu befreien, wie Du dem anderen Brief entnehmen wirst. Du mußt augenblicklich Deine Stelle kündigen und nach Brisbane kommen, von wo aus wir gemeinsam nach England zurückkehren können.*

Emilie war sprachlos. Wovon redete Ruth da eigentlich? Rückkehr nach England? Wütend entfaltete sie den zweiten Brief und erfuhr, daß ihre Stiefmutter gestorben war und ihr Vater dringend der

Pflege bedurfte, daß Ruth bereits ihre Rückreise plante und sich auf eine Zukunft in angemessener Gesellschaft freute.
Verwirrt und gekränkt machte Emilie sich auf den Heimweg. Sie hatte Ruth nichts von ihrer Entlassung erzählt, doch das war mittlerweile ohnehin egal. Sie ärgerte sich über deren Haltung, die beleidigenden Bemerkungen über Clive, der diesen Brief ganz sicher nicht zu lesen bekommen würde, und ihre völlige Mißachtung von Emilies Heiratsplänen. Als könne sie nicht selbst beurteilen, welcher Mann für sie der richtige war.
»Nur weil du einen Fehler begangen hast, muß es mir nicht genauso ergehen«, murmelte sie wütend, während sie die Straße entlangstapfte. Clive war ein anständiger Mann, nicht zu vergleichen mit diesem abscheulichen Daniel Bowles.
Aber Vater ... in diesem Punkt war sie einer Meinung mit Ruth; er war krank, da durften sie nicht nachtragend sein. Offensichtlich benötigte er Hilfe, aber mußte es unbedingt die seiner beiden Töchter sein? Da Ruth anscheinend so begierig auf eine Rückkehr nach England war, konnte sie sich doch um ihn kümmern. Es war nicht unbedingt erforderlich, daß sie beide fuhren.
Emilies erste Antwort bestand aus einem wütenden Erguß, in dem sich ihre aufgestauten Gefühle Bahn brachen. Sie wies darauf hin, daß sie im Falle von Mr. Bowles von Anfang an recht gehabt hatte, und warf ihrer Schwester vor, herzlos und illoyal zu handeln. Dann stürzte sie sich in Clives Verteidigung ... Später zerriß sie den Brief und fing, nachdem sie sich ein wenig beruhigt hatte, noch einmal von vorn an. Ruth war ihre einzige Schwester. Es würde nichts nützen, sie zu beschimpfen und die Kluft zwischen ihnen dadurch noch weiter zu vertiefen.
Sie war stolz auf ihre nunmehr würdevolle Antwort. Natürlich müsse Ruth zu Vater zurückkehren und ihm Emilies beste Wünsche übermitteln. Allerdings sei ihr Verlobter ein anständiger und gütiger Mensch, und ihr Entschluß, ihn zu heiraten, stehe unumstößlich fest. Daher lade sie Ruth vor ihrer Abreise nach Maryborough ein, um an der Hochzeit teilzunehmen. Der Termin würde sich nach ihren Reiseplänen richten.
Emilie hoffte, daß ihr Brautkleid rechtzeitig fertig würde, da Ruth anscheinend beabsichtigte, ihre Stelle umgehend zu kündigen.

Erst vierzehn Tage später hörte sie wieder von Ruth. Der Brief klang diesmal versöhnlicher, doch nun führte sie eine weitere Sorge ins Feld.

Du scheinst entschlossen, Mr. Hillier zu heiraten. Da er Dich seinerseits auch zu lieben scheint, wird er Dir sicher nicht im Wege stehen, wenn Du ihm klarmachst, daß Deine Reise nach England dringend erforderlich ist. Vater ist alt und krank. Er hat den Wunsch geäußert, seine Töchter zu sehen. Vielleicht wird es für Dich das letzte Mal sein, da Du anscheinend die Absicht hast, Dich auf Dauer in diesem Land niederzulassen. Ich kann mir weder vorstellen, daß Du ihm diesen Wunsch abschlagen wirst, noch, daß Mr. Hillier seine Zustimmung verweigern wird …

Ruth hatte vielleicht Nerven. Eine solche Reise würde nahezu ein Jahr in Anspruch nehmen und dadurch Ruths Hoffnung nähren, daß aus einer verschobenen schließlich eine abgesagte Hochzeit werden würde. Dennoch – konnte sie sich weigern zu fahren?
Emilie besprach das Problem mit Clive, der die endgültige Entscheidung jedoch ihr allein überlassen wollte.
»Es liegt bei dir, Em. Ich wäre enttäuscht, wenn wir unsere Hochzeit verschieben müßten, aber wenn du der Ansicht bist, daß es sein muß, halte ich dich nicht davon ab. Ich werde auf dich warten.«
Emilie quälte sich tagelang mit der Entscheidung herum, und erst als Clive verkündete, er reise am Ende der Woche nach Brisbane und könne sie zu ihrer Schwester begleiten, stand ihr Entschluß fest.
»Ich dachte, es wäre schön, wenn wir an Weihnachten heiraten könnten«, sagte sie schüchtern.
»Aber wollte Ruth nicht schon eher abreisen?« fragte er überrascht.
»Ja, aber sie wird allein fahren.«
»Du fährst nicht mit?«
»Nein. Ich habe meinem Vater einen langen Brief geschrieben. Er wird meine Beweggründe verstehen. Ich habe ihm mitgeteilt, daß Ruth bereits so gut wie unterwegs zu ihm ist und ich ihn später, wenn wir uns hier besser eingelebt haben, in England besuchen werde. Dann kann ich ihm auch gleich meinen Ehemann vorstellen.«
Clive stieß einen Seufzer der Erleichterung aus und nahm sie in die

Arme. »Gott sei Dank. Ich wollte eigentlich nicht, daß du fährst, aber … egal. Weihnachten, sagtest du? Liebes, es wäre mir eine Ehre, dich an Weihnachten zu heiraten. Möchtest du dennoch mit mir nach Brisbane kommen, um dich von Ruth zu verabschieden?«

Emilie erschauderte. »Lieber nicht. Hier fühle ich mich sicherer. Sie wird so wütend sein, und ich möchte keine weitere Auseinandersetzung riskieren.«

»Dann werde ich sie aufsuchen, mich vorstellen und deine Entschuldigung überbringen. So sind wir einander immerhin schon mal begegnet.«

Emilie lachte. »Sei nicht überrascht, wenn sie dir die kalte Schulter zeigt.«

Er sah ihr fest in die Augen. »Dazu wird es nicht kommen. Ich lasse es nicht zu. So wie es sich anhört, muß deine Schwester allmählich lernen, ein bißchen liebenswürdiger zu sein.«

In einer Zeit, in der so viele Fremde auf den Straßen unterwegs waren, achtete niemand auf den einsamen Bushie, der durch Gympie ritt und überrascht bemerkte, daß sich die Zugangsroute zu den Goldfeldern in eine richtige Dorfstraße verwandelt hatte. Mal erinnerte sich gut an die Strecke, obwohl er bisher nur einmal hiergewesen war. Doch in Gedanken hatte er sie wieder und wieder abgeritten.

Er schlug sein Lager am Blackwater Creek tief im Busch auf, da er keinen Wert auf Gesellschaft legte. Inzwischen konnte er völlig emotionslos an den Überfall denken. Er sah sich im Gelände um, stocherte in den Büschen, schaute an Bäumen hoch, von denen einer dem Heckenschützen Baldy Perry als Hochsitz gedient hatte. Dann schlitterte er das Ufer hinunter und betrachtete die Stelle, an der Perry nach Aussage der Polizei sein Boot verborgen hatte. Er spürte hier keine Geister der Vergangenheit, nur eine sanfte Brise, die die Kronen der hohen Bäume hin und her wiegte. Mal rollte sein Bündel aus und legte sich schlafen. Nichts störte seine Nachtruhe.

Am nächsten Morgen ritt er in Richtung Maryborough weiter, schlug aber einen Bogen um die Stadt und nahm die Fähre ans andere Ufer des Flusses, an dem die Plantagen lagen. Bei seiner Rückkehr hatte er eine Entscheidung getroffen. Er würde Emilie und Clive nicht aufsuchen, sondern direkt nach Fraser Island, zum schönsten Ort der Erde, weiterreisen. Er mußte dorthin, um sich endgültig vom Gestank des Gefängnisses, den Zwängen der Zivilisation zu befreien. Er wollte in den prächtigen Regenwäldern in eine Welt voller Geheimnisse untertauchen und das Branden der Wellen an den ausgedehnten Stränden hören, wo man nur selten Fußspuren fand, wo man rufen und rufen und rufen konnte, ohne daß sich jemand über die Lautstärke beschwerte. Sein Instinkt riet ihm, daß er dort Zuflucht suchen mußte, um seine Seele zu heilen, sich von dem endlosen Grübeln zu befreien und seinen Körper wieder zu spüren. Rennen. Fischen. Schwimmen. Sich in die meterhohen Wellen stürzen. Müde werden. Schlafen. Warten.

Die Antwort von Pastor Betts, dem Leiter der Missionsstation auf Fraser Island, traf während Clives Abwesenheit ein. Er teilte ihr mit, Mr. Willoughby halte sich tatsächlich auf der Insel auf.
Emilie zögerte nicht lange. Sie mußte Mal sehen. Mit ihm sprechen. Sie eilte zum Hafen, um sich nach einer Transportmöglichkeit auf die Insel zu erkundigen. Die Nachschubfähre würde erst in einer Woche ablegen, doch man verwies sie an den Kapitän der Ketsch einer Holzfirma, die mit Fraser Island Handel trieb. Er erklärte sich bereit, sie am nächsten Morgen hinüberzubringen.
»Wir legen bei Sonnenaufgang ab, Miss. Schaffen Sie das?«
»Natürlich. Um welche Zeit wäre das genau?«
Er lachte. »Fünf Uhr dreißig, Miss. Aber es verspricht ein herrlicher Tag für eine Fahrt durch die Bucht zu werden.«

Er sollte recht behalten. Ein prachtvoller Tag. Emilie war die einzige Frau an Bord, doch die Mannschaft behandelte sie mit Respekt. Nachdem die Ketsch den Mary River verlassen hatte und auf das blaue Wasser der Bucht hinausgesegelt war, setzte sie sich zufrieden in die kleine Kabine und betrachtete durchs Fenster die unbewohnten Inseln, an denen sie vorüberkamen. Schließlich legte die Ketsch an einem langen Landesteg an.
Pastor Betts kam an Bord und sah sie erstaunt an. »Du lieber Himmel, Miss Tissington! Wie schön, Sie zu sehen. Würden Sie einen

Moment auf mich warten? Ich muß nur kurz mit diesen Herren sprechen, dann bringe ich Sie zur Mission.«

Emilie blickte zum Ufer. Es war Ebbe, und obwohl sie zwischen dem Gras weißen Sand zu erkennen meinte, wirkte der Strand schlammig und pockennarbig von den zahlreichen Krabbenlöchern. Nicht gerade die weiße Weite, von der Mal geschwärmt hatte. An den Strand grenzte dichter Wald. Plötzlich merkte sie, wie nervös sie war. Sie hätte ihr Vorhaben vielleicht noch einmal überdenken, hätte mit dieser Expedition bis zu Clives Rückkehr warten sollen. Das hier war schließlich tiefste Wildnis, nur bewohnt von Aborigines. Auf einmal fielen ihr die schrecklichen Geschichten über Mord und Totschlag wieder ein, die sich auf dieser Insel angeblich abgespielt hatten, und sie wäre am liebsten gar nicht erst ausgestiegen. Doch da stand auch schon Pastor Betts neben ihr, um sie zur Missionsstation zu begleiten.

Während sie auf einem sandigen Weg durch den höhlenartigen Wald schritten, schwelgte der Pastor in der Schönheit der Umgebung, doch Emilie fühlte sich zu sehr verunsichert, um ihm beizupflichten. Die riesigen Bäume waren beeindruckend, da mußte sie ihm recht geben, wirkten aber gleichzeitig furchterregend auf sie. Außerdem ließen sie nur wenig Sonnenlicht durch. Zwischen den üppig wuchernden Pflanzen des Regenwaldes, die überall bei den Stämmen wuchsen, herrschte hier unten eine gespenstisch grüne Düsterkeit.

Als sie schließlich an eine Biegung kamen und die Mission vor sich sahen, erlebte sie auch dies als Schock, beinahe, als habe der Weg sie zurück in die Vergangenheit geführt. Emilie fragte sich, was sie eigentlich erwartet hatte … Vermutlich eine adrette weiße Kirche mit Schulhaus und einer angemessenen Behausung für den Pastor und seine Frau, jedenfalls nicht diese Ansammlung von Blockhütten, die nur mit Stroh gedeckt waren und sich im Dämmerlicht unter den Bäumen drängten.

»Da wären wir«, sagte Betts stolz. »Trautes Heim, Glück allein.«

Beim Näherkommen liefen ihnen Aborigine-Kinder entgegen, die aufgeregt kicherten, als sie die Besucherin erblickten. Dann traten ältere Schwarze hervor und lächelten, als sie an ihnen vorüberging. Emilie bemerkte, daß sie alle seltsam zusammengewürfelte, schlechtsitzende Kleidung trugen, die aussah, als entstamme sie einer Altkleidersammlung. Wahrscheinlich tat sie es auch, doch niemand schien sich daran zu stören. Emilie lächelte freundlich zurück und ließ zu, daß zwei Kinder ihre Hände ergriffen und sie zu Mrs. Betts führten, die vor einer der Hütten stand und sich eilig ihrer Schürze entledigte.

Die Missionare zeigten sich enttäuscht, daß Miss Tissington sich gegen die angebotene Stelle als Lehrerin bei ihnen entschieden hatte, freuten sich aber dennoch über ihren Besuch. Man führte sie überall herum und zeigte ihr die primitiven Örtlichkeiten.

Emilie bewunderte die Hingabe und den Stolz der beiden und bedauerte, daß sie ihnen kein Geschenk, keine milde Gabe mitgebracht hatte, da es ihnen offensichtlich an so vielem mangelte. Die Mission war sehr arm, doch ihre Gastgeber machten das durch ihre Begeisterung wett. Sie schienen hier überaus glücklich zu sein.

Beim Morgentee in der kleinen Hütte berichtete sie ihnen, daß sie Mr. Willoughby aufsuchen wolle, und setzte sie kurz über seine Vergangenheit ins Bild, da sie ihrer Ansicht nach Anspruch auf eine Erklärung hatten.

Mrs. Betts war verblüfft. »Natürlich haben wir von ihm gehört. In den Zeitungen nannten sie ihn Sonny Willoughby. In Brisbane haben wir über die Sache gelesen. Der arme Mann! Was muß er alles durchgemacht haben! Und Sie sagen, er habe sich hier auf der Insel verborgen gehalten, während die Polizei nach ihm suchte? Wie schlau von ihm!«

»Kein Wunder, daß er nach seinem Gefängnisaufenthalt hierher zurückgekehrt ist«, sagte ihr Mann. »Ich bin einmal als Seelsorger auf St. Helena gewesen. Für Kriminelle ist es schon ein furchtbarer Ort, doch wie sehr kann erst ein Unschuldiger dort an Leib und Seele Schaden nehmen! Wie geht es ihm inzwischen?«

»Ich weiß es nicht, glaube aber, daß ich als gute Freundin die Pflicht habe, ihn aufzusuchen und es herauszufinden.«

Mrs. Betts nickte. »Das ist lieb von Ihnen, Miss Tissington. Ich wünschte, wir hätten gewußt, wer er ist; dann hätten wir ihm unseren Beistand anbieten können. Auf uns wirkte er eigentlich recht fröhlich.«

»Wissen Sie, wo er jetzt lebt?«
Sie schüttelte den Kopf. »Diese Insel ist sehr groß, um die sechzig Meilen lang, und größtenteils noch unerforscht. Er könnte überall sein.«
»Er sprach von seinem Lieblingsort, den er Feuerbucht nannte, aber den Namen hat er sich wohl ausgedacht. Er soll angeblich auf der meerzugewandten Seite der Insel liegen.«
Betts trommelte mit den Fingern auf den Tisch. »Darüber sprachen wir schon einmal. Ich kann nur vermuten, daß es sich dabei um Indian Head handelt oder eine der anderen schmalen Buchten, in denen kleine Wasserläufe ins Meer münden. Dort gibt es auch Stellen mit einer Fülle von Orchideen. Leider sind Mrs. Betts und ich in Botanik nicht sonderlich bewandert, um sie richtig zu studieren, denn auf dieser Insel gedeihen vermutlich auch bisher unbekannte Arten. Was Mr. Willoughby betrifft, so werde ich gleich die Schwarzen befragen, vielleicht können sie uns einen Hinweis auf seinen Aufenthaltsort geben.«
Während sie warteten, machte Emilie Mrs. Betts den Vorschlag, in Maryborough Geld oder Naturalien zur Unterstützung der Mission zu sammeln.
»Dafür wären wir Ihnen sehr dankbar, Miss Tissington. Den Großteil unserer Nahrung ziehen wir selbst, aber wir benötigen Schulfibeln, Schreibmaterial und die wichtigsten Medikamente. Die Holzfäller sind sehr nett, sie bringen uns oft Essenspakete, wenn sie frische Vorräte vom Festland erhalten haben.«
Während Mrs. Betts über die Arbeit auf der Insel plauderte und unbekümmert von den Überfällen »problematischer« Schwarzer berichtete, die ihre Gegenwart mißbilligten, fragte sich Emilie, ob diese Menschen wohl tapfer oder einfach nur naiv waren.
»Sie erwähnten vorhin, die Holzfäller unterhielten eine Siedlung hier. Warum liegt Ihre Mission nicht in der Nähe davon?«
»O nein, das würde unseren Zwecken hinderlich sein. Wir können nicht zulassen, daß unsere Mädchen Umgang mit Holzfällern pflegen.«
Betts kehrte freudig erregt zurück. »Ich bin fündig geworden. Zwei unserer Jungs wissen, wo er lebt. Er ist nicht im Holzfällerlager, sondern an einem Ort, der genau östlich von uns liegt. Für einen

Fußmarsch ist es viel zu weit, doch wenn Sie nichts dagegen haben, auf einem Esel zu reiten, bringe ich Sie hin.«
Emilie schluckte. »Auf einem Esel?«
»Ja. Keine Sorge, es sind ganz brave Tiere.«
Nun gut, immerhin ist es eine neue Erfahrung für mich, dachte sie, als sie zu ihrer Safari quer über die Insel aufbrachen – sie und Mr. Betts auf Eseln, die beiden »Jungs«, bei denen es sich um bereits ergraute Schwarze handelte, zu Fuß nebenher.
Allmählich kamen ihr Bedenken wegen Mal. Würde er ihren Besuch als störendes Eindringen in seine Privatsphäre empfinden? Immerhin hatte er keinen Versuch unternommen, sich mit ihr in Verbindung zu setzen.
Ihr Eselchen trottete ruhig vor sich hin, über kleine Hügel und schmale Wasserläufe, tiefer und tiefer hinein in den Wald, der widerhallte vom Geschnatter und den Rufen der Vögel. Emilie erwartete hinter jeder Biegung des schmalen Weges wilde Schwarze zu erblicken, doch niemand war zu sehen. Es schien, als hätten sie die ganze Welt hinter sich gelassen. War Mal deshalb zurückgekommen? Und wenn ja, was hatte sie dann hier zu suchen? Sie hatte einen furchtbaren Fehler begangen.

Sie traten so plötzlich aus dem Dämmerlicht des Waldes in die Helligkeit des Strandes, daß Emilie einen Moment lang wie geblendet war. Sogar der Esel schüttelte den Kopf, als müsse er sich erst an das gleißende Licht gewöhnen.
Von der hohen Sanddüne aus betrachtete sie voller Ehrfurcht den geschwungenen Bogen des Strandes und die ungeheure Weite des Ozeans dahinter. Der Strand wirkte unberührt und abweisend, als sei dies kein Ort für Menschen, und Emilie fühlte sich einmal mehr wie ein Eindringling. Wie betäubt lauschte sie dem Vorschlag des Pastors.
»Miss Tissington, wir sollten die Esel hier lassen und zu Fuß weitergehen. Die Jungs sagen, Mr. Willoughby kampiere ein wenig weiter nördlich von dieser Stelle. An einem Bach.«
Emilie glitt von dem Tier hinunter und tätschelte ihm den Kopf. Sie fürchtete sich vor dem Ende dieser Reise. Sicher, wenn sie ihn nicht gefunden hätte, wäre sie enttäuscht gewesen, doch andererseits barg

das Wiedersehen unberechenbare Risiken. Er hatte allen Grund, verärgert oder auch nur amüsiert darauf zu reagieren, daß sie ihm bis hierher gefolgt war. Bei dieser Vorstellung errötete sie tief.

Emilie hatte Betts letzte Bemerkung überhört, doch er deutete ihr Erröten als Ausdruck damenhafter Scham angesichts seines Vorschlags.

»Schon gut, wir können ja vorgehen.«

»Wie bitte, Mr. Betts?«

Er lächelte verständnisvoll. »Dann können Sie Schuhe und Strümpfe ausziehen, denn sonst kommen Sie im Sand nicht voran. Barfuß zu gehen ist das einzig Angemessene in dieser Situation.«

»Ja, ich verstehe.«

Es war nicht nur angemessen, sondern machte auch Spaß, wie ein Kind barfuß durch den Sand zu stapfen, ihn warm und sauber unter ihren nackten Füßen zu spüren. Sie entspannte sich ein wenig. Bei jedem Schritt ging es ihr besser. Sie wäre am liebsten quer über den Strand gelaufen und hätte sich ins Meer gestürzt, dessen Kühle zum Baden einlud, mußte sich dies aber zu ihrem größten Bedauern verkneifen, wollte sie vom Pastor weiterhin ernst genommen werden.

Mal hatte sich nach Aborigine-Art eine Buschhütte aus den Blättern von Keulenlilien und Palmen gebaut. Bei ihrem Anblick runzelte Betts die Stirn. »Gut, daß wir gekommen sind. Es ist Mr. Willoughbys gutes Recht, sich hier eine Weile aufzuhalten, um sich zu erholen. Aber wir können nicht dulden, daß er zum Eingeborenen wird. Ganz und gar nicht.«

Emilie hingegen war bezaubert. Sie warf einen Blick in die Hütte, die bis auf einige Binsenmatten und seine Habseligkeiten in einer Ecke leer war. Ein wenig erinnerte sie dies an das Baumhaus, das ihr Vater einst für seine kleinen Töchter gebaut hatte, nur war die Aussicht bei weitem nicht so überwältigend gewesen. Hier blickte man ungehindert auf den weiten Ozean, die wogende, grüne Brandung mit den weißen Schaumkronen, die wie fernes Donnergrollen klang. Nie hatte sie einen so imposanten Strand gesehen und versuchte sich nun vorzustellen, wie es hier wohl nachts war, im Licht der Sterne, wie sich da die Brandung anhören mochte. Vielleicht, als lausche man der Unendlichkeit. Nur mit Mühe vermochte sie sich von dem

Anblick loszureißen und die Hinterseite der Hütte zu erkunden, während die Männer an den Strand zurückgingen.
Sie stieß auf einen weiteren kristallklaren Bach und eine Vielzahl von Orchideen in allen Farben, die durch das Grün der Bäume lugten. Manche wiesen prächtige, gelbe Blütentrauben auf, die von den Bäumen, an denen sie festgewachsen waren, emporragten; purpurrote, blaue und rote Blumen thronten majestätisch auf den Ästen; vom anderen Ufer des Baches leuchteten zartrosa Orchideen herüber. Bislang kannte Emilie Orchideen nur aus Büchern; sie wünschte, sie hätte ihre Aquarellfarben mitgebracht, um diese Pracht festzuhalten. Das war wirklich und wahrhaftig Mals Feuerbucht, in deren idealem Klima die Blüten so üppig gediehen. Ihre Achtung wuchs vor dem anscheinend so unbekümmerten Mal, der eine solch tiefe Verbundenheit zu dieser natürlichen Umgebung empfand, deren Schönheit Clive vermutlich kaum wahrgenommen hätte.
Dann ertönte die Stimme des Pastors. »Da kommen Leute!«
Emilie rannte zum Strand hinunter.
»Da drüben«, sagte Betts und deutete in die Richtung. »Die Jungs haben mich darauf aufmerksam gemacht, ich selbst kann kaum etwas erkennen. Wer kommt da?«
»Schwarze«, erwiderte einer der Führer und legte die Hand über die Augen. »Schwarze kommen. Fischer mit weiße Mann.«
Der Pastor wirkte nervös. »Vielleicht sollten Sie sich in die Hütte zurückziehen, Miss Tissington.«
Doch Emilie war zu sehr fasziniert vom Anblick der Gestalten, die da geisterhaft aus dem feinen Nebel der Brandung auftauchten und noch so fern waren, daß man nicht hätte sagen können, ob sie stillstanden oder sich bewegten.
Der Führer verdrehte die Augen. »Sie und Miss besser bleiben, Boß. Wir sehen, ob gute Leute sind.«
Emilie schaute ihnen nach, als sie über den Strand liefen, und wandte sich dann an den Pastor. »Besteht Gefahr?« fragte sie ihn geradeheraus.
Sein Nein wirkte nicht sonderlich überzeugend, doch seltsamerweise empfand sie keine Furcht. Wenn die Schwarzen feindlich gesinnt waren, wäre es zum Fliehen ohnehin zu spät. Sie hoffte nur, daß der weiße Mann in ihrer Begleitung Mal war. Es dauerte eine Ewigkeit,

bis sie die schwarzen Gestalten und den Weißen, bei dem es sich tatsächlich um Mal handelte, genauer ausmachen konnte. Sie erkannte ihn an seinem Gang und dem blonden Haarschopf.
»Bitte gehen Sie in die Hütte, Miss Tissington«, bat Betts. »Diese Schwarzen sind unbekleidet.«
Mit diesen Worten eilte er auf seine Führer zu, die ihm bedeuteten, die Dame vor dem Anblick der nackten Eingeborenen zu schützen.
Zögernd wandte sich Emilie ab, hin- und hergerissen zwischen dem, was der Anstand gebot, und dem dringenden Wunsch, sich davon zu überzeugen, daß Mal nicht nur ein Produkt ihrer Phantasie war. Es herrschte Ebbe, und sie ging schweren Schrittes über den nassen, harten Sand, wobei sie ihren langen Rock raffte. Sie versuchte, den rebellischen Geist zu unterdrücken, der sich in ihr regte. Seltsamerweise mußte sie in diesem Augenblick an Ruth denken, die sich unter derartigen Umständen eiligst versteckt hätte, um dem unzüchtigen Anblick nicht ausgesetzt zu sein. Andererseits wäre ihre Schwester gar nicht erst auf die Insel gekommen, wäre niemals einem Mann hinterhergejagt, wie sie es getan hatte, wäre nicht einmal barfuß durch den Sand gelaufen. Wie kam es, daß sie sich so rasch auseinandergelebt hatten? Lag es an diesem Land? Oder waren sie immer verschieden gewesen und hatten erst unter ungewöhnlichen Umständen erkannt, daß dem so war? Emilie dachte an ihre Mutter mit ihrem Forscherdrang, die immer alles ganz genau wissen wollte, die eine ausgezeichnete Malerin gewesen war. Sie hätte nur allzu gern einen solchen Ort besucht, ganz im Gegensatz zu ihrem Vater, der fest in Brackham verwurzelt war. So wie Ruth. Kein Zweifel, ihre Schwester gehörte einfach dorthin.
Emilie riß sich von den Gedanken an Ruth los und wandte sich um, obwohl sie die Hütte noch gar nicht erreicht hatte. Und wenn ein ganzes Bataillon nackter Schwarzer hinter ihr gewesen wäre, sie mußte sofort zu Mal.
Und dann sah sie ihn ganz deutlich. Er kam über den Strand auf sie zu, hatte die anderen weit hinter sich gelassen. Sein Oberkörper war nackt, er trug nur eine grobe Kattunhose, die vom Meerwasser bis zu den Knien durchnäßt war. Er war gebräunt, sah glücklich und ungeheuer männlich aus. Sie begann zu zittern, und bevor sie noch einen

klaren Gedanken fassen konnte, schloß er sie in die Arme und schwang sie herum, daß der Sand aus seinem Haar rieselte und seine stoppelige Wange die ihre kratzte.
»Emilie, du bist es wirklich! Allmächtiger Gott! Ich hatte gehofft, du würdest kommen.«
»Laß mich runter. Woher wußtest du, daß ich deinen Aufenthaltsort kannte?«
Er ließ sie los und trat grinsend zurück. »Betts hat mir erzählt, daß du dich nach mir erkundigt hast.«
Emilie nahm all ihre Würde zusammen. »Mal, du hättest ruhig zu mir kommen können. Es war grausam, mich im unklaren zu lassen, wie es dir geht. Ich habe mir solche Sorgen gemacht. Und dann diese Strapazen, bis ich dich gefunden habe! Ich mußte in der Dämmerung aufstehen, mich zu dieser Insel übersetzen lassen und stundenlang durch den Wald reiten. Wenn ich gewußt hätte, wie mühsam es ist, hätte ich es bestimmt gar nicht erst versucht. Und jetzt habe ich noch den gesamten Rückweg vor mir!«
»Du kannst ja bleiben«, neckte er sie.
»Sei nicht frech. Nun sehe ich ja selbst, daß meine Sorge um dich vollkommen unbegründet war.«
»Ach, ich könnte schwören, du hast dich eben gefreut, mich zu sehen. Oder sollte ich mich da etwa geirrt haben?«
Er neckte sie noch immer, doch Emilie mußte zugeben, daß er recht hatte.
»Na denn.« Er ergriff ihren Arm. »Wie wäre es mit einem Waffenstillstand? Es tut mir leid, daß ich eine solche Plage war. Komm, in der Hütte ist es kühler. Betts hat anscheinend ein paar neue Kandidaten zum Bekehren gefunden, obwohl ich bezweifle, daß er bei ihnen viel Erfolg haben wird. Ich kann dir Wasser und Fisch anbieten, falls du zum Essen bleiben möchtest.«
»Ich weiß nicht recht«, erwiderte sie unbehaglich, »ich glaube, Mr. Betts hat etwas zu essen mitgebracht.«
»Gut, dann veranstalten wir ein Picknick.«
Emilie ging auf ihn los. »Mal, ich bin nicht zum Picknicken hergekommen! Ich wollte wissen, wie es dir nach all dem Schlimmen geht, das du durchgemacht hast.«
»Ich will nicht darüber sprechen«, sagte er barsch und wandte sich

ab. Da sah Emilie die gezackten Narben auf seinem Rücken und wußte instinktiv, woher sie stammten.
»Oh, mein Gott, sie haben dich ausgepeitscht! Mal, es tut mir so entsetzlich leid.«
»Das muß es nicht«, knurrte er. »Das letzte, worauf ich Wert lege, ist dein Mitleid. Dann haben sie mich eben ausgepeitscht, na und? Wen interessiert das schon? Auf St. Helena passiert das jedem, es war sozusagen die Eintrittskarte.« Er schob sie in die Hütte. »Keine Stühle, aber die Matten halten den Sand ab. Macht es dir etwas aus?«
»Ganz und gar nicht.«
Er küßte sie auf die Wange, bevor sie sich auf einer der Matten niederließ. »Du hast mir noch gar keine Gelegenheit gegeben zu bemerken, daß du hübscher aussiehst denn je. Und daß ich dir dankbar bin. Ich stehe tief in deiner Schuld, weil du Lanfield zu mir geschickt hast. Und werde in deiner Schuld stehen, solange ich lebe.«
Sein plötzlicher Stimmungswechsel verblüffte Emilie, doch sein verändertes Wesen war ihr bereits zuvor aufgefallen; er schien sein inneres Gleichgewicht verloren zu haben.
Nachdem er ihr einen Krug Wasser gebracht und sich im Schneidersitz neben sie gesetzt hatte, plauderten sie miteinander, unterbrochen von längerem Schweigen, wie alte Freunde, die sich in der Gesellschaft des anderen einfach wohl fühlen. Sie sprachen über die Insel, die Orchideen, die Mission. Emilie berichtete, daß sie nicht mehr für die Manningtrees arbeite, sondern Artikel für den *Chronicle* schreibe, was großen Eindruck auf Mal machte. Er sagte, er würde vielleicht einen Job als Holzfäller auf der Insel annehmen, und brachte mit neugewonnener Selbstsicherheit das Gespräch wieder auf Lanfield.
»Wie bist du eigentlich an ihn gekommen? Ein harter Bursche, aber schlau.«
Emilie setzte zu einer Erklärung an, verfing sich dann aber in einem verwickelten Bericht über Polizei, Rechtsanwälte, Presse und die Empörung ihrer Schwester, bis es schließlich so konfus klang, daß beide lachen mußten. Nun, da es hinter ihr lag, konnte sie wie befreit über alles sprechen.
»Doch es sollte noch schlimmer kommen«, fuhr sie fort. »Ich habe

Ruths Verlobten kennengelernt, einen grauenhaften Burschen, den Sekretär des Parlamentsabgeordneten Lilley …«

»Lilley? Dem bin ich einmal begegnet. Wußte damals allerdings nicht, wer er war. Hat eine große Volksrede gehalten … Das war übrigens an dem Tag, an dem wir uns zum ersten Mal begegnet sind, der Aufruhr im Park, als ich dir riet, umzukehren …«

»Du lieber Himmel, ich erinnere mich! Und bist du an diesem Tag auch seinem Sekretär begegnet, Mr. Daniel Bowles?«

Mal grinste. »Nein, so lange bin ich nicht geblieben.«

»Jedenfalls war Mr. Bowles so wütend darüber, daß mein Name in der Zeitung erschien, daß er die Verlobung löste.«

»Und was hatte das mit ihm zu tun?«

»Gar nichts. Er wollte meine Schwester ohnehin nur um ihr Geld betrügen, aber wir haben es zurückbekommen … weil ich ihm drohte, Mr. Lanfield einzuschalten.«

»Und das alles wegen mir?«

»Nicht direkt. Immerhin sind wir Ruths Verlobten losgeworden, bevor es zu spät war.«

Er ergriff ihre Hand. »Und was ist mit deinem Verlobten, Emilie? Ist das hier ein Verlobungsring?«

Sie nickte verschämt.

»Clive hat mir davon geschrieben. Wirst du ihn heiraten?«

»Ja.«

Mal erhob sich langsam und sah von der Schwelle der Hütte hinaus aufs Meer. Schließlich zuckte er die Achseln. »Du hättest es schlechter treffen können. Mit einem Mann wie mir zum Beispiel.«

Emilie trat neben ihn. »Bitte sag so etwas nicht. Du weißt, wieviel du mir bedeutest, Mal.«

»Warum hast du es dann getan?« fragte er barsch.

Emilie war aufgebracht. »Das kann ich nicht erklären. Meine Liebe zu Clive ist einfach anders als das, was ich für dich empfinde.«

»Wenn ich gewußt hätte, was daraus wird, hätte ich ihn nicht zu dir geschickt. Du warst mein Mädchen. Ich wollte mit dir zusammensein.«

Sie nahm seinen Arm und sah lächelnd zu ihm auf. »Bist du dir sicher? Wolltest du dich wirklich auf Dauer mit einer Lehrerin in

Maryborough niederlassen? Hättest du dich nach einer Weile nicht furchtbar gelangweilt?«
»Wenn es das ist, was du vom Leben willst, dann ganz bestimmt!«
Damit war alles gesagt. Emilie lachte. »Mal, was bist du nur für ein Träumer! Du hättest dieses geordnete Leben gehaßt, und ich hätte mich deswegen schuldig gefühlt.«
Sie gingen Hand in Hand ans Wasser und liefen zu Emilies Entzükken barfuß durch die Brandung.
»Das ist wohl so eine Angewohnheit von mir«, sagte sie schließlich, »immerzu fühle ich mich wegen irgend etwas schuldig. Ich scheine nie ganz mit mir im reinen sein zu können.«
»Weshalb fühlst du dich schuldig?«
»Zum Beispiel wegen dir.«
»Ich werde es schon überstehen«, entgegnete er trocken.
»Dann wäre da noch meine Schwester. Und mein Vater. Er ist krank. Sie wollen, daß ich heimkehre. Wenn ich nicht nach England fahre und er stirbt, werde ich mir das nie verzeihen.«
»Jesus, Emilie, was machst du denn, wenn er während deiner Heimreise stirbt? Dann stehst du ganz schön dumm da. Hör damit auf, alles unter Kontrolle haben zu wollen. Du kannst nicht wissen, wie die Würfel fallen, du mußt einfach abwarten, was geschieht.«
»Vermutlich hast du recht«, sagte sie. »Aber da ist noch etwas. Das Cottage. Es gehört dir, Mal. Und du hast noch immer Geld auf der Bank, das du jetzt sicher gut brauchen könntest.«
Er blieb stehen. »Du hast Lanfield bezahlt. Und falls noch Geld übrig ist, schere ich mich keinen Deut mehr darum. Ich habe es dir geschenkt. Das Cottage gehört dir, nicht Clive, und du solltest dafür sorgen, daß es auch so bleibt. Falls mal was schiefgeht, meine Liebste.« Er schaute über den Strand. »Sieht aus, als wäre Betts unterwegs zu uns. Vergessen wir das Picknick. Ich kann mich nicht mit dir unterhalten, wenn er dabei ist.«
Sie nickte. »Ich muß sowieso zurück. Ich will nicht, daß die Ketsch ohne mich lossegelt.«
Er legte einen Arm um sie. »Ich bin froh, daß du gekommen bist, Emilie.«
»Und ich bin froh, daß wir Freunde bleiben.«

»Das muß sich erst noch zeigen. Aber du hast gesagt, ich bedeute dir etwas. Das hat mir den Tag gerettet.«
Sie nickte unsicher. »Ja, aber du weißt auch, wie ich es meinte.«
»Ich denke schon. Aber geschwisterliche Liebe ist meine Sache nicht.«
Er zog sie fest an sich. »Gib mir einen Abschiedskuß, Emilie. Zu deiner Hochzeit werde ich nämlich nicht kommen.«
Pastor Betts kam näher, wandte sich aber ab, als er die leidenschaftliche Umarmung des jungen Paares sah. Er pfiff nach den Schwarzen, damit sie die Esel herbeibrachten. Es war Zeit zum Aufbruch.

Coda

Die große chinesische Dschunke hatte alle Segel gesetzt, als sie entlang der Küste von Queensland nach Norden in Richtung China fuhr. Die Gewässer lagen im Schutz des Großen Barrier-Riffs. Die Mannschaft arbeitete hart, und alle wußten, daß es jetzt, nachdem sie Maryborough verlassen hatten, keine Anlegeplätze innerhalb australischer Gewässer mehr für sie geben würde. Sie würden nur noch an einsamen Inseln, die keine richtigen Häfen besaßen, vor Anker gehen, um Proviant aufzunehmen. Die einzige Fracht der Dschunke bestand aus den Särgen verstorbener Chinesen unterschiedlichen Ranges, die zur Beerdigung in ihre Heimat überführt wurden; Männer, die in ihren Gemüsegärten oder auf den Goldfeldern gestorben waren. Sie mußten zu ihren Ahnen zurückkehren. Auch die sterblichen Überreste einiger edler Damen waren darunter. Insgesamt eine traurige, aber unumgängliche Reise.

Die Mannschaft wußte, selbst wenn nicht offen darüber gesprochen wurde, daß in manchen Särgen Gold für die Familien verborgen lag, das auf diese Weise den Zollbestimmungen entging.

An Bord befanden sich auch fünf Passagiere, vier Chinesen und ein Weißer, der offensichtlich von herausragender Bedeutung war, da man ihn bei Nacht und Nebel an der Mündung des Mary River zusteigen ließ, bevor die Dschunke die Herveys Bay durchquerte und an Fraser Island vorbei aufs offene Meer hinaussegelte. Die fünf Passagiere waren komfortabel im Bug der Dschunke untergebracht und wurden von einem Steward bedient. Mehr mußte die Mannschaft gar nicht wissen. Allerdings wurde gemunkelt, Lord Xiu befinde sich unter den Passagieren, und dazu noch sein Sekretär, der so hohes Ansehen besaß, daß er eine eigene Kabine bewohnte. Man erzählte sich auch, daß ihm dieser riesige Kerl mit Glatze und Pferdeschwanz gleichzeitig als Leibwächter diene, da er in den Kampfkünsten erfahren sei, und begegnete ihm daher mit der größten Ehrerbietung.

Mallachi Willoughby betrachtete die Reise in unbekannte Gefilde an Bord einer prächtig ausgestatteten chinesischen Dschunke mit einer Selbstverständlichkeit, als sei er zeitlebens nichts anderes gewohnt

gewesen, und amüsierte sich über den Kontrast zwischen dem schäbigen Äußeren und der luxuriösen Inneneinrichtung des Schiffes. Diese chinesische Eigenheit gefiel ihm.
Er stand an Deck und betrachtete die herrliche Szenerie, die sich vor ihm entfaltete. In jeder Phase seines Lebens hatte er Orte gesehen, die er für die schönsten der Welt hielt, und nun staunte er über die glasklare See der Whitsunday Passage. Den Namen hatte er von Herrn Xiu erfahren, der sich in diesen Gewässern bestens auszukennen schien. Das Meer war saphirblau, die Inseln schimmerten smaragdgrün. Er konnte stundenlang dastehen und die Farben in sich aufsaugen, während die gute alte Dschunke weiterschaukelte.
Die Brise trug einen würzigen Duft von Inselwäldern und feuchten Blüten, von Meersalz und sonnendurchglühten Stränden zu ihm herüber ... es erinnerte ihn an die Lavendelkissen, die seine Mutter unter ihr Kopfkissen und in die Kommodenschubladen zu legen pflegte. Ein weiblicher, verträumter Duft. Schade, daß seine Mutter Emilie nicht mehr kennenlernen konnte; die beiden hätten sich bestimmt gut verstanden.
Mal seufzte. Dieser Tagtraum würde ihn noch lange begleiten.
Es war nicht schwer gewesen, Herrn Xiu zu finden. Er hatte an die Postämter in Gympie, Maryborough und Cooktown geschrieben, dem Ausgangshafen der neuen Goldfelder. Einer dieser Briefe hatte den ehrenwerten Herrn erreicht, und er antwortete an die angegebene Adresse: Methodisten-Mission, Fraser Island.
Mal dachte an Striker, sein Pferd, das er Mrs. Foley als Geschenk gesandt hatte. Den Stallburschen, der das Tier dorthin brachte, hatte er vor den Foleys und ihren rauhbeinigen Freunden gewarnt. Sollte Striker nicht in erstklassiger Verfassung dort eintreffen, würde man ihn wie einen tollen Hund niederschießen. McPherson würde so bald nicht wieder das Licht der Freiheit erblicken; vielleicht konnte die Frau nun endlich ein ruhigeres Leben führen. Sie würde überrascht, aber auch erfreut sein über das Geschenk, und Mal hoffte, daß sie gelegentlich an ihn denken würde. Er hatte sie gern gemocht.
Zuerst hatte er mit dem Gedanken gespielt, Clive das Tier als Hochzeitsgeschenk zu schicken, doch so weit ging seine Vergebung nun doch nicht.
Und was Emilie anging ... Nun, wie er schon zu ihr gesagt hatte, man

weiß nie, wie die Würfel fallen. Hätte sie sich damals wider Erwarten doch für ihn entschieden, hätte ihr schlechtes Gewissen sie vermutlich nicht eher zur Ruhe kommen lassen, bis sie ihn irgendwann zu Pollock geschleift hätte. Er mußte lachen. Gott, sie war reizend, aber völlig fehl am Platz auf der Insel gewesen. Die zarten, weißen Füße im heißen Sand, die ordentliche, weiße Bluse und marineblaue Krawatte, die genau auf die Farbe ihres Rocks abgestimmt war. Er hätte sich am liebsten voll angekleidet mit ihr in die warmen Wogen gestürzt, aus lauter Lebensfreude mit ihr im Wasser herumgetobt. Sie würde nie erfahren, wie sehr er sich gewünscht hatte, die Mauer ihrer Respektabilität niederzureißen, die sie voneinander trennte. Gott, wie sehr er sie liebte! Er wünschte, sie wäre mit ihm auf diese abenteuerliche Reise gekommen. Doch alles Wünschen war müßig; man war selbst seines Glückes Schmied.

Emilie. Er hatte nicht vergessen, was sie über ihre Schwester gesagt hatte. Welten schienen die beiden zu trennen, und es hatte sie traurig gestimmt. Dabei war ihr nicht einmal aufgefallen, daß eine ähnliche Kluft auch zwischen ihr und Mal bestand, während sie und Clive einander so ähnlich waren. Vielleicht hatte er es insgeheim schon immer gewußt.

Mal ging über das Deck, um einen letzten Blick aufs Festland zu werfen, das allmählich in der Ferne verschwand. Der alte Baldy war zu seinem Schöpfer heimgegangen, voller Stolz, das Kräftemessen gewonnen zu haben. Einen Raub begangen und erfolgreich durchgezogen zu haben, der McPhersons sämtliche Untaten in den Schatten stellte. Er und Carnegie hatten das Geheimnis mit ins Grab genommen, hieß es. Die Beute wurde nie sichergestellt, war anscheinend für immer verloren.

Doch der alte Baldy hatte darauf gebrannt, es jemandem zu erzählen. Das Versteck preisgeben konnte er nicht, das wäre das Ende seines Reichtums gewesen; aber prahlen mußte er damit, da es der einzige Weg war, sich als Gewinner zu präsentieren. Und so hatte er es sich nicht verkneifen können, Mal einen Hinweis zu geben. »Es gehört mir und den Krokodilen.«

In der Nacht, als Mal den Schauplatz des Überfalls noch einmal aufgesucht hatte, hatte er über den Mary River geblickt und gewußt, daß er an dieser Stelle voller Krokodile war.

Am nächsten Tag hatte er einen Bogen um Maryborough gemacht, den Fluß auf der Fähre überquert und war am Ufer entlanggeritten bis zu der Stelle, die der Mündung des Blackwater Creek gegenüberlag. In aller Ruhe hatte er sein Lager am Ufer aufgeschlagen und war zwei Tage geblieben. Hatte sich umgeschaut. Er sah die dösenden Krokodile mit den wachsamen, gelben Augen. Baldys Krokodile, denen nichts entging. Sie vermochten sich rasch zu bewegen, mit schnappenden Kiefern. Diese Ungeheuer mußten Baldy beobachtet haben, als er die Beute irgendwo hier in der Nähe versteckte und Carnegie damit eins auswischte. Der Reichtum übertraf seine kühnsten Erwartungen, doch dann war er wegen einer Lappalie im Gefängnis gelandet. Der Schatz wartete hier irgendwo auf ihn, das wußte Mal genau.
Er betrachtete aufmerksam die Umgebung. Man mußte die Strömung berücksichtigen, die das leichte Ruderboot abgetrieben hatte. Er hatte nicht einfach ein Loch graben können, das wäre zu auffällig gewesen. Nein, die Baumwurzeln waren als Versteck besser geeignet. Vor allem die der alten Feigenbäume, die so dick waren wie ein Männerarm. Mal hatte nichts zu verlieren. Er behielt die Krokodile im Auge, während er zwischen den Baumwurzeln hackte und stocherte. Aufgestörte Schlangen glitten davon; Moskitos umschwärmten ihn; Spinnen liefen seine Arme hinauf, wenn er sie tief in die Höhlungen schob und nach etwas tastete, das nicht dorthin gehörte …
Jesus, dachte er kopfschüttelnd, als er nun zurückblickte. Ich war nahe daran gewesen aufzugeben. Aber diese verdammten Krokodile sahen mich die ganze Zeit an, als wüßten sie um das Geheimnis.
Dann war eines auf ihn zugeschossen, das Ufer hinauf. Und da hatte er plötzlich begriffen, daß Baldy dieses Risiko nicht eingegangen wäre und ein höherliegendes Versteck gewählt haben mußte, wo er vor den Krokodilen sicher war.
»Baldy, du hast dich geirrt, du mörderischer Bastard«, seufzte Mal. »Du bist als armer Mann gestorben. Der Gewinner bin ich!«
Die ganze Zeit, auch als Emilie in seiner Hütte gesessen hatte, hatte sein Bündel achtlos in der Ecke gelegen. Der Schlafsack war dick eingerollt und mit Kapok gepolstert, und seit jenem Tag am Mary River hatte Mal niemandem mehr gestattet, ihn anzufassen. Wann immer er das schwere Bündel hochhob, gab er vor, es sei federleicht.

Xiu hatte natürlich eine Provision erhalten und alle notwendigen Arrangements für seine Sicherheit bei der Überfahrt getroffen.
Chung Lee trat auf ihn zu und verbeugte sich. »Seine Exzellenz Lord Xiu erbittet Ihre Gesellschaft beim Abendessen, Sir.«
»Überbringe ihm meinen Dank. Ich komme in einer Minute nach.« Mal schaute noch einmal zum Festland hinüber. »Clive, du solltest gut auf sie aufpassen. Sonst kannst du was erleben!« Dann sprang er mit einem Satz und wiedergewonnenem Schwung die Stufen vom Deck hinunter. »Was gibt's, Mr. Xiu?«